Ann-Sophie Kaiser

Unter den Linden 6

W0376302

ANN-SOPHIE KAISER

UNTER DEN LINDEN 6

ROMAN

ULLSTEIN

Besuchen Sie uns im Internet:
www.ullstein.de

MIX
Papier
FSC® C083411

ISBN: 978-3-550-20060-1
2. Auflage 2020
© 2020 by Ullstein Buchverlage GmbH, Berlin
Alle Rechte vorbehalten
Gesetzt aus der Quadraat Pro powered by pepyrus.com
Druck und Bindung: CPI books GmbH, Leck
Printed in Germany

Ob Frauen studieren dürfen?
Ob Frauen studieren können?
Ob Frauen studieren sollen?
Mir persönlich erscheinen diese Untersuchungen ebenso müßig, als wollte jemand fragen: Darf der Mensch seine Kräfte entwickeln? Soll er seine Beine zum Gehen gebrauchen?
Hedwig Dohm

Teil 1

1907

Kapitel 1: Neuanfang in Berlin

Lise

Der Zug schoss durch die Landschaft und blies Rauchschwaden in den diesigen Spätsommerhimmel, während links und rechts die Kiefern still Spalier standen. Es war schwül, obwohl es bereits Anfang September war, und im Waggon stank es noch nach dem Schweiß der langen, warmen Tage. Normalerweise wäre Lise jetzt lieber durch diese Wälder spaziert, als hier im stickigen Zug zu sitzen – ihre Kleidung juckte und klebte am Körper, und ihr Rücken schmerzte beträchtlich nach der fast zweitägigen Reise, die sie auf der harten Holzbank nun schon hinter sich hatte. Und trotzdem: Nicht um alles in der Welt wollte sie jetzt irgendwo anders sein. Und noch nie im Leben war sie so aufgeregt gewesen.

Immer wenn ihr Rücken zu sehr schmerzte oder die Übelkeit sie mit einer Welle zu überrollen drohte, dachte sie einfach an das, was vor ihr lag, und all die Strapazen schienen ihr mit einem Mal weniger beschwerlich. Was sie in Berlin alles erleben, was sie alles lernen würde! So weit weg von zu Hause – schon jetzt lag Wien viele, viele Kilometer hinter ihr. Ihre Familie, ihre Freundinnen, ihr altes Leben – all das rückte in immer weitere Ferne. Ob sie in Berlin das finden würde, was sie suchte?

Vor ihrem inneren Auge erschien das Bild ihres Papas, wie er in seinem alten Lehnsessel saß, die müden Beine hochgelegt. »Aber mein Liserl«, hatte er gesagt, als sie anfing, ihm mit ihrem Wunsch in den Ohren zu liegen. »Du weißt doch, die größten Reisen finden immer im Kopf statt.«

Natürlich wusste sie das! Wie oft hatte sie mit ihrem Vater darüber gelacht, dass ihre ganze Welt hauptsächlich im Kopf stattfand: in Büchern, in der Musik und in der geheimnisvollen Naturwissenschaft, in den allerkleinsten Atomen, die man sowieso nicht sehen konnte, die es nur in der Vorstellung gab. Sie war ein Kopfmensch, wie ihr Vater immer zu sagen pflegte. Und doch war ihr Kopf in Wien an seine Grenzen gestoßen. Es gab einfach so viel, was sie noch lernen, was sie verstehen und entdecken wollte – nein, musste. Auch ihr Vater wusste das, und hätte er die Mutter schließlich nicht doch überredet, Lise ziehen zu lassen und ihr eine ordentliche Summe mit auf den Weg zu geben, damit sie in Berlin erst einmal Fuß fassen konnte, sie säße heute nicht hier.

Trotz ihrer Vorfreude spürte Lise, wenn sie an ihr zu Hause dachte, ein dumpfes Ziehen im Herzen: Sie hatte jetzt schon Heimweh. Wie sehr sie jeden aus ihrer Familie vermissen würde, die Teenachmittage in der elterlichen Wohnung, sie und ihre Schwestern, wie sie auf dem Fleckerlteppich saßen und nähten oder musizierten. Aber nicht nur das: Ebenso vermisste sie auch jetzt schon den Herbst in Wien mit seinen blätterbedeckten Straßen, das Rattern der Droschken auf dem breiten Pflaster, die wöchentlichen Spaziergänge im Prater. Sogar das völlig heruntergekommene Physikinstitut in der Türkenstraße fehlte ihr bereits. Wie oft hatte sie gedacht, ihr letztes Stündlein habe geschlagen, wenn die morschen Balken im Vorlesungssaal knarrten. Oder wenn sie die ächzenden, mehr als maroden Treppenstufen zu ihrem Arbeitszimmer emporgestiegen war. Vielleicht brauchte es diese Wehmut bei aller Vorfreude, die einen das Alte sonst vergessen ließe.

Lise war so in Gedanken vertieft, dass sie gar nicht gemerkt hatte, wie der Zug immer langsamer geworden war. Jetzt kam er quietschend zum Stehen. Draußen zeigte sich ein karger, kleiner Bahnhof mit einem rostigen Schild, dessen Aufschrift kaum noch zu lesen war: Zossen. Der Schaffner pfiff, und Lise zuckte zusammen. Wie oft hatte sie dieses Pfeifen schon gehört? Vermutlich würde es ihr noch heute Nacht in den Ohren klingeln.

Die Abteiltür öffnete sich, und ein junges Mädchen spähte hinein.

»Ist hier noch frei?« Sie schaute sich zaghaft um, als hätte sie Angst, hinter den nur lose zusammengebundenen Vorhängen versteckte sich ein Bandit. Lise konnte das verstehen: Sie war zwar schon häufiger mit dem Zug gereist – mit ihrer Familie hatte sie zahlreiche Wanderungen im Wiener Umland gemacht –, aber der ruckelnde, schnelle Zug flößte ihr trotzdem Respekt ein.

Lise nickte, und das Mädchen ließ sich vorsichtig auf der Holzbank ihr gegenüber nieder. Sie war eigentlich ganz hübsch, fand Lise, obwohl sie bescheidener gekleidet war als sie selbst. Die Bluse des Mädchens war beinahe durchscheinend und wies einige Flecken auf. Auch ihr Koffer sah aus, als würde er jeden Moment auseinanderfallen. Die Augen des Mädchens waren groß und rot gerändert, als hätte sie lange geweint. Was ihr wohl widerfahren war? So, wie sie jetzt zitternd auf der Holzbank saß und nach draußen schaute, als drohte ein großes Unwetter, vermutlich nichts Gutes, dachte Lise.

Mit einem Ruck setzte der Zug sich wieder in Bewegung. Sofort schlug eine neue Welle der Übelkeit über Lise zusammen. Ob dieses Ruckeln nur in der dritten Klasse so schlimm war? In der zweiten Klasse gab es wenigstens nicht diese furchtbar harten Holzbänke. Aber sie hatte sich nur ein Dritte-Klasse-Billett leisten können, denn sie musste ihr Geld beisammenhalten, damit sie in Berlin nicht gleich in finanzielle Nöte geriet. Sie schloss einen Moment die Augen und dachte abermals daran, wofür sie das alles tat: für die Zukunft! Und für ihre große Leidenschaft, die Wissenschaft. Da würde sie das bisschen Übelkeit wohl aushalten können!

Ein Schluchzen riss sie aus ihren Gedanken. Das Mädchen gegenüber hatte angefangen bitterlich zu weinen. Einen Moment war Lise wie erstarrt, dann griff sie hastig nach ihrem Koffer und suchte nach einem Taschentuch. Da, eingeklemmt zwischen einem kleinen Gedichtband Goethes und *Frau Jenny Treibel* von Theodor Fontane, fand sie eines und reichte es dem Mädchen hinüber.

»Danke.« Das Mädchen griff schüchtern nach dem Taschentuch und putzte sich die Nase. Aber so richtig zu helfen schien es nicht. Kaum ließ sie es sinken, wurde ihr Körper abermals von Schluchzern geschüttelt.

Lise schaute dem Mädchen hilflos zu, wie es die bebenden Hände hob. Das konnte man ja nicht mit ansehen! Sollte sie sich zu ihr hinübersetzen oder wäre das unhöflich?

Die junge Frau putzte sich noch einmal die Nase und atmete dann zitternd aus. Immerhin schien sie sich jetzt zu beruhigen. »Entschuldigen Sie bitte«, schniefte sie schließlich und wischte sich ein paar blonde Strähnen aus dem Gesicht. »Ich verderbe Ihnen ja noch die schöne Reise.«

»Ach, machen Sie sich darüber keine Sorgen«, beeilte sich Lise zu sagen. »Und schön ist diese Reise sowieso nicht. Ehrlich gesagt ist mir ziemlich schlecht. Das kommt bei Ihnen auch noch, bei diesem Ruckeln vergisst man fast sein Heimweh.«

Das Mädchen nickte, und Lise merkte, dass sie richtig geraten hatte: Wo auch immer die junge Frau hinreiste, ganz offensichtlich vermisste sie den Ort ihrer Abfahrt schon jetzt. Wie gut Lise das verstehen konnte! Zum Glück aber kribbelte bei ihr die Vorfreude in der Magengrube. Bald würden sie in Berlin sein! Jetzt musste sie nicht mehr lange warten ...

Sie griff nach ihrem Goethe und wollte ihn gerade wieder sorgfältig in der Tasche verstauen, als sie den Blick des Mädchens bemerkte.

»Ich glaube, diesen Gedichtband hatte ich auch schon mal in der Hand«, sagte diese nun.

»Ach ja?« Lise lächelte. Vielleicht konnte sie das Mädchen ja mit ein wenig Unterhaltung ablenken. »Ich mag eigentlich alle seine Gedichte«, sagte Lise, »der Werther hat mir aber auch ziemlich gut gefallen.«

»Werther?« In den Augen des Mädchens leuchtete ehrliches Interesse. »Das kenne ich leider nicht. Das stand nicht in der Bibliothek meines Dienstherrn. Zumindest habe ich es beim Stöbern nie entdeckt«, fügte das Mädchen hinzu, wurde aber sofort rot wie eine Tomate. »Das hätte ich jetzt gar nicht sagen dürfen!«

Lise wollte gerade nachhaken, was genau die junge Frau damit meinte, da wurde die Abteiltür abermals aufgeschoben.

»Die Fahrscheine bitte!« Ein Schaffner stand plötzlich mitten im Abteil. Sein Blick glitt kurz zu Lise, blieb dann aber sofort an dem Mädchen ihr gegenüber hängen. Lise merkte nur zu gut, dass er dabei immer wieder auf dessen üppigen Busen schaute. Das Mädchen schien es auch zu bemerken, sie wurde schon wieder rot, und ihre Hand zitterte, als sie ihm den Fahrschein reichte.

»Aha, Berlin«, sagte der Schaffner und musterte das Mädchen. »Was will denn so ein hübsches Fräulein da? So allein in der großen Stadt?«

»Ich …« Das Mädchen verstummte und schaute Hilfe suchend zu Lise.

Schnell hielt Lise dem Schaffner ihren eigenen Fahrschein unter die Nase. »Ich will auch nach Berlin. Sagen Sie, wie lange dauert das denn noch?«

»Anderthalb Stunden«, sagte der Schaffner, sichtlich verärgert über die Unterbrechung, und griff nach Lises Fahrschein.

»Vielen Dank«, sagte Lise betont freundlich und schaute den Schaffner abwartend an. Am liebsten hätte sie ihm ordentlich die Meinung gesagt, aber so mutig war sie dann doch nicht. Zum Glück schien ihr mahnender Blick aber auch zu wirken. Der Schaffner schaute noch einmal zu dem Mädchen. Das aber blickte starr aus dem Fenster. »Schöne Weiterfahrt noch«, brummte der Schaffner verdrossen und schloss die Abteiltür.

Das Mädchen atmete geräuschvoll aus. »Jetzt bin ich umso glücklicher, dass Sie mit mir im Abteil sitzen«, flüsterte es.

»Ich heiße Elise«, sagte Lise und reichte dem Mädchen ihre Hand. »Aber Sie können mich Lise nennen, das tut jeder.«

»Anni«, sagte das Mädchen und ergriff die Hand. »Und bitte, duzen Sie mich doch«, fügte sie errötend hinzu. »Ich bin nur ein Dienstmädchen, es ist nicht nötig, dass Sie mich siezen.«

»Dann musst du mich aber auch duzen«, befand Lise, und Anni lächelte zaghaft, als traute sie sich nicht so recht. Trotzdem wirkte sie gleich viel weniger verschreckt.

Das Rattern des Zuges mischte sich in ihr Schweigen.

»Lise«, sagte Anni schließlich. »Das ist ein schöner Spitzname.«

»Jedenfalls ist es der schönste, den ich habe.« Ein Lächeln stahl sich auf Lises Gesicht. »Mein Vater hat mich oft Wurtzerl genannt, weil ich so klein und schmächtig bin.«

Jetzt musste auch Anni lächeln. Wie hübsch sie das gleich machte, dachte Lise. Mit ihrer einnehmenden Art erinnerte Anni sie ein wenig an ihre Schwester. Bestimmt freute sich Lola, dass sie das Zimmer nun für sich allein hatte – nachdem Gisela und Gusti ausgezogen waren, hatten sich Lola und Lise ein Zimmer geteilt. Ob der kleine Walter, ihr Lieblingsbruder und Schützling, sie auch schon vermisste?

»Du kommst nicht aus Preußen, oder?« Anni musterte Lise neugierig. »Du hast so einen Klang, den hab ich noch nie gehört.«

»Nein, ich bin aus Wien«, sagte Lise.

»Das ist aber ziemlich weit weg, oder?«, fragte Anni vorsichtig. »Es war bestimmt eine lange Fahrt.«

Lise nickte. »Ich bin schon seit zwei Tagen unterwegs, aber immerhin mit Zwischenhalt. Ich bin wirklich froh, wenn wir die Fahrt hinter uns haben. Und was verschlägt dich nach Berlin?«

Sie hatte anscheinend das Falsche gesagt, denn Anni sah mit einem Mal wieder so aus, als würde sie gleich in Tränen ausbrechen.

»Ich trete eine neue Stelle als Dienstmädchen an«, erwiderte sie schließlich leise. »Und du?«

»Ich gehe an die Universität.« Lise spürte, wie bei ihren Worten die Aufregung erneut in ihrem Magen kribbelte. Würde sie all das lernen, was sie sich erhoffte? Wie wohl die Arbeitsräume an der Friedrich-Wilhelms-Universität aussehen würden? Und was der Professor Planck für ein Mann war? Sie hatte ihn erst einmal gesehen, als er in Wien zu Besuch gewesen war, und nur einen kurzen Blick auf ihn erhaschen können: ein schlicht, aber elegant gekleideter Mann mit Gehstock. Ob er die Arbeiten gelesen hatte, die sie ihm und Professor Rubens geschickt hatte?

»Die Universität?« Anni lehnte sich neugierig vor. »Da dürfen doch Frauen gar nicht hin!«

»Ach was«, sagte Lise. »In Wien ging es ja auch! Ich habe in Physik bereits einen Abschluss gemacht. Auch bei uns gab es ein paar Männer, die das nicht gern gesehen haben, und ich habe mir so manches sagen lassen müssen, aber alles in allem geht es ja um die Sache. Weißt du, das ist es nämlich, was ich an den Naturwissenschaften so liebe: Sie sind für jeden gleich. Die Geheimnisse der Natur gehören der Natur, der Mensch kann nur versuchen, sich ihnen zu nähern. Und die Natur macht keinen Unterschied, ob es nun eine Frau oder ein Mann ist, der das Elektroskop bedient. In meinem Gebiet, der Radioaktivität, hat unlängst sogar eine Frau die größten Fortschritte erzielt.«

»Ich wünschte, ich würde auch etwas davon verstehen!« Das Mädchen seufzte und sah ehrlich geknickt aus.

Lise überkam ein schlechtes Gewissen. Jetzt hatte sie Anni etwas vorgeschwärmt, dabei wusste sie, dass Bildung für ein Dienstmädchen unerreichbar war. Sie selbst hatte die Matura nur dank der großzügigen Unterstützung ihrer Eltern erhalten – als Mädchen durfte man kein Gymnasium besuchen und Privatlehrer kosteten sehr viel Geld. Und mit der Bildung in der Bürgerschule war es, wie Lise aus ihrer eigenen Zeit dort nur zu gut wusste, nicht weit her – für Mädchen schon gar nicht. Sie sollte also wohl besser nicht zu lange auf den tollen Erfolgen Marie Curies und ihrer eigenen Leidenschaft für die Naturwissenschaften herumreiten.

»Jedenfalls«, sagte Lise schnell, »denke ich, dass Berlin sicherlich eine tolle Stadt ist!«

»Ich weiß nichts über Berlin«, sagte Anni traurig. »Und ich wollte auch nie dorthin«, setzte sie leiser hinzu. »Aber so ist es nun. Ich darf mich nicht beklagen, immerhin habe ich eine Stelle bekommen.«

Nachdenklich schaute Anni aus dem Fenster. Lise fragte sich erneut, was dem jungen Mädchen wohl zugestoßen sein mochte, dass sie so traurig war. Draußen zogen noch immer dunkel und schön die grünen Nadelwälder vorbei.

Hedwig

Alles wirkte anders heute.

So zumindest kam es Hedwig vor, dabei war das Wetter genauso wie gestern. Und doch: Die Sonne schien strahlender, leuchtete in den Blättern vor dem Fenster, während unten freundlich klappernd Marktwagen und Droschken auf der Kantstraße entlangfuhren. Selbst die Luft war nicht mehr so drückend.

Hedwig summte vor sich hin, als sie Decke und Kissen aufschüttelte, die Vorhänge zur Seite schob und in die Küche eilte, um August Kaffee zu servieren – er hatte Mittagsruhe gehalten, jetzt brauchte er seinen Bohnentrank.

Nicht, dass sie sonst so darauf bedacht gewesen wäre, ihm eine treusorgende Ehefrau zu sein – die fleißige, sorgenvolle Hausfrau mimte sie nur, wenn Augusts Eltern zu Besuch waren. Und da war es auch bitter nötig, denn Augusts Vater beobachtete alles, was sie tat, mit Argusaugen. August Brügger senior, ein aufstrebender Unternehmer, hatte eine Miene, die stets Missbilligung ausdrückte für die Art, wie Hedwig sich um den Haushalt, das Essen oder um die Kleidung seines Sohnes kümmerte. Natürlich hätte es ihr eigentlich gleichgültig sein können, was Augusts Vater von ihr dachte – ein ums andere Mal sagte sie sich das, wenn wieder ein Besuch von Herr und Frau Brügger anstand –, und trotzdem verbat ihr ihre strenge Erziehung, unter seinem Blick irgendetwas anderes zu tun, als das würdevolle Musterbeispiel einer Ehefrau abzugeben.

Jetzt aber hatte sie ein echtes Interesse daran, dass August seinen Kaffee bekam. Und das hatte nichts mit dem bösen Blick ihres Schwiegervaters zu tun und auch nichts mit den wohlgemeinten, aber nervtötenden Ratschlägen ihrer Schwiegermutter, sondern mit ihrem ganz persönlichen Geheimnis. Ohne Kaffee wäre August nicht bereit für die Reise. Und seine Abreise war es, auf die sie seit Monaten hinfieberte. Dass es heute so weit sein würde, machte sie ganz nervös. Und doch fürchtete sie, die ganze Sache könnte kurz zuvor noch abgeblasen werden.

August nämlich hing wie so oft in letzter Zeit schlaff auf seinem Stuhl am Kopfe des Esstisches, direkt unter dem Porträt von Kaiser Wilhelm. Während Kaiser Wilhelm grimmig und voller Tatendrang in den Raum schaute, wirkte August, kreidebleich wie er war, ganz und gar kraftlos. Nicht einmal richtig angekleidet war er, und als sie ihm den frisch aufgebrühten Kaffee in seinem Lieblingsservice aus bemaltem Porzellan servierte, schaute er kaum hoch, nickte ihr nur schwach zu.

Hedwig überkam ein Anflug von Mitleid. Sie führten eine lieblose Ehe, aber das hieß nicht, dass sie wollte, dass es August schlecht ging. Eigentlich war er kein schlechter Ehemann. Er war zwar darauf bedacht, dass sie nach außen hin das perfekte Ehepaar abgaben, ansonsten aber ließ er ihr größtenteils ihren Frieden. Wenn sie zu ihren Treffen beim Frauensalon von Ottilie von Hansemann davonschlich, fragte er nur selten nach, wo sie gewesen war. Und das war ihr überaus wichtig, denn sie wollte keinen der Abende verpassen: Ihre Freundin Ida hatte sie vor einiger Zeit mitgenommen, und schnell zählten diese Abende zu den wenigen Momenten in ihrem Leben, wo sie das Gefühl hatte, Luft schnappen zu können und sie selbst zu sein.

Das erste Mal war Hedwig überwältigt gewesen von Ottilies prächtiger Wohnung in Tiergarten, von den lebhaften Diskussionen, bei denen sie sich klein und unwissend gefühlt hatte. Die Koryphäen der Frauenbewegung, die die alte Adelige um sich scharte, argumentierten messerscharf. Ja, anders als überall sonst, schrien sich die Frauen hier sogar an, bemühten sich nicht um sanfte Worte, wenn sie einmal nicht einer Meinung waren – und das geschah häufig, denn die Salons waren meist nichts anderes als Diskussionsabende. Wie anders das war als alles, was Hedwig mit ihrer sittsamen Erziehung, die sie schon immer als ein Korsett empfunden hatte, kannte.

Hedwig hatte sofort dazugehören und ebenso leicht in der Unterhaltung mitmischen wollen wie ihre Freundin Ida, die durch den Lehrerinnenverein auf die Gruppe gestoßen war. Und nun ging Hedwig schon seit zwei Jahren zu den Treffen, schlich sich abends davon und kam erst spätnachts zurück, angefüllt mit einem Hauch dieses Gefühls, das andere wohl Freiheit nannten. Und neuerdings auch mit jenem Plan, auf den sie alleine wohl nicht gekommen wäre.

August fragte nicht nach, was sie so trieb. Und wenn doch, akzeptierte er ihre offensichtlichen Lügen anstandslos. Wegen dieser Lügen hatte sie manchmal ein schlechtes Gewissen. Andererseits verschwieg er ihr seine gelegentlichen Besuche in gewissen Etablissements ja auch (Hedwig besaß eine gute Nase und konnte billiges Parfüm erkennen, wenn sie es roch). Ihr Mann war beileibe kein Verfechter der Frauenrechte und durfte auf keinen Fall erfahren, wo sie sich aufhielt. Überhaupt sollten die Abende so wenig Aufmerksamkeit erwecken wie möglich. Zwar fanden die Treffen unter dem Deckmantel eines Frauenvereins statt, aber man wollte nichts riskieren. Sonst stünden die Gendarmen mit ihren Pickelhauben vor der Tür und stellten fest, dass hier durchaus politisch diskutiert wurde. Etwas, das Frauen natürlich nicht erlaubt war.

Auch ihre Freundschaft mit Ida stellte August nicht infrage. Ida durfte sie sogar besuchen, dabei war sie unverheiratet und, zumindest wenn man Hedwigs Vater glaubte, ganz und gar kein guter Umgang für sie, deren einziges Lebensziel es doch sein sollte, August eine Schar von Erben zu schenken und sich ansonsten der Hausarbeit zu widmen. Dabei hasste sie Nähen und dergleichen!

August aber zwang sie nicht in die Rolle des Hausmütterchens. Und er ließ ihr finanziell großen Spielraum, was einerseits ein Segen war, weil Hedwig eine ausgesprochene Vorliebe für die leuchtenden Hallen des großen Wertheim-Warenhauses und des gerade erst eröffneten Kaufhauses des Westens hatte. Andererseits hatte sie auf diese Weise in den letzten Monaten, in denen ihr Plan immer konkreter geworden war, Geld beiseitelegen können, ohne dass es aufgefallen war. Und das würde sich jetzt hoffentlich auszahlen. Zumindest, wenn August auch wirklich abreiste.

Vor Hedwigs innerem Auge erschien sofort wieder das Bild dessen, wovon sie nun schon seit Wochen träumte – nicht nur tagsüber, wenn sie gelangweilt zu Hause saß, oder an den Abenden des Frauensalons, wo sie den Plan mit den anderen Frauen besprach. Mittlerweile träumte sie auch nachts von den Vorlesungssälen der Friedrich-Wilhelms-Universität in Berlin, von den Tausenden von Büchern, die dort auf sie warteten. Seit sie dem Frauensalon um Ottilie angehörte, hatte sie angefangen, sich nach mehr zu sehnen: nach mehr Wissen, der Freiheit des Geistes, nach der Möglichkeit, mehr über sich und die Welt zu erfahren. Sich das anzueignen, was sonst nur Männern vorbehalten war und was sich die Frauen, die sie von der Frauenbewegung kannte, alle mühevoll selbst angelesen hatten. Nur hatte sie nicht damit gerechnet, tatsächlich einmal über das einsame Studium von Büchern hinauszukommen. Aber nun lag ihr Traum durch puren Zufall zum Greifen nah vor ihr: die Universität, eine ganz eigene Welt, die Frauen normalerweise verschlossen blieb, die sie aber ungestört entdecken würde können, wenn August endlich weg war.

»Wir müssen uns beeilen«, ermahnte Hedwig jetzt deswegen August. »Du weißt, der Zug geht schon in zwei Stunden.«

August stieß nur ein Schnaufen aus, gefolgt von einem Hustenanfall. Wieder überkam Hedwig diese merkwürdige Gefühlsmischung aus Mitleid und Aufregung, gepaart mit einer ordentlichen Prise Unmut. Er sollte sich endlich aufraffen! Es war zwar schade, dass es August so schlecht gehen musste, damit es ihr gut gehen würde, hoffentlich – aber so war es eben. Und diese Ehe hatte sie sich schließlich auch nicht selbst ausgesucht.

Nur ungern dachte Hedwig an die Hochzeit zurück, überhaupt an alles, was sie damals, jung und dumm, hatte geschehen lassen, nur weil sie es nicht besser wusste. Und, zugegeben, auch nicht anders gekonnt hatte. Vier Jahre erst war es her und doch fühlte es sich an, als sei sie in dieser Ehe schon zur alten Frau geworden. August kannte sie schon, seit sie Kinder waren, denn ihre Väter waren befreundet: Hedwigs Vater war ein kleiner, aber aufstrebender Fabrikant für Gemüsekonserven, ein florierender Markt, und Augusts Vater hatte unlängst mit der Entwicklung eines schmackhaften Brühwürfels für Aufsehen gesorgt – auch wenn das Geschäft wegen diverser Konkurrenzmarken mittlerweile etwas einzubrechen drohte. Deswegen war August auch die Hoffnung seines Vaters – ein junger Mann, der vielleicht nicht nur die Brühwürfelfabrik übernehmen, sondern auch ins Geschäft seines Schwiegervaters einsteigen würde, schließlich war Hedwig das einzige Kind ihres Vaters. Hedwig jedenfalls hatte sich damals der von ihren Vätern arrangierten Hochzeit gefügt. Sie hatte geglaubt, mit August eine passable Partie gemacht zu haben. Schlecht sah er ja nicht aus, und er war immer höflich zu ihr, als Kinder waren sie sogar befreundet gewesen. Andere Möglichkeiten hatte sie damals einfach nicht gesehen – und Lehrerin (und damit ewige Jungfer, denn Lehrerinnen durften ja nicht heiraten) zu werden wie ihre Freundin Ida, hätte ihr Vater niemals toleriert. Auch wenn sich Hedwig in den letzten Jahren häufiger bei dem Gedanken ertappt hatte, dass sie es doch einfach hätte riskieren sollen. Wie anders dann wohl ihr Leben in den letzten vier Jahren verlaufen wäre?

Augusts erneuter Hustenanfall riss Hedwig aus ihren Gedanken. Ihr Ehemann klammerte sich mit der einen Hand an die feine Tischdecke – ein Geschenk ihrer Schwiegermutter –, während er mit der anderen sein Taschentuch an den Mund presste. August bekam die Ehe offensichtlich auch nicht gut. Der Druck so vieler Hoffnungen lastete schwer auf ihm, und seit einigen Monaten litt er an hartnäckiger Tuberkulose. Etwas, das jetzt dringend in einem Sanatorium auskuriert werden sollte. Schließlich war er bereits fünfundzwanzig Jahre alt und musste schnellstmöglich ins Geschäft einsteigen.

Hedwig trat einen Schritt zurück, als August sich nun endlich mit leidendem Gesichtsausdruck erhob. »Vergiss nicht, mein Rasierzeug einzupacken, Hedwig«, sagte er und stützte sich schwer auf seinen Stuhl. Sie war anscheinend nicht die Einzige, die das Gefühl hatte, in dieser Ehe älter zu sein, als sie war. Dabei waren sie doch eigentlich beide in ihren besten Jahren.

Eine knappe Stunde später stand August tatsächlich vollständig angekleidet vor der Haustür, den Hut in der Hand, und schaute auf seine Taschenuhr, ein teures Geschenk seines Vaters, als wäre es Hedwig, die auf sich warten ließ. Aber das war Hedwig egal, sie konnte ihr Glück kaum fassen, dass es nun endlich losgehen würde. Erst jetzt merkte sie, dass sie bis zuletzt eine nagende Angst begleitet hatte, ihr ganzer Plan würde doch nicht aufgehen – nun aber lag das Glück nur noch eine Fahrt mit der Droschke entfernt. Und die hatte sie wohlweislich schon gestern für diese Uhrzeit vor ihre Haustür bestellt.

Als sie jetzt endlich in die Kraftdroschke einstiegen, die bereits auf sie wartete, hüpfte ihr Herz. Wenn es nach ihr gegangen wäre, wären sie mit der Bahn gefahren – was gab es Aufregenderes, als mit der Hochbahn über den Savignyplatz zu fahren, am Bahnhof Zoo umzusteigen und am Potsdamer Platz direkt in den Trubel hineinzugeraten, wenn man sich von dort auf den Weg zum Anhalter Bahnhof machte? Aber das sollte Hedwig nun egal sein. Es ging endlich los, das war alles, was zählte!

Der Droschkenfahrer ließ den Motor an, und kurz darauf ratterten sie über das Pflaster der Kantstraße. August schloss die Augen und lehnte sich an Hedwig. Der Wind zischte ihnen um die Gesichter, denn die Kraftdroschke fuhr ohne Verdeck. Hedwig saugte begierig die Luft ein. Ja, es war ein wundervoller Tag!

Der Droschkenfahrer begann, über das Brummen des Motors hinweg vor sich hin zu pfeifen, und Hedwig wollte am liebsten einstimmen. Jeder Meter brachte sie näher zum Anhalter Bahnhof, wo August abreisen sollte. Und wo Hedwig endlich eine freie Frau werden würde.

Anni

Unaufhaltsam brauste der Zug seinem Ziel entgegen und hinterließ eine Spur aus grauem Dampf in der spätsommerlichen Berliner Luft. Wenigstens an das fürchterliche Rattern – als bräche gleich alles unter einem entzwei! – hatte Anni sich mittlerweile gewöhnt. Und doch wurde das Zittern, das sie die ganze Fahrt über begleitet hatte, nun wieder stärker. Dabei hatte sie sich zuletzt so gut unter Kontrolle gehabt, dem netten Fräulein sei Dank, das mit ihr das Abteil teilte. Erst hatte Anni sich nicht getraut, dann aber hatte sie die junge Frau doch noch etwas mehr über ihre Pläne an der Universität ausgefragt. Naturwissenschaften! Das war etwas, mit dem Anni sich überhaupt nicht auskannte. Und was sie dementsprechend umso mehr interessierte. Wenn Anni etwas ablenken konnte – das war schon in ihrer Kindheit, als ihre geliebte Großmutter noch gelebt hatte, so gewesen –, dann waren es Geschichten, fremde Welten, in denen andere Dinge möglich waren als in ihrem eigenen, kleinen Leben. Auch wenn sie weiß Gott kaum etwas verstanden hatte von dem, was Lise ihr erzählt hatte, so hatte es sie dennoch abgelenkt.

Aber jetzt war sie wieder zurück, die Angst, weil sich Berlin nun unaufhaltsam vor ihrem Zugfenster ausbreitete: große Häuser, die aus dem Boden wuchsen wie riesige Ungeheuer, die Menschen dagegen winzig wie Ameisen, die um die Häuser krabbelten. Und es gab so viel von allem!

Wie anders war es in dem Dorf ihrer Kindheit gewesen. Ein Gutshaus und reichlich Land bis zum nächsten, ein paar kleine Häuschen, dazwischen nichts als Felder und Wiesen. Mehr Vieh als Menschen. Sie hatte in ihrem Leben kaum etwas anderes gesehen als das Gut der von Hohensteins, bei denen sie gearbeitet hatte, seit sie dreizehn war. Berlin war das Gegenteil von alldem, und schon aus dem Fenster des Zuges betrachtet erschien es ihr furchtbar beängstigend. Dabei waren sie bisher nur hindurchgefahren! Gleich schon würden sie am Anhalter Bahnhof ankommen und aussteigen müssen – hinein in diese Stadt, von der Anni kaum etwas wusste. Nur, dass sie größer war als alles, was sie kannte. Allein schon, dass sie noch mit weiteren Bahnen fahren musste, bis sie überhaupt beim Haus ihres neuen Dienstherren Friedrich Althoff ankommen würde. Das nämlich lag außerhalb, am Rande von Berlin.

Lise hingegen, die ihr die ganze Zeit mit ernstem, aber wachem Blick gegenübergesessen hatte, schien voller Vorfreude zu sein. Ihre braunen Augen leuchteten und ein zartes Lächeln zeigte sich auf ihrem

Gesicht, als sie nun in den Anhalter Bahnhof einfuhren. Wie schön es wäre, dachte Anni, auch etwas zu haben, worauf man sich freuen konnte. Auch eine Aufgabe zu haben wie Lise, die die Geheimnisse der Natur ergründen wollte – eine Aufgabe, die einen wirklich und im tiefsten Inneren erfüllte. Sie hingegen blickte nur ängstlich ins Ungewisse. Nein, sie wollte nicht nach Berlin! Sie wollte nicht fort von Margarete und ihren anderen Freundinnen. Aber sie musste. So war es eben. Das hatten ihr ihre Eltern bereits beigebracht, als sie klein war: die Dinge zu nehmen, wie sie sind. Menschen wie sie hatten keine Wahl: Es gab zu essen, was auf den Tisch kam – wenn es denn etwas gab –, es wurde angezogen, was da war, auch wenn man anschließend in der Dorfschule wegen der schlichten Holzpantinen ausgelacht wurde. (Immerhin hatten sie überhaupt welche gehabt, andere Bauerskinder mussten barfuß gehen.) Und man lernte, so gut und so viel man konnte, wenn man überhaupt zur Schule gehen durfte (dafür hatte ihre Großmutter gesorgt!), denn mit spätestens vierzehn war das sowieso vorbei, bei ihr sogar schon mit dreizehn, weil die Eltern sie nicht mehr mit durchfüttern hatten können. Auch damals schon hatte sie keine Wahl gehabt, hatte zu den von Hohensteins gehen müssen. Und jetzt konnte sie nur hoffen, dass ihr Leben bei den Althoffs nicht noch schlimmer werden würde als bei den von Hohensteins. Konnte nur hoffen, dass sie sich einigermaßen wohlfühlen würde.

Schon wieder kamen ihr die Tränen, aber sie drängte sie tapfer zurück.

Gerade rechtzeitig, denn der Zug kam zum Stillstand, und kurz darauf öffneten sich zischend die Türen und gaben den Blick auf die große Halle des Anhalter Bahnhofs frei. Der Zug war nicht allzu voll gewesen, trotzdem strömten jetzt aus allen Türen Menschen, stoben in verschiedene Richtungen davon, vermischten sich mit den Wartenden am Bahnhof. Wie ein großer Ameisenhaufen, dachte Anni erneut.

»Ach, schau, was für ein Gewurle!«, bemerkte auch Lise und deutete auf eine Gruppe adrett gekleideter junger Männer, die vor ihrem Zugfenster entlangliefen.

»Gewurle? Ist das wieder eines von deinen Wiener Wörtern?«

»Ja, stimmt«, antwortete Lise verlegen. »Das muss ich mir abgewöhnen.«

Lise hatte schon ihr Köfferchen in der Hand und schaute Anni erwartungsvoll an. Es war Zeit auszusteigen, aber Anni wollte sich am liebsten in einer Ecke verkriechen – die Fahrt war nun doch viel zu schnell vorübergegangen!

Lise legte ihr freundlich eine Hand auf den Arm. »Es wird bestimmt nicht so schlimm.«

Wie klein Lise war, sah Anni erst jetzt. Im Stehen überragte sie Lise um fast einen Kopf. Und trotzdem wirkte Lise so selbstbewusst, so aufrecht. Anni beschloss, sich ein Vorbild daran zu nehmen, und straffte nun auch selbst die Schultern.

Als sie schließlich einen Fuß auf den Steinboden des Bahnhofs setzte und von der lärmenden Geräuschkulisse überwältigt wurde, stellte das ihre neu gewonnene Stärke gleich auf eine harte Probe. Allein wie anders es hier roch! Die Luft war stickig, aber kein Hauch von Kuhdung war darin – stattdessen eine schwere, rauchige Note. Und nach Menschen roch es, nach vielen Menschen.

Aber das war jetzt nun einmal ihr neues Leben, sagte sich Anni, und sie würde sich fügen. Es musste so sein. Das Gut der von Hohensteins würde sie nicht wiedersehen. Nie wieder.

Lise folgte Anni mit kleinen Schritten, und kurz darauf standen sie beide inmitten der Menschenmenge auf dem Bahnhof. Hinter ihnen schlossen sich die Türen des Zuges.

»Wo musst du hin?«, fragte Lise und schaute sich neugierig um. Anni musste zugeben, dass die riesige Halle sehr beeindruckend war. Etwas Vergleichbares hatte sie noch nie gesehen – so majestätisch und gewaltig. Und wie die Stimmen hier hallten! »Anhalter Bahnhof« stand in großen Lettern auf einer Tafel. Einer von vielen Bahnhöfen in Berlin, wie Anni wusste. In ihrem Dorf hatte es keinen Bahnhof gegeben, sie hatte zu Fuß laufen müssen, bis sie nach Zossen kam. Aber an diesen Weg, den sie fast nur weinend zurückgelegt hatte, wollte sie jetzt nicht mehr denken. »Ich muss in die Promenadenstraße 9«, antwortete sie deswegen schnell. »Das ist in Groß-Lichterfelde – so heißt die Gegend. Sie liegt südlich von hier.« Sie musste nicht einmal auf den Zettel schauen, den sie sich zur Erinnerung mitgenommen hatte. Sie wusste die Adresse auswendig. »Und du?«

»Ich muss versuchen, eine möglichst günstige Pension zu finden«, sagte Lise und wirkte auf einmal doch etwas verunsichert. »Ich werde mich schon zurechtfinden. So anders als in Wien kann es hier ja nicht sein!«

»Ich wünsche dir viel Glück«, sagte Anni und zögerte. Sie hatte das dringende Bedürfnis, bei der neu gefundenen Freundin zu bleiben – wenn man sie denn als Freundin bezeichnen konnte. Sie kannten sich ja gerade erst zwei Stunden, und doch hatte sie Vertrauen zu der jungen Frau mit dem lustigen Dialekt gefasst. Eine echte Wienerin! Und was für spannende Geschichten ihr Lise erzählt hatte! Anni hatte noch nie jemanden getroffen, der sich so gut mit den Naturwissenschaften auskannte und darüber auf eine Art sprach, die zeigte, dass sich hinter »Physik« mehr verbarg als nur unverständliche Formeln – nämlich eine eigene kleine Welt voller Geheimnisse.

Durch Lise und ihre Geschichten hatte Anni etwas Mut gefasst. Ohne ihre Gesellschaft wäre sie auch jetzt noch das kleine Häufchen Elend, das sie seit dem Abschied vom Gutshaus gewesen war. Aber ihre Wege mussten sich hier trennen.

»Vielleicht laufen wir uns ja bald wieder über den Weg«, versuchte Lise, die Stimmung aufzuheitern, und reichte Anni ihre Hand. »Es hat mich jedenfalls sehr gefreut, dich kennenzulernen!«

Anni hielt Lises Hand einen Moment lang fest, die klein und schmal war. Trotzdem hatte sie einen festen Händedruck. Anni wollte noch etwas sagen, da wurden sie mit einem Ruck auseinandergerissen. Eine junge Frau war gegen Lise gestolpert und hatte sie zum Schwanken gebracht.

»Oh je, das tut mir leid«, rief die Frau, eine hübsche Brünette mit einem so extravaganten, riesigen Hut, wie Anni ihn nur von ihrer alten Dienstherrin kannte.

Lise war der Koffer aus der Hand gefallen und aufgeklappt, und die drei Frauen bückten sich nun rasch, um den Inhalt wieder einzusammeln: einige schlichte schwarze Kleider und Röcke mit weißen Blusen, eng beschriebenes Papier mit merkwürdigen Formeln darauf – zumindest glaubte Anni, dass es Formeln waren – und ein paar Bücher, viel mehr hatte Lise sowieso nicht dabei.

»Es tut mir so leid«, sagte die junge Frau, der ihr Hut vom Kopf zu rutschen drohte, während sie sich bückte. Sie hatte gerötete Wangen, als ob sie gerannt wäre, und wirkte ganz außer Atem. »Ich bin heute ein wenig durch den Wind!«

»Das macht doch nichts.« Lise lächelte freundlich zurück und schloss ihren Koffer. »Wir sind auch neu in Berlin und noch völlig überwältigt.«

Und wie überwältigt sie waren, dachte Anni. Gerade fuhr erneut ein Zug ab, und es zischte und pfiff so laut, dass ihr ganz schwindelig wurde.

»Oh nein, das ist es nicht«, sagte die junge Frau und lachte übermütig. »Ich habe nur meinen Mann zum Zug gebracht. Aber Ihnen ein Willkommen in Berlin. Sie werden es sicher lieben. So!« Sie richtete freudestrahlend ihren Hut und nickte ihnen beiden zu.

Seltsam, dachte Anni, dass sie so fröhlich wirkt, wo sie doch ihren Mann zum Zug gebracht hat. Aber sie freute sich trotzdem, dass die erste Berlinerin, die sie trafen, so nett war. Vielleicht war die Großstadt doch weniger beängstigend und fremd, als sie gedacht hatte – dass sie zumindest schon zwei nette Frauen getroffen hatte, konnte man doch als gutes Zeichen werten, oder? Ihre geliebte Großmutter zumindest hatte an die Kraft von guten Omen geglaubt – und ganz oft hatte sie damit auch richtig gelegen.

»Sagen Sie«, hielt Anni die Frau schüchtern auf, bevor diese wieder in der Menge verschwinden konnte. »Ich suche den Zug nach Groß-Lichterfelde Ost. Wissen Sie, wo ich da hinmuss?«

»Groß-Lichterfelde Ost?« Die junge Frau runzelte die Stirn. »Da fährt von hier nur eine Fernbahn hin. Für die Stadtbahn müssten Sie da sicherlich zum Potsdamer Bahnhof! Das ist aber nicht weit von hier. Ungefähr in die Richtung.« Sie zeigte einmal durch die Halle. Als sie Annis Blick sah, lachte sie. »Ich kann mir vorstellen, dass das am Anfang etwas überwältigend ist. Ich wohne ja auch nicht in Berlin, sondern in Charlottenburg, da ist es etwas ruhiger. Aber an den Trubel gewöhnt man sich schnell.«

»Wenn Sie meinen.« Anni versuchte, nicht allzu skeptisch zu klingen.

Die Brünette lachte wieder. »Ach, wissen Sie was, ich zeig's Ihnen! Kommen Sie mit! Und Sie, brauchen Sie auch Hilfe?«

Die junge Frau richtete ihre strahlend blauen Augen auf Lise.

»Nein, danke, es wird schon gehen«, sagte Lise und umfasste fest ihre Tasche. Wie tapfer sie war, dachte Anni.

»Na dann, auf«, sagte die junge Frau. Anni blieb gerade Zeit, sich noch einmal von Lise zu verabschieden, dann folgte sie der ungestümen Frau, die sich mit beneidenswerter Geschicklichkeit einen Weg durch die Menschen bahnte. Ihr hübsches Kleid bauschte sich hinter ihr. Erst jetzt fiel Anni auf, wie fein sie gekleidet war. Mit dem kornblumenblauen Kleid aus Seide, das mit aufwendigen Stickereien versehen war, war sie in der überwiegend schlicht gekleideten Menge ein echter Farbklecks. Eine merkwürdige Frau, fand Anni. So sorglos, als könnte sie rein gar nichts niederdrücken. Ganz sicher eine feine Dame – allein die Spitzenhandschuhe, die sie trug, und der große Hut mit der Pfauenfeder zeugten davon – und trotzdem so herzlich, dass sie jemandem wie Anni den Weg zeigte.

Dafür war sie umso dankbarer, als sie aus dem Bahnhof heraustraten und sich auf den Weg zum Potsdamer Bahnhof machten – vorbei an Droschken mit Pferden und motorbetriebenen Kraftdroschken, die über das Pflaster rumpelten, vorbei an feinen Damen und Herren, die die breite Allee entlangflanierten. Lise hatte völlig recht: ein wahres Gewurle war das! Beinahe wäre Anni gegen einen Mann gestoßen, der ein

Schild hielt, auf dem heiße Würstchen angepriesen wurden. Da war es gut, dass die junge Frau, die sich als Hedwig vorstellte, fröhlich vor sich hin plapperte und Anni damit von all den neuen Eindrücken ablenkte.

Es war schon Abend geworden, als Anni endlich in Groß-Lichterfelde Ost ankam. Der Bahnhof war zu Annis Erleichterung nicht mit dem Anhalter Bahnhof oder dem Potsdamer Bahnhof zu vergleichen. Ruhig und dörflich lag Groß-Lichterfelde in der Abenddämmerung vor ihr. Hier und da surrte leise eine Gaslaterne und spendete ein sanftes, gelbes Licht, ansonsten war es still und dunkel. Zum ersten Mal an diesem Tage konnte Anni richtig durchatmen. Sie hatte es so weit geschafft. Nun würde sie auch noch das letzte bisschen Weg bewältigen.

Sie ging ein paar Meter den Bahnhofsvorplatz entlang und schaute sich neugierig um. Aber vor sich sah sie nur dunkle Straßen, die allesamt gleich aussahen: schmale Alleen, umsäumt von dunkel wogenden Bäumen, aber ohne die Geräusche, die sie vom Land kannte. Kein Pferd wieherte, kein Hund bellte. Diese Stille war beängstigend. Als sei es tiefste Nacht, dabei war es erst Abend. Dann hörte sie ein leises »Tock, tock«, und kurz darauf sah sie einen älteren Herrn mit Gehstock, der ihr auf der Straße entgegenkam.

Anni nahm all ihren Mut zusammen und sprach ihn an: »Entschuldigen Sie, ich suche die Promenadenstraße 9. Könnten Sie mir sagen, wo ich da hinmuss?«

Der Mann musterte sie prüfend und lächelte dann. »Das neue Dienstmädchen vom Herrn Geheimrat Althoff, was?«

»Sie kennen ihn?«, fragte Anni überrascht. Bei einer so großen Stadt wie Berlin hätte sie erwartetet, dass sich hier niemand kannte. Sagte man nicht von Großstädtern, dass sie immer für sich blieben? Nun, sie waren ja hier etwas außerhalb von Berlin, vielleicht galt das da nicht mehr.

Der Mann lachte laut und polternd, dass es in der dunklen Straße widerhallte. Wäre er nicht schon so alt gewesen, hätte Anni es jetzt mit der Angst zu tun bekommen.

»Den Herrn Althoff kennt hier doch jeder! Sogar ein Platz in Steglitz ist nach ihm benannt! Und eine Straße!«

Ein eigener Platz? Und eine eigene Straße?

Anni wurde ganz schwindelig. Ihr war nicht bewusst gewesen, dass dieser Herr Althoff solch eine Persönlichkeit war. Eine Berühmtheit offenbar! Dabei war er doch nur Beamter in einem Ministerium in Berlin. Aber sie wusste ja ohnehin nicht viel. Diese Arbeit hatte ihr alter Dienstherr ihr verschafft, der sie dringend hatte loswerden wollen. Und genau deswegen hatte Anni auch bisher nur das Schlechteste von jenem mysteriösen Herrn Althoff gedacht.

»Jedenfalls müssen Sie da hinein, junges Fräulein«, sagte der Mann nun und wies ihr den Weg in eine der dunklen Straßen. »An der nächsten Ecke links, das ist dann schon die Promenadenstraße. Fünf Minuten laufen Sie dort entlang, dann sind Sie schon da. Das hübsche sandfarbene Haus auf der rechten Seite, Sie können es nicht verfehlen!«

»Danke schön.« Anni knickste schüchtern und beeilte sich dann, den gezeigten Weg einzuschlagen.

Und tatsächlich: Wenige Minuten später kam sie bei der Villa an. Sie fühlte sich, als wäre sie gerannt, aber es war nur ihr Herz, das so stürmisch in ihr holperte. Ihre Finger, die ihr weniges Hab und Gut umklammerten, fühlten sich ganz klamm an.

Eine Auffahrt führte zu dem Haus, das ein hübscher, kleiner Garten umgab, in dem ein paar Blumen blühten. Der Duft erinnerte Anni an ihr zu Hause – violette und rosafarbene Astern und hellblauer Lavendel. Es musste hier einen Gärtner geben, der so einen schönen Garten pflegte.

Anni ließ sich noch einen Moment Zeit, um durchzuatmen. Ihr Herz klopfte noch immer hektisch. Dann nahm sie sich zusammen. Auf ein Neues, dachte sie sich, schritt beherzt durch das schmiedeeiserne Tor auf das Haus zu und betätigte die Drehklingel aus Messing.

Drinnen blieb es ruhig. Dann hörte man eilige Schritte, und kurz darauf wurde die Tür aufgerissen. Eine magere, ältere Frau stand im Türrahmen, streng gekleidet in einem dunkelblauen Kleid, das sie bis oben hin zugeknöpft hatte. Auch die hellen Haare, durchzogen von grauen Strähnen, waren streng nach hinten gebunden. Sie musterte Anni mit unbewegtem Gesicht von Kopf bis Fuß.

»Du musst Anni sein«, sagte sie dann. Aus ihrer Miene ließ sich nicht schließen, ob sie zufrieden war mit dem, was sie sah, oder enttäuscht.

Anni knickste und versuchte, tapfer zu lächeln. »Ja, das bin ich, gnädige Frau.«

»Mein Name ist Marie Althoff, deine neue Dienstherrin, und du wirst mich Madame nennen.«

»Ja, Madame.«

Ein leichtes Lächeln spielte um die strengen Züge der neuen Hausherrin. »Nun steh nicht so herum, herein mit dir!«

Die Frau machte einen Schritt zur Seite, und Anni trat hastig in die Diele.

Der Eingangsraum war hell erleuchtet und behaglich eingerichtet. Alles war wesentlich kleiner als auf dem prächtigen Gut der von Hohensteins mit den Marmorsäulen, die die Eingangshalle zierten. Hier waren die Wände holzvertäfelt, Türen führten in weitere Zimmer, und eine Wendeltreppe wand sich bis in den ersten Stock.

»Du bist sicher müde von der Reise«, bemerkte Marie Althoff und musterte Anni erneut.

»Ja, Madame«, gab Anni zu. Es half ja auch nichts, es zu leugnen. Jetzt, wo endlich ein Teil der Anspannung von ihr abfiel, war sie so müde, dass sie hätte umfallen können.

»Du wirst dem Hausherrn vorgestellt, danach zeige ich dir deine Kammer«, befand Marie Althoff.

»Sehr gerne, Madame.«

Wieder lächelte ihre neue Hausherrin. Anni fand, dass sie, wenn sie lächelte, gar nicht mehr so furchteinflößend wirkte. Nur ein wenig streng vielleicht.

»Hier entlang.«

Marie Althoff zeigte ihr das Haus, die Zimmer im Erdgeschoss, die sie betreten durfte – das Wohnzimmer mit seinen großen Eichenmöbeln und der riesigen Vitrine voller Geschirr, die Küche mit dem Herd und einem kleinen Esstisch –, und führte sie dann ein Stockwerk höher.

»Hier ist das Arbeitszimmer meines Mannes.« Marie Althoff zeigte auf eine geschlossene lackierte Flügeltür. »Da darfst du nur hinein, wenn du gerufen wirst. Hast du das verstanden?«

»Ja, Madame«, brachte Anni heraus. Ihr Herz hatte wieder angefangen, wild zu schlagen, und erschwerte ihr das Sprechen. Wie würde Friedrich Althoff sein? Wenn er so war wie Alfred von Hohenstein, würde sie dann erneut eine furchtbare Zeit durchleben? Würde es ihr am Ende gar ergehen wie ihrer liebsten Freundin Margarete?

Aber daran wollte Anni jetzt nicht denken. Stattdessen nickte sie tapfer und schaute atemlos zu, wie ihre neue Herrin an die Tür klopfte und sie schließlich öffnete, als von drinnen ein polterndes »Herein« ertönte.

»Unser neues Dienstmädchen«, verkündete die Herrin und gab dann den Blick für Anni frei.

Der Raum war größer, als sie erwartet hatte: ein sehr geräumiges Arbeitszimmer, dessen Seiten mit wuchtigen Schränken zugestellt waren – bis oben hin voller Akten und Bücher. Mittendrin stand ein imposanter Schreibtisch, auf dem sich ebenfalls Bücher türmten, dahinter saß ein kräftiger Mann mit weißem Vollbart und runder Brille, der nur flüchtig nach oben schaute.

»Schön«, sagte er zerstreut, dabei hatte er sie gar nicht richtig angeschaut. Und jetzt vertiefte er sich sogleich wieder in seine Lektüre.

»Ist noch etwas?«, fragte er schließlich unwirsch, und Anni merkte, dass sie sich keinen Schritt von der Stelle bewegt hatte.

»Na, komm schon.« Ihre Hausherrin nahm sie am Arm und führte sie wieder zur Wendeltreppe. Die Flügeltüren zum Arbeitszimmer schloss sie sorgfältig. Anni musste ein erleichtertes Aufatmen unterdrücken.

»Er arbeitet sehr viel«, sagte Marie Althoff, als sie die Treppe wieder hinunterstiegen. »Und er braucht vor allem abends seine Ruhe. Alles Weitere werde ich dir morgen erklären.«

Sie standen nun wieder im Erdgeschoss, und Marie Althoff winkte sie in die Küche. Dahinter führte ein kleiner Flur zu zwei weiteren Zimmern. »Hier ist die Speisekammer und dahinter ist deine Kammer«, erklärte die Hausherrin. Sie öffnete eine Tür und zeigte Anni das Zimmer, das klein und zweckdienlich eingerichtet war: Es gab ein Bett, einen Waschtisch mit Schemel, sogar einen kleinen Schreibtisch, auch wenn Anni nicht wusste, wozu ein Dienstmädchen so etwas brauchen könnte. Auf einem Nachttisch stand eine Petroleumlampe, das Fenster zeigte direkt auf ein Asternbeet im Garten.

»Ruh dich aus. Morgen um 6.30 Uhr erwarte ich dich im Esszimmer.« Die Hausherrin drehte sich auf ihre steife Art um, wandte sich dann aber noch einmal an Anni. »Es ist gut, dass du da bist«, sagte sie, leise zwar, aber mit einem leichten Lächeln auf den schmalen Lippen. Und dann hatte Marie Althoff sie auch schon allein gelassen und die Tür hinter sich geschlossen. Ihre Schritte hallten im Flur nach, dann war es leise. Sehr leise.

Völlig erschöpft sank Anni auf dem Bett zusammen. Es war weicher, als es aussah, sogar ein Kissen gab es. Anni schloss die Augen und lauschte ihrem eigenen Herzschlag.

Obwohl sie so müde war, konnte sie nicht einschlafen.

Lise

Berlin begrüßte Lise am nächsten Tag mit Regen. Die Schwüle des gestrigen Tages hatte sich in der Nacht in einem heftigen Gewitter entladen. Die sturmgrauen Wolken hatten sich über den hohen Häusern bedrohlich zusammengebraut, dann waren solche Wassermassen auf den Boden geprasselt, als leerte ein wütender Gott ganze Kübel über der Stadt aus. Lise hatte sich das Spektakel durch das schmutzige Fenster ihrer Pension angeschaut. Die Fensterläden klapperten im Wind, und im Zimmer zog es. So hatte sie sowieso nicht schlafen können. Außerdem prangte an der Wand ein großer Schimmelfleck.

Jetzt aber brodelte die Aufregung wieder in ihrem Bauch und ließ sie ihre Müdigkeit und den leichten Nieselregen, der aus dem grauen Himmel auf sie herabtröpfelte, vergessen. Gewaltige Bauwerke säumten die vielbefahrene Friedrichstraße, während in den kleineren Straßen im Umfeld kaum jemand unterwegs war. Dafür hämmerte und krachte es an jeder Ecke. Als wäre Berlin eine einzige Baustelle! Und als sie nach einem kleinen Fußmarsch in der Straße »Unter den Linden« ankam, konnte sie gleich das prächtige Gebäude der Staatsoper bewundern. Ob sie sich jemals eine Eintrittskarte würde leisten können? Dann allerdings entdeckte Lise die Universität, und jede Sehnsucht nach musikalischer Zerstreuung war vergessen. Beinahe wäre sie unter die Räder geraten, weil sie es so eilig hatte, endlich zum Hauptgebäude der Universität zu gelangen.

Vor den Toren der Universität »Unter den Linden« wurde ihr nur zu bewusst, dass sie im Begriff war, den nächsten wichtigen Schritt ihres Lebens zu machen: einen weiteren Schritt in Richtung einer wissenschaftlichen Laufbahn. In Richtung ihrer großen Leidenschaft, der Physik. In Richtung einer noch völlig unbekannten Welt des Wissens, die es zu entdecken galt.

Lise durchschritt das von zwei großen Sockeln flankierte Tor und begutachtete dabei das Hauptgebäude der Universität. Prunk war sie aus Wien nur zu Genüge gewöhnt, aber ein so riesiges und dabei majestätisches Bauwerk, das allein der Wissenschaft gewidmet war, war noch einmal besonders beeindruckend. Lise wünschte, sie würde sich besser in Architektur auskennen, um auch wirklich ermessen zu können, wann und wie so etwas Schönes gebaut werden konnte und was für eine Arbeit darin steckte. So aber stand sie nur staunend da und bewunderte das Gebäude.

Es sah aus wie ein Schloss. Hohe Säulen schmückten das große Gebäude an der Front, und obendrauf prangten mehrere Statuen, die man von hier unten kaum erkennen konnte, aber sie schienen wissend in die Welt hinauszuschauen. Die Eingangstür stand offen, und ab und zu schritt ein Student beherzt von dort in den begrünten kleinen Vorgarten, der die Universität von der lauten und trubeligen Straße »Unter den Linden« trennte.

Lise nahm die kleine Stufe und fand sich kurz darauf in einer großen Eingangshalle wieder. Eine von Säulen umrahmte, mächtige Treppe, die sich auf der Mitte zu zwei Treppenläufen teilte, führte in den ersten Stock. Kronleuchter hingen von der Decke und malten Lichtreflexe auf den glänzenden Marmorboden.

Jetzt war es zunächst wichtig, alle Formalitäten zu klären, damit ihrem weiteren Studium nichts mehr im Wege stand. So etwas wie Formalitäten war nämlich genau das, was Lise gerne einmal vergaß. Als Erstes würde sie sich um die Immatrikulation kümmern. Wenn dann noch Zeit blieb, wollte sie dem Institut für Physik einen ersten Besuch abstatten – und danach musste sie sich wohl oder übel eine bessere Unterkunft suchen.

Die amtliche akademische Anlaufstelle, entnahm sie einer Informationstafel, war im Seitenflügel untergebracht, und Lise durchstreifte den ersten Korridor. Da noch vorlesungsfreie Zeit war, war die Universität recht leer, nur einige elegant gekleidete junge Männer durchschritten redend die Flure. Und tuschelten miteinander, wenn sie Lise sahen. Einer, das merkte sie genau, schaute ihr hinterher.

Ob die noch nie eine Frau gesehen hatten, fragte sie sich. Es war schon merkwürdig, dass sie bisher keiner einzigen anderen Frau begegnet war. Freilich hatte es auch in Wien eher wenige Frauen an der Universität gegeben, aber die Tendenz war steigend. Unter den Studentinnen hatte sie einige gute Freundinnen gefunden, und sie hoffte natürlich, dass es hier auch so sein würde. So manches Mal war sie gemeinsam mit ihrer Kommilitonin Selma die maroden Treppen des Physikinstituts hinaufgestiegen. Es war schön gewesen, nicht nur von jungen Männern umgeben zu sein. Allein schon, weil man dann nicht ständig so ungebührlich angestarrt wurde, wie zum Beispiel jetzt von den zwei Burschen mit gewaltigen Schnauzern, die ihr entgegenkamen.

Wenigstens hatte sie jetzt die akademische Anlaufstelle gefunden, wie ein Schild ihr verriet. Vor dem Raum warteten auch schon zwei junge Männer, denen sie freundlich zunickte.

Es dauerte eine Ewigkeit, die Lise auf einem unbequemen Stuhl warten musste, bis sie endlich an der Reihe war. Außer ihr wartete nun niemand mehr im Gang, und als die Tür geöffnet wurde und der schmächtige Student, der eben dahinter verschwunden war, wieder herauskam, stand sie sofort auf.

Der zuständige Beamte, ein hagerer Mann mit einem langen Gesicht, schaute sich im Gang um, als suchte er nach jemand anderem. Erst dann wanderte sein Blick zu Lise.

»Also gut«, grummelte er, als machte er ein großes Eingeständnis.

Er hielt Lise die Tür auf und schloss sie, kaum dass sie beide in dem kleinen Büro standen. Dann setzte er sich hinter seinen ordentlich sortierten Schreibtisch und schaute sie abwartend an. »Nun?«

»Ich möchte mich immatrikulieren«, sagte Lise und versuchte, ihrer Stimme einen möglichst selbstsicheren Klang zu geben.

Der Beamte runzelte die Stirn und schaute sie dann an, als hätte sie ihm gerade einen schlechten Witz erzählt. »Immatrikulieren? Sie wollen mich wohl veräppeln!«

»Ganz und gar nicht. Ich bin hier, um Physik zu studieren«, erwiderte Lise tapfer. Die zusammengezogenen Augenbrauen des Beamten verunsicherten sie. Jetzt runzelte der Beamte dazu noch einmal die Stirn und lehnte sich vor.

»Sagen Sie, Fräulein …?«

»Meitner«, sagte Lise. »Lise Meitner.«

»Sagen Sie, Fräulein Lise Meitner«, wiederholte der Beamte. »Kommen Sie vom Mond?«

»Nein«, stotterte Lise. Sie war irritiert, das lief nicht so, wie sie es erwartet hatte. »Aus Wien«, schob sie schnell hinterher. »Ich habe dort Physik studiert und möchte nun bei Professor Planck weiterstudieren. Er ist bereits über mein Kommen informiert.«

Das hoffte sie zumindest. Geschickt hatte sie ihm all ihre Aufsätze schon vor einigen Wochen – eine Antwort hatte sie allerdings nicht bekommen. Aber schließlich war der Professor ja auch sehr beschäftigt.

»Nun, Fräulein Meitner«, sagte der Beamte mit strenger Stimme. »Bei uns in Preußen läuft es so: Sie sind eine Frau, und Frauen können sich an dieser Universität nicht immatrikulieren. Wir sind eine Traditionsuniversität! Ob sie nun bereits Physik studiert haben oder nicht.«

»Oh.« Mehr brachte Lise nicht hervor.

»Sie können allerdings einen Antrag auf Gasthörerschaft stellen«, fuhr der Beamte nun etwas freundlicher fort. »Diesem wird unter Umständen stattgegeben. Es fallen die üblichen Gebühren an, zuzüglich der Gebühren für eventuelle Privatkurse, die Sie besuchen möchten. Jedenfalls müssen Sie den Antrag sowohl hier stellen als auch beim betreffenden Professor, bei dem Sie hospitieren möchten. Jeder Professor entscheidet selbst, ob er Frauen in seinen Vorlesungen duldet oder nicht. Außerdem müssen die Fakultät und das Kultusministerium zustimmen. Da Sie eine Frau sind, brauchen Sie die Zustimmung all dieser Institutionen, um eine Sondergenehmigung zu bekommen.«

Lises Herz fühlte sich an, als drückte es jemand kräftig zusammen. Wieso hatte sie sich nicht besser über die preußischen Gepflogenheiten informiert? Sie hätte erst einmal Erkundigungen einholen sollen, nicht nur Briefe an Professor Planck schreiben. Aber daran hatte sie mal wieder nicht gedacht, sich nicht für das Drumherum interessiert – genau wie ihre Schwestern immer sagten: »Wenn's nicht im Physikbücherl steht, versteht das Liserl nichts davon.«

»Sie können direkt bei Herrn Professor Planck vorsprechen«, fuhr der Beamte fort. »Ich sage Ihnen aber gleich, dass das nicht leicht wird. Professor Planck ist Frauen in seinen Vorlesungen gegenüber zumeist negativ eingestellt.«

»Gut, dann«, Lise schwand der Mut, »danke.«

Der Beamte zögerte einen Moment, griff dann aber zu einem Stück Papier und kritzelte unleserlich etwas darauf. »Hier steht seine Raumnummer. Das Institut für theoretische Physik ist im Hauptgebäude untergebracht. Vergessen Sie nicht, das Anmeldeformular wieder hier abzugeben. Sollte er Sie akzeptieren und von Fakultät und Kultusministerium kein Widerspruch kommen, werden für die Einschreibung als Gasthörerin sechs Mark fällig, die Kolleggelder natürlich dann zuzüglich, je nachdem, was Sie für Veranstaltungen besuchen. Sie sollten wohl alles in allem nicht weniger als ein- bis zweihundert Mark einrechnen.«

Ein- bis zweihundert Mark? Und das für nur ein Semester? Lise rechnete im Kopf nach, wie viel sie noch zur Verfügung hatte. Das würde knapp werden. Aber sie hatte ja ohnehin vorgehabt, sich durch Privatstunden etwas dazuzuverdienen – das hatte in Wien jedenfalls gut geklappt. Auch wenn sie sicherlich pro Stunde nicht mehr als ein paar Mark würde nehmen können, wenn überhaupt.

»Danke«, brachte sie noch einmal hervor und verließ dann fluchtartig den engen Raum. Sie wollte auf keinen Fall, dass der Beamte sah, wie erschrocken sie über diese strengen Vorgaben war. Dabei hatte sie sich das alles so viel leichter vorgestellt. Was war sie nur wieder naiv gewesen!

Draußen im Flur saßen nun zwei weitere junge Männer und zu Lises Überraschung auch eine junge Frau mit einem auffälligen Hut, die ihr merkwürdig bekannt vorkam. Die junge Frau schaute hoch. Als sie Lise entdeckte, breitete sich sogleich ein Lächeln auf ihrem Gesicht aus.

»Na, so was, Sie sind doch die Frau vom Anhalter Bahnhof gestern«, rief sie laut, ungeachtet dessen, dass sie ja gar nicht alleine im Gang waren und der Beamte gerade schon mit verdrießlicher Miene den nächsten Burschen zu sich ins Büro rief.

Jetzt erinnerte sich auch Lise: Die junge Frau hatte sie am Bahnhof angerempelt, und daraufhin hatte sich Lises ganzes Hab und Gut auf dem Bahnhofsboden verteilt.

»Sie sehen aber gar nicht glücklich aus«, bemerkte sie. »Ist es da drinnen sehr schlimm?«

»Das kommt wohl darauf an, was man erwartet«, erwiderte Lise, »ich wollte mich immatrikulieren, aber mir wurde gesagt, das sei für

Frauen gar nicht möglich. Nur Gasthörerschaft und dazu ein Haufen Formalitäten!«

»Das stimmt«, bekräftigte die andere Frau, »es ist eine Schande! Aber keine Sorge, wenn Sie zu den wenigen glücklichen Frauen gehören, die überhaupt ein Abitur haben, wird so ein Gasthörerantrag oft angenommen. Also zumindest, wenn Sie keinen Diebstahl oder dergleichen begangen haben und Ihr Mann zustimmt – das wird nämlich alles geprüft, sogar ein Leumundszeugnis können die anfordern. Unglaublich, oder?« Die Frau verzog das Gesicht. »Aber ich sollte mich wohl lieber nicht zu laut darüber aufregen, sonst wird mir das noch als politisch angekreidet, und ich kann meinen eigenen Gasthörerantrag vergessen. Frauen dürfen ja auch keine Politik machen. Nur Kulturelles! Pff!«

Die Frau rümpfte die Nase, und Lise dachte, dass sie dafür, dass Frauen hier anscheinend noch weniger durften als in Wien, recht unbefangen an einem öffentlichen Ort solche Reden schwang. Der junge Mann, der noch mit ihnen wartete, schaute misstrauisch zu ihnen herüber.

»Nun gucken Sie nicht so erschrocken! So schnell wird man nun auch wieder nicht verhaftet. Glauben Sie mir, ich kenn mich da aus.« Die andere Frau lachte, als sie Lises Gesichtsausdruck sah. »Mein Name ist übrigens Hedwig.« Sie hielt Lise die Hand hin. »Ich freue mich, dass wir bald Kommilitoninnen sein werden. Was werden Sie denn für Fächer wählen? Ach ja, und sag doch Du, bitte.«

»Lise«, erwiderte Lise und ergriff die Hand der anderen. »Und Physik.«

»Physik? Also, mich interessieren ja mehr die Geschichtswissenschaften, Literatur vielleicht, und Psychologie.«

»Das ist ganz schön viel«, bemerkte Lise.

»Na ja, ich habe schließlich vorerst nur das eine Semester.« Hedwig zuckte mit den Schultern. »Da muss ich mitnehmen, so viel ich kann.«

Ehe Lise fragen konnte, wieso denn Hedwig nur ein Semester würde studieren können, ging die Tür auf und der Beamte schaute missmutig zu Hedwig. Sie hatten über das Gespräch gar nicht gemerkt, dass sich der Gang nun wieder vollends geleert hatte.

»Ich wünsche dir viel Glück«, sagte Lise und nickte der jungen Frau freundlich zu.

»Es hat mich sehr gefreut, dich kennenzulernen«, sagte Hedwig. »Wir sehen uns bestimmt wieder. Zumal es hier ja wenig andere Frauen gibt.«

»Das ist mir auch schon aufgefallen«, erwiderte Lise.

Der Beamte räusperte sich ungehalten.

»Hedwig Brügger.« Hedwig zwinkerte Lise noch einmal zu und reichte dann dem verdutzten Beamten beherzt ihre Hand.

Lise wartete, bis Hedwig mit dem Beamten im Zimmer verschwunden war, dann machte sie sich auf den Weg zu Plancks Büro.

Der Himmel hatte aufgeklart, und Sonnenlicht fiel durch die staubigen großen Fenster auf den Steinboden des Korridors. Die meisten Studenten schienen sich jetzt draußen aufzuhalten, denn die Gänge waren regelrecht verwaist, und Lises Schritte hallten laut von den kahlen Wänden wider. Dennoch war sie nun etwas zuversichtlicher. Das Gespräch mit Hedwig hatte sie nach der herben Enttäuschung im Immatrikulationsbüro aufgeheitert. Die Energie der jungen Frau war ansteckend, sodass sie sich gewappnet fühlte, nun auch noch den Besuch bei Professor Planck hinter sich zu bringen. Sie hatte schließlich keine Zeit zu verlieren!

Doch als sie dann vor der geschlossenen, schmucklosen Tür von Plancks Büro stand, verließ sie fast der Mut. Es fiel ihr sowieso schon immer schwer, vor wichtigen Leuten zu sprechen, und jetzt, da sie wusste, dass Planck ihr gegenüber möglicherweise nicht allzu positiv eingestellt sein würde, war es nur noch schlimmer. Dabei war der Professor doch der eigentliche Grund, warum sie überhaupt nach Berlin gekommen war! Seine Forschung in der theoretischen Physik besaß den besten Ruf, und ihr ehemaliger Professor Boltzmann hatte in höchsten Tönen von ihm gesprochen. Boltzmanns Tod hatte eine große Lücke in die Physik in Wien gerissen und nicht nur dort: Auch Lise war noch immer untröstlich, dass der Professor unwiederbringlich fort war. Boltzmann hatte in ihr die Liebe zu den Naturwissenschaften entfacht, und sie wollte nun bei demjenigen lernen, den Boltzmann selbst für den Besten hielt. Auch wenn dieser jemand Professor Planck war und sie große Angst vor ihm hatte.

Jetzt sei kein Feigling, ermahnte sie sich selbst. Wer sich nichts traut, der kommt auch nicht voran. Und voranzukommen war schließlich ihr innigster Herzenswunsch.

Ehe sie noch lange zögern konnte, hob sie die Hand.

Und klopfte.

Kapitel 2: Beharrlichkeit zahlt sich aus

Hedwig

Sie waren alle gekommen. Hätten nicht die mächtigen Vorhänge aus Spitze die hohen Fenster des Salons verschleiert, man hätte sie dort alle als bunt durcheinandergewürfelte Truppe sehen können: die großen Damen der Frauenbewegung, mal extravagant elegant, mal bescheiden gekleidet, gemeinsam in einem prunkvollen, vom Schein zahlreicher Kerzen in ein warmes Licht getauchten Saal, standen sie einträchtig beieinander oder saßen auf den weichen Polstermöbeln. Das war es, was Hedwig an dem Frauensalon so liebte: Hier vereinten sich die verschiedenen Flügel der Frauenbewegung. Hier war alles erlaubt. Je nach Anlass wurde heftig diskutiert oder über gemeinsame Aktionen beraten. Und manchmal traf man sich zu rauschenden Festen. Sie hatte sogar schon einmal einen Salon erlebt, wo Hedwig Dohm und Helene Lange einträchtig gepuzzelt hatten – als würden sich die beiden Koryphäen sonst nicht sofort an die Gurgel gehen, sobald es um die Umsetzung und die Ideale der Frauenbewegung ging.

Hedwig hätte den heutigen Salon vermutlich mehr genießen können, wäre sie nicht so aufgewühlt gewesen. Ihr Besuch an der Universität hatte sie mit einer nie gekannten Energie erfüllt, aber auch dafür gesorgt, dass ein Feuer der Wut in ihr loderte. Es waren wirklich zwei Paar Schuhe, ob man wusste, wie es an der Universität zuging, oder es selbst erlebte. Wie gut hatte sie Lises entsetzten Gesichtsausdruck verstanden, als sie selbst beim Beamten der amtlichen akademischen Anlaufstelle gesessen hatte. Er hatte sie behandelt wie Ungeziefer – allein diese ganzen Nachfragen, wieso August denn zulasse, dass seine Frau die Universität besuche. Sie habe doch schon, anders als fast alle anderen Frauen in Preußen, ein Abitur machen dürfen, hatte der Beamte gesagt und sie dabei angeschaut, als wären ihr Hörner gewachsen. Ob das für eine Frau wie sie nicht genug sei und jetzt nicht – wie hatte er es formuliert? – »andere ehrenvolle Aufgaben« auf sie warten würden?

Darauf war sie natürlich vorbereitet gewesen und hatte ein gefälschtes Schreiben Augusts dabeigehabt, das ihr die Erlaubnis, ein Semester zu studieren, zubilligte. Daran hatte sie nächtelang gefeilt, es sah wirklich echt aus. Der Beamte hatte ihrem Anliegen schließlich zustimmen müssen und ihr die Adressen der Professoren genannt, die sie nun um Erlaubnis bitten musste – natürlich nicht, ohne ihr den Hinweis mitzugeben, eine solche Vielzahl an Interessen sei wohl kaum natürlich und gesund für so eine junge Frau.

Und doch wollte sich das Triumphgefühl seitdem nicht recht einstellen: Sie hatte sich das viel feierlicher vorgestellt, diesen Weg in die Freiheit. Und nicht, als müsse sie sich schämen, so viel zu verlangen. Als wäre sie tatsächlich Ungeziefer, das nur zufällig die Wege der Universität kreuzte – zum Leidwesen all derer, die sich sonst in ihren Korridoren aufhielten. Überhaupt: Sie hatte bei ihren ersten Schritten an der Universität mit allem gerechnet. Aber nicht mit diesem dumpfen Gefühl der Niederlage.

»Na, mein Kind, was ziehst du denn ein Gesicht wie drei Tage Regenwetter?«

Hedwig Dohm hatte sich zu ihr gesellt. Die ältere Dame stützte sich schwer auf einen Stock, ihre Augen waren tief in dem hageren Gesicht eingesunken. Und trotzdem überkam Hedwig wie jedes Mal Ehrfurcht, wenn sie die Ältere sah. Die »große Hedwig« nannte man sie hier, während ihre gemeinsamen Bekannten Hedwig selbst immer die »kleine Hedwig« nannten. Das allerdings hatte nichts mit ihrer Körpergröße zu tun: Hedwig, die ohnehin von sehr großem Wuchs war, überragte die große Hedwig schließlich um mindestens einen Kopf, vielleicht gar um zwei, seit die große Hedwig so gebrechlich geworden war, dass sie sich auf einen Stock stützen musste. Kein Wunder, die alte Dame feierte diesen Monat ihren sechsundsiebzigsten Geburtstag.

Nein, der Grund, warum die große Hedwig »große Hedwig« hieß, war ihre beachtliche Persönlichkeit und all das, was sie für die Frauenbewegung bereits geleistet hatte. Jede Frau, die etwas auf sich hielt, kannte Hedwig Dohms Schriften – was auch immer man von ihr halten mochte, denn sie war eine durchaus streitbare Person. Den meisten Frauen gingen ihre Forderungen, vor allem ihre Thesen zum Wesen der Frau, zu weit. Für Hedwig war sie jedoch ein großes Vorbild. Sie verschlang jede ihrer Schriften und liebte die Radikalität ihrer Ideen. Es stimmte doch auch. Die Frau war dem Mann in nichts unterlegen und ganz und gar nicht nur zum Kinderkriegen auf der Welt – im Gegenteil: Sie wurde nur kleingehalten in einer von Männern regierten Welt und konnte ihr Potenzial dadurch nicht einmal ansatzweise ausschöpfen. So zumindest sahen die beiden Hedwigs das. Und deswegen war Hedwig umso stolzer, die ältere Dame nun schon seit geraumer Zeit zu kennen, und hatte sie von Anfang an in ihren Plan, die Universität zu besuchen, eingeweiht. Hedwig Dohm hatte sie sehr darin bestärkt, dort nach Augusts Abreise ihr Glück zu versuchen. Wie ernüchternd der heutige Tag für Hedwig dann allerdings tatsächlich gewesen war, wollte sie vor ihrem Vorbild nur ungern zugeben.

»Heute war mein erster Tag an der Universität«, erwiderte Hedwig. »Es war weniger schön, als ich gehofft hatte.«

Die große Hedwig seufzte und nickte. »Meine Liebe, es wird nicht leicht werden. Aber drum ist es so wichtig, dass du es versuchst. Als ich so jung war wie du, durfte man als Frau die Universität nicht einmal betreten. Was mussten wir kämpfen, damit wir zumindest als Gasthörerinnen akzeptiert wurden! Dieser Kampf ist hart, aber bitter nötig – und er wird nie zu Ende sein«, schloss sie und klopfte mit ihrem Stock auf den Boden.

»Meine liebe Hedwig«, rief Ottilie, die gerade zu ihnen hinüberschlenderte und dabei mit der Hand ein Dienstmädchen mit einem Getränketablett zu sich winkte. Die Dienstmädchen huschten bei ihren wöchentlichen Frauensalons stets wie unauffällige gute Geister durch den prunkvollen Salon und versorgten die anwesenden Frauen mit erlesenen Köstlichkeiten. Ottilie herrschte über dieses bunte Treiben wie eine Königin.

»Wohl wahr«, pflichtete sie nun der großen Hedwig bei und nickte ernst. »Wir haben gekämpft wie die Löwinnen – und doch habe ich mehr und mehr das Gefühl, dass wir auf der Stelle treten. Wie wenige Frauen hier haben die Universität je von innen gesehen!« Sie deutete in den Raum hinein, wo sich einige schon zu ihnen umdrehten, um dem Gespräch zu lauschen. »Wann haben wir das Gasthörerinnenrecht erkämpft?«

»1895«, antwortete die große Hedwig wie aus der Pistole geschossen und beinahe gleichzeitig mit Helene Lange, die sich, auf ihre Assistentin Gertrud gestützt, ebenfalls den Weg zu ihnen bahnte. Auch Hedwigs Freundin Ida war bei den beiden, und Hedwigs heute so bedrücktes Herz machte einen kleinen Sprung. Ida würde sie erzählen können, wie ernüchternd der erste Tag wirklich gewesen war – sie würde ihr bestimmt neue Kraft geben.

Ida begrüßte Hedwig ihrerseits mit einer freudigen Umarmung. »Meinst du, die beiden gehen sich gleich wieder an die Gurgel?«, flüsterte sie Hedwig zu und schaute mit leuchtenden Augen zwischen der großen Hedwig und Helene hin und her. Ida liebte jede Form von Streitgespräch, je ärger es zuging, umso besser, das war schon immer so gewesen. So manches Mal hatte sie den Privatlehrer, bei dem Hedwig und sie gemeinsam für das Abitur gelernt hatten, mit ihrer Art zur Weißglut getrieben. Hedwig erinnerte sich an einen Frauensalon, bei dem einmal ein ganzes Teeservice durch die Gegend geflogen war, wobei Ida freudig aufgejauchzt hatte.

Hedwig musste zugeben, dass sie heute ebenfalls nicht übel Lust auf eine lebhafte Diskussion hatte, ob mit oder ohne fliegendem Teeservice – das könnte sie vielleicht aus ihrer trüben Stimmung reißen. Noch aber schien kein großer Streit seinen Anfang zu nehmen, denn die große Hedwig lächelte der etwas jüngeren Helene nur freundlich zu und hob ihr Glas. »1895! Dieses Jahr werden wir zwei wohl nie vergessen, nicht wahr, Helene?«

»Ja, ja«, nickte Helene und kniff die Augen zusammen. Sie konnte kaum noch etwas sehen und umgab sich deswegen stets mit ihrer Assistentin Gertrud. Wobei sich die beiden immer so nah beieinander hielten, dass Hedwig sich oft frage, in was für einem Verhältnis sie eigentlich genau zueinander standen. Auf der Straße hielten sie dabei natürlich einen gebührlichen Abstand – auf gleichgeschlechtliche Liebe stand schließlich Zuchthaus. Ottilies Salon war auch in dieser Hinsicht ein Schutzraum: Hier konnte man Dinge aussprechen, die einen sonst ins Gefängnis gebracht hätten, und Dinge tun, die in den Augen der Gesellschaft bestenfalls als unschicklich, schlimmstenfalls als kriminell galten. Vielleicht lag deswegen Helenes Hand stets sanft auf Gertruds Arm, wenn die beiden den Salon betraten.

»Nun, ich habe jedenfalls das Gefühl, die Sache stagniert«, hob Ottilie erneut an. »Es sind nun schon zwölf Jahre vergangen – und an der Universität gibt es noch immer viel zu wenige Frauen. Kein Wunder, diese Gasthörerschaft ist nichts wert! Aber alle Petitionen, die wir seitdem an diverse Abgeordnete herangetragen haben, wurden abgeschmettert oder ignoriert. Wie oft haben wir einzelne Professoren, ganze Fakultäten gar, um Hilfe ersucht! Und ihr erinnert euch ja an die jüngste Umfrage unter Professoren zum Frauenstudium: hier und da ein Hoffnungsschimmer, aber alles in allem einfach nur beharrliche Sturheit und Verbohrtheit.«

»Ach, einige der Professoren sprachen sich doch recht freundlich gegenüber Frauen aus«, widersprach Helene. »Sie sind nicht grundsätzlich gegen mehr Frauenbildung, nur haben sie eben Angst vor Veränderung. Sie fordern getrennte Lehrveranstaltungen. Eine eigene Frauenuniversität – vielleicht sollten wir auf diese Idee umschwenken, jetzt, wo wir doch sonst schon alles ausprobiert haben!«

»Oh, jetzt geht's los«, flüsterte Ida Hedwig zu, die dem Wortwechsel ebenso gebannt folgte – nachdem sie heute hautnah hatte miterleben müssen, wie wenig Wert man an der Universität auf Frauen legte, konnte sie Ottilie nur zustimmen.

Die große Hedwig blitzte Helene empört aus ihren hellen Augen an und schüttelte dann vehement den Kopf. Das glitzernde Licht des Kronleuchters, der genau über ihnen von der hohen Decke hing, ließ ihr schlohweißes Haar aufleuchten wie einen Heiligenschein. Und doch wusste Hedwig, dass die alte Frau ganz und gar nicht so gebrechlich und milde war, wie sie aussah – und gleich, das war so sicher wie das Amen in der Kirche, würde ein Gewitter über Helene losbrechen. Ida rieb sich bereits begeistert die Hände.

»Das halte ich für fatal!«, brauste die große Hedwig nun auch schon los, und sofort herrschte absolute Stille im Salon. Die Älteste hatte eine Stimme, die durch und durch ging, vor allem, wenn sie so wütend war wie jetzt. »Genau das wollen die bornierten Herren doch – uns wie immer auf die von ihnen viel zu eng gezimmerten Plätze verweisen und uns damit beschränken! Eine eigene Frauenuniversität, auf der wir dann Haushaltsführung wissenschaftlich durchleuchten dürfen? Das wäre genauso wie vor fünf Jahren, als sie langsam verstanden haben, dass man uns politisch nicht mehr zum Schweigen bringen kann – jetzt dürfen wir zwar politischen Versammlungen beiwohnen, aber nur in einem abgetrennten Bereich. Und sagen dürfen wir trotzdem nichts. Pah! Nein, meine Schwestern, auf so etwas lassen wir uns nicht ein, mit so etwas geben wir uns nicht zufrieden. Wir werden uns unseren rechtmäßigen Platz erkämpfen, koste es, was es wolle! An der Universität, im Parlament, überall! Uns gehört die Hälfte dieser Welt und kein bisschen weniger!«

Im Saal wurde zustimmend gemurmelt, einige Frauen klatschten sogar.

»Wohl gesprochen«, rief auch Ida. Hedwig merkte, wie sie selbst begeistert nickte. Sie hatte bei den Worten der Älteren eine Gänsehaut bekommen und bei der Rede kein einziges Mal mehr an ihren eigenen Trübsinn gedacht. Stattdessen bahnte sich die kribbelnde Wut auf die Männergesellschaft wieder ihren Weg nach oben. Genau diese Stärke, die die ältere Hedwig ausstrahlte, wünschte sie sich auch, genau diesen Mut, dachte sie voller Ehrfurcht. Und diese Sicherheit, dass das, was sie forderte, gut und richtig war. Hätte Hedwig heute doch ebenso bestimmt mit diesem Kerl aus der akademischen Anlaufstelle reden können!

Nur Helene runzelte missbilligend die Stirn. Aber die große Hedwig war noch nicht fertig: »An der jüngeren Generation ist es nun, nicht nachzugeben, sich mit den Krümeln, die uns hingeworfen werden, nicht abspeisen zu lassen. Ihr, meine Lieben, ihr müsst kämpfen!«

Sie richtete ihre stahlblauen Augen auf Hedwig und Ida. Hedwig spürte, wie sich in ihrem Inneren die Wut in Aufregung verwandelte. Es war genau so, wie die große Hedwig sagte! Sie durfte jetzt nicht aufgeben – sie durfte noch lange nicht verzagen!

»Na, nun wollen wir die Jugend mal nicht allzu sehr aufstacheln«, empörte sich Helene. »Mäßigung ist auch eine Tugend – nur mit Beharrlichkeit und Bescheidenheit kommt man voran!«

»Da, meine liebe Helene, waren wir schon immer uneins«, sagte die große Hedwig huldvoll.

Eine weitere Erwiderung bekam Hedwig nicht mehr mit, denn Ida hatte sie beiseitegezogen.

»Da hast du es«, flüsterte Ida. »Du bist genau auf dem richtigen Weg! Du musst dir dein Recht erkämpfen! Und ich helfe dir natürlich, wo ich kann. Am Ende werden wir es schaffen, das spüre ich einfach. Und sollten wir die Universität dafür niederbrennen müssen, dann sei es so«, setzte Ida hinzu, und das Licht tanzte auf ihren rotbraunen Haaren, wie um ihren Worten Leben einzuhauchen.

Über die aufbrausenden Worte der Freundin hätte Hedwig normalerweise lachen müssen, aber heute verstand sie die Wut und den Tatendrang, die Ida so oft vorantrieben, nur zu gut.

»Ich werde es versuchen!«, versprach sie, mehr an sich selbst gerichtet als an Ida. »Aber niederbrennen wollen wir die Universität erst mal nicht«, fügte sie dann lächelnd hinzu. »Ich will sie schließlich noch besuchen!«

Ida lachte. »Na gut, wie du willst. Du wirst die alten Herren auch so das Fürchten lehren!«

Das würde sie, schwor sich Hedwig. Und sich nicht von Erlebnissen wie heute einschüchtern lassen. Sie hatte schließlich nur dieses eine Semester, und in dem würde sie studieren, so viel sie konnte – und dabei nach einem Weg suchen, die Universität ein Stück mehr für Frauen zu öffnen. Für alle Frauen. Diesen Entschluss hatte sie zwar schon längst gefasst, und doch fühlte sich der Gedanke jetzt noch einmal besonders bedeutsam an: Hier, wo ein großer Teil der bürgerlichen Frauenbewegung Berlins versammelt war.

»Ach, jetzt schau nicht wieder so grüblerisch.« Ida zupfte an ihrem Ärmel. »Lass uns erst mal feiern! Immerhin bist du deinen Mann los, das ist ja wohl einen Punsch wert!« Ida fuchtelte mit einem Kristallglas vor Hedwigs Gesicht herum und Hedwig musste lachen. »Na, hör mal, wie redest du denn von meinem Mann?«

»Na, hör mal, wieso lehnst du ein Gläschen mit deiner besten Freundin ab?«, äffte Ida sie nach.

»Wie recht du hast! Auf uns!« Hedwig nahm sich ein Glas mit rotschimmernder Flüssigkeit und ließ es gegen Idas klirren. Und dann tranken sie, während Hedwig und Helene noch immer eindringlich aufeinander einredeten und der Rest der Frauengesellschaft fröhlich miteinander diskutierte. Ja, von außen mochte das seltsam aussehen, dachte Hedwig: so viele laute Frauen auf einem Haufen. Aber sie erfüllten diese Abende mit dem seltenen, warmen Gefühl, genau am richtigen Ort zu sein, mit genau den richtigen Leuten.

Anni

Es war das erste Mal, dass Anni den Kamin im Salon anheizte, und das Feuer fraß sich gierig durch die Holzstücke. Der Herbst war plötzlich gekommen, ein leichter Wind fuhr durch die Bäume und ein feiner Nieselregen fiel stetig auf Groß-Lichterfelde hinab. Aber bis auf das Rascheln der Blätter vor dem Fenster und dem Knacken und Zischen des Feuers war es totenstill im Haus.

Um das Dröhnen ihres Herzens zu übertönen, nahm Anni den Schürhaken und stocherte in der Glut. Einige Tage war sie nun bereits bei den Althoffs, und noch immer hatte sie sich nicht an die Stille in diesem Haus gewöhnt. Und auch nicht an die Einsamkeit. Bei den von Hohensteins hatte es reichlich Personal gegeben, und das Haus war mit lauter Geräuschen angefüllt gewesen, das Klappern des Geschirrs aus der Küche eine nie enden wollende Melodie. Bei den Althoffs war alles ganz anders. Marie Althoff bewegte sich durch die Räume wie ein strenger Geist – ständig stand sie in der Tür, ohne dass Anni sie gehört hatte, stets einen unbewegten Ausdruck im Gesicht. Aber immerhin war sie auf ihre ruhige Art freundlich, wenn auch nicht herzlich. Der Hausherr wiederum war ein lauter Mann. Wenn er von der Arbeit kam, polterte er die Stufen zu seinem Arbeitszimmer hinauf, und oben angekommen, warf er mit einem Krachen die Tür hinter sich zu. Danach war es wieder still im Haus.

Allerdings hatte Herr Althoff oft Besuch – dann hörte man ihn hinter der Tür diskutieren, und manchmal klang es, als bellte Herr Althoff sein Gegenüber an. Herrisch und voller Ungeduld drang seine Stimme durch die weiß lackierte Flügeltür.

Anni war das einzige Dienstmädchen hier. Hatte sie bei den von Hohensteins immer nur eine Tätigkeit im Wechsel mit den anderen Dienstmädchen übernommen, so hatte sie hier eine Reihe von Aufgaben, die sie unter dem strengen Blick von Marie Althoff gewissenhaft zu erledigen versuchte: In aller Frühe bereitete sie Herrn und Frau Althoff das Frühstück zu, dann machte sich der Hausherr auch schon auf den Weg in sein Ministerium und kehrte erst am Nachmittag zurück. Wenn er wiederkam, verschwand er meist in seinem Büro und wollte nicht gestört werden, und um 20 Uhr hatte sie ihm ein kaltes Abendbrot aufs Zimmer zu bringen. Bis dahin putzte und schrubbte Anni das Haus, wusch die Wäsche, polierte das Silberbesteck, das Marie Althoff genauso wichtig schien wie den von Hohensteins – immerhin eine Gemeinsamkeit. Nur die Ausflüge zum Markt und zu den Geschäften von Groß-Lichterfelde brachten etwas Abwechslung in ihre Tage. Dann gestattete Anni sich einen kurzen Spaziergang durch die großen, mit hübschen Villen bebauten Straßen und atmete gierig die frische Luft, die so anders roch als auf dem Land.

Das Feuer im Kamin brannte nun lichterloh, und Annis Gesicht glühte. Einen Moment genoss sie die flackernde Hitze auf ihrem Gesicht und ihren Händen. Hier am Feuer fühlte sie sich weniger einsam, denn der warme Feuerschein erinnerte sie an ihre Großmutter. Es war nun schon einige Jahre her, dass sie gestorben war, und trotzdem sah Anni sie noch genau vor sich, an ihrem Platz vor der kleinen Feuerstelle im bescheidenen Häuschen ihrer Familie. Eigentlich war der Platz dem Familienoberhaupt vorbehalten – aber ihr Großvater hatte ihn stets der Großmutter überlassen. Jetzt saß Annis Vater wahrscheinlich dort, den flackernden Schein im Rücken, und ihre jüngeren Geschwister drängten sich so nah an ihn heran, wie es nur ging.

Die Großmutter hatte immer etwas zu erzählen gehabt. Es gab zwar keine Bücher, denn die Großmutter hatte nicht lesen können, aber ihre Enkelkinder stets dazu ermuntert, ihrer Neugier zu folgen und so viel zu lernen wie möglich – und sie hatte ihnen alles erzählt, was sie wusste. Kein Wunder, dass Anni so neugierig und wissbegierig war. Bei den von Hohensteins hatte sie jedes Buch verschlungen, das sie fand. Nur hier im Hause Althoff hatte sie bisher kaum Zeit gefunden, sich umzuschauen. Was dieses Haus wohl für Geheimnisse bot?

Seufzend erhob sie sich – und zuckte zusammen, als plötzlich Marie Althoff im Türrahmen hinter ihr auftauchte. Mit ihrem hochgeschlossenen Kleid sah sie aus wie eine Statue. Das Flackern des Feuers warf seltsame Schattierungen auf ihr Gesicht, sodass ihre Nase wie ein Schnabel aussah.

»Der Kamin im Arbeitszimmer muss noch befeuert werden«, sagte sie mit leiser Stimme.

»Ja, Madame.« Ertappt sprang Anni auf und klopfte den Ruß von ihrem Arbeitskittel. Sie trug die klassische Kluft eines Dienstmädchens, einen weißen Kittel über einem schmucklosen Kleid. Marie Althoff hatte ihr die Kleidung an ihrem ersten Tag genauso kommentarlos auf ihr Bett gelegt, wie sie ihr die meisten ihrer Aufgaben gezeigt hatte. Anni hatte nicht gewagt zu fragen, wieso das letzte Dienstmädchen gegangen war oder wem die Kleidung vorher gehört hatte. Sie passte jedenfalls wie angegossen.

»Ich verstehe, dass du hier gerne bist, weil es warm ist«, sagte Marie Althoff, die gewohnte Strenge in der Stimme. »Aber du musst dich später ausruhen. Der Hausherr kann jeden Moment wiederkommen!«

»Ja, Madame, ich beeile mich!«

Anni raffte ihren Rock zusammen, packte den Korb mit dem frisch geschlagenen Holz und eilte an Marie Althoff vorbei. Sie wagte nicht, sich umzudrehen, als sie die Treppe zum ersten Stock emporstieg. Aber sie hatte das Gefühl, Marie Althoff stünde immer noch unbeweglich da und schaute ihr hinterher.

Das Arbeitszimmer allein zu betreten, hatte sie sich in den ersten Tagen nicht getraut. Jetzt fühlte sie sich so, als betrete sie ein verbotenes Reich, ein unheimliches dazu, denn wenn schon Marie Althoff ihr nicht ganz geheuer war, so hatte sie vor ihrem Mann nahezu panische Angst. Er schien genauso jähzornig zu sein wie ihr alter Dienstherr. Ihr bisheriges Glück war nur gewesen, dass sie bis auf die Abende, an denen sie ihm ein kaltes Abendbrot servieren musste, nichts mit ihm zu tun hatte. Und da ignorierte er sie zumeist. Nur einmal hatte er sie angefahren, weil sie etwas Tee verschüttet hatte. Ihre Hände hatten gezittert, als sie hastig die kleine Teelache auf seinem Schreibtisch weggewischt hatte. Zum Glück hatte er sie aber nicht weiter beachtet, sondern mit grimmiger Miene in einem Stapel voller Unterlagen geblättert. Dann hatte sie eilig den Raum verlassen.

Anni kniete sich vor den Kamin und begann, das Holz hineinzuschichten. Sie sah besser zu, dass sie schnell fertig wurde, bevor Herr Althoff wiederkam. Ihr Herz klopfte ihr bis zum Hals, aber die gewohnten Handgriffe beruhigten sie.

Anni fächerte den leise knackenden ersten Flammen Luft zu und beobachtete, wie das Feuer sich auch in diesem Kamin beharrlich seinen Weg fraß. Langsam beruhigte sie sich wieder. Im Raum wurde es schnell warm, das Feuer sorgte außerdem für ein angenehmes Licht. Es gab recht wenige Lampen im Raum, nur auf Althoffs Schreibtisch stand eine große Arbeitsleuchte. Was der Hausherr wohl dort den ganzen Abend so trieb?

Anni wusste ja nicht viel über den Beruf ihres Herrn, nur dass er sehr wichtig war, das hatte sie mittlerweile verstanden. Allein schon, wie oft Bittsteller bei ihm vorsprachen – und jedes Mal empfing Althoff sie in seinem großen Arbeitszimmer, wo er mit lauter Stimme seine Urteile fällte.

Das ganze Arbeitszimmer war voller Bücher, sein Schreibtisch übersät mit Bänden und losen Blättern. Die von Hohensteins hatten lediglich eine kleine Bibliothek besessen, die sie selbst nie betraten, angefüllt mit vornehmlich ungelesenen Büchern. Das waren neben ihrer Zeit mit Margarete und Henri, dem Kutscher, ihre schönsten Momente bei den von Hohensteins gewesen, trotz allem: wenn sie heimlich in dieser Bibliothek stöbern konnte. Zum Glück war sie dabei nie erwischt worden – die von Hohensteins interessierten sich schlicht nicht für ihre Bibliothek, so unfassbar das auch sein mochte –, und sie hatte so manche interessante Lektüre gefunden.

Was wohl Althoff für Bücher besaß? Ob sie wohl die Minute opfern konnte, um wenigstens einen kurzen Blick zu riskieren? Immerhin hatte sie bei den Althoffs bisher so wenig Interessantes gesehen, dass die Neugier sie schon ganz unruhig werden ließ.

Vorsichtig näherte Anni sich dem Schreibtisch. *Die Wiedergeburt der Philosophie* von einem gewissen Carl Stumpf lag bei den Büchern obenauf. Daneben ein zerblätterter Aufsatz von einem Adolf Harnack, der etwas mit dem Christentum zu tun hatte. Aber es gab ebenso Artikel, die sich mit naturwissenschaftlichen Phänomenen zu befassen schienen – zumindest waren etliche Seiten dabei, die mit Formeln beschrieben waren. Anni nahm eine davon in die Hand und studierte sie im Schein der Lampe. Bisher hatte sie sich ja nicht so sehr für Naturwissenschaften interessiert, aber seit ihrem Gespräch mit der jungen Frau im Zug sah sie dieses Gebiet in einem anderen Licht. Es war schon faszinierend, dass hier jemand mit scheinbar einfachen Zeichen so komplexe, dem Geist nicht unmittelbar zugängliche Dinge auszudrücken vermochte. Wie eine eigene Sprache eigentlich, dachte Anni, als sie die Formeln betrachtete. Ob Friedrich Althoff das alles verstand? Was hatte er mit dieser Unmenge an unterschiedlichen Schriften zu schaffen?

Ein Krachen riss Anni aus ihren Gedanken, und mit einem Satz begann ihr Herz wieder heftig zu schlagen: Sie hatte die Zeit vergessen, hatte sich in dieses geheime Reich hineinziehen lassen, ohne auf ihre Umgebung zu achten. Jetzt polterte Friedrich Althoff schon die Treppe hinauf.

Hastig legte Anni den Aufsatz zurück auf den Tisch, doch zu spät: Der Hausherr stand bereits in der Tür. Trotz seines Alters war er eine wuchtige Erscheinung, füllte beinahe den ganzen Türrahmen aus, und das, obwohl er sich, wie Anni trotz ihrer Angst bemerkte, auf einen Gehstock stützte, der unter seinem Gewicht beinahe zusammenzubrechen schien. Sein Vollbart wirkte zerzaust.

Zwischen seinen Brauen zeichnete sich eine Zornesfalte ab, als er Anni so stehen sah.

»Du hast dort nichts zu suchen«, fuhr er sie an.

Hastig trat sie einen Schritt vom Schreibtisch weg. »Entschuldigen Sie vielmals, Herr. Ich befeuere nur den Kamin.«

»Nun, hoffentlich nicht mit meinen Unterlagen«, sagte er unwirsch und kam dann schweren Schrittes in den Raum.

Anni wich zurück, näher zum Kamin hin, dessen nun tanzende Flammen sich heiß in ihren Rücken brannten. Althoff warf hinter sich die Tür zu. Annis Herz raste vor Angst, er würde nun herüberkommen und sie schlagen oder sie gar gleich ins Feuer stoßen. Oder wesentlich Schlimmeres. Sie wusste von ihrem alten Dienstherrn nur zu gut, wozu ein wütender Mann fähig war.

Anni hielt den Atem an, aber Althoff steuerte geradewegs den Schreibtisch an und ließ sich mit einem Ächzen in den Stuhl fallen. Sein

Atem ging schwer, wie Anni auffiel, er schien schlecht Luft zu bekommen.

»Was ist denn noch? Du kannst gehen!«

»Ja, mein Herr.« Unbeholfen knickste Anni und stolperte dann so schnell sie konnte zur Tür. Sie hatte schon die Klinke heruntergedrückt und die Tür einen Spalt geöffnet, als seine Stimme sie innehalten ließ: »Nein, warte. Komm her.«

»Ja, mein Herr«, brachte Anni hervor. Ihre Hände waren augenblicklich schweißnass geworden. Was hatte er vor?

»Schließ die Tür.«

Mit zitternden Händen fasste Anni abermals nach der Klinke. Mit einem Knacken rastete das Schloss ein. Sie wagte kaum zu atmen. All das erinnerte sie nur zu sehr an eine ganz ähnliche Situation bei den von Hohensteins. Ihr Herz schlug nun, da sie an jenen Abend dachte, so heftig, dass sie fürchtete, in Ohnmacht zu fallen. Aber Friedrich Althoff war nicht aufgestanden, er war auch nicht zu ihr herübergekommen, hatte nicht die Hand erhoben. Er saß unbeweglich in seinem Schreibtischstuhl und schaute sie ungeduldig an. Er ist nicht Alfred von Hohenstein, ermahnte sich Anni, mochte er auch noch so sehr wie dieser wirken. Sie würde jetzt stark sein, und es würde nichts passieren.

»Komm her«, befahl Althoff harsch. Dann deutete er auf ein kleines Holzschränkchen an der Seite. »In dem Schrank da, die Karaffe!«

Anni eilte zum Schrank. Darin war tatsächlich eine Kristallkaraffe, angefüllt mit einer goldschimmernden Flüssigkeit. Ihre Finger waren noch immer schwitzig, und sie musste sich bemühen, dass ihr die Karaffe nicht entglitt, als sie danach griff und sie zu Althoff hinübertrug.

»Ein Glas auch.«

Er klang herrisch, aber dennoch erschöpft. Und wirklich: Als sie die Karaffe und ein dazugehöriges Glas zu ihm brachte, bemerkte sie, dass er wie eingefallen in seinem Stuhl saß. Die Macht, die er ausstrahlte, war ungebrochen, die Augen scharf und wachsam unter den buschigen Augenbrauen, der Mund missbilligend verzogen – aber doch war Anni sofort etwas beruhigt, denn er sah gleichzeitig erschöpft aus und müde. Nicht so, als würde er sie gleich angreifen.

Mit deutlich sichererer Hand hob sie den Deckel der Karaffe und goss ihm vorsichtig etwas von der bernsteinfarbenen Flüssigkeit ein – vermutlich Whiskey. Der scharfe Geruch von Alkohol lag in der Luft.

»Mehr«, wies Althoff sie zurecht, als das Glas halb voll war und sie sich anschickte, die Karaffe wieder zu schließen. Also goss sie das Glas voll und sah zu, wie Althoff einen kräftigen Schluck nahm. Er seufzte und ließ sich in seinen Sessel zurückfallen.

»Kein Wort zu meiner Frau«, sagte er und bedeutete ihr, die Karaffe wieder zurückzustellen. Während sie die Karaffe wieder im Schrank verstaute und sorgsam die Tür schloss, steckte Althoff sich eine Zigarre an und nahm einen tiefen Zug.

»Eine Holländer«, sagte er, als er ihren Blick bemerkte. »Auch davon kein Wort, verstanden?«

»Ja, mein Herr.«

»Und wenn du schon so an meinen Büchern interessiert bist, dann verbinde es wenigstens mit einer sinnvollen und für ein Dienstmädchen angemessenen Tätigkeit. Die Bibliothek müsste abgestaubt werden.«

»Ja, mein Herr.«

»Nun, was stehst du da noch rum? Wir haben dich nicht zum Gucken hergeholt!« Er wirkte nun wieder verärgert, und Annis Herz begann sogleich erneut heftig zu klopfen.

»Jawohl, mein Herr«, stotterte sie und eilte hastig zur Tür. Aus den Augenwinkeln sah sie noch, wie Althoff mit einem tiefen Seufzen einen weiteren Schluck Whiskey nahm und an seiner Zigarre zog. Der Raum war bereits gefüllt mit einem feinen, harzig duftenden Rauch.

Hastig zog Anni die Tür hinter sich zu.

Erst als sie langsam die Treppe wieder hinabstieg und dabei aufpassen musste, nicht zu stolpern, so durcheinander war sie noch, fiel ihr wieder ein, was er gesagt hatte: eine Bibliothek! Es gab hier eine Bibliothek, und sie hatte den Auftrag erhalten, sie abzustauben. Das bedeutete, sie würde dort einige Zeit verbringen …

Ein kleines Lächeln stahl sich auf Annis Gesicht, als sie die letzten Stufen hinabstieg.

Lise

Lise erklomm die Treppe eines engen Berliner Wohnhauses. Sie wusste gar nicht, die wievielte es nun schon war. Und trotzdem musste sie sich wieder ein Lächeln ins Gesicht zwingen, sobald sie hörte, dass oben eine Tür geöffnet wurde. Denn immerhin das hatte sie bei ihrer Odyssee durch Berlin mittlerweile gelernt: Die Berliner waren in der Regel eher unfreundlich und stets misstrauisch, wenn sie Lises Akzent hörten. Noch mehr aber reagierten sie unwirsch, wenn Lise selbst nicht ein Musterbild an Freundlichkeit und Tugendhaftigkeit abgab. Also versuchte sie lieber, diesem Bild zu entsprechen, stets freundlich zu lächeln und vor allem: wenig zu reden. Andernfalls nämlich würde sie niemals eine Wohnung finden.

Wie groß die Wohnungsknappheit in Berlin war, war ihr erst klar geworden, als sie die ersten Besichtigungen hinter sich hatte. Stets hatte es eine Vielzahl an Bewerberinnen gegeben, und dabei hatten die angebotenen Zimmer alle immer weit unter Lises Vorstellungen gelegen: klein und beengt, dabei trotzdem bisweilen unerschwinglich. Und oftmals durfte man weder die Küche benutzen, noch bekam man von der Wirtin eine warme Mahlzeit zugestanden. Dabei war Lise doch sehr darauf angewiesen: Sie konnte nicht kochen – so sehr ihre Mutter sich auch darum bemüht hatte! –, und zum Essengehen hatte sie kein Geld. Außerdem schickte es sich als junge Dame ja auch nicht, allein in einem Wirtshaus einzukehren.

Aber in Berlin, das war Lise schnell klar geworden, konnte man sich derzeit ohnehin nichts wünschen: Die Mietshäuser waren alle heillos überfüllt, hinter jeder Tür verrieten die Geräusche, dass dort mehr als genug Menschen wohnten, in den Treppenhäusern und in den Höfen stank es nach Unrat, überall bröckelten die Fassaden, Schmutz klebte in jeder Ritze. Aber es war kein Geld da, um all das zu reparieren. Es waren in den letzten Jahren zu viele Menschen in die Stadt gekommen. Beinahe verdoppelt hatte sich die Einwohnerschaft in den letzten zwanzig Jahren, wie ihr eine Bäckereiverkäuferin erzählt hatte. Allerorts strömten die Menschen nach Berlin – entweder aus dem Ausland, in der Hoffnung auf eine bessere Zukunft, oder vom Land, um an der fortschreitenden Industrialisierung teilzuhaben. Und Berlin kam mit dem Bauen nicht hinterher. In den umliegenden Ortschaften und Städtchen wie in Charlottenburg oder Schöneberg sah es nicht besser aus – Wohnungsmangel herrschte überall.

Von ihrem Traumzimmer hatte sie also schnell Abschied nehmen müssen. Mittlerweile war sie froh, wenn sie überhaupt etwas hörte, wo sie vorsprechen konnte. Den Tipp zu dieser Wohnung hatte sie ebenfalls von der freundlichen Bäckereiverkäuferin bekommen: eine Witwe, die ein Zimmer untervermietete. Aber sie machte sich keine allzu großen Hoffnungen. Und tatsächlich: Als sie jetzt oben auf dem Treppenabsatz ankam und einer älteren blonden Frau gegenüberstand, schüttelte diese sofort den Kopf. »Wegen des Zimmers? Das ist schon vergeben!«

Wie oft hatte Lise diese Worte jetzt schon zu hören bekommen. Immer war sie zu spät!

Also nickte sie der Frau nur knapp zu und machte sich sogleich wieder an den Abstieg. Immerhin, dachte Lise, stank es in diesem Wohnhaus sogar noch schlimmer als in den anderen. Diese furchtbare Mischung aus Schimmel, Feuchtigkeit und Erbrochenem war kaum zu ertragen. Sie hatte eine feine Nase – auf Dauer wäre das also ohnehin schwierig geworden.

Aber so sehr sie sich das jetzt auch einredete, so hatte doch eine tiefe Niedergeschlagenheit von ihr Besitz ergriffen. Nichts in Berlin lief so, wie sie es sich gewünscht hatte: Angefangen bei ihrem Besuch der akademischen Anlaufstelle und ihrem Vorsprechen bei Planck. Dieses Gespräch war so unangenehm gewesen, dass es sich in ihrem Kopf nun schon seit Tagen in einer endlosen Schleife abspielte: sie, wie sie da noch mit der erhobenen Hand stand, als die Tür auch schon aufgerissen wurde. Sie hatte Planck von seinem Besuch in Wien größer in Erinnerung gehabt, als er tatsächlich war, und auch freundlicher: Sein Blick blieb hinter seiner runden Brille sogleich recht finster an ihr hängen. Dann lächelte er schmallippig, als bemühte er sich nur, freundlich zu sein.

»Mein Name ist Lise Meitner«, brachte sie hervor, unter diesem strengen Blick allerdings nur mit Mühe, und ihre Stimme klang viel zu dünn. Sie hatte bereits in diesem Moment gespürt, instinktiv gewusst, dass ihr Begehr auf taube Ohren stoßen würde. Und das hatte ihr jeden Rest Selbstvertrauen geraubt.

»Sehr erfreut«, hatte Planck gesagt und dabei gar nicht erfreut geklungen, sondern stattdessen nach seiner Taschenuhr geschielt. »Was kann ich denn für Sie tun, Fräulein Meitner?«

»Ich habe Ihnen geschrieben«, hatte Lise hervorgestoßen, verzweifelt darum bemüht, nicht so unsicher zu klingen. »Ich habe bereits in Physik promoviert bei Professor Boltzmann und würde nun gerne bei Ihnen als Gasthörerin mein Studium fortsetzen.«

»Ach, Professor Boltzmann!« Plancks Gesichtsausdruck war sofort etwas weicher geworden, und für einen Moment hatte sie wirklich seine Aufmerksamkeit besessen. »Eine sehr traurige Geschichte. Ich vermisse ihn sehr. Ein großer Verlust für die Physik, fachlich wie menschlich, dass der liebe Boltzmann von uns gegangen ist. Nun, wenn Sie bei ihm studieren durften, hatten Sie Glück, Fräulein Meitner. Und Sie haben ja bereits promoviert, ich weiß also wirklich nicht, wie ich Ihnen noch weiterhelfen könnte.«

»Aber …«, wollte Lise einhaken, doch ihre Stimme war vermutlich zu schwach gewesen, denn Planck ließ sie nicht ausreden.

»Ich habe noch einen wichtigen Termin, wenn Sie mich also entschuldigen würden«, fuhr Planck fort und nickte ihr dann mit einer unverbindlichen Freundlichkeit zu.

»Auf bald, Fräulein Meitner.«

Und damit hatte er die Tür direkt vor ihrer Nase einfach wieder geschlossen.

Das war einige Tage her, und nun stand Lise allein und verlassen draußen auf einer belebten Berliner Straße, und es war nicht nur der Wind, der ihr die Tränen in die Augen trieb. Wenn sie nur an dieses ernüchternde Erlebnis bei Planck dachte, fühlte sie sich genauso ohnmächtig und wütend wie schon vor der geschlossenen Tür von Plancks Büro. Mitten dort, auf dem einsamen, grauen Gang, in dem jeder Schritt gespenstisch hallte, fühlte sie sich das erste Mal, seit sie von Wien aufgebrochen war, wirklich einsam. Einsam und völlig mutlos.

Berlin und seine Bewohner hatten sich bisher wirklich als Enttäuschung herausgestellt. Nun, nein, nicht alle, ermahnte sie sich gleich darauf, als sie sich auf den Weg zur Straßenbahn machte. Die Pflastersteine des Gehwegs glänzten feucht vom Regen, kleine Pfützen sammelten sich hier und dort. Und trotzdem, dachte Lise, war es falsch, anzunehmen, dass es in Berlin nur regnete. Genauso war es auch mit den Berlinern im Allgemeinen. Sie durfte nicht gleich in Schwarzmalerei verfallen, und zum Aufgeben war es auch zu früh. Viel zu früh! Traurig konnte sie noch immer sein, wenn sie im Zug zurück nach Wien saß, weil weder Professor Rubens noch Professor Planck sie angehört hatten, weil sie in Berlin keine Unterkunft gefunden hatte und auf der Straße schlafen musste – vorher aber würde sie die Zähne zusammenbeißen und sich nicht so anstellen!

Für heute allerdings hatte sie wirklich genug, und so stieg Lise die schmalen Stufen der wartenden Straßenbahn hinauf, die sie zurück zu ihrer Pension bringen würde. Wenigstens war die Bahn heute nicht völlig überfüllt, sodass sie sich sogar hinsetzen konnte. Erschöpft lehnte sie ihren Kopf ans Fenster und sah zu, wie sich die Straßenbahn auf der ihr vorgeschriebenen Bahn der Schienen einen Weg durch die Menge auf der Straße suchte.

Nach einer weiteren schlaflosen Nacht unter dem grausigen Schimmelfleck der Pension fühlte sich Lise, als sie diesmal an der Universität ankam, nur noch zermürbt. Was fehlte, war die Aufregung vom letzten Mal, die der Erschöpfung Einhalt geboten und ihre Füße schneller vorangetrieben hatte. Diese Leichtigkeit der Hoffnung auf all das, was sie vor sich gesehen hatte. Jetzt fühlte sie sich, als schleppte sie ihr weniges Hab und Gut ganz umsonst durch die Gegend. Denn sie traute sich nicht, irgendetwas in der Pension zu lassen. Außerdem hatte sie sich vorgenommen, bei Professor Rubens alles anders zu machen. Anders als bei Planck würde sie Rubens ihre Aufsätze einfach noch einmal persönlich übergeben, damit er sah, dass sie keine einfache Bittstellerin war, sondern dass man sie ernst nehmen musste – sie hatte immerhin schon eine physikalische Karriere hinter sich!

»Dieses wütende Gesicht ist genau das, was man hier braucht!«

Hedwig stand plötzlich vor ihr und strahlte sie an. Sie musste ihr auf dem Gehsteig entgegengekommen sein, aber Lise war zu sehr in Gedanken vertieft gewesen, um sie zu bemerken.

»Hedwig!« Lise freute sich ehrlich, die junge Frau zu sehen, auch wenn sie eigentlich gerade anderes im Kopf hatte.

Auch heute hatte Hedwig nicht auf einen auffälligen Hut verzichtet – diesmal allerdings ohne Pfauenfeder. Und trotzdem stach sie aus dem Grau der Berliner Straßen hervor wie eine gerade frisch erblühte Blume. Neben ihnen fuhr ratternd eine Droschke vorbei, und Lise zog Hedwig rasch ein Stück zur Seite – die schnaubenden Pferde preschten haarscharf an ihnen vorbei.

»Bist du hier, um bei den Professoren vorzusprechen?«, fragte Hedwig, die diesen Zwischenfall nicht einmal bemerkt zu haben schien. Vergnügt hakte sie sich bei Lise unter. Gemeinsam schlenderten sie auf das Universitätsgebäude zu, dessen schmiedeeiserner Zaun bereits vor ihnen aufragte.

»Ja, du auch?«

»Ich war schon dort«, erwiderte Hedwig. »Gestern und heute. Aber ich habe daraus gelernt.«

»Ach ja?«, fragte Lise zaghaft. Hatte Hedwig etwa ähnlich schlechte Erfahrungen gemacht wie sie?

»Ja, wirklich. Es bringt nichts!«

»Was?«, fragte Lise verwirrt. Sie waren stehen geblieben, genau neben den Eingangstoren der Universität. Ein paar Studenten drängten sich an ihnen vorbei und musterten sie neugierig.

»Hat sich etwa dein Professor Planck gefreut, als du ihn angesprochen hast?«

»Nein«, stotterte Lise. Die Endgültigkeit, mit der die andere sprach, verwirrte sie – vor allem, weil Hedwig dabei ganz und gar nicht niedergeschlagen wirkte. Höchstens etwas grimmig.

»Ich war gestern und heute bei Professor Lenz, und es war ein Desaster. Er wollte mir nicht mal richtig zuhören! Weißt du, was er gesagt hat?« Hedwig stemmte entrüstet die Hände in die Seiten.

Also war sie doch wütend, dachte Lise.

»Ich würde doch sowieso nichts verstehen und die Vorlesung daher nur aufhalten – es ginge schließlich darum, dass seine Studenten etwas lernten, daher könne er das unmöglich riskieren. Pah!«, schnaubte Hedwig. »Und als ich heute kam, hat er mir die Tür direkt vor der Nase zugeschlagen!«

»Das ist ja noch schlimmer als bei Professor Planck!«, entfuhr es Lise. Und sie dachte schon, sie hätte es schlimm getroffen. »Wieso bist du dann nicht niedergeschlagen?«, konnte sie sich nicht verkneifen zu fragen. Noch niedergeschlagener als ich, fügte sie in Gedanken hinzu, sagte es aber nicht laut. Sie wollte neben der vor Energie strotzenden Hedwig nicht gleich wie ein Trauerkloß wirken.

»Nun, ich habe mich beraten, weißt du, ich habe da so einen Frauenzirkel – du solltest unbedingt auch einmal kommen –, jedenfalls sind wir übereingekommen, dass genau solche Professoren unser Ziel sein sollten. Sie haben doch nur Angst vor uns, weil sie wissen, dass wir im Recht sind, und sie deswegen fürchten, ihre Privilegien zu verlieren. Das ist nichts als eine bösartige Seelenhaltung gegenüber Frauen, und genau da können wir sie treffen – weil es ihnen da wirklich wehtut!«

»Nun, ich glaube Professor Planck hat nur einfach keinen Sinn dafür, sich auf Neues einzustellen«, antwortete Lise vorsichtig. »Er kam mir nicht bösartig vor, er war sogar recht freundlich. Nur eben uninteressiert an meiner Person.«

»So darfst du das nicht sehen!« Hedwig schüttelte heftig den Kopf. »Jeder Mann, der solche Argumente vorbringt, ist ein Feind der Frauen, so freundlich er dabei auch tun mag!«

»Wenn du meinst«, erwiderte Lise nach einem Moment zögerlich, aber ganz sicher war sie sich nicht, ob Hedwig recht hatte. Auch wenn sie den Ausschluss von Frauen aus dem Vorlesungsbetrieb für grundfalsch hielt, konnte sie dennoch verstehen, wenn man Bedenken hatte, Frauen würden die Vorlesungen verändern und schlimmstenfalls stören. Zumindest solche, die keinerlei Vorbildung mitbrachten. Sie aber hatte ja Physik studiert, das dürfte also wohl kaum ein berechtigtes Gegenargument sein.

»Jedenfalls«, fuhr Hedwig fort und unterbrach damit Lises Grübelei, »habe ich deswegen einen Plan ausgeheckt. Wie wäre es, wenn wir einfach nicht mehr bei den Professoren vorsprechen? Wir gehen einfach zur Vorlesung und konfrontieren sie dort!«

Hedwigs Augen glitzerten, und ihre Wangen waren vor Aufregung ganz gerötet – vielleicht lag es aber auch nur am kalten ersten Oktoberwind, der ihnen entgegenwehte. So oder so war sich Lise nicht sicher, was sie von diesem Plan halten sollte. Zumal sie sich so etwas ohnehin nie trauen würde. Konfrontieren, einen Professor! Undenkbar. »Und davon erhoffst du dir eine Verbesserung?«

»Aber ja! Weißt du, sie können uns doch kaum ablehnen, wenn sie dabei von einem ganzen Vorlesungssaal voller Studenten beobachtet werden. Unter Druck neigen die meisten Leute dazu, nachzugeben!«

»Oder sie werden noch halsstarriger«, gab Lise zu bedenken.

»Na, ich auf jeden Fall«, sagte Hedwig und verzog ihr Gesicht zu einem Lächeln, das man nur als teuflisch bezeichnen konnte.

»Das sehe ich!« Lise musste, obwohl sie doch eben noch so traurig gewesen war, lachen, und Hedwig fiel in ihr Gelächter ein. Sie standen noch immer bei den Toren der Universität, und ein paar Studenten warfen ihnen nun überaus misstrauische Blicke zu. Das ließ Hedwig erst recht losprusten, und Lise konnte nicht anders, als mitzulachen, auch wenn es ihr lieber gewesen wäre, nicht allzu viel Aufmerksamkeit auf sich zu ziehen. Aber das war in Hedwigs Gegenwart vermutlich sowieso nicht möglich.

Die Studenten schienen über sie zu flüstern oder warfen ihr interessierte Blicke zu. Lise fiel in Hedwigs Gegenwart einmal mehr auf, wie wenig sie eigentlich von Männern beachtet wurde – ganz im Gegensatz zu der großen, schlanken Frau –, und das war ihr eigentlich ganz recht so.

»Und, wirst du es auch so halten mit deinem Professor Planck?«, fragte Hedwig schließlich.

»Nein, ich denke eher nicht«, erwiderte Lise vorsichtig, um Hedwig nicht zu kränken. »Das ist dein Weg, das ist nichts für mich. Ich wünsche mir da schon etwas mehr Sicherheit. Ich bin in einer fremden Stadt und habe bisher weder eine Wohnung noch einen Studienplatz – das halte ich nicht so gut aus. Ich werde, wenn ich mich traue, noch einmal bei Professor Planck vorsprechen. Für heute habe ich mir aber erst einmal einen anderen Professor vorgenommen. Zwar würde ich lieber bei Professor Planck zu lernen beginnen, aber irgendwo muss ich ja anfangen.«

»Das verstehe ich!«, sagte Hedwig. »Aber dann versuch es wenigstens gleich noch mal bei Planck! Er darf dich nicht einfach abweisen! Schon gar nicht, ohne dir richtig zugehört zu haben.«

»Stimmt«, lenkte Lise ein. »Ich weiß nur nicht so recht, ob ich mich traue ... Er war schon sehr furchteinflößend beim letzten Mal.«

»Das sollte dich aber nicht abhalten!«, entrüstete sich Hedwig, wieder ganz in ihrem Element. Lise wusste gar nicht, woher die junge Frau so viel Energie hatte!

»Da hast du natürlich recht«, beschwichtigte Lise sie schnell, bevor Hedwig noch höchstpersönlich zu Planck stürmte. »Aber mir fehlt derzeit einfach der Mut, fürchte ich. Es ist alles sehr schwer in Berlin, viel anstrengender und zermürbender, als ich mir das vorgestellt habe. Tagelang bin ich nun schon durch die Stadt gestiefelt und hatte überall Pech.«

»Das mag so gewesen sein«, sagte Hedwig und hakte sich abermals bei Lise unter, »aber jetzt hast du ja mich.« Hedwig zog sie ein Stück mit sich, durch das Tor und hinein auf den Universitätsvorplatz. »Ich begleite dich zu Planck! Und danach habe ich auch schon eine Idee, wie wir ein Zimmer für dich auftreiben.«

»Ach ja?«, fragte Lise, die Schwierigkeiten hatte, mit Hedwigs langen Beinen Schritt zu halten, atemlos.

»Ja, wirklich! In meinem Haus vermietet eine Witwe ein Zimmer – und der Student, der dort gewohnt hat, hat gerade seinen Abschluss gemacht. Sie ist zwar eine alte Ziege, aber für eine Weile wird es schon gehen. Vor allem, weil du ja dann mich als Nachbarin hast! Charlottenburg ist vielleicht nicht Berlin, aber der Savignyplatz ist auch nicht zu verachten!«

»Das wäre fantastisch!«, entfuhr es Lise. Und fast zu gut, um wahr zu sein ... Immerhin hatte sie schon genug Enttäuschungen erleiden müssen.

»Das wird klappen! Und wenn nicht, kannst du auch eine Weile bei mir unterkommen.« Hedwig lächelte sie offen und herzlich an, und Lise konnte ihr Glück kaum fassen, dass sie so schnell eine so gute Freundin gefunden hatte.

Allerdings auch eine sehr beharrliche. Sie hatten nun das Eingangsportal erreicht, und Hedwig zog sie unerbittlich die Treppen hinauf. Schon wieder wurden sie von allen Seiten angestarrt. Ein Student pfiff ihnen sogar hinterher! So, das wurde Lise klar, konnte sie unmöglich vor Planck erscheinen.

»Warte mal!« Sie brachte Hedwig zum Anhalten. »Das ist alles sehr lieb von dir, aber ich denke, ich muss schon alleine zu Planck. Der glaubt mir doch sonst nie, dass ich als Wissenschaftlerin wirklich etwas zu bieten habe, wenn ich dich als Beschützerin mitbringe.«

»Mmh«, Hedwig runzelte die Stirn und kniff ihre blauen Augen zusammen, »da könnte schon was dran sein. Dann warte ich hier auf dich, um sicherzugehen, dass du dich auch wirklich traust. Als moralische Unterstützung. Und danach gehen wir zu der alten Kühne und organisieren dir das Zimmer!«

Bei so viel Beharrlichkeit und Liebenswürdigkeit konnte Lise unmöglich Nein sagen. Auch wenn ihr der ganze Plan doch recht unausgegoren erschien ...

Und so kam es, dass sie wenige Minuten später schon wieder vor Plancks Büro stand.

Diesmal atmete sie tief durch und klopfte erst, als sie sich sicher war, vor Aufregung nicht gleich in Ohnmacht zu fallen. Außerdem hatte sie, anders als letztes Mal, ihre Aufsätze bereits in der Hand – wenn er ihr nicht zuhörte, so konnte sie ihm zumindest diese noch einmal persönlich überreichen.

Als Planck die Tür aufmachte und ihr hinter seiner Brille entgegenblinzelte, verließ sie fast wieder der Mut. Doch zu ihrer Überraschung schien er nicht ungehalten, sie schon wieder zu sehen – und er knallte ihr auch nicht die Tür vor der Nase zu. Er lächelte freundlich und sagte: »Ah, Fräulein Meisner!«

»Meitner«, sagte Lise schnell.

»Fräulein Meitner, aber natürlich. Möchten Sie nicht eintreten?«

»Ja«, stotterte Lise überrascht. »Gern.«

Mit klopfendem Herzen trat sie hinter Planck ins Büro und schloss vorsichtig die Tür. Das Klicken klang unnatürlich laut in der Stille.

»Setzen Sie sich.« Planck zeigte auf einen Stuhl gegenüber seinem Schreibtisch, der bis auf einen Papierhaufen überaus aufgeräumt wirkte. Nur ein altmodisches Tintenfass stand gefährlich nah am Rand, aber Lise zwang sich, nicht danach zu greifen.

»Ich kann Ihnen leider gar nichts zu trinken anbieten«, sagte Planck.

»Das macht doch nichts«, versicherte Lise schnell.

Eine unangenehme Stille entstand, in der Planck – das schien eine typische Geste von ihm zu sein – nach seiner Taschenuhr schielte. Schließlich räusperte sich Planck und fuhr sich mit der Hand durch den akkurat gestutzten Bart.

»Ich habe Ihre Aufsätze gelesen«, sagte Planck schließlich. »Gute Arbeiten, insbesondere ihre Darlegung zur Fresnelschen Reflexionsformel. Auch Lord Rayleighs Experiment haben Sie glänzend erklärt, und Ihre Schlussfolgerungen sind sehr klarsichtig.«

»Danke«, brachte Lise hervor. Er hatte ihre Aufsätze also doch bekommen! Erleichterung durchströmte sie. Die Arbeit zur Fresnelschen Reflexionsformel war bisher ihre beste Arbeit, wenn man von ihrem jüngsten Aufsatz über Radioaktivität, ihre derzeit größte Leidenschaft, einmal absah. Es freute sie, dass der Professor das bemerkt hatte.

»Ist es noch immer Ihr Begehr, meine Vorlesungen zu besuchen?«, fragte er unvermittelt.

»Ja, das würde ich sehr gerne!«

»Nun, das Semester beginnt in zwei Wochen. Ich erwarte Sie dann montags und mittwochs.«

»Danke«, brachte Lise hervor.

Planck schob mit einem Knarren seinen Stuhl zurück und erhob sich. »Ich bin gespannt, Fräulein Meitner.«

Das klang nun doch wieder wie eine Drohung, aber davon ließ Lise sich nicht einschüchtern. »Ich auch, Professor Planck.«

Er öffnete schwungvoll die Tür für sie und nickte ihr freundlich zu.

»Ich freue mich wirklich sehr«, wollte Lise noch sagen, aber da hatte er die Tür auch schon hinter ihr geschlossen. Wieder stand sie allein im leeren Gang, aber diesmal klopfte ihr das Herz vor Erleichterung.

Hedwig lugte schon hinter einer Ecke hervor – sie war ihr also heimlich gefolgt – und hob fragend eine Augenbraue. Aber vermutlich wusste sie Lises Gesichtsausdruck auch ohne Worte zu deuten, denn sie fing an zu grinsen. Und Lise lächelte zurück.

Hedwig

Während sich draußen Berlin in einen Haufen matschigen Herbstlaubs verwandelte, erschien es Hedwig, als hätte sie nie eine schönere, aufregendere Zeit durchlebt. Mit Lise, die nun tatsächlich ein Stockwerk unter ihr bei der alten Kühne eingezogen war, hatte sie Ausflüge durch Berlin unternommen. Lise war begeistert vom Wannsee gewesen, und sie hatten sich fest vorgenommen, dem gerade erst dieses Jahr eröffneten Strandbad zahlreiche Besuche abzustatten, wenn es erst wieder wärmer wurde.

Gemeinsam fieberten sie dem Beginn der Vorlesungen entgegen. Wobei Lise im Gegensatz zu Hedwig die Ruhe selbst zu sein schien. Oft verbrachte sie ganze Tage in ihrem Zimmer bei der alten Kühne, um dort irgendwelche Berechnungen anzustellen. An solchen Arbeitstagen kam sie dann und wann zu Hedwig nach oben, um auf Hedwigs Klavier zu spielen. Hedwig konnte nicht sonderlich gut spielen, das Klavier in ihrem Salon war mehr ein Statussymbol, auf das August bestand, als dass es irgendeinen Zweck erfüllt hätte. Daher freute sie sich, wenn Lise Beethoven oder Brahms mit erstaunlicher Virtuosität zum Besten gab.

Und nun war es endlich so weit. Die Vorlesungen, die Hedwig und Lise besuchen wollten, fanden gleichzeitig statt: Lises Vorlesung bei Planck in einem der großen Hörsäle im linken Seitenflügel des Hauptgebäudes und Hedwigs Vorlesung bei Professor Lenz im rechten Flügel – obwohl das historische Seminar ja eigentlich am Schinkelplatz angesiedelt war. Aber anscheinend gab es dort nicht genug Platz für eine so große Vorlesung.

Jedenfalls fuhren die beiden nun gemeinsam zur Universität. Auch wenn Charlottenburg ein ganzes Stück außerhalb lag, dauerte das zum Glück nicht allzu lang, da es so gut an Berlin angebunden war. Die Berliner hatten schließlich schon immer gerne in Charlottenburg gelebt, hier, wo es mehr Platz und viel Grünes gab. Deswegen hatte auch die erste Straßenbahn Berlins vom Brandenburger Tor direkt nach Charlottenburg geführt – allerdings war die noch von Pferden gezogen worden und hatte vermutlich Ewigkeiten gebraucht. Doch das war zum Glück schon vierzig Jahre her, und mittlerweile fuhren Dampfbahnen ratternd bis hin zur Friedrichstraße – und dafür war Hedwig dankbar. Ihre Aufregung duldete keinen Aufschub!

Und während Lise nur träumend durch die Fenster nach draußen schaute, während die Bahn die Strecke zwischen dem Savignyplatz und der Friedrichstraße entlangfuhr, wappnete sich Hedwig innerlich für den Kampf. Sie hatte ernst gemeint, was sie zu Lise gesagt hatte: Sie würde die offene Auseinandersetzung im Beisein aller Studenten suchen und Professor Lenz damit zum Einlenken bewegen.

Aber ihr festes Vorhaben einerseits und die Aufregung, die ihr Innerstes fast zum Platzen brachte andererseits, waren zwei verschiedene Sachen. Wann war sie das letzte Mal so aufgeregt gewesen?, fragte sie sich, nachdem sie sich von Lise verabschiedet und den Weg zum Vorlesungssaal angetreten hatte. Andere junge Frauen in Hedwigs Alter würden sicher sagen: bei ihrer Hochzeit. Aber an die erinnerte sich Hedwig nur noch schemenhaft. Was sicherlich auch am guten Brandy ihres Vaters gelegen hatte. Nein, das letzte Mal, als sich ihre Brust ähnlich eng angefühlt hatte, eng und doch so zum Platzen gefüllt mit Hoffnung, war, als sie zu ihrer Abiturprüfung angetreten war – vorbei an den ganzen jungen Burschen des Gymnasiums, zu dem sie nur für die Prüfung gefahren war, auf diesem Hof mit der Kleiststatue. Wie feucht ihre Hände gewesen waren vor Aufregung! Aber sie hatte es damals geschafft, ganz aus sich selbst heraus. Hatte alle Fragen beantworten können, die die Prüfer ihr stellten, ohne je ein Gymnasium besucht zu haben.

Und auch diesmal würde sie es schaffen, dachte Hedwig, als sie nun endlich vor der offenen Tür des Vorlesungssaales stand. Die Enge in ihrer Brust musste sie genauso behandeln, wie sie es schon damals in diesem Hof getan hatte, mit dem Glockengeläut im Hintergrund und ihren schwitzigen Händen, die einfach nicht zu zittern aufgehört hatten: als Antrieb.

Darum atmete sie noch einmal tief durch und trat dann beherzt über die Schwelle des Vorlesungssaales.

Sie hatte noch nie einen Vorlesungssaal von innen gesehen und auch nicht recht gewusst, was sie erwarten würde. Jetzt stand sie in einem riesigen Saal, der nahezu komplett mit aufsteigenden Sitzreihen bestückt war. Nur dass dort gar keine Stühle standen wie etwa im Theater, sondern miteinander verbundene Pulte aus braunem Holz, das so alt aussah, als hätten schon Generationen von Studenten dahinter gesessen und gelernt. Hinter den Pultreihen saßen bereits einige Studenten, die konzentriert auf ihre Unterlagen schauten oder leise miteinander redeten. Einige rauchten Zigaretten, und der Rauch sammelte sich über ihren Köpfen zu kleinen Wolken.

Hedwig war nur zu bewusst, dass das Tuscheln anschwoll, als die Studenten sie bemerkten. Sogar leises Lachen hörte sie. Die Blicke waren ihr schon unangenehm – sofort fragte sie sich, ob ihre Frisur noch saß oder ihr Hut vielleicht verrutscht war. Aber das war sie ja eigentlich von gesellschaftlichen Veranstaltungen, auf denen August sie stets stolz zu präsentieren pflegte, gewohnt.

Professor Lenz stand bereits an einem Pult am Fuße des Vorlesungssaales und ordnete einen Stapel Blätter. Als er sie sah, zogen sich seine Augenbrauen zu einem missmutigen Blick zusammen. Unter seinem Schnauzer hatte er die Lippen zu einem Strich zusammengekniffen, seine Augen funkelten wütend. Eigentlich, dachte Hedwig, sah er ein wenig aus wie ihr Vater – zumal ihr Vater sie mit Sicherheit genauso angeschaut hätte, wenn er gewusst hätte, dass sie hier war. »Was denkst du dir, Hedwig? Reicht es nicht, dass wir dir deine Privatlehrer finanziert haben – all das Geld, damit du endlich Ruhe gibst!«

Aber sie würde nicht Ruhe geben. Auch jetzt nicht.

Hedwig straffte die Schultern und nickte dem Professor ebenso huldvoll zu, wie die große Hedwig das in einer solchen Situation sicher getan hätte: »Das Kinn nur nicht zu tief senken«, pflegte die große Hedwig manchmal zu sagen.

»Hedwig Brügger«, stellte sich Hedwig abermals vor, »wir hatten ja bereits wegen meiner Teilnahme an Ihrer Vorlesung gesprochen.«

Professor Lenz zog die Augenbrauen sogar noch ein Stückchen mehr zusammen, wenn das überhaupt möglich war. »Das hatten wir. Und wenn ich mich recht erinnere, hatte ich Ihnen dabei meinen Standpunkt bereits sehr deutlich gemacht!«

Mit Genugtuung bemerkte Hedwig, dass im Hörsaal eine gespenstische Stille eingetreten war. Alle Augen ruhten auf ihnen. Professor Lenz war das anscheinend auch bewusst geworden. Unruhig rückte er seine Krawatte zurecht, als wäre sie ihm zu eng.

»Professor Lenz.« Ein Mann war zu ihnen getreten. Er sprach mit angenehm leiser Stimme, und trotzdem zuckte Lenz leicht zusammen. »Herr Lennenberg«, rief Lenz dann mit mehr als gut hörbarer Erleichterung in der Stimme.

»Sie haben Ihre Uhr vergessen.« Der Mann reichte Professor Lenz eine goldene Taschenuhr, sein Blick aber huschte hinüber zu Hedwig.

»Ach, das ist sehr aufmerksam von Ihnen«, erwiderte Lenz und drehte sich von Hedwig weg, als wäre sie gar nicht da. In den Hörsaalreihen wurde jetzt wieder getuschelt und gekichert. »Werden Sie denn heute auch an meiner Vorlesung teilnehmen?«

Der Mann namens Lennenberg schüttelte seinen Kopf. Er hatte dichtes braunes Haar, das dabei noch mehr in Unordnung geriet, als es sowieso schon war.

»Nein, ich komme gerade so gut voran in unserer Sache.«

»Das, lieber Lennenberg, hat natürlich Priorität«, sagte Lenz und schlug dem Jüngeren dabei väterlich auf die Schulter. Wie freundlich er sein konnte, wenn er wollte, dachte Hedwig.

»Aber die junge Dame kann gerne meinen Sitzplatz haben«, fuhr Lennenberg fort und warf Hedwig einen kurzen Blick zu. Irrte sie sich, oder hatten seine Augen kurz aufgeblitzt?

»Lennenberg!«, zischte Professor Lenz.

Hedwig ergriff die Möglichkeit sofort. »Das ist aber sehr freundlich von Ihnen«, rief sie betont begeistert. »Herr?«

»Albert Lennenberg.« Der junge Mann neigte den Kopf zu einer angedeuteten Verbeugung. Seine Wangen begannen, sich verlegen zu röten. »Privatdozent am historischen Seminar und Professor Lenz' Assistent.«

»Sehr erfreut«, erwiderte Hedwig. »Hedwig Brügger. Wo ist denn Ihr Platz?«

»Das ist ja wohl kaum angemessen!«, entrüstete sich Professor Lenz.

»Ach, Herr Professor, lassen Sie der jungen Dame doch ihren Spaß«, flüsterte Albert Lennenberg dem Professor zu. Nicht, dass er sich dabei große Mühe gegeben hätte, Hedwig hörte schließlich jedes Wort.

»Hier entlang«, sagte er dann zu Hedwig und führte sie zu einem Platz in der ersten Reihe. »Streng genommen gibt es hier natürlich keine festen Plätze«, raunte er ihr dann zu.

»Ich danke Ihnen!«

»Danken Sie mir erst hinterher. Professor Lenz scheint mir nicht allzu begeistert zu sein.«

Die beiden schauten zu Lenz, der mit verbissener Miene seine Unterlagen sortierte und sich dann räusperte. »Nun, wenn wir dann beginnen könnten. Ich denke, das akademische Viertel wurde mehr als überstrapaziert!«

Lennenberg nickte ihr noch einmal zu und verließ dann mit wehendem Mantel den Vorlesungssaal. An der Tür drehte er sich noch einmal zu ihr um, aber als er Hedwigs Blick bemerkte, wandte er sich hastig zum Gehen. Vielleicht bildete sie es sich nur ein, aber die verdächtige Röte, die sein Gesicht überzog, war sogar noch dunkler geworden. Da er entgegen der Mode glatt rasiert war, konnte man das besonders gut erkennen.

Hedwig lächelte in sich hinein.

Aber lange hatte sie nicht Zeit, sich über diesen kleinen Triumph und die unerwartete Hilfe zu freuen, denn Professor Lenz fing ohne Umschweife mit seiner Vorlesung an. Von Frauen, die bereits einmal eine Vorlesung besucht hatten, wusste sie, dass viele Professoren tatsächlich einfach nur einen Text vorlasen – dass man Vorlesung also wörtlich zu nehmen hatte. Umso mehr überraschte es sie, dass Professor Lenz zwar zuerst in seinen Unterlagen blätterte, dann aber frei sprach und dabei seine Studenten anschaute. »Nun, meine Herren, ich hoffe, Sie hatten gute Erholung und haben nebenbei trotzdem noch Zeit gefunden, sich mit der aufgegebenen Lektüre zu beschäftigen.« Zustimmendes Gemurmel waberte durch den Raum. Irgendjemand hustete verlegen.

Hedwig versuchte, sich bequemer hinzusetzen. Mit ihrem ausschweifenden Rock und dem dazugehörigen Unterrock war es allerdings recht schwierig, auf der harten Holzbank eine bequeme Position einzunehmen. Die Räumlichkeiten hier waren wahrlich nicht für eine weibliche Zuhörerschaft konzipiert.

»Bevor wir uns der historischen Betrachtung zuwenden, bei der ich mich dem vergangenen Jahrhundert vor allem über die Person von Otto von Bismarck zu nähern versuche, noch ein paar Worte zum aktuellen geschichtswissenschaftlichen Methodenstreit – nun, zumindest nennen ihn einige so, ich denke allerdings, ein Methodenstreit verdient nur den Namen, wenn auch zwei ernst zu nehmende Methoden miteinander im Wettbewerb stehen.«

Leises Lachen erklang im Saal. Irgendwer klopfte zustimmend auf sein Pult.

»Sie lachen, meine Herren, Sie lachen! Aber andernorts hält man das nicht für selbstverständlich«, fuhr Lenz fort und begann dabei, vor seinem Podium auf und ab zu laufen. »Aber für uns Neorankeaner sind das lästige Zeiten, denen ich nun auch noch etwas Zeit in unserer kostbaren Vorlesung einräumen muss! Nun, wer von Ihnen kann mir sagen, auf welchen Streit ich anspiele und welche sich einen Geschichtswissenschaftler schimpfende Person derzeit in akademischen Kreisen für solch eine lächerliche Debatte sorgt?«

Hedwig schaute sich um, ein Student mit leuchtend roten Haaren hinter ihr hob die Hand.

»Vielleicht Sie, Frau Brügger?«

»Äh.« Hedwig schoss das Blut ins Gesicht. Sie spürte die Blicke aller Studenten auf sich, ihr Hinterkopf kribbelte. Er war gerissen, dieser Professor! Und natürlich hatte sie keine Ahnung, wovon er sprach. Dabei kannte sie sich mit Geschichte wohl aus, es interessierte sie schließlich sehr. Sie hatte so manches Buch ihres Vaters zu diesem Thema gelesen – aber was ein Neorankeaner war, wusste sie beim besten Willen nicht. Aber das hatte sie bisher auch nicht zu wissen brauchen, sie musste sich also nicht schämen!

»Ich bedaure, nein«, erwiderte Hedwig deswegen möglichst würdevoll.

»Nun, meine Herren«, fuhr Lenz fort, nicht ohne ein süffisantes Lächeln in ihre Richtung zu schicken, »wie Sie alle wissen, beziehe ich mich hier auf Karl Lamprecht und seine mehrbändige Reihe zur deutschen Geschichte. Wie sicher jeder von Ihnen mir sagen könnte, bestehen die methodischen Thesen dieses Machwerks in der Postulierung einer verstehenden wie erklärenden Geschichtswissenschaft. Was er uns Neorankeanern dabei vorwirft, ist, Herr Ottendorff?«

»Dass die konservative Geschichtsschreibung historische Ereignisse als singulär beschreibt und nur als Ergebnisse intentionalen Handelns einzelner Personen«, sagte der Rothaarige rechts hinter Hedwig wie aus der Pistole geschossen.

»Sehr richtig!«, rief Lenz. »Und Lamprechts völlig unsinniger Gegenentwurf besteht nun daraus, die Triebkräfte der Geschichte in den Strukturen kollektiver Lebenssituationen zu suchen – kultur- und sozialstrukturalistisch nennt er das. Nur leider hat Herr Lamprecht bis heute keinen Beweis geliefert, dass so ein Unterfangen umsetzbar wäre: Er scheitert an seiner dürftigen Quellenlage, und ihm rutschen im Spagat zwischen Hermeneutik und kausalem Erklären aber gewaltig die Beine weg.«

Im Publikum ertönte lautes Gelächter. Erneut klopften einige Studenten auf das Holz. Die Vibration spürte Hedwig bis in ihre Beine.

»Nun, genug geärgert, Sie werden mir wohl alle zustimmen, dass der neorankeanische Ansatz nach wie vor der brauchbarere und fruchtbarere ist. Geschichte bedeutet: Staatsgeschichte, ist die Geschichte berühmter Männer, die unser aller Schicksal lenken. Wie zum Beispiel wer, Frau Brügger?«

Nicht schon wieder! Professor Lenz wollte sie wohl wirklich bloßstellen, dachte Hedwig. Aber sie würde es ihm schon zeigen! Sie spürte die Blicke Dutzender Studenten auf ihrem Hinterkopf kribbeln.

»Sie haben wohl kaum einen bestimmten Mann im Sinn«, erwiderte Hedwig möglichst gelassen, auch wenn ihr Herz aus ihrer Brust beinahe herauszugaloppieren drohte. Ihre Hände waren mittlerweile ganz feucht vor Aufregung. »Schließlich gab es eine Vielzahl großer Männer, die in der Geschichtsschreibung in den Mittelpunkt gestellt werden. Sie selbst haben bereits ausgiebig zu Martin Luther, Gustav Adolph und Otto von Bismarck geforscht.« Damit hatte sie ihn getroffen, das sah sie genau. Schon wieder hatte er missbilligend den Mund verzogen. Dass sie so gut informiert war, hätte er wohl nicht gedacht! Aber Hedwig war noch nicht fertig.

»Dennoch sehe ich einen gewissen Reiz darin, die Geschichtswissenschaft nicht auf das Studium von sogenannten großen Männern zu beschränken. Das, was kulturell und sozial vielleicht nicht so sichtbar ist, könnte doch genauso sehr den Lauf der Geschichte beeinflussen und politisch einmal von großer Bedeutung sein!«

»Wie Frauen etwa?«, hakte Lenz süffisant ein.

»Zum Beispiel«, erwiderte Hedwig mit fester Stimme, »oder soziale Kräfte, die bislang nur indirekt wirken. Die Sozialdemokratie zum Beispiel.«

»Die Sozialdemokratie!« Lenz schrie beinahe vor Lachen. Auch hinter ihr wurde gelacht. Ein paar Männer stampften gar mit den Beinen auf. »Der Mann von der tut mir leid«, hörte sie jemanden hinter sich flüstern. »Der müsste man mal Vernunft einhämmern, wenn du verstehst, was ich meine«, kicherte ein anderer. Hedwig blieb beinahe der Mund offen stehen bei so viel Respektlosigkeit, und das Blut schoss ihr erneut in den Kopf.

»Nun, wie Sie wohl sehen, meine Herren, ist es für alle besser, wenn sowohl Lamprecht als auch Frauen aus meiner Vorlesung fernblieben! Von Sozialdemokraten einmal ganz zu schweigen!«

Noch lauteres Gelächter im Publikum, ein paar Studenten klopften begeistert auf ihre Tische.

Hedwig musste ein empörtes Keuchen unterdrücken. Aber sie würde sich nicht so schnell die Blöße geben! Sie reckte entschieden das

Kinn nach vorne und setzte eine unbewegte Miene auf – auch wenn ihre Wangen brannten.

»Nun, Frau Brügger, Sie dürfen gerne den Raum verlassen, wenn Ihnen meine Methoden nicht behagen. Aber wenn Sie erlauben, würde ich nun gerne ungestört meine Vorlesung abhalten.«

Und damit schritt Lenz hocherhobenen Kopfes hinter sein Pult.

Hedwig lehnte sich zurück und versuchte, ihr Herz zu beruhigen. So gelassen zu tun, war bei Weitem nicht so einfach, wie sie gedacht hatte. Und sehr wohl musste sie auch mit den Tränen kämpfen – ein dicker Kloß hatte sich in ihrem Hals gebildet. Wenn sie angenommen hatte, das Studium wäre eine reine Freude, so war sie spätestens jetzt eines Besseren belehrt worden. Aber sie würde mitnichten aufstehen und gehen. Das war sie der großen Hedwig und allen anderen der Frauenbewegung schuldig! Sie würde studieren – ob nun Professor Lenz' Ansichten verbohrt waren oder nicht. Vor allem aber würde sie Professor Lenz in den Wahnsinn treiben, mindestens ebenso sehr wie er sie, das schwor sie sich.

Und deswegen zückte sie nun trotz der auffordernden Blicke von Lenz den silbernen Kolbenfüller, den sie von August stibitzt hatte, und schrieb genauso eifrig mit wie die anderen Studenten, als Lenz mit seiner Vorlesung begann. Und je mehr er sie mit seinen Augen zu erdolchen suchte, desto eifriger gab sie sich. Da mochte die Hand, die den Füller hielt, auch noch so sehr zittern. Die andere Hand hatte sie zur Faust geballt.

Anni

Anni sog die schwere, staubige Luft ein und seufzte. Draußen war es Nacht, und im Halbdunkel sahen die Bücherregale in dem engen Raum aus wie mächtige Bäume – sie umsäumten den kleinen Raum wie eine Lichtung. Nur die Petroleumlampe, die Anni mitgenommen hatte, warf ein geisterhaftes Licht auf all die Buchrücken, die die Regale bevölkerten. Was für eine eigene kleine Welt dieses Zimmer beherbergte, dachte Anni. Eine Welt, die sie noch immer nicht durchschaute. Sie konnte gar nicht schnell genug lesen für all diese Schätze!

Anni war nun schon seit etlichen Wochen im Hause Althoff, und die Bibliothek war ihr eine Zuflucht der Ruhe und des Friedens geworden. Hier fühlte sie sich geborgen. Das leise Flüstern der Bücher überdeckte die sonst so absolute Stille, in der sie sich furchtbar allein und verlassen vorkam. Und die Wörter vor ihren Augen, die dicht bedruckten Seiten, verdrängten die Gesichter ihrer Freundinnen vom Gut der von Hohensteins, die immer wieder vor ihrem inneren Auge aufzusteigen drohten. Insbesondere das von Margarete. Die freundliche, lustige Margarete, die vermutlich in genau diesem Moment Schlimmes durchlitt. Deswegen vermied es Anni, mit ihren Gedanken allein zu sein. Sie bevorzugte die Gesellschaft der Bücher und verbannte durch sie jeden Gedanken an das, was damals geschehen war, aus ihrem Kopf.

Nur in ihren Träumen wurde sie weiterhin unerbittlich von ihren alten Geistern heimgesucht. Dementsprechend versuchte Anni schon seit einer Weile, das Schlafen so gut es ging zu vermeiden. Schlaf war ohnehin ein Luxusgut, ohne das sie schon früh auszukommen gelernt hatte. So war sie schließlich aufgewachsen. Auf dem kleinen Bauernhof ihrer Eltern hatte sie in aller Herrgottsfrühe und in tiefster Dunkelheit aufstehen müssen, um das Vieh zu versorgen. Daher machte es ihr bei den Althoffs nichts aus, wenig zu schlafen und sich, statt die Nächte mit Albträumen in ihrer Kammer zu verbringen, lieber hierher zu schleichen – an diesen Ort, der aus den schönsten ihrer Träume gemacht war.

Aber natürlich musste sie vorsichtig sein, nicht erwischt zu werden. Die Bibliothek durfte sie schließlich nur zum Staubwischen betreten – das hatte ihr Dienstherr mehr als deutlich gemacht. Glücklicherweise schienen die Althoffs einen guten Schlaf zu haben. In der Nacht rührte sich nichts. Riskant war es natürlich trotzdem, vor allem, wenn man bedachte, dass das Schlafzimmer der Althoffs genau über ihrem Kopf lag – im dritten Stock nämlich, während sich die Bibliothek und Herrn Althoffs Arbeitszimmer im zweiten Stock befanden. Aber Anni verdrängte das schlechte Gewissen.

Sie stellte sich vor ein Regal an der rechten Seite und studierte die Buchrücken. Eigentlich interessierte sie sich ja am meisten für Romane, aber was die Althoffsche Bibliothek sonst noch zu bieten hatte, war auch überaus interessant. Althoff besaß nämlich so gut wie alles, was die preußische, aber auch die internationale Wissenschaft derzeit hervorbrachte. Er war im Ministerium für das höhere Schulbildungswesen und die Hochschule zuständig – und musste einen ziemlichen Einfluss besitzen. So zumindest deutete Anni die Unterhaltungen, die sie hatte belauschen können, wenn sie Althoff und seinen zahlreichen Abendbesuchern kleine Speisen im Arbeitszimmer servierte. Althoff hatte in den letzten Jahrzehnten über jeden bestimmt, der an der Universität lehren durfte – und das nicht nur an der Berliner Universität.

Jetzt allerdings schien er sich zwangsweise im Ruhestand zu befinden. Zumindest hatte man ihm nahegelegt, sich zurückzuziehen. Marie Althoff hatte erst neulich deshalb mit ihm geschimpft. Sie war wütend gewesen, denn ihrer Meinung nach arbeitete ihr Mann noch immer zu viel, trotz Ruhestand. Anni konnte das bestätigen. Soweit sie mitbekommen hatte, dachte er nicht einmal ansatzweise daran aufzuhören. Im Gegenteil, erst gestern Abend hatte sie ihn ausgedehnt über die Zukunft der Wissenschaft reden hören. Ein Wort, das Anni schon einmal irgendwo gehört hatte, war dabei immer wieder gefallen. Wie hatte es noch mal genau gelautet? Anni runzelte die Stirn. Radioaktivität, fiel es ihr schließlich wieder ein. Das war der Begriff gewesen.

Anni war sich nicht sicher, glaubte aber, dass die junge Frau, die sie im Zug getroffen hatte, ebenfalls dieses Wort benutzt hatte. Es hatte also auf jeden Fall etwas mit Naturwissenschaften zu tun – ein Gebiet, mit dem Anni sich überhaupt nicht auskannte. Die Welt der Formeln und geheimnisvollen Worte wie Radioaktivität war ihr bisher verschlossen geblieben. Aber die Begeisterung, mit der Lise, die Frau aus dem Zug, darüber gesprochen hatte, hatte sie schon neugierig werden lassen.

Eigentlich hatte sie ja vorgehabt, nur ein wenig durch Althoffs Bibliothek zu stöbern und dann nach einem Regal mit Romanen Ausschau zu halten. Aber jetzt, wo sie wieder an die Frau aus dem Zug dachte, bekam sie Lust, mehr über das, von dem Lise gesprochen hatte, zu erfahren. Über die Naturwissenschaften im Allgemeinen. Und was dieses Wort bedeutete, konnte sie dabei auch gleich herausfinden.

So war es bei Anni schon immer gewesen. Wenn etwas sie einmal gepackt hatte – und sei es auch nur ein Wort –, dann ließ es sie nicht mehr so schnell los. Und warum auch nicht? Sie hatte hier schließlich Zugriff auf jedes Wissenschaftsgebiet – nach Romanen konnte sie ja später noch suchen. Welcher Luxus das war im Vergleich zu der Bibliothek ihres alten Dienstherrn! Auch dort hatte sie heimlich in den Büchern gestöbert, aber es hatte kaum etwas anderes als Goethe und Schiller und einige Lexika gegeben. Hier dagegen konnte sie ganz ohne Einschränkungen alles lesen, was sie gerade interessierte.

Die Petroleumlampe, die sie auf das kleine Tischchen am Fenster gestellt hatte, flackerte, als sie nun die Regale ablief. Wo sollte sie beginnen? Die Naturwissenschaften waren ein großes Gebiet, auch wenn »Radioaktivität« immerhin schon einmal ein Anhaltspunkt war. Die junge Frau im Zug hatte etwas mit Physik zu tun gehabt – aber wo fand sie etwas darüber heraus?

Wahllos zog sie hier und da einige Bücher aus dem Regal, doch natürlich brachte das wenig Erfolg. In keinem von ihnen war von Radioaktivität die Rede. Ein einfaches Physiklehrbuch fand sie auch nicht. Aber sie entdeckte immerhin ein interessantes Anatomiebuch. Das hatte zwar nichts mit ihrer eigentlichen Suche zu tun, aber die Zeichnungen von aufgeschnittenen Menschen, die darin die Seiten zierten, waren auch faszinierend – und ziemlich gruselig. Wie vielfältig das Innenleben eines Menschen doch war, dachte Anni. Eine so detailgenaue Zeichnung hatte sie noch nie gesehen. Und der Blutkreislauf erst. All diese rätselhaften Verzweigungen, die sich hinter der Haut, unsichtbar für alle Blicke, ihre eigenen Wege suchten.

Neugierig blätterte Anni durch die Seiten, um zu sehen, ob es noch mehr solche Zeichnungen gab. Aber schließlich legte sie das Buch zur Seite. Das war ja eigentlich nicht, wonach sie suchte.

Anni seufzte, und ihr eigenes Seufzen hallte wie ein gespenstisches Wispern in dem engen Raum wider. Sie wusste sehr wohl, wo sie die Antworten auf ihre Fragen finden würde: in Althoffs Arbeitszimmer. Dort bewahrte er alle Schriften auf, mit denen er sich aktuell beschäftigte. Also musste, was auch immer Radioaktivität war, dort zu finden sein. Vielleicht fanden sich dort auch mehr Lehrbücher über die Naturwissenschaften.

Aber konnte sie es wirklich wagen, ins Arbeitszimmer einzudringen? War es das wirklich wert? Die Althoffs schliefen natürlich, doch wenn man sie entdecken würde, hätte sie die längste Zeit hier gearbeitet. Das konnte sie ihrer Mutter auf keinen Fall antun, das wusste Anni. In einem kargen Winter glich jeder Mund mehr, den es zu stopfen galt, einem Todesurteil für die ganze Familie. Nein, sie durfte nichts riskieren. Schon gar nicht nur deshalb, weil sie mal wieder ihre Neugierde nicht im Griff hatte.

Wieder überkam Anni ein schlechtes Gewissen. Diesmal allerdings ließ es sich nicht so leicht beiseiteschieben. Sie hatte es bei ihren nächtlichen Ausflügen wohlweißlich vermieden, an ihre Familie zu denken, aber jetzt, wo sie das ausgezehrte Gesicht ihrer Mutter vor sich sah, wurde ihr in aller Deutlichkeit bewusst, wie bedenkenlos ihr Handeln gewesen war. Sie durfte nicht hier sein! Was sollte sie denn sagen, wenn sie erwischt würde? Sie wische hier nachts Staub? Wohl kaum. Ihre Großmutter hatte ihr zwar beigebracht, dass Neugier etwas Gutes war, – aber sie hatte auch Grenzen aufgezeigt, allein durch ihr eigenes Leben. Hatte Annis Großmutter lesen können? Nein. Hatte sie die Schule besucht? Nein. Und hatte sie viel gewusst? Auch das nicht. Etwas zu wollen und etwas zu können, das waren zwei völlig unterschiedliche Dinge. Sie war eben nicht auf der Welt, um ihrer Neugier ungezügelt nachgehen zu können. Leute wie sie gehörten nicht in eine Bibliothek, das wusste sie nur zu gut.

Und trotzdem – jetzt, wo sie einmal erfahren hatte, wie selig sie sich in dieser Bibliothek fühlte, kam sie nicht umhin, es sich anders zu wünschen. Aber Wünsche waren gefährlich.

Sie sollte besser gehen.

Traurig griff Anni nach der Petroleumlampe, als sie einen Blätterstapel auf dem Tisch bemerkte, der ihren Blick wie magisch anzog. Beinahe automatisch machten ihre Füße einen Schritt darauf zu. Die Neugier war wirklich eine Plage! Aber sie durfte jetzt nicht schwach werden. Anni drehte sich um. Oder konnte sie doch noch einen letzten Blick riskieren? Als Abschied? Behutsam ließ sie den Lichtschein über die eng bedruckten Blätter schwenken. Vielleicht hatte Althoff ja auch hier auf dem Arbeitstisch etwas abgelegt, das ihn gerade beschäftigte. Und tatsächlich: Da war das Wort! Zumindest etwas Ähnliches ... Radiochemie!

Auch wenn sie das ja eigentlich gar nicht interessieren dürfte – sie hatte es schließlich Zeit ihres Lebens auch ohne Wissen über die Naturwissenschaften ausgehalten und würde das Ganze ja sowieso nicht verstehen –, trat Anni unwillkürlich einen Schritt näher. Ein gewisser Otto Hahn hatte den Aufsatz geschrieben. Anni stellte die Lampe ab und beugte sich über den Blätterstapel. Es schien eine Art Gesuch auf Fördermittel zu sein, für die offenen Fragen der Radiochemie. Das alles klang sehr naturwissenschaftlich. Und ganz und gar unverständlich für eine Leserin wie Anni. Aber die Formeln sahen schon sehr elegant und geheimnisvoll aus. Anni überflog gerade eine Reihe merkwürdiger Wörter, die sie noch nie gehört hatte – Aktinium! Wie seltsam abgehackt sich das anhörte –, als plötzlich ein Rumms erklang.

Anni zuckte zusammen und stieß vor Schreck beinahe die Lampe um. Ihr Herz raste ihr bis in den Hals hinauf, das Licht begann vor ihren Augen zu flimmern. Hastig löschte sie die Lampe und lauschte. Tatsächlich, da waren Schritte. Genau über ihrem Kopf, ein Dröhnen durch die Wände. Das musste Althoff sein, denn Madame bewegte sich stets wie ein Geist und nicht mit solch rumpelnder Entschlossenheit. Schritte kamen die Treppe hinunter, näherten sich der Tür.

Anni hielt den Atem an und machte sich darauf gefasst, dass die Tür jeden Moment aufgerissen werden würde. Was sollte sie dann sagen? Sie war verloren!

Ihr Atem ging nun heftig, aber sie zwang sich zur Ruhe. Konnte sie sich hier irgendwo verstecken?

In Ermangelung einer besseren Idee duckte sie sich unter den Arbeitstisch. Der Boden war kalt. Anni kauerte sich zu einer kleinen Kugel zusammen.

Die Schritte kamen näher, verharrten vor der Tür – und entfernten sich dann wieder. Und kurz darauf wurde auf die für Althoff so typische Art die Tür des Arbeitszimmers zugeknallt.

Anni hielt den Atem an und lauschte. Aber bis auf das hektische Klopfen ihres Herzens und das Rauschen des Blutes in ihren Ohren war nichts mehr zu hören. Das Haus war nun genauso totenstill wie zuvor.

Anni atmete erleichtert aus. Die erste Gefahr war gebannt, jetzt musste sie es nur am Arbeitszimmer vorbei schaffen, ohne dass der Dienstherr sie bemerkte. Am besten verlor sie keine Zeit. Wer wusste schon, wie lange er sich dort aufhalten würde? Und ob er dann nicht doch in die Bibliothek kam. Zum Beispiel, um das Schreiben von diesem Otto Hahn zu holen.

Anni warf einen wehmütigen Blick auf den Blätterstapel, der im schwachen Licht des Mondes, der durch das Fenster blinzelte, nur noch als unordentlicher Haufen zu erkennen war. Wie gerne hätte sie zumindest ein wenig mehr über diese Radiochemie erfahren. Aber sie musste sich jetzt beeilen.

Mit klopfendem Herzen drückte sie die Tür auf und huschte dann so schnell, wie sie es mit ihren zittrigen Beinen vermochte, zur Treppe. Erst als sie die letzte Treppenstufe erreicht hatte, konnte sie langsam aufatmen. Wenn man sie hier erwischte, hatte sie wenigstens eine gute Ausrede. Dass sie einen lauten Knall gehört hätte, zum Beispiel!

Aber nichts regte sich, alles blieb still. Nur der helle Schein, der unter der Türritze von Althoffs Arbeitszimmer zu sehen war, zeigte an, dass Anni nicht die Einzige war, die heute Nacht wach war.

Und wach blieb sie, auch als sie ihre Kammer erreicht hatte und sich erschöpft auf das Bett fallen ließ. Selbst als sie die Augen schloss und auf die bösen Träume wartete. Wie knapp sie davongekommen war! Sie musste aufhören mit diesem Herumstöbern. Das musste sie wirklich. Aber alles in ihr sträubte sich dagegen.

Es ist wie eine Krankheit, dachte Anni. Der Drang nach Wissen war bei ihr wirklich wie eine Seuche. Eine, die sie überwinden musste, weil sie nicht gut für sie war.

Kapitel 3: Ein verlockendes Angebot

Lise

Der Rauch waberte in merkwürdigen Formationen durch die Luft und zerstob dann in alle Richtungen des Raumes. Nur, um beim nächsten Zug aus der Zigarette erneut in kleinen Fahnen seinen Weg anzutreten.

Lise musste ein Gähnen unterdrücken. Sie konnte kaum etwas dagegen tun, ihre Augen brannten vom ständigen Geradeausschauen, und der Sauerstoff in dem kleinen, mit zwanzig jungen Studenten beinahe überfüllten Raum war viel zu knapp bemessen. Und nicht zuletzt lag es an Plancks gleichmäßigem, sonorem Tonfall, dass ihr permanent die Augen zufallen wollten. Da half es auch nicht (oder zumindest wenig, denn für Zigaretten hatte sie wahrlich eine Schwäche), dass Max Laue, Plancks Assistent, ihr soeben eine seiner Zigaretten hinübergereicht hatte. Er saß in der ersten Reihe schräg vor Lise und rauchte bereits seine dritte. Wenn überhaupt, vernebelte lediglich der Zigarettenrauch die Sicht auf Professor Planck, der gerade einen Schritt von seiner Tafel zurücktrat. Dabei war es interessant, was er erzählte: Das Plancksche Strahlungsgesetz und seine Idee der »Quanten« – auch wenn er selbst noch nicht so recht zufrieden schien mit seiner Erklärung der Schwarzkörperstrahlung – faszinierten sie. Sollten Plancks Überlegungen sich längerfristig bewähren, so hätte er den bisherigen Entdeckungen um die kleinsten Teilchen dieser Welt, das wusste Lise, eine sehr bedeutende hinzugefügt.

Alles, was mit diesen kleinsten Bausteinen, aus denen die Welt gebaut war, und der Enthüllung ihrer Geheimnisse zu tun hatte, zog Lise magisch an. Aber es juckte ihr in den Fingern, endlich auch wieder selbst ihr Gehirn gebrauchen zu dürfen – am besten mit eigenen Experimenten! Dennoch war es natürlich nach wie vor wichtig, sich mit neuen Theorien wie der von Planck auseinanderzusetzen. Darum war sie schließlich hier, nur so konnte sie weiterkommen.

Deswegen hatte sie in den letzten Wochen auch schon alles dazu gelesen, was er geschrieben hatte. Er war tatsächlich so freundlich gewesen, ihr auch unveröffentlichte Aufsätze zu diesem Thema zum Studium zu überlassen, und hatte ihr sogar gestattet, nach jeder Sitzung schriftliche Ausarbeitungen und Nachfragen einzureichen. Aber hier in der Vorlesung wiederholte er – und das auf unfassbar trockene Art – nur das bereits von ihr Gelesene.

Tatsächlich trug Planck gerade einen Aufsatz vor, den sie erst gestern Abend studiert hatte. Er bewegte sich dabei kaum, sprach mit sonorer Stimme und schien wie festgewachsen hinter seinem Pult. Nur zwischendurch beschrieb er die bereitstehende Schiefertafel fein säuberlich in schnörkelloser Schrift mit den dazugehörigen Formeln. Wie anders Boltzmann gewesen war!

Boltzmann war vor dem Pult auf und ab marschiert beim Sprechen, wobei er sich nie an ein Skript geklammert hatte. Wenn er etwas herleitete, sprach er dabei mit einer Begeisterung, als entdeckte er selbst die Wahrheit hinter seinen Worten zum ersten Mal. Bei ihm hatte Lise verstanden, was es hieß, Naturwissenschaft zu betreiben: der Wahrheit, was auch immer das sein mochte, auf die Spur zu kommen, ohne ihr ihren Zauber zu nehmen. Boltzmanns Art zu sprechen war beinahe religiös gewesen. Doch während er eine mitreißende Predigt gehalten hatte, las Planck einfach nur die Psalmen aus der Bibel vor.

Aber was hatte sie auch erwartet, dachte Lise. Dass Planck ihr gegenüber nun doch so aufgeschlossen war, war ja schon mehr, als sie erhoffen konnte. Wenn sie eine Frage in der Vorlesung stellte, beantwortete er sie freundlich, ja, er schien sich sogar immer mehr über ihr Interesse zu freuen. Heute hatte er sie gleich zu Beginn der Sitzung nach vorne zitiert, um von ihr einen besonders kniffeligen Teil der Herleitung erklären zu lassen. Etwas, das wegen der Lektüre seines Aufsatzes zum

Glück kein Problem für sie gewesen war. Vor der versammelten Studentenschaft zu stehen, unter all diesen Blicken und mit dem Getuschel, das als stetes Zischeln durch den Vorlesungssaal wanderte, war da die größere Herausforderung gewesen. Ihre Knie hatten furchtbar gezittert. Sie war in diesem Moment wahrlich dankbar gewesen, eine Frau zu sein und ihre schlotternden Beine wenigstens unter ihrem schlichten, bodenlangen Rock verstecken zu können.

Aber Planck hatte ihr freundlich zugenickt, und sie hatte glücklicherweise die richtigen Worte gefunden. Wenn sie sich auch einmal verhaspelt hatte und dann rot angelaufen war – zumindest vermutete sie es, ihre Wangen fühlten sich noch immer ganz heiß an. Aber das war nun schon eine gute Stunde her, und seitdem saß sie hier auf der harten Holzbank, paffte die Zigarette des Assistenten und schrieb fleißig mit.

Obwohl Planck sie mehr zu beachten schien, als sie dies noch vor zwei Wochen je zu hoffen gewagt hatte, so war er eben doch kein zweiter Boltzmann.

Aber Boltzmann konnte ohnehin niemand ersetzen. Er war genial gewesen, auf eine Art, die nicht nur mit seinem beißenden Intellekt zu erklären war. Es war auch seine Herzlichkeit gewesen, seine Freundlichkeit und Aufopferungsbereitschaft selbst dem noch so unwichtigsten Studenten gegenüber. Nur dass Lise sich im Nachhinein fragte, ob ihn das alles nicht doch zu viel gekostet hatte. Zumindest wenn man bedachte, wie er aus dem Leben geschieden war. Was hatte ihn zu diesem furchtbaren Schritt bewogen? Wieso hatte er seinem Leben selbst ein Ende gesetzt? Diese Frage stellte sie sich nicht zum ersten Mal. Und nie kam sie damit besonders weit.

Um sie herum ertönte dumpfes Klopfen auf Holz, und Lise schreckte aus ihren Gedanken hoch. Jetzt hatte sie doch das Ende der Vorlesung versäumt, weggegrübelt mit ihren Gedanken an das, was sie doch schon hinter sich gelassen zu haben glaubte.

Planck war bereits dabei, sein Skript einzupacken und seinem Assistenten zu übergeben, die Studenten um sie herum schoben geschäftig ihre Schreibutensilien in ihre Taschen. Lise selbst erhob sich nun ebenfalls und sammelte ihr weniges Schreibmaterial zusammen. Sie wollte nicht trödeln, sie hatte schließlich vor, heute auch endlich Professor Rubens einmal einen Besuch abzustatten. Vom Professor für Experimentalphysik erhoffte sie sich schließlich, auch jenseits des theoretischen Zugangs von Planck weiterzukommen. Sie wollte, nein, sie musste endlich wieder experimentieren!

Je länger sie fern ihres kleinen Arbeitsraumes im Wiener Physikinstitut war, desto mehr erkannte sie, wie gut es dort eigentlich gewesen war: Lange Nachmittage hatte sie mit Stefan Meyer die Beta- und Alphastrahlungen erforscht. Das war etwas ganz anderes, als nur über Formeln zu brüten. Man hatte etwas entdecken können. Und wie sie etwas entdeckt hatten! Nie würde Lise den Moment vergessen, in denen ihnen beiden klar wurde, dass Betastrahlen in Wahrheit keine Strahlen, sondern negative Teilchen waren, eine Vielzahl davon. Dass das Atom mitnichten das einzige, das kleinste Teilchen war, das diese Welt in ihrem Innersten zusammenhielt. Die Entdeckung des Elektrons, dieses noch winzigeren negativ geladenen Tupfers im Innern der Welt, hatten Friedrich Giesel und Henri Becquerel in Frankreich bereits vor ihnen gemacht. Doch Becquerel hatte – anders als sie und Meyer – an dieser Stelle nicht aufhören müssen und wesentlich mehr Möglichkeiten gehabt, seine Erkenntnisse zu vertiefen. Er hatte die Existenz des Elektrons tatsächlich auch wissenschaftlich beweisen können. Womit natürlich längst noch nicht alle Geheimnisse um radioaktiv strahlende Substanzen enthüllt waren. Nun galt es, weiterzuforschen. Wenn sie genau jetzt in Wien wäre, säße sie deswegen vermutlich schon längst an ihrem Arbeitstisch.

Aber natürlich durfte sie das Wiener Institut auch nicht verklären. Die Räumlichkeiten waren furchtbar gewesen, und sie hatte mehr und mehr das Gefühl gehabt, auf der Stelle zu treten. Sie brauchte etwas Neues, deswegen war sie hier, neue Einflüsse, neue Ideen, um voranzukommen. Aber hier musste sie sich eben die Räume, die sie für ihre Forschung brauchte, erst schaffen. Und sie musste jemanden finden, der ihr das ermöglichte.

»Fräulein Meitner!« Lise hatte gar nicht bemerkt, wie Professor Planck direkt vor ihr Pult getreten war.

»Ja, Herr Professor?«

Jetzt, wo Lise Professor Planck besser kannte, fand sie, dass er eher nachdenklich, fast melancholisch wirkte als streng. Und auch dieses permanent Missmutige, das seiner Stirn anhaftete, mochte mehr von seinem hohen Haaransatz kommen als von irgendetwas anderem. Vielleicht aber hatte sie ihr erster Eindruck auch nicht getrübt und Planck hatte nur seine Bedenken ihr gegenüber aufgegeben.

Der Professor schob mit der für ihn typischen Geste seine Brille zurecht.

»Ich möchte Sie gerne zu einer Abendgesellschaft bei mir zu Hause einladen. Ich habe auch zwei Töchter, Sie werden sich sicher sehr gut mit ihnen verstehen.«

»Das ist ... sehr freundlich«, brachte Lise hervor. Er wollte sie einladen? Um seine Töchter kennenzulernen? Wie sollte sie das verstehen? Aber Planck gab ihr keine Zeit für weitere Spekulationen.

»Nun, Fräulein Meitner, ich bin bisher sehr beeindruckt von Ihrer Teilnahme an meiner Vorlesung. Sie scheinen wirklich ein außergewöhnliches Gespür für die Theoretische Physik zu besitzen. Es geschieht selten, dass jemand Einsteins scharfsinnige Analyse meines Strahlungsgesetzes noch um einige kritische Nachfragen zu ergänzen vermag, zumal noch eine Frau, so wie Sie in Ihren Anmerkungen. Ich würde mich freuen, Sie ein paar Leuten vorstellen zu können«, fuhr Planck auch schon fort.

Jetzt konnte Lise sich ein Lächeln nicht mehr verkneifen.

»Danke sehr. Ich komme gerne.«

»Mein Assistent nennt Ihnen die Daten. Ich freue mich!«

Und damit hatte Planck sich auch schon umgedreht und seinen Hut genommen. Lise wusste nur zu gut, dass er nach seinen Vorlesungen meistens schnell wieder verschwand – entweder in sein Büro oder er bestieg die nächstbeste Straßenbahn. Während andere Professoren sich von Chauffeuren herumkutschieren ließen, wirkte Planck sehr bescheiden. Und er neigte nicht zu großer Geselligkeit. Umso gespannter war sie, was es wohl mit einer solchen Abendveranstaltung im Hause Planck auf sich hatte.

»Die Adresse«, sagte nun auch schon Plancks Assistent Max Laue und reichte ihr einen Zettel. »Er scheint Sie wirklich zu mögen«, fügte er lächelnd hinzu. Anders als Planck hatte Max Laue, ein schlanker junger Mann mit bereits lichtem Haar, sie von Anfang an freundlich behandelt, und auch jetzt zwinkerte er ihr hinter seiner dickwandigen Brille kameradschaftlich zu.

»Werden Sie auch kommen?«, fragte Lise schüchtern.

»Selbstverständlich, die Veranstaltungen im Hause Planck sind immer sehr bereichernd«, erwiderte Laue.

Lise fiel mit einem Mal auf, dass sie nur noch zu zweit in dem großen Unterrichtsraum waren, und ein mulmiges Gefühl überkam sie. Solche Situationen vermied sie, so gut es ging. Wenn jetzt zufällig jemand vorbeiging, was würde er wohl denken, wenn er sie hier so unschicklich mit einem gleichaltrigen jungen Mann beieinanderstehen sah? Mit Stefan Meyer vom Institut in Wien, Boltzmanns Assistenten, war ihr das ja schon unangenehm gewesen, aber immerhin hatten sie da gearbeitet. Und mal abgesehen davon war Stefan Meyer verheiratet gewesen. Max Laue allerdings sah nicht gerade verheiratet aus. Und dass er sie während der Vorlesung manchmal verstohlen musterte, war ihr auch schon aufgefallen. Jetzt standen sie hier weitaus zu vertraulich beieinander – und das ohne Grund.

»Dann sehen wir uns also dort«, sagte Lise deswegen und wandte sich hastig zum Gehen. Aber Laue war ohnehin schon einen Schritt zurückgetreten. Vielleicht hatte er gemerkt, dass ihr nicht ganz wohl war.

Was bin ich aber auch verstockt, dachte sich Lise, als Laue nun zum Pult zurückging und begann, die Tafel zu reinigen.

»Also dann, Freitagabend, 19 Uhr«, wandte sich Laue noch einmal zu ihr um und lächelte freundlich, aber nicht im Mindesten anzüglich.

Lise nickte höflich zurück und eilte dann aus dem Vorlesungssaal.

Sie hatte sich für heute schließlich noch viel vorgenommen. Es war höchste Zeit, dass sie Professor Rubens einen Besuch abstattete. Aber ihr Herz hüpfte trotzdem vor Freude über diese neuen Entwicklungen. Ein Abendessen bei Planck! Sie musste sich nahezu zwingen, nicht jeden jungen Mann, der ihr in den Korridoren entgegenkam, vor Freude anzulächeln.

Ihre gute Laune blieb ihr den ganzen Weg zum Institut für Physik am Reichstagufer erhalten. Sie war schon einmal hier gewesen, hatte Rubens allerdings nicht angetroffen. Daher kannte sie den Weg und auch das Gebäude schon, und doch überwältigte sie der Anblick des riesigen, eleganten Instituts nun aufs Neue. Heute war ein eiskalter, wenn auch dafür umso klarerer Wintertag, und in den feinen Wellen der Spree glitzerte die Sonne. Das Gebäude stand daneben wie ein Wächter, dem nichts und niemand etwas anhaben konnte.

Obwohl ein frischer Wind wehte, kramte Lise in ihrer Tasche nach der Zigarette, die sie sich noch aufgespart hatte. Es war ihre letzte. Neue würde sie sich vorerst nicht leisten können, wenn sie noch genug Geld für Essen übrighaben wollte. Aber sie war ausnahmsweise einmal optimistisch, dass sich alles schon irgendwie fügen würde. Sie hatte bereits Hedwig gebeten, in ihrem Freundeskreis nach potenziellen Schülerinnen für Privatunterricht herumzufragen, schließlich durften Frauen hier in Preußen kein Gymnasium besuchen. Wollten sie das Abitur erreichen, mussten die Eltern Privatlehrer beauftragen – und so, hoffte Lise, würde es auch in Berlin nur eine Frage der Zeit sein, dass sie Schülerinnen annehmen könnte und dann nicht mehr so mit dem Geld sparen müsste. Derzeit jedenfalls aß sie hauptsächlich Brot mit Butter, und das machte auf Dauer doch etwas mürbe.

Wenigstens, dachte Lise, während sie einen Zug aus ihrer Zigarette nahm und genüsslich den Rauch einatmete, war ihr neues Zimmer passabel, und vor allem ihre Nachbarin Hedwig war Gold wert – wie einsam sie sich ohne sie in Berlin fühlen würde! Da machte es ihr auch nichts aus, dass Charlottenburg ein Stück außerhalb lag und der Baulärm, der dort tagsüber die Straßen erfüllte, beinahe den von Berlin übertraf. Immerhin gab es auch einige brachliegende Flächen – etwa vor der Sophie-Charlotten-Straße unweit ihres neuen Zuhauses –, von denen man, genau wie hier über der Spree, einen herrlichen Ausblick auf den zurzeit fast immer blauen Himmel hatte. Sie mochte Berlin, sie mochte auch Charlottenburg, aber all das konnte ihr Wien bisher noch nicht ersetzen – wie sollte es auch, so fern der Heimat? Wie sehr sie ihre Familie vermisste!

Aber daran wollte sie jetzt nicht denken.

Und außerdem: Sie war ja nach Berlin gekommen, um zu arbeiten. Und nach einem oder zwei Jahren würde sie voraussichtlich wieder nach Hause zurückkehren. Dann konnte sie immer noch bei ihrer Familie sein!

Schnell nahm Lise einen letzten Zug aus ihrer Zigarette und richtete dann ihre Kleidung. Sie wollte schließlich einen guten Eindruck machen und nicht als grüblerisches Häufchen Elend bei Professor Rubens vorsprechen.

Beherzt stieg Lise daher die Stufen zum Eingang des Instituts empor und befand sich kurz darauf in der großen, wenn auch schlichten Eingangshalle. Heute schien hier wenig Betrieb zu herrschen, zwei junge Männer gingen vorbei, dann zu Lises Freude auch eine junge Frau, und schließlich war Lise wieder alleine. Ihre Schritte hallten von den hohen Wänden wider.

»Ein schönes Institut haben wir hier, nicht wahr?«, sagte ein Mann, der soeben die Eingangshalle betreten hatte. Er war vielleicht nur zehn oder fünfzehn Jahre älter als sie, hatte aber graue Schläfen, die ihm eine gewisse Autorität verliehen. Und er trug einen wie angegossen sitzenden Anzug. Vermutlich arbeitete er hier, schoss es Lise durch den Kopf. Trotzdem stellte er sich nun neben sie und betrachtete die Eingangshalle, als sähe auch er sie zum ersten Mal. »Fantastisch, nicht wahr? Hermann von Helmholtz persönlich hat dafür gesorgt, dass wir dieses Gebäude bekommen. Haben Sie schon mal ein prächtigeres Institut gesehen, nur für die Physik?«

»Es ist in der Tat sehr beeindruckend«, sagte Lise.

Sie hatte gewusst, dass Helmholtz an der Berliner Universität gelehrt hatte – nicht aber, dass er gleich ein ganzes Institut hatte neu errichten lassen. Helmholtz war ihr großes Vorbild gewesen, ein Wissenschaftler, der über die Fächergrenzen hinaus zu denken vermocht hatte. Seinetwegen hatte sie eigentlich Medizin und nur nebenbei Mathematik und Physik studieren wollen. Ihr Vater aber hatte gesagt: »Das kann nur Helmholtz, so viele Disziplinen gleichzeitig beackern. Du, mein Liserl, mach mal lieber das, wofür dein Herz schlägt!« Und so hatte sie es gehalten – ganz genau so. Und trotzdem blieb Helmholtz ihr Vorbild.

»Sie müssen erst die Arbeitsräume im ersten Stock sehen, wenn Sie jetzt schon staunen«, fuhr der Fremde fort und lächelte sie an. »Helmholtz hat an alles gedacht.«

»Ich habe in Wien studiert, das Institut in der Türkenstraße kann wahrlich nicht mithalten mit diesem Institut. Es würde mich nicht wundern, wenn es jeden Moment einstürzen würde.«

»Ach, dann sind Sie vielleicht Fräulein Meitner?« Der Mann musterte sie nun mit ehrlichem Interesse über seine Brille hinweg. Seine grauen Schläfen hoben sich glitzernd von seinem sonst dunklen Haar ab.

»Ja«, stotterte Lise überrascht.

»Nun, ich habe ja schon viel von Ihnen gehört! Und gelesen natürlich.«

»Ach ja?«, fragte Lise verblüfft.

»Aber ja! Mein Name ist übrigens Heinrich Rubens.« Der fremde Mann hielt ihr eine kräftige Hand entgegen, die Lise schnell ergriff.

»Ach, Professor Rubens, das freut mich sehr. Ich habe Sie gar nicht erkannt«, stotterte Lise schon wieder. Sei still, ermahnte sie sich selbst. Sie redete wieder nur Unsinn! Wie hätte sie ihn schließlich auch erkennen sollen? Aber Rubens ging zum Glück einfach über ihre unbedachte Äußerung hinweg.

»Es freut mich, dass Sie uns einen kleinen Besuch abstatten. Womit kann ich denn behilflich sein? Ach, was rede ich, kommen Sie, ich zeige Ihnen erst einmal mein Büro!«

Er deutete in den Gang vor ihnen und hieß sie vorangehen. Lises Herz klopfte vor Aufregung, aber sie bemühte sich um einen festen Schritt. Mit einer solch freundlichen Begrüßung hatte sie nun wirklich nicht gerechnet!

Sie schwiegen, und bis auf ihre Schritte, die auf dem Boden dumpf und laut klangen, war es still. Aber es war eine freundliche, gespannte Stille. Rubens hielt sich stets in einem respektvollen Abstand zu ihr. Nur hin und wieder begegneten ihnen auf ihrem Weg durch die Gänge ein paar junge Männer – und wieder war auch eine junge Frau dabei –, die Rubens stets mit einem freundlichen Nicken begrüßte. Das Institut war von innen wirklich riesig, und Lise schöpfte etwas Hoffnung, dass ihr Anliegen, einen eigenen Arbeitsraum zu finden, vielleicht nicht ganz vergebens war.

»Hier wären wir«, sagte Rubens schließlich und öffnete die Tür zu einem Büro, dessen breite Fenster direkt auf die Spree zeigten. Das Licht der Sonne im Wasser reflektierte so stark, dass es sogar durch das Fenster hier oben noch blendete. An der anderen Seite des Reichstagufers liefen ein paar Menschen wie kleine Puppen umher, flanierten am Ufer entlang, die Herren mit Gehstöcken, die Frauen trotz der Kälte mit Sonnenschirmen, die von hier aussahen wie große Blumenkelche.

»Eine wunderbare Aussicht«, seufzte Rubens. »Sie sehen, ich verdanke Helmholtz nicht nur die Physik. Wahrlich, ich könnte mich nicht entscheiden, was ich seinen größeren Verdienst finde!« Rubens lachte über seinen eigenen Witz, und Lise lachte nach kurzem Zögern vorsichtig mit. Obwohl der Professor durchaus nett war, fühlte sie sich doch noch etwas befangen in der Gegenwart einer solchen Autorität.

»Nun«, sagte sie dann schüchtern, »dieses Institut in allen Ehren, aber die Betrachtung der Spree wäre ohne den Gedanken an die Helmholtzschen Wirbelsätze auch nur halb so herrlich!«

»Wohl gesprochen«, rief Rubens noch immer lachend und deutete auf einen Stuhl. »Was kann ich also für Sie tun, Fräulein Meitner?« Er selbst ließ sich auf einen knarrenden Lederstuhl fallen.

»Ich suche einen Arbeitsraum«, kam Lise sofort zum Punkt. »Ich möchte mit meiner Forschung fortfahren und benötige Platz zum Experimentieren. Und selbstverständlich die nötigen Gerätschaften. Aber fürs Erste wäre ich auch mit einem Arbeitsplatz zufrieden, um mein weiteres Forschungsvorhaben auszuarbeiten.«

Sie schwieg. Hatte sie zu forsch gesprochen? Rubens runzelte die Brauen.

»Und worin genau bestünde dieses Forschungsvorhaben?«, fragte er und lehnte sich vor. Sein Blick war freundlich, aber wachsam.

»Ich habe bereits in Wien mit Stefan Meyer an der Erforschung der Beta- und Alphateilchen gearbeitet«, fuhr Lise hastig fort. Sie war aufgeregt, weil sie erstmals von ihrer Forschung erzählen durfte. Planck hatte sie trotz seiner neuerlichen Freundlichkeit kein einziges Mal danach gefragt. Sie hatte Angst, über die Wörter zu stolpern, wie es ihr häufig passierte, wenn sie aufgeregt war und vor Leuten sprechen musste. Aber die Worte purzelten ganz von allein und in der richtigen Reihenfolge aus ihrem Mund.

»Zuletzt habe ich die Alpha- und Betastrahlen des aktiven Niederschlags von Thorium und Aktinium studiert und deren Absorption in verschiedenen Metallen gemessen. Dabei ist mir die Bedeutung von Absorptionsstudien für das Verständnis von Alpha- und Betastrahlen klar geworden. Ich habe mich in einem Experiment insbesondere der Frage zugewandt, ob Alphastrahlen bei ihrem Durchgang durch Materie nur absorbiert oder ob sie auch in gewissem Maße gestreut werden – ich erhoffte mir darüber nicht nur Aussagen über die Alphastrahlen treffen zu können, sondern auch über die Materie, die von ihnen durchdrungen wird. Und tatsächlich bekam ich einige interessante Ergebnisse mit einem recht simplen Versuchsaufbau heraus.«

Während Lise sprach und dabei mit ihren Fingern auf Rubens' Schreibtisch den Versuch skizzierte, sah sie wieder alles vor sich: die Reihe winziger Metallröhrchen, die sie hatte anfertigen lassen, um einen Strahl von Alphateilchen hindurchzuschicken. Der Strahl traf auf eine geschickt platzierte Metallfolie und wurde dann mit etwas Abstand mittels weiterer Metallröhrchen erneut ausgerichtet. Die Ergebnisse zeigten, dass die Metallfolie die Teilchen gestreut hatte – und dass diese Streuung mit der Atommasse der Metallatome zunahm.

Rubens lauschte ihr nickend und kratzte sich dabei bedächtig über seinen Schnurrbart.

»Schön, schön«, sagte er schließlich.

»Und nun«, schob Lise noch hinterher, »würde ich mich gerne den Betateilchen zuwenden, beziehungsweise den die Betastrahlen emittierenden radioaktiven Quellen – hier fehlt es noch an vielen Erkenntnissen. Obwohl wir mittlerweile schon wissen, dass Betateilchen hochenergetische Elektronen sind, wissen wir ansonsten nicht viel: weder über die Energie, mit der sie emittiert werden, noch wie sie von verschiedenen Materialien absorbiert werden.«

»Mhm.« Rubens nickte abermals. »Das klingt tatsächlich recht vernünftig. Wissen Sie, ich habe selbst eine kleine Schwäche für dieses spannende neue Feld, auch wenn ich natürlich genug andere Arbeitsbereiche habe. Vorerst kann ich Ihnen gerne einen Arbeitsplatz anbieten. Hier, in meinem Büro. Sie können dann zumindest schon einmal ihre theoretischen Vorannahmen ausarbeiten und mit kleineren Experimenten beginnen.«

»Hier?«, fragte Lise unsicher zurück.

»Hier drüben«, bestätigte Rubens und deutete auf einen kleinen Arbeitstisch in einer Ecke. »Wie Sie sagten, die Aussicht ist perfekt. Zumindest, wenn man die Helmholtzschen Wirbelsätze kennt.« Unter Rubens' Schnurrbart verzogen sich seine Lippen zu einem kleinen Lächeln.

»Das ist …«, Lise fehlten die Worte, »sehr nett«, brachte sie dann heraus. Aber bei einem Professor direkt im Raum arbeiten? Das ging doch nicht! Sie würde vor Aufregung kaum etwas zustande bringen! Und ihn womöglich noch von seiner vermutlich wesentlich wichtigeren Arbeit abhalten. Sie wollte schon ablehnen, biss sich aber auf die Zunge. Was, wenn das ihre einzige Möglichkeit war?

»Ich habe allerdings noch eine andere Idee«, sagte Rubens plötzlich, und seine Stirn legte sich nachdenklich in Falten. »Sogar eine sehr gute, wenn ich recht darüber nachdenke. Warten Sie einen Moment.«

Rubens stand auf und öffnete seine Tür.

»Hahn?«, rief Rubens in den Gang hinein. Und dann noch einmal lauter: »Hahn!«

Lise zuckte zusammen. Der Professor hatte eine sehr kräftige, durchdringende Stimme.

»Ist schon weg«, erklang schließlich dumpf eine Stimme irgendwo am anderen Ende des Ganges.

»Zu ärgerlich.« Rubens seufzte, fast schon etwas theatralisch, und ließ sich erneut auf seinem knarrenden Stuhl nieder. »Da hängt er sonst andauernd bei meinem Assistenten von Baeyer herum und hält ihn von der Arbeit ab, und ausgerechnet jetzt ist er nicht da!«

Aber an der Art, wie er das sagte, merkte Lise deutlich, dass sein Ärger nur aufgesetzt war. Wer auch immer dieser Hahn war, Rubens schien ihn trotz allem zu mögen.

»Ich werde Ihnen Hahn vorstellen«, sagte Rubens entschlossen. »Wenn er denn mal wieder hier auftaucht«, fügte er hinzu. »Im Übrigen sollten Sie dringend zu unserem Physikalischen Kolloquium kommen. Immer mittwochs um 16 Uhr.«

»Danke«, sagte Lise. »Ich komme gerne. Und auch sonst danke ich Ihnen für Ihr Angebot, ich werde darüber nachdenken.«

Sie und Rubens erhoben sich gemeinsam.

»Tun Sie das, Fräulein Meitner«, sagte Rubens und gab ihr erneut die Hand. Sein Händedruck war kurz und fest. »In meinem Büro wäre jedenfalls Platz für Sie.«

»Danke.« Lise nickte ihm an der Tür zu und ließ dabei ihren Blick noch einmal durch den Raum huschen. Groß war er ja – aber so nah bei einem Professor? Nun, sie würde wohl darüber nachdenken müssen. Gründlich.

Sehr gründlich, dachte sie, als kurz darauf Rubens' polterndes »Von Baeyer, kommen Sie sofort her!« durch den Gang schallte. Und trotzdem schlich sich erneut ein Lächeln auf ihr Gesicht. Sie mochte diesen

Professor. Sie mochte dieses Institut. Es sah doch ganz so aus, als käme sie hier, an der glitzernden Spree, Berlins Herzschlagader, ihrem Ziel nun sogar noch ein Stückchen näher.

Hedwig

Nun war es also schon wieder so weit. Professor Lenz hatte Hedwig ins Visier genommen. Sein Blick durchbohrte sie unnachgiebig, und unter seinem Schnurrbart zupfte ein süffisantes Grinsen an seinen Mundwinkeln. Bis in ihre Träume verfolgte der hagere, strenge Mann sie, der sie so sehr an ihren Vater erinnerte. Eigentlich sollte Hedwig die ständigen Angriffe des Geschichtsprofessors mittlerweile gewöhnt sein. Und doch brach ihr jedes Mal der kalte Schweiß aus. Auch wenn sie wie immer bestens vorbereitet war. Sie hatte seine Monografie zu Bismarck aufmerksam gelesen, sosehr sie die hochgestochene Sprache manches Mal auch zur Verzweiflung gebracht hatte. Das war wirklich etwas anderes als die Geschichtsbücher, die sie von ihrem Vater kannte. Aber wie immer verlangte Professor Lenz von ihr ein Hintergrundwissen, über das sie unmöglich schon nach ein paar Vorlesungen verfügen konnte. Diesmal war es die Einordnung einer historischen Quelle, deren Inhalt er gerade mit seiner schneidenden Stimme vorgelesen hatte. Es ging dabei um den Deutsch-Dänischen Krieg von 1864. Wie sollte Hedwig aber die dazugehörigen Kriegsstrategien einordnen können? Und woher sollte sie die Namen aller Generäle auswendig kennen?

Sosehr sie innerlich auch aufgewühlt war, sie blieb ruhig, sammelte das Wissen, das sie nun schon hatte, in ihrem Kopf zusammen und versuchte, daraus eine Antwort zu formulieren – und dabei nicht unter seinem Blick einzuknicken.

Wie immer nahm er ihre Antwort mit einem süffisanten Grinsen zur Kenntnis, um dann einen spöttischen Kommentar an den Rest der Studenten zu richten, der die meisten von ihnen zum Lachen brachte und Hedwig das Blut ins Gesicht trieb.

Aber sie bildete sich zumindest ein, dass seine Kommentare mit der Zeit etwas an Schärfe verloren hatten. Und – und das war immerhin etwas! – er hatte ihr bei der vorletzten Vorlesung ganz offiziell die Erlaubnis unterschrieben, seine Vorlesung zu besuchen. Auch das nicht ohne den bissigen Kommentar, er hoffe, ihr Ehemann würde sie dann beizeiten aus seiner Vorlesung abholen. Aber er hatte seine Unterschrift daruntergesetzt. Und das war ein Triumph, der Hedwig alle anderen Strapazen aushalten ließ. Zumindest kurzzeitig. Gerade schoss ihr wegen der anzüglichen Bemerkungen des Studenten hinter ihr nämlich wieder einmal die Schamesröte ins Gesicht. Wobei es auch Wut sein konnte, die ihr das Blut in den Ohren dermaßen rauschen ließ.

»Für die Kleine bräuchte es aber eine besonders große Lanze, um sie im Krieg zu besiegen. Ich wüsste da auch schon was«, sagte gerade einer hinter ihr. Widerliches, heiseres Gekicher gleich mehrerer junger Männer folgte.

Hedwig fuhr herum und erdolchte den jungen Mann, der gesprochen hatte, mit ihren Blicken. Es war der Rothaarige namens Ottendorff, ganz offensichtlich einer von Lenz' Lieblingen, denn er nahm ihn immer wieder gerne als Beispiel für einen aufstrebenden, erfolgsversprechenden Wissenschaftsanwärter.

Mittlerweile kannte Hedwig die meisten Studenten aus der Vorlesung vom Sehen und hatte Zeit gehabt, ihre Eigenarten zu studieren. Den Feind zu kennen, war schließlich eine der ersten Lektionen, die einen die Geschichte lehrte. Ihr war aufgefallen, dass die meisten Studenten, vor allem in der Geschichtswissenschaft, zu Farben tragenden Korporationen zu gehören schienen.

Soweit Hedwig wusste, waren Korporationen Zusammenschlüsse von Studenten, die im Namen ihrer Verbindungen zu Sauftouren aufbrachen und armen Mädchen zu Leibe rückten – alles unter dem Deckmantel der Kameradschaft. Nicht zu vergessen die ausgedehnten Fechtkämpfe, die ebenfalls dazugehörten. Ottendorff gehörte einer solchen Verbindung an, man sah es an dem mehrfarbigen Band, das er über seinem Anzug trug, und der typischen Verbindungsmütze, die er während der Vorlesung allerdings abgenommen hatte.

Hedwig musterte Ottendorff abschätzig, aber der hatte nicht einmal den Anstand, den Blick zu senken. Stattdessen schaute er sie nur weiter feixend an.

»Passen Sie lieber auf, dass Sie sich nicht selbst den Kopf absäbeln, Ottendorff«, erwiderte Hedwig bissig und musterte abschätzig den Schmiss, den Ottendorff stolz im Gesicht trug und der wesentlich größer war, als sie es bei anderen Studenten gesehen hatte. Beinahe über seine ganze linke Gesichtsseite zog sich die dicke, schwülstige Narbe, die er sich wohl beim Fechten mit anderen Verbindungsbrüdern zugezogen hatte. Wieso man sich gegenseitig das Gesicht verunzierte, konnte Hedwig beim besten Willen nicht verstehen. Und doch gehörte genau das zu den alteingesessenen Traditionen der Korporationen.

Bei ihrem Besuch der Psychologievorlesung bei Professor Stumpf war ihr aufgefallen, dass dort nicht so viele Studenten zu Korporationen zu gehören schienen. Nur in den Vorlesungen der Geschichtswissenschaft und in den Korridoren des Instituts marschierten sie gerne herum, als gehörte ihnen die Universität.

Ohnehin war es bei Professor Stumpf um einiges besser für sie gelaufen. Der alte Professor, der so groß war, dass er sogar Hedwig um ein gutes Stück überragte, hatte sie beinahe freudig in seiner Vorlesung begrüßt. Sie war dort auch nicht die einzige Frau gewesen, einige junge Studentinnen russischer Herkunft hatten beinahe einen ganzen Rang des Vorlesungssaals eingenommen.

»Bei mir dürfen alle studieren«, hatte Stumpf gerufen, als sie freundlich um seine Erlaubnis gefragt hatte. »Ob Frauen, Immigranten oder Invaliden. Oder solche Psychologen, die lieber Schriftsteller wären!«, hatte er hinzugesetzt und dabei einem jungen Mann in der ersten Reihe fröhlich zugezwinkert. »Nicht wahr, mein lieber Herr Musil?«

Nun, das hatte Hedwig zwar gefreut, und Stumpfs Vorlesung über den Unterschied von Psychologie und Philosophie war auch wahrlich interessant gewesen – und doch reizte sie die Auseinandersetzung mit

Lenz weiterhin. Zumal sie das Gefühl hatte, wollte sie in der Sache des Frauenstudiums ernsthaft vorankommen, war es gerade wichtig, hier in der Zentrale der konservativsten Professoren und Studenten anzusetzen.

Hedwig warf Ottendorff deswegen jetzt nur noch einen abschätzigen Blick zu und wandte sich dann wieder nach vorne, wo Lenz soeben die Literaturliste zur Vorbereitung auf seine nächste Vorlesung verlas. Seit der letzten Vorlesung saß Lenz' Assistent Albert Lennenberg nun auch mit in der Vorlesung – und zwar tatsächlich auf dem Platz, auf dem Hedwig in der ersten Stunde gesessen hatte. Als er beim letzten Mal ein bisschen zu spät in die Vorlesung gekommen war, hatte er sich suchend umgesehen, bis er Hedwig in der dritten Reihe entdeckt hatte. Sie hatte mittlerweile den Platz gewechselt, um nicht die ganze Zeit in Lenz' Visier zu sein. Lennenberg hatte Hedwig schüchtern zugelächelt und dann schnell wieder weggesehen. Hedwig hatte seitdem immer wieder zu ihm hinübergeschaut, er aber hatte eifrig mitgeschrieben und schien sie vergessen zu haben. Auch nach der letzten Vorlesung war er sofort von einer Gruppe Studenten umringt worden und hatte anschließend den Saal verlassen. Hedwig war ein wenig enttäuscht gewesen, auch wenn sie das natürlich nur ungern zugeben wollte. Sie hatte auf eine Gelegenheit gewartet, sich bei Lennenberg noch einmal für die Unterstützung zu bedanken – doch bisher vergebens.

Auch zu Beginn der heutigen Vorlesung hatte Lennenberg ihr nur ein schnelles Lächeln zugeworfen und sich dann seiner Mitschrift gewidmet. Dennoch, beschloss Hedwig, sie wollte sich bedanken, das gehörte sich einfach so. Zumindest redete sie sich ein, dass das der Grund war. Alles andere war auch zu abwegig, sie hatte mit einem lästigen Ehemann ja schon genug zu tun. Auch wenn sie von August seit seiner Abreise kaum etwas gehört hatte, nur eine eilig geschriebene Mitteilung, dass es ihm gut gehe und die frische Luft eine Wohltat sei. Ihr sollte das recht sein. Dazu genoss sie seine Abwesenheit viel zu sehr.

Hedwig erhob sich mit dem Klopfen der Studenten, das das Ende der Vorlesung einläutete. Auch Lennenberg hatte bereits seine Unterlagen zusammengepackt und wandte sich bereits zum Gehen.

»Herr Lennenberg«, rief Hedwig schnell und bahnte sich einen Weg vorbei an Ottendorff und seinen zwei Kumpanen, die ihr, da war sie sich sicher, mit Stielaugen hinterherstarrten.

Der Privatdozent blieb stehen und wandte sich zu ihr um. Ein schüchternes Lächeln breitete sich auf seinem Gesicht aus. »Fräulein Brügger!«

»Frau«, korrigierte Hedwig ihn ganz automatisch, »Frau Brügger«, und hätte sich dann am liebsten auf die Zunge gebissen. Sie wusste nicht, wieso, aber es hätte ihr gefallen, wenn er nicht gewusst hätte, dass sie einem anderen Mann, oder überhaupt einem Mann, verpflichtet war. Nun, den Ehering, den sie gut sichtbar an ihrer Hand trug, hätte er freilich früher oder später sowieso gesehen.

»Natürlich. Das hätte ich mir denken können«, antwortete Lennenberg galant, aber wurde im nächsten Moment schon wieder ein wenig rot. Dann aber riss er sich zusammen und lächelte auf eine Art unverbindlich, die Hedwig aus irgendeinem Grund sofort ärgerte.

»Ich wollte mich noch einmal bedanken bei Ihnen«, setzte Hedwig an. »Ohne Sie käme ich nicht in den Genuss dieser Vorlesung, ich schulde Ihnen mindestens einen Kaffee.«

In Lennenbergs Augen leuchtete etwas auf. Oder hatte Hedwig sich das nur eingebildet? Denn der Privatdozent schüttelte nun leicht seinen Kopf und rückte dann seine Brille zurecht. »Das ist sehr freundlich von Ihnen, Frau Brügger, aber so viel Dank habe ich nicht verdient. Im Gegenteil, wenn schon, müsste ich Sie auf einen Kaffee einladen, immerhin war die Vorlesung schon lange nicht mehr so unterhaltsam.«

»Das war aber nicht unbedingt mein Ziel«, erwiderte Hedwig etwas zerknirscht und spürte schon wieder, wie ihr das Blut in den Kopf schoss. Was war heute nur los mit ihr? Diese Vorlesung machte sie wirklich dünnhäutig! Eigentlich konnte sie doch sonst nichts so leicht aus der Ruhe bringen.

»Nein, nein!« Albert Lennenberg schüttelte entschuldigend den

Kopf. »So meinte ich das nicht. Ich finde, zum Beispiel heute haben Sie Professor Lenz exzellent pariert. Ich glaube, mittlerweile weiß sogar er das zu schätzen.« Er schaute zu Lenz, und Hedwig folgte seinem Blick. Lenz beobachtete sie beide mit zusammengezogenen Augenbrauen und winkte Lennenberg zu sich, kaum dass er dessen Aufmerksamkeit auf sich spürte.

»Lennenberg, auf ein Wort!«, rief er ihm zu, und Lennenberg warf ihr einen entschuldigenden Blick zu.

»Ich würde mich gerne weiter mit Ihnen unterhalten, aber ...«

»Ihr Vorgesetzter ruft«, vollendete Hedwig den Satz. »Nun gehen Sie schon, ich habe ja auch noch einiges zu tun.«

Das war zwar gelogen, aber immerhin wollte sie sich später noch mit Ida und einigen anderen Bekannten vom Frauensalon treffen. Neuerdings hatte sich Ida darauf verlegt, in einem kleinen Druckerladen Flugschriften für die Sache der Frauen anzufertigen, und Hedwig wollte sich das unbedingt einmal genauer anschauen.

Albert Lennenberg nickte ihr noch einmal zu und eilte dann zu Professor Lenz hinüber. Hedwig blieb nichts anderes übrig, als den Vorlesungssaal zerknirscht zu verlassen. Warum sie sich dabei allerdings so fühlte, als wäre ihr gerade ein peinliches Missgeschick unterlaufen, konnte sie auch nicht recht erklären. Vermutlich lag es an Professor Lenz' Blick, der so schneidend war, dass er ihr sicher die gelockte Hochsteckfrisur, für die sie heute Morgen eine kleine Ewigkeit gebraucht hatte, vom Kopf gesäbelt hätte, wenn er dazu in der Lage gewesen wäre.

Hedwig trödelte den Gang hinunter und beobachtete dabei die anderen Studenten. Hier trugen besonders viele Studenten die Farben ihrer Korporationen und präsentierten mit stolz geschwellter Brust ihre Schmisse. Vielleicht war aber heute auch irgendeine Feierlichkeit?

Hedwig wusste, dass es an der Universität einige ritualisierte Feste gab, die von den Korporationen entscheidend mitbeeinflusst wurden – die feierlichen Aufmärsche zum Beginn des akademischen Jahres zum Beispiel, Universitätsbälle, Jubiläen, der Kaisergeburtstag.

Hedwigs Blick fiel auf ein Porträt von Wilhelm II., das den Gang schmückte. Zu Hause hatte sie das Kaiserbild über ihrem Esstisch mittlerweile abgehängt. Sie hatte diesen stechenden Blick durch den ganzen Raum noch nie gemocht, sich immer irgendwie unbehaglich unter dem Blick des Kaisers gefühlt – als würde er ganz sicher nicht gutheißen, was sie tat. Seit August fort war, gab es an der Wand nur einen quadratischen hellen Fleck zu sehen.

Und nun stand sie hier vor beinahe demselben Bildnis, und wieder brannte sich des Kaisers Blick bis in ihr Gewissen. August wäre entsetzt, wenn er wüsste, dass sie hier war. Schlimmer noch: dass sie Männern, die über ihr standen, widersprach. Und dass sie sich ihrer Widerworte nicht einmal schämte.

»Frau Brügger, Sie sind ja immer noch da.«

Hedwig schrak zusammen, als Albert Lennenberg neben sie trat. »Entschuldigen Sie, ich wollte Sie nicht erschrecken!«, schob er verlegen hinterher.

»Nein, das haben Sie nicht!«, beschwichtigte ihn Hedwig. »Ich war nur so in Gedanken. Und in das Bild vertieft.«

Lennenberg betrachtete nun ebenfalls das Bildnis. »Bald ist wieder Kaisergeburtstag«, sagte er. »Das wird wie immer ein großes Fest hier an der Universität.«

»Wie ich hörte, beehrt der Kaiser die Universität manchmal höchstpersönlich mit einem Besuch?«, fragte Hedwig. Das hatte sie bei einigen Studenten aufgeschnappt.

»Selbstverständlich. Die Friedrich-Wilhelms-Universität ist Preußens Zugpferd der Bildung. Eine Stätte der Geisteskraft und Tugend. Und höchster wissenschaftlicher Klarsicht.«

Hedwig warf ihm einen irritierten Blick zu. Lennenberg fing ihren Blick auf und lächelte verlegen. »Sie haben wohl recht, das waren nicht direkt meine Worte. Aber Professor Lenz spricht gerne in großen Tönen.«

»Sie arbeiten wohl eng mit ihm zusammen?«, fragte Hedwig und trat einen Schritt vom Bildnis weg. Jetzt hatte sie nämlich das Gefühl, der Kaiser schaute sie noch erzürnter an, weil sie mit einem fremden Mann sprach – und es auch noch genoss. Aber was konnte sie dafür, dass Lennenberg ein so freundlicher und höflicher Gesprächspartner war? Seine ruhige, tiefe Stimme war überaus angenehm. Und gut aussehen tat er auch. Nicht, dass das für sie eine Rolle spielte. Aber seine grünen Augen waren ihr nicht erst jetzt aufgefallen, wo die Sonne durch die großen Fenster fiel und alles in ein sanftes goldenes Licht tauchte.

Lennenberg trat ebenfalls einen Schritt von dem Gemälde zurück. Wie von selbst gingen die beiden ein paar Schritte in den Gang hinein. Immer wieder kamen ihnen Studenten entgegen, aber Lennenberg wich ihnen geschickt aus, ohne den Abstand zu Hedwig zu verändern. Wie Hedwig schon früher aufgefallen war, hatte Lennenberg einen ruhigen, aber auffällig geraden Gang, als zöge ihn etwas an den Schultern nach oben. Als könne ihn nichts niederdrücken.

»Es ist meine Aufgabe, eng mit ihm zusammenzuarbeiten«, antwortete Lennenberg schließlich. »Außerdem arbeite ich mit ihm an seinem derzeit größten Projekt. Eine Geschichte der Universität. Dieser Universität, um genau zu sein.« Lennenberg deutete um sich. Sie waren mittlerweile in der Eingangshalle des Hauptgebäudes angelangt, und seine Stimme hallte, obwohl er leise sprach, in dem mächtigen Eingangsraum. »Bis zum Universitätsjubiläum soll sie fertig sein.«

»Das ist ja spannend«, entfuhr es Hedwig. Und das sagte sie nicht nur aus Höflichkeit. Tatsächlich wüsste sie gerne mehr über die Universität: Wieso sie so war, wie sie war. Und warum hier alles so engstirnig und tradiert wirkte. Das musste ja schließlich irgendwo seine Ursprünge haben, und die lagen vermutlich, wie so oft, in der Geschichte. »Die Geschichte der Universität interessiert mich sehr! Wann ist denn das Jubiläum? Das Buch muss ich unbedingt lesen.«

Albert Lennenberg lachte über ihren Eifer, aber es war ein sanftes Lachen – er lachte sie nicht aus. Seine Augen blieben ruhig und freundlich.

»Erst in drei Jahren, fürchte ich. Und ich fürchte auch, dass es mit einem Buch nicht getan ist. Es werden mindestens drei Bände, so viel kann ich Ihnen versprechen.«

»Drei Bände?«

»Aber sicherlich. Die Universität ist schon fast hundert Jahre alt, sie hat bereits jetzt eine bewegte Zeit hinter sich. Sie müssen sich allein vor Augen führen, wann und wofür dieses Gebäude hier gebaut wurde!« Lennenberg zeigte abermals in die Halle. »Das alles war einst ein Lustschlösschen für einen Prinzen, erbaut von seinem liebenden Bruder. Friedrich der Große hat das Schloss für seinen jüngeren Bruder Heinrich eigens entworfen! Nun, die Liebe wurde nicht erwidert, aber ein schönes Schloss ist es geworden. Sie müssen sich vorstellen, dass da, wo jetzt Vorlesungsräume und Büros sind, einst die Angestellten gewohnt haben. Es gab eine Küche, Ställe, alles, was zu so einem Schloss gehört. Für den Universitätsbetrieb musste es komplett umgebaut werden, allein die Sanitäranlagen mussten an die Studentenschaft angepasst werden.«

»Die könnte man auch heute mal wieder anpassen«, bemerkte Hedwig. »Es mangelt an Damentoiletten.«

»Da haben Sie recht«, stimmte Lennenberg zu.

»Und wieso wollte Prinz Heinrich sein Schloss nicht, und wie kam es dazu, dass das Gebäude stattdessen eine Universität wurde?«, nahm Hedwig den Faden wieder auf.

»Nun, gewollt hat er es nicht, aber er hat schon hier gewohnt. Er und seine Frau Wilhelmina, die ihm sein Bruder ebenfalls aufgezwängt hatte, bewohnten jeweils einen Flügel – damit sie sich so wenig wie möglich begegnen mussten.« Albert Lennenberg zeigte zur Treppe, die nach links und rechts auf die Empore führte. »Es gibt sogar zwei Aufgänge, wie Sie sehen.«

»Zumindest darüber hätte sich Prinz Heinrich wohl freuen müssen!«

»Das stimmt«, bestätigte Lennenberg. »Aber es steckt wohl eine tragische Familiengeschichte dahinter. Heinrich soll seinem Bruder den Tod ihres gemeinsamen Bruders August nie verziehen haben. Der alte Fritz hatte August ungnädig aus dem Militärdienst entlassen. August soll vor Kummer darüber gestorben sein. Nun, aber das ist nur Gerede. Fakt ist, dass das Schloss nach dem Tod aller Beteiligten zurück an die

Krone fiel – und einer weiteren Verwendung harrte. Erst 1810 wurde es seiner neuen Bestimmung zugeführt.«

»Von Friedrich Wilhelm?«, riet Hedwig.

»Ganz genau, deswegen trägt die Universität seinen Namen. Aber der wahre Drahtzieher in der Geschichte ist Wilhelm von Humboldt. Ihm verdanken wir das alles. Hätte er Friedrich Wilhelm den III., Gott habe ihn selig, damals nicht bekniet, wir stünden heute nicht hier. Die Universität müsste also folgerichtig eigentlich Humboldt-Universität heißen«, sagte Albert scherzend.

»Das ist Majestätsbeleidigung!«, erwiderte Hedwig gespielt entrüstet.

»Nun, ich vermute, dass Sie mich nicht verraten werden.«

Ihre Blicke trafen sich und verhakten sich ineinander. Augenblicklich verstummten sie beide. Hedwig fiel erst jetzt auf, dass sie während des Gespräches alles um sich herum vergessen hatte. Das war ihr mit einem Mal unangenehm. Plötzlich kamen die lärmenden Geräusche der anderen Studenten zurück, die hallenden Schritte so vieler Menschen auf dem Boden, sogar der Lärm weit weg auf der Straße »Unter den Linden«.

»Wissen Sie, ich gebe einen Privatkurs zur Geschichte der Universität«, sagte Albert Lennenberg in das verlegene Schweigen hinein. Hedwig kam es so vor, als stotterte er ein wenig. Und da war wieder diese verdächtige Röte auf seinen glatt rasierten Wangen zu sehen. »Wenn Sie wissen möchten, wie genau es zur Gründung der Universität kam, kommen Sie doch vorbei. Ich würde mich ehrlich freuen«, schob er hinterher und lächelte sie abermals an. Noch immer lag Verlegenheit in seinem Blick, aber auch ehrliches Interesse an ihr. Seine Augen, dachte Hedwig, hatten dieses leichte Funkeln, kein Feuer, eher eine ruhige Beständigkeit, die von seiner wahren Klugheit zeugte. Sie musste wirklich vorsichtig sein mit diesem Lennenberg, er konnte sie noch von ihren eigentlichen Zielen und Gedanken ablenken, dachte Hedwig.

Und trotzdem nickte sie. »Das wäre großartig! Danke, Herr Lennenberg.«

»Dann sehen wir uns, Frau Brügger«, sagte Lennenberg und lächelte ihr zum Abschied noch einmal schüchtern zu. Und dann ging er mit diesem für ihn typischen aufrechten Gang davon und verschwand hinter einer Säule. Hedwig biss sich auf die Wange beim Versuch, nicht schon wieder einfältig zu lächeln. Nein, sie musste wirklich vorsichtig sein. Sie war schließlich nicht zum Vergnügen hier.

Anni

Das Fieber ließ Anni nicht los. Beinahe fühlte sie sich so, als wäre sie wirklich krank, wie von einem inneren Geist getrieben. Die Unruhe saß ihr in allen Gliedern – sie konnte nicht aufhören, an Althoffs Bibliothek zu denken, an die schiere Masse der Bücher, die dort ungelesen auf sie wartete. Und an die Geheimnisse, die sie nun nicht mehr würde lüften können. Lesen war für Anni das Eintauchen in andere Welten, eine Flucht, das Enthüllen von Geheimnissen, die alles überstiegen, was sie sich selbst vorstellen konnte. Und nicht zu lesen überzog die Welt mit einem grauen Schleier, auch wenn ihre Welt ja schon immer so ausgesehen hatte.

Vermutlich war das Drängen umso schlimmer, weil sie selbst es gewesen war, die sich all jene Geheimnisse versagt hatte. Seit sie neulich nachts beinahe entdeckt worden wäre, hatte sie keinen Schritt mehr in die Bibliothek gesetzt. Und deswegen fühlten sich ihre Füße jetzt unruhig an, als wollten sie unbedingt hinauf in den ersten Stock. Selbst wenn sie das Silber polierte oder Marie Althoff bei deren Stickereien half, führten ihre Füße unter dem Tisch diesen stummen, hoffnungslosen Tanz auf.

»Jetzt sitz endlich still, Kind! Oder mach einen Gang durch den Garten«, hatte Marie Althoff sie sogar mehrfach ermahnen müssen, und Anni hatte sich selbst die Fingernägel in die Oberschenkel gegraben, damit ihre Füße endlich das unruhige Trippeln sein ließen.

Und dennoch: Ihre Füße konnte sie vielleicht gerade noch unter Kontrolle halten, ihre Träume nicht.

Nachdem sie nachts nun nicht mehr in die Bibliothek gehen konnte, schlief sie wieder. Doch statt der altbekannten Albträume, die sie aufs Gut der von Hohensteins entführten, ans Bett ihrer armen Freundin Margarete, und sogar statt der Träume, die ihr lieber waren, den bittersüßen, von Henri, dem Kutscher der von Hohensteins, für den sie heimlich geschwärmt hatte, statt all dieser Träume war es jetzt das Flüstern des Wissens, das sie heimsuchte. Aber die Träume endeten nie gut. Immer war sie auf der Flucht, stand gerade im Begriff, etwas Unfassbares herauszufinden, wenn Althoff kam und sie entdeckte, sich manchmal drohend vor ihr aufbaute, kurz davor, sie zu schlagen oder gar Schlimmeres zu tun. Sie wachte schweißgebadet auf, voller Angst und in der Gewissheit, dass sie gerade so davongekommen war. Und dennoch mit dem Geschmack des Wissens auf den Lippen.

Anni glaubte nicht an Geister, an gute oder schlechte Omen aber wohl. Und seit sie im Haus der Althoffs war, hatte sie das Gefühl, etwas Furchtbares bahnte sich an und ihre Träume versuchten, sie zu warnen. Denn es konnten ja eigentlich nur böse Geister sein, die sie zu einer solchen Unruhe trieben – und die ihr das Gefühl gaben, keine Ruhe zu finden.

Es waren die Stille und die Einsamkeit bei den Althoffs, nur von den knackenden Geräuschen des Hauses unterbrochen, die dafür sorgten, dass Anni ihrem Sehnen immer weniger entgegenzusetzen hatte. Auch bei den von Hohensteins war sie schon neugierig gewesen. Und es war Margarete, mit der sie gemeinsam an Wänden gelauscht und andere Dinge ausgeheckt hatte. Einmal, als der Hausherr und die Hausherrin sich heftig stritten, hatten sie ein Stockwerk höher auf dem Boden gelegen und ihre Ohren in den Teppich gedrückt. Dabei hatten sie allerdings so lachen müssen, dass sie kaum etwas verstanden. Anni erinnerte sich noch genau an den staubigen Geschmack der Teppichfransen in ihrem Mund. Sie hatte sich Sorgen gemacht, dass man ein Stockwerk tiefer ihr Lachen hören konnte. Aber sie und Margarete waren nie erwischt worden. Ihre Neugier hatte sich gegenseitig im Zaum gehalten.

Hier aber war Anni allein. Da halfen auch die wenigen Gespräche, die sie mit den Händlern vom Markt in Groß-Lichterfelde führte, wenn sie dort die Wocheneinkäufe erledigte, nicht.

Und ebenso allein stand Anni jetzt mit einem Tablett vor dem Althoffschen Arbeitszimmer mit all den verlockend wispernden Geheimnissen darin und musste besonders tief durchatmen. Ob es an der Einsamkeit lag oder nicht, heute war das Bedürfnis, dem Drängen in ihr nachzugeben, besonders stark. Immerhin war Althoff noch unterwegs, Marie Althoff im Garten und sie hier oben ganz allein. Die Hausherrin hatte sie angewiesen, das Nachmittagsmahl bereits in Althoffs Zimmer zu bringen. Anni konnte sich nur zu gut denken, wieso: Ihr Dienstherr war mit den Kräften am Ende, daran gab es mittlerweile kaum einen Zweifel mehr. Und doch ließ er es sich nicht nehmen, jeden Tag aufs Neue seine Ränke zu schmieden, ins Ministerium zu fahren oder an die Universität, um sich mit den führenden Köpfen des Bildungswesens Preußens zu treffen. Das forderte seinen Tribut. Meistens kam er überhaupt nicht mehr aus dem Zimmer heraus, wenn er einmal darin verschwunden war. Aber er arbeitete dann nicht mehr, wie vielleicht in seinen jüngeren Jahren, bis tief in die Nacht, sondern saß wie eine Statue in seinem Lehnsessel und starrte in die knackende Dunkelheit draußen im Garten. Ihre Aufgabe war es, ihm dann möglichst schnell eine stärkende Mahlzeit zu servieren.

Anni atmete geräuschvoll aus und drückte dann die Klinke des Zimmers hinunter. Heute hatte sie dem Dienstherren eine Speise zubereitet aus dem Besten, was die Äcker zu dieser Jahreszeit zu bieten hatten – verschiedene Kohlsorten, Lauch, Champignons, Schwarzwurzeln und Butterrüben. Sie würde das Tablett nur schnell abstellen und dann das Arbeitszimmer verlassen, bevor Althoff wiederkam. Und sie würde ganz sicher keinen Blick auf Althoffs Schreibtisch und die darauf verstreute Korrespondenz werfen.

Aber Annis gute Vorsätze wurden ohnehin nicht auf die Probe gestellt. Denn in diesem Moment polterten Althoffs schwere, immer mühsamer werdende Schritte die Treppe hinauf. Wenn es schon schwierig war, ihre Neugier im Zaum zu halten, so hatte sie mit dem anderen Instinkt, der sie im Hause Althoff leitete, noch größere Probleme: der Angst vor Althoff. Auch jetzt begann ihr Herz sofort wieder zu rasen, und ihre Finger wurden klamm.

Schnell stellte sie das Tablett ab, bevor ihre Hände zu sehr zu zittern begannen. Da stürmte Althoff auch schon herein, sah sie und verzog wie immer verdrießlich das Gesicht. Geräuschvoll knallte er die Tür hinter sich zu. Anni zuckte zusammen.

»Nun steh da nicht so herum«, fuhr Althoff sie an. »Du weißt doch, wo mein Whiskey ist.«

Anni knickste unbeholfen und eilte dann zum kleinen Schränkchen an der Seite. Althoff ließ sich stöhnend auf seinen Lehnsessel fallen und begann, in seinen Unterlagen zu wühlen, als suchte er dringend etwas. Die Speisen, die dort für ihn bereitstanden, würdigte er keines Blickes.

Zum Glück war Anni dieses Ritual mittlerweile zur Gewohnheit geworden, und ihre Hände zitterten nicht mehr, während sie routiniert den Whiskey einschenkte. Althoff nahm Glas und Zigarre entgegen, ohne sie anzuschauen.

Anni wollte sich gerade wegdrehen, als sie ein bekanntes Wort auf einer seiner Schriften entdeckte: »Radiochemie«. Da war es wieder! Direkt daneben las sie »Radioaktivität«. Sie hatte also recht gehabt mit der Vermutung, dass Althoff gerade ein besonderes Interesse an diesem Thema hatte. Es musste also etwas wirklich Spannendes dahinterstecken, wenn sowohl die junge Frau aus dem Zug als auch ihr Dienstherr so versessen auf dieses Thema waren …

»Was ist denn?«, fuhr Althoff sie an. Schlagartig wurde Anni klar, dass sie mitten in der Bewegung innegehalten und auf Althoffs Unterlagen gestarrt hatte.

»Entschuldigung, Herr«, sagte Anni. »Ich wollte nicht …«

»Was? Du wolltest nicht was?«

»Nichts«, stotterte Anni.

Aber Althoff durchbohrte sie mit seinem finsteren Blick, die buschigen Augenbrauen zusammengezogen. Er hatte sich in seinem Sessel aufgerichtet – selbst im Sitzen überragte er sie beinahe – und schaute sie so drohend an, dass sie sofort wieder zu zittern anfing.

»Was an meinen Unterlagen könnte für dich von Interesse sein?«, bellte er. »Gib mir gefälligst eine Antwort!«

»Radioaktivität«, stieß Anni hervor. »Dieses Wort, das habe ich jetzt schon des Öfteren bei Ihnen gehört. Es interessiert mich. Ich wollte nicht neugierig sein! Bitte entschuldigen Sie, Herr!«

»Das interessiert dich, ja?«, fragte Althoff.

Genauso schnell, wie sie gekommen war, wich die bedrohliche Spannung aus Althoffs Körper, und er ließ sich in seinen Sessel zurücksinken. Aber sein Blick blieb wachsam. »Und was hast du darüber in Erfahrung bringen können in meinem Hause?«

»Ich habe Sie darüber reden gehört«, erwiderte Anni hastig und mit bebender Stimme. »Aber ich habe ja nichts davon verstanden, es klang nur – es klang interessant«, fügte sie hinzu und hoffte, dass ihm diese Erklärung ausreichen würde.

»Das liegt daran, dass darin die Zukunft der Wissenschaft liegt. Ein sehr aufregendes, neues Feld«, sagte Althoff. »Ich will nachsichtig mit dir sein, weil du noch ein so junges Ding bist. Spionier mir bloß nicht nach. Wenn es sein muss, dann frag, wenn du etwas so unbedingt wissen willst, dass dir deine Augen beinahe aus dem Kopfe quellen, wenn ich meine Unterlagen ordne.«

»Ja, Herr«, beteuerte Anni hastig. Ihre Augen huschten wie automatisch zu Althoffs Unterlagen. Sie sollte jetzt wirklich schnellstens gehen! »Brauchen Sie noch etwas, Herr?«

Sie wollte sich schon umdrehen, aber Althoff packte sie grob am Arm.

»Du stierst schon wieder!«, fuhr er sie an. »Gott im Himmel, nun frag mich schon was!«

Jetzt schaute er wieder so drohend, während er sich im Sessel aufrichtete. Aber diesmal war es ein anderer Blick. Streng, wie der Dorflehrer ihrer Schule, wenn er über die Rechenaufgaben, die sie zu bewerkstelligen hatten, wachte. Ihre Schulzeit lag zwar schon einige Jahre zurück, aber diesen Blick vergaß sie nicht. Und auch nicht den Stock, der im Anschluss an diesen Blick gerne einmal auf die Kinderhände hinunterfuhr. Althoff schaute sie nun genauso an.

»Was?«, stotterte Anni. Ihr Arm brannte noch immer da, wo er sie gerade gepackt hatte, und ihre Beine begannen zu zittern.

»Du sollst fragen«, wiederholte er streng. »Frag, damit ich endlich meine Arbeit weitermachen kann, ohne dass du mich dabei anstarrst wie ein junges Kalb.«

»Ja, Herr«, flüsterte Anni. »Was ist Radioaktivität?«, quetschte sie dann heraus, auch wenn ihre Stimme mehr ein Piepsen war. Sie wollte es natürlich tatsächlich gerne wissen – aber eine Antwort erwartete sie von ihm nicht wirklich. Was sie stattdessen erwartete, wusste sie auch nicht, doch ihren Kopf hatte sie instinktiv eingezogen, als könnte jeden Moment ein Schlag auf sie niedergehen.

Aber Althoff lehnte sich bequem in seinem Sessel zurück und kratzte sich über den Bart. Dann begann er zu sprechen, mit erstaunlich ruhiger, fast bedrohlich ruhiger Stimme, die Anni eine Gänsehaut über den Körper jagte.

»In den letzten zehn bis zwanzig Jahren gab es einige wundersame Entdeckungen – in der Wissenschaft wie in der Technik. Im Jahre 1895 entdeckte Norbert Röntgen die Röntgenstrahlen, obwohl er eigentlich eine ganz andere Strahlung – die Kathodenstrahlung – untersuchen wollte. Stattdessen fand er Strahlen, die die unheimliche Eigenschaft haben, beinahe ungehindert durch alles hindurchzugehen. Du hast vielleicht schon einmal davon gehört? Röntgen konnte damit die Knochen seiner eigenen Hand erkennen. Und alle Welt brütete danach über jener mysteriösen Strahlung. Man fragte sich, was sonst noch alles unentdeckt geblieben ist, welche kleinsten Teilchen eigentlich unsere Welt bevölkern, von denen wir nicht einmal etwas ahnen. So konnte ein Mann namens Thomson etwa herausfinden, dass die Kathodenstrahlen, aus welchen auch die Röntgenstrahlen hervorgehen, aus kleinen elektrischen Teilchen bestehen – so klein, dass man nicht einmal darauf gekommen war, so etwas Kleines könnte existieren –, die sich dazu noch mit für uns kaum vorstellbarer Geschwindigkeit bewegen müssen. Diese kleinsten Teilchen namens Elektronen spielen auch in der Geschichte der Radioaktivität eine Rolle. Aber auch die Radioaktivität begann zunächst mit einer Entdeckung, die sich niemand erklären konnte.«

Althoff machte eine Pause und lehnte sich in seinem knarrenden Sessel zurück. Dann sprach er weiter: »Ein Franzose namens Antoine Henri Becquerel entdeckte vor gut zehn Jahren, im Jahr 1896, durch Zufall eine weitere mysteriöse Strahlung. Er experimentierte mit einem Stoff Namens Uransalz. Bei einem Versuch legte er eine Probe von diesem Uransalz zusammen mit einer Fotoplatte in einen geschlossenen, lichtdichten Schubkasten. Du kannst dir seine Überraschung vorstellen, als die Fotoplatte an einer Stelle plötzlich geschwärzt war – ganz, ohne dass jemals Licht dorthin gelangt wäre. Das ›Licht‹, das die Platte geschwärzt hatte, musste also in dem dunklen Kasten gewesen sein – und zwar genau an der Stelle, an der das Uransalz gelegen hatte. Es blieb also nur eine Möglichkeit: Das Uransalz selbst hatte Strahlen ausgesendet. Uransalz ist übrigens ein Metall, das man schon hundert Jahre zuvor entdeckt hatte. Man hatte nur nie so recht etwas damit anfangen können. Im Gegenteil, die Pechblende, das wichtigste bisher bekannte Mineral – pechschwarz, daher vermutlich der Name –, das Uran enthält, war bei den Bergleuten nie gerne gesehen, denn wo die Pechblende zu finden war, gab es weniger Silber.

Nun aber war eine neuartige Strahlung im Uransalz gefunden worden. Und nicht irgendeine. Schnell fand man heraus, dass diese Strahlung ebenso unfassbare Dinge bewerkstelligen konnte wie die Röntgenstrahlung, etwa lichtundurchlässige Stoffe durchdringen. Und dass sie auch nach Tagen, ja, Wochen nicht erschöpft zu sein scheint. Als wäre Uran ein niemals endendes Reservoir für diese merkwürdigen Strahlen. Und vieles mehr, was es erst noch zu untersuchen galt. Man nannte das

Phänomen ›Radioaktivität‹. Und dann kam Marie Curie, eine ebenfalls französische Wissenschaftlerin.«

»Eine Frau!«, entfuhr es Anni, aber Althoff überging ihren Einwurf. Dabei fiel Anni plötzlich wieder ein, dass auch die junge Frau, die sie im Zug getroffen hatte, diese Curie erwähnt hatte.

»Curie fand heraus, dass in der Pechblende noch weitere, bisher unbekannte Metalle zu finden sind, die allesamt noch viel stärker strahlen als das Uransalz. Sie und ihr Mann fanden viele neue chemische Elemente, etwa Polonium oder Radium. Das musst du dir erst einmal vorstellen: Diese Elemente sind heute in aller Munde, aber vor zehn Jahren kannte sie noch keiner. Marie Curie entdeckte außerdem recht schnell, dass sich an diesen Strahlen nichts ändert, wenn einer der Stoffe eine chemische Verbindung eingeht. Sie müssen also aus dem Uran oder aus dem Radium selbst kommen und atomistische Eigenschaften haben. Von dem Begriff Atom hast du vermutlich auch noch nie gehört?«

»Nein.« Anni schüttelte den Kopf. Zwar verstand sie nur die Hälfte von dem, was Althoff ihr gerade erklärt hatte, aber sie fand es ungemein spannend. Althoff hatte eine Art zu sprechen, die sie völlig bannte. Anni fürchtete nur, dass die überraschende und freundliche Redseligkeit ihres Hausherrn jeden Moment vorbei sein könnte und sie dann Ärger bekommen würde, weil sie ihn von seiner so viel wichtigeren Arbeit abhielt. Aber das hinderte sie nicht daran, noch immer wie gebannt neben dem Schreibtisch zu stehen und darauf zu warten, dass der Hausherr weitersprach.

»Nun, das musst du auch nicht«, sagte Althoff leichthin. »Man weiß ohnehin noch nicht viel über Atome. Aber es sind die Teilchen, aus denen alles gemacht ist. Ein Tisch zum Beispiel.«

Althoff klopfte auf das Holz seines Schreibtisches.

»In der Antike hatte Demokrit schon die Idee, die Welt bestünde aus unteilbaren Teilchen, daher auch der Name ›Atom‹. Das ist altgriechisch für unteilbar. Alle Eigenschaften der Stoffe ließen sich, so vermutete Demokrit, durch die Abstoßung und Anziehung dieser kleinen Teilchen erklären. Demokrit wurde allerdings von seinen Zeitgenossen für diese Idee verspottet. Erst vor hundert Jahren nahm ein Mann namens Dalton diesen Vorschlag wieder auf – und seitdem entdecken wir immer mehr Hinweise auf diese Atome. Nur, dass sie streng genommen wohl doch teilbar sind und keineswegs die kleinsten Teilchen überhaupt, sondern im Gegenteil: Zumindest ein noch kleineres Teilchen müssen sie in ihrem Inneren tragen. Das nämlich beweist die Radioaktivität eines Stoffes: Denn das Atom, zumindest der ganze Stoff, wie etwa Uransalz, strahlt in diesem Fall etwas ab. Diese Strahlung, so musst du dir das vorstellen, wie ja auch ein Wasserstrahl aus kleinsten Tröpfchen besteht, besteht aus Teilchen, die aus dem Atom herausgeschleudert werden. Mit einer schier unglaublichen Geschwindigkeit! Ein Mann namens Ernest Rutherford fand vor wenigen Jahren allerdings heraus, dass es nicht nur eine radioaktive Strahlung gibt, sondern drei verschiedene, je nach Art der Teilchen, die aus dem Stoff herausgeschleudert werden. Er unterteilte die Strahlen in Alpha-, Beta- und Gammastrahlen. Und über deren unterschiedliche Natur wird derzeit überall intensiv geforscht. Über die Teilchen der Betastrahlen weiß man mittlerweile, dass sie die kleinsten negativ geladenen Teilchen sind, die ich eingangs schon erwähnt hatte. Sie heißen Elektronen und bewegen sich mit zweihunderttausend Kilometern in nur einer einzigen Sekunde. Wenn du bedenkst, dass du, wenn du zügig ausschreitest, vielleicht fünf Kilometer in einer ganzen Stunde schaffst, ist das wohl recht viel.«

»Das ist wirklich unfassbar schnell«, sagte Anni.

»Und hat dementsprechend eine große Durchschlagskraft«, bestätigte Althoff.

»Stell dir eine Gewehrkugel vor, die schießt aus dem Gewehr mit vielleicht einem Kilometer pro Sekunde – und dringt tief in alles ein, was sie trifft. Nun stell dir ein kleines Teilchen vor, das so viel schneller ist!«

Althoff seufzte und schüttelte dann den Kopf, als glaubte er selbst nicht so ganz, was er da erzählte.

»Was so ein Teilchen in unserer Welt anzurichten vermag«, fuhr

Althoff fort, »auch darum dreht sich die heutige Forschung. Sie kommen zwar nicht so weit wie eine Gewehrkugel, unsere Teilchen, aber auf ihrem Weg durch die Luft können sie trotzdem Hunderttausende Gasmoleküle in Ionen zerlegen. Zumal in nur einer Sekunde mehrere Millionen solcher Teilchen ausgestrahlt werden – ein richtiges Bombardement ist das. Man spekuliert bereits über eine mögliche Revolution unserer Energiegewinnung oder über einen Nutzen für den Krieg – aber das ist Zukunftsmusik.«

»Aber wie sollen denn ein paar kleine Teilchen im Krieg etwas nutzen?«, fragte Anni skeptisch. Sie konnte sich das wirklich nicht vorstellen. Wenn sie Althoff richtig verstanden hatte, waren diese Atome und erst recht die Elektronen doch so winzig, dass kein Mensch sie jemals würde sehen – oder für seine Zwecke würde missbrauchen – können.

»Noch gar nichts!«, bestätigte Althoff. »Aber Rutherford, der größte Pionier in diesem Gebiet, hat schon angemerkt, dass eine Menge solcher Stoffe mit einem geeigneten Zünder, bei dem sich so ein radioaktiver Zerfall explosiv fortpflanzt, die ganze Welt in Schutt und Asche legen könnte.«

»Oh«, entfuhr es Anni.

In diesem Moment klopfte es an der Tür, und kurz darauf erschien Marie Althoff im Türrahmen. Als sie Anni neben Althoff stehen sah, verzog sie das Gesicht zu einer missbilligenden Miene. Beinahe sah es aus, als hätte sie in eine Zitrone gebissen. Dann jedoch bemühte sie sich wieder um einen gleichmütigen Gesichtsausdruck.

»Du sollst den Hausherrn nicht stören«, sagte sie leise.

Althoff hatte sich in seinem Sessel aufgerichtet und versteckte die Zigarre unter seinem Schreibtisch. Dass über dem Schreibtisch bereits eine Wolke aus Rauch hing, schien Marie Althoff nicht zu bemerken, oder sie ignorierte es.

»Ich brauche dich. Komm mit und hilf mir flicken«, versetzte ihr Marie Althoff nur streng und drehte sich sofort um. An ihrer steifen Haltung sah man, dass sie keine Verzögerung dulden würde.

Anni war es, als erwachte sie aus einem Traum. Hatte sie gerade wirklich mit ihrem Dienstherrn über diese herrlichen wissenschaftlichen Geheimnisse gesprochen und dabei ihre Angst vor ihm beinahe vergessen?

Althoff warf ihr einen Blick zu, der nun wieder unwirsch war, und wedelte dann mit seiner Hand zum Ausgang. Es war offensichtlich, dass der Traum unwiederbringlich vorbei war.

Anni knickste und eilte hinaus. Die Dienstherrin wartete im Gang und ließ Anni mit strenger Miene nicht mehr aus den Augen.

In den nächsten Tagen musste sie Wäsche schrubben, bis ihr die Finger bluteten.

Lise

Grunewald hatte etwas Geheimnisvolles an sich: kleine Wäldchen, dunkel in der Nacht, mit ein paar freundlich blinkenden Häusern darin. Beinahe war es Lise, als wäre sie plötzlich in eine andere Welt gefallen. Hinaus aus Berlin, hinein in diesen magischen Ort, in dem alles still und friedlich war. Nur ein Uhu rief irgendwo leise in der Nacht.

Umso erstaunlicher war die Helligkeit, mit der die Planck'sche Villa von Innen erstrahlte.

Kaum dass eine freundliche ältere Hausangestellte Lise hineingebeten hatte, wurde sie auch schon von Plancks Frau begrüßt und anschließend von seinen zwei Töchtern in Beschlag genommen. Anders als Planck, dessen Art von einer zurückhaltenden, aber vornehm freundlichen Kühle war, waren zumindest seine gerade achtzehnjährigen Zwillingstöchter Emma und Grete voller aufbrausender Herzlichkeit. Vielleicht wirkte es aber auch nur so, weil Emma und Grete eineiige Zwillinge waren: So, wie beide sie mit ihren beinahe identischen Gesichtern anstrahlten, hatte Lise sofort das Gefühl, willkommen zu sein.

»Ich habe alle deine Publikationen gelesen, nachdem Vater mir von dir erzählt hat«, sagte Emma mit leuchtenden Wangen, nachdem sie und Grete ihr die vorderen Räumlichkeiten und den kleinen, aber hübschen Garten gezeigt hatten. Emma trug im Gegensatz zu ihrer Schwester eine kunstvolle Hochsteckfrisur, nur so konnte Lise die beiden auseinanderhalten. »Ich bin sehr beeindruckt. Wie gerne wäre ich auch so versiert in einer Wissenschaft!«

»Du bist doch dafür viel zu unruhig.« Grete stupste ihre Schwester in die Seite. »Außerdem wollen wir Lise nun nicht mehr länger aufhalten, sie wird drinnen erwartet.«

»Ihr haltet mich doch nicht auf!«, versuchte Lise die beiden jungen Frauen zu beschwichtigen. »Ich werde sehr gerne von euch herumgeführt!«

»Aber es stimmt schon, dass wir dir nun langsam mal die Gesellschaft vorstellen sollten«, nickte Emma ihrer Schwester zu, als hätte Lise gar nichts gesagt. »Herr Hahn fragt sowieso schon die ganze Zeit nach ihr«, fügte sie dann kichernd hinzu.

»Hahn?«, fragte Lise neugierig.

»Ja, Otto Hahn«, erklärte Emma. »Ein aufstrebender Chemiker. Und nebenbei bemerkt«, sie zwinkerte Lise zu, »überaus gut aussehend.«

Lise wurde rot bei diesen Worten, ärgerte sich aber gleich darauf über sich selbst. Es sollte ihr ja wohl egal sein, wie dieser Hahn aussah. Sie erinnerte sich allerdings daran, dass Rubens ihn als Arbeitspartner vorgeschlagen hatte – und das war alles, was für sie zählte. Ob Rubens ihm wohl ebenfalls eine Zusammenarbeit mit Lise nahegelegt hatte?

»Worauf warten wir noch?«, rief Emma gut gelaunt, und bevor Lise widersprechen konnte, zog sie sie durch den großen Eingangsbereich in den nur durch eine hübsche verglaste Tür abgetrennten Salon.

Darin war tatsächlich bereits eine ansehnliche Feier im Gange: In kleinen Grüppchen stand die Abendgesellschaft neben einem großen Kamin, in dem bereits ein behagliches Feuer prasselte. Der große Esstisch war mit Geschirr eingedeckt, und in einer Ecke – Lise traute ihren Augen kaum – thronte ein wunderschöner Flügel. Ein Bechstein, wie sie schätzen würde.

»Das Essen wird gleich serviert«, sagte Emma, »aber komm mit, vorher will ich dir noch ein paar Leute vorstellen!«

»Erst einmal würde ich mir gerne den Flügel anschauen«, gab Lise zu. Wie gerne würde sie auf einem so wunderschönen Instrument spielen!

»Du kannst spielen?«, fragte Grete neugierig. »Willst du uns etwas vorspielen?«

»Nein, auf keinen Fall«, beeilte sich Lise die jungen Frauen zu beschwichtigen, die sie bereits begeistert zum Flügel zu ziehen begannen, je eine von ihnen auf beiden Seiten von Lise.

»Ach, schade«, sagte Grete. »Dabei siehst du aus, als könntest du das gut, du hast so schmale, lange Finger.«

Doch Lise musste sich zum Glück nicht weiter rechtfertigen, denn kaum hatten sie den Flügel erreicht – es war tatsächlich ein Bechstein –, trat ein junger Mann zu ihnen, und Grete und Emma wurden gleichzeitig rot. Aber während Emma verlegen auf den Boden schaute, lächelte Grete strahlend und machte einen koketten Knicks. »Herr Hahn!«

»Die Fräulein Planck«, nickte Hahn den beiden charmant zu. Aber sein Blick galt allein Lise.

»Sind Sie Fräulein Meitner?«

»Ja, bin ich«, sagte Lise und versuchte, möglichst gerade zu stehen, damit sie nicht ganz so klein wirkte. Wenn dieser Hahn wirklich für eine Arbeitsgemeinschaft infrage käme, musste sie so selbstbewusst wie möglich wirken. Allerdings war das nicht leicht unter seinem blitzenden Blick und dem charmanten Lächeln.

»Ich bin sehr erfreut«, sagte Hahn und ergriff ihre Hand. Sein Blick war offen und voller ehrlicher Begeisterung – das war schon etwas irritierend. Eigentlich waren alle Männer, denen Lise bisher in Berlin begegnet war, immer eher reserviert gewesen, von vornehmer Zurückhaltung wie Planck oder aber verstockt wie der Mann bei der Studienberatung. Hahn jedoch trat sogar noch einen Schritt näher.

»Ich bin nur Ihretwegen hier«, flüsterte er Lise zu. »Ansonsten ist es hier nämlich immer etwas steif. Aber ich hatte gehofft, Sie hier zu treffen!«

»Herr Hahn«, versetzte Grete empört, anscheinend hatte er doch zu laut gesprochen.

»Damit waren natürlich nicht Sie gemeint, Fräulein Planck«, gab Hahn sofort charmant zurück. »Ihre Gegenwart ist wie immer eine wahre Freude!«

»Sie alter Charmeur«, rief Grete kichernd, und obwohl Lise die Planck-Tochter gern mochte, hätte sie jetzt am liebsten die Augen verdreht. Nur weil Hahn tatsächlich durchaus attraktiv war mit seiner großen, schlanken Statur, dem stattlichen Schnauzer und den funkelnden blauen Augen, war das noch kein Grund, so albern zu kichern! Aber Grete hörte zum Glück auch schon wieder damit auf und hakte sich stattdessen bei Lise unter.

»Nun, Herr Hahn«, sagte sie, »Sie müssen uns schon verraten, was Sie von unserem Fräulein Meitner wollen. Sie müssen gute Argumente liefern, wenn wir Ihnen am Esstisch einen Platz neben Lise einräumen sollen.«

»Er will sie für sich gewinnen, das ist doch klar«, ertönte die Stimme von Max Laue, Plancks Assistenten, neben ihnen.

»Sei still, Laue!«, rief Hahn.

»Dabei sollten Sie, Fräulein Meitner, doch besser bei Rubens arbeiten«, fuhr Laue fort, als hätte Hahn gar nichts gesagt. »Er hat ein tolles Institut, auch ich gehe dort gerne zum Kolloquium. Und immerhin sind sie dort nicht so verbohrt wie Fischer!«

Aber ganz offensichtlich meinte er seine Worte nicht so harsch, wie sie klangen, denn er und Hahn grinsten sich spitzbübisch an. Emma und Grete verfolgten den Schlagabtausch mit leuchtenden Blicken. »Wer ist denn Fischer?«, fragte Grete neugierig.

»Hahns Chef, Geheimrat Fischer, der Nobelpreisträger«, sagte Laue an das junge Fräulein Planck gewandt. »Ah, ich weiß«, rief Emma. »Die Zuckerchemie!«

Auch Lise hatte davon gehört. Immerhin passierte es nicht alle Tage, dass ein preußischer Wissenschaftler den Nobelpreis bekam. Aber sie hatte nicht gewusst, dass Hahn unter jenem berühmten Chemiker arbeitete.

»Und ehrlich gesagt«, flüsterte Hahn ihr zu, »ist Fischer ein ...«

Aber er kam nicht dazu, den Satz zu beenden, denn in diesem Moment wurde zu Tisch gebeten. Jetzt sah Lise auch Professor Planck das erste Mal, denn er und seine Frau nahmen feierlich am Kopf der großen Tafel Platz.

Schnell beeilte sich Lise, auch einen Platz zu finden. Am liebsten hätte sie neben Grete und Emma gesessen, aber Hahn war schneller und zog ihr einen Stuhl zurück. Er selbst setzte sich neben sie, während Laue auf ihrer anderen Seite Platz nahm. Emma und Grete mussten sich wohl oder übel auf die gegenüberliegende Seite der Tafel setzen, wobei sie Lise mal verschwörerische Blicke zuwarfen, mal tuschelnd ihre Köpfe zusammensteckten.

»Jetzt buhlen die beiden um ihre Aufmerksamkeit«, hörte sie Grete Emma gut vernehmlich zuflüstern. »Ich bin gespannt, wer gewinnt!«

»Na, Hahn natürlich«, flüsterte Emma, ebenfalls viel zu laut, zurück, und Lise spürte schon wieder, wie sie rot anlief.

Aber Hahn und Laue schienen zum Glück das Gespräch der Zwillinge zu überhören und begannen stattdessen einen Disput über tagespolitische Fragen. Sie versuchten zwar, Lise dabei ins Gespräch einzubinden, aber von der preußischen Politik wusste sie nicht viel. Immerhin diskutierten Hahn und Laue ausgiebig die Sitzverteilung im Deutschen Reichstag nach der Hottentottenwahl, die im Januar stattgefunden hatte, und die Frage, wie lange sich Reichskanzler Bülow wohl noch würde halten können – dazu hatte sie in ihrer kurzen Zeit hier in Preußen immerhin schon dies und das aufgeschnappt. Die Ressentiments gegenüber der Sozialdemokratie, die bei der letzten Wahl auf ganze 28,9 Prozent gekommen war, fand sie erstaunlich. Sie schienen ihr in Preußen besonders ausgeprägt zu sein. Lise selbst war in einem Haushalt aufgewachsen, der mit der Sozialdemokratie zumindest sympathisierte – ihr Vater hatte sich häufig in diese Richtung geäußert, manchmal sogar politische Aktivisten eingeladen. Da wunderte es sie, dass sich Laue nahezu darüber empörte, wie sozialdemokratisch Berlin geworden war, während Hahn ähnlich liberale Ansichten zu vertreten schien wie ihr Vater. Gerade waren sie dabei, eine mögliche Abschaffung des Dreiklassenwahlrechts zu diskutieren – es kursierten anscheinend Gerüchte, Bülow hätte dies für seine nächste Amtszeit vor –, dann wurden sie jedoch jäh unterbrochen, denn der Hauptgang wurde serviert. Es gab herrlich duftendes geschmortes Wintergemüse mit frischem Brot und einen prächtig anzusehenden Lammbraten, von dem die Hausangestellten jedem Gast ein Stück auf den Teller legten.

Eine Weile aßen sie schweigend, nur das Klirren des Bestecks war zu hören, dazu das leise Prasseln des Kamins. Erst als sie beim Nachtisch angelangt waren – es gab verschiedenste Sorten Kuchen –, wandte sich Hahn wieder an Lise.

»Fräulein Meitner, ich sage es ganz freiheraus«, begann er und schaute Lise dabei so direkt an, dass ihr Herz kurz aussetzte, nur um dann wieder loszugaloppieren. Sie war es nicht gewöhnt, von einem jungen Mann ihres Alters dermaßen direkt fixiert zu werden.

»Ich möchte sehr gerne mit Ihnen zusammenarbeiten. Ich denke, wir würden fantastisch zusammenpassen! Sie sind der kühle Kopf, der unsere Ergebnisse zu verstehen und zu analysieren vermag, und ich bin, wie ich zu behaupten wage, ein hervorragender Experimentator.«

Lise öffnete den Mund, um etwas zu sagen, aber Hahn hielt sie auf. »Lehnen Sie jetzt nicht gleich ab, nur weil ich kein Physiker, sondern bloß Chemiker bin. Wissen Sie, bei meinem Chef, Geheimrat Fischer, werde ich immer verlacht, weil ich kein ganzer Chemiker, sondern bloß ein ›Radiochemiker‹ bin. Fischer und seine Konsorten verstehen nicht, dass in der Radiochemie die Zukunft liegt. Und bei Rubens bin ich nicht Physiker genug. Aber wir beiden wissen doch, dass die Radioaktivität ein Feld ist, das über die Fächergrenzen hinausgeht. Ich habe Ihre Arbeiten gelesen. Sie sind eine exzellente Analytikerin, aber Sie brauchen einen Experimentator wie mich, um voranzukommen.«

Dem konnte Lise kaum etwas entgegensetzen, auch wenn es stimmte, was er sagte: Chemiker und Physiker arbeiteten normalerweise in getrennten Bereichen. Aber er hatte sehr wohl recht, wenn er sagte, dass sie einen Experimentator brauchte. War es nicht genau das, was sie suchte? Andererseits – wollte sie wirklich mit Otto Hahn zusammenarbeiten? Er war charmant und mit seiner einnehmend jungenhaften, begeisterungsfähigen Art tatsächlich sehr sympathisch. Aber was, wenn er ihr zu nah kam? Sie wollte sich schließlich auf die Physik konzentrieren, auf nichts anderes. Es würde Gerede geben, wenn sie sich beide zusammentaten – immerhin war er noch ledig. Und dennoch ...

»Wo würden wir arbeiten?«, fragte Lise.

»Sie werden es nicht bereuen, Fräulein Meitner!«, rief Hahn begeistert. »Hast du das gehört, Laue? Sie macht mit!«

»Ja, ich hab' gehört«, erwiderte Laue verdrießlich. »Und das, obwohl Rubens ihr persönlich einen Arbeitsplatz angeboten hat! Dabei habe ich mit von Baeyer schon eine Wette abgeschlossen, dass sie auf jeden Fall Rubens den Vorzug gibt. Verdammt!«

»Moment«, unterbrauch Lise die beiden. »Ich habe noch gar nicht zugesagt, sondern mich lediglich nach den Konditionen erkundigt.«

»Selbstverständlich«, beeilte sich Hahn zu sagen. »Ich möchte Sie ja auch nicht drängen! Ich habe bereits einen Arbeitsraum eingerichtet, in dem Sie und ich vortrefflich arbeiten könnten – es handelt sich um eine alte Holzwerkstatt im Keller des Instituts, die wir als Labor nutzen können. Fischer hat mir schon vor einiger Zeit die Erlaubnis erteilt, dort zu arbeiten, aber ich muss natürlich noch nachfragen, ob auch Ihnen der Zutritt gestattet wird.«

»Oh, das wird nicht leicht, mein Freund«, prophezeite Laue düster, und Lise begann zu ahnen, dass dieser Geheimrat Fischer – Nobelpreis hin oder her – nicht der freundlichste Zeitgenosse war.

»Ich gebe Ihnen etwas Bedenkzeit, Fräulein Meitner«, sagte Hahn galant. »Und in der Zeit erfrage ich unsere Möglichkeiten. Aber fühlen Sie sich nicht unter Druck gesetzt! Ich weiß ja selbst, dass ich nur ein mittelmäßiger Chemiker bin, mit dem zu arbeiten sicher eine große Last für Sie wäre.«

Sein Ton war ernst, aber er zwinkerte ihr dabei zu, und um seine Mundwinkel zuckte es.

»Du kämpfst mit wahrlich allen Mitteln«, grummelte Laue.

»Jedenfalls habe ich Ihnen hier ganz unverbindlich einige meiner Arbeiten mitgebracht«, sagte Hahn nun und reichte ihr einen Packen Blätter. »Es sind nur ein paar ausgewählte Aufsätze, meine Habilitationsschrift wollte ich Ihnen jetzt nicht antun.«

Er hatte schon habilitiert? Lise musterte Hahn. Er schien nicht älter als sie zu sein, vielleicht 28 Jahre, schätzte sie. Aber natürlich, für Männer ging eine Universitätskarriere flott – nach der Matura wurde studiert, promoviert, habilitiert. Lise selbst träumte auch von einer Habilitation, aber für Frauen war das alles entweder ein viel langwieriger Prozess oder gleich ganz unmöglich. Trotzdem ... eines Tages vielleicht. Ob Hahn ihr dabei helfen konnte?

Sie plauderten beim Kaffee noch ein wenig über dies und jenes, und als Lise erfuhr, dass er bei dem berühmten Ernest Rutherford in Montreal gearbeitet hatte, bat sie ihn, mehr zu erzählen. Schließlich erhob sich die Abendgesellschaft und verteilte sich wieder im Raum. Hahn verabschiedete sich mit den Worten, er habe Dringendes zu tun, nicht ohne Lise ein letztes Mal vergnügt zuzuzwinkern.

Lise wollte auch aufbrechen – so viel Trubel war sie nicht gewöhnt, und von all den neuen Namen und Gesichtern schwirrte ihr schon der Kopf. Außerdem wollte sie es vermeiden, die Freundlichkeit der Plancks überzustrapazieren. Der Abend hatte ihr schon genug Stoff zum Nachdenken gegeben. Aber die Planck-Töchter wollten ihren Abschied nicht gelten lassen.

»Das Beste kommt doch noch«, versprach Grete und hielt Lise an der Hand fest. Kurz darauf traten die Bediensteten ein und reichten kleine Schnäpse und kandierte Früchte. Lise ließ lieber die Finger davon, zu viel Süßes war ihr Magen nicht gewohnt. Ohnehin fühlte sie sich übervoll nach diesem stattlichen Festmahl. Schließlich hatte sie seit Wochen nur Brot mit Butter gegessen. Etwas anderes konnte sie sich derzeit einfach nicht leisten – nur auf Zigaretten wollte sie nicht verzichten. Für anderes blieb dann kein Geld mehr übrig. So gern sie auch unterrichten wollte, die Schülerinnen kamen nur langsam. Offensichtlich war Preußens Oberschicht die Bildung ihrer Töchter nicht einmal halb so wichtig wie den Wienern – dort hatte Lise sich vor Aufträgen kaum retten können. Hier war sie darauf angewiesen, dass Hedwig in ihrem Bekanntenkreis die Fühler ausstreckte. Bisher mit mäßigem Erfolg.

»Nun probier doch schon«, sagte Emma und hielt ihr eine Schale mit den pudrig glitzernden Köstlichkeiten entgegen.

»Emma, nun lass das Fräulein Meitner doch!«

Professor Planck war zu ihnen getreten und sah seine Tochter streng an.

»Ja, Herr Papa«, sagte Emma artig und knickste. Aber Lise sah sehr wohl, dass sie sich selbst noch schnell ein Stück kandierten Apfel in den Mund steckte, bevor sie sich zurückzog.

»Nun, wie gefällt Ihnen meine Abendgesellschaft, Fräulein Meitner?«, wandte Planck sich an Lise.

»Sehr gut, vielen Dank für die Einladung«, erwiderte Lise. Sie fühlte sich noch immer etwas steif in Gegenwart des berühmten Professors.

»Ich habe gesehen, dass Sie sich gut mit den jungen Wissenschaftlern verstehen«, sagte Planck und nickte zu Laue hinüber, der sich mittlerweile mit ein paar anderen jungen Männern unterhielt. Auch sie waren Lise nach dem Essen kurz vorgestellt worden, und sie erinnerte sich, dass sie Otto von Baeyer, Wilhelm Westphal und James Franck hießen. »Und mit meinen Töchtern kommen Sie auch sehr gut zurecht«, fuhr Planck fort.

»Sie sind wirklich reizend«, sagte Lise schüchtern.

»Das ist aber nett von Ihnen, Fräulein Meitner«, sagte Grete, die plötzlich wieder neben ihnen aufgetaucht war, und knickste übertrieben. Lise musste sich auf die Wange beißen, um nicht zu lachen.

»Herr Papa«, wandte sich Grete nun an ihren Vater. »Wäre es wohl möglich, dass Fräulein Meitner nun öfter kommt? Vielleicht kann sie Emma und mich ja auch in den Naturwissenschaften unterrichten? Sie haben doch gesagt, unsere Kenntnisse auf diesem Gebiet ließen schwer zu wünschen übrig.«

»Das stimmt«, erwiderte Planck und schaute zwischen Lise und seinen Töchtern hin und her. »Aber die versuche ich euch nun schon seit mehreren Jahren erfolglos näherzubringen. Und Fräulein Meitner hat sicher Besseres zu tun, als euch zu unterrichten.«

»Ich gebe in der Tat Privatunterricht«, sagte Lise schüchtern.

»Da sehen Sie es, Herr Papa, bitte«, bettelte nun auch Emma.

»Nun, ich werde darüber nachdenken, wenn Fräulein Meitner zugestimmt hat«, nickte Planck. »Wie dem auch sei«, sagte er, und sein Gesicht erhellte sich mit einem Mal, als hätte jemand hinter seinen Augen ein Licht angeknipst. »Nun ist es erst einmal Zeit für ein wenig Zerstreuung und Musik.«

»Professor Planck, spielen Sie uns etwas vor!«, rief auch Laue von der anderen Seite des Raumes, als hätte er Planck gehört. Er schien allerdings schon etwas über den Durst getrunken zu haben, dachte Lise erschrocken, wenn er sich traute, solch einen Ton beim Professor anzuschlagen. Laues Wangen leuchteten tatsächlich verdächtig rot. Aber wenn Planck der saloppe Ton verärgerte, so ließ er es sich nicht anmerken. Im Gegenteil, seine Augen blitzten vor Freude.

»Ich habe nur darauf gewartet, dass Sie fragen, lieber Laue«, rief er. Dann nickte er Lise freundlich zu und eilte zum Flügel. Der schöne Bechstein! Lise beobachtete sehnsüchtig, wie Planck den Deckel hochklappte.

Aber wenn sie gedacht hatte, Planck würde bestenfalls ein paar Töne klimpern und dann zum Gespräch zurückkehren, so hatte sie sich geirrt. Ehe sich Lise versah, war eine heitere Abendgesellschaft aus der Physikergemeinde geworden, der Planck nun verschiedenste Klavierstücke auf dem Flügel präsentierte. Genau wie Lise schien er in der Musik aufzugehen. Nur dass Lise sich niemals getraut hätte, heitere Klavierstücke vor einer so großen Gesellschaft feiner Leute zum Besten zu geben.

Das Bild, wie der sonst so aufrechte, etwas steife Professor über sein

Klavier gebeugt die Welt vergaß, wie er in die Tasten hämmerte, mit einem Elan, den Lise ihm nie zugetraut hätte, brannte sich in ihr Gedächtnis ein.

Als sie später am Abend wieder in Charlottenburg ankam und sich dort in ihr schmales Bett legte, hatte sie den völlig ausgewechselten Planck immer noch vor Augen. Dazu seine beiden liebreizenden Töchter und alle anderen, die sie an diesem Abend kennengelernt hatte. Vor allem aber eines: Otto Hahns offenes, freundliches Gesicht. Seine zutrauliche, völlig vorurteilsfreie Art. Und sein Angebot.

Kapitel 4: In der Holzwerkstatt

Hedwig

Albert Lennenbergs Art zu sprechen war in seiner ruhigen, besonnenen Art mitreißend. Dabei war es gar nichts Besonderes, was er machte. Er sprach weder so laut wie Lenz, noch gestikulierte er wild. Im Gegenteil, meist lief er beim Gehen auf und ab, sprach mal in die Runde seines Seminars, mal zu sich selbst. Seine Stimme war tief und schien niemals zu stocken, wenn er über die Dinge sprach, mit denen er sich auskannte. Dazu hatte er die hinreißende Art, seine Hände hinter seinem Rücken zu verschränken, wenn er auf und ab lief. Hedwig kam nicht umhin, es sich einzugestehen: Sie fand den jungen Historiker überaus anziehend.

Dabei war sie mit Sicherheit nicht in seinen Kurs gekommen, um den Privatdozenten anzuschmachten. Dazu hatte sie wahrlich keine Zeit, und außerdem waren die Dinge, die sie hier besprachen, von großem Interesse für sie. Anders als Lenz' Vorlesung war der Kurs wesentlich anschaulicher und lebendiger. Das lag zum einen daran, dass Albert Lennenberg ihnen Artefakte und echte historische Dokumente zeigte, die sie gemeinsam untersuchen konnten, und zum anderen daran, dass er Diskussionen zuließ – ja, bisweilen ging es sogar recht lebhaft zu.

Heute ging es um die Gründung der Universität. Albert Lennenberg hatte ihnen die Schenkungsurkunde der Universität mitgebracht, ein wertvolles historisches Dokument, das normalerweise weggeschlossen wurde. Zu Recht, wie Hedwig fand. Es war schon etwas Besonderes, dieses wertvolle Dokument betrachten zu dürfen. Der Name Friedrich Wilhelms prangte mit reichlichen Verzierungen oben auf dem Papier, darunter der Zusatz: »Von Gottes Gnaden König von Preußen«. Unterzeichnet am 24. November 1810.

Eigentlich, so erzählte Lennenberg, hatte der König zunächst nicht gewusst, was er mit dem verwaisten Schloss anfangen sollte. Kurzzeitig tagte sogar die Stadtversammlung darin. Aber dann war Wilhelm von Humboldt, der Bruder des berühmten Entdeckers Alexander von Humboldt, an den König herangetreten. Berlin hatte noch keine richtige Universität, nichts, was Preußen in wissenschaftlicher Hinsicht zu Strahlkraft verhelfen konnte.

»Wir müssen diese Schenkung in ihren historischen Kontext setzen«, sagte Lennenberg und verstaute die Urkunde, nachdem jeder im Kurs hatte vortreten und sie sich anschauen dürfen, nun wieder. »Wie stand es um Preußen an diesem 24. November 1810, als die Urkunde unterzeichnet wurde. Ja, Frau Brügger?«

Hedwig hatte sich gemeldet und freute sich, dass er sie sofort drannahm, obwohl auch einige andere Kursteilnehmer sich meldeten. Zum Beispiel der rothaarige Ottendorff, der auch in diesem Kurs saß und nun beleidigt die Nase rümpfte.

»Preußen war von Frankreich besetzt«, ergriff Hedwig das Wort. »Im Oktober 1806 waren französische Truppen in Berlin einmarschiert. Kurz darauf ritt Napoleon höchstpersönlich durch das Brandenburger Tor und besiegelte damit symbolisch die preußische Niederlage. Preußens Armee war gefallen, der Staat zusammengebrochen.«

»Sehr richtig, Frau Brügger«, sagte Lennenberg erfreut und fuchtelte mit seiner Brille in ihre Richtung. »Der preußische Staat hatte seine physischen Kräfte verloren, und nun müsse der Staat durch geistige Kräfte das ersetzen, was er verloren habe. So hat es Friedrich Wilhelm III. zur Schenkung der Universität selbst gesagt. Wilhelm von Humboldt hatte ihn auf die Idee gebracht, und als neuer preußischer Kultusminister, zu dem dieser just ernannt worden war, konnte er eben jene Universität gründen. Humboldt hatte eine klare Vision, von der er Friedrich Wilhelm III. überzeugen konnte. Und das, obwohl die Gründung einer Universität unter den gegebenen Umständen eigentlich schwierig war, man muss sich nur einmal vergegenwärtigen: Die ganze Stadt war ein einziges französisches Gefängnis. Und doch zeigt die Gründung der Universität deutlich, wie durch geistige Kräfte eine Art Widerstand möglich ist. Humboldt begann, was im Folgenden auch die ersten Professoren der Universität fortsetzen sollten: eine widerständige, eine revolutionäre Idee umzusetzen, die die Form der Bildung für immer verändern würde. Humboldt wollte nämlich keine Lehranstalt, in der nur Wissen angehäuft wurde, kein »Brotstudium«. Er wollte Charaktere formen, die das Land voranbringen würden. Humboldt schlug Friedrich Wilhelm dafür das Schloss vor. Aber die Universität sollte nicht isoliert sein: Bestehende Institute und Anstalten aus Berlin sollten damit verbunden werden, etwa die berühmte Charité. So würde ein intellektuelles Zentrum geschaffen werden. Nun«, Albert setzte seine Brille wieder auf und schaute auffordernd in die Runde. »Heute ist sie das vielleicht. Aber damals hat die Universität klein angefangen. Heute arbeiten an dieser Universität vierundneunzig Ordinarien und hundertvier Extraordinarien, dazu das Doppelte an Privatdozenten und Assistenten. Wir haben allein in der philosophischen Fakultät vierzehn verschiedene Fächer, die studiert werden können. Im ersten Wintersemester vor über hundert Jahren gab es sage und schreibe nur zweiundfünfzig Lehrende. Und zweihundertsechsundfünfzig Studenten. Das Fächerspektrum war dementsprechend nicht sehr breit. Das Feld wurde von den vier Gründungsfakultäten bestimmt: Theologie, Philosophie, Jura und Medizin.«

»War vielleicht besser damals, als noch nicht jeder an die Universität durfte«, flüsterte Ottendorff seinem Sitznachbarn zu und nickte dabei in Hedwigs Richtung.

»Herr Ottendorff, wir möchten gerne alle verstehen, was Sie zu sagen haben«, ging Lennenberg erstaunlich autoritär dazwischen, ehe Hedwig antworten konnte.

»Ich habe nur gesagt«, versetzte Ottendorff mit vor Arroganz triefender Stimme, »dass es damals sicherlich nicht jedem erlaubt war zu studieren!«

»Da haben Sie wohl recht«, erwiderte Lennenberg versöhnlicher, aber dennoch mit einem warnenden Blick in Ottendorffs Richtung. »Der ausgewählte Kreis der Studenten war äußerst elitär.«

»Das ist er doch immer noch«, schoss Hedwig dazwischen, ohne groß darüber nachzudenken. Sofort richteten sich wieder alle Augenpaare auf sie. Aber das war sie mittlerweile schon gewohnt. Mehr noch, die ständigen Streitgespräche mit den anderen Studenten, die neidischen Blicke, waren ihr erst recht ein Ansporn.

»Die Studiengebühren sind horrend. Und Frauen dürfen sich gar nicht erst einschreiben. Dabei zeigen die Beispiele derer, die es trotz allem geschafft haben, wie unsinnig dieses Verbot ist.«

»Ach, Sie meinen den Bevölkerungsrückgang, weil Frauen auf einmal Besseres zu tun haben?«, schoss Ottendorffs Freund zurück, der bisher immer recht schweigsam gewesen war. »Das ist wirklich fantastisch, bei der nächsten militärischen Intervention wird man es den Frauen danken!«

»Worauf ich anspielte«, erwiderte Hedwig, »waren die wenigen, aber überaus erfolgreichen Frauen, die bereits Abschlüsse erhalten haben und damit Veränderungen bewirken konnten. Alice Salomon zum Beispiel, die erst letztes Jahr ihren Abschluss gemacht hat, baut gerade eine eigene Schule auf, und Elsa Neumann, die erste Frau, die an dieser Universität vor zehn Jahren in Physik promoviert hat, war eine erfolgreiche Privatgelehrte.«

»Und trotzdem ist Elsa Neumann zwei Jahre nach ihrem Abschluss bei einem missglückten Experiment gestorben, das sollte einem wohl zu denken geben«, feixte Ottendorff.

»So, das reicht jetzt«, sagte Lennenberg entschieden. »Ich finde, eine Debattenkultur ist eine äußerst wichtige Errungenschaft der freien Wissenschaft, aber wir sollten uns doch nicht unter ein gewisses Niveau begeben, Herr Ottendorff. Außerdem sprachen wir eigentlich von den Gründertagen der Universität – und der Besetzung Napoleons. Der berühmte Philosoph Fichte war einer der ersten Professoren dieser Universität und hat versucht, ihr durch Einheit, nicht durch Streit, zum

Durchbruch zu verhelfen. Erzählen Sie mit lieber etwas darüber, Herr Ottendorff.«

Wenn Ottendorff die Zurechtweisung des nur wenig älteren Dozenten gekränkt hatte, so ließ er es sich nicht anmerken. Sofort setzte er wieder seine blasierte Miene auf. »Nun, er versuchte sich an der Proklamierung einer Identität, einer deutschen allerdings, keiner preußischen, um sie der französischen Besatzung entgegenzuhalten. Und tatsächlich konnte die Stadt drei Jahre später von den Franzosen befreit werden.«

»Und das«, nahm Albert Lennenberg den Faden wieder auf, »zeigt bereits die erste Verquickung von Staat und Universität. Die Universität arbeitete auf die ihr eigene Art für die Befreiung von den Franzosen, und die wichtigsten Generäle der Zeit wiederum wurden nach der Befreiung zu Ehrendoktoren ernannt. Die heutige Sitzung ist vorüber, aber versuchen Sie doch einmal herauszufinden, welche Generäle das waren, die zu Ehrendoktoren dieser Universität wurden.«

Lennenberg nickte in die Runde. Die Studenten klopften auf die Tische, wie es stets nach Ende eines Kurses üblich war, und Hedwig tat es ihnen gleich. Wie der junge Wissenschaftler die Diskussion mit Ottendorff sofort unter seine Kontrolle bekommen hatte, imponierte ihr. Auch wenn sie sich schon etwas ärgerte, dass der Privatdozent sie nicht selbst den Kampf hatte zu Ende führen lassen.

»Ich verrate Ihnen die Generäle, wenn Sie mit mir ausgehen!«, erklang hinter ihr eine männliche Stimme. Einer der Studenten, der dem Kreis um Ottendorff angehörte, hatte sich vor ihr aufgebaut und schaute sie abwartend an. Er war ein wenig kleiner als sie und bemühte sich sichtlich – mit herausgestreckter Brust und gerader Haltung –, dass das nicht allzu sehr auffiel.

»Danke, nein«, erwiderte Hedwig. Dabei glaubte sie sogar, dass der junge Mann es ernst meinte. Er schaute jetzt nämlich enttäuscht auf den Boden. Dann aber blickte er wieder trotzig nach oben. Sein Blick huschte zu seinen Kumpanen. Hinter ihm sah sie Ottendorff schon wieder süffisant grinsen. »Will sie nicht, oder was?«, rief er seinem Freund gehässig zu.

»Wollen Sie sich das nicht überlegen?«, fragte der Student leise. »So eine Recherche ist doch recht aufwendig, und Sie wollen doch auch unseren Dozenten nicht enttäuschen!«

»Nein, will ich nicht«, sagte Hedwig streng. »Außerdem recherchiere ich mit Vergnügen selbst, zumal ich bereits über eine gewisse Vorbildung auf diesem Gebiet verfüge. Hinsichtlich der Generäle weiß ich schon jetzt zumindest von Graf von Gneisenau. Und Graf von Wartenberg.«

»Wartenburg«, rief Lennenberg von seinem Podium aus. Er war gerade dabei, die Kursgebühr von einem Studenten entgegenzunehmen und den Erhalt in einem Heft zu notieren. Dennoch hatte er sie also beobachtet, sogar zugehört.

Der junge Student, der sie gefragt hatte, zog nun beschämt den Kopf ein.

»Und ich dulde es nicht, dass Frau Brügger in meinem Kurs bedrängt wird. Außerdem schulden Sie mir ohnehin noch die letzte Gebühr, Friedrich!«

Endlich wandte sich der Student, nun mehr trotzig als beschämt, ab und stiefelte zu Lennenberg, um dort seine Gebühr zu entrichten. Dass Lennenberg, wie alle Privatdozenten, hauptsächlich von den Gebühren, die er für seine Kurse erhob, leben musste, erschien Hedwig noch immer unfair. Aber so war das Universitätssystem: Für die Privatkurse musste jeder Student noch einmal extra Gebühren bezahlen, die die Dozenten selbst einholen mussten. Die Privatdozenten waren genau das: Privatlehrer, die in der Hackordnung der Wissenschaft noch unten standen und nur so über die Runden kamen. Obgleich als Universitätsmitarbeiter hoch angesehen, lebten die meisten eher bescheiden. Oder konnten sich ihren Lebenswandel finanzieren, weil sie aus gutem Elternhause kamen.

Wie ja Hedwig auch.

Lennenberg war bereits dabei, sein Notizbuch einzupacken, als auch Hedwig nach vorne trat, um ihre Gebühr zu bezahlen. Lennenberg hatte sich geweigert, auch von ihr eine Gebühr einzufordern, aber sie wiederum hatte sich geweigert, keine Gebühr zu entrichten. Und wie immer, wenn Hedwig sich etwas in den Kopf gesetzt hatte, konnte sie sich in dieser Sache durchsetzen.

»Wollen Sie Ihre horrenden Gebühren bezahlen, Frau Brügger?«, fragte Lennenberg nun und lächelte ihr zu – er war in ihrer Gegenwart nun nicht mehr ganz so schüchtern, nur manchmal noch wurde er rot. An Hedwig war es nun, verlegen zu werden, weil er sich noch so gut an ihre Worte im Kurs erinnerte.

»So meinte ich das nicht, Herr Lennenberg«, versicherte sie ihm schnell. »Ihr Kurs ist jeden Pfennig wert.«

»Sie müssen trotzdem nicht«, versuchte Lennenberg sie aufzuhalten, aber Hedwig hatte bereits ihr Portemonnaie gezückt. Schweigend sah er zu, wie sie die Münzen abzählte und ihm auf den Tisch legte. Eine unangenehme Stille breitete sich zwischen ihnen aus. Dann jedoch nahm er das Geld ohne großen Umstand und verstaute es zusammen mit seinen Unterlagen.

Bisher hatte er sie nach den beiden Kursen, die sie bereits bei ihm besucht hatte, stets bis zum Ausgang begleitet. Sie hatte diese kleinen Spaziergänge genossen und hoffte, dass sie auch diesmal die Gelegenheit zu einem kurzen Austausch finden würden. Es schmeichelte ihr, dass der Privatdozent so offensichtlich etwas Gefallen an ihr gefunden hatte. Noch mehr aber liebte sie die Gespräche mit ihm. Bei ihm konnte sie alle Fragen stellen, die sie wollte, ohne sich dumm zu fühlen. Doch ihre Spaziergänge endeten stets an der Tür des historischen Seminars.

»Nun, ich wäre so weit, Frau Brügger«, sagte Lennenberg nun und erhob sich.

»Wollen Sie mich nicht Hedwig nennen?«, entfuhr es Hedwig, ohne dass sie lange darüber nachgedacht hätte.

»Aber das geziemt sich doch nicht«, sagte Lennenberg und wurde nun doch wieder rot.

»Entschuldigung, es war nur ein Vorschlag«, sagte Hedwig schnell.

Lennenberg hielt ihr die Tür auf, aber sie sah nur zu gut, wie steif er sich jetzt hielt. Hedwig bereute, ihn in Verlegenheit gebracht zu haben. Sie hatte aber auch manchmal wirklich ein zu loses Mundwerk!

Das betretene Schweigen hing noch immer zwischen ihnen, als sie in den Gang hinaustraten.

»Ich fand die Urkunde wirklich spannend. Es ist etwas ganz anderes, solche historischen Dokumente auch wirklich vor sich zu haben«, sagte Hedwig, um die Stimmung etwas aufzulockern.

Der Gang im historischen Seminar am Schinkelplatz, wo Albert Lennenbergs Kurs stattfand, war sehr eng, sodass sie kaum nebeneinander gehen konnte, ohne sich zu berühren. Dafür waren nur wenige Studenten unterwegs – die nächste Kurszeit hatte schon begonnen, vermutlich waren alle in den wenigen Kursräumen verschwunden oder hatten sich auf den Weg in das Hauptgebäude der Universität gemacht.

Im Innenhof, den man draußen vor dem Fenster sah, glitzerte Schnee. Über Nacht hatte es geschneit, und Berlin lag unter einer weißen Decke. An anderen Stellen hatte sich der Schnee bereits in matschige Haufen verwandelt. Hedwig deutete auf die unter der Schneelast zitternden Zweige eines Baums, um das unangenehme Schweigen zwischen ihnen beiden zu überspielen. »Hübsch, nicht wahr?«

»Wollen Sie noch etwas besonders Beeindruckendes sehen?«, fragte Lennenberg unvermittelt.

»Ja, was denn?«, erwiderte Hedwig, überrumpelt von dem plötzlichen Themenwechsel.

»Entschuldigen Sie«, sagte Lennenberg. »Ich wollte nicht zu forsch klingen. Ich dachte nur gerade, dass Ihnen die anderen Artefakte, die wir im Archiv zur Geschichte der Universität aufbewahren, sicher gefallen würden, insbesondere das Zepter. Ich meine, weil Sie ja solchen Gefallen an der Schenkungsurkunde gefunden haben.«

Den letzten Satz hatte er hastig vorgebracht, als sei er sich seiner Sache nun doch nicht mehr so sicher.

»Sehr gerne«, erwiderte Hedwig.

Er atmete sichtlich erleichtert aus. »Nun, dann folgen Sie mir.«

Albert Lennenberg drehte mitten im Gang um und bedeutete ihr, ihm zu folgen. Sie gingen wieder in die Richtung, aus der sie gekommen waren. Kurz vor dem Kursraum hielt er inne.

»Nach Ihnen!« Nachdem er einen kleinen Schlüssel dreimal im Schloss gedreht hatte, öffnete er eine schmucklose braune Tür.

Drinnen herrschte tiefste Dunkelheit, da der Raum keine Fenster hatte. Lennenberg machte Licht und nahm ihr dann ihren Mantel und ihren Hut ab, die er an eine kleine Garderobe hängte.

Schon wieder war da dieses verlegene Schweigen zwischen ihnen. Lennenberg schaute sie an, seine Miene war unergründlich. Im Zimmer war es still bis auf das leise Surren des Lichts.

»Sie hatten etwas erwähnt von einem Zepter?«, fragte Hedwig.

»Ah, ja, richtig«, sagte Lennenberg, der wirkte, als würde er aus einem tiefen Schlaf erwachen, und fuhr sich durch die Haare.

»Schauen Sie, hier drüben.«

Er führte Hedwig zu einer Vitrine, in der ein großes, goldenes Zepter lag.

»Das ist ja wirklich ein Zepter!«, entfuhr es Hedwig. »Und ich dachte schon, Sie wollen sich einen Jux mit mir erlauben!«

»Das würde ich doch nie wagen, Frau Brügger«, sagte Lennenberg und lachte. Die Verlegenheit zwischen ihnen schien sich zum Glück langsam in Luft aufzulösen.

»Hat der Kaiser das hier bei seinem letzten Besuch verloren?«, scherzte Hedwig.

»Mitnichten, was Sie hier vor sich sehen, ist eine wertvolle Insignie der Universität!« Lennenberg öffnete die Vitrine und hieß sie nähertreten.

»Das Zepter ist hauptsächlich aus Silber gefertigt, das teilweise vergoldet ist. Es wurde Ende des 14. Jahrhunderts in der Prager Parlerschule hergestellt. Es gibt zwei davon, beide gehörten ursprünglich der Erfurter Universität, doch die wurde 1816 geschlossen. Auf Wunsch der Professoren, die Friedrich-Wilhelms-Universität möge eigene Universitätsinsignien erhalten, verlieh der Staat Preußen sie dann an uns. Es gibt noch mehr solcher Würdigungen, etwa die goldene Amtskette des Rektors, die ein Brustbild von Friedrich Wilhelm III. ziert. All das zeigt die Bedeutung der Universität für Preußen, aber auch, wie Sie vorhin im Kurs bereits selbst angemerkt haben, ihren elitären Charakter.«

Hedwig nickte. »Beeindruckend. Meinen Sie, in der Geschichte der Universität ist ihre konservative Ausrichtung schon angelegt?«

»Das kommt ganz darauf an, was Sie mit konservativ meinen, Frau Brügger!«, erwiderte Lennenberg und schloss die Vitrine. Auch sie war mit einem Schlüssel gesichert, den er nun in der Brusttasche seiner Weste verschwinden ließ. »Die Universität hat verschiedene Zeiten erlebt, die keinen eindeutigen Schluss in diese Richtung zulassen. Denken Sie etwa an die Karlsbader Beschlüsse, durch die eine Freiheit der Wissenschaft nicht mehr möglich war – die ganze Universität wurde überwacht. Humboldt wurde entlassen, Schleiermacher und Fichte litten unter den Repressionen. Und trotzdem florierte der Lehrbetrieb, immer mehr Studenten schrieben sich ein. Die Universität war damals ein Hort des Aufbegehrens. An der Märzrevolution 1848 nahmen zahlreiche Studenten und Professoren, wie etwa der berühmte Rudolf Virchow, teil.«

»Und doch beharren die Studenten und Professoren dieser Zeit auf ihren Privilegien und wollen keine Veränderungen akzeptieren – das meine ich mit konservativ«, hielt Hedwig dagegen. »Und ich meine nicht nur für Frauen«, fügte sie hinzu. »Wie kann es sein, dass ein jüdischer Gelehrter, so gut er auch sein mag, im preußischen Staat nicht einmal habilitieren darf? Das gesamte preußische Beamtenrecht sieht keine Einstellung eines Juden vor.«

»Sie vermischen da etwas«, versuchte Lennenberg einzuhaken, aber in dem Moment wurde ohne Vorwarnung die Tür aufgestoßen.

Hedwig wich automatisch einen Schritt zurück, dabei hatten sie und Lennenberg gar nicht nah beieinandergestanden. In der Diskussion waren sie allerdings automatisch etwas näher zusammengerückt.

Professor Lenz erschien im Türrahmen, sein Gesichtsausdruck verriet nichts Gutes.

»Lennenberg, ich habe Sie überall gesucht! Und was macht das Weibsbild in unserem Archiv?«

Er warf Hedwig einen Blick zu, der sie getötet hätte, wenn er sie denn hätte treffen können – denn Lennenberg war instinktiv einen Schritt vor sie getreten und verdeckte sie nun halb. Als fürchtete er, Lenz würde wirklich jeden Moment auf sie losgehen.

»Sie besucht meinen Kurs, und ich habe ihr zu Studienzwecken das Zepter gezeigt«, sagte Lennenberg erstaunlich gefasst. Aber Hedwig sah nur zu gut, wie angespannt seine Schultern schon wieder waren.

Lenz lag wohl eine bissige Erwiderung auf den Lippen, denn sein Schnauzer bebte bedrohlich, dann jedoch schien er es sich anders zu überlegen.

»Ja, ist gut. Nun machen Sie aber, dass Sie in mein Büro kommen. Ich habe etwas, dass ich mit Ihnen besprechen muss.«

Damit knallte er die Tür zum Archiv auch schon wieder zu, und Hedwig und Lennenberg blieben in der plötzlich so gewaltigen Stille allein im Raum zurück.

»Nun, danke, dass Sie mir das Zepter gezeigt haben«, versuchte Hedwig, die unangenehme Stille zu durchbrechen.

»Ich hätte Ihnen gerne noch mehr gezeigt. Wenn Sie einmal wiederkommen möchten?« Lennenberg ließ die Frage im Raum hängen, genauso wie seinen Blick, von dem Hedwig eine Gänsehaut bekam. Er schaute sie auf eine Art an, auf die August sie noch nie angeschaut hatte.

Erst in diesem Moment wurde Hedwig klar, wie dumm das war, was sie hier tat. »Vielleicht ein anderes Mal«, sagte sie trotzdem, möglichst unverbindlich, trat dabei aber einen Schritt zurück. Doch in ihr breitete sich die Erkenntnis aus, dass es wohl kein weiteres Mal geben würde, nicht geben durfte. Überhaupt, sie sollte ihre Zeit ja auch nicht damit verbringen, sich goldene Dinge in Archiven anzuschauen – das brachte sie von ihrem Ziel ab. Und sie war ja auch keine Frau, die sich von hübschen Dingen beeindrucken ließ. Wenn es so wäre, dann wäre ihre Ehe mit August wohl nicht so ein Jammertal.

»Vielen Dank jedenfalls, Herr Lennenberg. Und bis nächste Woche.«

Hedwig eilte zur Tür. Aus den Augenwinkeln sah sie, dass Lennenberg geknickt die Schultern hängen ließ. Sie war froh, dass er sie nun nicht mehr mit diesem Blick anschaute. Und doch wünschte sie, er würde ihr nachblicken. Oder noch etwas sagen.

Sie dachte schon, er würde gar nichts mehr erwidern. Aber gerade als sie die Tür geöffnet hatte, tat er es doch, so leise, dass sie ihn beinahe nicht verstanden hätte: »Auf Wiedersehen, Hedwig.«

Hinter ihr fiel geräuschvoll die Tür ins Schloss.

Anni

Die winterlich kühle Luft war herrlich erfrischend. Auf dem Teltowkanal hatte sich eine dünne Eisschicht gebildet, und Anni sah fasziniert zu, wie sich hier und da kleine Brüche im Eis verzweigten. Sie entdeckte ein paar ins Eis eingeschlossene Blätter und ein Stöckchen. Laut quakte eine einsame Ente, als Anni die Brücke über den Kanal betrat.

Anni ging stets diesen Weg, um in Groß-Lichterfelde einkaufen zu gehen – und immer ließ sie sich etwas Zeit für ein Schwätzchen mit den Verkäufern. Sie wusste, dass sie das eigentlich nicht sollte. Schließlich war ihr tägliches Arbeitspensum ordentlich, die Althoffs ließen ihr nicht viel Freizeit. Wie es bei Dienstmädchen üblich war, hatte sie jeden zweiten Sonntag zur freien Verfügung. Aber sie war so einsam, dass sie gar nicht anders konnte. Gerade Elsbeth, die Feinkostwarenhändlerin, war ihr beinahe so etwas wie eine Freundin geworden – eine, die sie bitter nötig hatte. Da machte es auch nichts, dass Elsbeth wesentlich älter war als sie und beinahe zahnlos. Von ihr hatte sie bereits einiges über den Ort und die Leute erfahren.

Zum Beispiel, dass es hier noch bis vor einem Jahr gar keinen Kanal gab, sondern lediglich ein kleines Flüsschen, die Bäke, inmitten von sumpfigem Gelände.

»Da sind die schönsten Pflastersteine drin versunken, dat kannste dir jar nich vorstellen«, hatte Elsbeth in ihrem schönsten, breitesten Teltower Dialekt gesagt und Anni dabei mit ihren Zahnlücken angegrinst. Am Anfang hatte Anni sich etwas schwergetan, sie zu verstehen. Das einfache Volk hier sprach Dialekt, eine schleifende, aber irgendwie auch freundlich klingende Abwandlung des nur leicht eingefärbten Hochdeutschen, das sie bei den von Hohensteins und bei Althoff zu hören gewohnt war.

Anni lehnte sich über das Geländer und schaute auf das erstarrte Wasser, das im Herbst noch so gemächlich vor sich hin geschwappt war. So ein kleines Rinnsal an Stelle des Kanals, das konnte sie sich wahrlich nicht vorstellen. Viele Hoffnungen waren an diesen Kanal geknüpft, Hoffnungen auf einen Aufschwung, den man sich in Groß-Lichterfelde auch schon bei früheren Gelegenheiten umsonst ersehnt hatte. So hatte Elsbeth ihr etwa auch von dem Solebad erzählt, das vor kaum zehn Jahren Groß-Lichterfelde zu dem beliebtesten Villenvorort von Berlin hatte machen sollen – nur dass die gefundene Salzsole nicht den Aufschwung brachte, den sie sollte, und das Bad schließlich wieder geschlossen werden musste. Nun, schön war Groß-Lichterfelde mit seinen breiten Alleen, den prächtigen Villen, den hübschen Läden und den florierenden Lokalen trotzdem. »Und im Deutschen Hof. Da kannste die janze Nacht durchtanzen – das wär doch wat für so'n junges Ding wie dich«, hatte Elsbeth grinsend gesagt, als sie die eingelegten Köstlichkeiten eingepackt hatte. Wenn es nur so einfach wäre, dachte Anni und schaute noch einmal zu der leise quakenden Ente, bevor sie sich abwandte. Sie musste schließlich schnellstens nach Hause, bevor sie ihren derzeitig guten Stand bei der Hausherrin wieder verspielte. Marie Althoff war nämlich in der letzten Zeit ausgesprochen freundlich zu ihr gewesen. Als wollte sie ihr harsches Verhalten, nachdem sie sie mit ihrem Mann gesehen hatte, nun mit strenger, aber echter Freundlichkeit wettmachen. Sie gab Anni zwar noch immer zu viele Aufgaben, lobte sie aber des Öfteren, etwa für ihre Geschicklichkeit und ihren Fleiß. Und von den Feinkostwaren, die Anni ihr stets besorgte, hatte sie sogar auch schon hin und wieder etwas angeboten bekommen. Wie dieser eingelegte Pfirsich geschmeckt hatte! Noch immer hatte Anni den Geschmack im Mund und das leicht pelzige Gefühl auf der Zunge. Diese Süße, so viel süßer als alles, was sie kannte!

»Na, Mädchen, was stehst du hier so versonnen herum?«

Anni fuhr zusammen. Die Stimme ihres Dienstherrn würde sie überall erkennen. Da konnte der schneidende Wind, der jetzt die wenigen nicht eingefrorenen Blätter über den Kanal wirbelte, auch noch so laut heulen.

Althoff stand neben ihr auf der Brücke und musterte sie kritisch. Doch anstatt sie wegen ihrer Trödelei zu schelten, schaute er nun auch auf den Kanal hinaus. Die Sonne hatte sich jetzt hinter graue Wolken zurückgezogen, alles war in ein diesiges Licht getaucht. Althoff seufzte tief, als belastete ihn das, was er da sah, und erfüllte ihn gleichzeitig mit einem bittersüßen Schmerz. Dann fing er plötzlich an, ein Gedicht zu rezitieren.

»Jetzt zieht auch der Kanal daher
gleich einem Silberbande,
nun geht ein Weg von Meer zu Meer
durch deine grünen Lande.
Zur großen Seestadt wirst du dann,
die sich mit Leipzig messen kann,
wie rühmend ich vermelde:
Ein Hurra Lichterfelde!«

Althoff schwieg einen Moment und überließ Anni das Rätsel, warum er ihr ein Gedicht vortrug, anstatt sie zur Eile anzutreiben. Verstohlen musterte sie Althoff, der in diesem grauen Licht müde und alt aussah, schwer gestützt auf seinen Stock.

»Das Gedicht ist von Heinrich Seidel«, hob Althoff schließlich doch zum Sprechen an, schaute dabei aber versunken in die Ferne. »Er hat es 1903 geschrieben, bevor der Kanal gebaut wurde. Aber er konnte das Ergebnis des Baus nicht mehr miterleben.«

»Das ist … schade«, brachte Anni hervor. Was erwartete ihr Dienstherr von ihr? Dass sie hier stehen blieb, mit ihm Konversation betrieb, oder schnell weitereilte, um ihre Einkäufe nach Hause zu bringen?

»Viele berühmte Persönlichkeiten aus Groß-Lichterfelde sind in den letzten Jahren von uns gegangen«, fuhr Althoff fort, in seinem Gesicht noch immer dieser melancholische Zug. »Sagt dir Otto Lilienthal etwas?«

»Nein«, erwiderte Anni ehrlich.

»Er ist der Erste gewesen, der mit einem Flugzeug erfolgreich Gleitflüge unternommen hat. Er hat gleich da drüben gewohnt. Hier in Groß-Lichterfelde war auch sein Flughügel.« Er zeigte vage über den Kanal.

Graue Wolken türmten sich nun dort auf. Es roch so, als würde demnächst ein Schneesturm losbrechen.

»Man spürt, wenn man bald gehen muss«, sagte Althoff plötzlich kryptisch. »Aber ich ... Berlin ist noch nicht bereit dafür, dass ich gehe. Die Wissenschaft hat noch einiges zu erreichen. Und ich habe noch viele Pläne, die in die Tat umgesetzt werden müssen ...«

Althoff seufzte tief und schwer, dann polterte ein Husten aus ihm heraus, der seinen ganzen Körper zu schütteln schien.

»Nun, meine Frau wird sicher bereits ungeduldig«, sagte Althoff plötzlich und schaute Anni so grimmig an, als wäre sie es, die soeben ein Gespräch über Luftfahrtpioniere und Abschiede begonnen hatte, und nicht er. »Du solltest sie nicht länger warten lassen.« Diese Stimmungsumschwünge kannte sie bei ihm ja bereits. Sie waren ihr dadurch allerdings nicht weniger unheimlich. Sie traute Althoff nicht – so nett er bisweilen auch war. Das hatte sie in ihrer Zeit bei den von Hohensteins schließlich gelernt.

»Jawohl, Herr«, sagte Anni und knickste hastig. Dann sah sie zu, wie Althoff ohne einen weiteren Abschiedsgruß humpelnd davonschritt, vorbei am Werbeschild des Deutschen Hofs, bei dem heute ein großes Wurstessen angepriesen wurde, die Straße hinauf. Anni wandte sich hastig ab und eilte nach Hause.

Lise fühlte sich wohl inmitten dieser angeregten Gemüter, des fachlichen Geplauders, der kleinen wohlmeinenden Wortgefechte. In Rubens' Kolloquium ging es überhaupt sehr gesellig zu. Davor saß man vertraulich beieinander, schlürfte Kaffee, rauchte. Und hinterher stürmte niemand einfach so aus dem Raum, wie es nach Plancks Vorlesung üblich war, man verstreute sich nicht gleich wieder in alle Richtungen. Nein, alle blieben, man stand beieinander, rauchte und diskutierte das soeben Gehörte.

Heute hatte Otto von Baeyer einen Vortrag gehalten, es ging um das Thema seiner Habilitation: langsame Kathodenstrahlung. Und jetzt wurde er von Gustav Hertz, James Franck und Wilhelm Westphal – drei jüngeren, aber blitzgescheiten Studenten – mit Fragen gelöchert. Lise kannte die drei bereits vom Abend bei Planck und freute sich sehr darüber, dass die Physikergemeinde offensichtlich recht offen gegenüber den jüngeren, aufstrebenden Wissenschaftlern war. Otto von Baeyer jedenfalls beantwortete alle Fragen geduldig und blinzelte ihr dabei immer wieder zu, damit auch Lise ein paar Anmerkungen und Einwürfe der Jüngeren parieren konnte. Das machte durchaus Spaß und ließ die Zeit wie im Flug vergehen. Und doch war Lise unruhig und, ja, auch ein wenig enttäuscht. Otto Hahn war nicht gekommen.

Dabei hatte sie fest damit gerechnet, dass er kommen würde. Und wenn sie ehrlich war, war sie deswegen auch ein wenig aufgeregt gewesen. Dafür gab es aber auch allen Grund. Immerhin hatte sie ihm schon vor einigen Tagen ihre Zusage für die Zusammenarbeit mit ihm gegeben. Er hatte gesagt, er würde sich um Fischers Zustimmung kümmern – und sich seitdem nicht bei ihr gemeldet. Weder hatte er über Max Laue oder Otto von Baeyer – mit beiden schien er gut befreundet zu sein – eine Nachricht überbringen lassen, noch war er selbst bei Rubens oder Planck aufgetaucht.

Ob sie sich seine Begeisterung für eine Zusammenarbeit mit ihr am Ende nur eingebildet hatte? Und ob es dann leichtsinnig von ihr gewesen war, einfach zuzustimmen? Sie kannte ihn ja kaum, hatte ihre Entscheidung nur auf den ersten Eindruck, den sie von ihm gewonnen hatte, gestützt. Und auf die Ausarbeitungen, die er ihr gegeben hatte. Er schien tatsächlich, wie er behauptet hatte, ein guter Experimentator zu sein. Alles, was er schrieb, zeugte von einem außergewöhnlich regen Geist und experimentellem Geschick. Aber das, so musste Lise sich eingestehen, hieß noch nicht, dass dieser Otto Hahn auch vertrauenswürdig war …

Ehe sie jedoch noch weiter darüber nachgrübeln konnte, kam plötzlich Hahn höchstpersönlich hereingestürmt, als hätte er ihre Gedanken gelesen.

Er eilte sofort zu ihr und machte eine kleine linkische Verbeugung, wobei sich auf seinem Gesicht ein übermütiges Grinsen zeigte. Sie hatte schon fast wieder vergessen, wie freundlich seine blauen Augen immer blitzten, welche Energie er ausstrahlte … Kaum dass sie ihn sah, hatte sie keinen Zweifel mehr daran, dass er vertrauenswürdig war. Er wirkte wie einer, dem man jedes Wort glauben wollte.

»Fräulein Meitner, ich habe die Zustimmung von Professor Fischer!«, verkündete er noch ganz außer Atem, mit diesem jungenhaften Grinsen im Gesicht.

»Ihr werdet also zusammenarbeiten?«, fragte Otto von Baeyer, der das Gespräch mit den Studenten beendet hatte. Fast zeigte sich so etwas wie ein neidischer Ausdruck auf seinem schmalen, eleganten Gesicht. Hätte Lise Rubens' Angebot angenommen, bei ihm zu arbeiten, hätte sie anstelle von Otto Hahn viel mehr mit Otto von Baeyer, Rubens' Assistenten, zu tun gehabt, das wurde ihr mit einem Mal klar.

»Das wird sicher eine tolle Zusammenarbeit!«, fügte von Baeyer dann aber noch versöhnlich hinzu.

»Das denke ich doch auch«, nickte Hahn zufrieden. »Aber du kannst mir glauben, lieber von Baeyer, das hat mich einiges gekostet.«

»Das glaube ich wohl, Hahn!«, sagte von Baeyer lachend. Obwohl die beiden Männer befreundet waren und sich auch duzten, nannten sie sich stets bei ihren Nachnamen. Vielleicht, weil sie beide Otto hießen –

ohnehin schien das ein sehr beliebter Name zu sein, dachte Lise. Sehr viele Studenten hießen ebenfalls so. Ihr war das egal, sie hatte nicht vor, einen von beiden beim Vornamen zu nennen oder gar zu duzen – das geziemte sich einfach nicht.

»Gekostet?«, fragte sie nun schüchtern. »Ich hoffe, Sie sind jetzt nicht arm meinetwegen, Herr Hahn?«

»Aber nein«, wandte sich Hahn nun wieder lächelnd an sie. »Geheimrat Fischer ist in manchen Dingen allerdings sehr verbohrt. ›Keine Weiberwirtschaft in meinem Institut‹, hat er erst gesagt und mir dann nicht mehr zugehört. Er hat mich regelrecht aus seinem Büro geworfen! Nun, das ist nicht gegen Sie persönlich gerichtet, Fräulein Meitner. Das liegt vielmehr daran, dass er der ganzen Radiochemie ohnehin kritisch gegenübersteht. Chemische Prozesse, die sich nicht durch Riechen bestimmen lassen, sind für ihn keine chemischen Prozesse. Insofern war er meinen Vorschlägen gegenüber noch nie sonderlich aufgeschlossen.«

»Aber du hast nicht lockergelassen, wie ich dich kenne«, sagte von Baeyer schmunzelnd.

»Selbstverständlich nicht. Ich hatte ihm die Holzwerkstatt ja ohnehin schon abgerungen, da habe ich ihn dann bei unserem nächsten Treffen gefragt, ob es so einen großen Unterschied mache, ob dort nun ein Frauenzimmer ein und aus gehe oder nicht. Er kriegt es ja sowieso nicht mit. Er flüchtete sich dann allerdings sofort in sein altes Argument über die Unfähigkeit der Frauen, Chemie zu betreiben. Dass sei mit den aufgetürmten Frisuren einfach nicht möglich und verstoße gegen die Brandschutzordnung des Instituts.«

»Da könnte doch was dran sein«, warf der Student Hertz nun ein. »Wenn so eine Damenlocke in den Bunsenbrenner gerät, dann brennt das ganze Labor schnell lichterloh!«

»Das ist richtig«, erwiderte Hahn und grinste dann. »Aber, und das habe ich Fischer dann auch erwidert, mein prächtiger wilhelminischer Schnauzer ist genauso wenig feuerfest. Ich war kurz davor, ihm das zu demonstrieren. Der Bunsenbrenner stand schon bereit. Aber da hat er dann doch eingelenkt. Ein Glück, ich habe schließlich lange dafür gebraucht, dass mein Schnauzer so ordentlich wächst!«

Westphal, Hertz und von Baeyer brachen in Gelächter aus, in das Lise unsicher einstimmte. Dass Hahn sich für sie so aus dem Fenster lehnte und es sogar wagte, seinen eigenen Chef zu veräppeln, hatte sie nicht erwartet.

»Also, Sie, Fräulein Meitner«, wandte Hahn sich, sichtlich zufrieden über seinen gelungenen Witz, nun wieder an sie, »haben die Erlaubnis, die Holzwerkstatt mit mir zu betreten. Allerdings dürfen Sie keinen Fuß ins Institut setzen, da war Fischer leider gnadenlos.«

»Das freut mich trotzdem«, sagte Lise, obwohl sie gleichzeitig ein wenig enttäuscht war. Was war dieser Fischer nur für ein verbohrter Professor? Aber immerhin schienen sie jetzt einen Arbeitsraum zu haben, den Hahn selbst für geeignet befunden hatte.

»Was ist diese Holzwerkstatt? Und wann zeigen Sie sie mir?«, fragte sie neugierig.

»Wenn Sie möchten, sofort!« Hahn hatte bereits den Hut, den er zwischenzeitlich abgenommen hatte, wieder auf dem Kopf. Lise musste lächeln, ob sie wollte oder nicht. Seine gute Laune war einfach ansteckend.

»Sehr gerne.«

Schnell verabschiedete sie sich von den anderen Physikern und nahm ihren Mantel und Hut von der Garderobe, während Hahn ihr bereits die Tür aufhielt und den anderen zuwinkte.

Das Institut von Fischer samt Holzwerkstatt befand sich in der Hessischen Straße und damit ein kleines Stück von Rubens' Institut am Reichstagufer entfernt. Den fünfzehnminütigen Fußweg über die Spree und dann die breite Friedrichstraße hinauf, vorbei an allerlei Geschäften und Baustellen, verbrachte Lise hauptsächlich schweigend, während Hahn, der schon ein Jahr länger in Berlin lebte, fröhlich plapperte. Er berichtete nicht nur von seinen bisherigen Berliner Erlebnissen, sondern auch von seiner Kindheit in Frankfurt, und schließlich sprach er von den Mentalitätsunterschieden zwischen den Frankfurtern und den Berlinern.

»Bei uns gilt leben und leben lassen«, sagte Hahn, als sie gerade in die Hannoversche Straße eingebogen waren, »aber hier in Berlin sehen sie alles so eng!«

Lise wusste genau, was er meinte. »Leben und leben lassen« – diesen Spruch hatte sie auch in Wien häufig gehört. Wien war ihr um einiges freundlicher, kulturell interessanter und lockerer vorgekommen als Berlin, ebenso liberaler. Das mochte aber auch an ihren Eltern gelegen haben, die sie und ihre Geschwister so freiheitlich erzogen hatten. Außerdem passierte es ihr hier viel häufiger, dass sie auf der Straße angeschnauzt wurde, weil sie zu langsam lief oder zu sehr in Gedanken vertieft war. Und von ihrer Aufnahme bei den meisten ihrer Kommilitonen wollte sie gar nicht erst sprechen! In Wien hatte ein viel herzlicherer Ton geherrscht.

Aber das sagte sie Hahn nicht. Der junge Mann war ihr trotz – oder vielleicht gerade wegen – seiner heiteren, unbeschwerten Art noch nicht ganz geheuer. Sie hatte zwar beschlossen, dass sie der Zusammenarbeit zwischen ihnen eine echte Chance geben wollte, aber das hieß ja nicht, dass sie gleich beste Freunde werden mussten. Zumal sich das für zwei Unverheiratete ihres Alters ohnehin nicht gehörte.

»Da sind wir!«, verkündete Hahn plötzlich und zeigte auf ein imposantes Gebäude, das es mit dem Physikinstitut am Reichstagufer mehr als aufnehmen konnte.

»Hier werden wir arbeiten?«, fragte Lise. Sie konnte nicht verhindern, dass ihre Stimme die Aufregung, die sie eigentlich zu verbergen suchte, nur zu deutlich widerspiegelte.

»Nun«, sagte Hahn verlegen und kratzte sich am Nacken. »Also, ja, hier im Gebäude schon, aber Sie werden das Institut ja nicht betreten dürfen. Aber zeigen wollte ich es Ihnen schon! Fischer selbst hat es bauen lassen. Erst vor sieben Jahren wurde das Institut eingeweiht, deswegen sieht auch alles noch so sauber und frisch aus.« Er zeigte auf die leuchtend sandfarbenen Steine des Bauwerks. »Fischer hatte gedroht, nach Bonn zu wechseln, daher musste man ihn irgendwie besänftigen«, erzählte Hahn weiter. »Nun, was auch geholfen hat, war das Interesse der chemischen Industrie – schließlich werden immer mehr Industriechemiker gebraucht.«

Lise nickte. »Auch Physiker kommen immer mehr in der Industrie unter. In Wien habe ich ein Stellenangebot von einer Fabrik erhalten. Von der Firma Auer, die begonnen hat, mit radioaktiven Substanzen zu arbeiten.«

»Interessant!« Hahn musterte sie von der Seite. »Aber Sie wollten wohl nicht?«

»Nein, ich wollte nicht«, bestätigte Lise knapp.

Gezögert hatte sie schon. Schließlich wäre das eine Möglichkeit gewesen, ihren Lebensunterhalt zu verdienen, ohne weiter auf ihre Eltern angewiesen zu sein – oder auf einen möglichen Ehemann. Aber der Drang nach mehr Wissen und Forschung war zu stark gewesen.

»Das wundert mich nicht«, sagte Hahn, den ihre Wortkargheit nicht weiter zu verwundern schien. »Wer will schon in einem Fabrikgebäude stehen, wenn er die geheimnisvolle Welt der Strahlen ergründen kann, nicht wahr?«

Er lächelte sie so herzlich an, dass Lise gar nicht anders konnte, als zurückzulächeln. »Vermutlich«, sagte sie.

»Nun, dann, Fräulein Meitner, zeige ich Ihnen mal das, was Sie stattdessen bekommen. Ich hoffe, Sie sind nicht enttäuscht«, fügte Hahn hinzu, als er sie nun um das Gebäude herumführte.

Wie sich herausstellte, hatte es sich bei dem kleinen Kellerraum tatsächlich einmal um eine Holzwerkstatt gehandelt – wie Hahn erzählte, hatte hier einst ein Schreiner sein Werk verrichtet. Jetzt sah es allerdings schon mehr wie ein Labor aus. Ein langer Arbeitstisch mit einer schlichten braunen Arbeitsplatte stand mitten im Raum. »Vorher war da eine Hobelbank, aber ich habe sie gegen einen gescheiten Arbeitstisch ausgetauscht«, sagte Hahn, als sie nun gemeinsam eintraten.

Lise schaute sich um, während Hahn Licht machte.

Seitlich standen weitere Arbeitstische, auf denen einige Gerätschaften und Hilfsmittel aufgebaut waren. Hier ein Kasten mit Reagenzgläsern, dort ein Destillator, sogar verschiedene Elektroskope entdeckte sie. Ansonsten gab es noch ein kleines Schränkchen, einen Garderobenständer und zwei Holzstühle. Alles wirkte leicht heruntergekommen, und zugig war es auch ein wenig, aber durchaus praktikabel.

»Wenn ich bitten darf.« Hahn nahm ihr Mantel und Hut ab und hängte dann auch seinen Mantel an den hölzernen Garderobenständer.

Verlegenes Schweigen machte sich zwischen ihnen breit. Mit einem Mal war Lise wieder nur zu bewusst, dass sie hier ganz alleine mit einem jungen Mann in einem Raum würde arbeiten müssen.

»Wir haben natürlich nicht viel«, sagte Hahn, der nervös ihr Gesicht beobachtete.

»Hier, diese Elektroskope habe ich noch selbst gebaut aus Konservenbüchsen und Tabakschachteln, aber vor Kurzem habe ich recht gute aus Messing anfertigen lassen.« Er zeigte auf die noch glänzenden drei Elektroskope, die an der linken Seite standen. »Wie sagte der Physiker Lanchester über die meisten heutigen Labore: *Viel zu viele Geräte, viel zu wenig Gehirne*. Immerhin, das Problem haben wir nicht.«

Hahn lachte verlegen. Lise schritt die Arbeitsplatte ab und begutachtete Hahns selbst gebauten Elektroskope. Einfallsreich war er, das sah man an den geschickt zusammengebauten Konstruktionen.

Hahn hingegen beobachtete sie schweigend und strich sich dabei unentwegt nervös über seinen Schnauzer, als wartete er auf eine Reaktion ihrerseits.

Als das Schweigen langsam unangenehm wurde, wusste Lise, dass sie etwas sagen musste.

»Also …«, begann sie.

Hahn stellte sich sofort aufrechter hin. »Also?«, fragte er und deutete zögerlich in den Raum hinein, dann auf sich.

Ein zaghaftes Lächeln stahl sich auf Lises Gesicht. »Gut.«

Hahn stieß hörbar die Luft aus. Dann lächelte er so breit, dass sein ganzes Gesicht zu strahlen begann.

Und damit war es besiegelt.

Hedwig

Es war der 27. Januar, und die ganze Stadt bebte vor fiebriger Begeisterung. Hedwig hatte das schon als Kind gemocht, wenn ein Summen die Luft zu erfüllen schien und alle sich mit ihren schönsten Sonntagskleidern herausputzten. Und obgleich die Haushälterin ihres Vaters, die die Erziehung übernommen hatte, da Hedwigs Mutter schon in jungen Jahren verstorben war, stets streng auf Hedwigs Ernährung geachtet hatte – schön schlank sollte sie immer sein, aber nicht zu schlank, ein üppiger Busen sollte sich schließlich auch ausbilden –, hatte es am Kaisergeburtstag immer allerlei Leckereien gegeben. Nur die Gedichte, die jedes Kind auswendig lernen musste für diesen Tag, hatte sie immer gehasst. »Hurra! Heut ist ein froher Tag, des Kaisers Wiegenfest« und »Der Kaiser ist ein lieber Mann« könnte sie auch aufsagen, wenn jemand sie mitten in der Nacht weckte. Sie sah es noch genau vor sich: wie sie und die anderen Mädchen an den Pulten standen und die Gedichte rezitieren mussten, bis ihr Lehrer – ein korpulenter Mann, der so groß war, dass jede Angst vor ihm hatte, vor allem vor seinem harten Lineal, mit dem er gerne schwungvoll auf die Kinderfinger zielte, wenn sie nicht flink genug schrieben – zufrieden war. Wie ihr die Füße wehgetan hatten vom stundenlangen Stehen, sie spürte es beinahe noch immer.

Aber heute dachte sie nicht an das Gedicht, und sogar die gezuckerten Mandeln, die sie am Kaisergeburtstag immer so gerne gegessen hatte, waren ihr heute egal. Heute war der Tag, an dem sie sich endlich wieder auf ihre alten Ziele besinnen wollte. Was eigentlich schon nach dem letzten Gespräch mit Albert Lennenberg geschehen war, und seitdem hatte sie viel Zeit mit Ida verbracht und Pläne geschmiedet. Denn eines war ihr seit dem Treffen mit dem Privatdozenten klar geworden: Sie durfte sich nicht so ablenken lassen. Es war nicht gut, dass sie sich von einem Mann einspinnen ließ, so attraktiv er auch sein mochte. Und zwar weniger, weil es unfair gegenüber August gewesen wäre – um den machte sie sich die geringsten Sorgen. Er meldete sich ja ohnehin kaum bei ihr, also war er auch selbst schuld, wenn sie ihrerseits nicht an ihn dachte! Sondern, weil sie aus anderen Gründen an die Universität gekommen war. Um etwas zu lernen einerseits (deswegen besuchte sie auch weiterhin die Kurse von Lennenberg, versuchte aber, sich von ihm fernzuhalten) und um etwas zu ändern andererseits. Und heute war der Tag, wo sie eine Veränderung bewirken würde.

Aber wo fing man an? Hedwig hatte in den vergangenen Wochen etliche Unterhaltungen zu diesem Thema geführt und Antworten bekommen, die so unterschiedlich gewesen waren wie die Frauen, die sie gefragt hatte. Ottilie von Hansemann hatte von der beträchtlichen Menge Geld gesprochen, die sie und ihr Mann der Universität zu spenden bereit wären, sollte sich dadurch etwas bewegen. Allerdings hatte auf ihren Brief an das Kultusministerium, zu dem Hedwig sie gedrängt hatte, bisher niemand reagiert. Darin hatte sie dem Kultusminister eine große Summe Geld in Aussicht gestellt, sollte er ihrem Anliegen Gehör schenken.

Hedwig Dohm hatte dieser Idee ohnehin kritisch gegenübergestanden. An Geld, so hatte die alte Dame gesagt, mangele es schließlich nicht. Man müsse die Universität dort treffen, wo sie einen Mangel habe. Wo aber war das? Darüber dachte Hedwig nun auch schon eine Weile nach.

Idas erste Idee hingegen war es gewesen, den Rektor oder einen der Dekane zu entführen oder sie sonst wie zu erpressen. Diesen Vorschlag hatte Hedwig selbstverständlich sofort abgelehnt. Zumal sie die Gepflogenheiten der Universität mittlerweile gut genug kannte, um zu wissen, dass weder der Rektor noch die Dekane der Fakultäten die Personen waren, die diese entscheidende Änderung auf eigene Faust würden vornehmen können: Die wahren Drahtzieher im preußischen Hochschulsystem saßen im Kultusministerium. Insbesondere der bisherige Beauftragte für die Hochschule schien hier wichtig zu sein: Friedrich Althoff. Aber an den kam man kaum heran, und wenn, hätte Hedwig freilich auch nicht gewusst, wo genau sein Schwachpunkt lag, durch den man ihn zum Zuhören bringen konnte.

Einmal abgesehen davon fand Hedwig die Idee einer Revolution von unten ohnehin am vielversprechendsten. Fanden Revolutionen nicht immer so statt? Die Basis musste aufbegehren, das Fundament musste wanken, damit auch der Korpus fiel. Und das brachte sie dorthin, wo sie heute stand: vor die Tore der Universität »Unter den Linden«, den Arm voller Flugblätter.

Der Wind pfiff ihr um die Ohren und brachte die Flugblätter zum Flattern, aber Hedwig bemühte sich dennoch redlich, die Tür zur Universität aufzustemmen.

Sie war spät dran. Das Drucken der Flugblätter in der Druckerei, in der auch Ida und ihre Mitstreiterinnen vom radikaleren Flügel der Frauenbewegung ihre Pamphlete druckten, hatte doch länger gedauert. Das lag allein an den Gendarmen, die heute natürlich zuhauf unterwegs waren, um an irgendwelchen Paraden teilzunehmen oder für Ordnung zu sorgen. Einer davon hatte auf seinem Weg die Friedrichstraße hinunter neugierig seine Pickelhaube in das Ladengeschäft gesteckt, um nach dem Rechten zu sehen, weil er durch die Scheibe so viele Weibsbilder auf einem Haufen hatte stehen sehen. Aber darauf waren Ida und ihre Freundinnen natürlich vorbereitet, zeigten stolz die neusten Publikationen zu Stricktechniken her, die sie unter dem Mantel des Frauenkunstvereins herausgaben.

Jedenfalls war Hedwig deswegen nun zu spät zur Parade der Universität – einer der vielen zeremoniellen Feierlichkeiten, die den elitären Charakter der Universität zementierten. Hier wollte Hedwig ansetzen: an der Studentenschaft, die es zuallererst zum Umdenken zu bewegen galt. Sie schließlich repräsentierten die Universität der Zukunft.

Hedwig wusste wohl, dass sie damit nicht sofort Erfolg haben würde. Zwar fand sie den Text auf ihren Flugblättern überaus gelungen – er war fordernd, aber nicht zu fordernd, zählte nüchtern die Argumente auf, die für die Öffnung der Universität für Frauen sprachen –, doch die Studentenschaft war stur, wie sie ja aus den Seminaren bereits wusste. Aber einen Anfang musste man ja machen, und irgendwo hier musste es doch auch mehr gleichgesinnte Studenten geben als in der Geschichtswissenschaft!

Im Universitätsgebäude herrschte eine feierliche Stille, auf den Fluren war niemand. Aber als Hedwig sich der großen Aula näherte, hörte sie die Fanfare eines Blasorchesters, das einen feierlichen Marsch aufspielte.

Eigentlich hatte sie vorgehabt, ihre Flugblätter zu verteilen, bevor die Veranstaltung begann, um gleich zu Beginn etwas Unruhe zu verbreiten. Nun aber war die Feierlichkeit natürlich längst im Gange – der Rektor hatte seine Rede schon gehalten. Wie Hedwig in Erfahrung gebracht hatte, übernahmen jetzt die Studentenkorporationen den Ablauf der Veranstaltung. Und die liebten pompöse Aufmärsche, wie sollte es anders sein. Erst würden sie durch die Universität, dann »Unter den Linden« prozessieren. Hedwig würde also am besten diesen Moment abwarten, um sich unters Volk zu mischen. Trotzdem wollte sie sich die Veranstaltung natürlich auch schon in der Aula anschauen.

Hedwig war noch nie in der Festhalle der Universität gewesen, und als sie jetzt die Tür aufstieß, stockte ihr der Atem. Das lag allerdings weniger an der prächtigen Halle mit dem gewaltigen Deckenfresko. Solch ein Saal war eines Prinzen würdig, und nichts anderes hatte Hedwig erwartet, seit sie die Geschichte der Universität kannte. Nein, die schiere Masse an uniformierten Studenten verschlug ihr den Atem. Sicherlich waren auch einige dabei, die wie sie ihre beste Sonntagskleidung hervorgeholt hatten und still an den Seiten standen. Die Mehrheit aber trug die Farben ihrer Korporationen und diese lächerlichen Kopfbedeckungen, die bei den Verbindungen üblich waren. Sie alle waren in vollem »Wichs« angetreten und salutierten gerade, während ein Orchester auf der Kanzel – ebenfalls in vollem »Wichs« – den Marsch blies.

Die meisten Frauen, die Hedwig kannte (und die meisten Männer sowieso), hatten eine ausgeprägte Vorliebe für Uniformen, je militärischer, desto besser. Es war ja mittlerweile sogar üblich, schon den kleinsten Kindern Matrosenanzüge, die an die ehrbare Marine des deutschen Reiches angelehnt waren, anzuziehen. Hedwig hingegen hatte das noch nie nachvollziehen können. Diese Flut an zurechtgemachten, steifen, gleich aussehenden jungen Männern machte sie nur nervös.

Zum Glück kam aber gerade Bewegung in die Studentenschaft – die Prozession durch die Universität schien zu beginnen.

Hedwig drückte sich an die Seite der Aula und beobachtete entsetzt, wie unter donnernden Fanfaren die Studenten im Gleichschritt den Auladoden beben ließen. Sie selbst wurde entweder ignoriert oder von den vorbeimarschierenden Studenten mit bösen Blicken bedacht. Eine andere Frau sah sie hier nicht. Konnte das denn sein? Hatten nicht einmal der Rektor und die Dekane ihre Gemahlinnen mitgebracht? Aber tatsächlich, jetzt, wo sie sich umschaute, sah sie wirklich keine einzige andere Frau.

Hedwig klammerte sich entschlossen an ihre Flugschriften. Vielleicht war ja jetzt schon der rechte Moment gekommen, sie zu verteilen – ehe diese Masse an jungen Männern sie noch mehr verängstigen würde, als das aktuell, das musste sie leider zugeben, bereits der Fall war.

Ihre Hände zitterten.

Und trotzdem streckte sie sie nun tapfer aus, um den vorbeigehenden Studenten die Blätter anzubieten. Aber sie erntete nichts als Missbilligung. Kein einziger von ihnen nahm ihr ein Blatt aus der Hand. Nur hin und wieder musterte jemand sie interessiert, spähte sogar nach der Schrift, ohne aber eines der Flugblätter zu ergreifen. Vielleicht, dachte Hedwig, hatten sie Angst?

Da rempelte sie jemand von hinten an und einige Blätter fielen ihr aus der Hand, flatterten als unordentlicher Haufen auf den Boden. Wieder stieß jemand nach ihr und diesmal stolperte sie selbst, fand nichts zum Halten und prallte schließlich hart auf dem Boden auf.

Über ihr erklang Gelächter, das sich mit dem Fanfarengebrüll mischte, das mittlerweile aus den Gängen vor der Aula schallte.

Hedwig musste Tränen der Erniedrigung und des Zornes hinunterschlucken. Aber das war sie ja schon gewohnt. Das kriegte sie nicht klein!

Mit trotzig vorgerecktem Kinn und geballten Händen, aber rasendem Herzen, sammelte sie die Blätter zusammen und richtete sich wieder auf.

»Sie haben hier nichts verloren«, zischte ein älterer Mann ihr zu und maß sie mit einem solch vernichtenden Blick, dass sogar Lenz hätte neidisch werden können.

»Ich bin offiziell als Gasthörerin an dieser Universität eingeschrieben, ich darf hier also sehr wohl sein«, erwiderte Hedwig tapfer und umklammerte den Blätterstapel fester.

Die Prozession war bereits zur Hälfte aus der Tür hinaus, ein paar Studenten blieben jetzt aber stehen, vermutlich, weil sie eine Szene witterten.

»Sie haben offensichtlich noch nicht verstanden, dass ein Gasthörerstatus weit entfernt ist von den Privilegien einer wirklichen Einschreibung.« Der Mann hatte sich nun drohend vor Hedwig aufgebaut und schaute auf sie hinunter. »Und es ist noch dazu ein Status, den Sie jederzeit verlieren können, junge Dame. Wie heißen Sie? Und was ist das überhaupt?« Er riss Hedwig eines der Blätter aus der Hand.

In diesem Moment war sie doch froh, dass sie ihren Namen nicht auf die Flugschrift hatte drucken lassen. Das wäre natürlich ohnehin dumm gewesen, denn Argumente für die Öffnung der Universität waren ja in jedem Fall politisch, und dafür drohte ihr im schlimmsten Fall Haft – und August würde informiert werden. Aber noch weniger wollte sie ihren Status als Gasthörerin verlieren. Nun, solange sie ihren Namen nicht verriet, konnte ihr natürlich auch nichts passieren.

»Hedwig, was tun Sie denn da?«

Als sie Albert Lennenbergs Stimme hörte, machte ihr Herz einen Satz – ob aus Freude, die es sich selbst in dieser Situation nicht versagen konnte, oder vor Schreck, weil jemand ihren Namen rief, wusste sie nicht so recht.

Und da war Albert auch schon bei ihr und fasste sie am Ellbogen.

»Entschuldigen Sie uns«, sagte er zu dem alten Mann, der mit grimmiger Miene eines der Flugblätter studierte, und zog Hedwig so schnell davon, dass sie fast stolperte.

»Was soll denn das?« Hedwig versuchte, sich loszumachen.

»Nein, was sollte *das?*« Albert deutete auf den Blätterstapel. In seiner Stimme lag eine Wut, die sie bei ihm noch nie erlebt hatte. Er, der sonst so ruhig war, wirkte mit seinen geröteten Wangen und zerzausten Haaren völlig aufgelöst. Ganz am Rande bemerkte Hedwig, dass er immerhin keinen »Wichs« trug, sondern einen grauen Anzug, der ihm an den Ärmeln etwas zu lang war. Das hätte sie sicher erleichtert, wenn sie nicht so wütend gewesen wäre.

»Ich wäre beinahe wieder hingefallen!«

»Das war der Dekan unserer Fakultät!«, zischte Albert und schob sie in eine Nische am Ende des Ganges. Die Blasmusik klang hier nur noch wie ein fernes Echo, dazu das Stampfen der Studenten wie ein nachlassender Herzschlag. Ganz im Gegensatz dazu raste Hedwigs Herz noch immer.

»Ich hätte exmatrikuliert werden können, und Sie haben einfach meinen Namen ausgesprochen!«, rief sie aufgebracht zurück.

»Deswegen habe ich ja nur Ihren Vornamen gesagt!«

Noch immer wirkte Albert völlig außer sich, aber Hedwig musste sich eingestehen, dass er in diesem Punkt die Wahrheit sagte – es stimmte, er hatte nur ihren Vornamen benutzt. Und das, obwohl er sich neulich erst geweigert hatte, sie mit etwas anderem als ihrem Nachnamen anzusprechen.

»Mir war die Gefahr durchaus bewusst«, fuhr Albert nun noch leiser, eindringlicher fort. »Ganz im Gegensatz zu Ihnen. Was denken Sie sich dabei, bei einem der Aufmärsche der Universität mit so etwas anzukommen?« Er deutete auf den Blätterhaufen. Der Haufen, fiel Hedwig jetzt auf, war deutlich kleiner geworden. Vermutlich hatte sie bei ihrem Sturz einige Blätter verloren und sie durch Alberts überraschende Intervention auf dem Aulaboden liegen lassen. Hedwig drückte die verbliebenen Blätter an die Brust.

»Sie wissen doch überhaupt nicht, was das ist!«, hielt sie dagegen. »Das war eine wohlüberlegte Aktion!«

»Das glaube ich kaum!« Albert lachte einmal trocken auf. »Sie sind doch klug genug, um zu wissen, dass Veränderungen nur mit Bedacht herbeizuführen sind. Und nicht, indem man sich selbst gefährdet! Wissen Sie, damit erreichen Sie absolut nichts. Den Studenten sind ihre Aufmärsche heilig.«

Sein belehrender Ton machte Hedwig erst so richtig wütend. Sie konnte es gar nicht leiden, wie er mit ihr sprach. Als wäre sie ein dummes kleines Ding, das seine Aktionen nicht sehr wohl genau durchdachte und die Situation ja auch völlig im Griff gehabt hatte! Zumindest einigermaßen!

»Mit Vorsicht gewinnt man aber auch nichts. Das zeigt die sanfte, aber nutzlose Agitation der Frauenbewegung in den letzten zehn Jahren!«, zischte sie zurück. »Und überhaupt, was regen Sie sich so auf! Es kann doch Ihnen egal sein, was ich mache oder was ich lasse. Selbst wenn ich von der Universität fliege!«

»Das ist mir aber nicht egal«, sagte Albert zwischen zusammengebissenen Zähnen hindurch. Und doch schien seine Wut langsam zu verfliegen. Seine Wangen waren noch immer leicht gerötet, aber seine Augen blitzten nicht mehr so wütend.

»Hören Sie, Hedwig, ich mache mir doch nur Sorgen um Sie«, sagte er und lief prompt wieder rot an. »Ich möchte einfach nicht, dass Sie nicht mehr die Möglichkeit haben, die Universität zu besuchen, meinen Kurs.« Schlagartig wurden auch seine Ohren rot.

Das besänftigte Hedwig etwas. Sie musste sich tatsächlich auf die Lippe beißen, um nicht zu grinsen. »Ach, darum geht es Ihnen also, um Ihren Kurs!«, versetzte sie scherzhaft.

»Nein«, stotterte Albert. »Also, ja! Also, ich meine, Sie sind so eine aufgeweckte junge Dame, es wäre eine Schande, wenn Sie die Universität nicht mehr besuchen könnten.«

»Albert«, sagte Hedwig sanft, und diesmal kam kein Widerspruch, weil sie jetzt auch seinen Vornamen gebrauchte. »Genau darum geht es doch aber. Ich kann die Universität sowieso nicht besuchen. Nicht so, wie es mir zustehen würde. Wie es allen Frauen zustehen würde! Das haben Sie doch selbst anhand dieses Aufmarsches hier nur zu gut bewiesen. Wir sind als Gasthörerinnen bestenfalls geduldet, aber als wirkliche Teilnehmerinnen des universitären Lebens sind wir nicht erwünscht.«

Albert schaute sie an, und Hedwig sah in seinen Augen, dass er einsehen musste, dass sie recht hatte.

»Und trotzdem«, hob er zu einer Gegenrede an. Aber Hedwig schüttelte nur den Kopf.

»Wir werden uns in dieser Sache einfach nicht einig, Herr Lennenberg!«, sagte sie und hielt ihm ein Flugblatt hin. »Aber einstweilen können Sie ja als Einziger hier mein Flugblatt lesen.«

Ohne zu zögern, nahm Albert Lennenberg das Flugblatt entgegen. Auf seinen Lippen spielte ein zaghaftes Lächeln.

Hedwig musste sich einfach vorbeugen, um ihm einen Kuss auf die Wange zu geben. Unter ihren Lippen spürte sie seine kratzigen Bartstoppeln. Kaum hatte sie das getan, wurde ihr natürlich bewusst, wie dumm das gewesen war. Allein schon, wenn sie jemand sehen würde! Als hätte sie heute nicht genug Regeln gebrochen.

Alberts Wangen glühten scharlachrot.

Und dann eilte er ohne ein weiteres Wort davon, als wäre der Rektor persönlich hinter ihm her. Und Hedwig musste einsehen, dass diese ganze Aktion hier – von Anfang bis Ende – nicht ganz so durchdacht gewesen war, wie sie eben noch mutig behauptet hatte. Erreicht hatte sie jedenfalls nichts. Zumindest nichts, was einem Schritt nach vorne gleichkäme. Stattdessen hatte sie wieder nur Unsinn gemacht. Und ihr Herz in einen Aufruhr versetzt, der sich auch nach einer ganzen Weile, in der sie mit stockendem Atem allein in der kleinen Nische stand, einfach nicht legen wollte.

Anni

Althoff hatte schon wieder Besuch.

In den letzten Tagen war ihr Dienstherr häufig aufgesucht worden.

Ständig trampelte jemand mit wehendem Mantel die Treppe hinauf, oben hörte man leises Gewisper, und dann ging es auch schon wieder hinunter. Offensichtlich hatte ihr Dienstherr wirklich etwas ausgeheckt. Einmal war er sogar in das Pavillonrestaurant gefahren – die recht feine Gastwirtschaft in der Nähe ihres Hauses –, um anzustoßen. Nie wusste Anni, um wen es sich bei dem Besuch handelte. Für sie sahen diese Herren sowieso alle gleich aus: schicke Anzüge, ein Gehstock, Hüte, unter denen die Haare mit Pomade streng nach hinten gekämmt waren. Und Vollbärte oder geschwungene Schnauzer nach Art des Kaisers.

Den Besucher von heute allerdings kannte sie. Althoffs von ihm selbst ernannter Nachfolger im Kultusministerium war mehrmals die Woche hier. Offiziell, um sich mit Althoff zu beraten. Aber Anni wusste nur zu gut, dass Althoff, der mittlerweile immer gebrechlicher wurde, alle Fäden im Kultusministerium in der Hand hielt und jede einzelne Entscheidung für seinen Nachfolger traf. Es konnte wohl auch kein Zufall sein, dass er als Nachfolger ausgerechnet seinen bisherigen Assistenten Friedrich Schmidt ins Spiel gebracht und durchgesetzt hatte. Und dass dieser zufällig ein sehr nervöser Mann war, der alles, was Althoff sagte oder tat, mit einem hektischen Nicken absegnete, während ihm selbst der Schweiß am kahlen Kopf hinunterlief. Das hatte Anni beobachtet, aber sie hatte nicht viel Ahnung von solchen Sachen. »Man soll seine Nase nicht hineinstecken in Dinge, die einen nichts angehen«, hatte ihre Großmutter immer gesagt. Und dann mit einem Zwinkern hinzugefügt: »Es sei denn, es lohnt sich.«

Meistens lohnte es sich nicht, wenn Friedrich Schmidt zu Besuch kam – denn am Ende ging es oft nur um langweilige Ministerialangelegenheiten. Auch heute war das so gewesen, als Anni den beiden ein Tablett mit Getränken ins Zimmer gebracht hatte. Wie sie jetzt jedoch mit neuem Brennholz vor der Tür stand, weil Marie Althoff darauf bestanden hatte, ihrem Mann dürfe es nicht zu kalt werden, hatte sie gleich das Gefühl, eine gewisse Spannung liege in der Luft.

»Es fehlt an Geld«, hörte sie Althoff hinter der Tür brummeln.

»Sie könnten den Kaiser mit einbeziehen, Eure Exzellenz«, antwortete Schmidt. Wie immer nannte er Althoff »Eure Exzellenz« – eine Ehrenbekundung, die die Wichtigkeit von Althoff untermauerte. Anni meinte aber, mitbekommen zu haben, dass die Bezeichnung »Exzellenz« tatsächlich sogar noch mehr war als eine bloße Respektbezeichnung. Sie wurde vom Kaiser direkt verliehen – und berechtigte zu Audienzen bei ebendiesem. Dass Althoff den Kaiser in irgendetwas mit einbeziehen konnte, war also durchaus denkbar. Was aber konnte so wichtig sein, dass der Kaiser selbst damit behelligt werden sollte?

Anni drückte ihr Ohr ans Holz, dann aber erinnerte sie sich, dass sie ja wegen des Brennholzes sogar hineingehen durfte. Welch günstiger Zeitpunkt! Denn das Gespräch schien gerade wirklich interessant zu werden.

»Wir brauchen die dringendste Unterstützung aller beteiligten Professoren. Es wird eine ganze Stange Geld benötigt, die kriegen wir nicht einfach so«, sagte Althoff, als Anni leise die Tür öffnete. Sie hatte sich bewusst dagegen entschieden zu klopfen. Meistens mochte es Althoff sowieso lieber, wenn sie wie ein Geist auftrat – unsichtbar, schnell und still, genau wie seine Frau.

Auch jetzt schaute er kaum hoch, als sie die Tür mit leisem Knarren wieder schloss und mit dem Holz im Arm zum Kamin eilte. Tatsächlich war das Feuer beinahe hinuntergebrannt, die Luft im Raum war bereits klamm geworden.

Althoff saß wie immer zurückgelehnt an seinem Schreibtisch und strich sich über den Bart. Selbst aus den Augenwinkeln sah Anni, wie ausgezehrt er wirkte. Seine Wangen waren bleich, unter seinen Augen lagen dunkle Schatten. Und trotzdem wirkte er aufgebracht, unruhig.

»Ich könnte das noch heute für Sie erledigen und einige Gutachten einholen«, sagte Schmidt in seinem üblichen näselnden Tonfall.

Anni begann, das Holz im Kamin einzuschichten.

»Du brauchst nicht zu feuern, Anni«, sagte Althoff plötzlich.

Überrascht, dass er sie direkt ansprach, hob Anni den Kopf. Er schaute sie zwar an, schien aber irgendwie durch sie hindurchzusehen, als wäre er tief in Gedanken versunken. »Wir brechen ohnehin auf«, fügte er dann hinzu.

Althoff war bereits aufgestanden, schwerfällig, aber entschieden, und griff nach dem Gehstock, der an seinem Stuhl lehnte.

Friedrich Schmidt trat hastig einen Schritt zurück. »Aber ich könnte auch allein …«, stotterte er.

»Nein, ich spreche selbst mit Fischer, Rubens und Planck«, sagte Althoff. Zielstrebig durchquerte er den Raum, blieb nur kurz bei Anni stehen.

»Richte meiner Frau aus, dass ich in der Stadt bin. Es ist überaus wichtig. Zuerst Fischer, dann die anderen«, murmelte er noch, mehr zu sich selbst. Damit war er auch schon aus dem Zimmer hinaus.

Schmidt warf ihr einen kurzen Blick zu und folgte dann hastig. Noch im Gehen schlüpfte er in seinen Mantel. Der Arme wirkte völlig abgehetzt. Anni konnte es ihm nicht verdenken. So geschwächt Althoff in letzter Zeit auch wirkte, wenn es um seine Erledigungen ging, war er so schnell, dass kaum einer hinterherkam. Auch jetzt polterten die Schritte wieder hastig die Stufen hinunter. Kurz darauf fiel die Haustür ins Schloss.

Anni seufzte in die Stille hinein und schaute auf die wenigen Holzscheite, in die sich bereits das Feuer fraß. Sei es drum, dachte Anni. Es gab heute wahrlich genug anderes zu tun. Und mit diesem Gedanken nahm sie den Korb wieder an sich und machte sich auf den Weg in die Küche, um die Bestände der Vorratskammer zu überprüfen.

Aber Anni kam nicht weit mit ihren Erledigungen. Gerade als sie in der Küche die Vorräte an Mehl und Eiern sichtete, hörte sie das unverkennbare Klappen der Küchentür, das Marie Althoff ankündigte.

»Anni?«, rief die Dienstherrin auch schon, und Anni steckte den Kopf aus der Vorratskammer.

»Ja, Madame?«

»Wo ist mein Mann hin?«, fragte Marie Althoff streng, aber Anni merkte sofort, dass die Strenge nur aufgesetzt war. Die Dienstherrin wirkte besorgt, der harte Zug um ihre Mundwinkel war zu gleichen Teilen misstrauisch wie ängstlich.

»In die Stadt mit dem Herrn Schmidt«, erwiderte Anni pflichtschuldig. »Er hat mir aufgetragen, Ihnen das auszurichten. Zu einem Herrn Fischer wollte er wohl. Und Planck, oder so ähnlich.«

Marie Althoff wirkte jetzt regelrecht entsetzt. »Zu Fischer? In seinem Zustand? Wieso hast du das zugelassen, Anni? Du weißt doch, wie schlecht es ihm geht!«

Die Anschuldigung traf Anni. Es stimmte, sie hatte gemerkt, wie blass der Dienstherr war, aber sie hätte ihn doch unmöglich aufhalten können! Doch die Dienstherrin lenkte zum Glück auch schon ein.

»Entschuldige.« Marie Althoff rieb sich mit dem Handrücken über die Augen.

Sie ließ sich auf einen Küchenstuhl nieder und schaute in den grauen Himmel vor dem Fenster. Es musste schwer sein mit so einem Ehemann, dachte Anni.

»Er macht sowieso, was er will, ohne an mich zu denken«, sagte die Madame bitter und warf Anni einen Blick zu. »Er ist besessen von seiner neuen Idee, ein außeruniversitäres Forschungszentrum einzurichten. Für Radioaktivität. Und dafür setzt er sein körperliches Wohl aufs Spiel. Er ist herzkrank, und jede Anstrengung könnte zu viel sein. Wenn er stirbt, bin ich ganz allein.«

So viel Offenheit war Anni gar nicht gewohnt. Sie war auch etwas überfordert von dem plötzlichen Gefühlsausbruch ihrer Herrin, und jetzt glaubte sie, sogar Tränen in den Augen der sonst so gefassten Frau zu sehen. Aber trotzdem sickerte langsam auch die restliche Bedeutung von Marie Althoffs Worten zu ihr durch. Radioaktivität … Es ging also schon wieder darum.

»Was soll denn das sein, ein außeruniversitäres Forschungszentrum?«, fragte Anni vorsichtig.

»Das erste seiner Art in Preußen«, erwiderte Marie Althoff und seufzte tief. »Er denkt, das wäre ein passendes Vermächtnis, damit ihn niemand vergessen wird. Damit er für immer in Erinnerung bleibt. Nur fehlt das Geld für so ein großes Projekt, und an der Finanzierung arbeitet er deswegen seit Tagen wie ein Besessener. Dieses Forschungszentrum wird ihm nichts bringen, wenn er stirbt. Wir beide, wir werden das verhindern!«, sagte Marie Althoff plötzlich und hob ruckartig den Kopf, um Anni mit plötzlicher Intensität zu mustern.

»Du warst bereits einmal in Berlin?«

»Nein«, sagte Anni pflichtschuldig. »Außer auf meiner Reise zu Ihnen.«

»Nun, dann ist es jetzt an der Zeit, dass du mal dahin kommst«, sagte ihre Dienstherrin und stand so abrupt auf, dass der Stuhl über die Bodenfliesen schabte.

»Ich will nämlich nicht alleine fahren, das ist zu gefährlich. Mach dich fertig, wir reisen Friedrich hinterher. Und sorgen dafür, dass er heil wieder zurückkommt. Deine sonstigen Erledigungen können heute warten.«

Und damit hatte sich Marie Althoff in gewohnt harscher Manier auch schon umgedreht und war aus dem Raum geeilt.

Annis Herz pochte wie wild vor Aufregung. Nach Berlin!

Sie wusste gar nicht, ob sie sich freuen sollte, dass endlich etwas die gleichförmige Langeweile dieser Tage durchbrach – oder ob sie zittern sollte vor Angst vor diesem Ausflug ins Unbekannte. Nun, sie hatte sowieso keine Wahl.

»Nun komm schon«, rief Marie Althoff aus der Stube.

Draußen war es bereits Nachmittag. Die Dämmerung würde zwar erst in einer Stunde anbrechen, aber man sah es an der Art, wie der Himmel immer grauer wurde. Was war Anni dieses ständige Warten auf wärmere Tage leid! Ihr kam es so vor, als zöge sich der Winter in diesem Jahr unendlich in die Länge. Was sicher auch an der ständigen Gleichförmigkeit der Tage lag – bis jetzt. Denn plötzlich passierte ja etwas Aufregendes!

Sie konnte kaum mit Marie Althoff Schritt halten, dabei war ihre Dienstherrin bestimmt auch schon an die sechzig Jahre alt. Den Weg zur Station der Bahn nach Berlin waren sie beinahe gerannt. In Windeseile hatte Marie Althoff ihnen Fahrkarten gekauft, und jetzt saßen sie auch schon im Zug zum Potsdamer Platz, und Anni schaute auf den gelben Fahrschein in ihrer Hand. Sie war so aufgeregt, dass sie das Gefühl hatte, ihr Herz würde ihr gleich aus der Brust springen.

Währenddessen saß Marie Althoff mit einem leeren Gesichtsausdruck steif da, schaute aus dem Fenster, wo erst Felder, dann die Randgebiete von Berlin erschienen. Annis Hand mit dem Fahrschein darin zitterte, und sie musste sich selbst davon abhalten, ihn vor lauter Nervosität in kleine Stückchen zu zerreißen. Da spürte sie plötzlich eine warme Hand auf ihrer. Marie Althoff schaute sie an und tätschelte ihr leicht den Arm. Dann drehte sie sich wieder zum Fenster und blickte erneut stumm nach draußen, als wäre nichts gewesen. Dabei hatte es tatsächlich geholfen. Anni fragte sich nicht zum ersten Mal, ob sich nicht vielleicht etwas viel Weicheres unter der harten Schale ihrer Dienstherrin verbarg, als sie bisher vermutet hatte.

Berlin war noch genauso quirlig, unübersichtlich und laut, wie Anni es in Erinnerung hatte. Und wie es stank! Dazu kam noch ein kalter Wind, der einem beinahe den Hut vom Kopf wehte. Und trotzdem hatte Anni das dringende Bedürfnis, nichts zu verpassen. Mit aufgerissenen Augen schaute sie über den Rand der Droschke, die sie nun vom Bahnhof zur Universität bringen würde. Marie Althoff schien zu wissen, wo sie nach ihrem Mann suchen mussten. Zumindest wirkte sie sehr entschlossen, als sie den Droschkenfahrer anwies, in die Hessische Straße zu fahren. Und schon ging es los, über das ratternde Pflaster, vorbei an anderen Droschken, umweht von lautem Brummen und Pferdegewieher, vorbei an Marktschreiern und lachenden Gruppen junger Leute, die aus Schulgebäuden herausströmten. Was war dieses Berlin doch für ein bunter Haufen, dachte Anni, ganz egal, wie tief der graue Himmel hing, wie diesig die Luft, wie schneidend die Kälte war: Man konnte einfach nicht die Augen davor verschließen!

Viel zu schnell waren sie da.

Anni konnte sich kaum vorstellen, dass sie Friedrich Althoff in so einer riesigen Stadt wie Berlin einfach so finden würden. Wenn allerdings doch, dachte Anni mit einem Mal, als sie nun aus der Droschke stiegen und Marie Althoff den Fahrer bezahlte, dann wollte sie lieber nicht dabei sein. Wie der Dienstherr wohl reagieren würde, wenn er wie ein kleines Kind von seiner Frau abgeholt wurde? Aber Marie Althoff wies sie sowieso an, am Fuße des Instituts zu warten. »Ich gehe schnell nachschauen«, sagte sie, »da drin würdest du sowieso zu viel Aufmerksamkeit erregen!«

Damit hatte sie wohl recht, dachte Anni. Jetzt, wo sie vor den breiten Stufen, die zum Institut hinaufführten, herumlungerte und immer mal wieder ein fein gekleideter junger Herr – vermutlich Studenten, dachte Anni – an ihr vorbeilief, da fühlte sie sich schon wie ein Eindringling. Es handelte sich um das Institut für Chemie, wie Anni einer Plakette entnehmen konnte. Nur zu gern hätte sie gewusst, was hinter den massiven Mauern dieses Gebäudes so vor sich ging. Wie konnte man sich das Innere eines Chemieinstituts vorstellen? Gab es dort riesige Labore, in denen geheimnisvolle Flüssigkeiten vor sich hin brodelten? Hier wurde doch sicher auch an dieser »Radiochemie« geforscht? Wie das wohl vonstattenging?

Wieder musste sie an Marie Althoffs Worte denken – dass Friedrich Althoff ein Forschungszentrum für Radioaktivität gründen wollte. Wie spannend das sicher für die Leute in diesem Gebäude wäre, noch mehr Möglichkeiten und Platz zum Forschen zu bekommen!

Immer wenn ein Student an ihr vorbeilief, fragte sich Anni, ob genau dieser junge Mann gerade dabei war, der Natur irgendein Geheimnis zu entreißen.

Die meisten wirkten allerdings erstaunlicherweise wie ganz normale junge Männer, schubsten sich auf den Gehwegen entlang oder starrten ihr ungeniert auf den Busen. Das hatte nun wirklich nichts Geheimnisvolles an sich. Aber dann kam von irgendwo hinter dem Institut ein Mann mit blondem Haar hervorgeeilt, mit einem so träumerischen Gesichtsausdruck, der für Anni schon viel besser zu einem Wissenschaftler passte: stets mit den Gedanken in seinen eigenen Welten. Er fiel beinahe über den Bordstein, so versunken war er.

Ob es dahinten wohl etwas besonders Spannendes zu sehen gab, fragte sich Anni und schaute in die Richtung, aus der der Blonde gekommen war. Dann sah sie plötzlich eine junge Frau auf sich zukommen, die sich erst suchend umschaute und dann ebenfalls die Rückseite des Instituts ansteuerte. Nicht nur, dass die junge Frau mit dem großen Hut die erste Frau war, die Anni in der Nähe dieses Instituts gesehen hatte, sie kam ihr auch erstaunlich bekannt vor.

Vermutlich spielt mir mein Gehirn nur einen Streich, dachte Anni und schaute zu, wie die junge Frau ihren Rock raffte, um ein paar Stufen, die in den Weg um das Institut eingelassen waren, hinabzusteigen. Immerhin war es ihr auf der Fahrt hierher auch schon passiert, dass sie Menschen zu erkennen glaubte, die sie in Wahrheit gar nicht kannte. Wie oft hatte sie sich allein bei ihrem Weg vom Potsdamer Platz umgeschaut, weil sie in der Menge das Gesicht Margaretes zu sehen meinte. Und jedes Mal war es jemand anderes gewesen, der einfach nur dieselbe Körperhaltung gehabt hatte, das gleiche Haar, vielleicht eine ähnliche Handbewegung vollführt hatte.

Aber nein, jetzt, als die junge Frau sich noch einmal suchend umschaute, war sich Anni sicher, dass sie diese Dame wirklich schon einmal gesehen hatte. Das Gesicht war ihr doch zu bekannt. Die junge Frau vom Bahnhof!, wurde Anni plötzlich klar. Die, die ihr den Weg gezeigt hatte nach Groß-Lichterfelde. Die feine Dame mit dem breiten, herzlichen Lächeln und der herrlichen Kleidung. Welch ein Zufall!

Anni konnte nicht anders. Sie hob ihren Rock und lief der jungen Frau hinterher.

Lise

Sorgfältig schloss Lise die Schublade. Was bei der Kälte gar nicht so leicht war. Das Holz war klamm unter ihren Händen, und ihre Finger, die sie ohnehin kaum mehr spürte, zitterten. Es war noch immer Winter, und draußen wehte ein eisiger Wind, der wenig Hoffnung machte, dass es endlich Frühling werden würde – dabei war es fast März.

Dass Lises Finger zitterten, als sie sich nun bemühte, die Schublade zu schließen, lag allerdings nicht nur an der zugigen Kälte. Das Mesothorium, mit dem sie und Hahn experimentierten, war zwar nicht ganz so teuer – immerhin hatte Hahn es selbst entdeckt, die Berliner Firma, die es herstellte, überließ ihm daher große Mengen dieses Stoffes. Anders aber sah es mit den zwei Gramm Radium aus, die sie gerade verstaute. Die mussten überaus vorsichtig behandelt werden, neues Radium war nämlich viel zu schwer zu bekommen. Einhundert Mark kostete Radium pro Milligramm derzeit. Das lag auch an der Medizin, die Radium neuerdings für sich als Mittel gegen Krankheiten entdeckt hatte und damit die Preise verdarb. Hahn versuchte schon seit Monaten vergeblich, bei Fischer mehr Geld für ihre Forschung herauszuschlagen.

Aber weder er noch Lise ließen sich davon entmutigen, dass ihr Radiumvorrat mittlerweile auf einen kläglichen Rest des unscheinbaren Pulvers zusammengeschrumpft war – solange es genug war, um weiterzumachen. Die Zusammenarbeit zwischen ihnen machte sowieso alles wett. So sehr, dass sie, obwohl ihre Füße und Hände heute Eisklumpen waren und sie am ganzen Leib zitterte, selten so glücklich gewesen war. Hier in der Holzwerkstatt zu sein fühlte sich einfach richtig an.

Dabei war sie ja erst noch skeptisch gewesen. Nicht nur wegen des Raumes und seiner dürftigen Ausstattung, sondern auch wegen Hahn. Der aber hatte ihre Befürchtungen, sie würden vielleicht doch nicht gut zusammenarbeiten können oder er würde sie vom Wesentlichen ablenken, beinahe sofort zerstreut. Er hatte ihr sogar das Gegenteil bewiesen: Während Lise in Wien das Gefühl gehabt hatte, zunehmend auf der Stelle zu treten, katapultierte die Zusammenarbeit mit Hahn sie geradewegs in wissenschaftlich aufregendes Neuland. Hahn nämlich hatte mit seinem Gefühl richtiggelegen. Während er die Ideen hatte, ihre Experimente zum Erfolg zu führen, konnte Lise die Zusammenhänge erklären und verstehen. Da ihr Wissen und ihre Fähigkeiten auf unterschiedlichen Gebieten lagen, konnten sie sich entscheidend ergänzen.

Immer wenn sie sich nachmittags trafen – vorher ging jeder seinen eigenen Verpflichtungen nach, Hahn seiner Arbeit bei Fischer, Lise hatte nun immerhin auch schon drei Schülerinnen, denen sie die Naturwissenschaften nahezubringen versuchte –, sprang der Funke zwischen ihnen sofort über. Der Arbeitseifer packte sie und trieb sie zur Arbeit, sobald sie nur durch die Tür hindurch waren.

Sie waren ziemlich schnell übereingekommen, was sie zuerst erforschen wollten. Und tauschten seitdem jeden Tag neue Ideen über Versuchsanordnungen und deren Interpretation aus. Die Arbeit ging ihnen wie von selbst von der Hand. Und, was Lise erleichterte, es war eben Arbeit. Hahn versuchte zwar ab und an, sie in ein Gespräch, das über die Naturwissenschaften hinausging, zu verwickeln, aber ansonsten sprachen sie kaum über Privates. Sie kamen ja auch gar nicht dazu, denn die Arbeit lief so gut, dass alles andere Nebensache war. Nur, dass Hahn Musik ebenso liebte wie sie selbst, hatte sie mittlerweile herausgefunden. Er pfiff gerne bei der Arbeit. Und weil sie einmal erwähnt hatte, Brahms sei ihr Lieblingskomponist, pfiff er neuerdings vor allem Brahms-Kompositionen. Lise hatte allerdings den Verdacht, dass er ab und an einmal eine falsche Melodie hineinmogelte, um zu sehen, ob sie es bemerkte. Sie spürte dann seinen Blick auf sich, obwohl sie eigentlich gerade ganz konzentriert etwas zu messen versuchten. Aber sie bemühte sich redlich, sich nichts anmerken zu lassen. Und er respektierte ihre Schüchternheit, drängte sich nicht auf. Kurz: Sie mochte Hahn, sie mochte ihn sogar sehr, seine fröhliche, schlaue Art, aber auch seine Zurückhaltung, wenn es um sie ging. Aber das Wichtigste war: Sie kamen bei der Arbeit so gut voran, dass sie bereits eine erste gemeinsame Publikation vorbereiteten …

Jemand klopfte ans Fenster, und Lise schreckte aus ihren Gedanken hoch. Hedwig war spät dran, so spät, dass Lise schon fast wieder vergessen hatte, dass ihre Freundin sie heute besuchen kommen wollte. Doch tatsächlich: Jetzt sah sie Hedwigs braune Haarmähne, kaum gebändigt unter einem großen Hut, vor dem Fenster aufleuchten.

Lise beeilte sich, die Tür zu öffnen.

Hedwig blinzelte ihr durch den starken Wind entgegen, und einen Moment lang dachte Lise, dass die Freundin heute irgendwie etwas abgehetzter aussah als sonst, das Gesicht war blasser als gewöhnlich. Dann aber erwiderte Hedwig ihr Lächeln, und ihr Gesicht begann, wie immer zu strahlen.

»Gemütlich hast du's aber hier!«, rief Hedwig und kam ohne eine weitere Begrüßung herein. Aber so war sie eben. »Und kalt«, sagte Hedwig und zog ihren Mantel enger.

»Ja, es ist nicht unbedingt ein Palast«, räumte Lise ein.

»Aber wenn's tut, was es soll, dann reicht es doch«, sagte Hedwig und schaute sich um. »Wo ist denn dein Hahn?«

»Er ist nicht *mein* Hahn«, sagte Lise hastig und merkte zu ihrem Ärger, dass ihre Ohren ganz heiß wurden. »Und er musste heute früher weg. Ich habe gerade alleine die Materialien des letzten Experiments weggeräumt.«

»Schade!« Hedwig zog eine Schnute. »Ich hätte ihn ja schon gerne mal gesehen, diesen berühmten Hahn. Aber so kannst du mir wenigstens in Ruhe euer Labor zeigen. Was ist das alles hier?«

Ohne zu zögern, schritt Hedwig durch den Raum und schaute sich die verschiedenen Gerätschaften an. Ein Destillationsgerät stand direkt auf dem Arbeitstisch, daneben ein Elektroskop. Hedwig streckte die Hand aus und stupste es an. »Sieht kompliziert aus.«

»Ist es aber nicht«, sagte Lise und beobachtete misstrauisch, wie Hedwig jetzt an den Schubladenschrank mit ihren radioaktiven Substanzen trat.

»Für dich vielleicht nicht!«, sagte Hedwig lachend und griff nach der ersten Schublade.

»Nein, zieh das bitte nicht auf!«, stoppte Lise sie gerade noch rechtzeitig. »Hahn hat sich wirklich große Mühe gegeben, alle radioaktiven Substanzen zu sammeln, die bekannt sind. Die sind ihm heilig!«

»Uh, also da drin sind diese magischen Steine?«, fragte Hedwig und tippte leicht auf die Kommode. »Faszinierend! Und was macht ihr jetzt damit?«

»Na ja«, sagte Lise und stellte sich vorsichtshalber neben den Schrank, damit Hedwig nicht doch aus Versehen etwas darin kaputt machte. Aber die war ohnehin schon weitergelaufen. Irgendwie wirkte sie heute tatsächlich noch ruheloser als sonst, dachte Lise noch einmal. Aber vermutlich bildete sie sich das nur ein.

»Wir forschen gerade hauptsächlich an Mesothorium und Radium und deren Betastrahlung. Wir wollen Geschwindigkeit und Durchdringungsvermögen möglichst genau bestimmen. Man weiß noch recht wenig über Betateilchen, ich hatte dir ja bereits davon erzählt, den Elektronen, erinnerst du dich?«

»Mhm«, sagte Hedwig und nickte, aber Lise bezweifelte, dass sie sich wirklich erinnerte. An einem der gemeinsamen Nachmittage hatte Lise Hedwig eine kleine Einführung in die Radioaktivität gegeben – und Hedwig hatte zwar interessiert und aufmerksam zugehört, aufmerksamer zumindest als jetzt, aber die Naturwissenschaften waren eben nicht so der Fall ihrer Freundin. Was Lise nichts ausmachte. Wenn sie über Physik reden wollte, konnte sie das ja mit ihren neuen Bekannten aus dem Physikkolloquium oder Hahn tun. Was sie an Hedwig so mochte, war ihre schier unerschöpfliche Energie, ihr sonniges Gemüt und ihre Begeisterung für die kleinsten Dinge im Leben – zwar nicht die Elektronen, aber die Form und Beschaffung von Hutsäumen zum Beispiel.

»Durchdringung also«, sagte Hedwig jetzt und nickte fachmännisch, als wüsste sie genau, was Lise meinte.

Das brachte Lise zum Lachen. »Wenn du es genau wissen willst: Hahn und ich gehen derzeit davon aus, dass Betateilchen mit einheitlicher Energie exponentiell absorbiert werden. Jede Abweichung davon könnte ein Hinweis darauf sein, dass mehr als nur ein Betastrahler vorliegt. Wir könnten also auch noch ein weiteres Element finden, wenn wir Glück haben, Hahn hat ja schon zwei entdeckt, er hat da also einen guten Riecher für. Hedwig?«

Jetzt hatte Lise wirklich das Gefühl, dass Hedwig überhaupt nicht mehr zuhörte. Wenn sie vorher schon unkonzentriert war, wirkte sie jetzt so, als wäre sie gar nicht mehr richtig da, sondern mit ihren Gedanken ganz woanders. Sie starrte selbstvergessen auf einen unsichtbaren Punkt an der kahlen Wand der Holzwerkstatt.

»Ist bei dir alles in Ordnung?«, fragte Lise vorsichtig.

»Ja, ja«, sagte Hedwig zerstreut und winkte ab. »Erzähl ruhig weiter.«

»Also wirklich«, sagte Lise entrüstet. »Ich nerve dich doch nicht mit meinen Forschungsplänen, die dich sowieso nicht interessieren, während dich eindeutig etwas bedrückt. Nun sag schon, was ist es?«

»Ach«, sagte Hedwig. »So wichtig ist es nicht. Ich komme nur aktuell nicht so gut voran mit meinem Plan.« Sie seufzte schwer und zwirbelte eine braune Locke, die sich aus ihrer Frisur gelöst hatte. »Ich weiß gerade einfach nicht weiter, wie ich die Universität für Frauen öffnen könnte. Und ich fürchte, langsam kommt mir auch die Energie etwas abhanden.«

Die Energie kam Hedwig abhanden? Lise musterte Hedwig und sah nun deutlich die Spuren der Erschöpfung in ihrem hübschen Gesicht: Sie hatte Schatten unter den Augen, und ihre Mundwinkel wirkten tiefer eingegraben als sonst. Wenn Hedwig etwas so mitnahm, dachte Lise, dann musste es schon wirklich arg sein.

Ein Klopfen an der Tür ließ Hedwig und Lise zusammenzucken. Das sah so komisch aus, dass sie beide kurz lachen mussten. Es klopfte erneut, leise und zart. Wer da wohl an der Tür war, fragte sich Lise. Sie erwartete ja gar keinen Besuch. Aber gut möglich, dass Otto von Baeyer, James Franck, Max Laue oder einer der anderen Physiker ihnen einen kurzen Besuch abstatten wollte. Sie konnten ja schließlich nicht wissen, dass Hahn heute nicht da war.

Doch als sie die Tür öffnete, stand keiner der Physikerfreunde davor, sondern eine junge Frau mit gerötetem, rundlichem Gesicht und blonden Haaren, die der Wind wild in alle Richtungen wirbelte. Lise brauchte einen Moment, um sich an das Gesicht zu erinnern. Aber die roten Wangen und dieser zutrauliche und dabei doch leicht gehetzte Gesichtsausdruck – mit einer Mischung aus Neugier und Angst – hatte sich ihr durchaus eingeprägt. Das Mädchen aus dem Zug! Das die ganze Zeit geweint und sich dann doch von Lise hatte trösten lassen.

»Anni?«, fragte Lise überrascht, und die Wangen des Mädchens färbten sich sofort noch viel röter.

»Lise! Sie erinnern sich noch an mich?«, rief das Mädchen erfreut, knickste dann aber sofort schüchtern.

»Was machst du denn hier?«, fragte Lise laut. Der Wind draußen heulte, und der Baum vor der Tür der Holzwerkstatt schüttelte seine Äste.

»Entschuldigen Sie, ich wollte nicht stören, ich habe nur …« Anni beendete den Satz nicht, sondern lugte neugierig über Lises Schultern, als glaubte sie, Lise würde jeden Moment die Tür wieder schließen und die Geheimnisse des Raumes damit für immer vor ihrem Blick verbergen.

»Komm doch rein«, sagte Lise. »Und wir waren doch beim Du.«

»Ja, stimmt«, sagte Anni und schaute beschämt auf den Boden, während ein weiterer Windstoß ein paar kleine Stöckchen und Blätter an ihren Füßen vorbei in die Holzwerkstatt wirbelte. »Aber ich will wirklich nicht stören!«

»Sie soll endlich reinkommen«, rief Hedwig von hinten. »Dieser Wind ist einfach unerträglich!«

Anni machte einen Schritt hinein und Lise schloss die Tür hinter ihr. Das Sausen des Windes wurde wieder zu dem leisen Flüstern, das durch die Türritzen pfiff.

»Du kommst mir bekannt vor«, sagte Hedwig von hinten und musterte Anni, die nun ihre kleine Kappe abnahm und ihr zerzaustes blondes Haar darunter richtete.

»Jetzt weiß ich es!«, rief Hedwig dann. »Wir haben uns tatsächlich schon mal gesehen!« Hedwig trat einen Schritt nach vorne und ergriff die Hand der verdutzten Anni. »Am Anhalter Bahnhof, erinnerst du dich?«

»Aber ja«, sagte Anni und nickte schüchtern. »Ich habe Sie, also dich, von hinten gesehen und gleich wiedererkannt. Und dann habe ich mich gefragt, was wohl an der Rückseite des Gebäudes so spannend sein könnte.«

»Das hier«, sagte Hedwig und führte Anni in der Holzwerkstatt herum, als sei es ihr persönliches Reich. »Das ist das neue Labor von Lise. Sie ist jetzt eine echte Physikerin und arbeitet hier an wahnsinnig wichtigen Dingen.«

»Na, jetzt übertreib mal nicht«, warf Lise verlegen ein. »Und eine Physikerin war ich vorher auch schon.«

Anni sah aus, als wäre sie im Paradies gelandet. Begeistert trat sie an ein Elektroskop heran und musterte es, als habe sie einen Barren Gold entdeckt.

»Hat es etwas mit Radioaktivität zu tun?«, fragte das Mädchen neugierig und schaute zu Lise hinüber.

»Ja, ganz genau«, sagte Lise lächelnd.

»Kann man das hiermit messen?«, fragte Anni und deutete auf das Messingelektroskop.

Lise nickte, und das Mädchen begutachtete das Elektroskop neugierig von allen Seiten. Lise erinnerte sich gut an die kaum zu bändigende Neugier der jungen Frau. Und ihre schnelle Auffassungsgabe. Überaus ungewöhnlich für ein Mädchen vom Lande, das hatte sie damals im Zug schon gedacht. Ebenso ungewöhnlich, wie dass es sich an die Universität verirrte.

»Was machst du eigentlich hier?«, fragte sie Anni vorsichtig.

»Genau genommen dürfte ich gar nicht hier sein!« Anni trat hastig einen Schritt vom Elektroskop zurück. Dann schaute sie nervös zur Tür, als könnte durch diese jeden Moment ein Unwetter in den Raum hineinbrechen. Ganz unrecht hatte sie damit nicht. Vor den kleinen hoch liegenden Fenstern der Holzwerkstatt sah man jetzt ein paar vereinzelte Schneeflocken entlangwirbeln.

»Ich bin im Auftrag meiner Dienstherrin hier. Wir holen den Dienstherrn ab, der an der Universität etwas zu besprechen hatte. Es geht …«, flüsterte Anni plötzlich, als fürchtete sie, jemand könnte sie hören, während sie Geheimnisse ausplauderte. »Es geht um die Gründung eines neuen Instituts. Extra für die Radioaktivität!«

»Was?«, rief Lise überrascht. Die plötzliche Lautstärke ihrer Stimme, die im kleinen Raum hallte, war ihr sofort selbst unangenehm. Aber diese Neuigkeiten ließen ihr Herz einfach so laut pochen, dass es ihr in den Ohren rauschte. »Ein Institut?«

»Ja, irgendwas mit außeruniversitär«, nickte Anni und bekam schon wieder rote Wangen. »Es tut mir leid, so viel weiß ich ja nicht darüber, und ich darf es bestimmt auch gar nicht weitererzählen. Aber mein Dienstherr ist sehr erpicht darauf. Er sagt, in dieser Forschung liegt die Zukunft. Nur fehlt es dafür an Geld. Also, er muss erst noch welches beschaffen.«

»Und wer genau ist dein Dienstherr?«, fragte Hedwig neugierig.

»Friedrich Althoff«, wisperte Anni, als wäre das das größte Geheimnis von allen.

»Der führende Mann im Kultusministerium?«, rief Hedwig mit hörbarer Begeisterung in der Stimme. »Lise, das ist der Drahtzieher hinter allem, was in den letzten Jahrzehnten im preußischen Universitätsbetrieb passiert ist. Wenn er so ein Institut will, dann wird er es bekommen!«

Lises Herz klopfte vor Aufregung. Wenn Hedwig und Anni recht hatten, konnte das ganz andere Arbeitsbedingungen für sie und Hahn bedeuten. Ein richtiges Labor …

»Aber er hat ja das Geld noch gar nicht«, sagte Anni schnell. »Er würde allerdings wirklich alles dafür tun, also besteht schon die Möglichkeit. Er ist«, sagte Anni und wurde schon wieder rot, »sehr durchsetzungsstark.«

Hedwig schien die merkwürdige Reaktion der jungen Frau nicht zu verwundern. Stattdessen leuchtete ihr Gesicht vor Aufregung. »Er würde alles dafür tun, ja?«, fragte sie. »Soso.«

»Was heckst du aus, Hedwig?«, fragte Lise, die die Freundin mittlerweile gut genug kannte. Dieser Gesichtsausdruck verhieß nichts Gutes. Hedwigs Augen glommen gefährlich.

»Nun, ich kenne zufälligerweise jemanden, der bereit ist, sehr viel Geld zu investieren, wenn es der Sache der Frauen dient.« Auf Hedwigs Gesicht breitete sich ein überschwängliches Grinsen aus. Ruhelos begann sie, im Raum auf und ab zu laufen. »Wir könnten Althoff einiges bieten für sein Institut. Wenn er dafür Frauen an der Universität zulässt! Wir würden alle davon profitieren!«, rief Hedwig aufgeregt. »Du, Lise, bekommst ein eigenes Institut, und alle Frauen dürfen an die Universität. Ich muss nur mit diesem Althoff reden. Na ja, und mit Ottilie von Hansemann, die muss schließlich das Geld dafür einsetzen«, fügte sie hinzu. »Wie ist es, wärst du bereit, mir zu helfen?«, fragte Hedwig Anni und schaute die junge Frau so begeistert an, dass Lise eine Wette darauf abgeschlossen hätte, dass ihr niemand etwas abschlagen konnte.

»Was soll ich denn tun?«, stotterte die junge Frau, und Lise bekam sofort Mitleid mit ihr.

»Fürs Erste kannst du mir die Adresse von Althoff verraten«, sagte Hedwig. »Und was er gerne mag. Zur Bestechung! Am besten, du kommst gleich zu unserem Treffen im Frauensalon, wo wir alles vorbesprechen.«

»Ich ... also, ich habe nur jeden zweiten Sonntag frei«, wisperte die arme Anni, die unter Hedwigs glühendem Blick die Schultern hochgezogen hatte. »Und ich kann doch nicht einfach die Adresse meines Dienstherrn herausgeben. Außerdem muss ich jetzt auch los, meine Herrin merkt jeden Moment, dass ich weggelaufen bin. Ich kriege furchtbaren Ärger, wenn sie mich nicht vor dem Institut wiederfindet!«

»Natürlich«, versuchte Lise schnell einzulenken, aber Hedwig war nicht zu bremsen.

»Keine Sorge, ich will dich wirklich nicht in Schwierigkeiten bringen«, beeilte sie sich zu sagen und lächelte die junge Frau gewinnbringend an. »Ich bringe dich gleich vors Institut, und wenn man dich schon vermisst, denke ich mir eine Ausrede aus, dass du mir helfen musstest oder so.« Hedwig griff nach ihrem Mantel, um ihren Worten Ausdruck zu verleihen. »Aber bitte, sag mir doch die Adresse! Ich verrate auch keinem, dass ich sie von dir habe. Da rechnet doch sowieso keiner mit«, fügte sie hinzu.

Anni zögerte, aber Lise sah genau, wie sie unter Hedwigs loderndem Blick einknickte. »Na gut«, sagte sie dann. »Es ist ja für eine gute Sache, oder?«

»Und wie«, bekräftigte Hedwig und zog ein Stück Papier aus ihrer Manteltasche. Dazu reichte sie Anni einen teuer aussehenden Kolbenfüller, den diese mit ehrfurchtsvoller Miene ansah.

»Oh, kannst du überhaupt schreiben?«, fragte Hedwig und klatschte sich mit der flachen Hand an die Stirn. »Tut mir leid, das war taktlos von mir!«

»Nein, nein, ich kann schreiben«, erwiderte Anni schnell. »Ich habe nur noch nie so einen schönen Füller gesehen!«

»Also, wenn deine Hilfe uns voranbringt«, sagte Hedwig spitzbübisch, »dann schenke ich ihn dir!« Sie grinste. »Auch wenn mich mein Mann dann umbringt, aber das wäre es mir wert.«

»Nun, mir nicht!« Anni warf Hedwig ein schüchternes Lächeln zu, während sie etwas auf das Papier kritzelte.

»Dann eben nicht«, sagte Hedwig und lächelte Anni strahlend an. »Aber den Dank der Frauenbewegung, den kriegst du auf jeden Fall!«

Annis Wangen färbten sich bei diesen Worten wieder rot – diesmal allerdings aus Freude.

»Ich weiß zwar nicht, was ihr da macht bei dieser Frauenbewegung, aber es klingt ganz gut«, sagte sie und lächelte.

Und Lise hatte das Gefühl, dass zwischen diesen völlig ungleichen Frauen gerade so etwas wie Freundschaft entstanden war.

Erst recht, als Anni Hedwig feierlich das Papier reichte und dann verschwörerisch flüsterte: »Er mag Whiskey und Holländer-Zigarren.«

Kapitel 5: Dem Ziel so nah

Hedwig

Hedwig überprüfte nun schon zum wiederholten Male ihre Frisur. Sie waren fast da, und das Ruckeln machte es schwer, die Hutnadel wieder an Ort und Stelle zu drücken. Der Fahrtwind hatte ihren Haaren ganz schön zugesetzt. Aber sie wollte sich nicht beschweren, immerhin brachte Ottilies persönlicher Chauffeur sie nach Groß-Lichterfelde, und sie mussten nicht die öffentlichen Verkehrsmittel nehmen.

»Wir sind da«, sagte Hermann, der kleine glatzköpfige Chauffeur, und drehte sich zu ihnen um.

Sie hatten inmitten einer von großen Bäumen umsäumten Straße vor einer hübschen kleinen Villa angehalten. Im Vorgarten zeigten sich an den Sträuchern bereits erste feine Blättchen. Es wurde nun also doch Frühling, dachte Hedwig und ergriff dankbar die Hand des Chauffeurs, der um die Droschke herumgelaufen war und ihnen aus dem Wagen half.

Ottilie stand bereits auf der Straße und strich in einer beiläufigen Bewegung ihren Mantel glatt. Die ältere Frau wirkte kein bisschen aufgeregt: Ihr schmales, von der Zeit schon deutlich gezeichnetes Gesicht mit den klaren grauen Augen wirkte nahezu unbewegt.

»Nun komm, Hedwig«, sagte sie und hielt ihr ihren Arm hin, damit sie sich unterhaken konnte. Gemeinsam schritten sie den kleinen Kiesweg hinauf, während eine frische Brise ihnen die Rocksäume an den Beinen kitzeln ließ.

Sie mussten nicht lange warten. Schon nach kurzer Zeit erschien Anni in der Tür und winkte sie herein. Wie anders sie in diesem Haus und in dieser Dienstbotenuniform aussah, dachte Hedwig, während Anni förmlich knickste, um Ottilie von Hansemann zu begrüßen. Dann wurden sie auch schon der Hausherrin vorgestellt.

Marie Althoff, eine schlanke, streng aussehende Frau, verzog keine Miene, während sie ihr Anliegen vortrugen. Als sie den Namen Hedwig Dohm erwähnten und dass sie einer gemeinsamen Frauenbewegung angehörten, nickte sie sogar anerkennend und sagte, dass auch sie die Koryphäe der Frauenbewegung schätze. Sie schien wider alle Befürchtungen ganz und gar nichts gegen eine Audienz bei ihrem Mann einzuwenden zu haben. Im Gegenteil: Als Ottilie von ihrem Anliegen und den Möglichkeiten eines Frauenstudiums erzählte, spielte ein kleines, sanftes Lächeln um die schmalen Lippen von Marie Althoff.

»Ihr könnt euch meiner Unterstützung gewiss sein«, sagte die Hausherrin schließlich. »Aber ich muss euch warnen: Ich habe mich bei meinem Mann in der Vergangenheit schon mehrfach für dieses Thema eingesetzt, doch er ist da recht stur.« Die Hausherrin schüttelte bedauernd den Kopf. »Aber wenn ihr Hedwig Dohm kennt, traue ich euch alles zu.« Und wieder war da dieses leichte Lächeln in ihrem Gesicht.

Hedwig freute sich über die Unterstützung, auch wenn die Worte der Gastgeberin sie nicht eben hoffnungsfroh stimmten, was die Stimmung von Friedrich Althoff anbetraf. Anni hingegen schien von der schnellen Zustimmung ihrer Herrin sichtlich überrascht zu sein. Ungläubig starrte sie die Hausherrin an.

»Anni, bring die zwei nach oben«, wies Marie Althoff Anni nun an.

»Jawohl, Madame!«

Sofort setzte sich Anni in Bewegung. »Hier entlang«, sagte sie mit einem Lächeln und grinste Hedwig, als die Hausherrin wegschaute, verschwörerisch zu.

Dann stiegen sie hintereinander die schmale Treppe in den ersten Stock hinauf. Marie Althoff blieb unten an der Treppe zurück und schaute ihnen mit undurchdringlicher Miene nach. Wie es wohl war, fragte sich Hedwig, einen so einflussreichen Mann zu haben und doch nichts ausrichten zu können?

Nun, sie kannte Althoff natürlich nicht, wusste nicht, wie einsichtig oder uneinsichtig er wirklich war. Aber das würden sie gleich herausfinden.

Anni wandte sich vor einer schweren Holztür noch einmal zu ihnen um. »Er ist etwas kränklich, kann aber durchaus eigensinnig sein«, flüsterte sie. »Am besten, ihr tragt euer Anliegen schnell und klar vor – alles andere lässt ihn leicht ungeduldig und wütend werden«, fügte sie hinzu, so leise, dass Hedwig sie kaum verstand.

Ottilie nickte und schenkte dem jungen Dienstmädchen ein freundliches Lächeln, bevor Anni die Hand hob und dreimal klopfte. Von drinnen ertönte keine Antwort, aber Anni öffnete dennoch die Tür.

»Wir haben zwei Besucherinnen, die Sie gerne sprechen möchten, Herr Althoff. Madame hält es für eine gute Idee«, sagte Anni mit kräftiger Stimme, in der, wie Hedwig glaubte, dennoch ein leichtes Zittern mitschwang. Er musste ein Drachen sein, dieser Althoff, dachte Hedwig.

Und tatsächlich saß hinter dem großen Schreibtisch ein Mann wie ein Schrank, mit breiten Schultern und einem Blick, der einem durch Mark und Bein ging.

Aber diesmal war Hedwig ja mit Ottilie von Hansemann unterwegs, und die war solche Situationen aus einem langen Leben in der Berliner Oberschicht gewohnt. Jedenfalls trat die ältere Frau nun, ohne sich auch nur die kleinste Unsicherheit anmerken zu lassen, an den Schreibtisch und brachte mit knappen Worten ihr Anliegen vor.

»Eure Exzellenz, mein Name ist Ottilie von Hansemann, Ehefrau von Adolf von Hansemann. Mir und meinem Mann ist zu Ohren gekommen, dass Sie die Gründung eines außeruniversitären Instituts zur Erforschung besonderer physikalischer Phänomene erwägen, und wir möchten uns gerne – unter bestimmten Bedingungen – daran beteiligen. Ich bin bereit, eine Summe von zweihunderttausend Reichsmark in Ihr Projekt zu investieren. Wir könnten auch über eine größere Beteiligung sprechen, vorausgesetzt, Sie stimmen unseren Bedingungen zu.«

Althoff hatte Ottilies Ausführungen mit kritischer, aber nicht uninteressierter Miene zugehört. »Aha«, sagte er schließlich knapp und musterte die beiden ausgiebig.

»Wir haben Ihnen außerdem ein kleines Geschenk mitgebracht, um auf unsere Zusammenarbeit anzustoßen«, sagte Hedwig und überreichte dem nun verdutzt blickenden Althoff den Whiskey. Dieser warf einen kurzen Blick aufs Etikett, sah, dass es ein besonders guter Tropfen war, den er normalerweise auch trank, und hob die Augenbrauen. Einen Moment lang schien er zu überlegen, schaute auf den Whiskey, dann auf sie beide. Sein Blick glitt über Ottilies feines Gewand bis zu ihrem Gesicht. Dann nickte er.

»Setzen Sie sich.« Er deutete vor den Schreibtisch, wo allerdings nur ein Stuhl stand. Hedwig sah zu, wie Ottilie sich darauf niederließ, dann stellte sie sich selbst daneben.

»Nun, was könnte Ihnen so wichtig sein, dass Sie solch eine Summe in eine Sache investieren wollen, von der Sie wohl kaum etwas verstehen?«, fragte Althoff. In seiner Stimme schwang Misstrauen mit. Er hatte bereits ganz genau begriffen, dass es bei einer so großen Summe einen Haken geben musste – zumindest für ihn.

»Die Zulassung von Frauen an der Universität. Als vollgültige Studentinnen mit allen Rechten und Privilegien«, erwiderte Ottilie knapp.

Hedwig fand es interessant, dass die ältere Frau überhaupt nicht versuchte, Althoff mit Argumenten zu überzeugen. Sie selbst hätte jetzt vermutlich alle Gründe, die sie kannte, heruntergerattert, hätte nicht aufgehört, bis sie auch nur jede Ungerechtigkeit, die ihr an der Universität widerfahren war, aufgezählt hatte. Aber Ottilie hatte recht. Althoff war der Drahtzieher am preußischen Hochschulwesen, er kannte die Argumente, musste sie kennen. Dass er sich bisher gegen das Frauenstudium gesträubt hatte, hatte er *trotz* dieser Argumente getan. Er brauchte also andere Anreize.

»So, so«, sagte Althoff nun und nickte vor sich hin. »Wissen Sie, Frau von Hansemann, unter diesen Bedingungen muss ich Ihr Angebot leider ablehnen. Ich selbst habe eine überaus belesene Frau und schätze Ihren Einsatz für die Sache der Frauen. In der Tat bereite ich gerade eine

Reformierung des Schulwesens zugunsten der Mädchen vor, ganz ohne großzügige Spenderinnen. Ich brauche also keine Einmischung, schon gar nicht in der Sache des Frauenstudiums.«

»Aber was ist dann mit Ihrem Institut!«, brach es aus Hedwig heraus. Doch sie wusste, kaum dass die Worte ihre Lippen verlassen hatten, dass sie unklug gewählt waren.

Der Hausherr verzog finster das Gesicht. »Ihre Sorge um mein Institut in allen Ehren, aber der Kaiser selbst ist bereits über mein Projekt informiert und hat mir Unterstützung zugesagt. Ich bin also nicht angewiesen auf Bittstellerinnen, die zudem absurde Bedingungen stellen.«

»Es ist schade«, sagte Ottilie, »dass Sie unsere Bedingungen als absurd empfinden, da wir doch lediglich das fordern, was konsequenterweise dem Humboldt'schen Bildungsideal entspricht: Charaktere herauszubilden, die das Land weiterbringen. Kann das Land wirklich auf die Hälfte seiner Charaktere verzichten?«

»Humboldt?« Althoff lachte auf. »Nun, Humboldt ist tot, meine Damen, und auf dem Platz, den einst er bekleidet hat, sitze nun ich. Und nicht er war es, der dem preußischen Universitätswesen zu seiner heutigen Berühmtheit und seinem Erfolg verholfen hat, sondern ich. Sie können also gerne mir die Einschätzung zur Zukunft der Universität und dieses Landes überlassen.«

Althoff erhob sich und stützte beide Hände auf der Tischplatte ab. Die Audienz, so zeigte seine Haltung und sein abschließender Ton nur zu deutlich, war hiermit beendet. »Nichtsdestotrotz danke ich Ihnen für Ihren Besuch und Ihre Mühen. Ich werde die Sache im Auge behalten.«

Im Auge behalten? Hedwig hätte am liebsten losschreien mögen! Das sollte es schon gewesen sein? Das war alles? Und was sollte das bedeuten: »Im Auge behalten«? Wie eine Mutter ihre unartigen Kinder? Oder wie ein Forscher, der ein unbekanntes Insekt kritisch beäugt, um es dann in einem Glaskasten verrotten zu lassen?

Aber Hedwig spürte Ottilies Hand auf ihrem Arm. Die Ältere hatte vermutlich gemerkt, dass Hedwig kurz davor war, zu explodieren, und mahnte sie zur Mäßigung. Als ob das irgendeinen Unterschied machen würde!

Aber der Moment für Protest war ohnehin vorbei, denn nun stand auch Marie Althoff neben der Tür und machte ihnen damit unmissverständlich klar, dass ihr Aufbruch erwartet wurde. Die Hausherrin wirkte allerdings ebenfalls etwas enttäuscht. Andererseits musste sie ja daran gewöhnt sein, mit diesem sturköpfigen alten Mann zusammenzuleben, dachte Hedwig wütend. Was konnte man da als Frau erwarten?

Dass auch sie möglicherweise ein solches Leben führen würde, wenn August erst einmal wieder da und ihr kleiner Ausflug an der Universität beendet war, der Gedanke kam Hedwig erst, als sie die Treppe hinuntergingen und sie auf den starren Rücken der Hausherrin schaute.

Aber nein, das würde sie nicht zulassen, schwor sich Hedwig im nächsten Moment. Und in der Sache des Frauenstudiums würde sie erst recht nicht lockerlassen – da konnte Althoff auch noch so stur sein. Als sie im Salon ankamen und Marie Althoff ihnen freundlich zum Abschied die Hände schüttelte, dachte Hedwig, dass sie vielleicht einfach nur noch nicht die richtigen Argumente gefunden hatten, um Althoff zu überzeugen. Es musste doch etwas geben, das ihn …

Hedwig schaute sich nach Anni um. Die junge Frau stand neben der Tür und hielt Ottilie ihren Mantel hin. »Es tut mir so leid, dass es nicht geklappt hat«, wisperte Anni traurig. Das Mädchen hatte gelauscht, da war sich Hedwig sicher. So schüchtern das junge Dienstmädchen auch wirken mochte, Hedwig sah den auch ihr selbst nur zu gut bekannten Drang der Neugier in ihren Augen schimmern. Ohne Frage, die junge Frau war ihr, trotz des Klassenunterschieds, überaus sympathisch. Und was noch wichtiger war: Sie war, zumindest bis zu einem gewissen Grad, bereit, ihnen zu helfen.

»Anni«, sprach Hedwig deswegen das junge Mädchen zum Abschied noch einmal an, als sie wieder draußen standen und Hermann die Droschkentür für sie öffnete.

»Ja?«, fragte Anni, die ihren Blick nur schwer von der Droschke lösen konnte. Sie musterte das Gefährt, dessen Motor bereits brummend zum Leben erwachte, mit einer Mischung aus Neugier und Misstrauen.

»Ich hätte da eine Frage«, begann Hedwig.

Anni

Anni war glücklich. Die Sonne stand strahlend und klar am Himmel, zu ihrer rechten Seite lag verheißungsvoll glitzernd der Wannsee, unter ihren Füßen knackten Zweige und vor allem: Sie war nicht allein. Lise und Hedwig liefen neben ihr und unterhielten sich leise über Lises Arbeit in der Holzwerkstatt.

Anni wusste sehr wohl, dass die beiden Frauen sie zu diesem Ausflug vor allem deshalb eingeladen hatten, weil sie im Hause Althoff diente und Hedwig vielleicht immer noch nicht die Hoffnung aufgegeben hatte, es möge sich doch noch ein Weg finden, über Althoff ihr Ziel zu erreichen. Aber ein wenig hoffte und glaubte Anni trotzdem, dass die beiden sie auch einfach mochten – denn Anni jedenfalls fühlte sich in ihrer Gegenwart sehr wohl. Gerade Lise mit ihrer sanften Stimme, die sich so beruhigend mit dem Rascheln des Windes in den Bäumen vermischte, hatte sie in ihr Herz geschlossen.

Schon damals im Zug war Lise ihr so vertraut erschienen wie ein kleines Stück Heimat. Sie war froh, sie wiedergetroffen zu haben, sie und die quirlige Hedwig, für die nichts im Leben wirklich ein Problem zu sein schien und die so anders war als Anni, die nur Schwere kannte. Die beiden waren wie ein Lufthauch, während Anni in den letzten Wochen, nein, eigentlich schon viel länger, in einem stickigen Raum eingesperrt gewesen war. Und deswegen war es ihr auch egal, was der Grund dafür war, dass sie die beiden auf diesem Ausflug begleiten durfte. Erstmals fühlte sie sich nicht einsam, erstmals bekam sie endlich einmal etwas anderes zu sehen als das Haus der Althoffs. Und hier am Wannsee war es wunderschön.

»Gleich sind wir da«, versprach Hedwig. Lise war damit beschäftigt, in die Wipfel über ihren Köpfen zu schauen, als suchte sie dort irgendetwas.

»Was genau erwartet uns denn eigentlich?«, fragte Anni und schaute in die Richtung, in die Hedwig blickte. Zwischen den Bäumen tauchte vorne eine Wiese auf, darauf waren einzelne Menschen zu erkennen. Gingen sie zu einem Volksfest?

Als Hedwig sie nach ihrem Besuch bei den Althoffs gefragt hatte, ob sie einmal Lust auf eine gemeinsame Unternehmung oder einen Besuch bei dem Frauensalon von Ottilie von Hansemann habe, hatte Anni zögernd zugesagt. Sie hatte allerdings nicht geglaubt, dass Hedwig die Frage ernst gemeint hatte und sie an einem von Annis freien Sonntagen tatsächlich abholen würde. Aber dann hatte Hedwig plötzlich vor der Dienstbotentür der Althoffs gestanden – vermutlich vermied sie es vorerst, den Althoffs entgegenzutreten, und hatte sich heimlich um das Haus herumgeschlichen – und breit gegrinst, als sie Annis überraschtes Gesicht sah.

Dabei hatte sich Anni eigentlich auf einen ruhigen Tag irgendwo am Teltowkanal eingestellt. Sie hatte vorgehabt, in der Sonne zu sitzen und das Buch zu lesen, das vor einigen Tagen plötzlich auf ihrem Bett gelegen hatte. Geschrieben war es von einer gewissen Hedwig Dohm. Anni kannte den Namen, auch wenn sie ihn bisher erst einmal gehört hatte: als Hedwig und Ottilie von Hansemann diese Hedwig Dohm gegenüber Marie Althoff erwähnten. Anni hatte daher geschlossen, dass es die Hausherrin selbst gewesen sein musste, die ihr dieses seltene Geschenk gemacht hatte. Aber Marie Althoff darauf anzusprechen hatte Anni sich bisher nicht getraut. Gefreut hatte sie sich über dieses Geschenk dafür umso mehr.

Das Eis zwischen ihr und der Hausherrin war seit dem Besuch der beiden Frauen tatsächlich noch ein wenig mehr geschmolzen, so kam es Anni vor. Spätestens seit jenem Moment, wo Marie Althoff sie beim Lauschen an Althoffs Tür erwischt hatte. Anni hatte so unbedingt wissen müssen, wie das Gespräch zwischen Hedwig, der vornehmen älteren Dame und ihrem Hausherrn verlief – und deswegen ihr Ohr an die lackierte Tür gepresst, als sie Marie Althoff unten in der Küche glaubte. Dann aber hatte die Hausherrin auf die ihr übliche geisterhafte Art plötzlich neben ihr gestanden. Aber statt sie zu schelten, hatte Marie Althoff nur genickt und war dann stumm neben ihr stehen geblieben.

Sie hatten natürlich seitdem kein Wort darüber verloren, und die Hausherrin ließ auch nichts erkennen, was auf diesen seltenen Moment der Gemeinsamkeit schließen ließ. Aber sie war trotzdem eine Spur herzlicher geworden. Und dazu kamen seitdem kleine Geschenke wie das Buch auf Annis Bett – das war mehr, als Anni je zu erwarten gewagt hätte.

Doch anstatt das Buch zu lesen, war sie nun hier, und das war sogar noch viel besser.

»Da hinten, seht ihr!« Hedwig deutete nun zur Wiese, die sich vor ihnen wie ein riesiger, sonnengeküsster grüner Teppich ausbreitete. Darauf verstreut standen einige Frauen, und die Luft war von Lachen und lauten Rufen erfüllt.

»Was ist das denn?«, fragte Lise.

»Jetzt seid doch nicht so neugierig!«, rief Hedwig vergnügt und beschleunigte ihren Schritt. Das musste natürlich gerade *sie* sagen, dachte Anni amüsiert. Wenn schon Anni krankhaft neugierig war, so war vor der quirligen Hedwig garantiert kein Geheimnis sicher.

»Als ob du nur eine Sekunde Geduld aufbringen könntest«, sagte nun auch Lise mit einem Lächeln in der Stimme.

»Es ist ein Fahrradrennen für Frauen«, brach es nun auch schon aus Hedwig heraus.

»Das ist natürlich illegal«, fügte sie dann hinzu, als sie nun auf die Wiese traten. »Zumindest sittenwidrig allemal, schaut euch nur die Hosen an! Herrlich, oder?«

Sie hatte recht: Viele der anwesenden Frauen trugen einfache braune Hosen, sicherlich aus feinerem Material als die der Bauern, aber doch von Schnitt und Farbe ähnlich. Und zwischen ihnen lagen überall metallisch glänzende Fahrräder im Gras.

Anni selbst hatte noch nie auf einem Fahrrad gesessen, obwohl sie in letzter Zeit ziemlich häufig welche gesehen hatte. In Groß-Lichterfelde hatten alle jüngeren Bewohnerinnen und Bewohner, die etwas auf sich hielten, selbstverständlich ein Fahrrad – das war schließlich in Mode. Nur eben unerschwinglich für die meisten.

»Und was passiert hier?«, fragte Lise und blickte sich blinzelnd um. Hier, ohne den Schatten des Waldes, brach die Sonne ungebrochen durch den Himmel und tauchte alles in gleißendes Licht.

»Da vorne ist die Rennstrecke, da wird gleich gefahren!« Hedwig deutete an den Rand der Wiese, wo mit kleinen Hütchen eine provisorische Bahn abgesteckt war. »Zu gewinnen gibt es nichts«, fügte Hedwig hinzu. »Aber hier dürfen nur Frauen fahren, und wir haben es ja ohnehin nicht nötig, uns gegenseitig auszustechen.«

»Ach, ich fände es schon gut, wenn noch ein bisschen mehr Kampfgeist dabei wäre«, sagte plötzlich eine junge Frau neben ihnen, deren rotbraunes Haar in der Sonne leuchtete – wobei die wilden Locken im Wind leicht hin und her schwankten. Auch sie trug eine Hose und schob ein schlankes Fahrrad neben sich her.

»Anni, das ist Ida«, stellte Hedwig die beiden vor.

»Ach, du bist die, die bei dem alten Althoff arbeitet«, sagte Ida und ergriff Annis Hand. Ihr Handschlag war fest, auch wenn ihre Hand vom frischen Wind kalt war.

»Ich denke ja, man muss nur die richtigen Argumente finden, um ihn zu überzeugen«, sagte Ida und hakte sich bei Hedwig unter, während sie einhändig das Fahrrad schob. »Es muss doch etwas geben, womit man ihn erpressen kann«, überlegte sie dann laut. »Vielleicht kannst du da ja was finden, Anni?«

»Erpressen?«, fragte Anni erschrocken.

»So meint sie das nicht«, ging Hedwig schnell dazwischen, aber runzelte dabei die Stirn unter ihrem Hut, als wäre sie sich selbst nicht so ganz sicher, was Ida ernst meinte und was nicht.

»Aber klar meine ich das so«, sagte Ida vergnügt. »Warum denn nicht? Wir haben doch nichts zu verlieren, und mit solchen Männern darf man nicht zimperlich sein! Seit Jahrhunderten wird Gewalt gegen

Frauen ausgeübt, da ist es nur recht und billig, wenn auch wir mal zu etwas härteren Methoden greifen.«

»Keine Sorge«, versuchte Hedwig, die vermutlich Annis erschrockenen Gesichtsausdruck gesehen hatte, Anni rasch zu beruhigen. »Ich sehe das nicht ganz so wie Ida, man muss schon Grenzen beachten. Aber wir können ja trotzdem mal überlegen, was uns noch einfällt – vielleicht gibt es ja eine friedfertigere Lösung!«

»Du und dein Pazifismus, Hedwig!« Ida schüttelte den Kopf. »Du wirst schon noch sehen, dass man so nicht weiterkommt. Diese Welt ist aus Krieg gemacht, und wir Frauen müssen rechtzeitig lernen, unseren Weg darin zu finden, sonst geht es immer so weiter. Aber ihr könnt ja eure langweiligen Pläne beraten, ich muss jetzt eh zum Rennen!«

Und damit winkte sie den drei Frauen zu, stieg auf ihr Fahrrad und radelte den kurzen Weg zur Rennstrecke hinauf, wobei ihr Haar wild im Wind flatterte und ein paar Frauen ihr applaudierten.

»Meinte sie das wirklich ernst?«, fragte Lise, als sie Ida gemächlich schlendernd die Wiese hinauf folgten.

»Ach, die provoziert nur gern«, winkte Hedwig ab, sah aber noch immer nicht ganz überzeugt aus. »Jedenfalls wollte ich ja wirklich mit euch überlegen, was wir noch machen können«, sagte sie dann nach einem kurzen Moment, in dem die drei einhellig schweigend die an der Rennstrecke bereits wartende Menschenmenge beobachtet hatten. Mehrheitlich waren es Frauen, die auf der Wiese in kleinen Grüppchen standen oder sich um die Frauen mit Fahrrädern scharten, aber hier und da sah Anni auch einen Mann darunter.

»Was hat Althoff für Schwächen?«, fragte Hedwig an Anni gewandt. »Es muss doch noch irgendwas geben außer diesem blöden Institut! Oh, entschuldige, Lise«, fügte Hedwig hinzu, als sie sah, wie Lise das Gesicht verzog.

»Nein«, sagte Anni und schaute zu, wie sich die Frauen mit den Fahrrädern nun am Anfang der Rennstrecke in Position brachten. Die Strecke war nicht sehr lang, einmal um die Wiese herum, soweit Anni das sehen konnte, es würde also vermutlich ein recht kurzes Spektakel werden.

»Althoff hat keine Schwächen. Bis auf seinen miserablen Gesundheitszustand«, fügte Anni hinzu, weil Hedwigs Blick sich weiter in sie bohrte.

»Mhm«, machte Hedwig.

»Denk nicht mal dran, Hedwig«, warf Lise ein, aber Hedwig schüttelte nur lächelnd den Kopf.

»Was denkst du von mir? Ich überlege doch nur, was wir sonst noch machen können. Wenn Althoff als Einflussmöglichkeit wegfällt, weil er zu stur ist, um bestechlich zu sein, so muss es doch an der Universität irgendetwas oder irgendjemanden geben, bei dem man ansetzen kann. Vielleicht sollten wir einen Streik organisieren!«

»Du hast doch schon versucht, die männlichen Studenten auf deine Seite zu ziehen«, warf Lise leise ein.

»Es müsste«, nahm Anni den Gedanken auf, »also jemand streiken, der selbst ein Interesse daran hat, für die Sache der Frauen zu kämpfen!«

»Wer könnte das sein?«, überlegte Hedwig laut.

Anni runzelte nachdenklich die Stirn. Diese Gedankenspielerei machte ihr zunehmend Spaß. Endlich gab es einmal etwas, bei dem sie selbst mitdenken konnte.

»Das wären eigentlich hauptsächlich Frauen«, nahm Anni den Faden wieder auf. »Gibt es denn wenigstens ein paar weibliche Angestellte an der Universität? Lise, was denkst du?«

Aber Lise hörte gar nicht zu, sie beobachtete neugierig die Menschenmenge um sie herum. Am Kopf der Rennstrecke stand jetzt eine große, dickliche Frau mit einer bunten Fahne, die sie vor die auf den Fahrrädern startklar sitzenden Frauen hielt.

»Was ist mit dem Reinigungspersonal?«, fragte Anni. »Bedienstete wie ich? Das sind doch immer Frauen!«

»Und los!«, schrie die Frau mit der Fahne, und augenblicklich brach ein unglaublicher Tumult los – genau in dem Moment, in dem Hedwig »Das ist genial, Anni!« rief.

Aber Anni war zu abgelenkt, um sich über Hedwigs Zuspruch zu freuen. Die Menge am Rand der Strecke kreischte und jubelte, und auf dem Weg radelten die Frauen mit einem Tempo, das Anni nicht für möglich gehalten hätte, um die Wette. Überall sah man vom Wind rote Wangen und flatternde Haare, die von einer gebührlichen Frisur weit entfernt waren – zumal keine der Frauen einen Hut trug. Die Hosen, die fast alle Radlerinnen trugen, komplettierten dieses merkwürdige Bild. Als wären es keine Frauen, die da auf den Fahrrädern saßen, sondern junge Herren mit langen Haaren.

So musste sich Freiheit anfühlen, dachte Anni kurz.

Dann dachte sie gar nicht mehr, denn schräg gegenüber von ihnen, hinter zwei jubelnden Frauen in ausladender Garderobe, sah sie mit einem Mal ein bekanntes Gesicht, das ihr das Herz sofort in der Brust zusammendrückte.

Das war doch ... Henri!

Konnte das sein?

Nein, das war nicht möglich, dachte Anni und versuchte sich zu strecken, um besser sehen zu können, aber sie war einfach zu klein: Vor ihr standen einige größere Frauen, und sie konnte nur über die Schultern linsen.

»Soll ich dich hochheben?«, fragte Hedwig, die ihre Versuche lächelnd beobachtete.

Aber da hatte Anni Henris Gesicht erneut gesehen, seine rotblonden Haare, die ihm zu lang gewachsen waren, seine schlaksige Gestalt – der junge Mann da hinten sah einfach verdammt aus wie Henri. Der Henri, den sie geglaubt hatte, nie wiederzusehen.

Annis Herz galoppierte bis in ihre Kehle, schien ihr aus der Brust hüpfen zu wollen. Ohne lange nachzudenken, bahnte sie sich einen Weg durch die Frauen vor ihr und lief über die Rennbahn, knapp vorbei an einem vorbeifliegenden Fahrrad.

»Anni!«, rief Hedwig ihr hinterher, aber Annis Blut rauschte ihr in den Ohren, verzerrte die Stimme der Freundin zu einem stimmlosen hohen Ton, auf den sie jetzt nicht hören wollte. Aber wollte sie eigentlich zu Henri? Wollte sie ihn überhaupt wiedersehen? Die Frage stellte sie sich erst, als sie keuchend bei den zwei Frauen gegenüber angekommen war und sich zwischen ihnen hindurchzwängte.

Ihr Herz galoppierte schließlich nicht nur aus Überraschung, Henri zu sehen oder zu sehen zu glauben, aus Freude, sein stets so fröhliches, sommersprossiges Gesicht, bei dessen Anblick ihr Herz bei den von Hohensteins jedes Mal einen Hüpfer gemacht hatte, zu erkennen. Es galoppierte auch aus Angst vor den Geistern der Vergangenheit. Wie wenig hatte sie in letzter Zeit an all das, was bei den von Hohensteins geschehen war, gedacht. Als hätte sie Margarete und all die anderen nun endgültig aus ihrem Gedächtnis verbannt. Aber wer konnte es ihr auch verdenken? Wo sie doch endlich, einmal in ihrem Leben, ansatzweise so etwas wie Glück empfand.

Doch all diese Überlegungen waren nichts wert, denn jetzt, wo Anni auf der anderen Seite stand und in die Menge spähte, konnte sie Henri nicht mehr entdecken. Hatte sie sich das nur eingebildet? Hatten die Geister der Erinnerung nicht nur ihren Träumen, sondern jetzt auch ihrem Blick einen Streich gespielt? Nein, das glaubte sie nicht, sie war sich sicher: Das war Henri gewesen. Doch so sehr sie sich auch streckte, Henri sah sie nirgendwo.

»Was machst du denn?«, fragte Hedwig, die plötzlich hinter ihr auftauchte, und hielt sie am Arm fest. »Du kannst doch nicht einfach auf die Rennbahn laufen! Und du bist kreidebleich! Hast du einen Geist gesehen?«

Anni schüttelte den Kopf, wie um die heraufkriechenden Erinnerungen zu vertreiben. Und schüttelte ihn dann noch einmal, obwohl ihre Stimme, so leise, dass man sie im Lärm der Menge kaum hörte, etwas ganz Gegenteiliges formulierte: »Ich glaube, ja.«

»Los, Los, Los!«

Hahn war ganz aus dem Häuschen. Aufgeregt klopfte er auf das Holz des Arbeitstisches, klopfte seinen Worten einen Takt: klopf, klopf, klopf. Aber das und sein drängender Tonfall halfen Lise nicht unbedingt dabei, die Hand möglichst ruhig zu halten, als sie Hahn nun den feinen Draht hinhielt.

Hahns Hand wiederum wirkte routiniert und erstaunlich ruhig, als er mit einem kleinen Spachtel die winzige Menge Mesothorium auf den Draht auftrug – so winzig, dass man sie nicht einmal sehen konnte. Aber Hahn wusste, was er tat. Nur die schmale Linie seiner unter dem blonden Bart zusammengepressten Lippen zeigte an, dass er unter Druck stand. Die Zeit eilte. Und wie sie eilte.

Kaum dass Hahn die Hand weggezogen hatte, stürmten Hahn und Lise auch schon zum Ausgang. Hahn riss die klappernde Tür der Holzwerkstatt auf, sodass sie gegen die Wand krachte und Putz hinunterrieselte. Lise hielt die Hand wie eine Kuppel über den feinen Draht, um ihn zu schützen, und sprintete den schmalen Weg um das Institut herum. Hahn war schon neben ihr und eilte zu der Droschke, die er extra herbestellt hatte. Mit Schwung riss er die Tür für sie auf.

In Windeseile rutschte Lise auf das harte Sitzpolster. Hahn schob sich rasch neben sie und gab dem Fahrer ein Zeichen, dass er losfahren möge.

Ruckelnd setzte sich das Gefährt in Bewegung – viel zu langsam für Lises Geschmack. Auch Hahn rief dem Fahrer ein »Los, nun machen Sie schon!« zu, was dieser mit einem schlecht gelaunten Brummen quittierte. Wirklich schneller fuhr er deswegen nicht. Der Wagen holperte über das Kopfsteinpflaster, und Hahn klopfte aufgeregt auf seine Oberschenkel. Der Weg zum Institut von Rubens war zwar nicht lang, zumal sie mit einer Droschke fuhren, aber die radioaktive Substanz zerfiel schnell. Wenn sie Ergebnisse haben wollten, mussten sie schnell ankommen.

Vom kurzen Sprint zur Droschke ging Lises Atem noch immer stoßweise, und ihr Herz klopfte vor Aufregung einen schnellen Takt. Sie mussten sich beeilen! Zum Glück bog da die Droschke auch schon in die Straße zum Physikinstitut ein.

Otto von Baeyer wartete bereits an der Tür und winkte ihnen zu, als sie mit der Droschke vorfuhren. Hahn stieg aus, rannte um den Wagen herum, riss abermals die Tür auf und wartete ungeduldig darauf, dass Lise ausstieg.

Heute war eigentlich herrliches Wetter. Doch trotz der strahlenden Sonne war, als Lise nun ausstieg, ein kräftiger Windhauch zu spüren, sodass sie sofort Angst hatte, die Substanz würde ihr noch vom Draht geweht. Schützend hielt sie den Draht an ihre Brust gepresst, die andere Hand gegen den Wind darüber.

Sie nahm sie erst weg, als sie zu dritt in den Institutsgang einbogen. Von Baeyer, der mit seiner großen, athletischen Gestalt der sportlichste von ihnen war, lief voran, und die Sohlen seiner Schuhe machten quietschende Geräusche, die zusammen mit ihren trappelnden Schritten von den Wänden widerhallten. Abwechselnd hielten von Baeyer und Hahn Lise die Türen auf. Dann waren sie endlich in von Baeyers Büro.

Es war nun schon das dritte Mal, dass sie mit der neu gebauten Konstruktion aus großen Magneten arbeiteten, und Lise war deswegen nicht mehr ganz so nervös, aber eine gewisse Aufregung barg natürlich jeder Versuch, wie konnte es anders sein. Immerhin: Hatten sie es erst einmal bis zu von Baeyer geschafft, war der Rest der Messung Routine – und ob es klappte oder nicht, ob die Substanz den Weg überlebt hatte und eine gute Messung ermöglichte, konnte am Ende sowieso nur der liebe Gott entscheiden.

Trotzdem biss sich Lise nun angespannt auf die Lippen, als von Baeyer den Draht über den Magneten platzierte.

Lise war froh, dass sie überhaupt die Möglichkeit hatten, mit dem Physiker und seinen Gerätschaften zu arbeiten. Von Baeyer hatte ihnen gleich zu Beginn von Hahns und ihrer Zusammenarbeit seine Hilfe angeboten. In der Holzwerkstatt hatten sie keine geeigneten Magneten, um die Streuung von Betastrahlen messen zu können – hier dagegen gab es genügend Gerätschaften. Und von Baeyer hatte auch keine Probleme damit, sich Lises Anweisungen, was die Anordnung des Versuchs anbelangte, zu beugen. Im Gegenteil, er und sie hatten es sich bei ihren Besuchen im Institut für Physik zur Gewohnheit gemacht, neue Versuchsanordnungen – ob nun seine oder ihre – gemeinsam zu diskutieren und gedanklich auf ihre Tauglichkeit abzuklopfen.

Jetzt beugte von Baeyer sich gespannt über die Magneten. Durch diese sollten, wenn alles gut ging, die Ablenkung der Betastrahlen in einem Magnetfeld sichtbar und damit interessante Betastrahlspektren messbar gemacht werden.

Aber, wie sich nach einiger Zeit herausstellte, hatten sie heute kein Glück – das Mesothorium zeigte zu geringe Aktivität. Entweder war beim Auftragen etwas schiefgegangen, oder es war eben doch schon zerfallen. Oder vom Draht geweht worden.

Hahn strich sich über seinen knisternden Bart und schüttelte den Kopf. »Dann das nächste Mal wieder!«, sagte er. In seiner Stimme war die Enttäuschung deutlich herauszuhören, auch wenn er sich um seinen gewohnt vergnügten Ton bemühte.

»Nur den Kopf nicht hängen lassen, mein Freund«, sagte von Baeyer und klopfte Hahn brüderlich auf die Schulter. Dann warf er Lise ein leichtes Lächeln zu. »Das Fräulein Meitner lässt sich wie immer nicht unterkriegen, was?«

Lise zuckte die Schultern, auch wenn sie selbstverständlich ebenfalls etwas enttäuscht war. Aber andererseits war sie Rückschläge ja gewohnt, so war das nun einmal, wenn man einem so launischen Phänomen wie der Radioaktivität auf die Schliche zu kommen versuchte. Außerdem hatte sie das Gefühl, der Erfolgsdruck lastete nicht so sehr auf ihr wie auf Hahn. Sie und er standen wissenschaftlich gesehen einfach an unterschiedlichen Stellen im Leben: Während Lise erst langsam versuchte, sich als Wissenschaftlerin einen Namen zu machen, und noch ausprobieren konnte, welche Arbeit die richtige für sie war, war Hahn schon gefestigt, hatte sich bereits habilitiert, eine anständige Stelle, verdiente sogar Geld durch seine Forschung. Wo er war, da wollte Lise hin. Aber mit seiner Position ging natürlich auch erheblich mehr Druck einher – vor allem Erfolgsdruck. So wurmte es Hahn nun schon seit Längerem, dass es ihm einfach nicht gelang, Mesothorium – seinen eigenen Stoff! – vom Radium zu trennen. Stets schien dem Mesothorium etwas davon beigemischt oder umgekehrt. Jedenfalls hatte er erst neulich der Fabrik, die sein Mesothorium herstellte, verkünden müssen, er glaube nicht, dass Mesothorium ein reiner Stoff sei – könne aber auch nichts dagegen unternehmen.

Das aber waren Hahns ganz persönliche Schwachpunkte, was seine Forschung anbelangte. Lise war einfach nur froh, dass sie trotz Rückschlägen doch recht gut vorankamen. Und heute war sogar eigentlich ein Tag, der das bewies.

»Ich denke«, sagte sie deswegen zu von Baeyer und Hahn, »dass wir heute schon genug geleistet haben, immerhin erscheint unsere erste gemeinsame Publikation.«

»Ach, das ist heute?«, fragte von Baeyer mit ehrlichem Interesse.

Auf Hahns Gesicht stahl sich ein kleines Lächeln. »Fräulein Meitner, wie recht Sie haben! Wir waren so beschäftigt mit dem Versuch, dass wir uns das gute Stück noch nicht einmal angeschaut haben.«

Jetzt schaute sich Hahn suchend nach seiner Tasche um, aber natürlich waren sie so überstürzt aus der Holzwerkstatt aufgebrochen, dass er überhaupt nichts mitgenommen hatte. Seinen Hut hatte er ebenfalls vergessen.

»Der Artikel liegt wohl noch in der Holzwerkstatt«, sagte er resigniert.

»Ich könnte natürlich die Post nach der Ausgabe des Instituts durchsuchen«, sinnierte von Baeyer. »Zugeschickt wurde uns mit Sicherheit auch ein Exemplar.« Dann schüttelte er den Kopf. »Nein, das dauert zu lang, und Rubens beschwert sich sonst nur wieder, dass ich Unordnung mache. Lasst uns doch einfach einen kleinen Spaziergang machen, der Tag ist so schön!«

Und so schlenderten sie kurz darauf die Straße entlang. Es war wirklich ein herrliches Wetter. Jetzt, wo Lise nicht mehr solche Angst um ihre Substanz haben musste, genoss sie die leichte Brise, die ihr durchs Haar wehte – denn auch sie hatte ihren Hut in der Holzwerkstatt vergessen.

Einige Passanten schauten ihnen neugierig hinterher und reckten die Köpfe. Aber das war Lise mittlerweile schon gewöhnt. Vermutlich sahen die Leute nicht alle Tage drei junge Leute, die sich angeregt über Physik unterhielten – darunter eine Frau. Lise, klein und zierlich, wie sie war, ging in der Mitte des breiten Bürgersteigs, links und rechts von ihr Hahn und von Baeyer, die in Haltung und Aussehen echte Gegensätze waren. Hahn, dessen dichtes blondes Haar in der Sonne leuchtete, ging mit beschwingten, zügigen Schritten und beobachtete alles um sich herum, sodass ihm nichts entging. Von Baeyer dagegen schritt mit seiner riesenhaften, dünnen Statur etwas storchbeinig aus und schaute dabei zumeist auf den Boden. Auch hier, dachte Lise, als sie in die Hessische Straße einbogen, in der die Holzwerkstatt lag, hatte sie es wieder geschafft, Teil eines Trios zu sein, das voller Gegensätze steckte.

Genauso war es bei ihren beiden neuen Freundinnen Anni und Hedwig – niemand, der Lise, Anni und Hedwig von Weitem sah, würde denken, dass diese drei ungleichen Frauen miteinander befreundet waren. Nun, Anni war ja auch noch recht neu hinzugekommen, und ob sich daraus eine längerfristige Freundschaft entwickeln würde, musste man erst sehen. Aber Lise mochte das Mädchen, das sie an ihre Schwester Lola erinnerte, die sie schrecklich vermisste. Anni bei sich zu haben war ein wenig so, als hätte sie wieder eine jüngere Schwester.

Eigentlich vermied es Lise, an ihr zu Hause zu denken, und meist klappte das auch recht gut, so viel, wie immer zu tun war. Aber manchmal überkam sie dann doch das Heimweh. Zusammen mit der Frage, wann sie denn eigentlich zu ihrer Familie zurückkehren würde. Eigentlich hatte sie vorgehabt, erst einmal nicht so lange in Berlin zu bleiben – ein Jahr, danach würde man weitersehen, so war es mit ihren Eltern abgesprochen. Es war also bald an der Zeit, sich ernsthaft darüber Gedanken zu machen, wann sie eigentlich zu ihrer Familie zurückkehren wollte. Und was sie ihren Eltern über ihre Pläne mitzuteilen gedachte. Diese Entscheidung aber schien ihr mehr als schwierig.

Natürlich vermisste sie ihre Familie. Aber zumindest jetzt gerade kam ihr Wien unendlich weit entfernt vor. Mit Hahn lief es ja gut, Freundinnen hatte sie auch gefunden. Wenn sie jetzt noch etwas mehr Anerkennung vonseiten des preußischen Universitätswesens bekäme, bestenfalls in Form einer Stelle oder einer sonstigen Möglichkeit voranzukommen, sich gar zu habilitieren ...

Aber Lise drängte den Gedanken rasch beiseite. Dennoch – sie befand sich in einer Zwickmühle: Sollte sie wieder fortgehen und möglicherweise die Chance auf weitere Entdeckungen mit Hahn verspielen? Oder hierbleiben und sich mit den Problemen herumschlagen, mit denen sie hier konfrontiert war – sei es nun, weil sie kein Geld hatte und sich von Brot ernähren musste oder weil sie ständiger Missachtung ausgesetzt war?

So wie auch jetzt: Sie waren nun fast beim chemischen Institut angelangt, und immer wieder kamen ihnen junge Männer, Studenten wie Mitarbeiter, entgegen, die sie freundlich grüßten. Zumindest grüßten sie von Baeyer und Hahn – Lise ignorierte sie. Das war leider nichts Neues für sie. Es kam eigentlich nie vor, dass sie von jemandem aus dem Institut direkt angesprochen oder gar mit Namen gegrüßt wurde. Von Baeyer und Hahn jedoch schienen diese offensichtliche Missachtung ihrer Begleiterin kaum zu bemerken.

»Wie geht es denn deinem alten Herrn?«, fragte Hahn gerade von Baeyer und nickte den vorbeiziehenden Kollegen nur beiläufig zu.

»Prächtig! Aber er arbeitet zu viel!«, antwortete von Baeyer. »Er hätte sich meiner Meinung nach ruhig etwas auf seinem Nobelpreis ausruhen können, aber nein, er steht wie immer jeden Tag am Labortisch!«

»Anders habe ich ihn nicht kennengelernt«, sagte Hahn mit einem liebevollen Ton in der Stimme. Lise wusste, dass Hahn ein Semester bei Adolf von Baeyer in München studiert hatte und der Familie von Baeyer auch sonst sehr zugetan war.

»Guten Tag, Geheimrat Fischer!«, grüßte Hahn dann Fischer, der ihnen auf dem schmalen Weg zum Institut entgegenkam.

»Herr Hahn, ach, und Herr von Baeyer, ein herrlicher Tag, nicht wahr?«, grüßte Fischer zurück. Auch er ignorierte Lise. »Wie ich hörte, haben Sie heute eine Publikation in der Physikalischen Zeitschrift unterbringen können!« Fischer nickte Hahn zufrieden zu. »Weiter so!« Dann schritt er davon, ohne Lise auch nur eines Blickes zu würdigen.

Sie musste schlucken, weil sich ein dicker Kloß in ihrer Kehle gebildet hatte. Am meisten von allen Schmähungen der Berliner Universität litt sie unter der Ignoranz dieses berühmten Professors, der sie auch jetzt, wo sie nun schon einige Zeit bei ihm arbeitete, noch immer wie Luft behandelte. Es nagte stetig an ihr, dass er sie sein Institut nicht betreten ließ, dass sie mit der maroden Holzwerkstatt vorliebnehmen mussten, in der es nicht einmal eine Toilette für Frauen gab. Jeden Tag schlich sie sich ins nahe gelegene Wirtshaus, um dort die Örtlichkeit zu besuchen.

Sie bemühte sich selbstverständlich, all das zu verdrängen, sich nur auf ihre Arbeit zu konzentrieren. Aber das funktionierte nur, bis etwas passierte, wie jetzt, und die ganzen Demütigungen plötzlich nach oben stiegen – direkt in ihre Augen, in denen sich bereits Tränen sammelten. Aber sie schluckte tapfer alles hinunter.

Wenigstens von Baeyer begann, sich nun leise über den Professor zu empören.

»Machen Sie sich nichts draus«, versuchte er, Lise zu trösten. »Diese Chemiker sind ein verbohrter Haufen, was erwarten Sie da? Bei uns Physikern geht es nicht so zu!«

Da hatte er recht ... Lise war sogar auf von Baeyers Vorschlag in die Physikalische Gesellschaft aufgenommen worden, ohne dass sich jemand daran gestört hatte, dass sie eine Frau war. Aber so war es eben mit den Rückschlägen, das wusste man als Naturwissenschaftler: Sie waren immer mehr wert als die Erfolge. In der Wissenschaft trieben sie deswegen vielleicht sogar den Ehrgeiz an, aber im Privaten waren diese Rückschläge scharfe Hiebe, die in der Seele wehtaten.

Lise war so in Gedanken, dass sie kaum wahrnahm, dass sie mittlerweile die Holzwerkstatt betreten hatten. Wie blind hängte sie ihren Mantel an den Garderobenständer und ging zu ihren Arbeitsgeräten.

»Nun sehen Sie, es gibt doch auch etwas Gutes!«, sagte von Baeyer und wedelte mit der Zeitschrift vor Lises Augen herum.

Ihr Blick fiel auf Hahns und ihren Artikel. »Physikalische Zeitschrift« verkündeten dicke Lettern auf dem knisternden Papier. »Über die Absorption der ß-Strahlen einiger Radioelemente. Von Otto Hahn und Lise Meitner« stand schwarz auf weiß darunter.

»Sehr schön!«, sagte Hahn zufrieden und legte die Zeitung stolz auf den Arbeitstisch, wo sie alle darum herumstanden, als läge dort ein Neugeborenes.

Es gab sie ja doch, die Erfolge, dachte Lise. Es war so schade, dass sie sie, bei all den Niederlagen, nicht richtig auskosten konnte. Aber für ein kleines Lächeln reichte es aus.

Hedwig

Hedwig hatte ein ungutes Gefühl, das sie sich selbst nicht erklären konnte. Sicher, sie hatte schlecht geschlafen, sich hin und her gewälzt, war von bösen Träumen heimgesucht worden. Sicher, ihre Pläne waren in letzter Zeit alle nicht aufgegangen, und sie hatte seit geraumer Zeit das Gefühl, auf der Stelle zu treten. Und sicher: Die Universität hatte ihren Reiz verloren, seit sie sich untersagte, Albert Lennenbergs Kurse zu besuchen. Sie konnte dort einfach nicht mehr auftauchen – nicht, nachdem sie so oft an den jungen Dozenten denken musste, dass selbst sie nicht mehr leugnen konnte, wie weit ihre Gefühle über das reine Interesse an ihm als Wissenschaftler hinausgingen.

Also blieb sie zu Hause, besuchte Lenz' Vorlesungen und ließ sich von diesem demütigen. All das sorgte nicht gerade für positive Gefühle.

Und doch war es heute anders.

Sogar ihr Magen tat weh und ihr Herz schmerzte, als drückte es jemand kräftig zusammen. Vielleicht war sie doch liebeskrank?

Aber nein, an so etwas wollte sie gar nicht erst denken! Es hatte schließlich einen Grund, dass sie Lennenberg mied: Sie hatte keine Zeit für so etwas, sie verlor dadurch nur ihr Ziel aus den Augen. Und überhaupt: Reichte es nicht, eine unglückliche Ehe zu führen, um einem zu verdeutlichen, dass in Liebesbeziehungen niemals der Sinn des Lebens zu finden war? Wenn Hedwig in ihrem Leben etwas erreichen wollte, dann war es nicht, Mutter von Augusts Kindern zu sein – auch wenn das zweifelsohne irgendwann anstehen würde, ihre Schwiegermutter machte schließlich schon seit geraumer Zeit mächtig Druck. Nein, sie wollte der Welt etwas anderes hinterlassen: ein Fünkchen Hoffnung, dass sie besser werden würde.

Hedwig lief unruhig vor den großen Fenstern des Wohnzimmers auf und ab, wobei sie im Gehen über die gestärkten Vorhänge strich. Es war hell draußen, die Sonne schien warm und gelb durch den weißen Stoff.

Was sollte sie als Nächstes tun, um ihr Ziel zu erreichen?

Vielleicht hatte sie deswegen so ein schlechtes Gefühl, klopfte ihr Herz deswegen so unruhig: Sie verlor nicht nur durch den gut aussehenden Dozenten an Fokus, sondern auch, weil ihr die Ideen ausgingen. Aber Annis Vorschlag, einen Streik zu organisieren, hatte zumindest Potenzial.

Hedwig hielt inne, als es an der Tür klopfte. Merkwürdigerweise begann ihr Herz regelrecht zu rasen, dabei konnte es ja eigentlich nur Lise sein. Andererseits passte die Uhrzeit nicht für einen Besuch der Freundin. Schließlich war sie um diese Zeit doch zumeist unterwegs bei ihren Privatschülerinnen …

Hedwig ging zur Tür. Ihr Herz klopfte und ließ ihre Hand zittern, als sie sie auf den Türknauf legte. Sie wusste, dass irgendetwas passiert war, tief im Innern wusste sie es.

Und trotzdem war sie nicht auf den Anblick vorbereitet, der sich ihr bot, als sie die Tür öffnete. Augusts Mutter stand davor, das Gesicht nass von Tränen, die sonst so strengen wasserblauen Augen rot verquollen. In der Hand hielt sie ein Telegramm, das sie Hedwig wortlos reichte, wobei sie keuchend aufschluchzte.

Hedwig las es wie automatisch, auch wenn ihre Augen die Worte nur schlecht zu fassen bekamen. Sie begriff nur langsam, aber ihr Herz wusste es sowieso.

August war tot.

Kapitel 6: Alles wird anders

Anni

Ob Frauen studieren dürfen?
Ob Frauen studieren können?
Ob Frauen studieren sollen?
Mir persönlich erscheinen diese Untersuchungen ebenso müßig, als wollte jemand fragen: Darf der Mensch seine Kräfte entwickeln? Soll er seine Beine zum Gehen gebrauchen?

»Glauben Sie das auch?« Anni beobachtete neugierig, aber auch ein wenig sorgenvoll die Mimik ihrer Dienstherrin.

Marie Althoff hielt im Nähen inne. Dann schaute sie Anni, die ihrerseits mit Handarbeit beschäftigt war, über den Tisch hinweg an. Wie so oft konnte Anni den Gesichtsausdruck ihrer Dienstherrin nicht deuten. Instinktiv hielt sie den Atem an. Sie wusste, es war eine Sache, dass Marie Althoff Anni die Texte Hedwig Dohms zum Lesen in ihre Kammer gelegt hatte. Eine andere war es, sie so direkt darauf anzusprechen.

Aber fragen musste sie sie trotzdem. Dafür brauchte sie die Ablenkung einfach viel zu sehr. Sie brauchte sie sogar dringend. Seit sie Henri gesehen hatte oder zumindest geglaubt hatte, ihn zu sehen, ging er ihr nicht mehr aus dem Kopf. Er nicht und mit ihm auch die anderen nicht. Es war, als ließe ihre Erinnerung seitdem ständig die Gesichter der früheren Freundinnen und Freunde auf sie niederprasseln, als stellten ihr die Gesichter nun unaufhörlich die Fragen, die sie stets zu verdrängen versucht hatte. Allen voran Margarete.

Wo war Margarete? Hatte sie ausgestanden, was Anni nicht hatte verhindern können, was niemand hatte verhindern können außer Alfred von Hohenstein selbst? Lebte sie noch? Wenn ja, wo? Dachte sie auch an Anni? Verzieh sie ihr, dass sie einfach gegangen war – sicherlich, sie war gezwungen worden, aber trotzdem? Verzieh Margarete ihr wohl auch, dass Anni versuchte, so wenig wie möglich an sie zu denken, weil sie sich ansonsten selbst in Verzweiflung stürzen würde?

Also stellte Anni stattdessen lieber selbst Fragen – an Marie Althoff, die ihr beim Nähen gegenübersaß –, um die Stille zu durchbrechen, die Stille, in der Anni sonst nur Schuld und Verlust kannte.

»Du hast es also gelesen?«, fragte Marie Althoff schließlich und nickte, schwieg dann aber, als hätte Anni gar keine Frage gestellt. Zwischen ihnen war nur das leise Rascheln der neuen Vorhänge, die sie umnähten, zu hören, und das leise Schleifen, wenn der Faden durch den Stoff gezogen wurde.

»Bildung ist für uns Frauen Mangelware«, sagte Marie Althoff schließlich leise. »Aber das weißt du natürlich. Sicherlich hast du nicht lange die Schule besuchen dürfen?«

Das war nicht die Art von Frage, auf die man antworten musste, aber Anni nickte trotzdem. »Nicht lange, Madame. Aber ich bin trotzdem dankbar. Viele andere junge Mädchen, die ich kannte, waren noch viel kürzer da. Meine Großmutter hat darauf bestanden, dass ich zumindest das Nötigste lerne. Lesen und rechnen kann ich recht gut.«

»Es gibt noch so viel mehr, das man lernen könnte«, sagte Marie Althoff leise.

Wieder schwiegen sie, und Anni verknotete den Faden, als sie am Ende des Vorhangs angekommen war. Sie wusste nicht, ob sie weiterfragen durfte oder ob das Gespräch für ihre Dienstherrin, die wieder nur auf die Handarbeit konzentriert zu sein schien, nun schon beendet war.

»Es wird bald bessere Möglichkeiten geben«, sagte Marie Althoff schließlich doch und legte nun auch ihren Vorhang beiseite. »Mein Mann wird das Mädchenschulwesen reformieren. Demnächst können Mädchen in ganz Preußen Abitur machen.« Sie nickte vor sich hin, jenes kleine Lächeln auf dem hageren Gesicht, das man bei ihr so selten zu sehen bekam.

»Ich wünschte, ich könnte auch mehr lernen«, rutschte es Anni heraus, und Marie Althoff warf ihr einen merkwürdigen Blick zu.

»Du hast zu viel zu tun, um in die Schule zu gehen«, sagte sie dann streng, »das kann ich dir nicht erlauben.«

Aber ihr Blick war nachgiebig, beinahe weich. Als wünschte sie selbst, es wäre anders.

Lise

Hedwig war außer sich. So hatte Lise ihre Freundin noch nie gesehen. Selbst neulich, als Hedwig sie in der Holzwerkstatt besucht hatte, wo sie auch schon unruhig gewesen war, war es nicht so schlimm gewesen. Jetzt schien Hedwig regelrecht getrieben. Sie lief im Zimmer so hastig auf und ab, dass sie immer wieder gegen das Sofa oder den Tisch stieß, ohne es selbst zu merken. Vermutlich würde sie später blaue Flecken haben, dachte Lise. Nicht, dass Hedwig das im Moment interessieren würde. Ihr Mann war schließlich gestorben. Ihr Mann, den sie, so wie Lise das verstanden hatte, allerdings nicht besonders geliebt hatte. Und in Trauer wirkte Hedwig auch jetzt nicht, eher entsetzt. Ständig schlug sie die Hände vor dem Gesicht zusammen, das zwar tränenlos, aber vor Erregung gerötet war.

»Was soll ich nur tun, Lise?«, sagte sie jetzt gequält. Dann ließ sie sich stöhnend auf das Sofa fallen. »Er ist tot, und ich denke nur daran, was jetzt aus mir wird. Was bin ich für ein Mensch? Ich vergehe vor schlechtem Gewissen, weil ich einfach nicht weinen kann! Ich fühle nichts, verstehst du, gar nichts!«

»Auf mich wirkt es so«, sagte Lise so vorsichtig, als redete sie mit einem verwundeten Tier, »als würdest du ganz schön viel fühlen.«

»Aber nicht für ihn«, stöhnte Hedwig. »Was bin ich nur für eine Frau! Seine arme Mutter!«

»Die konntest du doch noch nie leiden«, erinnerte Lise sie. Mehr als einmal hatte sie Hedwigs Beschwerden über die strenge Schwiegermutter mit angehört. »Und an deiner fehlenden Liebe kannst du nun auch nichts mehr ändern. Das wurde doch auch nie von dir erwartet. Es war eine Ehe wie so viele Ehen, die nur zum Zweck geschlossen wurde. Daran kannst du nun mal nichts ändern.«

Hedwig senkte die Hände, die sie wieder vor das Gesicht geschlagen hatte. In ihren Augen standen nun doch Tränen.

»Du bist sehr klug, Lise. Wieso hast du eigentlich nie geheiratet? Ich meine«, Hedwig setzte sich auf und strich sich das Haar zurück, »du kannst es natürlich noch. Was läuft denn eigentlich zwischen diesem Hahn und dir?«

Lise spürte, wie sie rot wurde, obwohl das in der Situation wirklich unpassend war. Andererseits: Alles, was Hedwig ablenkte, war gut, oder nicht? Aber über eine mögliche Romanze mit Hahn wollte sie trotzdem nicht reden.

»So ist es zwischen Hahn und mir nicht«, sagte sie schlicht. »Wir arbeiten zusammen.«

»Aber das muss doch kein Grund sein!«, ereiferte sich Hedwig, die mehr und mehr Gefallen daran zu finden schien, sich mit Lises Liebesleben abzulenken. »Du hast doch mal von diesem berühmten französischen Ehepaar erzählt. Die, die den Nobelpreis bekommen haben!«

»Die Curies«, antwortete Lise wie automatisch.

»Genau die! Siehst du: Arbeit und Ehe, gemeinsam an einem Strang ziehen. Besser geht es doch eigentlich nicht!«

Darauf wusste Lise nichts zu erwidern. Es stimmte ja. Aber sie und heiraten? Nein, das konnte sie sich einfach nicht vorstellen. Einem Mann ein Abendessen zubereiten? Sie konnte doch überhaupt nicht kochen! Sie verstand nichts vom praktischen Leben.

»Meine Kinder würden verlottern«, sagte sie deswegen nur.

»Dafür würde ich schon sorgen!«, winkte Hedwig ab, dann schluckte sie hörbar. »Ich werde ja vermutlich selbst keine bekommen.«

Jetzt sah man wieder die Tränen in ihren Augen aufsteigen. »Siehst du, Lise, ich denke nur an mich! Dabei habe ich mit August ja gar keine Kinder kriegen wollen. Und trotzdem denke ich jetzt an alles, was ich nicht mehr haben kann. Wobei Kinder eigentlich das Geringste sind«, fügte sie hinzu. »Werde ich die Uni noch besuchen dürfen?«, flüsterte sie, als traute sie sich selbst kaum, diese Sorge auszusprechen. »Ich habe ohne August kein Geld.« Hedwig schluchzte auf. »Und mein Vater wird es mir verbieten, jetzt, wo er wieder über mich bestimmen darf!«

»Du kannst Privatunterricht geben, so wie ich«, tröstete Lise sie sofort. »Und dein Vater muss doch von deinen Unibesuchen gar nichts wissen!«

»Ja, ja, du hast recht«, sagte Hedwig und versuchte ruhiger zu atmen. »Ich muss jetzt den Kopf freikriegen. Vielleicht gehe ich erst einmal spazieren!« Sie erhob sich, plötzlich wieder mit dem ihr üblichen Tatendrang erfüllt. »Und was ist mir dir? Kommt heute nicht dieser Rautenberg aus Kanada?«

»Rutherford«, verbesserte Lise sie. »Ja, er müsste schon da sein!« Sofort stieg die Aufregung in ihr hoch, die sie Hedwig zuliebe die ganze Zeit zurückgehalten hatte. Seit Tagen fieberte sie bereits dem Besuch von Hahns altem Lehrmeister entgegen – dem berühmten Physiker Ernest Rutherford. Der Kanadier bekam den Chemie-Nobelpreis für seine radioaktive Forschung zugesprochen und machte auf dem Weg nach Norwegen einen Abstecher nach Berlin, um Hahn zu besuchen. Und Lise durfte dabei sein.

Die Zeit drängte mittlerweile schon etwas, wollte sie rechtzeitig kommen. Aber Hedwig einfach so alleine zu lassen, behagte ihr auch nicht. Denn so sehr Lise ihre Arbeit auch liebte, ihre Freunde waren ihr ebenfalls wichtig.

»Nun geh schon«, sagte Hedwig aber und gab Lise einen leichten Stups, als spürte sie den inneren Zwiespalt ihrer Freundin.

»Bist du sicher? Ich kann auch noch etwas hierbleiben!«

»Nichts da!« Hedwig schob Lise weiter zur Tür. »Ich muss ohnehin den Kopf freikriegen, jetzt geh schon!«

Und so saß Lise kurz darauf schon wieder in der Bahn nach Berlin, mit vor Aufregung feuchten Fingern und einem Herzen, das genauso angefüllt war mit Neugier auf Rutherford wie mit Sorge um Hedwig. Hoffentlich versank ihre Freundin, jetzt, wo sie alleine war, nicht in Verzweiflung, sondern versuchte wirklich, den Kopf freizubekommen!

Als Lise schließlich an der Holzwerkstatt ankam, wo sie auf Hahn und Rutherford treffen sollte, verdrängte sie ihre Sorge allerdings. Wie wohl der Nobelpreisträger war? Sie würde sich sehr gerne mit ihm über seine Forschungen zur Halbwertszeit unterhalten, überlegte Lise, als sie den schmalen Weg hinaufging. Vorne an der Hessischen Straße hatte sie bereits ein großes Gefährt warten sehen. Der betagte Professor war also möglicherweise bereits da.

Tatsächlich sah sie durch die staubigen Fenster der Holzwerkstatt Hahn mit einem riesenhaften Mann und einer wesentlich kleineren Frau beisammenstehen. Wobei Hahn weniger stand, als vielmehr hin- und herlief und dabei wild gestikulierte – typisch Hahn eben. Allein durch das Fenster konnte man seinen begeisterten Gesichtsausdruck sehen, das Leuchten in seinen Augen. Lise glaubte fast, seine enthusiastische Stimme zu hören. Aber mehr noch interessierte sie natürlich der Mann neben Hahn. Das musste Rutherford sein, der berühmte Nobelpreisträger, Pionier der Radioaktivität. Und der größte Mann, den Lise je gesehen hatte.

Als sie ihm endlich gegenüberstand und ihre Hand hinstreckte, die er beherzt ergriff, verschwand diese in seiner riesigen Pranke fast vollständig.

»Lise Meitner«, stellte Otto Hahn sie vor und strahlte bis über beide Ohren.

Kurz musste Lise an das denken, was Hedwig gesagt hatte – sie und Hahn! –, verdrängte den Gedanken aber schnell wieder.

»This is Meitner?«, fragte Rutherford überrascht und guckte sie eine Sekunde so entsetzt an, als wäre sie ein kleines Insekt. Dann lachte er plötzlich schallend. »Und ich dachte, Sie wären ein Mann! Hahn, Sie Halunke, dass Sie mich da nicht vorgewarnt haben!«, rief er dann in seinem breiten kanadischen Englisch, das Lise zu verstehen große Mühe hatte.

Hahn jedoch grinste wie eine Katze, die am Sahnetrog genascht hatte. »Sie ist einer der besten Physiker, die ich kenne«, sagte er dann schlicht, und das Kompliment ließ Lises Herz kurz höherschlagen.

»Wie auch immer!« Rutherford wandte sich ab und klopfte Hahn dann väterlich auf die Schulter. »Das trifft sich doch gut. Meine Frau wollte sowieso noch Einkäufe erledigen. Es wäre doch toll, wenn Fräulein Meitner ihr die bekanntesten Berliner Läden zeigen könnte, wo sie schon einmal da ist.«

Lag es an seinem Englisch, das Lise nur schlecht verstand, oder war er – auf gut gelaunt herzliche Art, aber dennoch – gerade einfach über Hahns Äußerung hinweggegangen? Aber nein, die kleine Frau, die sich die ganze Zeit im Hintergrund gehalten hatte, trat nun hervor und lächelte Lise schüchtern an. »Das wäre sehr nett«, sagte sie vorsichtig und warf dabei ihrem Mann einen zaghaften Blick zu. Und zu Lises Entsetzen nickte Hahn begeistert.

»Das ist doch eine feine Idee! Dann zeig ich Ihnen in der Zeit unser bestes Wirtshaus, und wir reden über alte Zeiten!«, sagte er kumpelhaft zu Rutherford. Als hätte er Lise nicht gerade in einem lapidaren Satz auf ihren Platz verwiesen – einen Platz, der ihr überhaupt nicht passte!

Aber ändern konnte sie nun nichts mehr daran, das wäre einfach zu unhöflich gewesen gegenüber Frau Rutherford, die ja mit ihrem freundlichen, weichen Gesicht auch sehr nett wirkte und sich bereits erwartungsvoll neben Lise gestellt hatte. Dabei hatte Lise doch überhaupt keine Ahnung von Einkaufsmöglichkeiten in Berlin!

Einen Moment musste Lise die Augen schließen, um die Enttäuschung und das Ohnmachtsgefühl, das sie durchströmte, zu verdauen. Dann nahm sie all ihre Kraft zusammen, um Frau Rutherford anzulächeln. Aber tief im Innern hatte der Berg an Erniedrigungen, der stetig weiterwuchs, seit sie hier in Berlin war, mal wieder einen großen Brocken mehr bekommen. Und Lise musste sich, als sie gegen den Kloß in ihrem Hals anschluckte, fragen, ob der Berg an Enttäuschungen nicht mittlerweile doch kurz davor war, einzustürzen.

Hedwig

Hedwig saß in der Vorlesung und hörte nichts. Sogar Lenz schien zu bemerken, dass sie nicht bei der Sache war. Oder vielmehr: kurz vorm Nervenzusammenbruch stand. Obwohl er das natürlich kaum wissen konnte. Aber was auch immer der Grund dafür war, der sonst so gemeine Professor nahm sie kein einziges Mal dran und sparte gar mit bissigen Kommentaren in ihre Richtung, als er über Bismarck referierte.

Hedwig hätte sowieso nichts zu erwidern gewusst. In ihrem Kopf herrschte eine Leere, die sie das letzte Mal gespürt hatte, als sie zugestimmt hatte, August zu heiraten. Ja, damals hatte sie vor dem Spiegel im Badezimmer ihrer Eltern gestanden, war mit den Fingern den bereits angelaufenen Goldrand entlanggefahren, und da war nichts gewesen bis auf das Gefühl der harten Maserung unter ihren Fingern. Sie hatte gewusst, was kommen würde – und es doch nicht fassen können, dass dies nun unwiederbringlich ihr Leben sein würde.

Wie passend, dass es ihr nun auch so ging, nur dass es jetzt das raue Holz der Vorlesungsbank war, an das sich ihre Finger klammerten. Was sollte sie nur tun? Wie würde ihr Leben jetzt verlaufen? Wie sollte sie ihren Lebensunterhalt bestreiten? Würden ihr Augusts Eltern oder ihr Vater etwas zahlen, wenn sie sie darum bat? Aber durfte sie dann noch die Universität besuchen? Und konnte sie das überhaupt mit ihrem Gewissen vereinbaren, wo sie das alles schon immer gegen Augusts Willen getan hatte, schlimmer noch: sie das nicht einmal geschert hatte, während er so jämmerlich dahinsiechte? Am Ende hatte ihn die Krankheit dahingerafft, während sie, Hedwig, so glücklich über seinen Aufenthalt im Sanatorium gewesen war.

Auf einmal war Hedwig alles zu viel, die viel zu laute Stimme von

Lenz, die ihr plötzlich wie ein unerträgliches Dröhnen vorkam, das Geflüster und Getuschel, das Gekicher hinter ihr in den Bänken.

Ruckartig stand Hedwig auf, sodass der Klappstuhl an die Tischreihe hinter ihr knallte. Dann packte sie ihre Tasche und quetschte sich an dem einzigen Studenten vorbei, der es gewagt hatte, sich in dieselbe Bankreihe zu setzen wie sie (und schon dafür das Tuscheln der anderen kassiert hatte).

»Frau Brügger, ich darf doch sehr bitten!«, rief Lenz, aber selbst das nahm Hedwig nur am Rande war. Sie musste hier raus. Sie bekam keine Luft mehr.

Mit schnellen Schritten eilte sie zur Tür, riss sie auf und machte erst halt, als sie vor einem Fenster im Gang angekommen war, das offen stand und durch das die erste warme Sommerluft hineinblies.

»Hedwig!«

Natürlich war Albert ihr gefolgt. Als wollte das Leben sie noch weiter quälen.

Sein Haar war wie immer zerzaust, seine Wangen gerötet. Und er schaute sie sorgenvoll an.

»Ist Ihnen nicht wohl?«

»Es geht schon wieder.« Hedwig versuchte sich an einem tapferen Lächeln. »Sie können wieder reingehen.«

»Ich lasse Sie doch nicht allein, wenn Ihnen offensichtlich unwohl ist«, sagte Albert empört. »Sie sehen aus, als hätten Sie einen Geist gesehen!«

Darüber musste Hedwig kurz auflachen. Einen Geist! Das war erstaunlich nah an der Wahrheit, aber sie schüttelte nur den Kopf.

»Gehen Sie wieder rein, Albert.«

»Nein!« Der junge Mann verschränkte die Arme. »Sie gehen mir nun schon seit geraumer Zeit aus dem Weg. Denken Sie, ich merke das nicht?«

Jetzt schien er wütend zu werden, seine Augen funkelten.

»Das eine hat nichts mit dem anderen zu tun«, erwiderte Hedwig müde. »Ich hatte viel zu tun, und jetzt …« Sie schwieg, wusste nicht, wie sie fortfahren sollte.

Albert fuhr sich mit der Hand erst übers Gesicht, dann durch die Haare.

»Ich habe einen Ruf nach Göttingen bekommen«, sagte er unvermittelt.

»Einen Ruf nach Göttingen?«, fragte Hedwig verwirrt.

»Man hat mir dort eine Stelle als Professor angeboten«, erklärte Albert. »Und ich habe angenommen.«

Erst langsam sickerten die Worte zu Hedwig durch. Er ging weg? Er würde die Universität verlassen?

»Zum nächsten Semester schon«, fügte er hinzu und schaute sie an, als erwartete er irgendeine Reaktion. Sein Blick war unergründlich.

Sie schwiegen, während draußen leise ein Vogel zu zwitschern begann.

»Mein Mann ist gestorben«, sagte Hedwig leise. »Ich weiß nun nicht mehr, was ich tun soll.«

»Das … das tut mir sehr leid«, stotterte der junge Wissenschaftler, offensichtlich überfordert von der Wendung, die ihr Gespräch plötzlich genommen hatte.

»Es war eigentlich nicht plötzlich, ihm ging es schon lange nicht gut«, fügte Hedwig hinzu. »Aber es hat mich trotzdem überrascht. Nun, wir haben keine glückliche Ehe geführt. Aber jetzt ist mein Leben auf den Kopf gestellt.«

Albert Lennenberg, der sich nun wieder gefangen hatte, nickte. Gemeinsam schauten sie aus dem Fenster, wo die Sonne durch eine kleine Wolkendecke brach und die Blätter in durchscheinende, kleine grüne Fenster verwandelte.

»Es freut mich sehr, dass Sie einen Ruf bekommen haben«, nahm Hedwig das Gespräch schließlich wieder auf. »Sie sind ein toller Dozent. Ich finde es sehr schade, dass wir uns nun nicht wiedersehen werden.« Man hörte die Traurigkeit in ihrer Stimme nur zu gut – und sie galt allein dem Abschied von dem jungen Dozenten, nicht ihrem verstorbenen Mann. Aber daran dachte Hedwig in diesem Moment nicht. Ihr Herz war schwer von einem Gefühl, das sie so noch nie erlebt hatte. Vielleicht war es das Gefühl, etwas zu verlieren. Dabei verlor sie ja etwas, das sie nie besessen hatte. Wieso nur konnte ihr Leben nicht einfach einmal eine positive Wendung nehmen?

»Kommen Sie mit mir«, brach es aus Albert hervor.

»Was?«, fragte Hedwig verwirrt.

»Ich weiß, es kommt etwas plötzlich.« Albert begann, aufgeregt hin und her zu laufen, die Wangen glühten jetzt wieder rot. »Aber seit ich Sie das erste Mal gesehen habe, muss ich ständig an Sie denken. Sie faszinieren mich, und ich bin gerne in Ihrer Nähe. Wir kennen uns noch nicht lange, das weiß ich. Und es ist sicher verrückt, aber wieso nicht? Heiraten Sie mich, Hedwig!« Er schaute sie mit einem Blick an, der ihr durch und durch ging. Ihr Herz raste, seit er begonnen hatte zu sprechen, nur um dann mit einem Mal plötzlich ganz schwer zu werden wie ein Stein.

»Albert, ich ...«

»Nein, sagen Sie nichts. Ich weiß, ich muss es richtig machen!« Der junge Dozent schickte sich an, sich auf den Boden zu knien, aber Hedwig packte ihn rechtzeitig und hielt ihn fest.

»Nein, Albert! Bitte.«

Hedwig stockte. Sie wusste selbst nicht, was sie sagen wollte. Sie wusste ja nicht einmal, was ihr Herz ihr sagen wollte. Es raste und war trotzdem von einer so großen Traurigkeit erfüllt. Ihre Hände zitterten, und zu ihrem eigenen Entsetzen spürte sie, wie sich langsam, aber sicher Tränen den Weg in ihre Augen bahnten. Ihr war, als müsste ihr Kopf gleich platzen.

»Sie sagen Nein«, bemerkte der junge Dozent ernüchtert und fuhr sich über das Gesicht. »Verdammt, ich habe es falsch gemacht! Ich bin so ein Hornochse!«

»Nein, nein, das ist es nicht.« Hedwig nahm seine Hände und zog sie von seinem Gesicht. »Ich mag Sie doch auch«, sagte sie schließlich leise. »Aber ich ... Es passiert gerade so viel. Und jetzt einfach wegziehen aus Berlin? Mein Mann ist erst vor Kurzem gestorben. Und ich habe doch gerade erst hier die Universität für mich entdeckt und ...«

»Ich weiß, das ist vielleicht nicht der richtige Zeitpunkt. Aber wenn nicht jetzt, wann dann? Und in Göttingen gibt es auch eine Universität«, unterbrach Albert sie. »Sie könnten dort studieren. Mit mir«, fügte er leise hinzu.

»Ich glaube, das geht mir alles zu schnell«, flüsterte Hedwig. »Es tut mir leid, ich kann das jetzt nicht, ich muss darüber nachdenken.«

Sie sah genau, wie enttäuscht Albert war, aber er nahm sich zusammen und nickte. »Natürlich, denken Sie in Ruhe darüber nach. Aber seien Sie sich bewusst, dass ich Sie ...«

Er sprach den Satz nicht zu Ende, und dafür war Hedwig dankbar. Sie war kurz davor, nun wirklich in Tränen auszubrechen.

Albert Lennenberg sah aus, als würde er noch etwas sagen wollen. Sein Gesichtsausdruck war flehend, enttäuscht, hoffnungsvoll – das alles war in diesem Moment zu viel für Hedwig. Sie drehte sich einfach um. Und ging davon.

Hatte sie noch vor wenigen Stunden gedacht, ihr Herz sei erstarrt, so war sie jetzt eines Besseren belehrt worden.

Ihr Herz schmerzte, als bräche es gleich entzwei.

Anni

Anni hatte noch immer die Stimme von Marie Althoff im Kopf. Sie wusste gar nicht, was sie überraschender fand: Dass die Hausherrin ihr heute freigegeben hatte, obwohl überhaupt nicht ihr freier Sonntag war – oder was die Herrin danach zu ihr gesagt und den vertraulichen Ton, den sie dabei angeschlagen hatte. »Ich habe heute in der Stadt zu tun.« Marie Althoff hatte plötzlich neben Anni gestanden, die sich gerade anschickte, Kartoffeln zu schälen, und auf sie herabgeblickt. »Wenn du mit dem Kartoffelsalat fertig bist, kannst du freimachen.«

Damit hatte sich die Hausherrin umgedreht, nur um sich dann doch wieder Anni zuzuwenden und sich plötzlich zu ihr hinunterzubeugen. »Wenn du allerdings da sein solltest«, wisperte die Herrin leise, »wisse, dass heute interessanter Besuch kommt. Ich wüsste gerne, was mein Mann bespricht.« Sie sah Anni in die Augen, wohl um zu prüfen, ob die junge Frau verstand, was sie ihr damit sagen wollte. Dann zog sie ihr Kostüm, das mit einer engen Halskrause geschneidert war, zurecht und wandte sich ohne ein weiteres Wort um. »Ich werde erst nachts zurück sein«, sagte sie noch über die Schulter und war schon aus der Tür hinaus, ehe Anni etwas erwidern konnte.

Und seitdem saß Anni auf ihrem Bett und lauschte nach Geräuschen im Haus und wunderte sich über die Veränderungen, die sich in ihrem Verhältnis zu Marie Althoff in der letzten Zeit vollzogen hatten. Diese neue Kameradschaft war neu und überraschend. Und natürlich hatte Marie Althoff – von der Anni mittlerweile überzeugt war, dass sie einen überaus scharfen Geist besaß – nur zu gut gewusst, dass Anni mitnichten in der warmen Sommerluft spazieren gehen würde, wenn sie wusste, dass etwas Spannendes passieren würde.

Und tatsächlich dauerte es nicht lange, bis die Türglocke schellte und Anni, frei oder nicht, zur Tür eilte, um den Gast zu begrüßen. Althoff freilich ließ sich sowieso nicht blicken. Er war heute noch gar nicht aus seinem Arbeitszimmer herausgekommen.

Allerdings war es nur ein Kurier, der vor der Tür stand – an sich nicht uninteressant – und Anni schelmisch zuzwinkerte. In dem Paket war allerdings, wie sich herausstellte, nichts anderes als Althoffs Lieblingswhiskey. Anni war es zwar neu, dass Althoff sich diesen anliefern ließ – immerhin war das doch recht riskant, wenn man bedachte, dass Marie Althoff so Wind davon bekommen könnte –, aber vermutlich war der Whiskey einfach ein Geschenk, das Anni schnell in Althoffs Arbeitszimmer vorbrachte, wo Althoff mit gerunzelter Stirn gebeugt über einen Stapel Blätter saß und sie nicht weiter beachtete.

Dementsprechend waren Annis Erwartungen, als jetzt erneut die Klingel schellte, wieder höher. Sie stürzte zur Tür, als gelte der Besuch ihr persönlich.

Die beiden elegant gekleideten Männer vor der Tür waren Anni allerdings bereits bekannt, und sie musste erneut ihre Enttäuschung hinunterschlucken. Sie hatte nach Marie Althoffs Ankündigung jemand Spannenderes erwartet. Aber natürlich konnte der Besuch von Kultusminister Ludwig Holle und Althoffs Nachfolger in der Hochschulabteilung, Friedrich Schmidt, ebenfalls Spannendes bedeuten.

Die Gesichtsausdrücke der beiden wirkten allerdings ziemlich normal, beinahe gelangweilt, wie sie dort in ihren für die Jahreszeit viel zu warmen Anzügen und Hüten standen, Holle ein Stück vor Schmidt.

Anni öffnete ihnen die Tür und sah mit wachsender Enttäuschung zu, wie die Herren ihr ohne große Eile ihre Hüte überreichten. Dann warteten die Gäste geduldig darauf, dass Anni den Weg zu Althoffs Arbeitszimmer voranging. So wichtig schien es also nicht zu sein, was sie zu besprechen hatten, dachte Anni.

Ob wohl noch jemand kam? Marie Althoff hätte sicher keine Andeutung in diese Richtung gemacht, wenn überhaupt nichts geschehen würde – so war ihre Hausherrin nicht.

Althoff saß wie immer in seinem Sessel, die Augen hatte er geschlossen, als schliefe er. Doch als Anni sich räusperte, um den Besuch anzukündigen, schlug er plötzlich die Augen auf. Sogar von hier hinten konnte Anni die dunklen Schatten unter seinen Augen sehen. Aber nein, aufgeregt wirkte auch der Hausherr nicht. Er strahlte nichts anderes aus als sonst auch: Macht und Müdigkeit. Vielleicht etwas mehr Müdigkeit als gewöhnlich.

Trotzdem blieb Anni hinter der Tür stehen, als sie sie geschlossen und die drei Männer im Raum alleine gelassen hatte. Pflichtschuldig drückte sie ihr Ohr an das Holz, das trotz der Schwüle, die heute im Haus lag, angenehm kühl war. Vielleicht gab es ja doch etwas Interessantes zu hören. Wenn nicht, konnte sie immer noch hinuntergehen und sich ihrem Buch widmen.

Aber hinter der Tür herrschte nichts als Stille, so lange, dass Anni sich schon fragte, ob mit ihren Ohren etwas nicht stimmte. Dann aber sprach Althoff doch, trotz der Müdigkeit mit dem ihm eigenen Dröhnen in der Stimme. Und als Anni hörte, worum es ging, war sie mit einem Mal nur zu dankbar, dass sie beschlossen hatte, zu lauschen.

Lise

»Meinen Sie, die machen da keine Ausnahmen?«

Lise kaute auf ihrer Lippe herum. Das tat sie nun schon seit einer geraumen Weile, seit sie das mit der Habilitation gehört hatte, und ihre Lippe war bereits aufgesprungen. In ihrem Mund schmeckte sie Eisen. Aber Hahn hörte nicht zu. Gerade beugte er sich über sein Elektroskop und stieß angespannt die Luft zwischen den Zähnen hindurch aus. So ging das jetzt schon seit geraumer Zeit: Er war viel zu beschäftigt mit seiner neuen Theorie, um Lise richtig zuzuhören. Hahn glaubte einem Phänomen auf der Spur zu sein, das er als »radioaktiven Rückstoß« bezeichnete und das revolutionäre neue Erkenntnisse liefern könnte. Aber ausnahmsweise einmal war Lise heute taub für seine Begeisterung. Sie hatte selbst etwas, das sie mit ihm besprechen wollte.

Dabei hatte sie nur durch Zufall vorhin von der Sache mit der Habilitation erfahren – durch ein beiläufig gehörtes Gespräch unterwegs. Aber die Worte hatten eingeschlagen, die Sache ließ sie nicht los.

»Nun ist es offiziell, Frauen dürfen niemals Professoren werden«, hatte eine Studentin zu einer anderen gesagt, und beide hatten traurig die Köpfe geschüttelt. Als Lise all ihren Mut zusammennahm und die beiden darauf ansprach – sie studierten Biologie und waren auf dem Weg in eine Vorlesung –, stellte sich allerdings heraus, dass sie auch nicht so viel mehr wussten als das, was auf einem Aushang gestanden hatte, den die beiden zufällig entdeckt hatten: Es war Frauen nun offiziell untersagt zu habilitieren. Zuvor freilich hatte sich auch nie eine Frau in Preußen habilitiert. Es war schlichtweg keine je so weit gekommen, überhaupt einen Versuch zu wagen, Professorin zu werden. Jetzt aber hatte wohl doch eine den Antrag an das Kultusministerium gestellt – und das Ergebnis war das offizielle Verbot der Habilitation für Frauen.

»Entschuldigung, ich habe Ihnen nicht zugehört«, sagte Hahn, der noch neben dem Tisch kniete und sein Elektroskop beobachtete. Nun endlich erhob er sich umständlich. Dabei stieß er mit dem Knie gegen die Kiste mit den hundertfünfzig Kilo Urangestein, die neuerdings stets neben dem Tisch stand, und jaulte auf.

»Die Habilitation«, sagte Lise, »sie ist Frauen nun offiziell verboten.«

»Das war sie doch vorher auch schon«, sagte Hahn und rieb sich sein Knie. »Was macht es für einen Unterschied, ob es nun offiziell ist?«

»Für mich macht es einen Unterschied!«, entfuhr es Lise.

Das kam überraschend aufbrausend heraus, und einen Moment hatte sie den Impuls, sich bei Hahn zu entschuldigen – so ungehemmt seinen Gefühlen freien Lauf zu lassen, gehörte sich einfach nicht. Dann jedoch biss sie sich erneut auf die Lippe. Wenn es etwas gab, dass sie in der Zeit, die sie sich jetzt schon kannten, von Hedwig gelernt hatte, dann war es, dass es manchmal auch richtig war, sich ungebührlich zu verhalten – weil man sonst einfach nicht vorankam.

Und tatsächlich ruderte Hahn sofort zurück. »Da haben Sie natürlich recht!«, versicherte er ihr schnell. »Und Sie wissen selbst, dass ich niemanden für geeigneter halte als Sie, wenn es um eine Habilitation geht. Aber so ist das preußische Universitätssystem nun einmal.«

»Aber finden Sie das nicht unfair?«, fragte Lise. »Sie sind genauso alt wie ich und schon längst habilitiert.«

»Also so lange ist es nun auch nicht her. Es ist für niemanden leicht in diesem System«, sagte Hahn. »Aber ja, wenn Sie so fragen, unfair ist es wirklich. Ich würde es sofort ändern, wenn ich könnte. Aber was soll man dagegen schon tun?«

Ja, was sollte man dagegen schon tun? Hahn hatte natürlich recht. Hedwig versuchte schließlich auch bereits seit einer geraumen Weile, etwas zu ändern, und nichts tat sich. Jetzt allerdings war Hedwig anderweitig beschäftigt, abgelenkt von dem Tod ihres Mannes, und Lise fragte sich, wer nun überhaupt noch versuchen sollte, irgendetwas zu ändern. Konnte man eine solche Ungeheuerlichkeit wirklich einfach so hinnehmen?

Noch vor weniger als einem Jahr, als sie in Wien aufgebrochen war, um nach Berlin zu gehen, war sie bereit gewesen, allen Unannehmlichkeiten zu trotzen. Sie war so naiv gewesen, zu glauben, es würden schon nicht so viele werden. Wie anders sie sich alles vorgestellt hatte! Wie einfach es in ihrer Vorstellung gewesen war, in Berlin als Physikerin Fuß zu fassen. Sie hatte geglaubt, dass es schon reichte, einfach nur gut zu sein. Denn das war sie. Aber es reichte eben nicht. Es reichte überhaupt nicht.

Lise stand auf.

Hahn warf ihr einen überraschten Blick zu. »Wohin des Wegs, Fräulein Meitner? Ich dachte, wir machen noch eine Versuchsreihe?«

Lise blieb mitten in der Werkstatt stehen und schaute sich um. Dabei sah sie mit einem Mal so viel mehr: Sie sah die heruntergekommene Holzwerkstatt, die Fenster, die mehr schlecht als recht hielten und durch die im Winter der Wind gepfiffen hatte und jetzt eine drückende Hitze hineinsickerte, sie sah Hahn in seinem Sonntagsanzug, die weißen Einsteckmanschetten – eigentlich blendend weiße Röllchen, die aus den Jackettärmeln herausblitzen sollten – wie immer mit Notizen vollgekritzelt, weil ihm im rechten Augenblick stets ein Blatt Papier zu fehlen schien. Das alles war keine Enttäuschung. Im Gegenteil, sie mochte es hier. Aber die ständigen Missachtungen und Demütigungen durch das Universitätssystem hatten sie langsam trotzdem zu der Erkenntnis gebracht, dass es vielleicht besser wäre, einfach wieder nach Wien zurückzukehren. Dort, wo es sicherer und ruhiger war als hier. Aber bevor sie kapitulierte, wollte sie erst selbst alles versucht haben, wollte sich hinterher nicht vorwerfen müssen, sie hätte nicht genug gegen diese ständigen Demütigungen getan.

»Ich muss los.« Lise drehte sich um.

»Aber!«, rief Hahn, wurde dann aber sofort wieder von seinen Messgeräten abgelenkt. So war er eben.

Lise nahm es ihm nicht einmal übel, dass er sich nicht für ihre Probleme interessierte. Er war ein herzensguter Mann, eine Frohnatur, fast kindlich manchmal, mit einer nie enden wollenden Liebe und Begeisterung für die kleinen Dinge. Lise glaubte, dass er einfach nicht verstehen konnte, wie sie sich fühlte. Dass er aus seiner positiven Lebenseinstellung heraus einfach nicht begreifen konnte, wie es war, ständig übergangen zu werden.

Aber sie wusste, wie sich das anfühlte. Und sie wusste auch, dass es nur einen Weg gab, herauszufinden, ob sie hier an der Friedrich-Wilhelms-Universität »Unter den Linden« eine Zukunft hatte oder nicht: indem sie endlich einmal den Mut zusammennahm und mit denjenigen sprach, die die Macht in den Händen hielten, die Frauen das verwehrten, was ihnen zustand. Wie Hedwig. Genau wie Hedwig. Sie würde zuerst zu Althoff gehen. Immerhin konnte sie dort wenigstens auf die moralische Unterstützung durch Anni hoffen – Althoff war also ein guter erster Schritt.

Nachdem der Entschluss einmal getroffen war, liefen ihre Füße ganz von alleine. Sie ließ gar nicht erst zu, dass ihr Körper ihr Herz befragte, ob es diesen Schritt wirklich gehen wollte: Sie würde sonst nur kneifen, Angst bekommen. Aber es ging hier schließlich um ihre Zukunft. Und einmal abgesehen davon, hatten ihre Eltern in ihrem letzten Brief um Antwort gebeten, ob Lise nun in Berlin bleiben würde oder nicht. Es war also Zeit für Lise, ein für alle Mal eine Antwort zu finden.

Die Promenadenstraße lag ganz ruhig und verlassen in der Sonne da. Das Licht malte helle Pfützen auf die Pflastersteine, und die Bäume wogten leise im Wind. Alles wirkte wie geschaffen für einen geruhsamen Spaziergang, ein träges Verweilen auf einer nahen Parkbank – auf der in der Ferne tatsächlich eine alte Frau mit leuchtend rotem Kopftuch rastete.

Aber Lises Hände schwitzten vor Aufregung. Wie immer fiel ihr erst in dem Moment, in dem sie wirklich handeln musste, in dem es darauf ankam, mit Menschen in Kontakt zu treten, auf, dass sie keine Ahnung hatte, wie sie es eigentlich anstellen sollte. Was genau wollte sie eigentlich sagen? Und wie überhaupt sollte sie zu Althoff vorgelassen werden?

Zumindest der Teil war noch zu bewerkstelligen, dachte Lise, als

Anni die Tür öffnete und überrascht in die strahlende Sonne blinzelte, wo Lise inmitten eines großen Sonnenflecks unsicher vor der Tür wartete.

Anni selbst, dachte Lise, sah völlig mitgenommen aus. Ihre Augen glänzten – entweder vor Aufregung, oder sie hatte Fieber.

»Geht es dir gut?«, fragte Lise besorgt.

»Du wirst nicht glauben, was gerade passiert ist!«, flüsterte Anni und zog Lise zu sich herein in die Diele, die gegen das blendende Weiß der Sonne draußen nahezu düster wirkte. Nicht düster genug allerdings, um Annis rot leuchtende Wangen zu verbergen.

»Was ist denn?«, flüsterte Lise so leise wie möglich zurück, schließlich wollte sie keine Aufmerksamkeit erregen. Sie waren immerhin im Hause Althoff, und eigentlich hatte sie anderes zu tun, als mit Anni zu tratschen.

»Sie haben das Frauenstudium eingeführt!«, rief Anni, bemüht zu flüstern, aber viel zu aufgeregt, sodass ihre Stimme sich beinahe überschlug. »Ich habe es gerade durch die Tür gehört!«

»Bist du sicher?« Lise sah sich um, als könnte irgendetwas Annis Behauptung stützen, aber in der Diele war es weiterhin dunkel, die Treppe zu Althoffs Arbeitszimmer lag verlassen da – und es war außer Annis aufgeregtem Atem nichts zu hören.

»Doch, doch, sie besprechen es oben noch immer. Der Herr Althoff, sein Nachfolger und der Kultusminister! Komm mit!«

»Aber …« Lise wollte widersprechen, doch Anni zog sie schon die Treppe zu Althoffs Arbeitszimmer hinauf, mit einer Kraft, die Lise dem jungen Mädchen nicht zugetraut hatte. Natürlich hätte sie es besser wissen müssen. Anni erinnerte sie schließlich nicht umsonst an ihre jüngere Schwester Lola, und die war überaus kräftig, wenn es darum ging, ihren Willen durchzusetzen.

Oben angekommen drückte Anni sofort ihr Ohr an die Tür und bedeutete Lise, es ihr gleichzutun. Aber so etwas tat Lise natürlich nicht. Was, wenn die Herren aus dem Zimmer kommen würden? Man hörte sie auch so schon durch die Tür sprechen. Allerdings verstand Lise auf diese Weise natürlich wenig. Dass die Stimmen plötzlich lauter wurden, als näherten sich ihre Sprecher der Tür, das registrierte sie jedoch sofort. Die Herren befanden sich im Aufbruch! Hastig zog Lise Anni von der Tür fort.

»Sie brechen auf!«, flüsterte sie aufgeregt, aber Anni ließ sich davon nicht aus der Ruhe bringen. Sie schubste Lise in einen weiteren Raum und schloss die Tür bis auf einen kleinen Spalt. Hier drinnen war es recht düster, große Vorhänge ließen wenig Licht herein. Die Luft war staubig und roch nach alten Büchern – offensichtlich waren sie in der hauseigenen Bibliothek gelandet. Gerade rechtzeitig, denn nun schwang die Tür zum Arbeitszimmer mit einem Krachen auf.

»Nun, wir werden am besten sofort den Rektor in Kenntnis setzen!«, hörte Lise eine tiefe Männerstimme, fast einen Bass, dann eine höhere: »Ach, das hat Zeit bis nachher. Wollen wir nicht erst einen guten Tropfen auf den Beschluss gießen? Oder was denken Sie, werter Althoff? Ein kleiner Abstecher ins Wirtshaus?«

»Ob das so feiernswert ist«, erwiderte eine grollende Stimme, vermutlich Althoff, dachte Lise. »Aber meinetwegen!«

»Die ganzen Weiber an der Universität. Aber Beschluss ist Beschluss, und ein Bier ist ein Bier«, bestätigte der Bass, und kurz darauf rumpelten Schritte die Treppe hinunter. »Dann also zum Deutschen Hof fürs Weiberstudium«, sagte der Tenor noch lachend, und dann knallte unten auch schon die Tür.

»Und, habe ich es dir nicht gesagt?«, flüsterte Anni aufgeregt und schaute Lise mit leuchtenden Augen an. »Das müssen wir sofort Hedwig erzählen!«

Lise öffnete den Mund und schloss ihn wieder. Diese Wendung der Geschehnisse erschien ihr doch etwas plötzlich. Und was bedeutete das für eine mögliche Habilitation der Frauen? Was bedeutete das für sie?

Eigentlich war sie doch hergekommen, um sich *darüber* zu informieren. Aber nun war Althoff fort, ins Wirtshaus. Dahin konnte Lise ihm nicht folgen. Ob er hinterher allerdings noch zu sprechen war, war fragwürdig.

»Wollen wir also zu Hedwig?«, fragte Anni erneut und schaute Lise mit dieser kindlichen Begeisterung an, die sie schon wieder an Lola denken ließ.

Lise hob hilflos die Arme. »Wenn du willst, ich habe ohnehin nichts vor.«

Das stimmte wohl, wenn man davon absah, dass sie diese plötzliche Wendung erst einmal verdauen musste. Wieso also nicht gleich bei Hedwig?

»Ich muss dich aber warnen, Hedwig ist aktuell nicht sonderlich gut gelaunt«, fügte sie hinzu.

»Oh, das wird sie aber sicher aufheitern«, sagte Anni und lächelte. »Ich weiß alle Details über die Einführung des Frauenstudiums! Komm, ich erzähl's dir auf dem Weg!«

Dagegen konnte Lise kaum etwas haben. Auch wenn sie die Zeit gut hätte gebrauchen können, um über ihre eigene Entscheidung nachzudenken. Nun, schön war es schon, ein wenig Gesellschaft zu haben.

Als sie in den gleißenden Mittag hinaustraten, musste Lise mit der Hand ihre Augen verschatten, so hell war es.

Es ging also doch voran, in Preußen, dachte sie dann, während sie Anni zum Bahnhof folgte. Ein wenig zumindest, aber immerhin. Nur: Würde das reichen?

Hedwig

Hedwig konnte nicht fassen, was sie da hörte. Eben noch hatte sie hier in tiefster Verzweiflung gesessen und Ida mit ihrem Kummer sicher schon ermüdet, und nun war ihre Wohnung plötzlich voll, als gäbe sie einen kleinen Salon, und alle redeten aufgeregt durcheinander. Nun, zumindest Anni und Ida redeten aufgeregt durcheinander. Lise stand still und schüchtern daneben – wie immer, als wäre sie gleichzeitig noch an einem ganz anderen Ort, gedankenverloren und verträumt.

Hedwig saß in ihrem Lieblingssessel mit dem weichen, fliederfarbenen Überzug und konnte diese plötzliche Wendung nicht fassen.

»Bist du ganz sicher, dass es wirklich so kommt?«, fragte sie Anni.

»Aber natürlich, wenn ich es doch sage!«, versicherte diese und nickte dazu heftig, als wären ihre Worte nicht genug. Sie hatte ganz rote Wangen, ob vor Aufregung oder vor Verlegenheit, weil sie sich plötzlich im Mittelpunkt des Interesses wiederfand, konnte Hedwig nicht genau sagen.

»Zum Wintersemester, haben sie gesagt.«

Die Neuigkeit begann nun doch langsam zu Hedwig durchzudringen. Zumindest regte sich in ihrem Körper, der sich in den vergangenen Stunden so leer angefühlt hatte, wieder etwas Leben. Ihr Herz pulsierte vor Aufregung. Das bedeutete ja, dass man sich regulär immatrikulieren konnte! Vielleicht auch ohne Erlaubnis des Vaters oder des Ehemanns?

»Wir können uns also immatrikulieren«, sagte auch Lise nun und schaute nachdenklich aus dem Fenster. »Das ist immerhin ein Fortschritt.«

»Ein riesiger Fortschritt«, rief Hedwig und sprang auf. Sie konnte nicht anders, sie musste einfach vor dem Fenster auf und ab laufen, von einer plötzlichen Aufregung gepackt. Vielleicht war es ihr unter diesen Umständen ja doch möglich, einfach hierzubleiben? Als Witwe, und trotzdem könnte sie weiter die Universität besuchen. Nun, Geld hatte sie freilich trotzdem nicht, das blieb ein Problem …

»Pah!« Ida warf ihr Haar nach hinten. »Als ob das etwas ändert!«

»Doch, das ändert etwas!«, ereiferte sich Hedwig. »Zumindest für mich! Dann ist es nicht mehr so eine Qual, sich seinen Platz an der Universität erkämpfen zu müssen. Wir dürfen dann dort sein. Mit allen Rechten!«

»Das ist nur die Formalität, Hedwig, sei nicht naiv«, sagte Ida verächtlich und eine plötzliche Wut verzog ihr sonst so hübsches Gesicht, um dessen Porzellanteint Hedwig sie immer beneidete. »Nichts wird sich in Wahrheit ändern, nur weil du einen Studentenausweis bekommst. Ändern, wirklich ändern, kann man etwas nur mit radikalen

Brüchen.« Ida lehnte sich zurück, und ein feines Lächeln stahl sich auf ihr Gesicht. Das Ganze sah ein wenig unheimlich aus, und Hedwig, die ihre Freundin kannte, wurde sofort misstrauisch. So einen Blick hatte Ida nur, wenn sie einen besonders ausgeklügelten Plan hatte. Und Idas Pläne, die sie in letzter Zeit so von sich gegeben hatte, waren zunehmend gefährlich.

»Was meinst du damit?«, fragte Hedwig wachsam und fixierte Ida.

»Ihr werdet schon sehen«, sagte Ida und bestätigte damit Hedwigs Befürchtungen.

»Ida!«, mahnte Hedwig streng. »Was hast du vor?«

»Es ist bereits geschehen«, sagte Ida seelenruhig und tat so, als würde sie ihre Fingernägel begutachten. »Es geschieht vielleicht in diesem Moment. Sie werden endlich bezahlen, und das wird ein Zeichen sein, ein richtiges Zeichen, das alle aufrüttelt!«

»Jetzt sag schon, was du getan hast!«, verlangte Hedwig und trat einen Schritt auf Ida zu. Sie würde sie, wenn nötig, schütteln, um die Wahrheit aus ihr herauszubekommen. Auch Lise und Anni wirkten nun beunruhigt, hatten sich beide vorgebeugt.

»Regt euch nicht auf, es wird nicht auf uns zurückfallen«, sagte Ida und schaute Hedwig mit einem Blick an, der zu glühen schien. »Es wird alles gut.«

»Nichts wird gut!« Hedwig stemmte die Hände in die Seiten. »Wir sitzen hier seit Stunden und reden über meine Probleme und Alberts Heiratsantrag und so weiter, und du verlierst kein Wort darüber, dass du etwas mit Sicherheit ganz und gar nicht Harmloses ausgeheckt hast – das ist definitiv nicht gut!«

»Lennenberg hat dir einen Heiratsantrag gemacht?«, fragte Lise, die um Hedwigs Schwärmerei für den jungen Dozenten wusste.

»Das ist ja auch gut so, dass ich im Geheimen meine eigenen Pläne schmiede!«, überging Ida Lises Frage und stemmte sich vom Sofa hoch, sodass sie jetzt vor Hedwig stand wie ein kleiner, wütender Terrier. Ida war mindestens einen Kopf kleiner als Hedwig, ihr Haar allerdings türmte sich ziemlich hoch zu wilden Locken auf, die in ihrer Hochsteckfrisur kaum gebändigt waren. »Du bist viel zu ängstlich für so eine gewagte Aktion. Aber er muss sterben, damit es vorangeht!«

»Wer?«, fragten Lise, Hedwig und Anni gleichzeitig.

Ida schaute auf ihre Hände, dann trotzig in die Runde.

Es war still im Raum, nur das Ticken der Wanduhr war zu hören.

»Ich habe ihm vergifteten Whiskey geschickt.« Ida hob stolz das Kinn. »Einer musste es tun!« Dann schaute sie trotzig zu Anni, und Hedwig folgte ihrem Blick. Anni war leichenblass geworden und hatte zu zittern begonnen.

»Heute kam eine Lieferung«, flüsterte Anni und hob dann die Hände, als müsste sie sich an irgendetwas festhalten. »Es kam eine Whiskeylieferung, und ich habe sie in sein Arbeitszimmer gebracht«, fügte sie fassungslos hinzu.

»Wovon redet ihr?«, fragte Hedwig aufgebracht.

»Althoff«, sagte Ida und lächelte zufrieden. »Er wird heute sterben.«

Anni

Noch nie war Anni die Stadt größer, beängstigender, wilder vorgekommen.

Während sie sich einen Weg durch die Menge am Potsdamer Platz bahnten – Hedwig voran, die ohne großes Federlesen die Menschen auseinandertrieb, damit sie schneller vorankamen –, war ihre ganze Konzentration allein auf ein hübsches, aber unscheinbare Haus abseits der ganzen Geschäftigkeit gerichtet: auf die bescheidene Villa der Althoffs, die es trotz der Macht und des Einflusses Friedrich Althoffs vorzogen, ohne großen Pomp und mit nur einem Dienstmädchen am Rande Berlins zu wohnen.

Ihr Herz raste vor Angst, es könnte bereits zu spät und Idas Plan gelungen sein. Nur die Angst um ihre eigene Zukunft schlich sich zwischen die Angst um ihren Dienstherrn – und das schlechte Gewissen, weil sie den falschen Menschen vertraut hatte. Wobei das natürlich nicht ganz stimmte. Hedwig war schließlich vertrauenswürdig, eine Freundin fast. Und dass Ida durch sie von Althoffs Lieblingswhiskey und Althoffs Wohnort erfahren hatte, dafür konnte auch Hedwig nichts. Sie hatte ja nicht ahnen können, dass hinter Idas hübschem Gesicht eine Wildheit lauerte, die zu mehr fähig war als zu gemeinen Streichen an ihrem Lehrer.

Hedwig machte sich natürlich trotzdem große Vorwürfe. Aber Lise redete die ganze Zeit mit ihrer leisen Stimme auf sie und Anni ein und versicherte ihnen, dass niemand außer Ida selbst an dieser Situation schuld sei. Und dass Ida auch ohne diese Informationen einen Weg gefunden hätte, Althoff zu schaden. Und da, das wusste Anni, hatte sie natürlich recht.

Trotzdem änderte es nichts an der Reue, die an ihr nagte. Und an der Angst, weil der Zug einfach viel zu langsam voranruckelte, viel zu langsam aus Berlin hinaus und in die vom Sommer ergrünte Landschaft hineinfuhr.

Dann waren sie endlich da, und ungeachtet der Abendluft, die ihnen in Groß-Lichterfelde warm und staubig entgegenschlug, eilten sie, so schnell es ihre Röcke erlaubten, die Promenade zu Althoffs Haus entlang.

Das Haus lag so ruhig und einsam da, wie Anni es zurückgelassen hatte. Nur die Mittagssonne tauchte den Garten jetzt nicht mehr in ein grelles Licht. Stattdessen waren die Rosenbüsche, die Marie Althoff mit eigener Hand so sorgsam pflegte, wie mit roter Farbe getuscht, weil die Sonne hinter dem Haus langsam unterging.

Konnte ein so schönes Bild einen Abgrund besitzen? Würde im Inneren des Hauses, hinter der Abendidylle, ein Grauen auf sie warten?

Sie wagte kaum zu atmen, als sie die Pforte zu den Althoffs öffnete.

Lise und Hedwig hielten sich dicht hinter ihr. Ida war natürlich nicht mitgekommen, mehr noch, sie beharrte trotzig weiter auf der Richtigkeit ihrer Tat, und Hedwig hatte ihr an Ort und Stelle die Freundschaft gekündigt. Doch an die Wut auf Ida mochte Anni jetzt nicht denken, die Angst vor dem Kommenden war viel zu mächtig. Ihre Finger waren schweißnass und glitten beinahe vom Türgriff des Hauses ab.

Drinnen lag eine gespenstische Ruhe, die Anni in diesem Haus ja eigentlich schon gewohnt war – nur heute wirkte sie noch bedrohlicher.

Sie ließ Lise und Hedwig unten warten und machte sich dann mit zitternden Knien auf den Weg zu Althoffs Arbeitszimmer.

Aber das Haus war verlassen. Marie Althoff war noch nicht wieder heimgekehrt, und die Tür zu Althoffs Arbeitszimmer stand sperrangelweit offen: Althoff war ebenfalls noch unterwegs.

Anni atmete vor Erleichterung so laut aus, dass es im Raum wie ein Ächzen widerhallte. Sie hatte also Zeit, seinen Whiskeyvorrat zu inspizieren – und zu hoffen, dass er nicht bereits etwas vom Neuen probiert hatte.

Immer wieder sah Anni den Moment vor sich, als der Lieferjunge den Whiskey vorbeigebracht und sie ihn einfach zu Althoff hochgetragen hatte, ohne zu ahnen, was sie da in den Händen hielt. Wie dumm sie gewesen war! Aber woher hätte sie es auch ahnen sollen? Stattdessen hatte sie nur darüber nachgedacht, wie langweilig ihr Tag doch war. Wie sehr sie sich geirrt hatte!

Hastig ging Anni zum kleinen Schränkchen, in dem Althoff seine Vorräte aufbewahrte, und atmete erleichtert aus, als sie dort zwei Flaschen neben der noch leeren Ausschankkaraffe stehen sah – eine war bereits zur Hälfte geleert, die andere voll. Die volle musste jene von Ida sein, denn Althoff hätte heute in den wenigen Stunden, die er mit der Whiskeyflasche alleine im Arbeitszimmer verbracht hatte, unmöglich so viel trinken können. Zumindest hoffte Anni das.

Eilig griff sie nach den beiden Flaschen und trug sie mit schnellen Schritten aus dem Zimmer. Sie würde sicherheitshalber beide entsorgen, in dieser Sache wollte sie kein Risiko eingehen.

Am Treppenabsatz standen Lise und Hedwig und schauten ihr mit großen Augen ängstlich entgegen.

»Alles gut!« Anni zeigte ihnen die Whiskeyflaschen und lächelte zittrig. »Ich glaube, er hat nichts davon getrunken.«

Erleichtert stießen nun auch Hedwig und Lise den Atem aus.

»Ich entsorge besser den ganzen Vorrat«, erklärte Anni.

Sofort kam wieder Leben in Hedwig. »Dann brauchen wir aber neuen Whiskey, damit er nichts merkt!«

Daran hatte Anni gar nicht gedacht. Gut, dass sie Hedwig bei sich hatte. Es stimmte ja: Wie sollte sie Althoff erklären, dass kein Whiskey mehr da war? Und nur sie hatte schließlich Zugang zum Haus der Althoffs.

»Die Frage ist nur«, überlegte Hedwig laut, »wo wir um diese Uhrzeit noch Whiskey herbekommen?«

Doch die Frage musste vorerst nicht beantwortet werden, denn am Knirschen des Kieses vor dem Haus erkannte Anni, dass sich jemand der Tür näherte. »Schnell, ihr müsst gehen«, flüsterte sie und scheuchte Lise und Hedwig, die beiden Whiskeyflaschen noch in den Händen, zum Hinterausgang bei der Küche.

»Aber der Whiskey!« Hedwig hielt aufgeregt ihren Hut fest, der ihr in der Hast hinunterzurutschen drohte.

»Zu spät, ich denk mir was aus«, zischte Anni und schob die beiden nach draußen.

Dann ertönte auch schon das klackende Geräusch des Schlüssels im Schloss. Anni überlegte fieberhaft, was sie jetzt mit dem Whiskey tun sollte, aber sie hatte zu lange überlegt: Schnelle Schritte näherten sich, und schon erschien Marie Althoff im Türrahmen der Küche. Ihr wachsamer Blick fiel sofort auf den Whiskey.

»Was ist das?«, fragte sie streng. Schon war sie bei Anni und nahm ihr den Whiskey aus der Hand. Kritisch beäugte sie die braungoldene Flüssigkeit, die im durchsichtigen Glas hin und her schwappte. »Ich wusste, dass mein Mann mich belügt, als er mir versprach, seiner Gesundheit zuliebe nicht mehr zu trinken«, sagte Marie Althoff bitter. »Wo hast du das gefunden?«

»Im Arbeitszimmer«, stotterte Anni.

Sie hätte erleichtert sein sollen, dass Marie Althoff sofort ihre eigenen Schlüsse zog und Anni in keinster Weise einer Lüge verdächtigte.

Aber das schlechte Gewissen saß ihr trotzdem wie ein dicker Kloß im Hals. Die Hausherrin vertraute ihr, verdächtigte sie überhaupt nicht. Und sie, Anni, hatte ihr Vertrauen gleich in mehrfacher Hinsicht missbraucht.

»Gut, dass du ihn gefunden hast«, sagte die Herrin. »Ich werde das entsorgen.«

Und damit war sie ohne ein weiteres Wort aus dem Raum gerauscht, die Flaschen unter die Arme geklemmt, und Anni stand allein in der leeren Küche und fragte sich, wie an einem Tag, der mit bleierner Langeweile begonnen hatte, nur so viel passieren konnte.

Als sie allerdings Hedwig und Lise erblickte, die draußen neben der Küche kauerten und beide ganz verschreckt aussahen, hätte Anni beinahe lachen müssen. Die beiden Frauen atmeten auf, als Anni ihnen Entwarnung geben konnte, und fuhren schließlich zurück nach Berlin.

Anni hingegen blieb im Hause der Althoffs und wanderte eine Weile rastlos zwischen der Küche und ihrem kleinen Kämmerchen hin und her. Sie hatte das dringende Bedürfnis, noch mehr zu tun. Sie musste einfach noch mehr tun, um dem schlechten Gewissen und der brodelnden Anspannung in ihr drinnen Einhalt zu gebieten. Irgendwie hatte sie das Gefühl, es könnte heute doch noch etwas Schreckliches passieren, dass die Sache noch nicht ausgestanden war. Sie musste wachsam sein. Und dabei ganz sichergehen, dass sie Idas Plan wirklich vereitelt hatte.

Kurzerhand beschloss sie deswegen, heimlich Posten in der Bibliothek neben Althoffs Büro zu beziehen, und wartete, an die staubigen Regale gedrückt, ab, was als Nächstes geschehen würde.

Das Streitgespräch zwischen Marie Althoff und ihrem Mann überhörte sie dabei zwangsläufig als Allererstes. Kaum dass der Dienstherr am späten Abend wieder zurückkehrte, ging das Donnerwetter auch schon los. Die Dienstherrin war alles andere als erfreut über den Whiskeyfund, und zwischen ihr und Althoff fielen Worte, die sie ihrer Herrin ganz sicher nicht zugetraut hätte. Aber Anni hatte in den vergangenen

Wochen ja bereits gelernt, dass hinter der gleichmütigen Fassade der Dienstherrin weit mehr als ein kleines Hausmütterchen steckte. Und dass sie ihrem Mann durchaus die Meinung zu sagen wusste – schließlich war es, wie Anni vermutete, unter anderem ihr Verdienst, dass Frauen in Berlin bald länger zur Schule würden gehen können. Zumindest, wenn sie das nötige Geld dafür hatten.

Dass Marie Althoff im Streit kein Wort über Anni verlauten ließ und stattdessen so tat, als hätte sie den Whiskey selbst gefunden, verursachte ein warmes Gefühl in Annis Brust. Es war noch nie geschehen, schon gar nicht bei den von Hohensteins, dass einer der Herrschaften sie in Schutz genommen hatte. Im Gegenteil: Dienstmädchen, Gesinde wie sie, wurden stets als Sündenböcke benutzt.

Jedenfalls ging es Anni nach dem Streit zwischen den Althoffs schon etwas besser, und ihre Unruhe legte sich langsam. Während des Streits hatte Althoff verlauten lassen, dass er keinen weiteren Whiskeyvorrat besaß.

So konnte Anni nun etwas beruhigter sein.

Trotzdem verharrte sie weiter in der staubigen Bibliothek, auch wenn ihr ständig die Augen zuzufallen drohten. Um sie herum war schwarze Nacht, die lediglich durch das mondweiße Licht gebrochen wurde, das durch das Fenster in die Bibliothek fiel und die Regale in hell und dunkel teilte. Anni blieb tapfer und biss sich kräftig auf die Lippen, wenn die Müdigkeit sie übermannte. Und so verpasste sie es auch nicht, als Althoff überraschend spät noch Besucher empfing. Es musste schon nach Mitternacht sein, als Anni die Schritte im Haus hörte und eine leise Unterhaltung auf der Treppe.

Erst glaubte sie, die Müdigkeit spielte ihr einen Streich. Doch als sie durch den Türspalt spähte, sah sie tatsächlich zwei Herren, einen etwas jüngeren mit dunklem Schnauzer und einen bereits sehr betagten, in Althoffs Büro verschwinden. Zwei Professoren, wie Anni kurz darauf erfuhr, das Ohr wie immer an die Tür gepresst. Das Gespräch begann hitzig. Die beiden waren gekommen, um sich über die Einführung des

Frauenstudiums zu beschweren, von der sie soeben erst erfahren hatten. Dementsprechend wütend waren sie auch.

»Das können Sie doch nicht ernst meinen!«, rief einer von beiden erbost. Anni vermutete, dass es der jüngere mit dem schwarzen Schnauzer war.

»Mein lieber Lenz, ich verbitte mir diesen Ton«, hörte Anni dann Althoffs müde Stimme durch die Tür. »Ich verstehe natürlich Ihre Aufregung, aber glauben Sie mir, ich habe diesen Entschluss, den ich ja übrigens auch nicht alleine trage, gut durchdacht. Wir alle, Holle, Schmidt und ich, finden, es ist an der Zeit dafür.«

»Es wird niemals Zeit dafür sein!«, rief Professor Lenz aufgebracht, und Anni erinnerte sich plötzlich, dass auch Hedwig von einem Professor Lenz gesprochen hatte. War das derselbe, der Hedwig in seinen Vorlesungen stets vorzuführen versuchte?

»Doch, das ist es, meine Herren. Aber seien Sie unbesorgt, es steckt durchaus Kalkül dahinter«, erwiderte Althoff, und Anni sah durch das Schlüsselloch, wie er sich in seinen Sessel zurücksinken ließ, die Arme kraftlos auf die Lehnen des Stuhles gelegt. »Es werden kaum mehr kommen als bisher. Es kann sich doch ohnehin kaum eine Frau leisten, das Abitur zu machen. Und durch die strengeren Zugangsregeln für die echte Immatrikulation werden wir auch die ganzen Immigrantinnen los – russische Abschlüsse etwa werden bei den Damen, anders als bei den Männern, nicht als äquivalent zum Abitur akzeptiert. Und Sie wissen selbst, dass wir der Universitätskarriere der Frauen mit dem Habilitationsverbot unlängst einen Riegel vorgeschoben haben. Außerdem haben wir eine Klausel eingebaut, die es Professoren auch weiterhin ermöglicht, Frauen aus ihren Vorlesungen auszuschließen, sollte die Anwesenheit den Lehrbetrieb stören. Das, meine Herren, nenne ich Taktik. Die Frauenbewegung ist dieser Tage kaum noch zu halten in ihrer Penetranz. Sie hätten die Damen sehen sollen, die hier neulich vorgesprochen haben. Werfen wir ihnen also ein paar Krumen vor, die sie den ganzen Kuchen vergessen lassen.«

Der ältere der Professoren lachte rumpelnd, und Althoff klopfte mit der Hand auf das Holz seiner Armstütze. »Ganz recht, Röther!«

Anni hatte genug gehört.

Mit leisem Schritt und angehaltenem Atem schlich sie sich zurück in die Bibliothek. Sie war enttäuscht und aus irgendeinem unerfindlichen Grund gekränkt von Althoffs abfälligen Worten. Einen Moment fühlte sich all das, was sie heute erreicht hatten, plötzlich wertlos an, jetzt, da Althoff die Neuerungen so kleingeredet hatte. Aber vielleicht hatte er das ja auch nur getan, um die konservativen Professoren zu beruhigen? Anni fragte sich, ob sie je erfahren würde, wie es um Althoffs Einstellung wirklich stand.

Aber am wichtigsten, dachte Anni dann: Es ging etwas voran. Und es würde auch weiter vorangehen, denn Althoff irrte sich in einer Sache mächtig: Hedwig wusste ganz genau, wann man ihr Brotkrumen hinwarf und dass dahinter noch ein Kuchen wartete, den es zu erobern galt. Sie würde sich nicht einfach abspeisen lassen. Sicher würde niemand aus der Frauenbewegung das tun. Sollten die Männer doch schönreden, was zu verlieren sie im Begriff standen. Anni wusste tief in ihrem Herzen, dass man manche Veränderungen nicht aufhalten konnte.

Lise

Draußen zeigten sich die Sterne am nachtschwarzen Himmel, aber Lise hatte wegen der spiegelnden Fensterscheibe Probleme, sie von ihrem Platz am Klavier aus zu erkennen. Ihre Finger lagen tatenlos auf dem Flügel, in Gedanken war sie ganz woanders.

Um sie herum allerdings tobte das Leben. Da hätte sie sogar spielen können, auch wenn sie das sonst vor Leuten nur ungern tat – hier hätte es sowieso niemand bemerkt. Der Frauensalon von Ottilie von Hansemann war in heller Aufregung. Aus einer Versammlung, bei der der Beschluss zur Einführung des Frauenstudiums besprochen worden war, war ein rauschendes Fest geworden. Es gab ja auch einiges zu begießen:

Nicht nur war das Frauenstudium beschlossen, auch waren Frauen nun offiziell für das Abitur zugelassen worden. Und die Ankündigung einer Reform des Reichvereinsgesetzes hatte ebenfalls für Aufsehen gesorgt: Frauen durften demnach nun Mitglied politischer Organisation werden und sich politisch äußern.

Von einem wirklichen politischen Mitspracherecht freilich war das noch weit entfernt – Frauen durften nach wie vor nicht wählen oder gewählt werden –, aber die Zusammenkünfte des Frauenvereins bei Ottilie und anderer Vereine, die nur den Deckmantel des kulturellen Plauschsalons trugen, um ihre politischen Aktivitäten zu verschleiern, waren nun nicht mehr illegal. Dementsprechend ausgelassen war die Feier, jetzt, da nur noch eine Anzeige wegen Ruhestörung drohte und kein Gefängnisaufenthalt, weil man sich als Frau politisch äußerte.

All das war auch für Lise durchaus Grund zum Feiern. Und doch fühlte sie sich seltsam beklommen. Und fehl am Platze. Weswegen sie hier auch gleich beim Flügel von Ottilie Zuflucht gesucht hatte. Lise wusste einfach nicht, was die neuesten Ereignisse für sie bedeuteten. Einerseits gab es in Preußen nun doch ein Vorankommen – wenn auch aus Lises Perspektive nur ein kleines. Schließlich war Frauen die Habilitation weiterhin verboten, daran hatte sich nichts geändert.

Auch musste sich erst zeigen, wie weitreichend die neuen Möglichkeiten für Frauen überhaupt waren. Zum Beispiel gab es ja weiterhin die Klausel, die es Professoren erlaubte, Frauen trotz allem nicht zu ihrer Vorlesung zuzulassen. Es war also wahrscheinlich, dass Professoren wie Fischer, der Leiter des Chemieinstituts, dessen Vorlesungen sie tatsächlich zu gerne besucht hätte, Gebrauch davon machen würden. Fischer würde sie weiterhin mit Missachtung strafen, wenn sie hier bleiben würde, und die Männer in seinem Institut würden sie weiterhin ignorieren und nur Hahns Leistungen anerkennen. Daran würde nichts etwas ändern außer einer grundsätzlichen Gleichstellung der Frauen – nicht nur auf dem Papier, sondern auch in den Köpfen. Wobei sie Lise auf dem Papier schon gereicht hätte. Hier in Preußen würde sie nicht habilitieren können. Was sollte sie also noch in Berlin?

Andererseits war die Arbeit mit Hahn eine echte Bereicherung. Und sie hatte hier Freundinnen gefunden, ein zu Hause beinahe, etwas, das sie jenseits von Wien niemals zu finden geglaubt hatte. Und doch wusste sie nicht, ob sie noch weitere Rückschläge ertragen konnte. Und die würden kommen, bliebe sie hier, das wusste sie.

Lise schaute sich um und entdeckte Hedwig, die angeregt mit Ottilie von Hansemann sprach. Sie wirkte glücklich, gelöst beinahe, das erste Mal seit Augusts Tod, und Lise musste unwillkürlich lächeln, als sie sah, wie Hedwig so ausgelassen lachte, dass sie sich am Arm der viel älteren Gastgeberin festhalten musste. Hedwig würde den Heiratsantrag von Albert ablehnen, das spürte Lise einfach. Hedwig war mutig, und sie war wild entschlossen, es in ihrem Leben zu irgendetwas zu bringen – aus eigener Kraft. Sie würde einen Weg finden in Berlin, alleine, als Witwe und an der Universität, da war sich Lise sicher.

Und mit einem Mal fragte sie sich, wann sie eigentlich zwischen all den Berliner Häusern, im Lärm der Straßen und in der Stille der Holzwerkstatt aufgehört hatte, selbst mutig zu sein.

War sie nicht hergekommen mit nichts außer der Hoffnung auf Plancks Vorlesung und ohne je eine Antwort von dem Professor erhalten zu haben? Nun ignorierte er sie nicht mehr.

Schon als Kind war Lise mutig gewesen, wenn es ihrem Entdeckergeist diente. Lise musste lächeln, als sie an eine Geschichte aus ihrer Kindheit dachte, die auch jahrelang danach noch als Anekdote auf Feierlichkeiten ihrer Eltern hatte herhalten musste. Ihre Großmutter, eine strenge, überaus gottesfürchtige Frau, hatte ihr damals verboten, am Sabbat zu nähen. Sonst, so hatte sie der kleinen Lise erklärt, würde der Himmel einstürzen. Am Sabbat dürfte man schließlich aus guten Gründen keine Alltagstätigkeiten verrichten. Lise hatte zwar das Nähen nicht allzu sehr gemocht und daher das Verbot auch einfach akzeptieren können. Aber die Aussage der Großmutter kam ihr doch gar sehr unwahrscheinlich vor. Ein Gott, der sich um das Nähen scherte? Das musste sie überprüfen!

Also stellte sie sich am Sabbat in ihrem Kinderzimmer ans Fenster und stach, den Blick mit zusammengekniffenen Augen auf den Himmel gerichtet, die Nadel in ihre Stickerei, eine Blume, die sie am Vortag begonnen hatte. Aber nichts geschah. Also machte sie noch einen Stich und noch einen, bis die Stickerei fertig war. Der Himmel blieb, wo er war.

Die Blume war nicht besonders schön, aber ihre Eltern fanden Lises schon damals erwachten wissenschaftlichen Ehrgeiz so lustig, dass die Stickerei bis heute in ihrem alten Kinderzimmer hing.

Die Geschichte war vielleicht ein wenig albern, aber sie zeigte doch, dass sie es einmal gekonnt hatte: mutig zu sein, selbst wenn der Himmel einzustürzen drohte.

»Was lächelst du so?«, fragte Hedwig, die plötzlich neben ihr stand.

Lise schaute zur Freundin hoch, deren Gesicht ganz gerötet war von der ganzen Feierei, und mit einem Mal wusste sie, was sie zu tun hatte.

»Ich habe eine Entscheidung getroffen«, sagte Lise. Und ihr Herz machte einen Satz, so befreit fühlte es sich plötzlich an.

»Das trifft sich gut, ich auch«, sagte Hedwig und quetschte sich neben Lise auf den engen Klavierhocker. »Und?«

Lise legte die Hände auf die Tasten und schlug sanft einen Ton an. Dann drehte sie sich zu Hedwig.

»Ich bleibe.«

Hedwig

Hedwig stand in Albert Lennenbergs Büro und wappnete sich für die kommende Unterhaltung.

Dass Albert anscheinend bereits spürte, dass etwas Unangenehmes kommen würde, machte die Situation nicht besser. Er konnte sie kaum anschauen, fixierte den Boden unter ihren Füßen, sah überall hin, nur nicht zu ihr.

Hedwig ging es ja nicht anders. Seit sie an sein Büro geklopft hatte, wusste sie nicht so recht, was sie sagen sollte. Jetzt räusperte sie sich bereits zum zweiten Mal. Sie hatte das Gefühl, die Worte steckten ihr im Halse fest. Aber sie mussten hinaus. Sie war Albert schließlich eine Erklärung schuldig.

»Ich kann Sie nicht heiraten«, sagte sie schließlich, was er natürlich schon längst geahnt hatte. Immer noch schaute er sie nicht an. Er nickte nur.

»Es liegt nicht daran, dass ich Sie nicht ...«

»Sie müssen es nicht erklären«, unterbrach Albert sie. Sein Kiefer mahlte, sein Blick ging an ihr vorbei zur Tür.

Hedwig konnte das nicht mit ansehen, sie musste einfach einen Schritt näher treten.

»Ich mag Sie, Albert, sehr sogar.« Hedwig berührte ihn am Arm, und tatsächlich sah er sie jetzt an. In seinen Augen war die Kränkung deutlich zu erkennen.

»Aber es reicht eben nicht«, sagte er nur nüchtern. »Ich verstehe schon.«

»Nein, ganz so ist es auch nicht«, verteidigte sich Hedwig. »Ich könnte mir durchaus vorstellen, Sie zu heiraten. Aber der Moment stimmt einfach nicht. Ich kann jetzt nicht fort, Sie aber müssen nach Göttingen. Und ich kann mich noch nicht so schnell wieder an einen Mann binden. Es gibt Dinge, die ich noch machen möchte.« Hedwig schwieg.

»Die könnten Sie auch mit mir machen«, sagte Albert leise.

»Nicht hier. Und nicht so, wie ich sie brauche«, gab Hedwig ebenso leise zurück. »Ich habe das Gefühl, dass ich nun erst einmal selbst leben muss, ganz alleine und eigenständig. Dass ich das brauche, um wirklich zu wissen, was ich will. Für den Moment weiß ich nur, dass ich hier bleiben muss.«

Albert Lennenberg nickte und seufzte dann tief. »Es zeugt von großer Stärke, so genau zu wissen, was man will«, sagte er dann schließlich. »Es ist schade, dass die Dinge, die wir beide möchten, so unterschiedlich sind. Aber ich respektiere natürlich Ihre Entscheidung.« Er nickte wieder, wie um sich selbst von seinen Worten zu überzeugen.

Und plötzlich merkte Hedwig, dass sie sich beinahe wünschte, er würde die Sache weniger gelassen hinnehmen, widersprechen, noch mehr Regung zeigen.

Stattdessen trat er einen Schritt zurück und vergrößerte den Abstand zwischen ihnen, schuf einen Graben, den Hedwig natürlich selbst gewollt hatte, der sie aber sofort schmerzte. Ihr Herz zog sich zusammen. Der Entschluss, den sie auf der Feier bei Ottilie von Hansemann getroffen hatte, war nun besiegelt.

Noch könnte sie natürlich einen Schritt auf ihn zugehen – ihm sagen, dass sie mit ihm kommen wollte, dass es nicht vorbei sein musste zwischen ihnen. Aber das konnte sie nicht. Und das war ja auch der Grund, warum sie sich so entschieden hatte.

Sie empfand etwas für den jungen Dozenten, bald Professor, das ließ sich schon lange nicht mehr leugnen. Und in einem anderen Moment hätte aus ihnen vielleicht etwas werden können. Aber Gefühle waren nicht alles, was im Leben zählte. Und ihr Leben lief gerade auf etwas anderes zu.

»Ich wünschte, es wäre anders«, flüsterte sie trotzdem. Sie wollte einfach, dass er sie noch einmal anschaute. Und das tat er auch, aber der Blick in seinen Augen war unergründlich.

»Nun, dann wünschen wir wenigstens diesbezüglich dasselbe«, sagte er, und obwohl seine Stimme ein wenig brach, wirkte der Ausdruck in seinem Gesicht verschlossen. Es war wohl an der Zeit zu gehen. Er hatte sich schon halb von ihr weggedreht.

Also trat Hedwig ohne ein weiteres Wort in den Gang hinaus. Die Tür hinter ihr fiel mit einem Klicken ins Schloss.

Der Gang war leer, es waren Semesterferien, und vor den Fenstern raschelten die Blätter der Bäume. Bald schon würde sie wieder hier entlanglaufen, als richtige Studentin. Aber ohne Albert. Ganz so wie vor einem Jahr – und doch würde alles anders sein.

Und Hedwig musste erkennen, dass sie nun doch wusste, was Liebeskummer bedeutete, obwohl sie zuvor geglaubt hatte, ihr Herz würde niemals so etwas empfinden können.

Dennoch war sie erleichtert, dass sie es hinter sich gebracht hatte. Nun war es Zeit, ein neues Kapitel aufzuschlagen.

Anni

Es war wieder Herbst geworden, der Wind schüttelte überall die Äste der Bäume, egal ob in Groß-Lichterfelde oder in Charlottenburg. Obgleich in der Stadt alles wirkte wie immer, das Leben auf den großen Straßen Berlins geschäftig weiterging, hatte es sich für einige doch so sehr verändert, dass nichts mehr sein würde wie zuvor.

Das Frauenstudium war tatsächlich eingeführt worden, der Beschluss verkündet, und die Frauen der Stadt, zumindest die wenigen, die ein Abitur hatten, schöpften Hoffnung. Doch auch für alle anderen hatten sich die Bedingungen verändert: Mädchen war es nun möglich, Abitur zu machen, Frauen durften sich politisch äußern. Kleine Schritte, die viele Leute der Stadt nicht einmal bemerkten; Die Wäschefrau machte weiterhin die Wäsche, die Dienstmädchen der Stadt gingen ihren Tätigkeiten nach wie zuvor und die Mütter wickelten weiterhin jeden Morgen ihre Kinder.

Aber ein kleines Steinchen war gesetzt, das zu einem größeren Bild werden könnte. Zumindest hofften das einige.

Friedrich Althoff selbst sollte nicht mehr mitbekommen, welche Veränderungen er mit angestoßen hatte.

An einem Oktoberabend, an dem ein feiner Nieselregen alles mit klammer Kälte überzog, fand Anni ihn alleine in seinem Schreibtischstuhl sitzend vor, den Kopf auf die Brust gesunken, als würde er schlafen. Neben ihm stand ein halb ausgetrunkenes Glas Whiskey und eine Holländer-Zigarre, die anzuzünden er nicht mehr geschafft hatte. Anni musste gar nicht zu ihm hingehen, seinen Atem prüfen oder seinen Herzschlag fühlen. Etwas im Raum hatte sich verändert, als fehlte ein Teil von ihm. Sie wusste, dass Althoff nicht wieder aufwachen würde.

Althoffs Beerdigung, zu der eine große Menge Menschen kamen, fand in der kleinen Dorfkirche statt. Die Trauerrede hielt Althoffs guter Freund Adolf von Harnack, Professor an der Friedrich-Wilhelms-Universität. Und während Adolf von Harnack in seiner Rede Althoffs Charakter und seine Leistungen würdigte, war es von Harnacks Tochter Agnes, die als erste offiziell immatrikulierte Studentin Berlins die Eingangshalle der Universität betrat. Auch Hedwig und Lise hatten sich immatrikuliert und sahen einem bewegten Semester entgegen.

Anni saß indessen neben der stillen Marie Althoff, während von Harnack mit ein paar warmen Worten seine Rede beendete. Nach der Rede verfiel die Gemeinde in Schweigen, bevor die Orgelklänge mächtig und donnernd an den Kirchenwänden widerhallten.

Marie Althoff griff nach Annis Hand. Die Hand der Herrin war trocken und warm. Anni warf ihr einen Blick zu. Marie Althoff lächelte.

Dann drückte sie Annis Hand und nickte stumm, als hätte Anni etwas gefragt.

Teil 2

1912

Kapitel 1: Das deutsche Oxford

Lise

Die prächtigen Farbkleckse trösteten Lise über ihre wunden Füße hinweg. Die ganze Wiese war ein einziges rauschendes Blütenmeer. Roter Mohn, blaue Kornblumen, Chrysanthemen und Dahlien, die in allen Farben leuchteten. Eine leichte Brise ließ die Blütenkelche im Wind hin und her nicken, als begrüßten sie Lise.

Immerhin das war doch schon einmal ein vielversprechendes Willkommen in Dahlem, dachte Lise, als sie nun auf die frisch gepflasterte Straße neben dem großen Blumenfeld trat. Wenn sie Glück hatte, war dieses Blumenmeer Willstätters Werk. Hahn hatte ihr berichtet, dass der Chemiker bereits jetzt die Blumen, mit denen er für seine Erforschung der Blatt- und Blütenfarbstoffe arbeiten würde, angepflanzt hatte. Wenn das hier also keine gewöhnliche Blumenwiese war, sondern die Erweiterung von Willstätters Labor, dann bedeutete das, dass sie gleich da war. Schließlich würde Willstätters Abteilung im ersten Geschoss des neuen Kaiser-Wilhelm-Instituts für Chemie eingerichtet werden.

Und tatsächlich, wenn sie nicht alles täuschte, konnte sie dort hinten bereits einen großen, hellen Bau erkennen. Zu ihrer Rechten zeigten sich jetzt auch ein paar kleine Villen, die aussahen, als wären sie gerade erst erbaut worden. Wobei klein relativ war – die Villa, von der sie glaubte, dass es Fritz Habers Direktorenvilla sein musste, war durchaus stattlich anzusehen. Direkt daneben stand ein ganz besonders großes, prachtvolles Gebäude, ganz in Weiß gehalten – das musste das ebenfalls frisch erbaute Institut für physikalische Chemie und Elektrochemie von Fritz Haber sein, ihrem direkten Nachbarn sozusagen. Ihre Vermutung war also richtig gewesen. Gleich hatte sie es geschafft! Endlich!

Ihre Füße taten nach dem langen Weg von Lichterfelde West bis hierher schon ziemlich weh – das war ein ordentlicher Marsch durch Wald und Wiesen gewesen. Aber hier gab es noch keinen Bahnhof. Was zum Glück nur noch eine Frage der Zeit war. Eine neue U-Bahn-Linie, die nach Dahlem-Dorf fahren sollte, befand sich gerade im Bau. Sie würde zwar nicht zur feierlichen Einweihung der neuen Institute im Herbst fertig werden, aber eine Fertigstellung für 1913 war angedacht. Wenn es also richtig losging mit der Arbeit, würden sie hoffentlich gemütlich mit der Untergrundbahn bis zum neuen Bahnhof »Thielplatz« fahren können. Nichts anderes schließlich geziemte sich für dieses deutsche Oxford, von dem Friedrich Althoff geträumt hatte und das, vier Jahre nach seinem Tod, nun Wirklichkeit zu werden versprach: die Kaiser-Wilhelm-Gesellschaft, der Verbund außeruniversitärer Forschungsinstitute, war tatsächlich gegründet worden. Und die beiden ersten Institute, das für Chemie und das für physikalische Chemie, standen kurz davor, ihre Arbeit aufzunehmen. Hier, in Dahlem, wo es sonst noch nichts gab.

Zumindest bis auf ein paar wenige Häuser, verstreut in der Landschaft, und frisch gepflasterte Straßen, die noch nicht einmal Namen trugen. Der Weg etwa, der an das Blumenmeer angrenzte und den sie nun beinahe bis zum Ende gelaufen war, war vorerst nur mit einer Nummer versehen.

Die nächste Straße allerdings, die das Blumenmeer abschloss und die Lise jetzt betrat, hatte bereits einen Namen: Thielallee. Auch sie wirkte gegen den Trubel Berlins nahezu ausgestorben. Eine leichte Brise wehte Lise ein paar Blätter gegen die Schuhe. Das ganze deutsche Oxford wurde hier gerade erst aus dem Boden gestampft – auch die Schösslinge, die angepflanzt worden waren, waren noch klein, wie Insekten, die ihre Fühler vorsichtig in die Welt hinausstreckten.

Aber das alles würde werden, denn die Hauptsache stand bereits, das sah Lise jetzt, als sie ihre Augen gegen die Sonne beschirmte: Neben einer Wohnvilla – vermutlich Becksteins Direktorenvilla – ragte das Institut für Chemie vor ihr in den kornblumenblauen Himmel hinein. Wobei es vielmehr wie ein kleines Schlösschen aussah, zumal in dieser völlig idyllischen, aber ausgestorbenen Gegend. Kaum vorstellbar, dachte Lise, dass hier nicht nur eine Wiese, sondern auch ein reges akademisches Leben aufblühen sollte. Bisher gab es meilenweit keinen Laden und keine Gaststätte.

Aber als sie jetzt näher kam, hörte sie Stimmen. Zwei Männer, machte Lise aus, oder drei, dazu ein herzhaftes Lachen, das ihren Puls sofort in die Höhe schnellen ließ. Hahn! Sein beschwingtes, jungenhaftes Lachen würde sie überall erkennen. Er war also schon vor ihr angekommen. Lise warf einen Blick auf ihre Taschenuhr. In der Tat, es war bereits nach drei, sie war etwas spät dran. Während des beschwerlichen Fußmarsches durch die unbewohnte Landschaft hatte sie wohl die Zeit vergessen. Dabei war sie ja ebenso neugierig auf diese neue Abteilung wie Hahn. In den letzten Wochen hatten sie viel darüber gesprochen und sich immer wieder ausgemalt, was in den neuen Räumlichkeiten alles möglich wäre.

Viel würde man jetzt natürlich noch nicht sehen können. Das Gebäude stand zwar, aber innen musste erst noch alles eingerichtet werden – aber spannend war es ja schon, zu sehen, wo sie die nächsten Jahre arbeiten würden. Zumindest Hahn. Dass Lise auch eine Stelle im neuen Kaiser-Wilhelm-Institut bekommen würde, wagte sie zu bezweifeln. Zumindest war ihr bis jetzt nichts angeboten worden, und sie hatte es aufgegeben zu warten. Hahn wollte, wie er ihr versichert hatte, natürlich so oder so weiter mit ihr zusammenarbeiten und würde ihr auf jeden Fall die Erlaubnis als Gastwissenschaftlerin heraushandeln, wenn er erst seinen Vertrag in Händen hielt. Hahn nämlich, so hatte man ihm in Aussicht gestellt, würde die radiochemische Abteilung leiten, die ebenfalls im Institut für Chemie untergebracht werden sollte.

Das freilich war sowohl für Hahn als auch für Lise eine großartige Neuigkeit gewesen: für Hahn, weil es einen echten Sprung in seiner Karriere darstellte. Immerhin war er mittlerweile zwar außerordentlicher Professor an der Friedrich-Wilhelms-Universität, hatte aber keinen eigenen Lehrstuhl. Und nach wie vor kein anderes Labor als die Holzwerkstatt. Und für Lise und Hahn, weil die Arbeitsbedingungen in der Holzwerkstatt in den vergangenen Jahren immer belastender geworden waren. Schließlich war der kleine Arbeitsraum, in dem sie jahrelang gearbeitet hatten, mittlerweile so radioaktiv verseucht, dass die Messungen immer ungenauer wurden. Hinzu kam, dass Lise und Hahn zunehmend unter körperlichen Beschwerden litten, wenn sie dort arbeiteten. Einen Umstand, den sie allerdings tapfer zu ignorieren gelernt hatten. Lise ging gegen ihre dauernden, bohrenden Kopfschmerzen mit vielen Zigaretten und Kaffee an, und Hahn warf nur dann und wann einen besorgten Blick auf seinen linken Zeigefinger, dessen Nagel nicht mehr wuchs – schwieg aber über andere Beschwerden.

Daher war ein großes eigenes Labor ein wahres Geschenk. Und trotzdem hatte das Ganze für Lise durchaus einen bittersüßen Geschmack. Zum einen natürlich, weil ihr auch diese Etappe in Hahns und ihrem Leben wieder vor Augen führte, was sie alles nicht bekam, während es ihm einfach so zuflog: Er war Professor und jetzt Abteilungsleiter. Sie hatte noch immer nicht habilitieren dürfen und verdiente ihr Geld nach wie vor nicht mit der Wissenschaft, sondern als Lehrerin junger Mädchen. Auch wenn sie das in den letzten Jahren immer mehr zu akzeptieren gelernt hatte, eine Enttäuschung war es jedes Mal aufs Neue.

Zum anderen hatte sie die Arbeit mit Hahn in den letzten Jahren nicht nur zu schätzen, sondern auch zu lieben gelernt. Obwohl die Bedingungen in der Holzwerkstatt zunehmend unerträglich geworden waren, funktionierten die beiden zusammen ziemlich gut, sie waren regelrecht zusammengewachsen. Und obwohl Lise ja auf Abstand hatte bleiben wollen – es auch weiterhin blieb und nie mit Hahn ins Konzert oder essen ging, wie er es zu Beginn noch manchmal vorgeschlagen hatte –, hatte sich zwischen ihnen eine tiefe Freundschaft entwickelt. So tief, dass Lise sich manchmal fragte, ob da nicht doch mehr sein könnte …

Dennoch fürchtete sie, jede Veränderung würde die Arbeit zwischen ihnen stören. Wenn etwas so gut lief, dachte Lise allerdings etwas wehmütig, als sie in die Einfahrt zum Institut einbog und der frisch gestreute Kies unter ihren Schuhen knirschte, dann sollte man es besser nicht ändern.

»Fräulein Meitner!« Hahn hatte sie jetzt entdeckt und winkte ihr aufgeregt zu. Neben ihm stand ein etwa vierzigjähriger Mann mit schmalem Gesicht und klugen Augen, der, als er sie sah, ebenfalls mitwinkte, als würde auch er sie kennen. Das musste Richard Willstätter sein, dachte Lise, als sie näher kam. Und tatsächlich hatte Willstätter sich eine Blume ins Knopfloch gesteckt, vermutlich von seinem schon vor Monaten angelegten Feld.

»Fräulein Meitner.« Willstätter schüttelte ihr kräftig die Hand, wobei die kleine Blume sich gefährlich aus dem Knopfloch beugte. Lise hatte Willstätter bisher bereits ein oder zwei Mal von Weitem gesehen. Schließlich arbeitete er ab dem nächsten Semester unter Emil Fischers Federführung ebenfalls als Professor an der Friedrich-Wilhelms-Universität. Anders als Fischer – obwohl dieser, das musste man sagen, in den letzten Jahren sehr viel milder geworden war und Lise sogar den Besuch seiner Vorlesung erlaubt hatte – wirkte Willstätter überhaupt nicht so, als wäre er Lise gegenüber kritisch eingestellt.

»Wir warten noch auf Professor Beckmann – und dann können wir uns unser neues zu Hause ja auch schon anschauen«, sagte Willstätter vergnügt.

»Als ob du nicht schon seit Tagen um das Haus herumgeschlichen wärst!«, neckte Hahn seinen neuen Kollegen.

Willstätter lief tatsächlich leicht rot an. »Nun«, sagte er, »es war eben praktisch, hier gleich in die Nähe zu ziehen. Ich wohne dahinten, genau wie Kollege Haber übrigens«, erklärte er Lise und deutete in die Richtung, aus der sie gekommen war. »Im Faradayweg! So wird die Straße heißen. Noch hat sie leider keinen Namen. Jedenfalls kann ich so jederzeit ins Institut und habe außerdem die Blumen immer im Blick. Ah! Professor Beckmann.« Willstätter winkte dem frischgebackenen Direktor ihres Instituts so aufgeregt zu, dass ihm die kleine Blume jetzt doch aus dem Knopfloch fiel.

Ein älterer Mann kam vom Haus aus auf sie zu, sein Gehstock bohrte sich bei jedem Schritt mit einem knirschenden Laut in den Kies. Er hatte, wie Lise mit leichtem Amüsement bemerkte, einen überaus buschigen Bart, der links und rechts lang war, weiß und wolkig, in der Mitte des Kinns aber kürzer und von einem farblosen Braun.

Beckmann reichte ihnen, der Reihe nach, die Hand. »Herr Hahn, hat alles geklappt mit dem Vertrag?«, fragte er und schüttelte Hahns Hand so kräftig, dass Lise beinahe meinte, Knochen brechen zu hören. »Ja, danke«, antworte Hahn grinsend.

Lise hatte gar nicht gewusst, dass es nun also doch schon unter Dach und Fach war und Hahn bereits einen Vertrag unterzeichnet hatte. Damit war es wohl auch endgültig, dass sie keine Stelle bekommen würde. Nicht, dass sie das überraschte. Aber eine Enttäuschung war es schon, jedes Mal aufs Neue. »Na, dann Glückwunsch, Herr Abteilungsleiter! Und Sie müssen Fräulein Meitner sein«, bemerkte Beckmann, als er Lises Hand ergriff. »Ich habe schon viel von Ihnen gehört.«

Aber nicht genug, um auch mir eine Stelle anzubieten, dachte Lise bitter, verbiss sich aber jede Erwiderung in diese Richtung.

»Fräulein Meitner wird bei mir als Gastwissenschaftlerin arbeiten«, beeilte sich Hahn zu sagen. »Mit Ihrer Erlaubnis natürlich.«

»Ja, ja, selbstverständlich«, sagte Beckmann leichthin. »Eine bezahlte Stelle kriegen Sie leider nicht, Fräulein Meitner, die Vorschriften, Sie wissen schon. Ansonsten, umso bunter, desto besser, nicht wahr, Willstätter? Ihre Blumen sehen übrigens fantastisch aus. Da kriegt die Provinz hier gleich etwas Farbe eingehaucht. Ich hoffe, Ihre Erforschung der Blatt- und Blütenfarbstoffe wird ebenso ertragreich. Nun denn, meine Herren, wollen wir?«

Und damit war die Begrüßungsrunde auch schon beendet, und Lise musste eine Erwiderung – was auch immer sie dazu hätte sagen sollen – ungesagt herunterschlucken. Denn Beckmann eilte ihnen bereits voraus zum Institut.

Hahn warf Lise einen strahlenden Blick zu. »Wollen wir?«

Gemeinsam mit Willstätter folgten sie Beckmann. Nur die Blume, die Willstätter aus dem Knopfloch gefallen war, blieb in der Einfahrt zurück – als kleiner blauer Punkt inmitten des blendenden Weiß des frischen Kieses.

Anni

Anni saß vor dem Kuchen und konnte es nicht fassen.

Kein Wunder, dass sie so fassungslos war und dass in ihrem Magen eine Mischung aus Schuld und Wärme einen kleinen Tanz aufführte. Das war immerhin erst das zweite Mal in ihrem Leben, dass ihr jemand einen Kuchen gebacken hatte. Und das erste Mal war auch noch nicht so lange her. Letztes Jahr hatte Hedwig einen Kuchen für sie gemacht – zumindest hatte sie das behauptet, als sie bei einem Picknick, das sie mit Lise zusammen am Wannsee veranstaltet hatten, plötzlich einen kleinen Gugelhupf hervorholte, garniert mit einer herrlichen Zuckerglasur. Anni hatte die hübsche Schachtel der Konditorei aber sehr wohl bemerkt, die Hedwig unauffällig verschwinden ließ. Kein Wunder, Hedwig, das wusste Anni ganz genau, konnte ja überhaupt nicht backen. Aber gefreut hatte Anni sich natürlich trotzdem, obwohl es ihr auch etwas unangenehm gewesen war. Schließlich war sie es nicht gewohnt, dass jemand anderes etwas für sie tat – mal abgesehen davon, dass sich bisher auch nie jemand um ihren Geburtstag geschert hatte. Wenn Hedwig ihr im letzten Jahr nicht permanent in den Ohren gelegen hätte, endlich ihren Geburtstag zu verraten, sie hätte gar nicht erst zugegeben, dass der 22. Juli jener Tag war, an dem sie das Licht der Welt erblickt hatte.

Doch der Kuchen heute, klein zwar und ohne Zuckerglasur, aber eindeutig ein Kuchen – und nur für sie! –, kam nicht von Hedwig. Nein, er kam von ihrer Hausherrin Marie Althoff, und das war es, was Anni erst recht die Tränen in die Augen trieb.

Als Anni vorhin in die Küche gekommen war, wo sie mit der Herrin meistens ein kurzes, stilles Frühstück einnahm, hatte die Herrin ihn plötzlich hervorgeholt und schweigend vor Anni abgestellt. Marie Althoff war nie eine Freundin großer Worte gewesen, aber das musste sie ja auch nicht sein. Diese kleine Geste sagte bereits alles, was sich in den letzten Jahren zwischen ihnen entwickelt, zwischen ihnen verändert hatte.

Damit, dass sie einmal so ein warmes Gefühl in der Magengrube bekommen würde, wegen etwas, das eine Dienstherrin für sie tat, hätte Anni nie gerechnet. Nun, und besonders häufig war es ja auch bisher nicht vorgekommen, sodass sie bereits daran hätte gewöhnt sein können. Die Herrin schließlich neigte – wie hätte es anders sein können – nicht zu warmherzigen Gesten. Und doch hatte sich zwischen Anni und Marie Althoff in den letzten Jahren eine enge Bindung aufgebaut. Der Tod von Friedrich Althoff hatte sie zusammengeschweißt. Auf einmal waren sie ganz alleine in diesem großen Haus gewesen. Die Herrin hatte wochenlang kaum gesprochen, war in ihrem schwarzen Trauergewand einmal mehr wie ein Geist durch das Haus geschlichen. Nur einmal hatte sie Anni zu sich gerufen, um ihr zu verkünden, dass sie sie – anders als es häufig üblich war, wenn der Hausherr starb – nicht freigeben würde. »Ich brauche dich«, hatte sie schlicht gesagt und dabei so müde und alt ausgesehen, dass es Anni fast das Herz brach, egal wie rüde die Herrin auch sonst manchmal war.

Und seitdem lebten sie einträchtig zusammen, und das streng geregelte Gebilde aus Dienstmädchen und Hausherrin hatte sich immer mehr aufzulösen begonnen. Natürlich erledigte Anni noch immer alles im Haushalt und war damit auch jeden Tag beschäftigt. Und Marie Althoff wachte weiterhin über alles mit ihrer üblichen strengen, unnachgiebigen Art. Aber ab und an kochte auch die Herrin für sie beide, sie unternahmen (schweigend, aber immerhin) gemeinsame Spaziergänge, und ein halbes Jahr nach Althoffs Tod hatte Marie Althoff ihr ein Geschenk gemacht, mit dem Anni in ihrem Leben nicht gerechnet hätte. Etwas, das sogar über die nette Geste eines Kuchens oder eines gemeinsamen Essens weit hinausging ...

»Willst du den Kuchen in Grund und Boden gucken? Iss, Kind!«, unterbrach Marie Althoff jetzt ihre Gedanken. Sie hatte die ganze Zeit über stumm neben Anni gestanden und mit einem leichten Lächeln, das an ihrer sonst so strengen Miene zupfte, dabei zugeschaut, wie Anni ungläubig auf den Kuchen starrte.

»Danke, Madame!«, brachte Anni hervor. »Das wäre doch nicht nötig gewesen!«

»Natürlich wäre es das nicht«, sagte Marie Althoff schlicht und reichte Anni ein Messer. »Aber du bist mir eine echte Hilfe und ein wirklich gutes Mädchen. Du hast es dir verdient.«

Das Lob ließ das Blut in Annis Wangen schießen, aber sie versuchte, sich nichts anmerken zu lassen. Die Herrin war keine Freundin von großen Emotionen. Sie liebte das Schweigen und die Eintracht, und wenn man ihrer Strenge gerecht wurde, belohnte sie einen. Aber Herzlichkeit und Frohsinn waren wahrlich nicht die Säulen, auf denen das Haus Althoff gebaut war. Was Anni egal war, sie hatte hier immerhin ein Auskommen, und die Freundlichkeiten, die Marie Althoff ihr erwies, waren ihr genug – Herzlichkeit und Frohsinn bekam sie bei Lise und Hedwig. Und in der Schule.

Das nämlich war das größte Geschenk gewesen, das Marie Althoff ihr je gemacht hatte und Anni jedes rüde Wort, jeden harschen Befehl der Herrin vergessen ließ. Althoff war noch kein halbes Jahr tot, und die Bäume in Groß-Lichterfelde zeigten gerade erst ihre ersten Knospen, da hatte Anni sich getraut, die Herrin zu fragen, ob es nicht doch möglich sei, dann und wann einen Abendkurs zu besuchen, und sei es auch nur einmal die Woche, irgendetwas eben, damit auch sie endlich mehr lernen könne – und nicht immer nur zuhören müsse, wie Lise und Hedwig von ihrem Leben an der Universität schwärmten. Die Herrin hatte einige Tage nachgedacht – und dann verkündet, sie habe Anni an einer neu gegründeten Mädchenschule angemeldet.

Und so ging Anni nun drei Tage die Woche zur Schule und nutzte die

Nächte, um das, was sie verpasst hatte, nachzuholen. Und nach mittlerweile drei Jahren machte sich das Lernen langsam bezahlt: Vor Ende des nächsten Schuljahres, um Ostern herum, würde sie das Abitur ablegen können. Das allerdings hatte sie Marie Althoff noch nicht erzählt.

Vielleicht, dachte Anni, wäre ja jetzt, da Marie Althoff mit regloser Miene den Kuchen auf zwei Teller verteilte, eine gute Gelegenheit?

Aus irgendeinem Grund hatte sie etwas Sorge, wie die Herrin auf diese Nachricht reagieren würde. Einerseits konnte sie natürlich froh sein, dass sie bald die wahrlich nicht günstigen Schulgebühren für Anni nicht mehr würde bezahlen müssen. Aber andererseits hasste die Herrin Veränderungen jeder Art – und sie hatten sich in ihren kleinen Routinen, seit Anni zur Schule ging, gut eingerichtet. Alles funktionierte so, wie es war. Und darauf beharrte die Herrin auch. Außerdem könnte sie, wenn Anni ihr erzählen würde, dass sie bald das Abitur machen wollte, durchaus Sorge bekommen, Anni würde sie danach verlassen. Was, wenn Anni ehrlich war, ja auch keine ganz unbegründete Befürchtung wäre. Immerhin hatte Anni danach mehr Möglichkeiten, eine Arbeit zu finden, als nur als Dienstmädchen.

Sie war jetzt dreiundzwanzig und insgeheim wünschte sie sich manchmal mehr vom Leben, als unter der stillen Herrschaft Marie Althoffs zu dienen, vielleicht auch befördert durch ihre Freundschaft mit Hedwig und Lise, die sich in den letzten Jahren intensiviert hatte. Andererseits: Sie würde ihre eigene Herkunft natürlich nicht vergessen. Leute wie sie waren dazu gemacht, den höheren Herrschaften zur Hand zu gehen. Es war nicht gut, würde sie jetzt übermütig werden, nur weil sie etwas mehr Bildung hatte genießen dürfen, als ihresgleichen eigentlich zustand.

Nein, beschloss Anni instinktiv, als Marie Althoff ihr ein dickes Kuchenstück auf den Teller legte. Schweigend begann die Herrin zu essen. Sie würde noch nichts sagen – und keine schlafenden Hunde wecken. Ohnehin war es ja noch etwas Zeit bis zum nächsten April. Und zu lernen hatte sie noch einiges! Vielleicht würde sie das Abitur gar nicht bestehen. Oder erst gar nicht zugelassen werden. Dann würde sie auch damit leben können und mit dem, was sie bereits jetzt schon bekommen hatte, zufrieden sein. Und wenn sie etwas wusste im Leben, dann war es, dass man nie einen Schritt vor dem anderen machen durfte: Es kam doch sowieso anders, als man dachte.

Als sie bei den von Hohensteins aufgebrochen war – wie aus einer anderen Zeit kam ihr das jetzt vor! –, hatte sie schließlich auch nicht damit gerechnet, hier in und um Berlin, unter der Obhut einer strengen Herrin und in Begleitung neuer Freundinnen, ein echtes zu Hause zu finden. Aber so war es. Und wenn es für immer dabei bleiben würde, so wäre Anni auch nicht unglücklich, dachte sie nun und schob sich ein Stückchen Kuchen in den Mund. Er war etwas trocken, aber süß. Der Geschmack von Vanille breitete sich in ihrem Mund aus und Anni schloss die Augen.

Als sie sie wieder öffnete, sah sie, dass Marie Althoff sie beobachtete. Anni lächelte, und die Herrin nickte zufrieden vor sich hin.

Nein, schlecht, dachte Anni, schlecht ging es ihr wahrlich nicht! Im Gegenteil. Wer hätte gedacht, dass sie je so zufrieden sein würde?

Hedwig

»Dürfte ich wohl bitten! Tilly, auch du!« Hedwig klopfte mit ihrer Faust auf das Holz des Tisches. Fünf Augenpaare wandten sich ihr zu, und bis auf leise Schritte im Hintergrund – denn sie saßen in einer Nische im Korridor – und einem leisen Tuscheln, weil Tilly und Else noch immer über das kleine Porträt kicherten, das Else mitgebracht hatte, war es still im Raum. Wobei Tilly einen dermaßen ausgeprägten Akzent hatte, dass sie überhaupt nicht unauffällig tuscheln konnte. Die junge Frau kam aus England und war mit ihrem Mann erst vor einigen Jahren nach Berlin gezogen – und das hörte man. Ganz abgesehen einmal von ihrem rauen Lachen.

»Tilly«, mahnte Hedwig noch einmal lauter, und endlich hörten Tilly und Else auf zu kichern. »I'm sorry, my dear«, sagte Tilly. Else wiederum versteckte hastig das Porträt, über das die beiden geflüsterte hatten, unter dem Tisch – nicht ohne dass alle anderen einen Blick auf den attraktiven jungen Mann, der auf der Fotografie abgebildet war, erhaschen konnten. »Entschuldige, Hedwig!« Else lächelte verschämt.

»Aha, aha, daher weht also der Wind«, rief Henny. »Zeig doch mal her!« Henny, eine junge Kunstwissenschaftsstudentin, schickte sich schon an, über den Tisch nach dem Bild zu greifen, da schritt Hedwig sofort ein. »Stopp jetzt! Wir kommen überhaupt nicht voran, wenn wir uns immer so ablenken lassen!«

Ganz offensichtlich war Elses neuer Schwarm ein wesentlich interessanteres Thema als der nächste Tagesordnungspunkt ihrer Sitzung von »Die Studentin« – zumindest heute. Meistens waren die jungen Frauen, mit denen Hedwig die Studentinnenzeitschrift gegründet hatte, nämlich mit einem ebensolchen Feuereifer bei der Sache wie Hedwig selbst. Zumindest auf Gertrud war auch heute Verlass, sie, die fast immer Protokoll führte, hatte bereits wieder ihren Füller gezückt und das Blatt schon halb vollgeschrieben mit allem, was sie bereits besprochen hatten – bevor Hedwig vorgeschlagen hatte, eine Pause zu machen, und das Gekicher danach gar nicht mehr aufhören wollte.

Aber wenn Hedwig ehrlich war, mochte sie es, dass ihre Treffen vom Redaktionsteam der »Studentin« immer so zwanglos abliefen. Auch wenn sie dann manchmal langsamer vorankamen. Hier, mitten in der Universität, wo alles so steif und verstaubt war, war die Frauengruppe, die sich im Hauptgebäude an einem kleinen Tisch in einer Nische versammelt hatte, ein echter Lichtblick. Sie hatte in Olga, Henny, Else, Tilly und Gertrud nicht nur Mitstreiterinnen gefunden, junge Studentinnen, die für die gleichen Themen brannten wie sie, sondern auch neue Freundinnen.

Wie undenkbar es noch vor wenigen Jahren gewesen wäre, dass sie hier so zwanglos saßen, darüber musste Hedwig in letzter Zeit häufig nachdenken. Es war noch nicht lange her, dass das Frauenstudium eingeführt worden war, und obwohl man wahrlich nicht sagen konnte, dass sich die Dinge danach sofort zum Guten gewendet hatten, gab es an der Universität doch eine spürbare Auflockerung: Es waren gar nicht mal so viel mehr Frauen gekommen, seit sie offiziell an die Universität durften – dafür hatten einfach noch zu wenige das Abitur, das Voraussetzung für ein Universitätsstudium war. Aber die Art, wie die Frauen sich in den Räumen der Universität bewegten, hatte sich verändert. Man ließ sich nun nicht mehr so einfach einschüchtern, wegdrängen und mundtot machen. Auch wenn einige bornierte Herren es weiterhin versuchten.

So durfte die Zeitschrift »Die Studentin«, ebenso wie die beiden Studentinnenvereine, die sich an der Universität gegründet hatten, bis auf wenige Ausnahmen nicht in Seminarräumen oder Hörsälen tagen – das war alleine den korporativen Studentenvereinen vorbehalten. Ebenso hatte bisher noch keine Frau am Studentenausschuss teilnehmen dürfen. Und dass einige Professoren sich weiterhin anstellten, als verlangte der Teufel höchstpersönlich Einlass in ihren Hörsaal, hatte sich auch nur langsam gebessert.

Dafür aber waren die Gänge der Universität seit dem Wintersemester 1908 zunehmend belebter geworden: Junge Frauen saßen gemeinsam in den Sitznischen im ersten Stock des Hauptgebäudes, wie sie jetzt auch, in den Gängen wurde getuschelt und gelacht. Und hier und da freilich bahnte sich auch die eine oder andere Romanze an.

Nicht, dass Hedwig dieser Punkt interessiert hätte – nein, seit das Frauenstudium eingeführt und sie sich offiziell im Fach Geschichte eingeschrieben hatte, hatte sie sich voll und ganz auf ihr Studium konzentriert. Genau so, wie sie es sich selbst geschworen hatte, als Albert abgereist war und sie den Schock über Augusts Tod verarbeitet hatte.

Sie war nur dankbar, dass ihr kühner Plan funktioniert hatte und sie auch tatsächlich heute hier sitzen und Pläne schmieden konnte: Tatsächlich hatte sich zumindest in ihrem Leben alles zum Guten gewendet. Sie hatte sich einschreiben können, und ihr Vater bezahlte ihr trotzdem einen monatlichen Betrag, damit sie ein Auskommen hatte. Sie hatte sich erst kaum getraut, ihn in ihre neuen Pläne einzuweihen.

Aber ihr Vater hatte nur grummelnd zugestimmt. Er kannte Hedwig schließlich und wusste, dass man sie kaum von etwas abhalten konnte, das sie sich in den Kopf gesetzt hatte. Natürlich konnte er es trotzdem nicht sein lassen, sie bei sämtlichen gesellschaftlichen Anlässen, zu denen er sie mitnahm, mit jungen Männern bekannt zu machen, die er offensichtlich als geeignete Heiratskandidaten handverlesen hatte. Aber das sollte ihr recht sein, er würde sie ja nicht in eine Ehe zwingen – und um noch einmal so blauäugig zuzustimmen, wie damals bei August, dazu war sie mittlerweile zu klug und wusste zu sehr, was sie wollte.

Nämlich genau das, was sie hatte.

Wie gut sich alles gefügt hatte! Viel Geld hatte sie zwar nicht, denn ihr Vater zahlte ihr selbstverständlich nicht allzu viel, aber sie konnte zumindest schon einmal an der Wohnung sparen, denn da Augusts Eltern Hedwigs Vater – immerhin ein wichtiger Fabrikant – nicht verärgern wollten, hatten sie Hedwig erlaubt, als eine Art Witwenrente in der Wohnung, die sie mit August geteilt hatte, zu bleiben. Wenn ihr Geld für die Universität trotzdem nicht reichte, so griff ihr Ottilie von Hansemann gelegentlich unter die Arme. Und so kam es, dass Hedwig mittlerweile kurz vor ihrer Promotion stand. Sie konnte es selbst kaum fassen, dass es beinahe so weit war!

Die Arbeit allerdings war noch längst nicht fertig, und wenn Hedwig an das halb geschriebene Werk dachte, wurde ihr ganz flau im Magen – sie hatte sich durchaus viel vorgenommen für das, was der krönende Abschluss ihrer bisherigen Universitätskarriere sein sollte. Und eigentlich machte ihr die Arbeit auch ziemlich Spaß. Abends, wenn alle anderen schliefen und sie alleine an ihrem Schreibtisch saß, nur mit ein paar Kerzen, die ein schummriges Licht auf ihre Blätter und die Bücher warfen, arbeitete sie am liebsten. Gut, manchmal arbeitete sie dann auch nicht, sondern schaute nur versonnen aus dem Fenster, wo sie sich selbst im flackernden Schein der Kerzen zwischen all den Büchern sitzen sah – so fühlte sich Freiheit an, genau so, dachte sie dann, und ihr Herz schien jedes Mal beinahe zu platzen vor Glück, dass sie so weit gekommen war. Aber dass die Arbeit mehr als gut werden musste, damit sie überhaupt angenommen wurde, und dass sie selbst dann noch Professor Lenz' kritischem Blick ausgesetzt war, das setzte sie schon unter Druck und sorgte dafür, dass ihr die Arbeit derzeit etwas schwerer fiel. Daran allerdings wollte sie jetzt nicht denken.

Jetzt schließlich ging es erst einmal um etwas ganz anderes, nämlich um Hedwigs andere Herzensangelegenheit, die sie selbstverständlich über die Jahre ebenfalls immer weiterverfolgt hatte: die Gleichberechtigung der Frauen an der Universität. Denn so, wie Hedwig sich in die wissenschaftliche Arbeit gestürzt hatte, so war sie auch nicht müde geworden, bei dem neu gegründeten Studentinnenverein an vorderster Front mitzuwirken und schließlich sogar die erste Studentinnenzeitung der Universität zu gründen: »Die Studentin«.

An aufgeweckten, gescheiten und engagierten Mitstreiterinnen mangelte es nicht – die meisten Studentinnen waren sich ihrer unterdrückten Position an der Universität nur zu bewusst und wollten aufbegehren. Aber in manchen Dingen kamen sie nun schon seit Monaten nicht voran. Zum Beispiel, was den Studentenausschuss der Universität anbelangte. Dieser regelte alle Belange der Studenten, organisierte die Feierlichkeiten, prägte das Bild der Universität – und »Die Studentin« hatte noch nicht einmal die Erlaubnis erhalten, Zuschauerinnen dorthin zu entsenden.

Dabei war der Studentenausschuss überaus wichtig, wollten Frauen in den Korridoren der Universität nicht nur durch leises Lachen oder hübsche Kleider auffallen. Nein, sie wollten schließlich ins Herz der Universität vordringen! Und das bedeutete, bei der studentischen Organisation, die über die Belange aller Studenten entschied, ebenfalls dabei zu sein. Nur: Wie Hedwig ja schon vor Jahren bitter hatte erfahren müssen, waren die meisten Studenten kein Stück weniger borniert als die alten Herren der Universität. Hedwig hatte ganz umsonst schon mehrfach bei verschiedenen Korporationen vorgesprochen, das Gespräch gesucht und um Verhandlungen gebeten. Die Verbindungsstudenten stellten sich, was Frauen anbetraf, noch genauso quer wie schon vor Jahren.

Aber ihre Mitstudentin Henny, die gerne mit den männlichen Studenten flirtete, um an Informationen zu gelangen, hatte gute Nachrichten, die sie jetzt, wo das Getuschel endlich aufgehört hatte, auch allen verkündete: »Ich habe uns bei den Freistudenten vorgestellt, und die Freistudenten«, Henny machte eine bedeutungsschwere Pause, in der sie Beifall heischend in die Runde schaute, »würden uns zum Ausschuss B mitnehmen, damit wir berichten können!«

Henny strahlte, als habe der Kaiser persönlich zu ihr gesprochen. Dabei konnte sich Hedwig nur zu gut denken, wie Henny zu diesem Zugeständnis gekommen war. Aber das sollte ihr egal sein, jede wählte ihre Methoden eben selbst. Und Henny konnte nicht nur Männer um den Finger wickeln, sondern war auch blitzgescheit und wusste genau, was sie tat.

»Der Ausschuss B?«, fragte Olga, eine kleine schwarzhaarige Jurastudentin, sofort kritisch. »Aber das ist doch der viel unwichtigere Ausschuss der beiden Gremien des Studentenausschusses!«

»Wieso? Was macht denn der Ausschuss B?« Gertrud, die den Stift immer noch gezückt hatte, um mitzuschreiben, beugte sich neugierig vor. Sie notierte am liebsten immer alles ganz genau, damit auch die Nachwelt von ihrer Arbeit und ihren Überlegungen profitieren würde, wie sie sagte. Die Zeitschrift »Die Studentin«, die sich aus dem Studentinnenverein gegründet hatte, war unter anderem ihre Idee gewesen. So konnte man hilfreiche Informationen rund ums Studium gleich einer größeren Menge an Studentinnen zur Verfügung stellen, und es musste nicht jede erst für sich herausfinden, wie die Dinge an der Universität funktionierten.

»Das ist doch besser als nichts!«, beeilte sich Hedwig zu sagen, damit die Motivation nicht sofort wieder einriss. Als Sprachführerin der Gruppe war es ihre Aufgabe, dass die Stimmung nicht umschlug. Und Olga war dafür bekannt, alle Pläne und Ideen sofort in ihre Einzelteile zu zerlegen. Was oft auch sehr hilfreich war, aber manchmal die Gruppe auch deprimierte und lähmte.

Aber da legte Olga auch schon los. »Erstens haben die Freistudenten«, sie spuckte das Wort regelrecht aus, »sowieso nichts zu sagen. Was glaubt ihr, warum die als einziger Studentenverein Frauen aufnehmen? Genau!«, beantwortete Olga ihre eigene Frage sogleich selbst, »weil sie keinerlei, wirklich *keinerlei* Einfluss und deswegen auch nichts zu verlieren haben. Die Korporationen der Universität ziehen sowieso immer über die her. Und des Weiteren habe ich mich in Vorbereitung auf die heutige Sitzung einmal mit den Satzungen vertraut gemacht. Der Ausschuss B ist ein völlig unwichtiges Unterorgan. Im Ausschuss A werden die wichtigen Sachen besprochen, die Studentensprecher gewählt, die Finanzen geregelt, einfach alles. Wir müssen in den Ausschuss A, wenn wir überhaupt etwas erfahren wollen.«

»Aber im Ausschuss A sitzen die Freistudenten nicht?«, wandte sich Hedwig an Henny.

»Nein«, erwiderte Henny unglücklich.

Olgas Entzauberung hatte schon gewirkt. Überall zerknirschte Gesichter. Und dazu näherte sich jetzt auch noch ein Verbindungsstudent von der Seite und legte seine Bücher demonstrativ auf den Tisch neben ihnen.

Es war aussichtlos, jetzt konnte Hedwig sich anstrengen, so viel sie wollte.

»Die Freistudenten sind ebenso wie wir keine Korporation. Die Universität ist aber fest in den Händen der Studentenverbindungen. Und im Ausschuss A sind deswegen nur Korporationen gestattet«, sagte Olga und versetzte der Sitzung damit den Todesstoß. »Und ihr wisst ja, wie es mit denen ist.« Sie warf dem Studenten am Nebentisch einen wütenden Blick zu.

»Ach, wenn wir doch auch nur solche schlagenden Idioten werden könnten«, seufzte Henny theatralisch – so laut, dass ihre Stimme beinahe unanständig von den hohen Wänden der Universität widerhallte.

»Meine Damen, ich versuche, mich hier zu konzentrieren«, schoss der Verbindungsstudent sofort los.

»Sag mal, Olga«, fragte Hedwig langsam. »Was muss man eigentlich tun, um eine Korporation zu gründen?«

»Ach«, sagte Olga und kräuselte die feine Stirn mit der hellen Porzellanhaut. »Dafür ist eigentlich nur eine Satzungsänderung vonnöten und einiges rechtliches Rumgeschachere.«

»Was du nicht sagst.« Hedwig musste plötzlich so breit grinsen, dass sie das Gefühl hatte, ihr Gesicht würde gleich auseinanderfallen.

An den Mienen der anderen konnte sie erkennen, dass ihnen langsam auch klar wurde, welche Idee Hedwig da gerade gekommen war. Und mit einem Mal war die trübe Stimmung wie weggeblasen.

»Oh mein Gott«, entfuhr es Else.

»Meine Damen«, imitierte Hedwig den Tonfall des Verbindungsstudenten. »Mich düngt, wir haben eine Idee! Wir sollten in unserem Studentinnenverein wohl einmal über eine Satzungsänderung diskutieren.«

»Mann, dabei steht mir doch überhaupt keine Uniform«, nörgelte Henny. Aber auch sie grinste übers ganze Gesicht.

Lise

»Und hier wird das chemische Labor sein.« Hahn zeigte voller Stolz in den Raum, in den er und Lise gerade hineinspähten.

»Direkt daneben dann das physikalische Messzimmer.« Hahn durchmaß mit langen Schritten den Raum – Lise hatte große Mühe, ihm zu folgen – und deutete auf das Zimmer, das sich daran anschloss. »Ich habe mir überlegt, dass es wohl sinnvoll wäre, beide Arbeitsbereiche zu trennen.«

»Absolut«, gab Lise ihm recht.

Es war noch immer unglaublich, dass sie überhaupt mehrere Räume zur Verfügung hatten. Nicht nur zwei, nein, fünf! Und eingerechnet war noch nicht die Kaffeeküche, in der die Mitarbeiter des gesamten Instituts zusammenkommen und sich austauschen konnten. Wie viel geselliger das sein würde als in der Holzwerkstatt! Auch wenn sie Fischers Institut schließlich doch hatte betreten dürfen (er hatte ihr am Ende sogar eine Damentoilette eingerichtet!), so war es nie eine wissenschaftliche Heimat und schon gar kein Ort des Austausches gewesen. Hier, im Erdgeschoss des neuen Instituts, konnte man es allerdings beinahe spüren: Die Luft roch nach frischem Putz und nach neuen Möglichkeiten. Aber auch danach, dass bald ein neues Kapitel beginnen würde, von dem Lise noch nicht wusste, was es ihr bringen würde. Während sich vor den Fenstern der Herbst eingerichtet hatte, war ihr Labor fast fertig – am 23. Oktober sollte bereits die feierliche Einweihung stattfinden, zu der sich sogar der Kaiser angekündigt hatte. Und Hahn wiederum war so begeistert, dass er die leichte Melancholie nicht zu bemerken schien, die von Lise Besitz ergriffen hatte.

Nun, es war schön, ihn so glücklich zu sehen. Sehr schön sogar. So schön, dass Lise fast darüber hinwegzusehen bereit war, dass er das Labor abwechselnd »unser« und dann wieder nur »meins« nannte. Aber nur fast.

»Komm, wir spicken mal in den ersten Stock«, sagte Hahn und ergriff Lises Hand.

Sie musste sich zwingen, nicht zusammenzuzucken, aber Hahn zog sie einfach weiter, die kleine Treppe zu Willstätters Reich hinauf. Hier sah es noch ähnlich kahl aus wie bei ihnen unten: Die Labortische standen bereits, Geräte waren installiert, aber noch keine Proben bevölkerten die Tische, die Mikroskope warteten still auf ihren Einsatz.

»Und jetzt lass uns mal schauen, wie gut die Bibliothek bereits bestückt ist!« Mit diesen Worten stürmte Hahn auch schon zum nächsten, dem letzten, Stockwerk – dem Reich des Institutsdirektors Beckmann – und zu der Bibliothek. Ihre Schritte knarrten auf der frisch gezimmerten Treppe. Alles klang laut und hallte nach, hier, wo noch nichts an den Wänden hing, nicht einmal ein Porträt des Kaisers. Wobei das natürlich bis zum 23. Oktober dringend korrigiert werden musste.

»Nur dumm, dass wir im Erdgeschoss sind«, bemerkte Hahn, als sie im obersten Stock zum Fenster traten. »Der Ausblick hier ist eindeutig besser!« Da konnte Lise ihm nur recht geben: Von hier oben konnte man wunderbar über die Landschaft schauen, im Süden zu einer malerischen Ebene, auf der wie kleine Pilze Windräder wuchsen, im Westen schloss sich mit seinen dunkel wogenden Wipfeln der Grunewald an.

Doch Lise musste sich eingestehen, dass sie der Landschaft schon einmal mehr Beachtung geschenkt hatte. Hahn hatte einen so beglückten Gesichtsausdruck, dass Lise sich auf die Lippe beißen musste, um nicht breit zu grinsen. Trotz ihrer eigenen Bedenken bezüglich dieses neuen Kapitels. Hahn war einfach hinreißend, wenn er so gut gelaunt war. Nicht, dass er nicht eigentlich immer guter Dinge war, das lag in seinem Naturell, aber aus irgendeinem Grund war er seit geraumer Zeit – eigentlich seit Monaten schon – noch viel besser gelaunt, übersprudelnd und energetisch. Vermutlich lag es an seinem neuen Posten als Abteilungsleiter, dachte Lise.

»Das wird eine fantastische Zeit, Fräulein Meitner, das spüre ich einfach!«, sagte Hahn jetzt begeistert, als sie die Stufen zum Erdgeschoss, in dessen rechtem Flügel sich ihre Laborräume befanden, hinabstiegen.

»Ich wollte ein ernstes Wort mit Ihnen darüber reden«, begann Lise, als sie wieder unten angekommen waren und im chemischen Labor standen. »Wir sollten überlegen, wie wir es hinbekommen, dass wir das Labor nicht gleich wieder radioaktiv verseuchen.«

»Ja, darüber habe ich auch nachgedacht«, nickte Hahn. »Gerade für unser neuerliches Vorhaben, die Muttersubstanz von Actinium zu finden, wäre es mir lieber, wenn wir nicht durch irgendwelche Messungenauigkeiten zurückgeworfen würden. Schließlich sind wir nicht die Einzigen, die daran forschen!«

Da konnte Lise ihm nur recht geben. Sie hatten so viel mit radioaktivem Material in der Holzwerkstatt gearbeitet, dass sensible Messungen dort kaum noch möglich waren. Nun, erfolgreich waren sie freilich dennoch gewesen. In den letzten Jahren hatten sie gemeinsam unzählige Publikationen verfasst und dabei nicht nur eine ganze Reihe von Themen bearbeitet – das magnetische Spektrum der vom Thorium emittierten Betastrahlen, die komplexe Natur des Radioactiniums und seine Position im Periodensystem der Elemente –, sondern auch ein paar neue radioaktive Elemente entdeckt. Aber im neuen Labor wollten sie sich eben besonders kniffligen Themen widmen. Und dafür brauchten sie einen guten Plan.

»Es wäre besser«, überlegte Hahn laut, »wenn wir zum Beispiel die Dinge, die dauerhaft im Raum verbleiben, nicht so oft berühren würden. Ich weiß, das klingt sehr umständlich«, gab er zu. »Aber die größte Verseuchung geht doch zum Beispiel von Türgriffen aus, die wir nach den Experimenten angefasst haben.«

Das stimmte, dachte Lise. Immerhin benutzten sie keine Handschuhe – zu ungenau wäre dann die Handhabung der Substanzen, außerdem musste es sowieso immer schnell gehen, da hatte man einfach keine Zeit für so etwas wie Handschuhe. Aber das barg natürlich Risiken verschiedener Art, etwa schwer heilende Verbrennungen (wie sie hörte, hatte ein Laborant ihres Kollegen aus Wien, Stefan Meyer, gar eine Hand verloren) – und eben die radioaktive Verseuchung von allem, was sie berührten.

»Toilettenpapier«, schlug Lise vor. »Wir stellen neben jede Tür eine Rolle, und man darf die Klinken nur damit anfassen.«

»Gewitzt, Fräulein Meitner, und wie immer brillant mitgedacht.« Hahn zwinkerte ihr auf eine Art zu, wie nur Hahn es konnte.

Lises Herz klopfte ein wenig schneller, und ihr wurde mit einem Mal ganz warm – dabei war es hier im Labor durchaus kühl. Das passierte ihr in letzter Zeit häufiger, dass Hahn ihr Herz ins Stolpern brachte. Zumindest wenn er sie lobte. Sicherlich lag es daran, dass ihre gemeinsame Arbeit derzeit auf dem Prüfstand stand und sie daher in seiner Gegenwart stets auf der Suche nach Bestätigung war. Etwas, das ihr normalerweise eigentlich nicht ähnlich sah. Es könnte natürlich auch an dem liegen, was Hedwig stets behauptete und womit sie Lise nun schon seit Jahren aufzog. Dass zwischen Hahn und ihr, wenn sie nur wollte, durchaus mehr sein könnte als reine Kameradschaft.

Erst gestern hatte Hedwig sie deswegen wieder in die Mangel genommen. »Wie wäre es denn, Lise«, hatte Hedwig gesagt, »wenn du aus der Veränderung eine Tugend machst. Und dir endlich einmal eingestehst, dass du und Hahn viel mehr seid als nur Laborpartner.«

»Sind wir nicht«, hatte Lise widersprechen wollen, verstummte aber sogleich. Sie stritt es immer ab, aber so richtig darüber nachgedacht hatte sie nie.

»Aha!«, rief Hedwig triumphierend. »Wird da jemand rot?«

»Hedwig, lass sie in Ruhe«, hatte Anni, die gerade mit einer Näharbeit für Hedwig beschäftigt war, eingeworfen, aber ebenfalls gelächelt.

»Ich bin einfach nicht interessiert an einem Mann«, hatte Lise schließlich geantwortet und dabei überzeugter geklungen, als sie bisweilen war – aber war Zweifeln nicht auch menschlich? Und Zweifeln hieß ja nicht, dass man nicht trotzdem den richtigen Weg eingeschlagen hatte. Und ihr Weg war die Physik. Alles andere würde davon nur ablenken. Aber manchmal dachte sie eben doch ...

Lise fiel mit einem Mal auf, dass sie Hahn gar nicht mehr zugehört hatte.

»Und wir markieren die Stühle nach zwei Kategorien«, endete dieser gerade und schaute sie, nach Zustimmung suchend, an.

»Ja«, sagte sie schnell, »ja, das wäre eine gute Idee, denke ich.«

»Gemeinsam haben wir immer die besten Ideen«, nickte Hahn zufrieden und strahlte schon wieder übers ganze Gesicht. »Und bald schon ist es so weit, und wir können sogar den Kaiser beeindrucken!«

Lise nahm das Thema erfreut auf. Auch wenn der Besuch des deutschen Kaisers ihr wesentlich weniger wichtig war als Hahn. Eigentlich war ihr alles recht, Hauptsache, sie dachte nicht mehr an Hahn und sie. Das wäre doch allzu lächerlich, wenn sie, eine Frau von fast vierunddreißig Jahren, jetzt noch auf solche Gedanken käme ...

»Wir werden ihm eine ordentliche Vorstellung liefern«, sagte Hahn. »Auch wenn die Sicherheitsvorkehrungen wirklich sehr ärgerlich sind. Das habe ich Ihnen noch gar nicht erzählt: Die Leibgarde des Kaisers besteht darauf, dass in unserem Präsentationsraum irgendein kleines Lichtlein brennen muss. Der Kaiser soll nicht im Dunkeln ausharren müssen. Dabei brauchen wir doch eigentlich die Dunkelheit für unsere Präsentation! Nun, wir werden damit arbeiten müssen.«

Lise wollte gerade etwas erwidern, als von unten plötzlich eine helle Stimme hinaufschallte: »Otto? Bist du da?«

Sofort stürzte Hahn zum Fenster und fing an, frenetisch zu winken. »Fräulein Edith! Einen Moment!«

Über seine Schulter erspähte Lise eine schlanke, dunkelhaarige junge Frau, die in der Auffahrt stand.

Mit atemloser Miene drehte sich Hahn zu Lise um, deren Herz mitten in der Bewegung erstarrt zu sein schien. Was war das für eine Frau? Und warum nannte sie Hahn bei seinem Vornamen?

»Jetzt habe ich Sie gar nicht vorbereitet«, sagte Hahn und sah so zerknirscht aus wie ein kleiner Lausbub, dessen alberner Streich aufgedeckt worden war. »Ich wollte Ihnen ganz in Ruhe davon erzählen, dass ich heute besonderen Besuch bekomme. Aber so erfahren Sie es eben auf diese Weise. Kommen Sie, Sie werden das Fräulein Junghans sicher lieben, da bin ich sicher!« Und damit war er schon aus dem Raum gestürmt.

Lise – mit jetzt traurig klopfendem Herzen – folgte ihm langsam.

Hatte sie nicht gerade eben noch über eine mögliche Verbindung mit Hahn nachgedacht? Nun, er schien jedenfalls andere Pläne zu haben, dachte sie, als das junge Fräulein Junghans das Institut betrat. Sie war groß und schlank wie Hedwig, hatte ebenso feine Gesichtszüge, nur dass ihre Augen braun waren wie Lises eigene. Sofort kam Lise sich klein und mickrig vor. Edith Junghans' Augen strahlten, als sie Hahn die Hand gab, dann schaute sie an ihm vorbei zu Lise.

»Sie müssen Lise sein«, sagte sie mit einer warmen, weichen Stimme, die Lise aus irgendeinem Grund ärgerte. Sie war mit schnellen Schritten bei ihr und ergriff ihre Hand. »Ich habe schon so viel von Ihnen gehört!«

Ich aber nicht von Ihnen, lag Lise auf den Lippen, doch sie schwieg und zwang sich stattdessen zu einem Lächeln.

Es stimmte also wirklich. Hahn hatte eine Freundin, oder zumindest eine hübsche Bekannte!

Wie dumm sie gewesen war, überhaupt nur darüber nachzudenken, dass aus ihnen mehr werden könnte. Nun, das war ja auch zu viel gesagt. Sie war sich ohnehin sicher gewesen, dass der Weg der Einsamkeit, ein Leben für die Wissenschaft, das Richtige für sie war! Und obwohl sie sich dessen so bewusst war, schmerzte ihr Herz nun auf eine Art, die ihr bisher noch recht unbekannt gewesen war. Und pochte wehmütig, als Hahn seiner jungen Freundin nun großspurig »sein« Labor zeigte – und Lise beinahe gar nicht beachtete. Wieso auch, Hahn war ein Mann in seinen besten Jahren, und gegen die grazile Schönheit von Edith war Lise eine graue Maus.

Unsinn, schalt sie sich sogleich. Graue Maus hin oder her. Sie hatte sich nie um ihr Aussehen geschert. Es kam ja darauf an, was man im Kopf hatte. Und Vergleiche taugten sowieso nichts.

»Schauen Sie, was ich hier für einen Ausblick habe«, sagte Hahn gerade und zeigte aus dem Fenster im Studierzimmer ihres Labors.

Wenigstens schien Edith Junghans keine oberflächliche Schönheit zu sein. Sie sparte an Ahs und Ohs und bedachte stattdessen alles im Raum mit einem ruhigen Blick – und stellte aufmerksame Fragen. Sie bemühte sich sogar, Lise mit ins Gespräch einzubeziehen, während Hahn sie vollkommen vergessen zu haben schien.

Aber das alles konnte das quälende Gefühl von Leere nicht verdrängen, das sich langsam in Lise auszubreiten begann. Als habe der Schmerz, den sie bei Fräulein Junghans' Ankunft verspürt hatte, ein kleines Loch gebohrt, das sich jetzt über ihren ganzen Brustkorb auszudehnen begann. Wieso empfand sie so? Und wieso nur sprach Hahn jetzt schon wieder bloß von »seinem« Labor?

»Nun, da Sie jetzt ja mein Labor gesehen haben, liebste Edith, wollen wir da nicht vielleicht einen Spaziergang im Grunewald machen?« Hahn strahlte Edith so spitzbübisch an, wie er sonst immer nur Lise angelächelt hatte.

Fast dachte Lise, er würde jetzt einfach gehen und sie ohne Abschied stehen lassen, aber er wandte sich an der Tür noch einmal um. »Wünschen Sie mir Glück!«, raunte er Lise zu und zwinkerte. Doch Lise wusste wahrlich nicht, was sie ihm, dem doch alles zuflog, noch für

Glück wünschen sollte. Und gleichzeitig schämte sie sich für ihre missgünstigen Gedanken. Und so blieb sie einsam und verwirrt zurück.

Kapitel 2: Viribus unitis

Anni

»*Viribus unitis*«, las Anni laut vor. »Ich sticke das jetzt bestimmt schon zum zehnten Mal, und jedes Mal überläuft es mich kalt, weil ich an die Lateinübersetzung denken muss, die in der Abiturprüfung verlangt wird.«

Hedwig sah von ihrer eigenen Arbeit hoch. Sie saßen in Annis kleinem Kämmerchen, Anni auf dem Bett und Hedwig am Fenster. Weil es draußen schon dunkel geworden war, erhellten nur die beiden Petroleumlampen den Raum und ließen Hedwigs Haare in einem tiefen Braun leuchten.

»Das heißt: *Mit vereinten Kräften*. Und das weiß ich auch nur, weil es der Wahlspruch des Studentinnenvereins ist«, grinste Hedwig. »In Latein bin ich furchtbar!«

»Nicht nur darin«, konnte sich Anni nicht verkneifen und zeigte auf die Näharbeit in Hedwigs Händen. Sie waren vorhin so ins Gespräch vertieft gewesen, dass Hedwig ihre schwarz-weiße Schärpe krumm und schief zusammengenäht hatte. Das lag nicht nur daran, dass Hedwig sich nur allzu gerne von der Arbeit ablenken ließ – und sei es ein Vogel, der gegen die Fensterscheibe pickte –, sondern auch an ihrem offensichtlichen Desinteresse und dem Mangel an Talent für alles, was Handarbeit anbelangte. Kein Wunder, dass sie Hilfe von Anni brauchte und deswegen extra den weiten Weg nach Groß-Lichterfelde auf sich genommen hatte, um mit ihr gemeinsam nach deren Dienstschluss zu nähen. Zum Glück gestattete Marie Althoff es ihr, ab und an Besuch zu empfangen (natürlich nur von Hedwig oder einer Mitschülerin), angeblich, um zu lernen.

»Ach verdammt!«, grummelte Hedwig jetzt, grinste aber. »Bei dir sieht das so einfach aus!«

»Na ja, man braucht schon etwas Geduld«, neckte Anni die Freundin. »Und Übung!«

Noch vor wenigen Jahren hätte sie sich niemals getraut, eine gesellschaftlich höhergestellte Dame so aufzuziehen – aber zwischen ihr und Hedwig war alles so einfach, so unbeschwert. Sogar Hedwig schien des Häufigeren zu vergessen, dass Anni nicht wie sie mit Kindermädchen, Privatunterricht und Köchin aufgewachsen war. Und deswegen auch sehr wohl wusste, wie man all dies allein erledigte.

Jetzt lachte Hedwig nur. »Du hast ja so recht. Ich bin schrecklich! Aber umso dankbarer bin ich dir dafür, dass du mir hilfst.« Sie deutete auf ihre Schärpe. »Wenn wir schon den Aufstand proben und als Frauen chargieren, sollten wir dabei nicht aussehen wie ein Fleckerlteppich, wie Lise sagen würde.«

»Keine Sorge.« Anni lächelte und hielt das Samtbarett, an dem sie gerade gearbeitet hatte, hoch. Der Schriftzug war jetzt sauber draufgestickt.

»Ich bin nur froh, dass du die Barette in Auftrag gegeben hast. Wie man solche Hüte macht, wüsste ich wirklich nicht«, bemerkte sie, als sie nun etwas neuen silbernen Faden abschnitt. »Und ihr wollt das wirklich bei der Eröffnung des akademischen Jahres tragen?« Anni zeigte auf die Barette und die Schärpen, die um sie herum verstreut lagen. Es waren einige, Annis kleines Bett war übersät von den schwarz-weißen Stücken. Wie Anni aus Hedwigs Erzählungen wusste, engagierten sich viele Frauen im Studentinnenverein – einige davon würden auch bei Hedwigs Aktion mitmachen.

»Aber ja«, nickte Hedwig. »Weißt du, nachdem uns die Idee kam, dass wir als Studentinnenverein einfach eine Verbindung gründen sollten, allein schon, um den anderen Korporationen eins auszuwischen, habe ich recherchiert: In Jena haben ein paar Studentinnen genau dasselbe gemacht und sind dann bei einer akademischen Feier in ihren eigenen Farben aufmarschiert. Die Presse ist völlig durchgedreht, und die männlichen Studenten waren entsetzt. Ich fand sofort, dass das eine fantastische Idee ist, um so richtig zu provozieren. Wir nehmen uns einfach heraus, unseren eigenen ›Wichs‹ zu kreieren und aufzumarschieren, als wären wir ebenfalls eine richtige Burschenschaft. Wie könnte man besser deren Traditionen unterlaufen?«

Anni musste grinsen, weil Hedwig sich so sehr in Rage geredet hatte. Ihre Augen sprühten Funken, und die Schärpe lag vergessen in ihrem Schoß.

Ein bisschen wehmütig war Anni bei Hedwigs Worten aber schon geworden. Auch sie würde gerne einmal Teil einer solchen Gruppe sein, gemeinsam ein so großes, so gewagtes Projekt umsetzen. Allerdings würde sie sich vermutlich niemals trauen, die Herren der Universität dermaßen zu verärgern. Dafür war ein Mut, wie Hedwig ihn hatte, erforderlich. Und das Wissen, dass einem im Leben schon nicht allzu Schlimmes passieren würde, egal, wie sehr man auch provozierte. Das nämlich war Anni in den vergangenen Jahren in der Schule langsam klar geworden: Wenn man aus Verhältnissen kam wie den ihren, konnte man so gescheit sein, wie man nur wollte. Man würde sich trotzdem nie so viel trauen wie die anderen, die aus besseren Verhältnissen kamen, die Eltern hatten, die sie im schlimmsten Fall unterstützten. Und die mit dem Bewusstsein auf die Welt gekommen waren, dass es ihnen zustand, etwas zu erreichen. So wenig es auch sein mochte, denn Frauen waren sie ja alle.

Hedwig schien Annis traurigen Blick zu bemerken, denn sofort wurde ihre Miene weicher, ihr Gesichtsausdruck weniger kämpferisch.

»Wenn du eines Tages an die Universität gehst«, beschied Hedwig entschlossen, »dann wirst du auch all das haben! Du wirst schon sehen, wir beide werden die Korridore unsicher machen. Nun, ich bin dann natürlich keine Studentin mehr, hoffe ich zumindest, aber mein Plan ist, als Assistentin an der Universität zu bleiben und damit mein eigenes Auskommen zu verdienen«, fügte Hedwig überzeugt hinzu.

Anni verkniff sich den Kommentar, dass dieser Plan wohl sehr schwer umzusetzen sein würde, wo doch sogar Lise bisher keine bezahlte Anstellung gefunden hatte – und wenn das jemandem gelingen sollte, dann ja wohl ihrer Freundin Lise, die zu den begabtesten jungen Physikern Deutschlands gehörte. Und das sagten nicht sie, ihre Freundinnen, sondern hochranginge Physiker, die sie ja sogar mittlerweile zu Konferenzen einluden!

Aber vor allem war es sehr unwahrscheinlich, dass jemand wie Anni jemals an die Universität gelangen würde. Nun, unmöglich war es nicht, schließlich hatte sie ja bald ihr Abitur. Zumindest, wenn alles gut ging.

»Ich muss erst mal die Abiturprüfung bestehen«, bremste sie Hedwig daher und spürte, kaum dass sie das gesagt hatte, wieder diese kribbelnde Aufregung in sich.

»Du schaffst das!« Hedwig sprach mit einer solchen Überzeugung in der Stimme, dass Anni rot wurde. Dass jemand an sie glaubte, war noch immer neu für sie. Auch wenn das sowohl Lise als auch Hedwig – und Marie Althoff ebenso – taten und ihr das auch des Häufigeren sagten. Nun, und ihre Lehrer ermunterten sie ebenfalls.

Aber es war Anni trotzdem unangenehm, so viel über sich selbst zu sprechen, deswegen wechselte sie schnell das Thema. »Wie geht es denn mit deiner Promotion voran?«, fragte sie, während sie wieder ihre Arbeit aufnahmen.

Sofort begannen Hedwigs Augen zu funkeln, auch wenn sich ihre Stirn gleichzeitig in Falten legte. »An sich sehr gut! Es macht mir unheimlich Spaß, mich in die Geschichte der Frauenbewegung einzuarbeiten. Aber vor Lenz' Beurteilung habe ich höllische Angst. Dass er sich bereit erklärt hat, meine Promotion zu betreuen – und das nach allen Startschwierigkeiten zwischen uns –, macht mich nervös und auch etwas misstrauisch.«

Anni nickte. Der kurze Blick, den sie auf Professor Lenz hatte erhaschen können, als dieser damals bei Althoff vorgesprochen hatte, um sich über das Frauenstudium zu beschweren, hatte schon gereicht für den Eindruck, dass mit diesem Herrn nicht zu spaßen war. Anni lief ein Schauder über den Rücken, wenn sie daran dachte, dass solch ein beängstigender Mann ihr Lehrer sein könnte. Allein deswegen würde die Universität für sie kaum infrage kommen: all diese autoritären Männer! An ihrer Schule unterrichteten zum Glück hauptsächlich freundliche Männer und einige Frauen. Und seit ihr Dienstherr verstorben war, hatte sie es deswegen nicht mehr mit solch furchterregenden Männern, wie Alfred von Hohenstein es gewesen war, zu tun. Fast hatte sie den Schrecken von damals vergessen. Fast ... Denn ihr Körper kannte ihn noch, wann immer ihr ein Herr, etwa beim Einkaufen, zu nahe kam. Und wenn es auch nur ein zufälliges Streifen auf dem Gehweg war – Anni versteifte sich jedes Mal sofort.

»Anni«, ertönte plötzlich die strenge Stimme der Dienstherrin, und ohne anzuklopfen kam Marie Althoff auch schon herein, mit einer Miene, die nichts als Missbilligung ausdrückte. Anni fragte sich, ob sie etwa gelauscht hatte. Sie hatte Marie Althoff noch immer nicht gesagt, dass für sie bald die Abiturprüfung anstehen würde. Und dann noch Hedwigs Geplapper über die Universität ...

»Es ist spät, du musst zu Bett«, sagte Marie Althoff streng und schaute erst zu Anni und dann zu Hedwig, so auffordernd, dass sogar Hedwig sofort aufsprang und die Stoffe zusammenpackte.

»Dann gehe ich wohl mal besser!«, sagte Hedwig unbekümmert. Anni konnte nicht sagen, ob Marie Althoff sie einschüchterte. »Auf Wiedersehen, Anni!« Hedwig strich im Vorbeigehen über Annis Schulter.

Marie Althoff blickte Hedwig nach, die mit wehendem Rock aus der kleinen Kammer verschwand und Anni von der Tür aus noch einmal kurz zuwinkte. Dann drehte sich die Herrin wieder zu Anni um.

»Ich habe gehört, dass du bald das Abitur absolvieren kannst?«, fragte sie nach einer kurzen Stille, die Anni fast wie ein Zögern vorkam.

Anni nickte stumm, ihr Herz pochte heftig. Sie fühlte sich, als hätte man sie bei etwas Verbotenem ertappt.

Marie Althoff nickte ebenfalls. Ein Schatten huschte über ihr Gesicht.

Aber wenn Anni jetzt eine weitere Reaktion erwartet hatte, so wurde sie enttäuscht. »Ich möchte, dass du in Zukunft keinen Besuch mehr empfängst«, sagte die Herrin nur und drehte sich schon wieder um. Aber ihr Gesichtsausdruck war noch immer merkwürdig. Beinahe verletzt, dachte Anni. Aber das konnte eigentlich kaum sein, bei so einer stolzen Frau wie Marie Althoff, die sich nicht einmal vor Trauer um ihren Mann hatte gehen lassen. Andererseits kannte Anni Marie Althoff nun auch schon sehr gut, kannte ihre Regungen, ihre kleinsten Stimmungsschwankungen – und derer gab es viele. Die Herrin verbarg sie nur geschickt unter ihrer starren Miene und machte alle glauben, sie sei eine kalte Frau ohne jede Schwäche.

Aber ehe Anni noch weiter darüber nachdenken konnte, war Marie Althoff auch schon verschwunden, und die Tür fiel leise hinter ihr ins Schloss.

Anni saß da und hatte immer noch dieses leise vor sich hin brodelnde Schuldgefühl im Magen. Als hätte sie ihre Herrin verraten.

Hedwig

Nervös strich sich Hedwig über ihr weißes Kleid. Der Himmel war heute grau, dicke Wolkenberge hatten sich über Berlin zusammengezogen. Das war nicht gut, dachte sie. Hoffentlich würde es nicht regnen. Schließlich würden sie hauptsächlich draußen unterwegs sein – in weißen Kleidern, allesamt. Zumindest alle, die sich an der Aktion beteiligten, was bei Weitem nicht der ganze Studentinnenverein war. Nur eine kleine Gruppe von fünfzehn jungen Frauen hatte sich bereit erklärt, bei der Aktion mitzumachen. Und jetzt, wo Hedwig sich bereits auf dem Weg zur Universität befand, fürchtete sie, das könnten zu wenige für ihr Vorhaben sein – zumal sie nicht sicher war, ob wirklich alle auftauchen würden.

Aber das war nicht der einzige Grund, warum Hedwig noch immer unschlüssig war, ob diese Aktion wirklich gut durchdacht war. Schließlich war sie es gewesen, die sich vor einigen Wochen in der Versammlung der Studentinnenschaft ans Podium gestellt und den Antrag eingebracht hatte, sie mögen sich in eine Verbindung umwandeln, um dadurch an den studentischen Gremien und Festen teilnehmen zu können. Schon damals war sie sich selbst nicht sicher gewesen, ob das alles so eine gute Idee war. Dass sie sich gut vorbereitet und über Verbindungen recherchiert hatte, was das Zeug hielt – und dabei ihre Promotion schändlich vernachlässigt hatte –, war dabei auch nicht unbedingt hilfreich gewesen. Zwar war sie dadurch Expertin in Sachen Verbindungen geworden, aber mit dem Zugewinn an Wissen wuchs auch gleichzeitig die Vermutung, dass das alles bei den Berliner Studentinnen nicht allzu gut ankommen würde. Nun, und so war es auch gewesen.

Sie hatte dort gestanden, an ihrem provisorischen Rednerpult (sie hatten ausnahmsweise doch einmal in einem Vorlesungssaal tagen dürfen, und Hedwig stand nun dort, wo normalerweise Professoren wie Lenz auf und ab schritten), und hatte gegen die zahlreichen Zwischenrufe und Gegenargumente kaum etwas einwenden können.

Insbesondere Olga hatte zunächst hart gegen sie argumentiert, auch wenn es überhaupt erst sie gewesen war, die Hedwig auf die Idee mit der Umwandlung in eine Verbindung gebracht hatte. Andererseits war Olga auch die, die sich außer Hedwig am besten mit diesem Thema auskannte – und sie hatte ihr die Grundsätze der Verbindungen um die Ohren gehauen: mit gefährlicher Ruhe hatte Olga noch einmal aufgezählt, was auf sie zukommen würde. Denn Verbindungen gab es zwar viele – Burschenschaften waren nur die größte Gruppe, dazu kamen Corps, Landsmannschaften, konfessionelle Verbindungen, Turner-, Sänger- und Jägerbünde.

Aber sie alle hatten zentrale Gemeinsamkeiten in ihren Grundsätzen: Als Verbindung hatte man strenge Regeln zu befolgen und sich gemeinsam auf tradierte Werte einzuschwören. Es galt ein mehrstufiger Aufnahmeprozess, um in die Verbindung einzutreten. Die Verbindung selbst musste streng hierarchisch gegliedert sein. So mussten junge Verbindungsstudenten sich in der »Fuxenzeit« erst noch beweisen und wurden von den Älteren traditionell für erniedrigende Arbeiten eingespannt. Einzig die letzte Tradition der Verbindungen – die lebenslange Mitgliedschaft – war laut Olga annehmbar. Alle anderen Prinzipien, so schloss Olga ihren Vortrag, waren für die Berliner Studentinnenbewegung untragbar.

Das alles wusste Hedwig, und doch fühlte sie sich nach Olgas Rede wie ein Häufchen Elend. Hätten Tilly und Henny nicht neben ihr gesessen und ihr beruhigend zugeredet, vermutlich wäre sie sofort eingeknickt.

Im Prinzip konnte sie Olga nur zustimmen: Verbindungen repräsentierten eindeutig die tradierte Männergesellschaft, in der der Lauteste und Stärkste regierte, in der Hierarchien nur verfestigt und unter dem Mantel der Kameradschaft Aggressivität und Ausgrenzung gefördert wurden – deswegen hatten sie seit der Gründung des Deutschen Reiches auch so einen Aufschwung erlebt. Ein Verbindungsstudent galt als Leitbild des jungen Mannes des Kaiserreiches: stramm in seiner Verbindungstracht, an militärischen Werten orientiert und sich seiner eigenen Überlegenheit nur zu bewusst.

Und das entsprach so gar nicht der Welt, die sie sich als junge Frauen eigentlich wünschten.

Aber trotzdem ... Sie hatten eben nur begrenzte Möglichkeiten als Frauen. Wollten sie sich wirklich die Chance zur Mitbestimmung an der Universität nehmen lassen? Andere Studentinnenvereine – etwa in Jena – hatten es doch schon vorgemacht und Studentinnenverbindungen gegründet und waren damit durchaus erfolgreich gewesen.

Nun, Hedwig hatte zum Glück einige Mitstreiterinnen – insbesondere die Studentinnen der Studentinnenzeitschrift – von ihrem Plan überzeugen können. Aber das hieß ja nicht, dass sie sich absolut sicher war, was ihren Plan anbelangte.

Nervös strich sie sich jetzt über das Samtbarett, das sie und Anni mit dem Wahlspruch des Studentinnenvereins bestickt hatten, und überprüfte seinen Sitz. Sie hatte diesmal deutlich mehr Hutnadeln verwandt als sonst – es dürfte nichts schiefgehen.

Gleich war es so weit, sie war bereits auf die Straße »Unter den Linden« eingebogen, und der Platz vor dem Opernhause war nicht mehr weit. Dort würde sie die anderen treffen. Tatsächlich konnte sie die Gruppe aus Studentinnen dank der strahlend weißen Kleider bereits erkennen. Wie eine kleine weiße Wolke wartete das Grüppchen vor der Universität.

Das mit den weißen Kleidern war Hennys Idee gewesen. Wenn sie schon eine Verbindung gründen mussten, so hatte Henny schließlich gesagt, dann doch wenigstens schlicht und stilvoll. So würden alle von ihnen weiße Kleider tragen, dazu ihre schwarz-weißen Schärpen und die Samtbarette mit dem Schriftzug. An die Barette angesteckte graue Straußenfedern setzten noch einmal einen stilvollen Akzent. »Auffallend unauffällig«, hatte Henny gegrinst und dabei ihre Grübchen aufblitzen lassen. Genau so wollten sie den Männern entgegentreten: zwar als Verbindung, aber im Gegensatz zu den schlagenden Raufbolden mit Eleganz und Bedacht.

Das nämlich war der Plan, von dem Hedwig die anderen hatte überzeugen können: Bei der Eröffnung des akademischen Jahres wollten sie unbedingt dabei sein – und dafür war eine Frauenverbindung nun einmal vonnöten. Also hatten sie zunächst eine gegründet. Sie hatten alles ganz genau so gemacht, wie es sich für eine Verbindung gehörte – inklusive des eigenen ›Wichs‹, welchen sie entworfen und mit Annis Hilfe genäht hatten. Und tatsächlich hatte ihnen der Rektor der Universität zähneknirschend erlaubt, bei der Versammlung eine Repräsentation der frischgeborenen Verbindung entsenden zu dürfen. Zumindest zur Prozession – im Festsaal durften sie nicht mit dabei sein. Aber das reichte Hedwig. Vorerst.

Wie sie danach mit ihrer »Verbindung« weiter verfahren würden, würde sich schon zeigen. Zuerst einmal lag ihr Fokus auf der Provokation.

Und zumindest dieser Plan schien bereits jetzt aufzugehen, denn die männlichen Studenten reckten die Köpfe, um die jungen Frauen zu beobachten, die sich in ihrer Mitte versammelt hatten.

Jetzt war auch Hedwig zu den anderen aufgeschlossen und lächelte ihnen zu.

Erst in diesem Moment merkte sie, wie groß ihre Angst, die anderen würden sie im Stich lassen, wirklich gewesen war. Aber soweit sie das sehen konnte, waren alle fünfzehn, die mitmachen wollten, auch gekommen. Und allesamt trugen sie die Uniform.

Allmählich merkte sie, wie der Kampfgeist sie packte. Sie würden das jetzt durchziehen! Auf den Gesichtern der anderen jungen Frauen spiegelten sich ähnliche Emotionen. »Ich glaube einfach nicht, dass wir das hier wirklich tun«, sagte Henny aufgeregt und sah sich um.

Die Verbindungsstudenten schauten immer wieder zu ihnen hinüber, tuschelten und kicherten, als hätten sie noch nie eine Frau gesehen. So unreifes Verhalten freilich war nichts Neues, und doch erfüllten die misstrauischen, teils düsteren Blicke einiger Studenten Hedwig mit Zuversicht. Das war schließlich der Sinn hinter dieser ganzen Aktion: den Männern zu zeigen, dass sie, die Frauen, durchaus aufmüpfig werden konnten. Mit Stil, verstand sich.

»Es geht los!« Else verzog konzentriert das Gesicht, als läge gleich eine komplizierte Rechenaufgabe vor ihnen.

Also gut, dachte Hedwig und warf ihren Mitstreiterinnen aufmunternde Blicke zu. Die Prozession ging los, und sie würden sich einreihen.

»Ihr werdet ja wohl nicht mitmarschieren!«, zischte sie ein Corpsstudent an, der seine Schärpe viel zu fest um seinen Körper geschlungen hatte. Weil Hedwig so gut recherchiert hatte, konnte sie die zahlreichen Verbindungen jetzt beinahe alle auseinanderhalten. Zugegeben, an Informationen zu kommen, war gar nicht so einfach gewesen, aber das »Handbuch für den deutschen Burschenschaftler« hatte sie über Umwege dennoch auftreiben können. Dank Henny und ihrer Flirtkünste konnten sie es aus einem Verbindungshaus entwenden.

»Das hätte ich nicht von dir gedacht, Henny!«, zischte nun ein anderer Verbindungsstudent, und an Hennys Grinsen erkannte Hedwig, dass sie diesem jungen Herrn entweder höchstpersönlich das Burschenschaftshandbuch oder zumindest ein paar andere Informationen abgeluchst hatte.

»Hoppla«, grinste Henny und ignorierte den Burschenschaftler.

Und im Gleichschritt marschierten sie los.

Hedwig glaubte zu spüren, dass jemand sie fotografierte. Erst zuckte sie zusammen, dann aber straffte sie die Schultern. Sie mussten sich ja nicht verstecken, im Gegenteil: Sie wollten ja den Skandal. Denn der würde kommen, das war gewiss. Marschierende Frauen!

Und wie sie marschierten! Als läge es ihnen im Blut.

Ein bisschen konnte Hedwig ja verstehen, was die Männer daran fanden. Stark fühlte man sich, weil man so entschlossen ausschritt, als wüsste man ganz genau, wohin und in welchem Rhythmus. Man ließ sich mitreißen, trieb sich gegenseitig an, war nicht mehr alleine.

Schon wieder blitzte eine Kamera, und Hedwig griff entschlossen nach Hennys und Elses Händen. Sie würden der Welt eine Schwesternschaft präsentieren, die historisch erstmalig war. Wer, wenn nicht sie, die zur Geschichte der Frauenvereine forschte, könnte das besser wissen? Es war an der Zeit, dass Frauen sich mit ähnlicher Entschlossenheit präsentierten wie Männer.

Henny und Else drückten ihre Hände, und da wusste Hedwig, dass sie es auch spürten.

Lise

»Und dann hat sie Ja gesagt!« Hahn strahlte über das ganze Gesicht.

Die Geschichte, wie Hahn seiner Angebeteten Edith im Grunewald einen Antrag gemacht hatte, hatte für reichlich Ahs und Ohs gesorgt. Insbesondere die Stelle in der Erzählung, wo Hahn sich auf den Waldboden, der nach einem Regenfall noch feucht gewesen war, gekniet hatte. »Meine beste Hose habe ich mir ruiniert. Aber diesen Fleck werde ich mir nimmer rauswaschen lassen!«, hatte Hahn scherzhaft hinzugefügt und dabei reichlich Lacher von allen Zuhörern eingeheimst.

Lises und Hahns gemeinsamer Freund James Franck war der Erste, der Hahn auf die Schulter klopfte. »Herzlichen Glückwunsch, mein Freund.«

»Ja, herzlichen Glückwunsch«, presste auch Lise, die direkt neben Hahn und James stand, hervor. Es war ihr unangenehm, dass alle ihre Reaktion so genau hatten mitverfolgen können. Natürlich hatte sie sich um einen gleichgültigen, freundlichen Gesichtsausdruck bemüht, aber man wusste ja nie. Lieber wäre es ihr auf jeden Fall gewesen, sie hätte zuvor mit Hahn unter vier Augen gesprochen und ihm in Ruhe gratulieren können, nicht hier, im Foyer des Kaiser-Wilhelm-Instituts, umringt von all ihren Kollegen. Nein, falsch, am liebsten wäre es ihr gewesen, sie hätte von dieser ganzen Geschichte überhaupt nichts erfahren. Aber sie zwang sich zu einem Lächeln.

James, mit dem sie nun seit einigen Jahren eng befreundet war, bedachte sie mit einem wissenden Gesichtsausdruck. Er hatte zwar nie etwas in diese Richtung gesagt, aber er und seine Frau Ingrid, mit der Lise sich gerne zum Musizieren traf, hatten vermutlich schon geahnt, dass diese plötzliche Verlobung Hahns für sie nicht ganz so einfach war. Im Übrigen wirkte Hahn seit der Geschichte mit Fräulein Junghans nicht mehr ganz bei der Sache. Die letzten Vorbereitungen für die Ankunft des Kaisers hatte Lise mehr oder weniger alleine treffen müssen.

Nicht, dass sich irgendjemand sonst gerade für den Kaiser interessierte. Eigentlich warteten sie ja auf dessen Ankunft, aber Hahns Geschichte hatte kurzzeitig die gesamte Aufmerksamkeit gebannt. Nur Willstätter stand verträumt an der offenen Tür des Instituts und schaute nach draußen, wo ein heftiger Regenschauer die kleinen Bäumchen um das Institut schüttelte und den Boden in einen matschigen Schlick verwandelte. Eigentlich hätten sie links und rechts vom Institut warten müssen, um den Kaiser, wenn er vorfuhr, angemessen zu begrüßen, aber bei dem heftigen Regen hatten sie sich während der Wartezeit ins Innere des Instituts geflüchtet.

Jetzt entfernte sich Lise unauffällig von der Gruppe um Hahn und schaute aus dem Fenster in den grauen Himmel. Dunkle Gewitterwolken hingen über Dahlem.

Sie wusste selbst nicht, woher diese gedrückte Stimmung kam, die sie jetzt schon seit geraumer Zeit begleitete. Sie musste wirklich darüber hinwegkommen, dass sich manche Dinge – zum Beispiel Hahn, oder ihre Karriere in der Physik – ihrer Kontrolle entzogen. Aber ohne diese Kontrolle fühlte sie sich mehr und mehr haltlos. Und alleine.

Da ertönte plötzlich von irgendwo eine laute Fanfare, und alle im Institut zuckten gleichzeitig zusammen. Auch jene, die im ersten Stock noch letzte Vorbereitungen getroffen hatten, kamen nun die Treppen hinuntergerannt. Der Kultusminister fiel fast die Stufen hinunter, so hastig war er darum bemüht, nach draußen zu gelangen. Der Kaiser würde gleich da sein!

Hastig drängten alle nach draußen, um sich auf dem Innenhof – oder vielmehr auf dem matschigen Gemisch aus Kies und Schlamm, in das er sich verwandelt hatte – in Position zu begeben.

Und da hörten sie auch schon die quietschenden Reifen der Automobile, die vor den Toren an der Thielallee hielten. Alle reckten ihre Hälse, um den ersten Blick auf den Kaiser erhaschen zu können.

Lise gab sich gar nicht erst die Mühe: Sie war ohnehin zu klein, um irgendetwas zu sehen. Sie stand einfach nur da, eingequetscht zwischen Hahn und James Franck, und spürte, wie der Regen nach und nach ihr Kleid durchnässte. Zum Glück hatte sie sich wie fast immer für ein schlichtes schwarzes entschieden.

Kurz darauf hörte sie die Geräusche vieler heranmarschierender Schritte. Und da war sie auch schon: die Prozession um den Kaiser.

Die ganze Veranstaltung war minutiös durchgeplant: Am Eingang des Instituts schüttelten der Kultusminister, der Vorsitzende der Kaiser-Wilhelm-Gesellschaft und der Vorsitzende des Vereins »Chemische Reichsanstalt« dem Kaiser beherzt die Hand und führten ihn dann schnurstracks in das Institut, wo ihm sein bodenlanger Mantel abgenommen wurde (seine Pickelhaube behielt er wie selbstverständlich auf dem Kopf), direkt die Treppe hinauf. Im zweiten Obergeschoss, in der

Bibliothek, würde die Veranstaltung beginnen: Dort waren zahlreiche Reden, etwa von Professor Fischer und weiteren wichtigen Größen, geplant. Danach bekam der Kaiser eine kleine Führung durch alle Gebäudeteile. Und das war der Teil, bei dem Lise und Hahn in Aktion treten sollten.

Lise machte sich gar nicht erst die Mühe, den nun wieder hereinströmenden geladenen Gästen der Veranstaltung in den zweiten Stock zu folgen. Sie würde in den Keller gehen, wo sie die letzten Vorbereitungen für die Präsentation treffen würde.

Sie machte eine scharfe Biege nach rechts und eilte an der Garderobe, an der jetzt tropfende Mäntel hingen, vorbei. Niemand folgte ihr. Auch nicht Hahn. Er hatte sich also dazu entschieden, dem Festakt in der Bibliothek beizuwohnen. Das war gut. So hatte sie vorerst ihre Ruhe.

Eigentlich hatte Lise ja gar nichts mehr vorzubereiten, trotzdem überprüfte sie pflichtschuldig alles noch einmal: Die 300 Milligramm Mesothorium lagen auf dem Samtkissen bereit, das rote Lämpchen, das leuchten sollte, damit der Kaiser nicht im Dunkeln den Raum betreten musste, brannte auch schon.

Lise lehnte den Kopf an die kühle Wand und schloss einen Moment erschöpft die Augen. Diese ganzen Gefühle, mit denen sie sich zur Zeit herumplagen musste, waren wirklich anstrengend. Dabei wollte sie doch nichts mehr, als einfach nur Physikerin zu sein!

Fast wäre sie eingeschlafen, aber ein Rumpeln auf der Treppe ließ sie aufschrecken. Kurz darauf erschien Hahns blonder Schopf im Türrahmen.

»Ist alles bereit?«, fragte Hahn, und sein Blick huschte unruhig im Raum umher. Lise nickte nur, und Hahns Schultern sackten merklich zusammen. »Schon ziemlich aufregend mit dem Kaiser, nicht wahr, Fräulein Meitner?«

»Ja, sehr«, sagte Lise leise. Wann war es zwischen ihnen nur so merkwürdig geworden? Aber vermutlich war das ihre Schuld, Hahns Gesicht war freundlich und offen wie immer.

»Ist denn bei Ihnen alles in Ordnung?«, fragte er.

Doch sie konnte ihm die Antwort zum Glück schuldig bleiben. Denn nun trampelten mehrere Füße die Treppe herunter.

»Oh, er kommt!« Hahn zupfte aufgeregt an seiner Krawatte.

Und kurz darauf betrat tatsächlich der Kaiser höchstpersönlich den Raum.

»Der Herr Hahn und das Fräulein Meitner«, stellte Institutsleiter Beckmann die beiden vor. Lise kam gar nicht dazu, sich darüber zu freuen, dass sie ausnahmsweise auch einmal vorgestellt wurde, denn Beckmann sprach schon weiter (für Hahn und sie, das hatte er vorher deutlich gemacht, war keine große Redezeit vorgesehen). »Wir präsentieren Ihnen nun das rätselhafte Phänomen der Radioaktivität, das wir hier erforschen.«

Er nickte Hahn zu, und Lise und Hahn griffen gleichzeitig nach dem Lichtschalter. Dunkelheit erfüllte den Raum, nur das kleine rote Lämpchen durchbrach das Schwarz – und das leuchtende Mesothorium.

»Ach, das is ja wat! Wie dit leuchtet!«, rief der Kaiser und trat neugierig einen Schritt näher zum Samtkissen. Lise hatte ihn zuvor nicht sprechen gehört und war doch etwas verwundert über das breite Berlinerisch, das er sprach.

»Nicht zu nah, Eure Majestät«, hielt Hahn den Kaiser zurück, der seine Nase schon neugierig auf das Samtkissen senken wollte. Sie hatten zwar keine Bleischirme zum Schutz vor der Strahlung aufgestellt – immerhin arbeiteten sie ja auch jeden Tag damit und die Gefahr, die davon ausging, schien sich in Grenzen zu halten –, aber berühren sollte er die Substanz lieber nicht. Lise und Hahn konnten die Verbrennungen, die sie sich von radioaktiven Substanzen zugezogen hatten, schon nicht mehr zählen.

»Nun, unsere jungen Forscher erzielen bemerkenswerte Fortschritte bei der Untersuchung dieser mysteriösen Stoffe«, nahm Beckmann den Faden wieder auf, und Lise schaltete nach kurzem Zögern das Licht wieder an. Der Kaiser blinzelte in der plötzlichen Helligkeit und nickte Hahn und Lise dann erfreut zu.

»Eine fantastische Arbeit«, sagte er, als verstünde er etwas von dem, was sie hier taten, und schon war die Prozession wieder aus dem Zimmer hinausgestiefelt. Hahn wirkte etwas enttäuscht, setzte aber sogleich wieder ein strahlendes Lächeln auf.

»Der Kaiser höchstpersönlich hat mit uns gesprochen, können Sie das glauben, Fräulein Meitner?«, fragte er erfreut.

Sie konnte so einiges nicht glauben, hätte sie am liebsten gesagt, verbiss sich aber den Kommentar. Und lächelte ebenfalls.

»Nun, ich muss los, ich will ja die Versammlung der Gesellschaft nicht verpassen«, sagte Hahn, der natürlich als wissenschaftliches Mitglied, anders als Lise, an dieser Versammlung teilnehmen durfte. Und schon war er so schnell aus dem Raum geeilt, dass er gar nicht mehr sah, wie Lise das Lächeln im Gesicht gefror.

Anni

Dicke Flocken wirbelten vor dem Hörsaal durch die Luft, drehten Pirouetten, nur um sich dann langsam auf den Boden hinabgleiten zu lassen. Anni wünschte, sie würde sich ebenso sorglos fühlen, ebenso am rechten Platz wie diese Schneeflocken, die sich nahtlos in das Gesamtbild einpassten.

Stattdessen war ihr kalt. Und sie fühlte sich unwohl. Nein, unwohl war das falsche Wort. Sie fühlte sich nicht unwohl, sie fühlte sich *extrem* unwohl. Schon wieder steckten zwei junge Frauen vor ihr die Köpfe zusammen und tuschelten. Eine warf Anni dabei immer wieder kurze Blicke zu. Die beiden redeten doch über sie! Schon die ganze Zeit, seit sie mit Hedwig die Universität betreten hatte, fühlte sich Anni so, als würde unablässig über sie getuschelt, als wäre für jeden nur zu offensichtlich, dass sie die einzige braune Stelle inmitten von strahlend weißem Schnee war – und jetzt hatte Anni tatsächlich den Beweis dafür.

Dabei konnte sie es den beiden jungen Frauen überhaupt nicht verdenken. Sie merkte ja selbst, dass sie nicht hierhergehörte, egal, was

Hedwig sagte. Alle hier trugen viel feinere Kleidung – feine Seidenkleider oder maßgeschneiderte Wollkostüme –, als Anni jemals besitzen würde, bewegten sich mit einer Eleganz durch das Gebäude, die jenen vorbehalten war, die von frühester Jugend an gelernt hatten, mit Würde durchs Leben zu gehen und nie das Kinn zu senken.

Anni hingegen hatte unablässig das Gefühl, sich ducken zu müssen. Gerade jetzt, wo der Professor, in dessen Vorlesung Hedwig sie hineingeschmuggelt hatte, ans Pult trat. Der Professor würde sie doch sofort rausschmeißen, wenn er sie sah! Er würde gleich auf den ersten Blick erkennen, was sie war, ein Dienstmädchen, keine Studentin – aber Hedwig hielt sie fest. »Jetzt verhalte dich doch einfach normal!«, zischte sie Anni zu.

Sie hatte gut reden. Für Anni war es normal, schwitzige Hände zu haben und unablässig nach ihrem Rock zu tasten, als wäre er dadurch aus einem schöneren Material gefertigt, bekäme dadurch eine ansprechendere Farbe. Dabei waren sie ja hier nicht auf einer Modenschau, sondern an der Universität. Aber Anni wollte eben einen guten Eindruck machen. Oder am besten gar keinen Eindruck. Und einfach wieder verschwinden.

Was hatte sie sich nur dabei gedacht?

Nun, sie hatte gar nicht gedacht, sondern nur Hedwig alles recht zu machen versucht. Das war erst einmal nichts Neues – niemand konnte Hedwig etwas abschlagen, und sie tat ja auch wirklich gerne alles für die Freundin. Aber wie sehr die Welt ihrer Freundinnen nicht die ihre war, merkte sie eben immer erst dann, wenn es zu spät war und sie sich irgendwohin hatte mitschleifen lassen. Das war bei den Malen, wo sie mit im Frauensalon gewesen war, genau das Gleiche gewesen. Sie mochte ja nicht dumm sein, aber von belesen, redegewandt und selbstbewusst war sie auch noch weit entfernt. Und sie würde vielleicht auch nie dahin kommen. Zumindest nicht so wie Hedwig, die der Vorlesung gespannt lauschte, während sich Anni vor Aufregung bisher überhaupt nicht hatte konzentrieren können.

Mit dröhnender Stimme rezitierte der Professor nun vorne ein Gedicht, das Anni vage bekannt vorkam, und sie versuchte, sich daran festzuhalten. Schließlich wollte sie, wenn sie nun schon einmal hier war, auch zuhören! Sie war Hedwig dankbar, dass sie für Annis erste Vorlesung wenigstens eine Germanistikvorlesung ausgewählt hatte. Mit Literatur kannte Anni sich – vor allem nach jahrelanger Plünderung der Althoffschen Bibliothek – noch mit am besten aus.

Was der Professor erzählte, war tatsächlich interessant, wenn auch recht kompliziert. Doch genau das weckte Annis Ehrgeiz: Sie wollte verstehen, was er über die Lyrik von Clemens Brentano zu sagen hatte. Dass jetzt auch die Studenten in den ersten Reihen eifrig mitschrieben und sich niemand mehr um sie zu kümmern schien, entspannte sie zusätzlich.

»Siehst du«, grinste Hedwig nach zehn Minuten, in denen Anni nun doch gebannt gelauscht hatte.

Tatsächlich gelang es Anni im weiteren Verlauf der Stunde, mit ihren Gedanken nur selten abzuschweifen. Dennoch war sie erleichtert, als der Professor das Ende der Stunde verkündete und alle Studenten begannen, auf das Holz zu klopfen. Hastig tat Anni es ihnen gleich.

»Na, wie hat dir die Vorlesung gefallen?«, fragte Hedwig strahlend, als sie schließlich mit den anderen den Vorlesungssaal verließen.

Anni konnte nicht gleich antworten. Direkt vor ihr liefen die beiden Frauen, die vorhin über sie getuschelt hatten, und sie hatte Angst, sie würden sofort wieder auf Anni aufmerksam werden, wenn sie erst den Mund aufmachte. Und so schlenderten sie und Hedwig schweigend den Unikorridor entlang.

»War es wirklich so schlimm?«, durchbrach Hedwig die Stille, als sie beinahe in der Eingangshalle angekommen waren. Hedwig hatte die Stirn in Falten gelegt und schaute Anni besorgt an.

»Nein, nein«, beeilte sich Anni zu versichern. »Es war schon interessant. Nur fühle ich mich eben nicht so, als würde ich hierhergehören.« Sie nickte in Richtung der beiden jungen Damen, die mit wehenden Röcken jetzt vorne um die Ecke bogen.

»Ach die!«, winkte Hedwig ab. »Du darfst dich nicht einschüchtern lassen. Das ist die erste Lektion, die man hier lernt. Mir ging es da nicht anders!«

Anni hatte keine Lust, ihr auseinanderzusetzen, dass sie beide völlig unterschiedliche Kämpfe ausfochten, dass Hedwigs Kampf ein ganz anderer war, schon immer gewesen war. Hedwig musste sich schließlich keine Sorgen machen, dass ihre Kleidung vielleicht zu fadenscheinig war!

»Du bist doch auf deiner Schule auch das einzige Dienstmädchen. Und trotzdem Klassenbeste!« In Hedwigs Stimme schwang ein solcher Stolz mit, dass Annis Herz ganz warm wurde.

»Auch da fühle ich mich fehl am Platz. Und ob ich das Abitur schaffe, ist ja auch noch nicht ausgemacht!«, gab Anni zu bedenken. »Bald schon ist es so weit«, fügte sie hinzu und merkte, wie ihr ein Schauer über den Rücken lief. Jetzt war es bereits kurz vor Weihnachten, und bis zu den Prüfungen vor Ostern hatte sie noch viel zu lernen. Sie fühlte sich längst nicht bereit – vor allem die mündliche Prüfung machte ihr Sorgen. Wahrscheinlich würde sie nur herumstottern, wenn die hohen Herren, die die Prüfung abnahmen, erst einmal vor ihr saßen. Sie musste sich gut vorbereiten, besser zumindest, als sie bisher vorbereitet war.

Aber Marie Althoff ließ ihr immer weniger Zeit zum Lernen. Tatsächlich zeigte die Dienstherrin derzeit wieder ihre herrische Seite, schickte Anni für Erledigungen hierhin und dorthin. Wann immer sie Anni beim Lernen sah, versuchte sie, rasch eine neue Arbeit zu ersinnen, die Anni vom Lernen abhielt. Beinahe so, als wollte sie verhindern, dass Anni das Abitur schaffte.

»Wir könnten uns gegenseitig zum Lernen motivieren«, überlegte Hedwig laut. »Du lernst, und ich arbeite endlich die letzten Kapitel meiner Promotion aus. Oh, schau mal, da sind ja Henny, Else und Tilly!« Hedwig zeigte auf drei junge Frauen, die ihnen im Gang entgegenkamen. Anni hatte Hedwigs Erzählungen von den Sitzungen der »Studentin« immer spannend gefunden, und die drei jungen Frauen waren ihr zumindest vom Namen her bekannt. Diese umringten Hedwig nun und beachteten Anni kaum.

»Wir haben unglaubliche Neuigkeiten«, begann die Blonde, die Hedwig eben schon so überschwänglich begrüßt hatte. »Wir waren gerade beim Ausschuss, du weißt ja, dass die Verbindungen nach der ganzen Furore um unseren Aufmarsch um eine Aussprache gebeten haben …«

»Langsam, my dear!«, unterbrach die Frau neben ihr sie. Anni nahm sofort an, dass das Tilly sein musste – die reiche Engländerin, von der Hedwig immer erzählte. Dann war die aufgeregte Blonde bestimmt Henny, eine von Tillys besten Freundinnen. Und die schüchterne Dritte musste Else sein, von der Hedwig immer sagte, sie verstecke sich gerne hinter Tillys Röcken. Und tatsächlich lugte die rundliche Else mit roten Wangen hinter Tilly hervor und verfolgte gebannt das Gespräch. Sofort fühlte Anni sich nicht mehr ganz so alleine. Else schien ebenfalls etwas zurückhaltender zu sein und schaute sich manchmal um, als hätte sie Angst, Anstoß zu erregen.

»Also«, schnaufte Henny jetzt, »jedenfalls haben wir den Burschenschaften gesagt, dass wir vorhaben, bei jeder Gelegenheit aufzumarschieren, wenn sie uns nicht ein Stück entgegenkommen. Tja, und das hat gefruchtet. Sie haben uns folgendes Angebot unterbreitet.«

Henny machte eine bedeutsame Pause. »Sie bieten uns einen Sitz im Ausschuss! Aber nur, wenn wir davon absehen, bei weiteren Feierlichkeiten aufzumarschieren. Streng genommen sollen wir überhaupt nicht mehr auftauchen«, fügte Henny etwas zerknirschter hinzu. »Aber das Problem lösen wir dann, wenn es konkret wird. Erst einmal ist das doch ein schöner Erfolg!«

Sie schaute freudestrahlend in die Runde.

»Das sind ja tolle Neuigkeiten«, rief Hedwig. »Ist es denn bereits vom ganzen Ausschuss beschlossen, dass wir teilnehmen dürfen? Und was sind die nächsten Schritte?« Die vier Frauen – sogar Else – steckten nun die Köpfe zusammen, damit die männlichen Studenten, die ihnen neugierige Blicke zuwarfen, nicht mithören konnten.

Anni selbst stand etwas abseits und blickte auf den Boden. Ihr war wohl bewusst, dass das ein toller Erfolg für Hedwig war, und den gönnte sie ihr auch. Aber das änderte nichts daran, dass Anni sich wünschte, sie hätte Hedwig nie hierher begleitet. Dann müsste sie jetzt nicht alleine hier stehen, mitten in diesem großen Gang, und den Blicken der jungen Männer ausweichen. Sie fühlte sich wie nackt. Und allein. Da jedoch erinnerte sich Hedwig wieder an sie.

»Anni, was stehst du da herum! Komm, ich habe jetzt Vorlesung bei Lenz! Willst du nicht mitkommen?«

Hedwig strahlte sie so fröhlich an, dass Anni fast versucht war, wieder Ja zu sagen. Sie zögerte kurz, schüttelte dann aber den Kopf.

Hedwig verzog enttäuscht das Gesicht. »Ach bitte, komm, so schlimm ist er gar nicht!«, bettelte sie.

»Er ist wohl schlimm«, kam ihr überraschend Henny zu Hilfe. »Stürz das Mädchen nicht ins Unglück!« Anni hätte fast lachen müssen über Hennys theatralischen Tonfall – wenn ihr nicht so unwohl gewesen wäre.

»Ja, ja«, gab Hedwig endlich nach. »Dann vielleicht ein anderes Mal?«

Anni brachte es nicht über sich, Hedwig zu sagen, dass es vermutlich kein anderes Mal geben würde. Dass sie nicht glaubte, dass ein Dienstmädchen vom Lande jemals an die Universität gelangen würde. Aber sie nickte nur. »Jetzt muss ich wirklich nach Hause!«

»Stimmt, der Drachen ruft!«, nickte Hedwig. Sie nannte Marie Althoff, seit sie Hedwig neulich hinausgeworfen hatte, gerne »den Drachen«, und obwohl Anni das gar nicht gefiel – immerhin war es doch ihre Dienstherrin! –, korrigierte sie sie nicht.

»Ich bringe dich noch zum Ausgang!« Damit hakte sich Hedwig bei ihr unter und zog sie den Gang entlang. Natürlich nicht, ohne ihren Freundinnen noch einmal fröhlich zuzuwinken. Immerhin nickten diese nun auch Anni zu.

Zumindest die Frauen hier sind nett, dachte Anni. Und trotzdem hatte sie erst das Gefühl, wieder frei atmen zu können, als sie vor den

Toren der Universität stand. Alles war besser, wenn man draußen war. Denn auch hier, »Unter den Linden«, gab es reichlich Himmel zu sehen – und zumindest der war Anni vertraut.

Kapitel 3: Die Erste

Lise

Lange schon war Lise nicht mehr bei Professor Planck zu Hause gewesen. Die Tage wurden schon langsam wieder länger, doch trotzdem lag Grunewald da wie unter einem schwarzen Tuch. Es war erst halb sieben, und dennoch herrschte hier eine Dunkelheit, die man in Berlin – und auch in Charlottenburg, wo Lise noch immer wohnte – nur selten finden konnte. Nur die kleine Gaslampe in der Auffahrt der Plancks spendete ein warmes, sirrendes Licht und malte einen gelben Schleier über den vom Winter noch kargen Garten von Frau Planck.

Lise war nicht sicher, wie sie die Einladung zu diesem Abendessen hatte auffassen sollen. Sie war schon länger nicht mehr bei den Abendgesellschaften der Plancks gewesen – sie hatte mit der Eröffnung des Kaiser-Wilhelm-Instituts einfach zu viel zu tun gehabt. Dabei mochte sie die geselligen Abende bei Planck. Gestern aber hatte Planck persönlich sie zur Seite genommen und sie zum Abendessen gebeten. Dabei hatte es sich so angehört, als sei diesmal keine größere Runde geplant, sondern als lade er sie, Lise, ganz allein zum Abendessen ein. Wollte er sie etwa seiner Vorlesung – die Lise noch immer ab und zu besuchte – verweisen? Nein, das konnte eigentlich nicht sein, ihr Verhältnis war nach all den Jahren, die Lise jetzt schon in Berlin arbeitete, als durchaus herzlich zu bezeichnen. So herzlich zumindest, wie Planck auf seine stille Art sein konnte. Und mit seinen Töchtern Emma und Grete, die sie kurz in Mathe und Physik unterrichtet hatte, bis die beiden des Ganzen überdrüssig geworden waren (das Zwillingspaar war einfach zu quirlig für die Naturwissenschaften), führte sie ein freundschaftliches Verhältnis. Ja, die beiden hatten sie sogar schon einmal in ihrem kleinen Kämmerchen in Charlottenburg besucht und die beengte Unterkunft mit Leben gefüllt.

Jetzt waren es auch Emma und Grete, die sie in Empfang nahmen. Sofort überschüttete Grete sie mit Fragen. »Wieso warst du so lange nicht mehr hier? Weißt du, weswegen Papa dich eingeladen hat? Er tat sehr geheimnisvoll!«, sprudelte es nur so aus ihr heraus.

»Bin ich denn der einzige Gast?«, fragte Lise.

»Beinahe«, erwiderte Grete. »Max Laue ist auch zu Besuch. Er sieht um einiges besser aus als vor einem Jahr, als wir ihn das letzte Mal gesehen haben!«, raunte Grete Lise verschwörerisch zu.

»Grete!«, ermahnte Emma ihre Schwester. »Du weißt doch, nicht jeder ist so verrückt nach Männern wie du und hat nur noch das eine im Kopf.«

»Ich habe überhaupt nicht nur das eine im Kopf!«, verteidigte sich Grete sofort. Lise musste schmunzeln. Die Schwestern waren mittlerweile schon über zwanzig, benahmen sich aber bisweilen immer noch wie die jungen Mädchen, die Lise kennengelernt hatte.

»Und wenn überhaupt, interessiere ich mich nur für einen!«, fügte Grete hinzu und wurde, zu Lises Überraschung, rot.

»Du weißt doch gar nicht, ob er dich mag«, sagte Emma leise, wurde aber ebenfalls rot.

Nanu, dachte Lise erschrocken, schwärmten die beiden Schwestern etwa für den gleichen Mann? Aber ehe sie nachhaken konnte, trat plötzlich Professor Planck zu ihnen.

»Fräulein Meitner, wie schön, dass Sie meine Einladung angenommen haben.« Planck lächelte ihr beinahe väterlich zu, während er für Emma und Grete nur einen mahnenden Blick übrighatte. »Emma, Grete, ihr benehmt euch heute Abend! Und kichert nicht wieder wie neulich den ganzen Abend herum!«

»Ja, Herr Papa«, beeilte sich Emma zu sagen, während Grete nur frech grinste. »Hat denn der Herr Fehling nach uns gefragt, Vater?«

»Fehling? Nein, wieso sollte der nach euch fragen?«, fragte Planck zerstreut und bot Lise seinen Arm. »Fräulein Meitner, folgen Sie mir doch!«

Lise warf Emma und Grete noch einen entschuldigenden Blick zu, fragte sich aber, ob es vielleicht jener Fehling war, der das romantische Interesse der Zwillinge geweckt hatte. Aber selbst, wenn dem so war – sie würde sich nicht weiter den Kopf darüber zerbrechen, das war schließlich die Sache der Zwillinge, die ihnen jetzt, überraschenderweise schweigend, ins Esszimmer folgten.

Dort erhob sich ein junger Mann, der Lise nur zu bekannt war, auch wenn sie ihn eine Ewigkeit nicht mehr gesehen hatte.

»Herr Laue!«, rief sie erfreut.

Auch Laue strahlte, als er sie sah. »Fräulein Meitner! Wie schön, Sie zu sehen!«

»Ich dachte, wir machen ein kleines Wiedersehensessen!«, sagte Planck, als sie sich alle setzten.

Obwohl Max Laue und Lise die einzigen Gäste waren, war es eine recht große Tafel: Plancks herzliche Ehefrau Marie sowie deren Söhne Karl und Erwin gesellten sich auch noch dazu.

»Wie ich hörte, heißen Sie bald Herr *von* Laue!«, nahm Marie Planck das Gespräch auf und lächelte Max Laue freundlich zu. »Meinen herzlichen Glückwunsch!«

»Mein alter Herr wird in den Adelsstand erhoben«, erklärte Max Laue mit Blick auf Lise und zwinkerte ihr zu. Lise verstand, was Grete und Emma gemeint hatten: Laue, der schon immer zu einem kahlen Kopf geneigt hatte und damit als junger Mann (zusammen mit seinen großen Augen, die hinter seinen dicken Brillengläsern stets etwas Überquellendes gehabt hatten) ein wenig wie ein Fisch ausgesehen hatte, hatte das Alter gutgetan: Seine Gesichtszüge waren konturierter geworden. Lise erinnerte sich auch, dass er früher ab und an mit ihr zu flirten versucht hatte, und auch jetzt schaute er auffällig oft in ihre Richtung – aber sie hatte nach der jüngsten Erfahrung mit Otto Hahn überhaupt keinen Sinn dafür. Sie hatte schließlich schon genug an den jüngsten Ereignissen zu knabbern.

Nein, sie freute sich einfach, einen alten Kollegen wiederzusehen, und Plancks ehemaliger Assistent war immer freundlich zu ihr gewesen. Außerdem hatte er in den letzten Jahren in München, wo er jetzt arbeitete, überaus interessante Forschungsergebnisse erzielt. Seine Arbeit über die Beugung von Röntgenstrahlen an Kristallen war im Physikkolloquium bei Rubens heftig diskutiert worden. Man munkelte gar, dass er für einen Nobelpreis infrage käme. Also nutzte sie lieber die Gelegenheit, ihn über seine jüngsten Forschungsergebnisse auszufragen, und berichtete ihrerseits von den Erfolgen, die sie und Hahn unlängst in der Radiochemie erzielt hatten.

Mittlerweile fiel es ihr viel leichter, vor anderen über ihre Arbeit zu sprechen. Noch vor vier Jahren wäre es für sie undenkbar gewesen, an der Tafel von Max Planck ganz spontan einen Vortrag über ihre neuen Forschungsvorhaben zu halten. Sogar Planck hörte aufmerksam zu und nickte dann und wann.

»Sie waren ja auch nicht untätig, Fräulein Meitner«, bemerkte Laue, als der Nachtisch – ein köstlicher Kuchen mit Äpfeln – serviert wurde. »Es freut mich zu hören, dass Sie jetzt gar eine Anstellung am Kaiser-Wilhelm-Institut, von dem alle Welt spricht, erhalten haben.«

»Fräulein Meitner hat sich in der Wissenschaftswelt einen Namen gemacht«, sagte jetzt Planck zu Lises Überraschung. »Unser junger Freund Albert Einstein hat erst neulich in höchsten Tönen von Ihnen gesprochen, Lise. Sie haben ihn mit Ihrem Vortrag, den Sie vor zwei Jahren auf der Tagung gehalten haben, wohl nachdrücklich beeindruckt. Er nennt sie *unsere Madame Curie.*«

Laue und Planck lachten, aber es war ein freundliches, respektvolles Lachen, das Lise das Blut in die Wangen trieb. Die deutsche Madame Curie? Und das von Albert Einstein, der bereits in seinen jungen Jahren ein Genie zu werden versprach? Lise hielt jedenfalls viel von seiner Relativitätstheorie, auch wenn diese natürlich nicht überall Zuspruch fand.

»Na ja«, versuchte sie trotzdem abzuwiegeln. »Das mag schon sein, werter Herr Laue, aber eine Anstellung kann man mein Beschäftigungsverhältnis beim Kaiser-Wilhelm-Institut leider nicht nennen.« Sie versuchte, nicht allzu enttäuscht zu klingen, war aber nicht sicher, ob ihr das gelang. Emma und Grete jedenfalls hatten aufgehorcht.

»Wie, die haben dich gar nicht angestellt?«, fragte Grete sofort empört.

»Nicht direkt. Ich bin wie immer nur ein unbezahlter Gast.« Diesmal gelang es Lise nicht, die Bitterkeit in ihrer Stimme zu verbergen. »Natürlich kommt man in der Arbeit wesentlich langsamer voran als bezahlte Kollegen, wenn man nebenher noch seinem Broterwerb nachgehen muss, was bei mir das Unterrichten ist.«

»Nun, Fräulein Meitner, das ist auch einer der Gründe, warum wir heute hier zusammengekommen sind«, sagte Planck, bevor Lise noch weiter klagen konnte.

»Ach ja?« Laue runzelte die Stirn und schaute zwischen Planck und Lise hin und her. »Und ich dachte, Sie bräuchten nur wieder einen Zuhörer für Ihre Klaviereinlagen«, zog er seinen alten Chef auf, verstummte dann aber angesichts Plancks strengem Gesichtsausdruck.

»Nun, Fräulein Meitner«, hob Planck feierlich an, »Sie wissen ja, dass ich, seit unser Herr von Laue uns gen München verlassen hat, mit einem regelrechten Assistentenschwund zu kämpfen habe – jedenfalls war bisher niemand so recht Brauchbares dabei. Den letzten musste ich erst kürzlich gleich wieder entlassen, denn er war der Aufgabe einfach nicht gewachsen. Um es kurz zu machen: Ich denke, diese Stelle sollte Ihnen gehören, Fräulein Meitner. Ich kenne wenige Physiker, die über ein solches Gespür verfügen wie Sie. Und Ihren Eifer und Fleiß haben Sie in den letzten Jahren eindrucksvoll bewiesen. Es würde mich also freuen, wenn Sie in Laues Fußstapfen treten würden.«

»Das wurde ja auch Zeit«, raunte Grete ihrer Schwester Emma gut vernehmlich zu. Planck warf seinen Töchtern einen mahnenden Blick zu.

Aber Laue nickte zustimmend. »Ihre Tochter hat schon recht, Professor. Fräulein Meitner ist genau die rechte Besetzung für diese Stelle. Sie würden wohl keine bessere Assistentin finden. Was sagen Sie dazu, Fräulein Meitner?«

Lise hatte die ganze Zeit geschwiegen. Sie musste sich eingestehen, dass sie tief im Inneren genau darauf gehofft hatte. Jedes Mal wieder, wenn Planck seinen Assistenten wechselte. Nur hatte sie nie wirklich gedacht, dass er sie eines Tages tatsächlich fragen würde.

»Es wäre mir eine Freude!«, brachte sie schließlich heraus, und mit dem Lächeln, das sich auf ihr Gesicht stahl, kam auch die echte Freude. Ihr Herz machte einen triumphierenden Hüpfer. Konnte das wirklich wahr sein? Bekam sie gerade ihre erste bezahlte Stelle als Physikerin angeboten? Als Mitarbeiterin von Max Planck?

»Sie wären natürlich die erste weibliche Assistentin, die es je an der Berliner Universität gegeben hat«, wandte Planck ein. »Das könnte Gerede geben, und ich muss das natürlich an der Universität auch erst durchsetzen. Wobei ich da keine Probleme sehe«, fügte Planck hinzu, und auch um seine Lippen zuckte ein kleines Lächeln.

»Er wird nämlich bereits für den Posten des Rektors gehandelt«, flüsterte Grete verschwörerisch, aber so laut, dass es diesmal auch wirklich jeder hörte. Planck sah über das vorlaute Mundwerk seiner Tochter hinweg. »Und wie es in der preußischen Verwaltung üblich ist, erhalten Sie als Frau natürlich nur sechzig Prozent des Assistentengehalts. Und es ist ein sehr arbeitsintensiver Job«, fügte Planck hinzu. »Das sind die Bedingungen. Sagen Sie Ja, Fräulein Meitner?«

»Unbedingt!« Lise konnte die Freude in ihrer Stimme nicht verbergen.

Auch Laue schien ehrlich erfreut. »Und ich soll Fräulein Meitner dann jetzt wohl erklären, was bei dem Herrn Professor alles auf sie zukommt?«, fragte er schmunzelnd.

Planck lachte kurz auf. »Herr Laue, es ist kein Wunder, dass Sie für einen Nobelpreis gehandelt werden! Fräulein Meitner, hören Sie auf unseren jungen Freund. Wenn Sie Ihre Arbeit gut machen, dann sitzen auch Sie vielleicht eines Tages in München und forschen sich hoch bis nach Oslo.«

Jetzt konnte auch Lise sich ein breites Lächeln nicht verkneifen.

»Lise, wenn du so weitermachst, wirst du noch die erste Professorin Preußens!«, sagte Emma voller Stolz.

Ganz so optimistisch war Lise allerdings dann doch nicht. Und trotzdem hatte sie das erste Mal, seit sie in Berlin angekommen war, eine wirklich begründete Hoffnung, dass es für sie vielleicht doch noch vorangehen könnte in der Universitätskarriere. Schon morgen, beschloss sie, würde sie all ihren Privatschülerinnen absagen. Und sich endlich, endlich ganz auf die Physik konzentrieren.

Hedwig

Hedwig war überrascht von der Wärme des Tages. Eine ungewohnte Hitze stieg von den Pflastersteinen auf, sammelte sich in der Mitte zwischen Straße und Himmel – genau dort, wo sie stand. Vielleicht war aber auch nicht der ungewöhnlich warme Frühlingstag der Grund dafür, dass sie so schwitzte. Die Hitze schien eher direkt aus ihrem Inneren zu kommen. Ihre Kleidung zumindest kam ihr deutlich zu eng vor, als sie jetzt das Tor durchquerte wie schon tausend Male zuvor. Aber heute fühlte sie sich beinahe wieder so wie bei den ersten Malen, wo sie die Universität betreten hatte: unsicher und verwundbar, als wäre sie durchsichtig. Als könnte jeder direkt durch sie hindurchschauen und sehen, wie fragil das alles war, was sie hier tat.

So also fühlte man sich, dachte Hedwig, wenn jemand ein Urteil über etwas fällte, das einem wirklich etwas bedeutete. Denn genau das würde heute geschehen: Sie hatte Professor Lenz ihre vorläufige Promotionsschrift geschickt, die gesamte Arbeit, an der sie monatelang gefeilt hatte, damit er entschied, ob sie zur Promotion zugelassen würde oder nicht.

Hedwig war schon oft in ihrem Leben beurteilt worden – in den letzten Jahren ständig, und auch von Professor Lenz. Aber die Intensität dieses Gefühls, das sie jetzt schon seit Tagen begleitete, zeigte ihr, dass ihr diese Sache hier so wichtig war wie nichts anderes in ihrem Leben. Und damit stiegen auch die Verunsicherung und die Angst.

Es war ein Gefühl, das sie schwach machte. Dabei wollte sie Lenz doch voller Selbstbewusstsein entgegentreten. Sie wusste, dass ihre Promotion gut war. Sie brauchte keinen alten, bornierten Mann, der darüber urteilte – nur dass die Universität das leider so vorsah, damit man einen Abschluss bekam. Und den brauchte sie unbedingt. Andernfalls könnte sie ja nie eine Anstellung an der Universität bekommen. Dass Lise das jetzt als erste Frau geschafft hatte, hatte ihren Ehrgeiz angestachelt. Das wollte sie auch!

Also los, schwor sie sich selbst ein, hol dir, was dir zusteht!

Hedwig straffte die Schultern und klopfte an Lenz' Büro. Sie widerstand der Versuchung, vor Aufregung die ganze Zeit an ihrem Kostüm oder ihren Handschuhen zu zupfen, wie sie es sonst manchmal tat, sondern ballte die Hände zu Fäusten. Da wurde die Tür auch schon aufgerissen.

»Kommen Sie herein.« Lenz war wie immer kein Freund großer Worte. Auch wenn er sich in den letzten Jahren an sie gewöhnt hatte und sie in seinen Vorlesungen nur noch selten vorführte – von einem freundlichen Verhältnis waren sie noch weit entfernt. Wobei das für Hedwig auch nicht so wichtig war, Hauptsache, er nahm sie ernst.

»Setzen Sie sich.« Lenz zeigte auf einen Stuhl. Er selbst saß bereits wieder und musterte sie unter seinen dichten Augenbrauen scharf. Wie schon so oft erinnerte er Hedwig mit diesem Blick an ihren Vater. Der guckte sie auch regelmäßig so an – als wäre sie ein Ärgernis, mit dem man sich eben befassen musste und das man trotz allem respektierte.

Zumindest hoffte Hedwig, dass auch Professor Lenz sie respektierte. Ihr Vater schließlich liebte sie und ließ ihr so einiges durchgehen, immerhin war sie sein einziges Kind – auf ähnliche Milde freilich konnte sie bei Professor Lenz nicht hoffen.

»So«, sagte Professor Lenz jetzt, als sie sich gesetzt hatte. Es klang ein bisschen so, als wäre die Unterhaltung mit diesem kleinen Wörtchen bereits beendet.

Dann schwieg er und Hedwig musste sich zwingen, nicht vor Aufregung an den auf den Ärmeln ihres Kostüms angesetzten Manschetten herumzupfen. Sie brauchte irgendetwas, um ihre Hände zu beschäftigen! Im Büro war es stickig, das Fenster war geschlossen. Bis auf leise hallende Schritte vor der Tür des Büros herrschte Grabesstille.

»Meine Promotion«, sagte Hedwig schließlich, weil sie es nicht mehr aushielt.

Professor Lenz seufzte schwer und zog dabei die Augenbrauen zusammen. Jetzt sah er sie einfach nur resigniert an.

»Sehen Sie, Frau Brügger.« Lenz beugte sich vor. »Ihre Promotion ist das beste Beispiel dafür, warum ich mich seit jeher gegen das Frauenstudium ausgesprochen habe.« Er machte eine kurze Pause, in der Hedwig ihr eigenes Herz vor Schreck und Empörung aufgeregt klopfen hörte. Was sollte das jetzt heißen?

»Es ist nicht so, dass Sie nicht eine gewisse Befähigung gezeigt hätten«, fuhr Lenz ungerührt fort. »Im Gegenteil, in den letzten Jahren, die Sie bei mir studiert haben, dachte ich hin und wieder schon, an Ihnen könnte eine gute Historikerin verloren gegangen sein. Aber mit dieser Promotion und vor allem diesem Thema haben Sie sich wahrlich keinen Gefallen getan.«

»Und wieso nicht?«, fragte Hedwig und ärgerte sich darüber, wie patzig und kleinmütig sie klang. Sie wollte elegant und selbstbewusst wirken! Sie war kein kleines Mädchen, das eine Schelte einfach so hinnehmen würde, egal von wem.

»Ihre Schlussfolgerungen zur Beteiligung der Frauen an der Märzrevolution sind – und es tut mir leid, Ihnen das in aller Härte sagen zu müssen – politisch verblendet.«

Hedwig schluckte den bissigen Kommentar, der ihr auf der Zunge lag, hinunter. Lenz sah nämlich ganz und gar nicht aus, als täte ihm irgendetwas leid. Im Gegenteil, unter dem Schnurrbart zuckten seine Mundwinkel voll grausamen Vergnügens über ihre Demütigung, wie Hedwig fand. Aber auf dieses Niveau würde sie sich nicht herabbegeben!

Stattdessen versuchte sie, ruhig zu bleiben und lieber inhaltlich auf seine Einwände einzugehen. Sie war schließlich Expertin für dieses Thema und konnte belegen, dass ihre Recherchen durchaus wissenschaftlich fundiert waren. Minutiös hatte sie sich mit den ersten Frauenvereinen in Deutschland beschäftigt und nachgezeichnet, wann diese begonnen hatten, politisch zu agieren – auch in der Märzrevolution.

»Ich versuche in meiner Arbeit eine Verschiebung der Perspektive«, hob Hedwig an. »Frauen werden, was ihre Rolle bei der Märzrevolution 1848 betrifft, immer auf die Position der Helferinnen degradiert – dabei wird aber in keiner Geschichtsschreibung verschwiegen, dass sie ebenfalls Einfluss hatten. Wenn man sich anschaut, was ›Helferin‹ zu sein konkret bedeutet hat, dann fällt schnell auf, dass dies eine Zuschreibung der nur von Männern betriebenen Geschichtswissenschaft ist, die …«

Lenz hob die Hand und brachte Hedwig damit zum Schweigen. »Ich habe Ihre Arbeit sehr wohl gelesen und verbitte mir solch einen belehrenden Ton von einer Studentin, die noch nicht einmal einen Abschluss hat, der sie als zum wissenschaftlichen Arbeiten fähig ausweist. Darüber habe immer noch ich zu entscheiden. Und ich sage Ihnen, auch wenn Sie das offensichtlich nicht hören wollen, diese Arbeit entbehrt jeder wissenschaftlichen Grundlage und wird so keinen Bestand vor dem wissenschaftlichen Ausschuss der Fakultät haben.«

»Ihre Einwände können Sie ja bei der Verteidigung meiner Promotion vor der Promotionskommission vorbringen«, versuchte Hedwig ruhig und gelassen zu antworten. »Vielleicht sind nicht alle Ihrer Meinung.«

»Sie glauben doch nicht, dass ich Sie damit vor die Kommission lasse«, schnaubte Lenz und schaute sie so böse an, dass Hedwig spontan wieder der Schweiß ausbrach. »Das wäre für mich überaus rufschädigend. Nein, Frau Brügger. Diese Schrift wird Ihnen zu keiner Promotion verhelfen.«

Hedwig blieb vor Schock beinahe der Mund offen stehen. Sagte er ihr gerade, dass all ihre Arbeit – ihre sorgfältige, gewissenhafte und gute Arbeit – umsonst gewesen sein sollte?

»Ich lasse natürlich mit mir reden, was einen Wechsel Ihres Promotionsthemas und eine gänzlich neue Ausarbeitung anbelangt«, gab sich Lenz gönnerisch, aber Hedwig war bereits aufgesprungen. Das war vielleicht nicht sehr schlau, aber sie war so wütend, dass sie es keine Sekunde länger in diesem Büro aushielt.

»Danke für Ihre Zeit«, presste sie noch hervor, dann war sie schon aus der Tür hinaus und musste sich bemühen, die Tür nicht hinter sich zuzuknallen.

Wie konnte dieser Mann es wagen, sie dermaßen zu demütigen! Und das, nachdem er sich in den letzten Jahren immer einsichtiger gezeigt hatte. Fast meinte Hedwig, sie könnte Feuer speien vor Wut. Stattdessen stürmte sie wie blind den Gang entlang. Sie musste jetzt dringend irgendwo ihre Wut ablassen!

»Hedwig! Hedwig!« Die Stimme hörte sie wie durch einen Tunnel, und wäre es nicht genau *diese* Stimme gewesen, sie hätte sie vermutlich überhört. Erst glaubte sie kurz, sie sich nur eingebildet zu haben, doch im nächsten Moment war die Stimme näher an ihrem Ohr – »Hedwig, warten Sie!« –, und eine Hand packte ihren Arm.

Tatsächlich: Albert Lennenberg stand vor ihr und blinzelte sie durch seine Brille an. Er sah anders aus, älter, und trug jetzt einen Vollbart, was ihn viel erwachsener und ein klein wenig verwegen aussehen ließ. Aber Hedwig hätte diese Stimme und diese Augen überall erkannt. Nicht zu vergessen das kastanienbraune Haare, das jetzt an den Schläfen schon etwas ergraut war und wie immer so zerzaust aussah, als wäre er gerade durch den Gang gerannt.

»Sie sehen aus, als hätten Sie einen Mord geplant«, sagte Albert vorsichtig und ließ sie dann behutsam los. Aber Hedwig war so geschockt von seinem Anblick und so verwirrt von den Gefühlen, die sie überfluteten, dass sie für eine kurze Sekunde ohnehin vergessen hatte, weswegen sie gerade wutschnaubend durch den Gang geprescht war.

»Lenz!«, brachte sie schließlich hervor und musterte Albert von der

Seite her. Er sah wirklich gut aus, besser sogar, als in ihrer Erinnerung. Aus irgendeinem Grund machte sie sein Anblick allerdings noch mutloser, als sie sowieso schon war. Aber sie zwang sich, sich zusammenzunehmen. Sie wollte nicht, dass jemand merkte, wie es um sie stand – schon gar nicht der attraktive junge Wissenschaftler vor ihr.

»Was machen Sie denn überhaupt hier?«, fragte sie, um einen unbeteiligten Tonfall bemüht. Aber ihre Stimme zitterte.

»Was hat der alte Stinkstiefel denn getan?«, überging Albert einfach ihre Frage und musterte sie forschend.

»Stinkstiefel?« Hedwig musste trotz ihres Ärgers beinahe lachen. So etwas hätte der Albert, den sie kannte, bestimmt nicht gesagt. Er war doch immer so anständig und korrekt gewesen.

»Ich meinte natürlich, unser allseits geschätzter Professor?« Jetzt grinste Albert, und Hedwig kam nicht umhin zu denken, dass sie dieses verschmitzte Lächeln wirklich vermisst hatte. Sie seufzte. Sie wollte eigentlich nicht darüber reden, aber er schaute sie mit einem so abwartenden, ernsten Gesichtsausdruck an, dass sie einknickte.

»Er will meine Promotion nicht annehmen. Er behauptet, sie sei unwissenschaftlich und – ich zitiere – politisch verblendet. Dabei habe ich wirklich sorgfältig gearbeitet und bin sicher, dass er unrecht hat«, fügte sie hinzu. Sie wollte nicht, dass Albert dachte, sie hätte es wirklich nicht hinbekommen, eine gute Promotionsarbeit zu schreiben.

»Ich könnte mal mit ihm sprechen«, bot Albert an. »Vielleicht haben Sie ihn einfach nur missverstanden. Oder es lässt sich mit einigen Überarbeitungen noch etwas daraus machen.«

»Glauben Sie mir, ich habe ihn nicht missverstanden, und mit kleinen Überarbeitungen ist es nicht getan«, schnaubte Hedwig und merkte, wie ihre Wut sich langsam wieder einen Weg nach oben bahnte. Was tauchte Lennenberg eigentlich gerade jetzt hier auf und machte ihr dann auch noch Vorschläge? Er hatte doch überhaupt keine Ahnung!

»Sie haben meine Frage nicht beantwortet, was Sie hier machen!«, sagte sie, unfreundlicher als beabsichtigt.

»Ich bin tatsächlich auf dem Weg zu Lenz«, antwortete Albert so ruhig, als hätte sie sich gar nicht im Ton vergriffen.

»Aha.« Hedwig verschränkte die Arme.

»Hören Sie, Hedwig, ich wollte Sie nicht kränken!« Albert trat unruhig einen Schritt nach vorne. »Ich wollte nur helfen. Ich war vielleicht etwas übereifrig, weil ich mich so freue, Sie zu sehen.«

Wenn er so jungenhaft lächelte, konnte sie ihm nicht wirklich länger böse sein. »Ich freue mich ja auch«, antwortete sie und merkte, dass es stimmte. Vor allem war es erstaunlicherweise überhaupt nicht seltsam, mit ihm zu reden – trotz allem, was zwischen ihnen vorgefallen war. Nun, es war ja auch schon fast fünf Jahre her.

»Ich muss los«, sagte Albert bedauernd. »Aber ich möchte gerne trotzdem noch einmal über das Promotionsthema mit Ihnen sprechen. Vielleicht kann ich ja doch irgendwie helfen. Aber wie Sie möchten.« Er hob die Hände, als erwartete er erneut einen Wutausbruch, doch sie zuckte nur müde mit den Schultern.

»Ich wünsche Ihnen viel Glück bei Professor Lenz. Was auch immer Sie bei ihm wollen.«

»Bis bald, Hedwig.« Albert lächelte ihr zum Abschied noch einmal aufmunternd zu. Aber aufgemuntert konnte sie heute ganz sicher nicht mehr werden, dachte Hedwig. Ihre Wut war einer tiefen Resignation gewichen. All die Arbeit! Umsonst!

Nein, nicht umsonst, dachte Hedwig dann, als sie die Universität verließ und in die strahlende Sonne blinzelte. Sie würde jetzt nicht aufgeben – wann hatte sie das jemals getan? –, sondern noch einmal in Ruhe über ihre Möglichkeiten nachdenken. Morgen. Aber heute – heute würde sie nur schlafen. Schlafen und versuchen, diese Niederlage irgendwie wegzuträumen, wenigstens für ein paar Stunden.

Doch sie vermutete bereits, dass das nur schwer funktionieren würde.

Anni

Anni stand vor der Universität und überlegte, wie sie Hedwig ihre Neuigkeiten überbringen sollte. In Gedanken hatte sie die ganze Geschichte bereits Dutzende Male erzählt: Wie sie dort, vor dem ganzen Prüfungsausschuss, stand und ihr so schlecht war, dass sie befürchtete, sich vor den Männern der Kommission jeden Moment übergeben zu müssen. Die neidvollen Blicke der anderen Schülerinnen, als sie aus dem Raum kam, weil sie es hinter sich hatte. Die noch neidvolleren Blicke, als verlesen wurde, dass sie, Anni, die mündliche Prüfung bestanden hatte!

Aber nein, dann wäre die Geschichte zu schnell zu Ende. Sie wollte Hedwig noch von den gemeinen Fragen berichten, die ihr der eine Prüfer gestellt hatte, der, der mit seinen großen Zähnen wie ein Hase ausgesehen hatte. Es war gar nicht so einfach gewesen, unter seinem Blick an der Tafel komplizierte Differentialrechnungen auszuführen. Einmal war ihr die Kreide abgebrochen, und als sie sich gebückt hatte, um sie aufzuheben, hatte sie gemerkt, dass ihre Knie zitterten, als seien sie aus Gummi. Religion, Englisch, Französisch, Chemie, Latein, Geschichte, Mathematik und Physik – in all diesen Fächern hatte sie eine mündliche Prüfung ablegen müssen. Und das, obwohl sie von den schriftlichen Prüfungen – einem deutschen Aufsatz, einer Übersetzung aus dem Lateinischen ins Deutsche, einer französischen Interpretation, vier mathematischen Aufgaben und einer Berechnung in der Physik – noch völlig ausgelaugt gewesen war. Aber das musste sie Hedwig gar nicht erzählen, die wusste ja selbst, wie anstrengend das Abitur war, auch wenn es bei ihr natürlich schon etwas zurücklag.

Lieber wollte sie Hedwig davon berichten, wie der eine Prüfer amüsiert in seinen Bart gehüstelt hatte, weil sie vor Aufregung Englisch und Französisch durcheinandergebracht und in einem Wirrwarr aus beiden Sprachen geantwortet hatte. Vor allem wollte sie feiern, sich gemeinsam mit jemandem freuen, dass sie es tatsächlich geschafft hatte – sie, ein Dienstmädchen, hatte Abitur!

Aber Hedwig tauchte nicht auf. Da konnte Anni die Geschichte noch so oft im Kopf wiederholen – Hedwigs braune Locken, ihren stolzen Gang und ihre farbenfrohe Kleidung erblickte sie nirgends.

Ob die Freundin vergessen hatte, dass sie mit Anni zur Feier des Tages in ein Café hatte gehen wollen? Aber eigentlich war das recht unwahrscheinlich. Hedwig war zwar mit ihrem sorglosen, aufbrausenden Naturell manchmal ein wenig bedenkenlos – aber eine Freundin würde sie nie im Stich lassen, da war sich Anni sicher. Ob etwas passiert war?

Nein, das durfte sie gar nicht denken, beschloss Anni, lieber wartete sie noch ein paar Minuten.

Aber Hedwig kam auch nach ein paar Minuten nicht, nur immer mehr Männer strömten durch die Tore der Universität. Im Gebäude nach Hedwig zu suchen kam für Anni allerdings nicht infrage. Sie wollte die Universität nur ungern betreten – sie hatte heute schon genug Aufregendes erlebt. Alleine die Blicke der Männer, als sie ihr, der Reihe nach, zum Abitur gratuliert hatten! Der Direktor der Schule hatte ihre Hand geschüttelt. Der Direktor der Schule! Ihre! Hand!

Obwohl sie enttäuscht war, dass Hedwig nicht kam, stahl sich erneut ein Lächeln auf Annis Gesicht. Nein, sie würde sich heute durch nichts den Tag vermiesen lassen!

Deswegen hatte sie vorhin ja auch einfach beschlossen, dass sie heute frei hatte. Das war normalerweise nicht ihre Art, aber die Dienstherrin war heute Morgen nicht aus ihrem Zimmer gekommen – was ohnehin sehr ungewöhnlich war. Eigentlich nahmen Anni und sie morgens stets gemeinsam ein kleines Frühstück zu sich. Marie Althoff bestand nämlich seit einiger Zeit darauf, Annis Essen genauestens zu überwachen. Damit sie nicht kränklich wurde, wie sie sagte. Aber da Marie Althoff heute fortgeblieben war, hatte sie Anni, wie sonst üblich, keine weiteren Aufgaben für den Tag auftragen können. Und Marie Althoff wusste ja auch, dass Anni heute ihre mündlichen Prüfungen ablegen musste. Sie würde sich also nicht wundern, wenn Anni erst am Abend wiederkehrte.

Sie würde also alleine feiern, beschloss Anni und marschierte auch schon los, bevor sie doch noch in Versuchung kommen könnte, eine weitere halbe Stunde vor der Universität zu warten. Nein, sie hatte heute einen Erfolg zu verzeichnen und wollte sich vor der Universität, die ihr nicht geheuer war, nicht die Beine in den Bauch stehen! Lieber erkundete sie die Gegend und hielt nach einer Bäckerei oder etwas Ähnlichem Ausschau, wo sie sich zur Feier des Tages einen Pfannkuchen genehmigen würde. Für ein richtiges Café reichte es vermutlich nicht – Marie Althoff zahlte ihr in letzter Zeit kein Gehalt mehr, weil, wie sie sagte, das Schulgeld, das sie für Anni zahlte, so hoch war. Aus diesem Grund hatte Hedwig sie einladen wollen – aber für ein kleines Gebäck hatte sie bestimmt genug Münzen dabei!

Es war mal wieder ein typischer Berliner Tag: recht warm, aber mit einer Tendenz zum unangenehm Schwülen, der Himmel war grau, und es war völlig windstill. Aber das machte Anni heute überhaupt nichts aus. Sie hüpfte beinahe über die Pflastersteine und achtete nicht wirklich darauf, wo sie überhaupt hinlief, als sie auf einen kleinen Laden zu ihrer Linken aufmerksam wurde. Im schmalen Schaufenster waren Bücher ausgestellt, und darüber stand in breiten Lettern »Buchhandlung *Der Leopard*«.

Anni spähte durch das Schaufenster und konnte im Inneren weitere Regale mit Büchern erkennen – mehr noch, als die Althoffs besaßen. Das gab den Ausschlag. Wenn sie heute feiern wollte, was wäre dann besser geeignet, als sich ein paar Bücher anzuschauen?

Ein helles Glöckchen bimmelte, als Anni die Ladentür aufstieß. Drinnen schien ein warmes Licht, und die Luft roch nach Büchern, nach Leim, ein wenig Staub und überraschenderweise nach Karamell. Hinter ihr fiel die Tür zu und schloss all die Geräusche der Straße aus: eine andächtige Ruhe umgab sie. Es war eine friedliche Ruhe, keine beängstigende oder angespannte Ruhe, wie Anni sie nur zu gut kannte.

»Gustav, wir haben Kundschaft!«, trällerte eine Frauenstimme, und kurz darauf kam ein fast glatzköpfiger Mann hinter einem der Regale hervorgestolpert.

»Hallo!«, rief er und schaute sie durch seine dünnen Brillengläser freundlich an. »Was kann ich für dich tun, Kindchen?«

Kindchen? Anni musste lächeln. Immerhin war sie eine erwachsene Frau und hatte gerade ihr Abitur bestanden. Aber zumindest nahm ihr der Blick des älteren Mannes sofort die Unsicherheit. Anders als an der Universität oder in den Hutläden, in die sie zuletzt mit Marie Althoff hatte gehen müssen, schaute er sie nicht so an, als wäre sie hier völlig fehl am Platze. Sein Blick war freundlich und offen.

»Ich wollte mich nur mal umschauen«, sagte Anni trotzdem mit einem leichten Zittern in der Stimme.

»Aber natürlich. Sag Bescheid, wenn du Hilfe brauchst! Einfach rufen, dann komme ich oder Maria, meine Frau. Also, wahrscheinlich eher ich. Meine Frau ist gerade versunken in ihren neuen Thomas-Mann-Roman, und da können sie keine zehn Pferde wegholen!«

Und damit verschwand er wieder hinter einem Regal, und Anni hörte es vernehmlich rascheln.

Thomas Mann! Den kannte Anni auch. Die Althoffs hatten neben den wissenschaftlichen Schriften durchaus einige Romane besessen, und im vorletzten Winter hatte sie in zahlreichen kalt-stürmischen Nächten *Die Buddenbrooks* verschlungen. Allerdings traute sie sich nicht zu fragen, in welchem Roman denn gerade Gustavs Frau Maria las – zumal sie ohnehin nicht zu sehen war.

Also erkundete Anni stattdessen den Laden. Es gab gleich mehrere Regale für Romane. Und dazu auch einige, in denen, sortiert nach Wissensgebieten, die neusten Schriften aus der Universität zu finden waren – von einigen der Namen hatte sie dank Althoff bereits gehört oder gelesen. Bei dem Namen Carl Stumpf blieb sie hängen. Sie erinnerte sich noch an eine Schrift, die sie vor ein paar Jahren bei Althoff verschlungen hatte, in der es um ein Pferd ging, das möglicherweise rechnen konnte. Dieses Buch hier schien sich allerdings mit Musik zu befassen.

»Eine junge Dame, die sich für die Psychologie interessiert, was?«, fragte der Buchhändler Gustav, der plötzlich doch wieder hinter ihr aufgetaucht war.

Vielleicht fürchtete er, sie würde etwas klauen? Ertappt, obwohl sie ja gar nichts Falsches gemacht hatte, zog Anni die Hand zurück.

»Besuchen Sie die Universität?«

Anni entspannte sich, als sie merkte, dass auch diese Frage des Buchhändlers wohl bloß freundlich gemeint war. Sie schüttelte den Kopf. »Aber ich interessiere mich für alles Mögliche«, sagte sie. »Am liebsten lese ich allerdings Romane, wenn ich ehrlich bin.«

»Ha!« Der ältere Mann lächelte. »Meine Frau und ich auch! Aber es ist trotzdem immer gut, über alles informiert zu sein! Die Dinge entwickeln sich so schnell, und ständig werden neue Wissenschaftsgebiete erschlossen – da kommen wir als Buchhändler manchmal kaum mit!«

»Ja, eine Freundin von mir arbeitet in der Radioaktivität«, bekräftigte Anni schüchtern. »Da entdeckt sie auch ständig Neues. Ganze Elemente, um genau zu sein.«

Ein wenig stolz war sie schon, dass ihr die Unterhaltung mit dem älteren Mann so flüssig über die Lippen ging – noch vor einem Jahr wäre es kaum wahrscheinlich gewesen, dass sie so selbstverständlich von »Elementen« sprach. Aber sie hatte schließlich auch in Chemie das Abitur bestanden, dachte sie.

»Radioaktivität«, nickte Gustav, »ein spannendes Feld, leider habe ich wirklich keine Ahnung davon. Aber meine Frau ist eine große Bewunderin dieser Marie Curie. Maria, komm mal heraus, hier ist eine andere Marie-Curie-Anhängerin!«, rief Gustav plötzlich laut nach hinten. Anni wagte es nicht, ihn darauf hinzuweisen, dass sie überhaupt keine Ahnung von Marie Curie hatte. Sie war eine Anhängerin von Lise Meitner, wenn überhaupt.

Aber da kam schon eine Frau hinter den Regalen hervor, die aussah, als wäre sie gerade erst aufgewacht, und verwirrt in den Laden blinzelte. In der Hand hielt sie ein schmales Bändchen.

»Du sollst mich doch nicht stören!«, schalt sie ihren Ehemann. »Aber du hast Glück, ich bin ohnehin gerade fertig. Hallo, mein Name ist Maria.« Damit hatte sie Annis Hand ergriffen und sie so kräftig geschüttelt, dass Annis ganzer Körper durchgerüttelt wurde. »Also ich weiß nicht, was ich davon halten soll«, sagte sie und wedelte mit dem Buch vor Gustavs Gesicht herum. »Das ist schon recht heikles Material.«

»*Der Tod in Venedig*«, las Anni auf dem Buchrücken.

»Thomas Manns neueste Novelle«, erklärte ihr Maria.

Anni hätte nur zu gern einmal hineingeblättert, aber Gustav hatte das Buch bereits an sich gerissen und verschwand damit so schnell, dass Anni hätte schwören können, er habe sich selbst weggezaubert.

Maria schien Annis Blick bemerkt zu haben, denn sie schüttelte jetzt bedauernd den Kopf. »Das war leider unser einziges Exemplar, und wenn Gustav das erst mal in die Finger kriegt, gibt er es nicht wieder her. Ich fürchte, heute wirst du keinen Blick mehr hineinwerfen können.«

»Das macht doch nichts«, beeilte sich Anni zu versichern.

Es war schon merkwürdig, dass die beiden Buchhändler sie behandelten, als wäre sie eine alte Freundin des Hauses und keine potenzielle Kundin. Wobei sie ja leider sowieso kein Geld hatte für ein Buch. Das fiel Anni jetzt auch wieder ein, und sie merkte, wie sie rot wurde. »Ich habe ohnehin nicht besonders viel Geld dabei«, sagte sie. »Und ich sollte wohl besser los!«

»Aber nicht doch!« Maria schien regelrecht entsetzt. »Niemand verlässt diesen Laden ohne ein Buch! Wenn du dir keins leisten kannst, dann leihe ich dir eben eines!«

»Leihen?«, stotterte Anni. Das erschien ihr doch wie eine sehr fragwürdige Geschäftspraktik, aber Maria ließ sich nicht umstimmen.

»Aber ja! Zufällig suchen wir gerade noch ein bisschen junge Verstärkung für unseren Lesekreis. Was liest du denn sonst gerne?«

Anni war etwas überfordert von der überbordenden Art der älteren Frau und brachte daher nur »Goethe« heraus, wobei es mehr wie eine Frage als wie eine Aussage klang.

»Goethe, ach du lieber Gott! Nein, dann ist unser Lesekreis wirklich das Richtige für dich, da kommst du auf den neuesten Stand. Wir lesen den gerade erst erschienenen Erzählband von einem jungen Talent namens Alfred Döblin.«

Maria hielt ihr ein gebundenes Buch mit dem Titel *Die Ermordung einer Butterblume und andere Erzählungen* entgegen, das Anni zögerlich nahm.

»Sehr expressionistisch, wie ein Literaturwissenschaftler sagen würde«, plapperte Maria weiter. »Aber ich sage: Es ist genial und ganz wunderbar. Du solltest es lesen und zu unserem Treffen kommen!«

»Das kann ich nicht …«

»Doch, das kannst du«, unterbrach Maria sie und schloss resolut Annis Hände um das Buch. »So, und jetzt muss ich mir selbst rasch etwas Neues zu lesen suchen, ich werde immer nervös, wenn ich länger als zehn Minuten kein Buch in den Händen halte. Und meine Kekse müssen auch aus dem Ofen.«

Damit war sie wieder verschwunden, vermutlich, um Anni nicht noch mehr Gelegenheit zum Widerspruch zu geben. Und dazu war Anni auch gar nicht mehr in der Lage. Sie war überwältigt von so viel Herzlichkeit.

Sie drückte ihr neues Buch ans Herz und verließ den Laden erst, als das kleine Glöckchen über der Tür den nächsten Besucher ankündigte.

Draußen sah alles noch genauso aus wie zuvor – nur ein leichter Wind ließ die Kleider der Passanten flattern. Aber Anni fühlte sich trotzdem so, als wäre sie für eine lange Zeit in einer anderen Welt gewesen. Fest stand, dass sie ihr Abitur auch ohne Hedwig gebührend gefeiert hatte. Vor allem würde sie jetzt gleich noch weiter feiern – mit ihrem neuen Buch. Das war, dachte Anni, als sie sich langsam auf den Nachhauseweg machte, sowieso viel besser als Pfannkuchen.

Lise

Hahn schaute schon wieder aus dem Fenster und hörte gar nicht richtig zu. Obwohl sich Lise in den letzten Monaten eigentlich daran gewöhnt hatte, frustrierte es sie heute ganz besonders. Jetzt, wo doch endlich ihr Labor fertig eingerichtet war und sie mit der Arbeit begonnen hatten – da wollte sie natürlich auch vorankommen! Was aber schwer war, wenn Hahn die ganze Zeit mit den Gedanken abschweifte – und andauernd von seiner Edith redete. Die Hochzeit hatte gerade erst stattgefunden, in Stettin. Lise hatte nicht hinfahren können, ihre Pflichten bei Planck nahmen sie zu sehr in Beschlag. Außerdem war das auch ganz in Ordnung so. Sie freute sich zwar für Hahn und seine junge Frau, aber ein wenig lag ihr die ganze Sache schon im Magen.

Was ihr am meisten zusetzte, trotz ihrer neuen Anstellung bei Planck, war, dass sich alles so sehr verändert hatte. Sie waren jetzt nicht mehr allein im Labor (Hahn beschäftigte noch ein paar weitere Mitarbeiter), sie sangen nicht mehr Brahms bei der Arbeit, Hahn delegierte ständig kleine Aufgaben an seine Mitarbeiter, und sie, Lise, wusste nicht so recht, wo sie in diesem Gefüge ihren Platz hatte.

Sicher, Hahn behandelte sie nach wie vor wie eine gleichberechtigte Forschungspartnerin und kam gar nicht auf den Gedanken, ihr auch Anweisungen zu erteilen – aber in die Organisation des ganzen Labors bezog er sie nicht so ein, wie Lise sich das gewünscht hätte. Hahn war trotz allem der alleinige Chef, und ein viel zu zerstreuter obendrein.

Aber Lise durfte sich eigentlich nicht beschweren. Schließlich war sie bei Planck mehr als eingespannt und schaffte es oft tagelang nicht, nach Dahlem hinauszufahren. Sie musste alle von den Studenten eingereichten Ausarbeitungen zu den Übungsaufgaben aus Plancks Vorlesung korrigieren. Und das waren jede Woche an die zweihundert Stück. Am Freitag wurden ihr die Übungen der Studenten übergeben, am Dienstag musste sie sie fertig bearbeitet haben, und Planck stellte dann ihre Korrekturen in seiner Vorlesung vor. Jede Woche aufs Neue.

Aber eigentlich war ja alles auf dem richtigen Weg. Auf diese Stelle hatte sie schließlich jahrelang gewartet! Sie musste sich nur einfach noch ein wenig daran gewöhnen. Und mit Hahn, der noch immer versonnen in Richtung des Grunewalds schaute und dabei mit seinem Füller kleine Kleckse auf das nur halb beschriebene Laborblatt machte, nachsichtig sein.

Lise seufzte leise, bahnte sich einen Weg an einem Laboranten vorbei, der gerade die Gerätschaften säuberte, und setzte sich an ihren kleinen Schreibtisch direkt an der Wand. Hier hatte sie die Geräte, etwa ein

Elektroskop, mit dem sie täglich arbeitete, direkt parat, und ein wenig Platz für Notizen blieb auch noch.

Sie überlegte gerade, wie sie heute mit der Arbeit fortfahren sollte – durch die viele Arbeit bei Planck war sie etwas aus dem Konzept gebracht –, als es an der Tür klopfte.

Lise musste sich gar nicht umdrehen, um zu sehen, wer da Einlass verlangte. Aus den Augenwinkeln sah sie, wie das Elektroskop vor ihr auf dem Schreibtisch ausschlug.

Ein Lächeln breitete sich auf ihrem Gesicht aus. Endlich! Das war fantastisch, da wurde ihr die Entscheidung abgenommen, was sie heute untersuchen würde!

»Unser Paket aus Kanada«, rief Lise Hahn zu, der nun ebenfalls lächelte.

Lise drehte sich um und winkte dem Postboten zu, der ziemlich verdattert in der Tür stand. In seinen Händen hielt er tatsächlich ein großes Paket – aber das hatte Lise natürlich schon gewusst. Der Anschlag des Elektroskops hatte ihr verraten, dass Rutherford, mit dem sie regelmäßig radioaktive Stoffe zur Untersuchung hin- und herschickten, mal wieder eine Ladung versendet haben musste. Aber das wusste natürlich der Postbote nicht, der ziemlich blass geworden war und mit seinem Blick zwischen Lise, dem Paket und den unzähligen Gerätschaften des Labors hin und her huschte.

»Das Fräulein Meitner kann hellsehen«, erklärte Hahn dem Postboten.

»Ach so«, stotterte der Postbote und stellte das Paket hastig ab.

»Man gewöhnt sich dran«, gab sich Hahn kumpelhaft und stand auf, um das Paket zu holen. »Und es kann bisweilen ja auch ganz praktisch sein! Apropos: Sie sollten sich beeilen, Fräulein Meitner sagt, es regnet gleich.«

»Ja, dann geh ich wohl lieber schnell …« Der Postbote schien nicht sicher zu sein, ob Hahn nun Spaß machte oder nicht, und suchte rasch das Weite. Nicht ohne noch einen misstrauischen Blick in Lises Richtung zu werfen.

»Sie sind schrecklich!«, sagte Lise, als er verschwunden war und Hahn seelenruhig das Paket zu öffnen begann. Hahn zuckte nur grinsend mit der Schulter. Aber auch sie konnte sich ein Lächeln nicht verkneifen. Für einen Moment war es zwischen ihnen wieder wie in der Holzwerkstatt.

Hahn zog einen Brief aus dem Paket und trat neben Lise, damit sie beide lesen konnten.

Tatsächlich war der Brief, den Rutherford ihnen geschickt hatte, heute ausnahmsweise einmal interessanter als die Substanz selbst. Nachdem Rutherford Hahn vor knapp einem Jahr seine damals noch lose Theorie zur Gestalt des Atoms vorgestellt hatte (Hahn war damals bei einem Kongress in Paris gewesen, den er genutzt hatte, um auch seine Bekanntschaft zu den Curies zu vertiefen – Lise hatte leider nicht mitkommen können), schickte er ihnen regelmäßig die neusten Forschungsergebnisse aus diesem Bereich.

Lise wusste noch genau, wie Hahn ihr zum ersten Mal von Rutherfords Theorie erzählt hatte. Damals waren sie noch in der Holzwerkstatt untergebracht, und draußen hatte der Abend bereits alles in dunkelblaue Stille verwandelt. »Rutherford glaubt«, hatte Hahn ihr ganz aufgeregt berichtet, »dass das Atom einen Kern hat, der unfassbar winzig ist. Wie eine Fliege im Inneren einer Kathedrale, meinte er. Und diese Fliege muss, trotz ihrer winzigen Größe, der Sitz einer gewaltigen zusammengeballten Ladung sein. In diesem Kern konzentriert sich nach Rutherfords Theorie die gesamte Masse des Atoms!«

Lise hatte das kaum glauben können – bisher war man immer davon ausgegangen, Masse und Ladung des Atoms seien über dessen gesamte Oberfläche verteilt. Sie und Hahn hatten den ganzen Abend die möglichen Folgen einer solchen Theorie besprochen.

»Neues von der Fliege!«, grinste Hahn jetzt erfreut und strich den Brief mit Rutherfords krakeligen Ausführungen glatt. Lise fühlte sich sofort wieder zurückversetzt an jenen Abend – aber sie wollte ja nicht wehmütig werden. Stattdessen versuchte sie, die Schrift des genialen Physikers zu entziffern – und dann auch noch zu verstehen, an ihrem

Englisch übte sie nämlich noch. Hahn, der um einiges besser darin war als sie, begann bereits aufgeregt vor sich hinzumurmeln. »Das ist ja interessant! Niels Bohr kann jetzt die Existenz des Atomkerns zweifelsfrei beweisen. Die Elektronen umhüllen den Kern, sie kreisen um ihn auf vorgeschriebenen Umlaufbahnen herum.«

»Wie die Planeten?«, fragte Lise.

Doch Hahn las bereits weiter. »Und er hat recht!«, rief er dann. Vor Aufregung hatte er Lise das Blatt entrissen. Jetzt hielt sie nur noch den Umschlag in der Hand, auf dem krakelig ihre beiden Namen standen.

»Damit können wir endlich die verschiedenen Phänomene im Atom sortieren: Der radioaktive Zerfall kommt nur aus dem Kern, für die Röntgenstrahlung und die chemischen Reaktionen sind dagegen die Elektronenhüllen zuständig.« Hahn sah aus, als würde er sie gleich packen. Und Lise teilte seine Aufregung. »Wir beide, Fräulein Meitner, suchen die Nadel im Heuhaufen. Und zwar sprichwörtlich! Wir suchen diesen winzig kleinen Teil in der Mitte von nichts!«

»Fliege oder Nadel, Herr Hahn, da müssen Sie sich jetzt aber schon entscheiden«, rügte Lise ihn scherzhaft.

Aber in ihrem Kopf arbeitete es bereits gewaltig. Jetzt, da auch ein anderer Physiker Rutherfords Ergebnisse bestätigen konnte, gab es keinen Zweifel mehr daran, dass sie vielleicht wirklich die Erklärung für so viele bislang unerklärliche Phänomene liefern könnten. Etwa die ganzen verzwickten Probleme des Periodensystems, mit denen sie sich seit Jahren herumschlugen. Und Lise spürte ganz genau, dass die neuen Erkenntnisse wichtige Denkanstöße für ihr angestrebtes Forschungsvorhaben liefern könnten: die Suche nach der Muttersubstanz des Actiniums, die Hahn und sie scherzhaft »Abrakadabra« nannten.

Aber bevor Lise ihren Gedanken aussprechen konnte, klopfte es schon wieder an der Tür.

Hahns junge Frau steckte ihren hübschen Kopf herein, und sofort war dessen komplette Begeisterung auf sie konzentriert.

»Edith!« Er sprang auf und hätte den Brief beinahe achtlos fallen gelassen, wenn Lise ihn sich nicht rechtzeitig gegriffen hätte.

Edith und Otto Hahn hatten gerade eine kleine Parterrewohnung in der Ladenbergstraße 5, also ganz hier in der Nähe, bezogen. Natürlich, Edith war ja jetzt eine Ehefrau und arbeitete nicht mehr, und Hahn war der Chef der ganzen Abteilung, dachte Lise bitter, schämte sich aber sogleich für ihre Gedanken. Sie mochte Hahns Frau ja sogar! Die schöne junge Künstlerin hatte ihr nichts getan. Im Gegenteil: Sie behandelte sie nur mit Herzlichkeit und Respekt. Aber wenn sie auftauchte, dann war Hahn eben nicht mehr der Hahn, den sie kannte.

»Frau Hahn und ich machen einen kleinen Spaziergang!«, verkündete dieser mit hörbarem Stolz in der Stimme, und schon waren die beiden verschwunden.

Und Lise saß allein mit Rutherfords Brief da. Die Aufregung, die sie eben verspürt hatte, war allerdings verflogen. Aber über den Punkt, wo sie einfach alleine und grübelnd zurückblieb und nichts mit sich anzufangen wusste, war sie auch weit hinaus! Wenn Hahn nicht wollte – gut, sie hatte auch viel zu tun! Gerade zum Beispiel korrigierte sie eine Publikation von Planck, mal ganz abgesehen von den restlichen Übungsaufgaben, die noch auf sie warteten. Sie hatte bei Weitem genug Arbeit vor sich, die es zu erledigen galt.

Entschlossen stand sie auf und marschierte ebenfalls zur Tür, warf dem Laboranten nur noch schnell ein »Ich mache Schluss für heute« zu und war schon in den warmen Frühlingstag hinausgetreten.

Es lag noch ein weiter Fußweg vor ihr. Die U-Bahn-Station Thielplatz würde erst im Herbst fertiggestellt werden, aber die Zeit konnte sie nutzen. Über den Brief von Rutherford konnte sie schließlich auch ganz allein nachgrübeln! Da half Spazierengehen sowieso. Sie hoffte nur, sie würde Edith und Hahn dabei nicht begegnen.

Hedwig

»Ja, aber gibt es denn keine andere Möglichkeit?« Henny war empört, als sei es sie persönlich, deren Promotion abgelehnt worden war.

Hedwig hatte den anderen soeben von ihrem Promotionsdesaster erzählt, und das Mitgefühl des Redaktionsteams von »Die Studentin« tat ihr wirklich gut. Auch wenn sie ihr nicht wirklich helfen konnten.

»Nein, entweder ich arbeite etwas ganz Neues aus, oder ich habe keinen Universitätsabschluss«, seufzte Hedwig, und die anderen machten traurige Mienen. Sie alle waren sich ihrer fragilen Position als Studentinnen bewusst, und Hedwigs Beispiel hatte das wieder einmal illustriert. Sie durften studieren – das konnte ihnen jetzt keiner mehr nehmen –, was aber die Bewertung ihrer Leistungen anbelangte, waren sie auf das Gutdünken der Männer angewiesen. Und das waren zumeist noch die gleichen, die damals gegen das Frauenstudium gewesen waren.

»Die ganze Arbeit umsonst«, seufzte Else traurig und sprach dabei das aus, was auch Hedwig gedacht hatte. Ja, sie war tagelang in Trübsinn verfallen, hatte sogar ihre Freundin Anni versetzt (zum Glück hatte Anni, die gute Seele, ihr sofort verziehen, als sie hörte, was geschehen war) und nicht weitergewusst. Bis ihr eine Idee gekommen war.

»Nichts ist jemals umsonst«, sagte Tilly weise und erntete dafür ein Augenverdrehen von Henny. Aber Hedwigs Gedanken gingen in eine ganz ähnliche Richtung.

»Ich hatte gehofft«, sagte sie, »dass ihr mir bei einer Idee, die ich hatte, helfen könntet. Und zwar würde ich die Promotion gerne trotzdem veröffentlichen. Genau so, wie sie ist. Als emanzipatorische Informationsschrift sozusagen. Immerhin können wir aus der Geschichte der Frauenvereine viel darüber lernen, wie wir die geworden sind, die wir heute sind. Und aus den Erfolgen, die die Frauen im Kampf um Gleichberechtigung in den letzten hundert Jahren erzielt haben, Schlussfolgerungen ziehen, wie wir weiterkämpfen müssen.«

»Das ist eine tolle Idee!«, unterstützte Henny sie sogleich begeistert. »Deine Schrift könnte eine Sonderausgabe von ›Die Studentin‹ sein.«

»Eine wirklich gute Idee«, stimmte auch Olga zu Hedwigs Überraschung zu. Nachdem etwas Gras über ihren Streit bezüglich der Umwandlung des Studentinnenvereins in eine Korporation gewachsen war, hatte sich Olga zu Hedwigs großer Erleichterung wieder an den Redaktionssitzungen beteiligt. Hedwig wollte die scharfsichtige Jurastudentin ungern als Mistreiterin missen. »Du würdest dadurch den Vorwurf von Professor Lenz, deine Arbeit sei zu politisch für eine Promotion, in etwas Positives verkehren: Indem du sie einfach politisch nutzt.«

»Genau das war mein Gedanke«, grinste Hedwig. Olga hatte den Nagel wie so oft auf den Kopf getroffen. Die anderen wurden jetzt auch ganz aufgeregt.

»Wie schnell können wir drucken?«, rief Henny.

Nur Else war mit einem Mal ganz blass geworden. »Oh Gott, ich glaube, mir ist schlecht«, stöhnte sie und sprang auf. Mit wehendem Rock stürmte sie aus dem Seminarraum. Die anderen schauten sich alarmiert an.

»Sie hat sich doch wohl nicht schon wieder mit diesem Max getroffen?«, fragte Olga misstrauisch, und auch Hedwig erinnerte sich sogleich an das Porträt des jungen Studenten, über das Else und Henny vor einiger Zeit getuschelt hatten.

»Keine Ahnung!« Henny schaute erschrocken zur Tür, durch die Else verschwunden war, als könnte diese eine Antwort geben. »Ich hab ihr aber erklärt, wie sie aufpassen muss! Mir ist noch nie was passiert«, fügte Henny schulterzuckend hinzu.

»Ihr seid so was von leichtsinnig!«, ereiferte sich Olga mit ihrer üblichen Strenge. Dann breitete sich betretenes Schweigen aus.

Zum Glück mussten sie nicht lange warten, bis Else mit vor Verlegenheit rotem Kopf wiederkam. Aber sie war nicht allein. Hinter ihr in der Tür erschien Albert Lennenberg, und Hedwigs Herz machte sogleich einen dummen, riesigen Satz.

Gerade jetzt, wo sie von verhängnisvollen Liebschaften sprachen, musste natürlich er hier auftauchen. Nicht, dass sie eine Liebschaft hätten – das war schließlich schon Jahre her, und sie hatten sich beide verändert. Das eine Mal, wo sie Albert auf dem Flur der Universität überraschend wiedergesehen hatte, war ja zum Glück erstaunlich locker abgelaufen. Beinahe so, als wäre nie etwas zwischen ihnen vorgefallen.

Hedwig hatte sich insgeheim schon gefragt, ob sie ihn wohl noch einmal sehen würde, bevor er wieder nach Göttingen zurückkehrte. Nun, jetzt hatte sie ihre Antwort.

»Hedwig? Professor Lennenberg möchte dich sprechen«, hauchte Else. Mit recht wackeligen Schritten kam sie zu den anderen zurück und ließ sich auf den Stuhl neben Olga fallen, die sie kritisch beäugte. Albert wartete an der Tür.

»Ich komme gleich wieder!« Hedwig war sich der Blicke der anderen nur zu bewusst, als sie jetzt auf Albert Lennenberg zuging und ihn vorsichtig anlächelte. Aus irgendeinem Grund war sie furchtbar aufgeregt. Was wollte er von ihr?

Er wartete, bis sie an ihm vorbeigegangen war, dann verließ auch er den Seminarraum und schloss leise die Tür hinter ihnen. Wie so oft standen sie alleine im Flur vor den Seminarräumen – aber diesmal berührte Albert vorsichtig ihren Ellenbogen und nickte den Gang hinunter. »Dahinten ist doch diese Sitzgruppe. Wollen wir uns kurz dorthin setzen?«

Er klang so förmlich. Mit bebendem Herzen folgte ihm Hedwig. Ihn hingegen schien ihre Gegenwart überhaupt nicht aus dem Konzept zu bringen. Im Gegenteil, er wirkte wie die Ruhe selbst. Vielleicht lag das aber auch an seinem veränderten Aussehen: Sein Vollbart verdeckte sein Gesicht, auf dem sich sonst oft eine verdächtige Röte gezeigt hatte, gut.

»Also, Hedwig«, sagte er, als sie in der kleinen Sitzgruppe saßen. Er hatte die Hände auf dem Tisch abgelegt, auf den die Zweige vor dem Fenster ein Bild aus Licht und Schatten malten.

»Nein, ich sollte wohl lieber Frau Brügger sagen«, verbesserte sich Albert. »Oder hast du, also Sie, wieder geheiratet?«

Hedwig klappte schon den Mund auf, um zu antworten, da unterbrach er sie hastig: »Entschuldige, das geht mich ja gar nichts an.«

Jetzt war er doch rot geworden, das sah Hedwig genau! Es kroch ihm unter seinem Bart die Wangen hoch.

Er räusperte sich. »Was ich eigentlich sagen wollte: Ich habe mit Professor Lenz gesprochen und ihm gesagt, dass ich gerne deine, also

Ihre, Promotion betreuen würde, wenn Sie einverstanden sind. Gemeinsam können wir sie auch vor der Fakultät durchbringen. Natürlich nur angenommen, ich fände Ihre Arbeit gut. Aber alles, was ich davon bislang gelesen habe, ist sehr vielversprechend.« Er lächelte ihr zu und schien auf eine Reaktion zu warten, aber Hedwig hatte es erst einmal die Sprache verschlagen.

»Du hast meine Promotion gelesen?«, fragte sie schließlich.

»Noch nicht ganz«, räumte Albert ein. »Und ich glaube, wir sollten beim Sie ...«

»Aber wieso?«, unterbrach Hedwig ihn. »Und wieso solltest du meine Promotion betreuen dürfen? Du bist doch Professor in Göttingen? Oder stimmt das nicht?«

»Nein, ich ...« Albert lächelte, und die Haut um seine Augen verzog sich zu kleinen Fältchen. »Ich habe einen Ruf hierher bekommen. Ich unterstütze die Fakultät ab sofort als neuer Ordinarius. Und was deine Promotion anbelangt: Ich kenne dich, also Sie, ich kenne Sie doch und weiß, dass eine gute Geschichtswissenschaftlerin in Ihnen steckt. Ich fände es schade, wenn Sie nur wegen der persönlichen Abneigung von Professor Lenz nicht Ihren verdienten Abschluss erhalten.«

Das klang sehr überzeugend, und Hedwig entspannte sich ein wenig.

»Das hat aber nichts mit unserer ... Geschichte zu tun, oder?«, hakte sie dann nach.

»Nein, nein!«, versicherte ihr Lennenberg schnell, wurde aber schon wieder rot. »Also«, er räusperte sich unbehaglich, »ich müsste lügen, wenn ich sagen würde, dass ich mich nicht aufrichtig freue, Sie zu sehen, aber meine Absichten sind tatsächlich rein dem Wohle der Wissenschaft geschuldet.«

»Dem Wohle der Wissenschaft, ja?«, neckte Hedwig ihn. Sie konnte es einfach nicht lassen. Auf seinem Gesicht breitete sich ein Lächeln aus.

»Selbstverständlich! Hören Sie mal, ich bin schließlich Professor!«

»Wie könnte ich das vergessen. Also, sagen Sie, Professor Lennenberg, wie würden wir denn dann jetzt vorgehen?«

Er lehnte sich zurück und schaute sie wieder ernst an – mit einem Blick, der ganz und gar Professor war. Prüfend und ernst.

»Zunächst einmal machen wir einen Termin aus, um Ihre Promotionsschrift zu besprechen. Nur, weil ich Ihnen in dieser Sache helfe, werde ich trotzdem keine Milde walten lassen. Es wird sicherlich vonnöten sein, einige Änderungen vorzunehmen, allein schon, damit Professor Lenz uns nicht zu viele Steine in den Weg legt. Aber wenn Sie bereit sind, daran zu arbeiten, dann werde ich es auch sein.«

Er schaute sie abwartend an. Und über Hedwigs Gesicht breitete sich ein Lächeln aus. Mit Arbeit konnte sie leben – solange man sie ernst nahm! Und sie hatte die begründete Hoffnung, dass es bei ihm so sein würde. Das musste es einfach!

»Professor Lennenberg, wir haben eine Abmachung«, sagte sie feierlich und streckte ihm ihre Hand entgegen. Er nahm sie nach kurzem Zögern und schüttelte sie.

»Ich freue mich auf Ihre Promotion.«

Damit standen sie auf, und Lennenberg nickte ihr zum Abschied zu. »Kommen Sie nächste Woche in mein Büro. Bis dahin viel Erfolg bei Ihrer Redaktionssitzung!«

Er war schon ein paar Schritte in die andere Richtung gelaufen, etwas hastig, wie Hedwig fand, als sie ihn noch einmal zurückrief. »Professor Lennenberg!«

»Ja?« Er drehte sich zu ihr um.

»Ich danke Ihnen!«

Ihr ehrlicher Dank ließ seine Augen aufleuchten. Hedwigs Herz zog sich unwillkürlich zusammen.

»Und ich habe nicht wieder geheiratet«, konnte sie sich nicht verkneifen, hinzuzufügen, biss sich aber dann auf die Lippe.

Doch er hatte sich sowieso schon wieder umgedreht und ging davon – nichts deutete darauf hin, dass er den letzten Satz noch gehört hatte.

»Ich kann doch wirklich mithelfen!«, versuchte Anni es nun schon zum wiederholten Male. »Ich fühle mich nicht wohl dabei, euch immer nur zur Last zu fallen!«

»Aber du fällst uns doch nicht zur Last, Kindchen«, sagte Maria und tätschelte Annis Arm. »Außerdem wird Gustav verrückt, wenn du wieder alles nach Farben sortierst.«

Anni wurde rot. Sie hatte schon, während sie die Bücher nach Farben sortiert hatte, befürchtet, dass das dem älteren Buchhändler nicht unbedingt gefallen würde – aber sie musste doch irgendwas tun! Und sortieren und Staub wischen konnte sie nun einmal am besten. Mal abgesehen vom Lesen – aber sie konnte ja nicht immer nur hierherkommen und den beiden Buchhändlern dann nur lesend im Weg sitzen! Sie war mittlerweile schon so oft in der Buchhandlung »Der Leopard« gewesen und hatte sich die Zeit in Marias und Gustavs Gesellschaft vertrieben, dass sie einfach das dringende Bedürfnis hatte, etwas zurückzugeben – wenn sie schon nicht bezahlen konnte.

Nicht, dass Maria und Gustav Geld von ihr angenommen hätten. Beim letzten Mal hatte sie ihre wenigen Ersparnisse mitgebracht, um endlich einmal für eines der Bücher, die Maria und Gustav sie lesen ließen, zahlen zu können. Aber Maria hatte sie nur mit hochgezogenen Augenbrauen angeschaut. Und ihr dann *Gertrud* von Hermann Hesse in die Hand gedrückt, auf das Anni schon beim letzten Mal ein Auge geworfen hatte. Außerdem war das die Lektüre des nächsten Lesekreises, an dem Anni mittlerweile mit großer Begeisterung teilnahm. Er bestand fast nur aus Frauen, bunt zusammengewürfelt aus verschiedenen Gesellschaftsschichten. Die Köchin vom nahe gelegenen Wirtshaus – eine ziemlich dicke, ältere Frau – sowie einige junge russische Migrantinnen, die nicht die Universität besuchen durften, nahmen teil, ebenso ein pensionierter Universitätsdozent und eine ältere Französischlehrerin. In Gesellschaft dieser bunten Gruppe traute sogar Anni sich, etwas zu sagen – alle waren so unterschiedlich, dass auch niemand verurteilt wurde.

Heute aber fand kein Lesekreis statt, und Anni war trotzdem den weiten Weg nach Berlin gefahren, um die Buchhandlung zu besuchen. Einfach nur so, um mit Maria zu plaudern und zum wiederholten Male ihre Mithilfe im Laden anzubieten. Wie gerne hätte Anni eine Arbeit wie diese, in der man ständig nur von Büchern umgeben war!

Aber sie wusste natürlich selbst, dass das vorerst nur ein Traum bleiben konnte. Marie Althoff würde sie schließlich nicht so schnell gehen lassen, das hatte sie bei ihrem Gespräch neulich nur zu deutlich gemacht – und Anni hätte ja auch nicht gewusst, wohin. Auch wenn sie es sich anders wünschte und in ihr, seit sie das Abitur hatte, eine nicht mehr zu leugnende Hoffnung keimte, es könnte noch etwas anderes im Leben für sie geben, als Botendienste für ihre Herrin zu erledigen. Aber das hatte sie natürlich nicht ausgesprochen, als Marie Althoff sie kurz nach ihrem Abitur zu einer Unterredung gebeten hatte.

Sie hatten im Wohnzimmer gesessen, einander gegenüber, während in der Mitte auf dem Couchtisch frische Erdbeeren einen unwiderstehlichen Duft verströmten – nicht, dass Anni sich getraut hätte, eine zu nehmen. Aber die Stimmung zwischen ihr und der Hausherrin war so seltsam gewesen, nachdem die Herrin sie tagelang kaum beachtet hatte, dass sie sich lieber auf die Erdbeeren und ihre raue, rot glänzende Oberfläche konzentrierte als auf die ernste Miene der Herrin.

»Du wirst mich hoffentlich jetzt, wo du dein Abitur hast, nicht verlassen, oder, Kind?«, hatte Marie Althoff ohne Umschweife gefragt.

»Nein, natürlich nicht«, hatte Anni gestottert. Unter dem bohrenden Blick ihrer Herrin war eine andere Antwort gar nicht möglich gewesen.

»Gut«, hatte Marie Althoff genickt. »Du bist mir nämlich etwas schuldig, nach allem, was ich für dich getan habe. Und ich brauche dich.« Damit war sie aufgestanden und gegangen. Dann war sie aber noch einmal zurückgekommen, in der Hand ein kleines Päckchen. »Herzlichen Glückwunsch zu deinem Abitur. Die wenigsten Frauen kommen so weit«, hatte sie gesagt und Anni das Päckchen überreicht. »Und iss die Erdbeeren, so bleibst du bei Kräften.«

Dann war sie gegangen. Anni hatte sprachlos dagesessen und sich gewundert, dass die Herrin mit ihrer seltsam nüchternen, bestimmten Art es nach all den Jahren immer wieder schaffte, sie zu überraschen.

Die Erdbeeren hatten fantastisch geschmeckt, und in dem Päckchen war ein schlichtes, aber so hübsches Baumwollkleid gewesen – in einem frischen Grün, wie die ersten Blättchen des Frühjahrs –, dass Anni es sogleich hatte anziehen müssen. Und trotzdem machte ihr das offensichtliche Misstrauen ihrer Herrin zu schaffen. Denn seit dieser Aussprache zwischen ihnen hatte Marie Althoff sich noch herrischer und bestimmender gegeben als zuvor. Jetzt, wo Anni nicht mehr lernen musste, spannte Marie Althoff sie jeden Tag derart ein, dass kaum Zeit blieb für ihre Besuche in Berlin.

Nun, so musste sie ihre Aufgaben eben schneller erledigen, wenn sie die Buchhandlung weiter besuchen wollte. Harte Arbeit war ja nichts Neues für sie. Also arbeitete sie unermüdlich, nur um einmal die Woche eine kleine Auszeit hier in der Nähe der Universität genießen zu können. Denn genau das war die Buchhandlung für sie: wie eine kleine Welt, die nur sie betreten durfte. Und so etwas hatte sie in ihrem Leben noch nie besessen.

Die Buchhandlung und die Freundschaft von Maria und Gustav wollte sie nicht verlieren. Und sie wollte sich einbringen.

»Ich würde euch aber so gern helfen!«, beharrte sie jetzt. Maria schaute sie lange an und seufzte dann tief. »Kindchen, ich weiß, du hast genug Arbeit, man sieht es an deinen Händen, so rot und rau, wie die immer sind. Aber wenn du unbedingt willst ...« Maria verschwand hinter den Bücherregalen an der rechten Wand – dahinter befand sich das Büro und ein Lager, wie Anni mittlerweile wusste – und kehrte mit einer Schachtel zurück. »Hier sind unsere Ansichtskarten. Schau doch, was vorne in der Auslage fehlt und lege die richtigen Karten nach!«

Glücklich nahm Anni die Schachtel entgegen. Endlich hatte sie etwas, womit sie helfen konnte! Außerdem mochte sie die Karten, darauf waren allerhand Bilder von Berlin abgebildet. Wenn sie schon keine Zeit hatte, sich diese Stadt einmal selbst genauer anzuschauen (außer den Weg von Groß-Lichterfelde zur Universität und zurück, den kannte sie mittlerweile zu Genüge), so gewann sie durch die Karten zumindest einen gewissen Einblick.

Während sie konzentriert die Kartenständer auffüllte, tauschten Gustav und Maria sich leise über ihre aktuellen Bestellungen aus. »Wo bleibt eigentlich der Junge mit den neuen Fahrradkarten?«, hörte Anni Gustav murmeln. »Wir hatten doch schon vor zwei Wochen nachbestellt. Ach, schau mal, wenn man vom Teufel spricht!«

Im nächsten Moment klingelte das Glöckchen über der Tür. Wäre Anni nicht so konzentriert auf die verschiedenen Kartenmotive gewesen, sie hätte vermutlich eher aufgeblickt, um zu sehen, wer da an diesem schönen Freitagnachmittag den Laden betrat. So aber wurde sie erst aufmerksam, als eine Männerstimme »Ich bringe die bestellte Lieferung« verkündete. Sie kannte diese Stimme!

Ruckartig schaute sie hoch, sodass sie mit dem Kopf gegen den Kartenständer stieß. Doch zum Glück achtete keiner auf sie. Gustav und Maria standen bei dem Neuankömmling und begutachteten die Lieferung, die er ihnen in einem Packen überreichte. Aber Anni interessierte sich nicht für die Ware. Der junge Mann mit den zerzausten rotblonden Haaren war es, der sie vor Schreck zusammenfahren ließ. Konnte das wirklich Henri sein? Eigentlich war das kaum möglich, so weit weg vom Gut der Hohensteins. Aber diese Stimme und diese Haare ... Er hatte ihr den Rücken zugedreht. Und das war ein Glück, denn Anni wusste weder wohin mit ihren Händen noch mit ihren Gedanken.

Ihr Herz raste, ihre Finger waren schweißnass. Da fielen ihr die Ansichtskarten aus der Hand und verteilten sich auf dem Boden.

Maria wandte sich an den jungen Boten. »Sei so gut und bring die Karten zu Anni.«

Schon schaute der junge Mann in ihre Richtung.

Es war Henri. Natürlich war er es. Anni hatte es ja bereits geahnt, wie hätte sie ihn nicht überall erkennen können? Nächtelang hatte sie von seiner Stimme geträumt! Er war immerhin ihr erster und einziger Schwarm gewesen, damals auf dem Gut der von Hohensteins.

Aber ihn jetzt direkt anzuschauen traf sie trotzdem wie ein Schock. Dieses hübsche Gesicht, das jetzt nicht mehr ganz so jungenhaft war, übersät von Sommersprossen. Als sei ewiger Sommer, hatte Anni früher immer gedacht, und das war einer der Gründe gewesen, wieso sie ihn so mochte. Er war immer gut gelaunt, und sein Mund hörte fast nie auf zu lachen.

Auch jetzt breitete sich sofort ein Grinsen auf seinem Gesicht aus. »Anni?«

»Henri!« Annis Stimme war mehr ein Quietschen. Hastig bückte sie sich, um die Karten einzusammeln. Das wirkte vielleicht etwas merkwürdig, aber so musste sie ihn wenigstens nicht anschauen und konnte versuchen, sich etwas zu beruhigen.

Mit schnellen Schritten war er bei ihr und streckte ebenfalls seine Hände nach den Karten aus. Sie waren weniger braun gebrannt, aber dafür kräftiger als früher. Auf den Handrücken tummelten sich ebenfalls zahlreiche Sommersprossen.

»Was für eine Überraschung! Arbeitest du hier?«, fragte Henri und reichte ihr die Karten.

»Nein, ja, vielleicht.« Was war das für eine Antwort? Reiß dich zusammen, schalt Anni sich. »Ich arbeite als Dienstmädchen etwas außerhalb von Berlin«, zwang sie sich zu sagen. Immerhin schaffte sie es, ihrer Stimme einen klaren Klang zu geben. »Was machst du denn hier? Lebst du jetzt in Berlin?«

Anni fiel wieder ein, dass sie bereits einmal am Wannsee das Gefühl gehabt hatte, ihn zu sehen – aber das war jetzt schon Jahre her, und sie hatte gedacht, sie hätte sich das nur eingebildet.

»Ja, schon seit ein paar Jahren.« Henri lächelte und reichte ihr die letzten Karten. »Mein Onkel hat eine Fahrradwerkstatt nicht weit von hier. Wir vertreiben auch Fahrradkarten.« Er hielt ihr eine der Karten aus der Schachtel, die er mitgebracht hatte, vors Gesicht.

»Die sehen ... toll aus«, antwortete Anni ziemlich lahm.

Wieso war er so gar nicht aufgeregt? Hatte er denn überhaupt nicht an sie gedacht? Immerhin hatte er ihr ihren ersten (und einzigen!) Kuss gestohlen, als sie beide noch sehr jung gewesen waren. Erinnerte er sich daran denn gar nicht?

Anni jedenfalls hatte große Mühe, sich auf die Fahrradkarte in ihren Händen zu konzentrieren.

»Hier ist eingezeichnet, auf welcher Straße die Nutzung von Fahrrädern erlaubt ist und auf welchen nicht«, hörte sie Henri jetzt sagen, und ihr fiel auf, dass sie nur auf seine Hände gestarrt und überhaupt nicht zugehört hatte, was er sagte. »Auf der Straße ›Unter den Linden‹ zum Beispiel ist die Fahrradnutzung nicht gestattet.«

»Das ist ja interessant.« Anni fand selbst, dass sie wenig überzeugend klang.

»Entschuldige, ich langweile dich sicher. Dabei würde ich viel lieber erfahren, wie es dir die letzten Jahre so ergangen ist!« Henri lächelte sie wieder so offenherzig an, dass Anni trotz ihrer Aufregung ganz warm ums Herz wurde. Doch dann zuckte sie zusammen, als er fortfuhr: »Hast du noch Kontakt zu den von Hohensteins?«

Wusste er etwas von Margarete?, fragte sich Anni sofort. Wusste er überhaupt, was damals geschehen war?

»Nein. Du etwa?« Sie bemühte sich um einen lässigen Ton, aber gelingen wollte es ihr nicht so recht. Vor allem ihre Hände begannen jetzt wieder zu zittern.

Henri bemerkte es und griff nach ihrem Arm. »Was hast du denn? Geht es dir gut?«

»Ja, ja, mir geht es wunderbar«, versicherte ihm Anni schnell und entzog ihm den Arm. Er sollte nicht merken, wie schnell ihr Herz raste. Weil er Fragen stellte, von denen sie nicht wusste, ob sie die Antworten kennen wollte. Und weil er da war und noch immer genau der Henri war, an den sie sich erinnerte. Nur sein Geruch hatte sich verändert. Früher hatte er nach Heu gerochen und nach Pferden. Schließlich hatte er sich ja auch um die Pferde der von Hohensteins gekümmert. Jetzt roch er nach einer Mischung, die Anni nicht einordnen konnte, staubig und nach den Dämpfen, die von den diversen Fahrwerken ausgestoßen wurden.

»Möchtest du dich hinsetzen?« Henri schien ehrlich besorgt um sie und schaute sich suchend im Laden um.

»Nein, ich muss jetzt auch los«, sagte Anni hastig und ärgerte sich im nächsten Moment über sich selbst. Sie wollte doch überhaupt nicht los! Sie wollte am liebsten noch viel mehr Zeit mit Henri verbringen, jetzt, wo sie ihn wiedergefunden hatte!

»Schade!« Henri trat einen Schritt zurück. »Dabei habe ich mich so gefreut, dich wiederzusehen, nach all der Zeit. Aber mein Onkel wartet sicher auch schon.«

Er wollte sie also auch loswerden, dachte Anni sofort enttäuscht. Jetzt hatte sie den Beweis dafür, dass er sie nicht so vermisst hatte wie sie ihn. Er hatte sicherlich nicht nächtelang dagelegen und sich ihre Stimme vorgestellt oder ihr windzerzaustes Haar. Das hatte nur sie getan, naiv, wie sie war. Und zu viele Romane hatte sie vermutlich auch gelesen!

»Gut, dann.« Anni trat hastig einen Schritt zurück und winkte halbherzig Maria und Gustav zu, die, wie sie jetzt bemerkte, das Schauspiel neugierig beobachtet hatten (wobei Gustav immerhin so tat, als läse er in einem Buch). Wie dämlich sie war! Ihr Herz fühlte sich ganz klein an.

Aber kaum dass das Glöckchen über der Tür bimmelte, war Henri ihr hinterhergelaufen.

»Jetzt warte doch mal!« Schon wieder griff er nach ihrem Arm, und diesmal war es, als brannte sich seine Hand noch viel deutlicher durch den Stoff ihres Kleides. Wenigstens trage ich das schöne Kleid, das Marie Althoff mir geschenkt hat, schoss es Anni durch den Kopf.

»Ich würde dich gerne wiedersehen!«, sagte Henri offen heraus, und während Anni sofort die Röte ins Gesicht schoss, wirkte er völlig gelassen. Seine braunen Augen lagen ganz ruhig auf ihrem Gesicht.

»Hast du vielleicht Lust, einmal einen kleinen Spaziergang mit mir zu machen? Oder in ein Café zu gehen?«

»Ja, das … würde ich wirklich gerne.« Anni war sich sicher, dass ihre

Ohren jetzt rot glühten. Aber wenn Henri es sah, ließ er sich nichts anmerken, sondern lächelte breit. Na gut, vielleicht hatte er es doch gemerkt. Sein Lächeln wirkte eindeutig zufrieden.

»Nächste Woche um die gleiche Zeit hier bei Maria und Gustav?«

Diesmal nickte Anni nur stumm, aber gegen das Lächeln, das sich auf ihrem Gesicht ausbreitete, konnte sie nichts unternehmen.

Kapitel 4: Alles haben

Lise

»Was denkst du, Lise?« Hedwig beschirmte ihre Augen mit der Hand gegen die blendende Sonne und blinzelte, um Lises Gesichtsausdruck erkennen zu können. »Du guckst schon wieder so merkwürdig!«

»Entschuldige.« Lise schüttelte den Kopf, um die Gedanken zu vertreiben. Erst jetzt fiel ihr auf, dass sie tatsächlich während Hedwigs gesamter Erzählung auf das glitzernde Wasser des Wannsees gestarrt hatte. Vorne watschelten zwei Schwäne hintereinander am Sandstrand entlang und versetzten die Menschen, die dort saßen, mit ihrem Schnattern in helle Aufregung. Hedwig, Anni und sie selbst saßen in einiger Entfernung am oberen Ende des Strandbads Wannsee und ließen von der brennenden Sonne ihre Schwimmanzüge aus blauem, grünem und gelbem Baumwolltrikot trocknen.

Lise hatte sich von Hedwigs Erzählung davontragen lassen, zusammen mit dem Summen und Murmeln der Gespräche um sie herum – und dem Platschen, wenn ein Kind in das grün schillernde Wasser des Sees sprang. Und irgendwie war dabei ein Gedankn in ihr gereift. Denn das, was Hedwig von ihrer Arbeit an der Promotion erzählt hatte, kam ihr bekannt vor. Zumindest die Stimmung, in der Hedwig sich befand, die Zweifel, die ihre Erzählung trübten.

»Ich habe nur gedacht«, sagte sie langsam, bedacht, die Freundin nicht zu verletzen. »Ich habe gedacht, dass wir beide eigentlich glücklicher sein sollten. Wir haben mehr, als wir uns noch vor ein paar Jahren hätten erträumen können – und trotzdem sind wir unzufrieden. Als hätte man uns mehr genommen als gegeben.«

Hedwig wiegte den Kopf. »Du meinst, dass ich doch eigentlich froh sein könnte, meine Promotion nun doch einreichen zu dürfen? Und statt dass ich mich darüber freue, kommen mir grundsätzliche Zweifel an allem?«

»Genau«, bestätigte Lise. »Ähnlich ist es bei mir auch. Endlich habe ich eine Stelle an der Universität, eine richtige, bezahlte Stelle. Aber ich denke die ganze Zeit nur daran, dass sich das alles irgendwie nicht richtig anfühlt. Es ist ein Gefühl von Verlust, ich kann es gar nicht beschreiben. Aber es geht auch nicht weg.«

»Vielleicht liegt das ja auch an Hahn?«, schlug Hedwig vorsichtig vor. Lise hatte schon selbst oft daran gedacht und diese Möglichkeit ausgeschlossen, daher schüttelte sie jetzt überzeugt den Kopf. »Nein, nein. Meine Melancholie und Unzufriedenheit müssen von etwas anderem rühren. Zwischen Hahn und mir ist alles in Ordnung.«

»Vielleicht«, warf Anni, die bisher geschwiegen und auf den glitzernden See hinausgeschaut hatte, nun nachdenklich ein, »liegt es daran, dass man nun schon etwas geschafft hat. Aber anstatt dass man sich darüber freut, fällt einem nur mehr auf, was man noch *nicht* geschafft hat. Das ist vielleicht widersprüchlich. Aber erst wenn man etwas geschafft hat, merkt man schließlich, was theoretisch noch alles möglich ist und nicht erreicht wurde – und man wird nur ungnädiger zu sich selbst.«

»Ha, ganz schön schlau!«, grinste Hedwig und wuschelte Anni durch das vom Wasser noch zerzauste blonde Haar.

Lise konnte ihr nur recht geben. Anni hatte den Nagel auf den Kopf getroffen. Zumindest für sie: Selbst ihre Arbeit mit Hahn war nicht mehr von der gleichen Leichtigkeit erfüllt, jetzt, wo sie sich auch als bezahlte Physikerin bezeichnen konnte. Aber seine Untergebene, ihm offiziell nicht gleichgestellt, war sie immer noch. Und das war ihr jetzt noch schmerzhafter bewusst als je zuvor.

»Das klingt allerdings wirklich ein wenig so, als wären wir gar zu verbissen«, setzte Hedwig scherzhaft hinzu. »Und als nähmen wir uns selbst die Chance auf Zufriedenheit. Aber wenigstens du bist doch glücklich, oder, Anni?«

Jetzt wandte sich auch Lise der Jüngsten zu. Aber Anni zuckte nur traurig die Schultern. »Eigentlich trifft das, was Lise gesagt hat, auch auf mich zu«, sagte sie leise.

»Aber du hast doch dein Abitur geschafft!«, ereiferte sich Hedwig. »Als Klassenbeste!«, fügte sie stolz hinzu.

»Ja, aber das ist doch auch nur ein kleiner Erfolg, verglichen mit dem Rest meines Lebens. Was soll jetzt schon passieren? Ich bin Dienstmädchen, meiner Dienstherrin habe ich schwören müssen, nicht zu kündigen. Und wo sollte ich auch hin?«

Lise und Hedwig schwiegen betreten. Ihnen war schon klar, dass die Situation für Anni eine andere war als für sie, die Familien hatten, die sie unterstützten. Anni würde nicht einfach zum Studieren an die Universität gehen, selbst wenn es theoretisch möglich war, das wussten sie beide.

»Was würdest du denn am Allerliebsten machen?«, fragte Lise nun vorsichtig.

Anni seufzte schwer und schob sich ihr helles blondes Haar, das vom Seewasser etwas dunkler geworden war, hinter die Ohren. »Das weiß ich auch nicht. Immer wenn ich daran denke, stelle ich mir sofort die Frage, wo ich wohl am meisten Geld verdienen könnte, um meiner Familie ab und an etwas nach Hause zu schicken. Was ich will? So weit komme ich gar nicht mit meinen Gedanken.«

»Der Buchladen«, warf Hedwig ein. »Da würdest du doch gerne arbeiten.«

Aus irgendeinem Grund kroch Anni bei diesen Worten eine feine Röte in die Wangen. Hedwig, die ein Auge für so etwas hatte, registrierte es natürlich sofort.

»Aha!«, rief sie triumphierend. »Da ist doch etwas, das du uns verschweigst! Hat man dir dort etwa eine Stelle angeboten?«

»Nein, nein.« Anni schüttelte schnell den Kopf. »Schön wäre es! Aber ich denke, Gustav und Maria haben kaum genug Geld, um mich bezahlen zu können. Ich würde es mir wünschen, aber ... das wird wohl ein Traum bleiben.«

»Und wieso«, bohrte Hedwig weiter nach, »bist du dann rot wie eine Tomate?«

»Ich bin nicht rot!«, widersprach Anni vehement, wurde dabei aber noch viel röter. »Es ist gar nichts!«

»Es ist wohl was!«, beharrte Hedwig und grinste ihr wölfisches Lächeln. Lise schaute in den Himmel, wo sich eine Wolke zu etwas auftürmte, das aussah wie ein riesiger Elefant. Anni tat ihr leid. Sie würde in weniger als zehn Sekunden alles beichten, so viel war sicher. Fasziniert beobachtete sie, wie der Rüssel langsam vom Rest der Wolke wegzuschweben begann.

»Na gut«, knickte Anni da auch schon ein. »Aber es ist eigentlich nichts. Ich habe nur jemanden von früher getroffen.« Oh ja, jetzt sah sie wirklich aus wie eine Tomate, dachte Lise und musste ein Lächeln unterdrücken.

»Einen Mann?«, hakte Hedwig nach.

»Er heißt Henri«, flüsterte Anni. »Ich kenne ihn von meinen alten Arbeitgebern.«

»Aha! Und du hast schon damals für ihn geschwärmt?«

»Was? Nein!«

»Anni!« Hedwig sah Anni streng an.

»Woher weißt du das denn?«, fragte Anni kleinlaut.

»Du bist ein offenes Buch.« Hedwig grinste zufrieden. »Und was ist jetzt? Wirst du ihn wiedersehen?«

»Nächste Woche«, gab Anni zu. »Aber es ist nicht so einfach.«

»Ach ja, wieso denn nicht?« Hedwig zog eine Schnute.

»Es war ...« Anni rang sichtlich mit Worten. »Es war damals kein schöner Abschied bei den von Hohensteins. Es sind ... Dinge vorgefallen. Dinge, die ich zu verdrängen versucht habe. Ich habe Angst, dass alles wieder hochkommt, wenn ich ihn treffe.«

»Ja, aber was ist denn vorgefallen?« Hedwig sah aus, als wäre sie kurz davor, Anni zu schütteln, weil diese so herumdruckste.

»Darüber will ich nicht reden«, sagte Anni fest, aber in ihren Augen schimmerten Tränen.

»Hedwig, lass es«, schaltete sich Lise ein, bevor diese Anni bedrängen konnte. Es war offensichtlich, dass ihr Nesthäkchen nicht darüber sprechen wollte. Lise erinnerte sich noch gut daran, wie sie Anni kennengelernt hatte, damals im Zug nach Berlin – in Tränen aufgelöst. Was auch immer bei ihren alten Arbeitgebern vorgefallen sein mochte, es war offensichtlich, dass es etwas Schlimmes war.

»Aber wir müssen ihr doch helfen!«, wandte sich Hedwig an Lise, als wäre Anni gar nicht dabei. »Du siehst doch, dass es ihr schlecht geht! Gleich weint sie noch!«

Und da lief auch schon die erste Träne Annis Wange herunter.

»Ich will es auch ja erzählen«, schniefte sie. »Es ist nur so, dass ich es noch nie jemandem erzählt habe. Und ich darf es auch nicht. Der Hausherr hat es mir verboten!«

»Aber der ist ja gar nicht mehr dein Hausherr!« Hedwig strich Anni beruhigend über den Rücken. »Und er wird es sowieso nie herausfinden. Du kannst es uns ruhig erzählen, egal, was es ist.«

Anni schwieg, und Lise dachte schon, sie würde nicht mehr sprechen, dann aber fing sie doch mit leiser, erstickter Stimme an zu reden: »Unser Hausherr, Alfred von Hohenstein, war ein sehr grober Mann, groß und bullig. Er nutzte es aus, wenn man alleine in seiner Gegenwart war. Er hat mich häufiger ... angefasst. Und er wurde sehr, sehr wütend und schlug zu, wenn er nicht bekam, was er wollte. Aber mir hat er zum Glück nie etwas wirklich Schlimmes getan. Also, ihr wisst schon ...« Anni schluckte schwer. »Anders erging es einem anderen Dienstmädchen, meiner besten Freundin dort. Sie erzählte mir alles. Es war nicht einvernehmlich, aber uns hat natürlich keiner geglaubt. Dann war sie schwanger. Um das Ganze zu vertuschen, mussten sowohl sie als auch ich gehen. Die Hausherrin wollte uns nicht mehr sehen, damit sie nicht ständig vor Augen geführt bekommen würde, was für ein Monster ihr Mann war. Ich wurde hierher geschickt, zu einem Bekannten meines

Dienstherrn.« Anni begann bitterlich zu weinen. »Sie war meine Freundin, und ich habe sie im Stich gelassen!«

»Aber nicht doch!« Hedwig nahm Anni in den Arm und drückte sie fest. Lise streichelte sanft Annis Hand, die diese zu einer Faust verkrampft hatte.

»Du konntest doch nichts dafür«, sagte Hedwig leise. »Es ist furchtbar, was euch angetan wurde! Euch beiden!«

»Ja, aber ich habe jetzt hier ein gutes Leben, und sie ist wer weiß wo«, schniefte Anni. Ihre Augen waren mittlerweile rot und verquollen. »Sie wurde mitten in der Nacht weggebracht«, fügte sie hinzu. »Das Kind wurde ihr vermutlich auch weggenommen.«

»Jetzt beruhige dich doch!« Hedwig streichelte Anni noch immer. »Wieso fragst du nicht diesen Henri, ob er etwas darüber weiß?«

»Das ist es ja gerade«, flüsterte Anni heiser, schien sich aber langsam zu beruhigen. »Ich habe Angst vor der Antwort.«

Darauf wussten auch Lise und Hedwig nichts mehr zu sagen. Schweigen breitete sich zwischen ihnen aus, nur eine Ente quakte irgendwo in den Spätsommertag hinein.

Dann wischte sich Anni plötzlich mit einer kräftigen Geste über die Augen. »So, genug Trübsal geblasen! Lasst uns noch einmal schwimmen gehen!«

»Bist du sicher?«, fragte Hedwig und musterte Anni kritisch.

»Aber ja«, nickte Anni vehement, als müsste sie sich selbst auch davon überzeugen. Ihre Augen schimmerten noch immer, auf ihren Wangen prangten rote Flecken, aber sie wischte entschieden darüber. »Es hat gutgetan, das alles endlich einmal erzählen zu können. Aber ich habe Jahre mit diesem Wissen gelebt. Es wird Zeit, dass ich es schaffe, mich davon zu befreien. Außerdem haben wir jetzt genug über Männer geredet, oder, Lise?«

Das brachte Lise zum Lachen. Wenn es darum ging, nicht über Männer zu reden, war sie immer gerne dabei.

Auch auf Hedwigs Gesicht breitete sich ein Grinsen aus.

»Wie recht du hast. Meine Damen, wir haben das Jahr 1913, und es ist nicht nötig, nur über Männer zu sprechen. Lasst uns schwimmen gehen!«

Hedwig

Hedwig war etwas überrascht, dass es tatsächlich schon so weit sein sollte.

»Sind Sie sicher?«, fragte sie Albert Lennenberg.

»Absolut, Sie sind so weit!« Albert nickte ernst und schaute sie so offen und ehrlich aus seinen grünen Augen an, dass sie erleichtert aufatmete.

»Ein Glück, und ich dachte schon, ich muss noch mehr umschreiben!«

Um seine Mundwinkel herum zuckte ein Lächeln. »Nein, ich denke, die Fokusverschiebung wird reichen, um Lenz ruhigzustellen – was der Rest der Fakultät sagt und ob wir das so durchkriegen, müssen wir ohnehin abwarten. Aber ich will hoffen, dass sie sich von Ihrer neuen zahmen Einleitung blenden lassen.«

Hedwig hatte vor allem die Einleitung und das letzte Kapitel umgeschrieben, um damit den Fokus der Arbeit auf die patriotischen Frauenvereine zur Zeit der Befreiungskriege gegen Napoleon zu verlegen. So gut es ging, hatte sie jede politische Deutung aus der Arbeit herausgestrichen – auch wenn ihr das natürlich gar nicht passte. Aber sie würde ja die Arbeit in ihrer alten Form in der »Studentin« publizieren (allerdings erst, wenn ihre Promotion angenommen worden wäre, sie wollte kein Risiko eingehen), dafür konnte sie sich in ihrer offiziellen Promotionsschrift den konservativen Ansichten der Geschichtswissenschaft unterordnen. Hauptsache, sie bekam ihre Promotionsurkunde und damit ihren Universitätsabschluss.

Den brauchte sie schließlich dringend, wenn sie weiter als Geschichtswissenschaftlerin Fuß fassen wollte. Nur so konnte sie etwas daran ändern, dass manche Geschichtsprofessoren so große Angst vor weiblichen Studierenden und mit ihnen vor einer Umdeutung der Geschichte – hin zu einer weiblicheren Sicht auf das Geschehen – hatten, dass sie sich mit Händen und Füßen dagegen wehrten.

»Und wann reichen wir die Promotion ein?«, fragte sie und versuchte, sich ihre Aufregung nicht anmerken zu lassen. Überhaupt war sie ziemlich stolz auf ihr professionelles Verhalten. Sie arbeitete jetzt schon seit einigen Monaten mit Albert Lennenberg zusammen, und obwohl es zwischen ihnen manchmal fast wieder so war wie früher, hatten sie einen gebührlichen Abstand zueinander gehalten. Schließlich war er ihr Professor, und sie wollte ihre Promotion nicht gefährden, indem sie wieder in alte Muster zurückfiel. Manchmal allerdings fiel ihr das ziemlich schwer, jetzt zum Beispiel, wo Albert ihr Lächeln so strahlend erwiderte, dass seine Augen aufleuchteten.

»Diese Woche noch, wenn Sie wollen! Wenn alles gut geht, haben Sie in wenigen Wochen Ihren Abschluss.« Er schaute Hedwig so voller Stolz und Zuneigung an, dass ihr Herz sich wie so oft schnell und heftig meldete.

Normalerweise würde sie jetzt wegschauen. Allerdings hatte sie in den letzten Tagen viel nachgedacht. Das Gespräch, das sie mit Lise und Anni am Wannsee geführt hatte, hatte ihr zu denken gegeben. Darüber, ob sie nicht doch glücklicher sein könnte, als sie es sich selbst erlaubte. War es nicht sie, die sich selbst die meisten Schranken auferlegte – und nicht Professor Lenz? Könnte sie nicht vielleicht doch alles haben? Einen Mann *und* eine Karriere? Warum um alles in der Welt sollte sie sich das verbieten? Es musste doch auch als Frau möglich sein, alles zu bekommen, was man wollte. Oder nicht?

Nun, solange er ihr Professor war, selbstverständlich nicht. Aber manchmal streifte er wie aus Versehen ihre Seite, wenn sie nebeneinander gingen, oder ihre Hand, wenn sie sich über ihre Promotion beugten. Oder bildete sie sich das alles nur ein? Sie kannten einander ja kaum, hatten sich damals schon kaum gekannt – und es war viel geschehen seitdem.

Dennoch: Hedwig bekam ihn, das hatte sie mittlerweile eingesehen, jetzt, wo er wieder in ihr Leben getreten war, eben doch nicht so leicht aus dem Kopf.

Sollte sie ihn einfach darauf ansprechen?

Aber da räusperte sich Albert schon.

»Was ich Sie noch fragen wollte, Hedwig ...«, setzte er an und schob sich die Brille auf der Nase zurecht.

»Ja?«

Konnte es sein, dass er das Gleiche dachte wie sie? Hedwig musste sich zusammenreißen, um nicht unruhig hin und her zu rutschen. Er sah einfach hinreißend aus, wenn er nervös wurde.

»Ich halte Sie für eine überaus fähige Geschichtswissenschaftlerin, wenn nicht gerade Ihr Temperament mit Ihnen durchgeht«, fügte er hinzu.

»Was soll das denn heißen?«

»Daher wollte ich Sie fragen«, überging Lennenberg ihren Einwurf, »ob Sie Interesse daran hätten, eventuell meine Assistentin zu werden?«

Seine Assistentin? Hedwig blieb beinahe der Mund offen stehen. Sie, eine Assistentin? Das war genau das, was sie sich gewünscht hatte! Und trotzdem tat ihr Herz mit einem Mal ein klein wenig weh. Er wollte sie nicht fragen, ob sie mit ihm ausgehen würde ... Er wollte sie als seine Assistentin! Nur das?

Vermutlich ja, dachte Hedwig. Albert Lennenberg war ein Mann von Ehre, er würde sie sicher nicht fragen, wenn er eigentlich andere Absichten hegte. Und sie sollte sich darüber gefälligst freuen, dachte sie. Das war doch eigentlich so viel besser als ein Rendezvous! Oder etwa nicht?

»Es könnte natürlich etwas schwierig werden, das bei der Fakultät durchzubringen«, unterbrach Albert ihre Gedanken. »Aber wenn Ihre Promotion erst einmal angenommen wurde, könnten wir es in Angriff nehmen. Es gibt immerhin schon, wie ich hörte, eine andere weibliche Assistentin an dieser Universität. Sie wären also nicht die erste, sondern die zweite. Aber sicherlich gibt es für Sie auch noch andere Möglichkeiten ...« Er ließ seinen letzten Satz in der Luft hängen.

»Ich würde mich sehr freuen!«, beeilte sich Hedwig zu versichern. »Und die erste Assistentin der Universität ist übrigens eine gute Freundin von mir.«

An Albert Lennenbergs Mundwinkeln zupfte schon wieder ein Lächeln. »Das hätte ich mir denken können.«

»Was soll denn das heißen?«

»Wer wollte nicht mit Ihnen befreundet sein«, sagte Lennenberg schlicht und stand auf. »Dann haben wir ja alles besprochen, nicht wahr?«

Hedwig schlucke. Hatten sie das?

»Ja, das haben wir wohl«, sagte sie trotzdem. Aber da war Lennenberg auch schon zur Tür marschiert und hielt sie ihr auf. Hedwig blieb nichts anderes übrig, als ihm zu folgen.

Schon wieder musste sie an das Gespräch mit Anni und Lise denken. Diesmal, so schwor sie sich, als sie mit Lennenberg in den Gang hinaustrat, diesmal würde sie wirklich versuchen, auf ihre Erfolge stolz zu sein. Hatte sie jetzt nicht wirklich alles, was sie je zu träumen gewagt hatte?

Zumindest fast.

Anni

Heute hingen schwere Wolken über dem Himmel von Berlin, und ein paar feine Regentropfen benetzten die Straßen mit einem fleckigen Muster. Anni war ganz froh darum, so war es wenigstens nicht die grelle Sonne, die ihr gerötetes Gesicht auch noch anstrahlte und dadurch für jeden offensichtlich machte, wie verlegen sie war. Wobei sie mit einem ordentlichen Sonnenbrand wenigstens ihre roten Wangen hätte erklären können.

Anni war sich sicher, dass Henri ihre Aufregung nur zu gut durchschaut hatte. Er hatte ihr, wie sie vermutete, sogar absichtlich eine Frage gestellt, die sie erröten ließ (ob sie einen Freund habe nämlich), und danach in sich hineingegrinst, als ihre Ohren scharlachrot wurden. Ansonsten aber schien es ihn nicht weiter zu stören, dass Anni bis jetzt kaum ein Wort herausgebracht hatte.

Sie schlenderten gemeinsam durch die Straßen, und er unterhielt sie mit allerlei Anekdoten über sein Leben und das, was er noch von den von Hohensteins wusste. Nur Margarete, ihre liebe Margarete, erwähnte er nicht. Und Anni hatte bisher auch nicht den Mut aufgebracht, ihn darauf anzusprechen. Es erforderte schließlich schon genug Mut, überhaupt mit ihm die Straßen entlangzuspazieren. Zumal er, immer wenn sie eine Straße überquerten, ihre Hand nahm, als müsste er sicherstellen, dass sie nicht verloren ging.

»Hast du eigentlich mal was von Margarete gehört?«, fragte sie schließlich doch, während ihr Herz ihr aus der Brust zu springen drohte.

»Na klar!« Henri nickte, als hätte sie gar nichts Ungewöhnliches gefragt. »Aber das ist schon eine Weile her. Seit ihrer Hochzeit und der Geburt des Kleinen hab ich sie nicht mehr gesehen – ich bin ja dann selbst nach Berlin gezogen.«

»Ihrer Hochzeit?« Anni konnte ihren Ohren kaum trauen. »Wen hat sie denn geheiratet?«

»Den Tischler, weißt du noch, diesen Brummbär mit den Locken? Er ist zwar ein Stück älter als sie, aber man hatte ja schon gesehen, dass sie ein Kind erwartete, da hatte sie dann wohl keine andere Wahl.« Henri zuckte die Schultern. Aber Anni war viel zu aufgeregt über diese Neuigkeiten, um sich über seine gleichgültigen Worte zu ärgern. Den Tischler! Margarete und er hatten sich immer gut verstanden, daran erinnerte sie sich noch. Sicherlich war sie nie verliebt in ihn gewesen, aber den Mann, der Hände so groß wie Schaufeln hatte und immer freundlich zu allen war, zu heiraten, war sicher nicht das schlimmste Schicksal. Vermutlich hatte er sich zu der Hochzeit bereit erklärt, obwohl er bereits wusste, dass sie schwanger war. Das unterstrich ja nur einmal mehr, was für ein anständiger Mann er war!

»Ist sie denn glücklich?«, fragte sie, und diesmal konnte sie nicht verhindern, dass ihre Stimme brach. Jetzt merkte auch Henri, dass irgendetwas mit ihr war, und er zog die Augenbrauen hoch.

»Soweit ich weiß, ja. Sie ist ihrem Mann zugetan, und den Kleinen liebt sie abgöttisch. Was guckst du denn so komisch? Du bist ja ganz blass geworden!« Er packte sie an den Armen, als fürchtete er, sie würde gleich umfallen. Aber Anni hatte sich schon wieder im Griff.

»Ich ... es ist nichts«, beschwichtigte sie ihn. »Ich habe nur nie wieder etwas von ihr gehört, und wir waren ja Freundinnen, und nach all dem, was passiert ist ...« Sie unterbrach sich selbst. Sie konnte mit Worten überhaupt nicht ausdrücken, wie sie sich gerade fühlte. Erleichtert vor allem, und als würde ihr plötzlich eine schwere Last von der Seele genommen – als könnte sie endlich wieder Luft bekommen unter diesem Berg von Schuldgefühlen, den sie all die Jahre mit sich herumgetragen hatte. Margarete ging es gut! Also durfte auch sie, Anni, glücklich sein. Und vor allem sollte sie jetzt nicht vor Henri weinen, beschloss sie und atmete tief durch.

Das Lächeln, das sich auf ihrem Gesicht ausbreitete, musste sie nicht einmal spielen.

»Es ist alles gut!«, versicherte sie noch einmal. »Mir geht es wunderbar.«

»Na, wenn du meinst?« Henri sah nicht wirklich überzeugt aus, auch wenn er offensichtlich den Konflikt, der gerade in ihr tobte, nicht verstand. Er wusste ja auch nicht, woher dieses Kind stammte, er dachte vermutlich, vom Tischler selbst. Er und damit auch alle anderen ahnten sicherlich nicht einmal, was Margarete widerfahren war. Nun, Anni wusste es. Aber sie würde schweigen und niemandem davon erzählen, und Margarete konnte so in Würde ihr neues Leben führen.

»Wo sind wir hier?«, fragte Anni, um vom Thema abzulenken, und schaute sich um. Sie waren in einer hübschen Seitenstraße angelangt, deren Boden noch mit Stirnholz verlegt war – das wurde häufig als Straßenbelag verwendet, da es günstiger als Stein war.

»Das wollte ich dir zeigen.« Henri lächelte und führte sie am Ellbogen durch einen Hauseingang eines für Berlin typischen Hauses: Durch das mit Stuck verzierte Vorderhaus gelangte man in einen Hinterhof. »Du wolltest doch wissen, was ich mache«, erklärte er und strahlte sie an. Das stimmte. Das war eine der wenigen Fragen gewesen, die Anni in der letzten Stunde herausgebracht hatte. Sie hatte einfach zu gerne wissen wollen, was ihn nach Berlin verschlagen hatte.

»Mein Onkel besitzt, wie gesagt, eine Fahrradwerkstatt, die ich eines Tages übernehmen werde«, erklärte Henri stolz. »Bist du schon mal Fahrrad gefahren?«

»Nein«, erwiderte Anni überrascht. Aber bei dem Fahrradrennen am Wannsee hatte sie gesehen, dass andere junge Frauen es taten. Außerdem hatte sie damals geglaubt, Henri in der Menge zu erkennen, wie ihr jetzt wieder einfiel. Sie wollte ihn gerade danach fragen, da öffnete er im Hof auch schon die Tür zu etwas, das früher vielleicht ein Stall gewesen war. Drinnen standen Fahrräder, manche lagen, einige waren auf den Kopf gestellt.

»Wir fahren natürlich viel zu unseren Kundinnen und Kunden und reparieren die Fahrräder dort«, sagte Henri. »Aber manche kommen hierher zu uns. Manchmal basteln wir auch an Fahrrädern herum, um sie dann als luxuriöse Modelle weiterzuverkaufen – Maßanpassungen, darauf haben wir uns spezialisiert. Willst du mal?« Henri hatte nach einem kleineren Fahrrad gegriffen und führte es wie ein Pferd in den Hof.

»Darf ich das denn?«, fragte sie ängstlich.

»Aber ja. Die Fahrradwerkstatt gehört bald mir, natürlich darfst du!« Henri sah so stolz aus, dass Anni das Herz schmolz. Das erinnerte sie an früher, an den alten Henri, der ihr so lieb gewesen war. Er hatte den Tieren auf dem Gut der von Hohensteins immer Kunststückchen beigebracht, um sie und die anderen damit zu unterhalten. Damals hatte sie sich sehr oft gewünscht, mit ihm alleine zu sein, aber bis auf das eine Mal, wo er ihr in jungen Jahren einen Kuss gestohlen hatte, waren immer andere dabei gewesen. Sie hatten ja auch wenig Zeit gehabt.

Jetzt aber standen sie nur zu zweit hier, und er schaute sie an, als wäre sie das Einzige, für das er sich gerade interessierte. Gut, einmal abgesehen von dem Fahrrad natürlich, über das er jetzt zärtlich strich.

»Ich bringe es dir bei«, bot er an.

»Aber was ist, wenn ich runterfalle?«

»Dann helfe ich dir auf und kann mich sehr ritterlich fühlen«, grinste er frech. »Vielleicht springt ja zum Dank ein Kuss für mich heraus?«

Dieser freche Flirt sorgte schon wieder dafür, dass Anni rot anlief, aber sie zwang sich zu einem Lächeln, das Hedwig alle Ehre gemacht hätte. Es sollte neckisch und selbstbewusst aussehen, so wie bei ihrer Freundin.

»Also, dann zeig es mir«, sagte sie. Entschlossen nahm sie Henris Hand.

»Zuerst helfe ich dir auf den Sattel.« Henri griff sie an der Hüfte und bedeutete ihr, ein Bein über den Metallrahmen des Fahrrads zu schwingen. Kurz darauf spürte sie den harten Sattel zwischen ihren Beinen und wurde schon wieder rot.

»Ist das nicht furchtbar unbequem?«, fragte sie, als sie jetzt auf dem schmalen Ding saß, dass sich in ihr Gesäß bohrte. Sie musste sich an Henris Schulter festklammern, um nicht sofort umzufallen.

»Man gewöhnt sich dran«, sagte Henri mit einem Lachen in der Stimme. »Aber die Hinterbacken werden dir hinterher trotzdem wehtun.«

Anni vergaß fast, über seine Worte schon wieder rot zu werden, jetzt, wo sie ihm so nah war. Sie konnte jede einzelne seiner Sommersprossen sehen – sie bevölkerten sein ganzes Gesicht, als könnten sie nicht genug von ihm bekommen.

»So, und jetzt tritt in die Pedale!« Es war eine ungewohnte Bewegung, aber sie verstand, was er von ihr wollte. »Und jetzt lass ich dich los.«

»Was? Nein!« Aber da hatte er auch schon losgelassen, und das Fahrrad kippte sofort zur Seite. Lachend griff er zu, bevor es wirklich umfallen und sie hinunterpurzeln würde. »Das war doch nur Spaß!«

Sein Lachen klang auch vertraut, wie früher, nur tiefer. Anni fand es noch immer verwirrend, dass er jetzt ein Mann war, sogar Bartstoppeln zeigten sich auf seinen Wangen.

Henri schaute ihr in die Augen. »Bereit für den nächsten Versuch?«

Anni nickte tapfer. Sie würde das schon hinbekommen! In körperlichen Dingen war sie doch zumeist recht geschickt. Was auch immer man mit diesem Fahrrad machen musste, um sich darauf zu halten – sie würde es hoffentlich lernen.

»Also, du trittst in die Pedale und fährst los, und ich halte das Fahrrad von hinten fest und sorge dafür, dass es nicht umkippt. Bereit?« Henri stand schon hinter ihr, und Anni blieb nichts anderes übrig, als wieder zu nicken.

Mutig trat sie in die Pedale, und das Fahrrad setzte sich ruckelnd in Bewegung. Aber das Vorderrad schlenkerte hilflos hin und her, weil sie den Lenker nicht fest genug hielt, und was auch immer Henri hinter ihr tat – er tat es nicht kräftig genug: Nach ein paar Metern kippte Anni um wie ein gefällter Baum.

Sie landete schmerzhaft auf der rechten Seite, das Fahrrad zwischen ihren Beinen. »Au!«

Das hatte wehgetan. Schlimmer aber war, dass ihr Rock, wie sie jetzt bemerkte, ein ganzes Stück hochgerutscht war. Deswegen trugen also die Frauen bei dem Fahrradrennen diese unzüchtigen Hosen, das hätte sie sich denken können!

Hastig versuchte sie, unter dem Fahrrad hervorzukrabbeln, aber da war Henri schon bei ihr und zog das Fahrrad vorsichtig unter ihren Beinen hervor.

»Hast du dir wehgetan?« Er kniete sich neben sie und schaute sie besorgt an. Ein paar Regentropfen hatten sich aus dem Himmel gelöst und fielen ihnen auf die Nase.

»Es geht schon.« Anni schob ihren Rock nach unten. Henri reichte ihr seine Hand und zog sie vorsichtig zu sich nach oben.

»Das war gar nicht schlecht für den Anfang«, behauptete er und schaute sie lächelnd an. Ein Regentropfen traf seine Wange und rann daran herunter.

Anni musste sich wirklich anstrengen, um dem Impuls zu widerstehen, seine Wange zu berühren.

Henri hatte diese Skrupel anscheinend nicht. Als hätte auch Anni etwas an der Wange, strich er plötzlich über ihr Gesicht, von der Wange bis zum Kinn.

»Wo ist denn eigentlich meine Belohnung?«

»Welche Belohnung?«, fragte Anni. Ihr Herz schlug so heftig in der Brust, sie hatte kaum genug Atem für Worte.

»Na, weil ich dir so ritterlich aufgeholfen habe!« Henri grinste schelmisch. Und ehe sie noch irgendwie reagieren konnte, beugte er sich nach unten und drückte seine Lippen auf ihre. Anni stand vor Schreck wie gelähmt da. Seine Lippen fühlten sich weich an. Und dann war der Kuss auch schon vorbei.

»Besser als beim ersten Mal, oder?«, fragte Henri, und seine Mundwinkel zuckten. Er erinnerte sich also an ihren ersten Kuss, damals in den Ställen! Und jetzt hatte er ihr gleich auch noch ihren zweiten gestohlen. Anni war sprachlos. Ihre Lippen kribbelten. Henri hingegen schien zusehends unsicherer zu werden, weil sie nicht reagierte. »Ich musste dich einfach küssen«, sagte er und kratzte sich nervös im Nacken, »ich hoffe, das war nicht ...«

»Henri!«, erklang eine grollende Männerstimme, ehe Anni ihm versichern konnte, dass sie nur überrascht gewesen war.

»Henri!« Jetzt klang die Stimme näher, und er trat fluchend einen Schritt von Anni fort.

Kurz darauf erschien ein bulliger Mann mit kurzen grauen Haaren im Eingang zum Hof. Der Mann musterte Anni abschätzend. Aber er machte sich nicht die Mühe, sich vorzustellen. Henri hatte die Arme so trotzig verschränkt, dass er Anni einmal mehr an den Jungen von früher erinnerte. Fort war der selbstbewusste Mann, der sie eben geküsst hatte.

»Du weißt, dass das nicht geht!«, grollte der ältere Mann und fixierte dabei Henri. »Wir haben einen Haufen Arbeit heute. Am besten verabschiedest du deinen Besuch!« Und damit hatte sich der Mann auch schon umgedreht und stiefelte mit leicht wankendem Schritt zurück ins Haus.

Henri drehte sich mit zerknirschter Miene zu ihr um. »Das war mein Onkel. Es tut mir leid, ich muss gehen.«

»Das macht doch nichts«, beeilte sich Anni zu sagen. Aber eigentlich stimmte das nicht. Das machte wohl etwas! Warum war sein Onkel so unfreundlich gewesen? War sie so eine Schande für seinen Neffen?

Sofort fühlte Anni sich wieder so schutzlos wie einst bei den von Hohensteins. Dabei wollte sie sich doch nicht mehr so fühlen!

»Er ist sonst anders, versprochen!« Henri bemühte sich sichtlich um ein heiteres Lächeln. »Sehen wir uns wieder?« Er griff nach Annis Hand und drückte sie. »Ich würde dich wirklich gerne noch einmal treffen!«

Jetzt blitzten seine Augen wieder genauso schelmisch wie zuvor. Und Anni spürte, wie sie nickte. Wem sollte sie auch etwas vormachen? Da konnte sein Onkel noch so ein Grobian sein. Sie würde Henri wirklich, wirklich gerne wiedersehen.

Lise

Lise las den Brief jetzt schon zum dritten Mal. Und dennoch klopfte ihr Herz wieder so hastig wie beim ersten Mal.

Beim vierten Mal mischte sich allerdings eine kribbelnde Aufregung dazu und durchrieselte ihren ganzen Körper bis in die Zehenspitzen. Sie konnte auf keinen Fall ruhig sitzen bleiben!

Aufgewühlt wanderte sie durch ihr kleines Zimmer in Charlottenburg – wofür allerdings nicht viel Platz war. Von dem kleinen Bett zur Kommode und von dort zum Schreibtisch waren es jeweils nur ein paar Schritte. Aber etwas anderes hatte sie sich bis jetzt nicht leisten können. Bis jetzt! Denn wenn sie das Angebot annahm … Gott, sie brauchte eine Zigarette.

Lise riss das Fenster auf, lehnte sich weit nach draußen und nahm einen tiefen Zug. Sofort fühlte sich ihr Kopf etwas freier an, wobei das vermutlich mehr an der frischen Luft lag als an der Zigarette. Draußen fegten bereits die ersten Blätter des Herbstes durch die Straße. Lise wohnte zwar noch immer in Charlottenburg, aber mittlerweile nicht mehr unter Hedwig, sondern ein paar Straßen weiter. Die ältere Dame, bei der sie gewohnt hatte, war selbst umgezogen, und Lise hatte dadurch ihr Zimmer verloren. Aber sie mochte es in Charlottenburg, das rege Treiben am Rande von Berlin gefiel ihr. Sie hatte hier bleiben wollen. Und jetzt schaute sie von ihrem Fenster aus auf die wogenden, schon kahleren Äste eines Baumes und nahm noch einen tiefen Zug aus ihrer Zigarette, weil das Kribbeln einfach nicht aufhören wollte.

Sie hatte ein Angebot erhalten. Aus Prag. Man bot ihr an, dort als Dozentin zu arbeiten. Und nicht nur das: Auch eine zukünftige Professur wurde ihr in Aussicht gestellt. Eine Professur! Das war das, wovon Lise immer geträumt hatte – und worauf sie fast schon nicht mehr zu hoffen gewagt hatte, nachdem sich dies hier in Preußen als vollkommen unrealistisch herausgestellt hatte. Aber jetzt winkte ihr tatsächlich eine renommierte Anstellung, ein eigener Lehrstuhl. Das war ganz etwas anderes als die Assistenz bei Planck!

Trotzdem überkamen sie, jetzt, wo sich die erste Aufregung langsam legte, doch Zweifel. Sie war noch nie in Prag gewesen. Sie kannte dort überhaupt niemanden. Und hier, in Charlottenburg und Berlin, hatte sie sich ein Leben aufgebaut, das sie eigentlich mochte. Sicherlich, sie war zuletzt nicht so glücklich gewesen, wie sie sein könnte, aber alles in allem hatte sie es sehr gut hier: freundliche Arbeitskollegen, ein sauberes, wenn auch kleines zu Hause – und Freundinnen, die ihr wie eine Familie waren. Wenn überhaupt, wollte sie Berlin ja eigentlich nur wieder verlassen, um zu ihrer Familie in Wien zurückzukehren. Aber in eine ganz andere Stadt ziehen?

Lise schnippte etwas Asche nach unten und sah zu, wie die kleinen Flöckchen hinabtrudelten.

Nun, sie würde das natürlich genauso behandeln wie alle anderen Entscheidungen, die sie in ihrem Leben traf: mit Bedacht. Und reichlich Überlegung. Erst einmal musste sie ja auch einschätzen, wie gut das Angebot wirklich war. Welches Renommee hatte die Universität dort, welche Möglichkeiten hätte sie in der Forschung?

Sie würde Planck einweihen, beschloss Lise. Sie schätzte den Professor so ein, dass er, obgleich er sie sicherlich gerne als Assistentin behalten würde (er hatte oft betont, wie zufrieden er mit ihrer Arbeit war), ihr trotzdem als Freund und Vertrauter zur Seite stehen würde. Ja, genau, sie würde ihn direkt nach der Vorlesung heute fragen, dachte Lise, nahm noch einen letzten Zug aus der Zigarette und drückte sie auf dem Fenstersims aus.

Sie durfte hier drinnen natürlich nicht rauchen und hoffte, dass ihre Vermieterin nichts davon bemerkte. Und wenn schon, dachte Lise dann plötzlich und merkte, wie sich auf ihrem Gesicht ein Lächeln ausbreitete: Vielleicht war die Vermieterin ja gar nicht mehr lange ihre Vermieterin, und Lise konnte von nun an herzlich egal sein, was sie dachte! Das Angebot aus Prag galt ab dem nächsten Semester. Also mehr oder weniger sofort.

Lise griff nach ihrem Hut. Sie musste dringend mit Planck sprechen!

Planck reagierte genau so, wie sie es erwartet hatte: etwas überrascht, aber nicht feindselig oder gar gekränkt. Im Gegenteil, als sie nach der Vorlesung verkündete, sie habe ein Angebot erhalten, über das sie sich gerne mit ihm beraten würde, nickte er nur ernst und führte sie in sein Büro. Dabei fuhr er nach den Vorlesungen meistens gleich wieder nach Hause. Daher freute es Lise, dass es ihm offensichtlich wichtig war, sich Zeit für sie zu nehmen.

Planck hörte sich an, was sie zu sagen hatte, und las dann auch selbst den Brief aus Prag, den sie mitgebracht hatte. Dann wiegte er nachdenklich den Kopf.

»Ich kann nicht sagen, dass mich das Angebot überrascht, Fräulein Meitner«, sagte er und ließ den Brief sinken. »Ihre Fähigkeiten haben sich herumgesprochen. Und es überrascht mich auch nicht, dass Sie selbst sich mehr wünschen, als die Assistenz von einem alten Professor zu sein. Ich bin natürlich traurig, wenn Sie mich verlassen sollten. Aber ich denke, jetzt, da ich Rektor der Universität werde, werden ohnehin viele andere, schrecklich bürokratische Aufgaben auf mich zukommen, an die Ihre Fähigkeiten verschwendet wären.«

»Sie glauben also, dass ich das Angebot annehmen sollte?«, fragte Lise atemlos. Wenn sogar Planck das sagte!

Und dennoch ... So froh sie über das Angebot auch war, ein Teil von ihr hatte gehofft, Planck würde etwas anderes sagen.

Aber Planck schüttelte jetzt zu ihrer Überraschung bedächtig den Kopf. »Nein, das glaube ich nicht.« Er seufzte schwer und schaute sie ernst an. Seine Augen wirkten stets so klar und direkt, man glaubte ihm sofort, dass er immer meinte, was er sagte.

»Ich denke«, sagte Planck nun langsam, »dass Sie hier in Berlin bleiben sollten, wo die Forschung gerade beträchtliche Fortschritte macht. Aktuell versammeln sich hier die besten Köpfe der Physik – ich habe ja bereits erwähnt, dass ich plane, auch Einstein nach Berlin zu holen. Und da sollten Sie hier sein. Ich wünschte, ich könnte Ihnen an der Universität die Anstellung besorgen, die Sie verdienen. Nun, Sie wissen ja, dass das leider nicht geht. Aber«, Planck hob die Hand, denn Lise hatte schon den Mund aufgeklappt. »Aber«, wiederholte er, »das Kaiser-Wilhelm-Institut, an dem Sie derzeit als Gast arbeiten, obliegt auf dem Papier nicht den Bestimmungen des öffentlichen Dienstes. Dort ist es für Sie als Frau theoretisch möglich, in eine Führungsposition aufzusteigen.«

»Nun, theoretisch ist etwas völlig anderes als tatsächlich«, sagte Lise und klang dabei exakt genauso bitter, wie sie sich fühlte. Als hätte sie daran nicht oft genug gedacht!

»Fräulein Meitner, ich glaube, Sie unterschätzen, was Sie für das Kaiser-Wilhelm-Institut leisten«, sagte Planck und lächelte sanft. »Otto Hahn wäre ohne Sie nur ein halb so guter Wissenschaftler, und das gilt für das gesamte Forschungsteam dort. Ich denke, wenn man die Herren des Instituts darauf hinweist, dass Sie die Arbeitsbedingungen dort nicht länger zu akzeptieren bereit sind und ein lukratives anderes Angebot erhalten haben, könnten sie sich bemüht fühlen, Ihren Abschied zu verhindern. Sie sind dem Institut kostbarer, als Sie denken!«

»Was schlagen Sie also vor?«, fragte Lise misstrauisch. Wenn Planck damit andeuten wollte, sie sollte Fischer und seine Kollegen unter Druck setzen, so wäre sie wohl kaum in der Lage dazu. So etwas konnte sie einfach nicht, nicht einmal nach jahrelanger Freundschaft mit Hedwig und deren kämpferischer Veranlagung.

»Wir machen es so«, sagte Planck und faltete die Hände über dem Brief, der noch immer auf seinem Schreibtisch lag. »Ich werde die Herren freundlich auf Ihr Angebot aus Prag hinweisen und andeuten, dass Sie überlegen, dieses anzunehmen. Und dann schauen wir erst einmal, ob etwas geschieht. Ist das in Ordnung für Sie?«

Das klang tatsächlich nach einem einleuchtenden Plan. Und wenn Planck recht haben sollte ...

»Das wäre großartig!« Lise lächelte ihren Mentor an. »Danke sehr!«

»Nun, ich hoffe, wir dürfen Sie hierbehalten«, nickte Planck und stand auf.

»Das hoffe ich auch«, sagte Lise und merkte in dem Moment, dass sie es genau so meinte. Tief in ihrem Inneren wusste sie, dass sie nicht wirklich nach Prag gehen wollte. Aber sie wollte auch nicht weiter so leben wie bisher. Vielleicht gelang Planck ja ein Zauberkunststück. Lise wollte ihm so gerne glauben. Aber Jahre der Niederlagen hatten ihr beigebracht, lieber nicht vorschnell Hoffnungen in etwas zu setzen.

Und doch fühlte sich ihr Herz gleich ein wenig leichter an. Allein schon, weil Professor Planck so hinter ihr stand.

Väterlich legte er eine Hand auf ihre Schulter. »Ich mache mich direkt auf den Weg zum Institut«, verkündete er.

Hedwig

»Frau Brügger.« Geheimrat Max Sering, Professor und Dekan der Philosophischen Fakultät der Friedrich-Wilhelms-Universität zu Berlin, machte eine theatralische Pause. »Vielen Dank für Ihre Ausführungen. Wir werden uns jetzt zur Beratung zurückziehen.«

Hedwig biss sich auf die Lippen, damit nicht alles, was noch in ihrem Kopf herumschoss, ungefiltert heraussprudelte. Denn da war noch so viel! Sie hatte bei dem Vortrag über ihre Promotionsschrift und bei den anschließenden kritischen Nachfragen vor dem Konsortium der Fakultät noch nicht einmal ansatzweise alles gesagt, was sie zu sagen hatte. Es gab noch viele gute Argumente und Fakten, die nicht einmal zur Sprache gekommen waren.

Aber offensichtlich war die Verteidigung ihrer Arbeit, die Disputation, jetzt schon vorbei, und für weitere Ausführungen ihrerseits blieb keine Zeit. Die Herren zogen sich bereits zurück, und Hedwig stand ganz alleine vorne an ihrem Rednerpult und musste die Hände zu Fäusten ballen, damit sie nicht zitterten. Hatte sie bestanden?

Während ihres Vortrags hatte sie die Mienen der anwesenden Herren nicht deuten können – ausgenommen natürlich die von Lenz, der vor Wut zu dampfen schien. Und jetzt gingen die Herren, und Hedwig würde keinen Einfluss mehr auf ihr Urteil haben. Das Gefühl, nichts mehr tun zu können, war gleichermaßen lähmend wie befreiend.

Zum Glück kam sie gar nicht erst ins Grübeln, denn ihre Mitstreiterinnen der Zeitschrift »Die Studentin« grinsten ihr aus der letzten Reihe aufmunternd zu. Zunächst war Hedwig unsicher gewesen, ob es ihr behagte, dass die Disputation für alle Studierenden zugänglich war. Während des Vortrags und der anschließenden Diskussion hatte sie die aufmunternden Gesichter ihrer Mitstreiterinnen allerdings sehr zu schätzen gewusst.

Jetzt grinste Henny ihr über den Raum hinweg zu. Lise, die links von Henny saß und neben ihr sehr klein und still aussah, nickte zustimmend.

Hedwig atmete vernehmlich aus. Also konnte es nicht so schlecht gewesen sein!

Durfte sie jetzt eigentlich zu ihren Freundinnen gehen? Oder musste sie hier vorne ausharren, bis die Professoren zurückkehrten? Gerne würde sie Albert fragen, wie man das so machte. Aber er war natürlich mit den anderen Herren zur Besprechung in den Nebenraum verschwunden. Hedwig hoffte, dass er Wort hielt und weiter zu ihr stand, auch wenn es da drüben geteilte Meinungen über sie geben sollte – was anzunehmen war, da auch Lenz dabei war. Aber immerhin hatte sie sich selbst nichts vorzuwerfen. Und Albert hatte sie sowieso noch nie enttäuscht.

Sie arbeitete jetzt schon seit geraumer Zeit mit ihm an ihrer Promotion, und seit ihre Promotionsschrift angenommen worden war und nur noch die Disputation ausgestanden hatte, hatte sie bereits begonnen, inoffiziell als seine Assistentin zu arbeiten. Er war ein loyaler, ernster und erschreckend kluger Mann, wie sie in den vergangenen Wochen hatte feststellen müssen. Nicht, dass sie das nicht schon vorher gewusst hatte, zumindest geahnt, aber ihre Bekanntschaft war bisher ja nicht allzu intensiv gewesen. Jetzt hatte sie das Gefühl, ihn schon viel besser zu kennen. Auch wenn es ein rein professionelles Verhältnis war, das sie pflegten.

Leicht war es ihr allerdings nicht gefallen, mit ihm zusammenzuarbeiten. Gerade weil er so ein fantastischer Professor war, wie sie spätestens in den zwei Wochen, in denen das Semester nun schon begonnen hatte, hatte feststellen müssen: Geduldig hörte er seinen Studenten zu, seine Vorlesungen waren durchdacht und voller intelligenter Nebenbemerkungen, und seine Mitarbeiter, allen voran sie selbst, wenn man sie denn schon so bezeichnen konnte, behandelte er mit Freundlichkeit und stets voller Lob.

Aber genau darum kam Hedwig nicht umhin, ihn nur noch mehr zu bewundern. Und sich noch mehr zu ihm hingezogen zu fühlen.

Nicht, dass sie sich darüber in den letzten Wochen allzu häufig den Kopf zerbrochen hatte. Ihre Promotion und die anschließende Anstellung an der Universität standen bei ihr an erster Stelle. Und deswegen riss sie sich jetzt aus ihren mal wieder viel zu schwärmerischen Gedanken und konzentrierte sich auf das Hier und Jetzt.

Sie warf noch einen Blick auf ihre Freundinnen, die begonnen hatten, leise miteinander zu tuscheln, und beschloss, vorerst hier vorne zu bleiben. Die Herren Geheimräte, Dekane, Professoren und Direktoren sollten ruhig sehen, dass sie eine durch und durch pflichtbewusste Wissenschaftlerin war, die auf ihrem Platz blieb und keinen Zuspruch von ihren Freundinnen brauchte. Ruhig begann sie deswegen, ihre Notizen einzusammeln.

Da ging auch schon die Tür zum Seminarraum auf, und von Hedwigs Ruhe war nicht mehr viel übrig außer ihrer geraden Körperhaltung und ihrer ernsten Miene – wozu hatte man schließlich eine gute Erziehung genossen!

Instinktiv richtete sie sich noch einmal auf, zwang sich, die Hände ruhig auf ihren Unterlagen ruhen zu lassen und blickte dem Dekan der Fakultät mit unbewegter Miene entgegen. Einzig einen kurzen Blick zu Albert, der direkt hinter dem Dekan und dem zweiten Direktor des historischen Seminars in den Raum geschlüpft war, erlaubte sie sich. Seine Miene konnte sie nicht deuten, aber als er ihren Blick auffing, zwinkerte er ihr kaum merklich zu.

Sofort durchströmte Hedwig eine tiefe Erleichterung. Es gab also nichts zu befürchten!

Im Saal biss Henny sich vor Aufregung beinahe die Lippen blutig, und auch Else und Tilly verfolgten mit gebannten Mienen, wie die Mitglieder der Promotionskommission sich vor ihre Plätze stellten. Setzen wollte sich anscheinend niemand. Es würde also vermutlich nur eine kurze Urteilsverkündung geben.

Und tatsächlich begann der Dekan auch sogleich zu sprechen.

»Die Kommission hat beraten und ist zu einem Ergebnis gekommen. Kandidatin Hedwig Brügger hat bestanden. Herzlichen Glückwunsch, Frau Brügger.«

Die letzten Worte waren mit einem leichten Zucken der Mundwinkel vorgebracht worden, ansonsten blieben die Stimme und Miene des Dekans so nüchtern, dass die Worte erst nach einigen Sekunden zu Hedwig durchsickerten. Sie hatte bestanden? Sie hatte bestanden!

Langsam erkannten wohl auch die studentischen Teilnehmerinnen der Disputation die Bedeutung dieser Worte, denn kurz darauf ertönte ein gänzlich unwissenschaftlicher Jubel aus der Frauenriege in der letzten Reihe. Jetzt konnte sich auch der Dekan ein Lächeln nicht verkneifen.

Hedwigs Blick huschte zu Albert. Er lächelte ihr voller Wärme zu. Nur Professor Lenz hatte die Lippen fest zusammengepresst. Doch als Hedwig ihn anschaute, nickte sogar er.

Sie hatte gewonnen! Sie, Hedwig Brügger, war jetzt eine Wissenschaftlerin!

Aber statt selbst in Jubel auszubrechen, beließ sie es bei einem breiten Lächeln in Richtung Albert und ihren Mitstreiterinnen.

Voller Ruhe schüttelte sie die Hände der Kommissionsteilnehmer und wartete, bis alle außer ihren Freundinnen und Albert den Raum verlassen hatten. Dann erst ließ sie sich von den jungen Frauen stürmisch umarmen. Ja, ihr war wirklich nach einer großen Feier zumute! Es sollte heute den besten Champagner geben und Kuchen, so viel, wie ihr Kindermädchen und ihre Haushälterin sie früher niemals hätten essen lassen. Später ...

Albert stand etwas abseits und lächelte angesichts der stürmischen Freude ihrer Freundinnen. Hedwig war gerade dabei, sich aus Hennys Umarmung zu lösen, als sie sah, wie er vortrat.

»Hedwig, ich unterbreche ja nur ungern, aber Sie wissen, meine Vorlesung beginnt gleich ...« Er lächelte ihr entschuldigend zu.

»Ja, natürlich!« Hedwig trat einen Schritt zur Seite. Das war ja der Grund, warum sie erst später so richtig feiern wollte. Sie war jetzt Wissenschaftlerin! Und als Wissenschaftlerin stellte man sich seinen Aufgaben immer sofort.

»Ich komme natürlich mit«, verkündete sie. Als seine Assistentin – auch wenn sie das bisher nur inoffiziell und auch erst seit zwei Wochen war (seit die Vorlesungszeit begonnen hatte und er ihre Hilfe benötigte) – war es ihre Aufgabe, seine Vorlesungen zu begleiten. Sie verteilte die Materialien, sammelte Übungsaufgaben ein, wenn es welche gab, und korrigierte sie. Egal, an welchem Tag.

»Nicht doch«, versuchte Albert sofort abzuwinken. »Heute haben Sie frei!«

Aber da kannte er Hedwig schlecht. »Ich komme selbstverständlich trotzdem mit!«, sagte sie entschlossen. »Das ist meine Aufgabe, heute mehr als jemals zuvor.«

Seine Augen funkelten und an seinen Mundwinkeln zupfte trotz seines Barts noch sichtbar ein feines Lächeln. »Wenn das so ist ...«

Aber als Hedwig in Alberts Vorlesung saß, in der ersten Reihe, hinter sich die tuschelnden Studenten, denen sie dann und wann mahnende Blicke zuwarf, merkte sie, wie unkonzentriert sie war. Zweimal hätte sie fast verpasst, dass Albert sie aufrief, um Materialien zu verteilen. Nicht etwa, weil sie seine heutige Vorlesung langweilig fand, im Gegenteil: Sie könnte ihm stundenlang zuhören. Nein, die vergangenen zwei Stunden zogen wieder und wieder vor ihren Augen vorbei. Sie hatte das Bedürfnis, alles ein ums andere Mal erneut zu erleben, um es genau zu analysieren. Dabei hatte sie ja, was sie wollte, es war nicht mehr nötig, darüber nachzugrübeln. Aber nur so konnte sie vermutlich langsam realisieren, dass dieser Moment, auf den sie jetzt jahrelang hingearbeitet hatte, wirklich geschehen war. Sie würde nie wieder Studentin sein!

»Hedwig? Also, Frau Brügger?« Albert schaute sie abwartend an, und erst in diesem Moment bemerkte sie, dass die Studenten bereits begannen, ihre Sachen einzupacken. Die Vorlesung war vorbei!

Hastig stand Hedwig auf und eilte zu Albert, um ihm dabei zu helfen, seine Unterlagen zu verstauen. Um sie herum strömten die Studenten nach draußen, nur einer blieb stehen, um noch eine Frage an Albert zu richten, während Hedwig dessen Unterlagen zusammenschob und sich dann im Hörsaal umschaute, ob einer der Studenten etwas vergessen hatte.

»Hedwig?« Jetzt waren alle Studenten gegangen, und Albert und sie standen alleine vorne am Podium. In der Ferne hörte man noch die Schritte der Studenten auf dem Gang und leises Lachen, das langsam verhallte.

»Es tut mir leid«, sagte Hedwig. »Ich war wohl doch sehr unkonzentriert heute.«

»Das muss Ihnen doch nicht leidtun!« Albert lachte leise. »Nach so einem Tag könnte auch ich mich nicht konzentrieren. Ich habe ja gleich gesagt, dass Sie lieber feiern gehen sollten, statt hier herumzusitzen!« Zum Glück wirkte er aber nicht verärgert, sondern nur amüsiert.

»Ich wollte aber!«

»Das bewundere ich an Ihnen«, sagte Albert nach einer kurzen Pause. »Ihre Entschlossenheit und Ihr unbedingter Wille, alles richtig zu machen. Sie sind wirklich eine beeindruckende Frau.«

Hedwig wusste gar nicht, was sie auf dieses Kompliment erwidern sollte. Ihr Herz jedenfalls machte einen großen Satz. Aber Albert sprach ohnehin schon weiter. »Im Übrigen habe ich Ihnen noch gar nicht so recht gratuliert«, sagte er und reichte ihr seine Hand, die sie ergriff. »Frau Brügger, herzlichen Glückwunsch zu Ihrem Abschluss.«

»Ich danke Ihnen, Professor Lennenberg«, sagte Hedwig. »Ich danke Ihnen wirklich, ohne Sie hätte ich das nicht geschafft.«

»Doch, das hättest du. Und das weißt du auch«, sagte Albert, und der Ton seiner Stimme und dass er wieder zum Du gewechselt war, jagten Hedwig eine Gänsehaut über den Rücken.

»Ich habe überlegt, ob es nicht vielleicht dumm war, dich zu fragen, ob du meine Assistentin sein möchtest«, sagte er leise, schaute dabei aber auf den Boden, als schämte er sich seiner Worte.

»Nicht, weil du nicht absolut geeignet dafür wärst«, schob er hinterher, ehe sie überhaupt empört den Mund aufklappen konnte. »Daher habe ich ja gefragt, weil es niemanden gibt, der es mehr verdient hätte als du. Und trotzdem habe ich es bereut, in dem Moment, in dem ich dich gefragt habe. Ich empfinde noch immer viel zu viel für dich.«

Jetzt war er wieder rot geworden, eine feine Röte, die seinem Gesicht etwas viel Jüngeres gab. Er schaute sie an, und in seinem Blick lag eine Unsicherheit, die Hedwig nur zu gut kannte. Sie befanden sich hier auf gefährlichem Terrain. Aber es war ein Terrain, auf dem sie immerhin beide standen.

Erleichterung erfüllte Hedwig, weil sie nicht die Einzige war, die so fühlte. Weil auch er spürte, dass zwischen ihnen so viel mehr sein könnte als diese professionelle Distanz.

Ein Lächeln breitete sich auf ihrem Gesicht aus, das er zaghaft erwiderte. Dann beugte sie sich zu ihm hinüber und küsste ihn.

Eigentlich hätte es ja nur ein kurzer Kuss sein sollen, um ihn das spüren zu lassen, was sie gerade nicht in Worte fassen konnte. Aber kaum hatte sie ihn berührt, stürzte er sich selbst in diesen Kuss, als hätte er seit Ewigkeiten darauf gewartet. Wie von selbst griffen Hedwigs Hände in seine Haare, und er fasste ihren Nacken, als fürchte er, sie könne doch noch vor ihm zurückweichen.

Als Hedwig sich löste, leuchteten seine Augen, und seine Haare waren in noch größerer Unordnung als ohnehin schon. Darüber hinaus saß seine Brille jetzt ziemlich schief, was Hedwig zum Lachen brachte. Grinsend griff sie danach und richtete sie, während er verwirrt zu ihr hinunterblinzelte.

»Weißt du, Albert«, sagte sie und hatte das Gefühl, ihre Stimme wäre so rau, dass sie das laute Pochen ihres Herzens kaum übertönte. »Ich habe in letzter Zeit lange nachgedacht über das, was ich erreicht habe, und das, was ich noch erreichen möchte. Und dabei habe ich mich immer gefragt, wieso ich nicht eigentlich alles haben kann. Wieso können *wir* nicht einfach alles haben?«

»Du meinst ...?« Er runzelte die Stirn und sah dabei einfach nur entzückend zerknautscht aus.

»Aber lass mich trotzdem deine Assistentin sein. Lass uns sehen, wohin das alles führt. Wie ich mich als deine Mitarbeiterin mache und als deine Freundin?«

»Als meine Freundin?« Albert wirkte ehrlich verwirrt. »Hedwig, ich hatte durchaus mehr im Sinn als ...«

Aber Hedwig unterbrach ihn. Natürlich, er war traditionell und ehrenvoll, und sicherlich würde er ihr sofort, hier und jetzt, eine Heirat vorschlagen, wenn sie es nur zuließe. Aber sie wollte ja auch arbeiten. Ob sie das als seine Frau noch konnte, war fraglich. Und überhaupt: Sie wollte so viel wie möglich vom Leben haben, und da war es gut, nichts zu überstürzen.

»Können wir das nicht erst einmal für uns behalten?«, fragte sie. »Und sehen, was passiert? Dann könnte ich auch erst einmal deine Assistentin bleiben. Und wenn es dann offiziell wird, können wir uns überlegen, wie wir damit umgehen, dass wir mehr füreinander empfinden.«

Albert schien nicht wirklich überzeugt zu sein und schaute prüfend in ihr Gesicht. Hedwig küsste ihn schnell noch einmal, damit er nicht ins Grübeln kam. Und das schien ihn tatsächlich zu besänftigen.

»Wenn es das ist, was du willst«, sagte er langsam. »Dann machen wir es so. Aber nur vorerst.«

»Vorerst«, versprach Hedwig und zog ihn nahe an sich heran. Aber er trat resolut ein Stück zurück.

»Nicht hier, Frau Brügger. Mal abgesehen davon haben wir, glaube ich, noch einen Abschluss zu feiern. Was sagen Sie, darf ich meine beste Studentin wohl auf ein Gläschen einladen?«

Er grinste so verschmitzt, dass Hedwigs Herz gleich noch einen Satz tat. »Wenn Sie darauf bestehen, Professor Lennenberg.«

Er bot ihr seinen Arm an. Grinsend hakte sie sich bei ihm unter.

»Unbedingt«, sagte er und küsste sie schnell noch auf die Nase, bevor sie in den Gang traten.

Kapitel 5: Verliebt und verraten

Anni

Marie Althoff war misstrauisch geworden. Anni hatte es an ihrem Blick erkannt, jedes Mal, wenn sie ein wenig zu spät nach Hause kam, wenn sie Ausreden erfand, warum sie schon wieder nach Berlin fahren musste, wenn sie am Küchentisch saß und gedankenverloren auf die Butter starrte und erst beim dritten Mal merkte, dass ihre Hausherrin ihr eine Frage gestellt hatte. Und doch hatte Marie Althoff bisher nichts gesagt, sondern nur ihre Lippen zusammengepresst und diesen Blick aufgesetzt, mit leicht hochgezogenen Augenbrauen, der Anni normalerweise dazu veranlasst hätte, in vorauseilendem Gehorsam lieber alles zu unterlassen, was der Herrin missfiel.

Aber diesmal war es anders, seit Wochen war es anders, weil sie das, was sie beschäftigte, nicht einfach sein lassen konnte. Nicht einmal, um ihrer Hausherrin zu gefallen. Sie konnte nicht aufhören, an Henri zu denken. Und nicht aufhören, ihn zu treffen. Sie war das erste Mal in ihrem Leben richtig verliebt. Das glaubte sie zumindest. Denn was sonst sollte dieses leichte, dieses verrückte Gefühl sein, das sie überkam, wenn sie an ihn dachte? Und diese kribbelnde Vorfreude, jedes Mal, bevor sie ihn sah. Und die Explosion, wenn er sie küsste. Denn bei dem ersten kurzen Kuss in der Werkstatt seines Onkels war es nicht geblieben. Nein, inzwischen hatten sie sich schon etliche Male getroffen, und jedes Mal war Anni ein wenig aufgeregter gewesen als zuvor.

Auch heute war es wieder so weit. Er hatte angekündigt, er würde sie abholen, damit sie ihm Groß-Lichterfelde zeigen konnte. Allein, dass er extra hierher zu ihr reisen würde, machte Anni unbeschreiblich glücklich. Vor allem, weil sie sich ansonsten nicht so sicher war, wie Henri eigentlich genau zu ihr stand. Sicher, er küsste sie anscheinend sehr gerne. Auch wenn sie protestierte, dass man so etwas in der Öffentlichkeit nicht dürfte, stahl er immer wieder einen Kuss. Aber er hielt sich ansonsten ziemlich bedeckt, sodass Anni nicht so recht wusste, worauf sie eigentlich zusteuerten ... Würde er sie heiraten, eines Tages? Oder war das für ihn nur ein kleiner Flirt?

In letzter Zeit fragte sie sich das immer häufiger, auch wenn sie das Ganze lieber ebenso locker sehen würde wie er, dachte sie, als sie jetzt zum wiederholten Male ihre Garderobe überprüfte und unauffällig in den Spiegel der Diele spähte.

Vielleicht sollte sie ihm ja heute doch einmal mehr auf den Zahn fühlen? Zumindest hatten Hedwig und Lise ihr das angeraten.

Jetzt allerdings lagen ihre Prioritäten woanders. Gleich würde er sie abholen kommen, und Marie Althoff sollte wohl besser nichts davon mitbekommen. Dass Anni ihre Aufregung heute noch schlechter als ohnehin schon verbergen konnte, war dabei sicherlich nicht hilfreich.

Sie hatten ein Klopfzeichen an der Tür ausgemacht, damit er nicht klingeln musste, und deswegen lungerte Anni nun schon seit einer Weile in der Diele herum und gab sich geschäftig. Als müsste sie dringend noch den Flicken an ihrem Wintermantel nachbessern, bevor sie zu einem einsamen Spaziergang durch das verschneite Groß-Lichterfelde aufbrach. Aber Marie Althoff war natürlich nur misstrauischer geworden. »Kind, setz dich doch ins Licht, hier siehst du doch kaum, was du tust«, hatte sie erst vor fünf Minuten gesagt und Annis vorgetäuschte Nähversuche mit einem missbilligenden Blick bemessen.

»Ich bin ohnehin fast fertig«, hatte Anni mit glühenden Wangen gestammelt und gebetet, dass die Herrin erst wieder nach ihr schauen würde, wenn sie und Henri bereits verschwunden waren. Andererseits: Die Herrin konnte ja kaum etwas dagegen haben, wenn sie sich mit einem Freund traf, oder? Sie machte ja nichts Verbotenes.

Aber ein Gefühl sagte ihr, dass Marie Althoff alles andere als begeistert sein würde.

Da klopfte es endlich, und Anni fuhr zusammen, als hätte ihr jemand einen Stromschlag verpasst. Viermal schnelles, leises Klopfen, so hatten Henri und sie es ausgemacht.

Auf leisen Sohlen schlich sie zur Tür und öffnete sie, bemüht, dass sie nicht knarrte.

Henri stand draußen, und ein paar Schneeflocken hatten sich in seinen rotblonden Haaren verfangen. Sein Gesicht war von der Kälte gerötet, und er blies sich in die Hände. Er hatte keine Handschuhe an, und sofort schaute Anni sich um, ob in der Diele welche lagen, die sie ihm heimlich geben könnte. Aber sie hatte zu lange gezögert.

Marie Althoff hatte ihre suchenden Schritte gehört und trat nun aus dem Salon heraus, das Gesicht wie immer eine unbewegte Maske.

»Das ist Henri«, sagte Anni lahm, bemüht, sich nicht anmerken zu lassen, wie erschrocken sie vom Auftauchen der Herrin war, und zeigte auf Henri.

Marie Althoff verzog keine Miene, aber ihr Blick huschte prüfend über Henri hinweg, weilte dann auf Annis roten Wangen. Marie Althoff zog missbilligend die Nase kraus.

»Es freut mich sehr, Sie kennenzulernen!« Henri trat mit einem gewinnenden Lächeln vor und streckte Marie Althoff seine Hand entgegen, die diese aber ignorierte.

»Ich erwarte dich gleich zurück«, sagte sie zu Anni, drehte sich dann einfach um und ging.

Anni stieß vernehmlich die Luft aus. War das jetzt eher gut oder eher schlecht gelaufen? Sie konnte es kaum sagen. Aber zum Grübeln blieb sowieso keine Zeit, denn Henri überbrückte die wenigen Schritte zu ihr und hob sie in eine stürmische Umarmung, die ihr die Füße vom Boden wegriss.

»Pass doch auf«, sagte sie lachend und versuchte strampelnd, wieder herunterzukommen. »Du verteilst den Schnee in der ganzen Diele!«

»Na und, ich habe bei dem Hausmädchen ein Stein im Brett, und die Hausherrin findet mich auch ganz bezaubernd.«

»Ach, sei still.«

»Nur, wenn wir endlich loskönnen.«

»Das müssen wir«, sagte Anni wieder ernst und trat zu ihm hinaus in den Schnee. »Du hast es gehört. Ich muss ja gleich wieder zurück sein!«

»Ist heute nicht dein freier Tag?«, fragte Henri und blinzelte in die Helligkeit draußen. Es war ein strahlender Wintertag, die Sonne blitzte durch die mit Schnee behangenen Baumkronen, und das viele Weiß stach einem beinahe ins Auge wie Tausende glitzernde Diamanten.

Anni zuckte die Schultern. Aus den Augenwinkeln sah sie, wie die Gardinen des Wohnzimmers leicht bebten und dann vehement zugezogen wurden.

»Meine Hausherrin ist etwas speziell.«

»Das würde ich auch sagen!« Henri runzelte die Stirn. »Mir hat gar nicht gefallen, wie sie dich angeschaut hat. Als wärst du ihr Eigentum!«

Sie bogen vorne an der Kreuzung ab und schlenderten in Richtung des Teltowkanals. »Sie hat viel durchgemacht.« Anni hatte das dringende Bedürfnis, ihre Herrin zu verteidigen. »Ich verdanke ihr so viel. Ohne sie hätte ich nicht zur Schule gehen dürfen, ohne sie hätte ich keine Heimat in Groß-Lichterfelde.«

»Ja, aber hier ist es doch furchtbar langweilig!«, sagte Henri und rümpfte die Nase.

»Henri!«, schalt Anni ihn. »Ich mag es hier. Natürlich, Berlin ist viel aufregender. Und die Buchhandlung von Maria und Gustav ist mein Lieblingsort. Aber hier ist es auch schön. Ruhig und friedlich.«

»Ja, du hast recht.« Henri lächelte sie zerknirscht an. »Ich hätte nicht so abfällig sprechen sollen. Es tut mir leid, ich bin heute nicht ich selbst.«

»Was ist denn passiert?« Jetzt, wo Henri das gesagt hatte, sah Anni auch die dunklen Ringe unter seinen Augen, die sie vorher übersehen hatte, weil sie immer so auf seinen Mund, seine Sommersprossen, die warme braune Farbe seiner Augen fixiert war.

»Ach, lass uns nicht darüber reden!« Henri zog sie leichthin in seine Arme. »Gib mir lieber einen Kuss.«

»Aber hier sieht uns doch jeder!«, wollte Anni protestieren, da hatte er seinen Mund schon auf ihren gedrückt. Auch wenn sie es genoss, dass er sie anscheinend ebenso sehr berühren wollte wie sie ihn, war ihr das doch ein wenig unangenehm. Und trotzdem musste sie lachen, als er sie freigab. Mit ihm fühlte sich alles immer so viel leichter an. Natürlich hatte sie weiterhin Sorge, dass jemand sie sehen und Marie Althoff davon berichten könnte – noch mehr aber wollte sie seine Umarmung, die sie alles andere vergessen ließ.

Er nahm ihre Hand und zupfte ihr den Handschuh herunter, dann verschränkte er ihre Finger miteinander. Seine waren eiskalt, aber sein zufriedenes Grinsen machte alles wieder wett.

»Gibt es hier ein Wirtshaus, in das ich mein Mädchen ausführen kann?«, fragte er.

Bei seinen Worten blieb Annis Herz fast stehen. »Dein Mädchen?«, fragte sie, konnte aber nichts gegen das Grinsen tun, das sich auf ihrem Gesicht ausbreitete. »Bin ich das denn?«

Mit klopfendem Herzen wartete sie auf eine Antwort, aber Henri schaute sich um, als hätte er sie gar nicht gehört. »Gibt es hier überhaupt Gaststätten?«

»Natürlich gibt es die hier. Gleich da vorne ist eine, in die mein Dienstherr immer gerne gegangen ist«, sagte Anni. Dass er ihrer eigentlichen Frage ausgewichen war, gab ihr zu denken. Hatte er sie nur überhört, oder wollte er sich wirklich nicht festlegen?

Aber nein, schalt Anni sich sogleich, sie kannte Henri schon so lange – er war manchmal vielleicht etwas leichtsinnig, aber immer ehrlich und offenherzig. Und trotzdem war die Leichtigkeit zwischen ihnen für den Moment dahin.

Anni fröstelte. »Ich glaube, ich sollte lieber nach Hause gehen. Du hast meine Dienstherrin ja gehört.«

»Ach, Anni.« Henri seufzte schwer und schaute sie aus traurigen braunen Augen an. Er hatte also doch bemerkt, dass sein Ausweichen sie verletzt hatte. »Jetzt sei nicht sauer. Bei mir ist es gerade kompliziert, aber das ändert nichts daran, dass ich dich ganz wunderbar finde.«

»Was genau ist denn kompliziert?« Anni wagte kaum zu atmen. Aber Henri schüttelte nur den Kopf und griff wieder nach ihrer Hand.

»Ich kümmere mich darum, das muss dich nicht belasten. Fürs Erste kann es doch vielleicht reichen, wenn ich dir sage, dass ich dich ganz bezaubernd finde?«

Das reichte nicht, aber Anni biss sich auf die Lippen. Sie wollte ihn ja auch nicht verschrecken, nur weil sie unsicher war und sich ein Zugeständnis von ihm wünschte. Wenn er es unbedingt so wollte, ja, dann sollte ihr vielleicht auch erst einmal genügen, was sie hatten, jetzt, in diesem Moment.

»Ich sollte trotzdem zurück.«

Wieder seufzte Henri. »In Ordnung, ich bringe dich nach Hause.«

Schweigend liefen sie den kurzen Weg zu dem Haus der Althoffs zurück. Der Schnee knirschte unter ihren Füßen, und kleine Flocken fielen aus dem Himmel. Anni war so kalt, dass ihre Zähne klapperten und sie ihre Zehen kaum noch spürte.

Zum Abschied küsste Henri sie noch einmal. Dann lächelte er ihr zu und kniff ihr so lange in die Wangen, bis auch sie ihren Mund nicht mehr von einem Lächeln abhalten konnte. »Wir sehen uns bald«, versprach er.

Dann ging er davon – allerdings rückwärts, wobei er Anni die ganze Zeit Kusshände zuwarf. So lange, bis er hinter einem Baum verschwunden war. Das entlockte Anni sogar ein echtes Lachen. Sie konnte nicht wirklich traurig oder gar wütend sein, wenn es um Henri ging.

Marie Althoff erwartete sie schon, mit ernstem Gesicht und einer Miene, die ausnahmsweise einmal mehr sorgenvoll wirkte als missfallend.

»Anni, setz dich zu mir«, befahl die Herrin, und Anni blieb nichts anderes übrig, als sich gegenüber von Marie Althoff auf das Sofa sinken zu lassen. Immerhin war es warm dort, im Kamin prasselte ein Feuer, und Annis Zehen erwachten kribbelnd wieder zum Leben. Die Schwere, die noch nicht ganz aus ihrem Herzen gewichen war, seit Henri sich so merkwürdig ausweichend verhalten hatte, war allerdings noch immer da. Und sie wurde nicht besser, als Marie Althoff nun sorgenvoll den Kopf schüttelte. »Der Junge ist nicht gut für dich.«

»Sie kennen ihn doch gar nicht«, wagte Anni zu widersprechen. Normalerweise hätte sie jetzt nichts gesagt, aber Henri war ihr so wichtig, ihn musste sie einfach verteidigen.

»Ich kann Menschen gut einschätzen.« Marie Althoff nahm einen Schluck Tee, wobei sie aber die Lippen so eng zusammenpresste, dass Anni sich fragte, ob der Tee überhaupt hindurchgelangte. »Ich sehe, wenn jemand ehrliche Absichten hat. Du, mein Kind, bist ein viel zu weichherziger Mensch. Es wird immer Menschen geben, die versuchen, das auszunutzen.«

Damit stellte Marie Althoff die Teetasse mit einem lauten Scheppern wieder auf den Unterteller. »Ich verbiete dir den Umgang.«

»Was? Aber …«

»Kein Aber«, beschied Marie Althoff mit einer Endgültigkeit, die typisch für ihre Herrin war. »Und jetzt geh auf dein Zimmer.«

Anni klappte den Mund auf, um zu widersprechen, aber die Herrin war einfach aufgestanden und aus dem Raum gerauscht.

Hinter Annis Stirn meldeten sich bohrende Kopfschmerzen. Ihre Hausherrin durfte ihr doch nicht einfach den Kontakt verbieten! Nicht zu Henri!

Sie wird sich schon wieder einkriegen, dachte Anni hilflos und rieb sich die Stirn. Ich werde später noch einmal mit ihr reden und ihr versichern, dass von Henri kein Unheil droht. Schlimmstenfalls … musste die Herrin ja nicht wissen, dass sie Henri traf.

Erschrocken darüber, was sie gerade gedacht hatte – sie konnte gar nicht glauben, dass sie tatsächlich erwogen hatte, die Frau, der sie so viel verdankte, anzulügen –, sprang Anni auf.

Mit schnellen Schritten brachte sie Marie Althoffs Teeservice in die Küche und machte sich an den Abwasch. Aber es stimmte ja, was sie eben verbotenerweise gedacht hatte, wisperte eine leise Stimme in ihr:

Sie ging ohnehin so oft nach Berlin, die Herrin würde es kaum merken, wenn ...

Nein, Anni schüttelte wieder den Kopf, um ihre Gedanken zu vertreiben. So kannte sie sich selbst nicht. Natürlich würde sie ganz offen mit Marie Althoff sprechen und sie von Henris ehrlichen Absichten überzeugen. Das zumindest redete sie sich ein. Hinter ihren Kopfschmerzen hatte sich nämlich noch ein anderer Gedanke eingeschlichen. Der, dass Marie Althoff vielleicht nicht ganz unrecht hatte. Was wusste sie schon wirklich von Henri? Dieses Gefühl, diese Verliebtheit, die sie so noch nie empfunden hatte – machte sie die vielleicht genauso blind, wie sie es in manchen Romanen gelesen hatte?

Lise

Hahn strahlte übers ganze Gesicht. »Ich werde alle zusammenrufen«, rief er aufgeregt, ehe Lise ihn aufhalten konnte. Sie war selbst noch so perplex von dem, was gerade geschehen war, und daher nicht schnell genug gewesen, um Hahn Einhalt zu gebieten. Der rief nun laut nach den Laboranten.

Die vier Studenten, die derzeit bei ihnen im Labor mitarbeiteten, kamen sofort angerannt, als vermuteten sie, Hahn habe die Muttersubstanz des Actiniums gefunden und wollte dies nun feierlich verkünden. Hätte Lise nicht gewusst, was Hahn so begeisterte, sie hätte vermutlich dasselbe gedacht.

»Wir haben etwas zu feiern«, rief Hahn über das ganze Gesicht grinsend. Und als die Studenten sich alle versammelt hatten und mit erwartungsfrohen Gesichtern zu Hahn hochschauten, verkündete Hahn feierlich (er war dazu extra auf einen Stuhl gestiegen): »Lise Meitner wird uns nicht verlassen!«

Lise sah genau, wie die Schultern der Studenten vor Enttäuschung zusammensackten. Ganz sicher hatten sie etwas Spannenderes erwartet. Keiner hier hatte wirklich geglaubt, dass Lise das Angebot aus Prag annehmen würde. Und um ehrlich zu sein, war die Zeit ja auch schon verstrichen, in der sie es hätte annehmen können – es war schon Frühjahr, die Stelle vermutlich bereits anderweitig besetzt. Aber dafür hatte Lise schließlich Grund gehabt, denn Plancks Gefühl hatte sich tatsächlich nicht getäuscht: Die hohen Herren der Kaiser-Wilhelm-Gesellschaft hatten ihr recht schnell ein echtes Gehalt in Aussicht gestellt. Aber mit dem, was Fischer ihnen dann verkündet hatte, hatte sie trotzdem nicht gerechnet.

»Fräulein Meitner«, sagte Hahn nun ebenso stolz, als seien es seine eigenen Verdienste, die er anpries, »wird nicht nur weiter hier arbeiten, sondern zum vollwertigen wissenschaftlichen Mitglied ernannt. Wir werden fortan diese Abteilung gemeinsam leiten. Ich übernehme die chemische, Lise Meitner die physikalische Unterabteilung. Ziehen Sie sich also warm an, meine Herren, mit Fräulein Meitner ist nicht zu spaßen.«

Für diese Bemerkung heimste er einen strengen Blick von Lise ein, aber die jungen Studenten lachten und applaudierten. Zu Lises Freude sahen sie jetzt auch nicht mehr ganz so enttäuscht aus, sondern nickten erfreut.

Nicht, dass Lise Zeit gehabt hätte, sich darüber Gedanken zu machen, ob die anderen Mitglieder ihres Labors ihren Führungsanspruch akzeptieren würden – Fischer hatte sie alle damit überrumpelt. Am meisten hatte sie die feierliche Stimmung Fischers und wie er ihr herzlich lächelnd die Hand geschüttelt hatte, beeindruckt. Er, Fischer, hatte ihr auf beinahe freundschaftliche Art gratuliert und ihr versichert, voll hinter dieser Entscheidung zu stehen. »Sie leisten brillante Arbeit, Fräulein Meitner«, hatte er gesagt. »Es wird Zeit, dass wir das auch honorieren.«

Und das nach all dem, was früher zwischen Fischer und ihr gestanden hatte!

»Hätten Sie sich träumen lassen, dass Geheimrat Stinkstiefel Sie mal so beglückwünscht?«, fragte jetzt auch Hahn, der anscheinend dasselbe dachte wie sie.

Die Studenten hatten sich wieder an die Arbeit gemacht. Nur Hahn und sie standen noch bei ihren Arbeitstischen und schauten gemeinsam nach draußen, wo auf Willstätters Blumenwiese bereits die ersten Blumen ihre Köpfe aus der vom Winter kargen Erde steckten.

»Niemals«, erwiderte Lise lächelnd.

»Ich bin jedenfalls sehr erleichtert, dass das endlich geklärt ist«, sagte Hahn mit einem Seufzen.

Lise sah ihn überrascht an. Sie hatte nicht gedacht, dass ihn die Situation in irgendeiner Form belastet hatte.

»Jetzt schauen Sie nicht so. Es war für uns beide etwas merkwürdig, dass ich plötzlich der alleinige Chef war. Und wir wissen auch beide, dass ich von Physik keine Ahnung habe.«

»Ja, das stimmt«, neckte Lise ihn. Da war sie wieder, die Leichtigkeit zwischen ihnen. Vielleicht war sie nie weg gewesen, und Lise hatte sich nur zu alleine gefühlt, um sie zu bemerken.

»Jedenfalls«, sagte Hahn grinsend, »fügt sich jetzt ja alles! Das Jahr 1914 wird ein denkwürdiges, das spüre ich schon jetzt. Ich bin sicher, wir werden großartige Erfolge erzielen können. Vielleicht finden wir sogar ›Abrakadabra‹?«

»Na, so weit würde ich jetzt nicht gehen.« Hahn und sie wussten beide, dass die Suche nach der neuen Substanz, der sie auf der Spur waren und die sie ›Abrakadabra‹ nannten, Jahre dauern könnte.

»Ach, schauen Sie mal, den kennen wir doch!« Hahn zeigte aus dem Fenster, wo in der Ferne ein junger Mann mit Hut an Willstätters Blumenwiese entlangspazierte.

Lise kniff die Augen zusammen. »Ist das Einstein?«

»Er ist also wirklich da«, sagte Hahn zufrieden. »Planck hat es tatsächlich geschafft, ihn zu Haber ans Institut zu holen. Wobei er ja eigentlich sein eigenes leiten soll, zumindest perspektivisch. Wollen wir Hallo sagen gehen? Dann können wir auch gleich darauf anstoßen, dass sowohl Sie als auch Einstein ab jetzt zur Kaiser-Wilhelm-Gesellschaft gehören.« Aber Einstein war schon hinter der Ecke verschwunden, und draußen wogten die grünen Stängel nun ganz alleine im leichten Frühjahrswind.

»Oder«, fragte Hahn, der Lise zu gut kannte und wusste, wie sie am liebsten feierte, »wollen wir anstoßen, indem wir etwas Interessantes zusammenmischen und ein paar Messungen durchführen?«

Jetzt musste Lise lachen, überraschend übermütig, wie sie selbst feststellte. Ihr Herz war ihr so leicht, es hätte wegfliegen können. »Sie sprechen mir aus der Seele, Hähnchen.«

»Dann an die Arbeit! Aber lassen Sie uns später trotzdem anstoßen! Wollen Sie nicht nachher zum Essen kommen? Edith macht fantastische Koteletts!«

Hätte diese Einladung in Hahns Dahlemer Wohnung sie noch vor Wochen traurig gemacht und mit einem leichten Gefühl der Bitterkeit erfüllt, so breitete sich heute nur ein Lächeln auf ihrem Gesicht aus. Sie freute sich über die Einladung – kein negatives Gefühl mischte sich noch darunter.

Darüber war Lise so erleichtert, dass sie sofort zusagte.

»Wunderbar! Und dann können wir ja auch gleich besprechen, wann und wie ein Umzug nach Dahlem für Sie ansteht, nicht wahr?«, fügte Hahn vergnügt hinzu.

Das Strahlen wich den ganzen Tag nicht aus Lises Gesicht.

Hedwig

»Das meinst du nicht ernst!«

Hedwig versuchte gar nicht erst, die Enttäuschung und die Wut aus ihrem Gesicht zu verbannen. Sollte ihr Vater ruhig sehen, wie entrüstet sie war! Die hübsche Tasse aus feinstem Meissner Porzellan, auf die die Haushälterin ihres Vaters schon immer besonderen Wert gelegt hatte, stellte sie mit einem Knall auf die Platte des Tisches zurück. Der Kaffee schwappte über den Rand und bildete einen kleinen braunen See auf der Untertasse.

»Hedwig, jetzt reagier doch nicht gleich so empfindlich!« Ihr Vater war in den letzten Jahren, in denen Hedwig ihn, wie sie zugeben musste, selten besucht hatte, deutlich gealtert. Aber der Ausdruck in seinem Gesicht, wenn er so streng schaute, war noch derselbe wie schon in ihrer Kindheit. Seit dem Tod ihrer Mutter hatte Hedwigs Vater immer alleine für sie gesorgt – natürlich mit Unterstützung der Haushälterin, eines Kindermädchens sowie diverser Privatlehrer. Aber wenn es um die großen Fragen ging, hatte sich ihr Vater dann doch etwas Zeit genommen für sein einziges Kind. Und sich immer wieder gerne eingemischt. Wie auch jetzt.

»Doch, das meine ich vollkommen ernst«, sagte ihr Vater und verschränkte die Arme, die in einem maßgeschneiderten Anzug steckten. Ihr Vater sah eigentlich immer so aus, als käme er gerade aus seinem Büro, was in den meisten Fällen auch stimmte. Und ebenso, wie er in seiner eigenen Firma das Sagen hatte, so verfügte er jetzt auch über ihr Leben – oder versuchte es zumindest.

Dass er sie gerade aufgefordert hatte zu heiraten und damit ihrem »völlig rastlosen Dasein« endlich eine positive Wendung zu geben – er war, wie er in einem Nebensatz sagte, nicht mehr bereit, ihren Lebensunterhalt mitzufinanzieren –, war gar nicht einmal das, was Hedwig am meisten traf. Sie hatte nämlich eigentlich gedacht, dass er sie zu sich gebeten hatte, um ihre Promotion zu feiern, oder dass er ihr wenigstens dazu gratulieren wollte – und zu ihrer noch inoffiziellen Anstellung an der Universität. War es nicht das, was ein liebender Vater eigentlich tun sollte?

Hedwig merkte, wie sich ihre Miene vor Wut versteinerte.

Ihr Vater seufzte und sackte kaum merklich etwas in sich zusammen.

»Ich will doch nur dein Bestes, mein Kind«, sagte er und sah auf einmal viel älter aus als zuvor. Es waren nicht die ergrauten Haare, die ihn alt wirken ließen, nicht die Falten, die sich tief in seine Wangen gegraben hatten, sondern der Ausdruck in seinen Augen: Resignation. »Ich will dich doch zu nichts zwingen und natürlich bin ich stolz auf das, was du erreicht hast. Aber dein Platz ist an der Seite eines Mannes. Nur mit einem Mann kann ich sicher sein, dass du versorgt bist.«

»Ich habe jetzt eine Anstellung, Vater. Ich kann selbst für mein Auskommen sorgen und bin gar nicht darauf angewiesen, wieder zu heiraten!«, versetzte Hedwig jetzt.

»Eine Anstellung, ja?« Ihr Vater runzelte die Stirn. Er hatte jetzt wieder diesen Ausdruck, mit dem Professor Lenz sie stets an ihn erinnert hatte: voller Hochmut und Bitterkeit.

»Ich sage dir einmal, was dir deine Anstellung einbringt: nichts«, sagte er rüde. »Eine mögliche weitere weibliche Assistentin an der Universität? So etwas spricht sich herum. Dein Schwiegervater hat Wind davon bekommen. Und er möchte dich nun nicht mehr in seiner Wohnung haben. Zumal es da Gerüchte von einer Affäre mit deinem Professor gibt«, fügte ihr Vater bitter hinzu. »Möchtest du dich vielleicht dazu äußern?«

»Nein, möchte ich nicht.« Hedwig verschränkte trotzig die Arme.

Wie hatte jemand von ihr und Albert erfahren können? Sie waren so vorsichtig gewesen, hatten sich in Cafés und Restaurants weit von der Universität entfernt getroffen, und zu Hause hatte sie ihn bisher nur ein einziges Mal besucht. Im Übrigen ging das überhaupt niemanden etwas an!

»Jedenfalls möchte August Brügger senior sich nun von der Verpflichtung, dich als Witwe seines Sohnes versorgen zu müssen, frei wissen, und angesichts meiner wirtschaftlichen Lage bin ich leider kaum in der Position, ihm das zu verwehren. Ich bin auf die Zusammenarbeit mit ihm angewiesen. Du wirst die Wohnung räumen müssen. Von was willst du also leben? Von dem mickrigen Gehalt, das du an der Universität vielleicht irgendwann einmal bekommst? Ich bitte dich!«

Hedwigs Hände hatten zu zittern begonnen, obwohl sie innerlich überraschenderweise ganz ruhig blieb. Das waren keine guten Nachrichten, gar keine guten Nachrichten. Aber sie würde auch damit fertigwerden. Ihr würde schon etwas einfallen. Und sie hatte schließlich Freundinnen, die sie um Hilfe bitten konnte. Was schmerzte, war der

Ton ihres Vaters, die Geringschätzung in seinem Blick. Sie fühlte sich wieder wie ein kleines Mädchen, das nie genug sein konnte für den Vater, der eigentlich einen Sohn hatte haben wollen, egal, was sie auch versuchte.

»Ich habe Erkundigungen über deinen Professor Lennenberg einholen lassen«, fuhr ihr Vater ungerührt fort. »Er scheint mir eine solide Partie zu sein. Wenn du schon mit ihm arbeiten musst und weiß Gott, was sonst noch alles, dann heirate ihn wenigstens.«

»Aber ich ...« Hedwig biss die Zähne zusammen. Sie wusste eigentlich gar nicht, was sie sagen sollte. Sie war so wütend und gleichzeitig so hilflos. Albert war ihr in den letzten Wochen der engste Vertraute geworden, nicht nur ein Professor, sondern auch ein Freund – und der Mann, den sie liebte. Es war seltsam, den Vater so über ihn sprechen zu hören, als wäre er nur ein Mittel zum Zweck.

»Dir bleibt nicht viel anderes übrig. Brügger lässt dir noch drei Monate die Wohnung, und ich werde dir natürlich auch nicht von heute auf morgen jede finanzielle Unterstützung entziehen.« Jetzt funkelte in den Augen ihres Vaters doch so etwas wie Mitgefühl. Er griff über den Tisch und umfasste Hedwigs Hand, die zusammengeballt in ihrem Schoß lag.

»Du bist mein einziges Kind, und ich will dich doch nur gut versorgt wissen. Es schmerzt mich zu sehen, wie sich die Dinge für dich entwickelt haben. Ich hatte gedacht, du würdest an der Seite von August eine glückliche Ehefrau werden. Nun müssen wir das Beste aus der Situation machen. Das musst du doch einsehen. Werde erwachsen, Hedwig, ich bitte dich!«

Der Vater drückte noch einmal ihre Hand, dann stand er auf. Er war ein großer Mann, von ihm hatte Hedwig ihre große, schlanke Statur, und er überragte sie um einiges.

Sie blieb sitzen und verbat sich jeden Blick, der ein Einknicken hätte sein können, auch wenn es schwierig war, wenn ihr Vater so eindringlich mit ihr sprach. Nein, sie war sehr wohl eine erwachsene Frau, und sie würde diese Situation auch wie eine solche lösen!

Eine Woche war es nun her, dass ihr Vater ihr die Hiobsbotschaft verkündet hatte, und Hedwig drehte sich mit ihren Gedanken eigentlich nur im Kreis. Sie kam alleine zu keiner Lösung, im Gegenteil: Der Plan ihres Vaters hatte durchaus etwas für sich, aber gerade deswegen wehrte sie sich ja gegen ihn. Wenn sie sich aber weigerte zu heiraten (abgesehen davon, dass sie ja gar nicht wusste, was Alberts Meinung zu dieser ganzen Sache war), dann würde sie erhebliche finanzielle Probleme bekommen. Es sei denn natürlich, die Universität würde ihr genug bezahlen, dass sie einen Lebensunterhalt bestreiten konnte. Derzeit zahlte ihr Albert nur privat ein kleines Gehalt, und davon würde sie sich nicht einmal ein mickriges Pensionszimmer leisten können. Sie brauchte also dringend einen guten Plan.

Es half nichts, beschloss Hedwig, während sie sich für die Universität fertig machte und sich dabei immer wieder mit einem mulmigen Gefühl in ihrer Wohnung umschaute, in der sie sich nicht mehr wohlfühlte, seit sie wusste, dass ihr Schwiegervater sie loswerden wollte. Alleine kam sie so nicht weiter. Und übermäßiges Grübeln hatte noch jedem geschadet.

Sie würde zuerst mit Albert reden und ihn fragen, wie ihre finanziellen Möglichkeiten aussahen. Ihn auf eine Heirat anzusprechen, kam hingegen selbstverständlich erst einmal nicht infrage. Natürlich war der Plan ihres Vaters nicht ganz abwegig – aber das hieß nicht, dass sie ihn befolgen musste. Vor allem nicht, wenn es noch andere Möglichkeiten gab!

Seufzend warf sie einen Blick in ihr Wohnzimmer, auf die alten Vorhänge und den weißen Fleck, wo einst Augusts heißgeliebtes Bildnis des Kaisers gehangen hatte. Dann zog sie die Tür zu. Ihre Schritte fühlten sich schwer an, und dieses Gefühl konnte sie nicht leiden. Es wurde Zeit, dass sie für Klarheit sorgte.

Sie musste allerdings überhaupt nicht um eine Unterredung bei Albert bitten. Er kam von sich aus auf sie zu, als sie gerade dabei war, eine

Übersicht der Literatur zu erstellen, die er den Studenten in seiner nächsten Vorlesung verteilen wollte.

»Hedwig, wir müssen reden!«, verkündete Albert, kaum dass er die Tür hinter sich geschlossen hatte. Meistens ließen sie die Tür zu seinem Büro offen, wenn er und Hedwig darin gemeinsam arbeiteten – sie wollten gar nicht erst Gerüchte anheizen. Nicht, dass das etwas genützt hätte.

Die plötzliche entschiedene Geste ließ Hedwig aufschauen und die Stirn runzeln.

Albert setzte sich ihr gegenüber auf den Besucherstuhl. Sie selbst hatte sich an seinen Schreibtisch gesetzt, als wäre es der ihre – das tat sie immer, wenn er gerade nicht da war. Und er ließ es auch heute wie immer unkommentiert.

»Irgendwas stimmt doch nicht mit dir«, kam Albert sofort zum Punkt. Er beobachtete sie wachsam, als könnte ihm schon die Reaktion auf seine Worte Aufschluss darüber geben, was sie beschäftigte. »Die ganze Woche über bist du in dich gekehrt und sagst jedes unserer Treffen ab. Also, was ist los?«

Hedwig seufzte. Das war das Problem, wenn man jemanden zu nah an sich heranließ: Er konnte einen lesen, auch wenn man gar nicht gelesen werden wollte. Sie hatte dieses Problem mit sich alleine ausmachen wollen, zunächst zumindest, damit sie eine vernünftige Entscheidung treffen konnte. Aber er hatte es natürlich schon bemerkt. Nur gut, dass sie heute sowieso mit ihm darüber reden wollte.

Hedwig schob den Füllfederhalter zurück in den Deckel und lehnte sich zurück.

»Mein Vater hat mir die Unterstützung aufgekündigt. Und aus meiner Wohnung muss ich auch ausziehen«, erklärte sie. Es half ja nichts, um den heißen Brei herumzureden.

»Das tut mir leid.« Albert beugte sich sofort hinüber und nahm ihre Hand, genauso wie ihr Vater, als er sie hatte trösten wollen. Aber Alberts Geste war wirklich zärtlich, und in seinem Blick lag nichts als ehrliches Mitgefühl.

»Es tut mir leid, dich das fragen zu müssen«, sagte Hedwig unbehaglich. »Aber ich kann nicht anders. Wie viel mehr könntest du mir bezahlen?«

Albert ließ ihre Hand los, aber er wirkte nicht wütend. Im Gegenteil, er lachte auf, als hätte sie etwas Witziges gesagt. »Hedwig, ich zahle dir, was auch immer nötig ist, das musst du doch wissen! Aber denkst du nicht, dass es darüber hinaus eine ganz offensichtliche Lösung für all das gibt?«

»Ich wüsste nicht, welche«, sagte Hedwig, obwohl sie natürlich schon ahnte, welche Lösung Albert jetzt vorschlagen würde. Nur wusste sie nicht, ob sie die auch wirklich hören wollte.

»Heirate mich«, sagte Albert schlicht.

»Albert ...«

»Nein, jetzt sag nicht gleich schon wieder Nein«, sagte er und sprang auf.

Einen Moment lang fürchtete Hedwig, er würde aus dem Raum stürzen, aber er ging nur schnellen Schrittes zum Garderobenständer, wo sein Jackett hing – es war mittlerweile warm genug draußen, dass man keinen Mantel mehr brauchte –, und holte etwas aus seiner Jackentasche heraus.

»Also, das hier habe ich schon besorgt«, sagte Albert und legte vorsichtig ein Kästchen vor sie auf den Tisch, als fürchtete er, sie würde gleich aufspringen und hinausstürzen. Was, wenn Hedwig ehrlich war, keine ganz unbegründete Befürchtung war. In ihr schrie alles danach, sofort fortzulaufen, ihn nicht aussprechen zu lassen. Ihr Herz pochte heftig und schnell, und sie wusste nicht, wohin sie blicken sollte.

Albert öffnete das Kästchen und zeigte ihr den kleinen Ring, der darin lag.

»Ich wollte dich sowieso fragen«, sagte er leise. »Auch auf die Gefahr hin, dass das hier läuft wie beim letzten Mal. Zumindest scheint mir dieses Mal der Zeitpunkt etwas günstiger«, fügte er scherzhaft hinzu, und gegen ihren Willen musste Hedwig auflachen. Der Zeitpunkt war wahrhaft brillant. Als hätten sich Albert und ihr Vater verschworen!

Aber sie wusste selbst, dass dieser Gedanke unfair war. Albert hatte bis eben nichts von ihrer unangenehmen Begegnung mit ihrem Vater und ihrem finanziellen Engpass gewusst, er hatte das hier schon vorher geplant. Und er wollte es wirklich. Aber wollte Hedwig das auch?

Sie war zu verwirrt, um auch nur ansatzweise erkennen zu können, wie sie dem, was hier gerade passierte, gegenüberstand. Natürlich, sie liebte Albert, das war ihr mittlerweile klar. Aber wollte sie ihn wirklich heiraten, nur weil sie das musste?

»Albert«, sagte sie vorsichtig, und ihre Stimme klang so belegt, als hätte sie gerade geweint. Ein wenig war ihr auch nach Weinen zumute. »Ich freue mich sehr darüber, und ich sage auch nicht Nein.«

Albert atmete geräuschvoll aus und lächelte sie vorsichtig an. Doch Hedwig war noch nicht fertig.

»Aber Ja sage ich auch noch nicht«, fügte sie hinzu. »Ich muss in Ruhe nachdenken. Und außerdem: Was bedeutet das für das hier?« Sie zeigte um sich. »Ich will hier arbeiten. Ich will etwas Nützliches tun. Ich bin doch keine Ehefrau, die zu Hause herumsitzt und näht. Ich kann überhaupt nicht nähen. Ich kann nicht …«

»Ich weiß, dass du nicht nähen kannst«, unterbrach Albert sie. »Und das verlangt auch keiner von dir!«

»Also, so schlecht bin ich nun auch nicht«, konnte Hedwig sich nicht verkneifen hinzuzufügen. Albert grinste, trotz der Ernsthaftigkeit der Situation. »Ich wollte dich nur aus der Reserve locken. Ich bin sicher, du kannst alles, was du können willst. Und ich weiß, du willst keine dieser Ehefrauen sein, die nur zu Hause sitzen. Also wirst du es auch nicht.«

Bei ihm klang das so einfach.

»Du bist auch jetzt noch nicht offiziell meine Assistentin, und dabei können wir es doch belassen. Du arbeitest weiter für mich, bereitest die Vorlesungen vor. Du machst das so gut, ich will gar keinen anderen Assistenten.«

Hedwig war nicht überzeugt. Als seine Frau wäre sie nun einmal in einer anderen Position, es wäre eben nicht dasselbe. Da konnte ihr Albert versprechen, was er wollte. Und es ging ihr ja auch um die Anerkennung der Universität. Die würde sie so niemals erhalten.

»Denk darüber nach. Bitte«, sagte Albert, der es hinter ihrer Stirn wahrscheinlich arbeiten sah. Seufzend stand er auf. »Ich wünsche mir nichts mehr als das«, sagte er und lächelte ihr zaghaft zu. Dann ging er einfach aus dem Raum, ohne sie noch weiter zu bedrängen.

Das liebte sie an Albert, dachte Hedwig, und ihr Herz wurde ihr ganz warm. Er ließ ihr ihren Raum, er verstand, wenn sie die Dinge mit sich selbst ausmachen musste. Sie wünschte, sie könnte sagen, dass seine Ehefrau zu werden das war, was auch sie sich auf dieser Welt am meisten wünschte. Aber so einfach war es nicht.

Seufzend klappte Hedwig das Kästchen mit dem Ring zu und schob es gedankenverloren auf dem Schreibtisch hin und her. Sie musste dringend mit ihren Freundinnen sprechen.

Anni

Anni vermisste Henri. Sie vermisste ihn so sehr, als hätte man ihr ein Körperteil genommen. Nie hätte sie gedacht, dass sich das Verliebtsein so anfühlen würde – mehr wie ein Verlust als wie das schönste Gefühl der Welt. Was sicherlich daran lag, dass es zwischen Henri und ihr kompliziert war.

Und nicht nur zwischen Henri und ihr.

Sie durften sich nicht sehen, denn Marie Althoff war bei ihrer sturen Haltung geblieben und verbot weiter den Kontakt – und so musste sich Anni immer heimlich davonschleichen. Oder glaubwürdige Ausreden für ihr Wegbleiben finden. Aber ihre Herrin wäre nicht ihre Herrin gewesen, wenn sie nicht trotzdem jeden von Annis Schritten mit Argusaugen bewacht hätte und ihre gelegentlichen Besuche nach Berlin – wo sie stets nicht nur Marie und Gustav besuchte, sondern sich auch mit Henri traf – auf ein Minimum zu reduzieren gewusst hätte. Ständig gab es neue Gebrechen, für die Anni einen Arzt oder Apotheker um Rat bitten musste, neue Maßanfertigungen, die in Auftrag gegeben und abgeholt werden, neues Saatgut, das besorgt und in frisch umgegrabener Erde versenkt werden musste. Aber die Treffen mit Henri waren all das wert.

Er hatte sie jetzt auch immerhin schon einmal ganz offiziell ein paar Freunden als seine Freundin vorgestellt, und das hatte Anni so glücklich gemacht, dass es sie seine seltsamen Ausflüchte, die ihn dann und wann noch überkamen – zum Beispiel weigerte er sich, sie seinem Onkel richtig vorzustellen –, beinahe vergessen ließ. Beinahe. Denn immer, wenn sie ihn nicht sah und er sie nicht mit seiner sprühenden, leichten, witzigen Art gefangen nahm, dann beschlichen sie Zweifel, dieses nagende, ungute Gefühl, und ihr Herz wurde ihr mit jedem Tag, den sie ihn nicht sehen konnte, schwerer.

So wie jetzt auch. Dabei war heute ein Tag, auf den sie sich schon seit bestimmt zwei Wochen gefreut hatte. Marie Althoff war ausgegangen, um in Berlin eine Cousine zu treffen, und Anni war allein zu Hause. Das hatte sie Henri verraten, der sich daraufhin nicht davon hatte abbringen lassen, sie besuchen zu wollen. Er würde also heute vorbeikommen, und sie hatten den ganzen Nachmittag Zeit, um ungestört zusammen zu sein.

Leises Klopfen riss Anni aus ihren Gedanken, und sie schaute sich suchend um, um zu hören, woher es kam. Von der Eingangstür jedenfalls nicht. Erneut klopfte es leise, viermal kurz, das Signal, das sie ausgemacht hatten. Henri war schon da!

Anni folgte dem Klopfen und sah, dass er durch das Küchenfenster hineinspähte. Er wollte also den Hintereingang benutzen.

Anni musste grinsen. Henri hatte es wirklich manchmal faustdick hinter den Ohren!

Nicht nur, dass er ihr bei jeder Gelegenheit einen Kuss stahl, er hatte sie auch schon einmal dazu anstiften wollen, über einen Zaun auf das Anwesen eines reichen Bankiers zu klettern, weil dort so ein schöner Springbrunnen stand. Darauf hatte sich Anni aber natürlich nicht eingelassen, weswegen Henri sie seitdem ständig damit aufzog, dass sie ein kleiner Angsthase sei.

Jetzt riss sie die Tür des Dienstboteneinganges auf.

»Du bist ganz schön gerissen«, sagte sie und konnte gerade noch ein albernes Kichern unterdrücken, da kam er auch schon herein und küsste sie stürmisch zur Begrüßung.

»Ich riskiere doch nicht noch einmal, deiner Hausherrin zu begegnen! Ich traue diesem Drachen nicht! Hätte ja sein können, dass sie doch beschlossen hat, hierzubleiben und dich zu bewachen.«

»Sie ist aber wirklich gegangen«, lachte Anni und versuchte, Henri daran zu hindern, zu tief ins Haus vorzudringen.

Der schaute sich neugierig um. »Was ist, zeigst du mir, wo du wohnst?«

»Wollen wir nicht lieber nach draußen gehen?«, fragte Anni unsicher. Nicht, dass sie ihm nicht gerne gezeigt hätte, wie sie wohnte. Aber war es nicht etwas verwegen, mit ihm hier alleine zu sein?

»Ach, komm schon«, Henri versuchte, sie mit seinem schelmischen Grinsen umzustimmen. »Nur ganz kurz?«, schob er hinterher.

Was beim Zaunklettern zur Villa des reichen Bankiers vielleicht nicht funktioniert hatte – heute knickte sie ein. »Na gut«, seufzte Anni. »Aber danach gehen wir draußen spazieren. Es ist so schönes Wetter.«

Das stimmte. Draußen war der Sommer mit einer milden Wärme angebrochen, und das Licht schimmerte golden auf dem prächtigen Garten, dem Marie Althoff so viel Liebe und Sorgfalt angedeihen ließ.

Nicht, dass Henri das interessiert hätte. Er war schon losgelaufen und schaute neugierig in die Speisekammer. »Du hast nicht zufällig was zu essen für mich?«

Anni machte Henri rasch ein Brot mit Schmalz, während er auf dem Küchenstuhl lümmelte und ihr mit einem Blick zuschaute, bei dem Anni ganz anders wurde. Sie war es ja schon gewohnt, dass er sie manchmal so anschaute, als bohrten sich seine Augen durch ihre Kleidung – auch wenn er doch sonst so arglos wirkte. Heute aber war der

Blick irgendwie besonders … einschüchternd. Beinahe fühlte sie sich ein wenig nackt. Sie beeilte sich, ihm sein Essen zuzubereiten.

Dann schlenderten sie mit dem gefüllten Teller weiter zu Annis Kammer.

»Hier wohne ich.« Schüchtern zeigte Anni in den Raum hinein. Zum Glück wusste sie ja, dass Henri aus ähnlich einfachen Verhältnissen stammte wie sie, daher musste sie sich dafür nicht schämen. Unter Hedwigs Blick hatte sie stets das Gefühl gehabt, die Kammer, in der sie wohnte, sei winzig, die Bettlaken zerschlissen, der Waschtisch alt, der Lack ihres Arbeitstisches zu abgeblättert. Henri allerdings schien sich sofort wohlzufühlen.

Obwohl Anni an der Zimmertür stehen geblieben war, ging er einfach hinein, als wäre er schon unzählige Male hier gewesen, und ließ sich aufs Bett fallen.

»Henri!«

»Was denn?« Er grinste und zuckte unschuldig die Schultern. »Hier ist eben kein anderer Platz zum Sitzen. Komm zu mir.« Er klopfte auffordernd auf die Bettdecke neben sich.

Unschlüssig ging Anni zu ihm und schloss hinter sich vorsichtshalber die Tür, falls die Herrin wider Erwarten nach Hause kommen sollte. Dann konnte sie Henri immerhin schnell unter dem Bett verstecken, dachte Anni und entspannte sich sogleich etwas.

Vorsichtig stellte sie den Teller mit Henris Essen auf den Nachttisch, aber der interessierte sich überhaupt nicht mehr für das Brot, sondern zog sie zu sich und küsste sie, kaum dass sie neben ihm saß. Erst wollte Anni ihn von sich stoßen, aber dann verlor sie sich in dem Kuss. Noch nie hatte er sie so geküsst, eindringlich, als wollte er ihr damit etwas sagen.

Er unterbrach den Kuss nur, um ihr in die Augen zu schauen und seine Hand in ihrem sorgfältig geflochtenen Haar zu versenken.

Wie gerne hätte sie von ihm die Worte gehört, nach denen sie sich so sehnte, die ihr verraten würden, dass das für ihn eine ebenso große Bedeutung hatte wie für sie. Stattdessen verunsicherte sie sein ernster

Blick und das beharrliche Schweigen, wann immer sie die Sprache auf ihre gemeinsame Zukunft brachte. Auch jetzt versteifte sie sich unwillkürlich, was er natürlich sofort merkte.

»Was hast du?«, fragte er und rutschte ein Stück von ihr ab.

Anni nahm all ihren Mut zusammen.

»Was soll das werden mit uns?«, fragte sie, traute sich dabei aber nicht, ihm in die Augen zu schauen. »Wirst du mich …« Aber sie kam nicht mehr dazu, die Frage zu vervollständigen, denn Henri küsste sie noch einmal und schaute ihr dann ernst in die Augen.

»Ich bin verrückt nach dir, das musst du mir glauben«, sagte er. »Und ich will alles mit dir!«

Annis Herz machte einen heftigen Schlag und ein Lächeln stahl sich auf ihre Lippen. Er sah völlig ehrlich aus, es war unmöglich, dass er log, das spürte sie einfach.

»Ich auch mit dir.«

»Na dann!« Henri lachte übermütig, zog sie wieder an sich und küsste sie noch stürmischer, während seine warmen Finger an ihrem Hals hinabglitten.

Und diesmal stoppte Anni ihn nicht. Auch nicht, als er seine Hand immer tiefer wandern ließ. Auch nicht, als er die Knöpfe ihrer Bluse zu öffnen begann. Sie stoppte ihn einfach überhaupt nicht.

Sie hörten erst auf, sich zu küssen, als draußen die Sonne langsam schon ihre rötlichen Fühler durch das Fenster schob. Zwischendurch waren sie beinahe eingeschlafen, so müde war Anni von dem, was sie getan hatten.

Sie hätte niemals gedacht, dass es mit einem Mann so sein würde. So schön und so schmerzhaft zugleich. Aber Henri war zärtlich gewesen und hatte ihr immer wieder gesagt, wie schön er sie finde, wie sehr er sich nach ihr sehne, wenn sie nicht da sei. Und da hatte Anni alle Vorsicht fahren lassen. Aber sie bereute es nicht, keine Sekunde. Die Art, wie er sie jetzt in den Armen hielt, war anders, als es davor gewesen war. Beinahe war es so, als wären sie jetzt eine Einheit, als könnte sie nun nichts mehr auseinanderbringen. Auch wenn Anni wusste, dass das nicht stimmte.

»Du musst gehen«, sagte sie schläfrig und gab Henri einen Kuss. »Meine Herrin kommt bald nach Hause.«

Henri seufzte. »Ich will aber nicht. Wenn es doch nur jeden Tag so sein könnte.«

»Das stimmt.« Anni gähnte und kuschelte sich noch einmal an ihn. »Aber das könnte es doch?«, fügte sie dann leise hinzu – nach dem, was sie gerade getan hatten, war diese Frage ja eigentlich überflüssig. Oder hätte sie zumindest sein sollen.

Henri versteifte sich jedoch neben ihr.

»Anni, es ist nicht so leicht.«

»Das sagst du immer!« Ruckartig setzte Anni sich auf. Gerade weil sie sich eben für ein paar gestohlene Stunden eingebildet hatte, jetzt wäre alles geklärt zwischen ihnen, traf sie seine erneute abwehrende Haltung umso härter. In ihrem Mund war plötzlich ein schaler Geschmack, und sie spürte, wie ihr Herz kräftig in ihrem Brustkorb klopfte. Sie hatte gedacht, er würde jetzt, nach dem, was sie gerade geteilt hatten, endlich einmal keine Ausflüchte suchen! Und hatte er nicht gerade eben sogar noch gesagt, er wolle »alles« mit ihr?

»Gibt es eine andere?«

So etwas hatte sie bisher nie gefragt. Sie hatte nicht gedacht, dass es nötig wäre, nicht bei der Art, wie er sie anschaute. Aber die Enttäuschung ließ sie wütend werden. Und obwohl sie nicht damit gerechnet hatte, erkannte sie an Henris Gesichtsausdruck, dass sie einen wunden Punkt getroffen hatte.

Sie rutschte augenblicklich von ihm weg.

»Das kannst du nicht ernst meinen!« Der Schock trieb ihr sofort Tränen in die Augen, die sie aber zurückzuhalten versuchte.

»Es ist nicht so, wie du denkst!« Henri griff nach ihr, aber Anni verschränkte die Arme.

»Ach, nein?« Sie musste die Lippen zusammenpressen, damit sie nicht zitterten.

»Ja, es gibt eine andere, aber ich bin nicht verliebt in sie. Mein Onkel möchte, dass ich sie heirate. Es ist die Tochter des Fahrradkartenherstellers, und die Hochzeit ist so gut wie beschlossen. Aber seit ich dich kenne …« Henri zuckte hilflos mit den Schultern. »Ich versuche, da rauszukommen. Ich verspreche es dir, Anni, das musst du mir glauben!«

»Und wieso hast du dann gerade mit mir …?« Anni konnte den Satz nicht zu Ende sprechen. Sie hatte gedacht, das wäre ein eindeutiges Zeichen, dass er sie wirklich heiraten würde, schon bald. Aber wieso hatte sie das eigentlich geglaubt? Er hatte ihr keinerlei Anlass dazu gegeben, war sogar vorhin noch ausgewichen. Sie war nur einfach zu leichtgläubig gewesen, zu verliebt. Zu … dumm. Sie war wieder das dumme Dienstmädchen gewesen, das tat, was man von ihr verlangte.

»Geh jetzt«, schniefte sie mit letzter Kraft. Aber Henri hielt noch immer ihren Arm gepackt.

»Es hat mir viel bedeutet. Das gerade. Ich habe mich verliebt in dich, Anni. Und ich finde einen Weg, versprochen. Bitte, du musst mir glauben!«

Er klang aufrichtig, immerhin, das musste Anni zugeben. Sein Blick war voller Zuneigung – und voller Bedauern. »Ich schwöre es dir!«, schob er hinterher. »Wir werden heiraten. Irgendwann.«

Anni sagte nichts dazu, verschränkte nur die Arme und schaute an ihm vorbei ins Leere

Irgendwo in ihrem Herzen, das spürte sie, hatte sie trotz allem noch Hoffnung. Das war vielleicht dumm, vielleicht auch naiv, aber so war es eben. Das zwischen ihnen, das fühlte sich trotz allem richtig an. Sie konnte einfach nicht glauben, dass es vorbei war. Nicht so!

Aber sie weigerte sich auch, weiterhin willig alles zu glauben, was Henri sagte.

»Du musst es mir beweisen«, sagte sie und klang dabei zum ersten Mal wie die erwachsene Frau, die sie sein wollte. »Und vorher will ich dich auch nicht mehr sehen!«

Henri nickte stumm.

Zum Abschied wollte er sie noch einmal küssen, aber sie drehte den Kopf weg.

Lise

»Und, hat er sich seitdem wieder gemeldet?« Hedwig beugte sich vor, sodass der breite Strohhut mit den hübschen Seidenblumen, den sie trug, ihre Augen in Schatten hüllte.

Anni schüttelte den Kopf.

»Das ist unfassbar!«, ereiferte sich Hedwig und schaute Anni voller Empörung an.

Lise schwieg lieber. Sie wollte Anni nicht verurteilen, dass sie so leichtgläubig gewesen war. Anni hatte nur angedeutet, was zwischen ihr und Henri vorgefallen war, und war dabei derart rot geworden, dass weitere Fragen überhaupt nicht nötig gewesen waren. Lise konnte nicht verstehen, wie jemand, der sonst so vorsichtig war wie Anni – darin waren sie sich immer ähnlich gewesen –, solch eine Dummheit hatte begehen können. Andererseits war Anni eben auch wirklich verliebt in Henri.

Lise selbst war noch nie so verliebt gewesen, sie konnte also auch nicht ermessen, was man alles zu tun bereit war, wenn man unter dem Einfluss dieses Gefühls stand. Und nach dem, was Anni passiert war, wollte Lise das lieber auch nie erfahren müssen. Der Schmerz der Freundin raubte ihr fast den Atem, und sie strich Anni vorsichtig über den Rücken. Der Stoff ihrer Bluse war von der heißen Sonne angewärmt. Sie saßen auf einer Wiese vor dem Institut in Dahlem, und der strahlende Sonnenschein und das wogende Blumenmeer von Professor Willstätter trogen darüber hinweg, welche Dramen sich mal wieder im Leben ihrer Freundinnen zugetragen hatten.

Eigentlich war ja gerade Hedwig dabei gewesen, von ihrem Dilemma zu berichten. Aber als sie dann von Alberts erneutem Heiratsantrag berichtet hatte und dass sie nicht wusste, ob sie ihn annehmen sollte oder nicht, war Anni in Tränen ausgebrochen. Und schließlich war die ganze Geschichte mit Henri aus ihr herausgesprudelt. Das Ganze hatte sich zwar erst vor zwei Wochen ereignet, aber dass er sich bis jetzt nicht gemeldet hatte, belastete Anni trotzdem.

»Ich bring ihn um«, knurrte Hedwig jetzt in bedrohlichem Ton.

»Oder es wird doch noch alles gut?«, fragte Anni mit roten Augen und einer solchen Hoffnung in der Stimme, dass es Lise fast das Herz brach.

»Ja, oder das. Aber er sollte sich besser beeilen, wenn du mich fragst«, sagte Hedwig.

»Vielleicht dauert es etwas, seinen Onkel zu überzeugen«, wandte Lise ein, auch wenn ein ungutes Gefühl ihr sagte, dass auch das Gegenteil der Fall sein könnte. Aber sie hielt es einfach nicht aus, der Freundin jede Hoffnung zu nehmen.

»Es tut mir auf jeden Fall leid, dass ich gerade so lange über meinen Heiratsantrag gejammert habe!« Hedwig zupfte zerknirscht ein paar Grasstängel aus dem weichen Boden.

»Das konntest du ja nicht wissen«, beschwichtigte Anni sie sofort. »Die Fragen, die dich umtreiben, sind ja nicht weniger wichtig, nur weil dein Angebeteter dich auch tatsächlich heiraten will. Es hat mich nur gerade an der falschen Stelle erwischt. Jetzt geht es schon besser.«

»Bist du sicher?« Hedwig sah nicht sehr überzeugt aus. Sie warf die Grasstängel, die sie ausgerupft hatte, wieder zurück auf den Boden.

»Ja, ich muss jetzt eben warten«, nickte Anni. »Und wenn er sich als Lügner entpuppt, dann muss ich damit fertigwerden.«

Hedwig beugte sich zu Anni hinüber. »Ihr habt doch verhütet, oder?«, fragte Hedwig sie leise. Anni wurde sofort tomatenrot. »Hedwig!«

»Was ist, das ist von enormer Wichtigkeit! Meine Kommilitonin Else hat vor einigen Monaten nicht aufgepasst und musste zu einer Engelmacherin gehen.«

»So was kannst du doch nicht laut sagen«, stieß Anni erschrocken aus und schaute sich hastig um. Aber es war niemand in der Nähe, der sie hätte hören können, nur wogende Wiesen und die zwei Institute, die Lise mittlerweile so vertraut waren. In wenigen Wochen würde sie auch selbst nach Dahlem ziehen. Nicht, dass sie heute noch diese aufregenden Neuigkeiten mit ihren Freundinnen besprechen konnte. Dafür waren die beiden viel zu aufgelöst.

»Das hat keiner gehört. Und ich finde es sehr wichtig, dass wir Frauen über so etwas reden, egal, ob es illegal ist oder nicht«, sagte Hedwig im Brustton der Überzeugung. »Also, hat er aufgepasst?«

»Das weiß ich nicht.« Anni schaute peinlich berührt auf den Boden. »Ich kenne mich doch nicht aus mit diesen Dingen.«

»Also, das geht so ...«, hob Hedwig an, aber Anni schüttelte schnell den Kopf. Lise war ihr mehr als dankbar dafür. Sie selbst wollte das ganz sicher nicht hören.

»Es wird schon gut gegangen sein. Lasst uns nicht mehr darüber reden.«

Hedwig sah nicht überzeugt aus. »Wenn du meinst ...«

»Also«, versuchte Anni schnell das Thema zu wechseln. »Um noch einmal auf Alberts Heiratsantrag zurückzukommen. Für mich liegt auf der Hand, dass du ihn annehmen solltest. Du liebst ihn doch!«

Hedwig runzelte zwar die Stirn, aber ihre eigenen Probleme schienen sie zum Glück sofort von dem unschönen Thema abzulenken.

»Ja, das stimmt.« Hedwig seufzte. »Aber ich habe das Gefühl, dass es darum überhaupt nicht geht, und das stört mich. Ich will ihn doch nicht heiraten, nur weil ich es muss. Nur weil mein Vater das verlangt!« Wütend begann Hedwig nun wieder an den paar Grasstängeln, die ihre bisherige Unterhaltung überlebt hatten, herumzureißen.

»Willst du wirklich Nein sagen, nur weil es dein Vater zufällig auch vorgeschlagen hat?«, fragte Anni ungläubig.

»Das ist sogar für deine Verhältnisse erstaunlich stur«, bestätigte Lise.

»Nein«, sagte Hedwig zerknirscht. »Na gut, das ist ein Grund. Aber hinzu kommt ja noch, dass ich endlich einmal eine Stelle in Aussicht gestellt bekommen habe. Und wenn wir verheiratet sind, wird mich die

Universität natürlich nie als seine Assistentin akzeptieren. Dann war's das für mich!«

»Aber er hat doch gesagt, dass du weiterhin für ihn arbeiten kannst?«, versuchte Lise vorsichtig einzulenken. Irgendwie sagte ihr ein Gefühl, dass Hedwig sich in Formalitäten verrannte und gar nicht sah, was sie schon längst hatte.

»Dann würdest du die Arbeit tun, die du tun willst«, nahm Anni den Faden auf. »Du würdest eben nur nicht die Anerkennung der Universität bekommen. Du tätest es erst einmal im Verborgenen. Wie jetzt ja übrigens auch«, fügte sie hinzu.

»Es ist auch überhaupt nicht gesagt, dass du, wenn du nicht heiratest, jemals diese Assistentenstelle bekommst«, sagte Lise sanft. »In den Geisteswissenschaften gab es noch nie eine weibliche Assistentin.« Das stimmte. Lise war die erste Berliner Assistentin gewesen, und die Naturwissenschaften waren wesentlich aufgeschlossener als die tradierten geisteswissenschaftlichen Bereiche.

»Auf wessen Seite steht ihr eigentlich?«, fragte Hedwig gereizt. »Ihr wollt unbedingt, dass ich heirate, oder? Sieht denn niemand, dass das allen Kämpfen, die ich bisher ausgefochten habe, die Wirkung nimmt?«

»Ich glaube, dein Problem ist, dass du es so siehst«, bemerkte Anni erstaunlich ruhig. »Weißt du noch, als wir am Wannsee darüber gesprochen haben, dass du nicht zufrieden bist mit dem, was du hast? Und dass du so viel mehr haben könntest, wenn du es nur zuließest? Du kannst arbeiten und weiterhin für die Sache der Frauen kämpfen, und du kannst auch eine glückliche Ehefrau sein. Was ist emanzipiert daran, sich selbst das Glück zu versagen?«, beendete Anni ihre Rede, und Lise war wieder einmal sprachlos von der ruhigen, besonnenen Lebensklugheit ihrer Freundin. Auch Hedwig blinzelte Anni verdutzt an.

»Anni ... du hast recht«, sagte sie, als wäre sie selbst überrascht über ihr schnelles Einknicken. »Du hast absolut recht! Das war ziemlich schlau von dir!«

»Ja?« Anni wurde ganz rot vor Verlegenheit. »Danke.«

»Vielleicht sollte ich ihn also wirklich heiraten?«, überlegte Hedwig laut und schaute über die Blumen bis hin zum Horizont, wo sich ein strahlend blauer Himmel über Dahlem spannte.

»Anni, du glaubst gar nicht, wie dankbar ich dir gerade bin!«

Stürmisch umarmte Hedwig die noch völlig verdatterte Anni. Lise nutzte die Gelegenheit, um unauffällig auf ihre Uhr zu schauen. Nicht, dass sie die Mittagspause mit ihren Freundinnen nicht genoss, aber sie durfte natürlich auch nicht zu spät zu ihrer Arbeitsbesprechung kommen.

Als sie aufschaute, sah sie, wie Hedwig ganz glänzende Augen bekommen hatte, dann huschte ihr Blick über Hedwig hinweg zu einer Gestalt, die in der Ferne auf sie zugeeilt kam.

Lise kniff die Augen zusammen. Es war Hahn, der sich ihnen in sehr schnellem Tempo näherte, seine blonden Haare vom Wind zerzaust.

Komisch, dachte Lise, sie war noch gar nicht zu spät dran für ihre Unterredung. Ob es neue Ergebnisse in ihrer Versuchsreihe gab?

Aber Hahn sah nicht glücklich aus, wie sie feststellte, als er näher kam. Im Gegenteil: Er wirkte aufgebracht, sorgenvoll und ein wenig wütend.

»Fräulein Meitner.« Hahn winkte ihr zu, als er noch einige Meter entfernt war, und wedelte mit etwas, das Lise als Zeitung erkannte, in der Luft herum.

Hedwig und Anni schauten ebenfalls auf und setzten sich sofort aufrecht hin, als sie Hahns Gesichtsausdruck sahen.

Der kam außer Atem bei ihnen an und reichte Lise die Zeitung. »Sie wissen es noch nicht, oder?«

»Was denn?« Hahns Gesichtsausdruck machte Lise Angst. Schnell faltete sie die Zeitung auseinander. Aber sie kam nicht dazu, den Titel zu lesen, da sprudelte Hahn schon los: »Sehr schlechte Nachrichten aus Ihrer Heimat. Franz Ferdinand und seine Frau wurden bei ihrem Besuch in Sarajevo ermordet, es tut mir leid, Lise.«

»Der österreichisch-ungarische Thronfolger?«, fragte Anni, und Hedwig nickte.

»Serbische Nationalisten vermutlich«, sagte Hahn bitter.

Lise spürte Hedwigs und Annis Blicke auf sich, als sie rasch den Artikel überflog. Ihr Mund fühlte sich trocken an, und auf ihren Armen bildete sich trotz der warmen Sommerluft eine leichte Gänsehaut.

»Das wird üble Konsequenzen haben, wenn Sie mich fragen«, konstatierte Hahn düster. »Deutschland wird Österreich natürlich im Notfall zur Seite springen. Aber ich habe ein ungutes Gefühl. Als braue sich da etwas zusammen.«

Lise antwortete nicht, und auch ihre Freundinnen schwiegen. Aber zumindest Lise hatte dasselbe Gefühl.

Kapitel 6: Das Ende einer Zeit

Hedwig

Hedwig stand vor dem Spiegel und strich über ihr weißes Kleid aus Spitze über Seidencrêpe. Obwohl das Kleid mit zahlreichen Details versehen war – wie Kristallperlen an den Säumen des mehrstufigen Rocks –, war es aus dem Kaufhaus Wertheim, von der Stange. Nicht das, was sie sich für so einen großen Tag erträumt hatte. Nun, eigentlich hatte sie ja sowieso nicht vorgehabt, noch einmal zu heiraten, insofern war es eigentlich egal.

Sie sah hübsch aus, auch wenn ihre Augen dunkel umschattet wirkten. Sie hatte in den letzten Tagen viel zu wenig Schlaf bekommen. Noch vor einem Monat, als sie mit Anni und Lise in Dahlem auf der herrlich duftenden Blumenwiese gesessen hatte, hatte sie nicht gedacht, dass die Dinge sich so rasant entwickeln würden. Niemand hatte das gedacht.

Natürlich, Lise war als Österreicherin selbstverständlich geschockt gewesen, und auch in den Tageszeitungen war viel darüber berichtet worden – immerhin galt Franz Ferdinand ja als ein guter Freund des deutschen Kaisers. Aber dann hatten sich die Wogen scheinbar wieder geglättet und alle Welt hatte den Vorfall schnell vergessen. Sarajevo war ja auch sehr weit weg, und es war heiß, in Berlin waberten die Hitze und die Ausdünstungen der Automobile durch die Straße in den blitzblauen Himmel. Die Berliner faulenzten entweder am See oder fuhren an Berlins Badewanne – die Ostsee. Sogar der Kaiser war auf seiner Yacht, der »Hohenzollern«, wie jedes Jahr zu seiner Sommerreise nach Skandinavien aufgebrochen. Nicht ohne dem österreichischen Monarchen Franz

Joseph vorher einen Freibrief zu erteilen und ihm im Kriegsfall – mit dem niemand rechnete – die Bündnistreue zu garantieren.

Und genau das würde sich jetzt als relevant herausstellen. Hedwig hatte es erst vorgestern in der Zeitung gelesen: Österreich-Ungarn hatte Serbien den Krieg erklärt, genau einen Tag, nachdem Kaiser Wilhelm II. von seiner Sommerfrische zurückgekehrt war. Und über Nacht befand sich Deutschland im Kriegszustand.

Seitdem hatte sie sehr schlecht geschlafen. Nicht, weil es sich für eine junge Braut so gehörte, etwas bang vor ihrer Hochzeit zu sein, sondern weil sie fürchtete, diese Hochzeit könnte auch schon einer der letzten schönen Momente der kommenden Zeit gewesen sein. Nun, noch sah es so aus, als würde es bei diesem »kleinen« Krieg bleiben. Jedenfalls gab es einige, die behaupteten, Russland und dessen Bündnispartner Frankreich wären überhaupt nicht vorbereitet, Serbien zur Seite zu springen. Aber Hedwig hatte ein ungutes Gefühl bei der Sache. Ein sehr ungutes.

Zum Glück, dachte sie jetzt, als sie vorsichtig in ihre neuen weißen Satinschuhe mit den runden Schnallen schlüpfte, hatten sie ihre Hochzeit so früh angesetzt. Nottrauungen im Krieg waren überaus unromantisch. Und diese ganze Hochzeitssache war ja sowieso schon unromantisch genug. Zumindest aus ihrer Perspektive. Wenn sie noch einmal heiratete, dann doch wohl nicht, weil ihr Vater und ihr ehemaliger Schwiegervater sie dazu drängten, so hatte sie eigentlich gedacht. Aber Alberts Freude, als sie seinen Antrag nach einigem Zögern doch angenommen hatte, machte alles wett.

Hedwig zwang ihre eigenen Gedanken fort vom drohenden Krieg, hin zu Albert und seinen leuchtenden Augen. Wie er sie in die Arme geschlossen und nicht mehr hatte loslassen wollen!

Nach dem Gespräch mit ihren Freundinnen war Hedwig so aufgelöst gewesen, dass sie den ganzen restlichen Nachmittag in ihrer Wohnung hin und her gelaufen war. Aber nicht, weil sie um ihre Zukunft als Assistentin fürchtete, sondern weil sie sich endlich bereit fühlte, eine Entscheidung zu treffen. Und weil die Erkenntnis, dass sie sich mit der Entscheidung für Albert eigentlich nur glücklicher machen konnte, sie mit einer solchen Erleichterung erfüllt hatte, dass sie völlig aufgekratzt gewesen war. Am liebsten wäre sie sofort zu Albert gestürmt, um ihm die Neuigkeiten mitzuteilen. Aber die Vernunft gebot natürlich, wenigstens eine Nacht über den Entschluss zu schlafen.

Geschlafen hatte sie dann allerdings nicht, sondern sich nur ihr gemeinsames Leben vorgestellt – und war dabei immer glücklicher geworden. Auch wenn die Frage nach ihrer wissenschaftlichen Zukunft sie noch immer belastete.

Dementsprechend ausgelaugt und nervös war sie, als sie am nächsten Tag an der Universität ankam und Albert, in Arbeit versunken, in seinem Büro vorfand.

Da sie sich ja etwas Bedenkzeit erbeten hatte, in der sie sich nicht weiter zu seinem Antrag geäußert hatte, schaute er nur flüchtig hoch, als sie hereinkam. Er erwartete nicht, dass sie ihm jetzt eine Antwort geben würde. Das verschaffte ihr zumindest Zeit, sich ihre Worte zurechtzulegen.

Stattdessen platzte sie einfach so heraus, kaum dass sie sich ihm gegenüber auf den Besucherstuhl hatte fallen lassen: »Ich habe mich entschieden!«

»Ach ja?«

Mit einem Mal schaute Albert doch ganz alarmiert nach oben, auch wenn man deutlich sah, dass er seiner Miene etwas betont Gleichmütiges zu geben versuchte. Vermutlich erwartete er eher eine negative Antwort ihrerseits, und als Hedwig das klar wurde, zog sich ihr Herz zusammen. Sie hatte ihn aber auch ganz schön schmoren lassen!

Daher kamen die nächsten Worte jetzt auch so hastig aus ihr heraus, dass man sie kaum verstehen konnte: »Ich würde dich sehr gerne heiraten. Also, wenn du noch willst.«

Albert brauchte einen Moment, um sie zu verstehen, man konnte förmlich sehen, wie es hinter seiner Stirn ratterte. Dann aber hatte sich ein strahlendes Lächeln auf seinem Gesicht ausgebreitet. Statt ihr zu antworten, sprang er auf, kam um den Schreibtisch herum und küsste sie so stürmisch, wie es für einen Geschichtsprofessor kaum passend war, um dann vor Freude ganz rot zu werden.

»Meinst du das wirklich ernst?«, fragte er, ihr Gesicht noch immer in den Händen, als fürchtete er, sie würde doch noch fortrennen oder ihre Worte zurücknehmen. Aber wenn Hedwig einmal eine Entscheidung getroffen hatte, dann war sie unumstößlich – das hätte er doch eigentlich wissen müssen.

»Was ist?«, fragte Hedwig deswegen nur grinsend. »Bekomme ich jetzt meinen Ring, oder was?«

Ein leises Klopfen riss Hedwig aus ihren Gedanken.

Lise und Anni steckten ihre Köpfe herein, beide in ihrer festlichsten Kleidung. Wobei Anni sich vorher in ihrem vergleichsweise schlichten Kleid aus lila Baumwollstoff und mit hohem Taillengürtel noch sichtlich unwohl gefühlt hatte – dabei fand Hedwig, dass sie einfach bezaubernd aussah, auf ihre einfache, natürliche Art.

»Bist du bereit?«, fragte Anni und lächelte. Sie war heute ungewöhnlich blass, genau wie Lise. Sie alle nahm der aufkommende Krieg und die Frage, ob es bei einem Krieg zwischen Serbien und Österreich-Ungarn und Deutschland bleiben würde, mit. Die Emotionen kochten derzeit allerorts über.

Gestern Nacht erst hatte es einen riesigen Aufmarsch »Unter den Linden« gegeben, bei dem Kriegsbefürworter auf SPD-Anhänger gestoßen waren, die mit dem Krieg nicht einverstanden waren. Auf der sehr viel größeren Seite hatte man Hochrufe auf den Kaiser und seinen österreichischen Verbündeten gerufen, das Deutschlandlied, »Heil dir im Siegerkranz« und »Nieder mit Serbien« gegrölt, während die SPD-Anhänger mit Arbeiterliedern (»Wohlan, wer Recht und Wahrheit achtet«) dagegenhielten. Bis in die frühen Morgenstunden patrouillierten Studenten drohend in der Hardenbergstraße vor der Serbischen Gesandtschaft.

»Wir müssen los, Albert wartet«, sagte Anni und lächelte leicht gequält.

Hedwig hatte Anni jetzt schon seit Wochen nicht mehr wirklich herzlich lächeln gesehen. Das war ja auch kein Wunder. Und dennoch, fand Hedwig, steckte Anni die Enttäuschung, dass Henri sich noch immer nicht bei ihr gemeldet hatte – dieser Schuft! –, sehr gut weg. Nur manchmal sah man noch an ihrer Miene, dass sie unglücklich war. Wenn Hedwig jetzt an die Geschichte mit Henri dachte, wurde sie direkt wieder wütend auf diesen jungen Mann, den sie zwar noch nie getroffen hatte, den sie aber auch so schon verachtete. Wäre sie nicht so beschäftigt gewesen mit Hochzeitsvorbereitungen, sie hätte sich vermutlich nicht davon abhalten lassen, ihn sich einmal ordentlich vorzuknöpfen!

Jetzt aber verdrängte sie auch den Gedanken an Henri. Heute war ihrer und Alberts großer Tag. Und den wollte sie sich durch nichts vermiesen lassen, nicht durch untreue Männer und nicht durch den Krieg – das war ja wohl das Mindeste an Romantik, was man erwarten konnte!

Hedwig raffte ihr Kleid zusammen und versuchte dabei, keine der Perlen abzureißen. Immerhin konnte sie den Kopf problemlos bewegen, auf einen weißen Schleier samt Myrthenkranz hatte sie bei dieser Hochzeit verzichtet – sie war schließlich keine Jungfrau mehr. Nun, zumindest in Bezug auf Albert schon, dachte sie und musste ein Grinsen unterdrücken. Sie hatte ja durchaus versucht, ihn zu etwas mehr als Küssen und kleinen Zärtlichkeiten zu überreden. Aber er war da konservativ und wollte warten, jetzt, da ihre Hochzeit ohnehin bevorgestanden hatte.

»Wir müssen wirklich los«, drängelte Lise.

»Sie hat recht, du kannst nachher noch lange genug glücklich vor dich hin grinsen«, bestätigte Anni, ebenfalls mit einem Grinsen, das fast überzeugend ausgesehen hätte, wenn sie nicht immer noch so blass gewesen wäre.

»Ich grinse nicht glücklich vor mich hin«, verteidigte sich Hedwig, ließ sich aber von Lise und Anni die Treppe hinunterführen.

Sie waren noch in ihrer alten Wohnung in Charlottenburg, die sie in den nächsten Tagen auflösen würde. Albert hatte eine gemeinsame Wohnung für sie gefunden, in der Nähe der Universität, damit sie es nicht so weit zur Arbeit hätten. Hedwig würde Charlottenburg, dieses kleine Städtchen am Rande von Berlin, vermissen. Aber es war auch in Ordnung, dass ein neuer Lebensabschnitt anbrach und sie alte Orte hinter sich ließ – hier, in der Kantstraße, erinnerte sie ja sowieso am Ende nur alles an August und das alte Leben, das sie nie hatte führen wollen.

Unten wartete bereits die Droschke, die sie zu der kleinen Kirche fahren würde, in der sie und Albert auf die Schnelle einen Termin für eine Zeremonie bekommen hatten. Schließlich plante man eine Hochzeit ja eigentlich Monate im Voraus, da war die Auswahl nicht allzu groß gewesen.

Als sie in die Droschke einstiegen, schwankte Anni und klammerte sich an Lises Arm fest. »Ist alles in Ordnung?« Sowohl Lise als auch Hedwig beugten sich über Anni, die noch bleicher geworden war.

»Ja, es geht schon«, sagte Anni mit zittriger Stimme, presste dann aber die Lippen zu einer dünnen Linie zusammen und hievte sich entschlossen in die Droschke, wie um ihren Freundinnen zu beweisen, dass es ihr wirklich gut ging.

»Ich habe sicher nur zu wenig gegessen«, schob sie hinterher, als Hedwig und Lise sie weiterhin argwöhnisch beäugten. »Marie Althoff ist zwar etwas beschwichtigt, seit ich nicht mehr so oft nach Berlin fahre, aber ich wollte ihr heute trotzdem nicht begegnen und habe daher nur einen Kanten Brot gegessen.«

»Später wird es reichlich zu essen geben«, versprach Hedwig und zupfte ihr Kleid zurecht. Ruckelnd fuhr die Droschke an. »Ich freue mich auch schon auf das Festessen!«

Vor allem aber freute sie sich auf Albert.

Jetzt, wo es so weit war, konnte sie es kaum erwarten, seine Frau zu werden.

Anni

Noch nie war Anni auf einer Hochzeit gewesen. Aber sie hatte ganz richtig vermutet, dass sie es lieben würde.

Gerade nach der merkwürdigen Stimmung der letzten Tage, die sogar Groß-Lichterfelde in ihrem eisernen Griff hielt, war es etwas Wohltuendes, diese feierlich gespannte Atmosphäre zu spüren und von Lachen und strahlenden Gesichtern umgeben zu sein. Nun, Hedwigs Freundinnen lachten und strahlten, Hedwigs Vater stand stocksteif daneben, ebenso wie Alberts Eltern, die angereist waren, und betrieb allenfalls höfliche Konversation.

Anni hätte diese magische Stimmung gerne mehr aufgesogen, hätte gerne ebenso wie Henny und Else ein paar Tränen verdrückt, als Hedwig am Arm ihres Vaters zu Albert nach vorne an die Kanzel schritt und dort mit ihm, übers ganze Gesicht strahlend, das Gelübde sprach. Beim anschließenden Kuss, der eine Spur zu lang ausfiel, seufzte Henny sehnsüchtig auf, und Anni hätte unter normalen Umständen gerne eingestimmt. Egal, wie unromantisch Hedwig das alles fand, ein wenig war es ja doch wie in einem Märchen.

Aber Anni konnte das alles nicht so sehr genießen, wie sie es gerne gewollt hätte. Nicht etwa, weil ihr die Zurückweisung und die Treulosigkeit Henris noch immer wie ein Stachel im Herzen saß, sondern weil sie sich heute überhaupt nicht wohlfühlte. Schwindel plagte sie, dazu dröhnende Kopfschmerzen. Und seit wenigen Minuten schien sich ihr Unterleib zusammenzuziehen. Das kannte Anni von ihrer Menstruation, aber die war ohnehin recht unregelmäßig und manchmal auch schmerzfrei. Doch jetzt schien sie zu kommen, und diesmal schmerzvoller als sonst. Allerdings hatte Anni sich bisher noch nie so gefühlt, als schüttele es ihren ganzen Körper durch.

Vielleicht, dachte sie, hatte sie wirklich zu wenig gegessen. Oder der Kanten Brot war verschimmelt gewesen. Aber wenn sie ehrlich war, glaubte sie das nicht. Sie hatte beileibe schon genug verdorbene Sachen in ihrem Leben gegessen, um zu wissen, dass dieses Gefühl, das sie jetzt hatte, höchst eigenartig und neu für sie war.

Sie hatte Mühe aufzustehen, als sich jetzt alle erhoben, um Hedwigs und Alberts Auszug aus der kleinen Kirche in Charlottenburg zu bezeugen. Hedwig hatte sich bei Albert eingehakt, und beide strahlten um die

Wette – Hedwig schaute dabei suchend in die kleine Versammlung links und rechts des Kirchgangs, um ihren Freundinnen fröhlich zuzuzwinkern. Albert hingegen lächelte so stolz, als hätte er gerade den Hauptpreis gewonnen. Was sicherlich auch stimmte, wie Anni voller Zuneigung zu ihrer Freundin dachte.

Dann waren die beiden schon am Ausgang der Kirche, und Anni stützte sich erleichtert an der Kirchenbank vor ihr ab.

»Geht es wirklich?« Sorge zeichnete sich auf Lises ernstem Gesicht ab, und sie nahm vorausschauend Annis Arm.

Aber der Schwindel war jetzt zum Glück auch schon viel besser geworden, wo sie nicht mehr Angst haben musste, vor versammelter Menge zusammenzubrechen – alle strömten bereits zum Ausgang. Trotzdem protestierte Anni nicht, als Lise sich bei ihr einhakte und sie so etwas stützte, als auch sie nun hinaustraten. Dort wartete bereits ein Fotograf auf die Hochzeitsgesellschaft.

Anni war tatsächlich noch nie fotografiert worden – Fotografen waren schließlich teuer, und außerdem: Wer hätte sie schon fotografieren wollen? –, und prompt kehrten der lähmende Kopfschmerz und der Schwindel zurück.

Sie sollten sich alle in Reih und Glied stellen und ernst und regungslos in die Kamera schauen. Immerhin das fiel Anni leicht. Sie hoffte nur, dass man nicht sah, wie ihr der Schweiß ausbrach.

»Nun schauen Sie mal nicht so albern, Frau Lennenberg«, ermahnte der Fotograf Hedwig, die in der Mitte der Feiergesellschaft unruhig herumzappelte und das Grinsen kaum aus ihrem Gesicht zu bannen vermochte.

»Albern?«, murmelte Hedwig. »Na klar. Wenn man einmal glücklich ist, wirkt es gleich albern!« Dennoch bemühte sie sich um einen ernsten Gesichtsausdruck.

Der Fotograf verschwand hinter dem Tuch, das er über sich und Teile des Apparats geworfen hatte, tauchte dann aber noch einmal auf, um die Position der Hochzeitsgesellschaft erneut nachzubessern. Als sein Blick an Anni, die in der ersten Reihe ganz rechts stand, hängen blieb, runzelte er die Stirn. »Fräulein«, sagte er und musterte sie dabei mit zusammengezogenen Augenbrauen. »Sie bluten.«

»Was, ich?« Hastig schaute Anni an sich hinunter. Und kaum hatte sie es gesehen, spürte sie es auch. An ihren Oberschenkeln, gut sichtbar durch den helllila Stoff, hatte sich ein Blutfleck gebildet, das Kleid klebte an einigen Stellen bereits an ihrer Haut.

Anni hatte allerdings keine Zeit, sich darüber Gedanken zu machen, wo das Blut hergekommen sein mochte. Einerseits, weil in diesem Moment der Schwindel mit aller Macht zurückkam, und andererseits, weil sie wirklich kein Blut sehen konnte. Vor ihren Augen wurde alles schwarz.

Das Erste, was Anni hörte, als sie erwachte, war Hedwigs laute Stimme. »Ich bringe ihn um!«

»Nein, Hedwig! Und jetzt geh zu deiner Feier, ich mach das hier schon!« Das war Lise mit ihrer sanften, aber durchaus bestimmten Stimme. Man durfte Lise nicht unterschätzen, dachte Anni benommen, während sie versuchte, langsam wieder zu sich zu kommen.

»Dann bringe ich ihn eben später um!« Das war wieder Hedwigs trotzige Stimme.

»Niemand bringt hier irgendwen um«, unterbrach eine dunkle Männerstimme die beiden, und das war der Moment, in dem Anni die Augen aufschlug.

Helles Licht blendete sie und stach wie Nadeln in ihre Augen, was auch an ihren Kopfschmerzen liegen mochte. Sie blinzelte ein paarmal, bis sich ihre Augen daran gewöhnt hatten.

Sie war nicht mehr auf Hedwigs Hochzeitsfeier, sie war auch nicht bei Marie Althoff. Sie kannte diese braune Wand nicht, nicht das Gestell, in dem sie lag, und nicht die grobe weiße Decke, in die sie ihre Finger grub.

Neben ihr stand ein Mann in weißem Kittel und schaute zu der kleinen Frau neben sich – Lise! Sofort wurde Annis Atmung etwas ruhiger. Wenigstens hatte sie sich nicht eingebildet, dass Lise hier bei ihr war!

»Das Mädchen braucht Ruhe!«, sagte der Mann streng und richtete sich dabei zu seiner vollen Größe auf. »Es wäre besser, wenn Sie jetzt gehen würden, Fräulein Meitner.«

»Ich warte aber nur kurz draußen!« Lise hatte sich wieder zu Anni umgedreht und drückte jetzt tröstend deren Hand. »Ich komme gleich wieder«, versprach Lise leise.

Anni hätte den Händedruck gerne erwidert, aber ihr Mund war trocken vor Angst. Sie war im Krankenhaus, so viel konnte sie sich denken. Aber wieso? Warum war sie überhaupt ohnmächtig geworden?

»Sie haben sich übel den Kopf gestoßen«, sagte der Mann und begann, mit einer Lampe in ihre Augen zu leuchten. »Ist Ihnen schwindelig?«

Anni bemühte sich zu sprechen, aber aus ihrem Mund kam nur ein heiseres Krächzen, bis sie sich mehrmals geräuspert hatte. »Ein wenig. Mir war vorhin auch schwindelig, deswegen bin ich ja überhaupt in Ohnmacht gefallen. Ich bin doch in Ohnmacht gefallen, oder?«

»Ja, Sie sind in Ohnmacht gefallen«, bestätigte der Arzt langsam und deutlich, als spräche er mit einem dummen Kind. »Sie haben viel Blut verloren, und wir werden Sie noch ein wenig hierbehalten müssen. Es tut mir leid, Ihnen das mitteilen zu müssen. Aber Sie haben das Kind verloren.«

»Das Kind?« Jetzt lag es nicht an ihrer heiseren Kehle, dass sie so seltsam klang. Was meinte er damit? Es war, als wäre die Zeit plötzlich stehen geblieben und gleich dazu ihr Herz. Wieso aber rauschte das Blut dann so laut in ihren Ohren?

»Ja, Sie waren schwanger. Das muss Ihnen doch aufgefallen sein«, sagte der Mann und trat einen Schritt zurück. »Es kommt nachher noch ein Gynäkologe und untersucht Sie.«

Damit war er auch schon verschwunden und ließ Anni alleine, Anni und die Leere, die plötzlich in ihr herrschte. Sie war schwanger gewesen? Von diesem einen vermaledeiten Mal mit Henri? Wie hatte sie das nicht erkennen können?

Anni merkte erst nach einem Moment, dass Lise wieder da war und ihre kleine Hand in Annis schob.

»Es tut mir so leid«, flüsterte Lise, und ihre Augen waren voller Mitleid.

Erst als es feucht an Annis Hals entlanglief, merkte sie, dass sie zu weinen begonnen hatte.

Lise

Es war jetzt schon das zweite Mal innerhalb weniger Tage, dass Lise zu einer feierlichen Versammlung ging, aber zwischen dieser hier und Hedwigs Hochzeit lag, so zumindest empfand Lise es, ein ganzes Leben. Kaum vorstellbar, dass sie in demselben Kleid, dass sie auch jetzt trug, vor wenigen Tagen noch in einer kleinen Kirche gesessen und im Herzen dieses seltene Gefühl von reiner Freude für das Glück ihrer Freundin gespürt hatte.

Doch dann hatten sich die Ereignisse überschlagen: Erst erlitt Anni eine Fehlgeburt, obwohl sie nicht einmal gewusst hatte, dass sie schwanger war, und brauchte dementsprechend umso mehr Lises Beistand. Das völlig emotionslose Gesicht ihrer Freundin hatte Lise am meisten geschockt: Die sonst so herzliche, manchmal ängstliche, aber doch immer anderen zugewandte Anni war aus Schock über ihre Schwangerschaft und deren gleichzeitigen Verlust so gelähmt gewesen, dass sie es kaum geschafft hatte, Lises Hand zu halten.

Und noch während Anni im Krankenhaus lag und sich von dem Blutverlust und der Gehirnerschütterung, die sie durch den Sturz davongetragen hatte, erholte, Lise und Hedwig an ihrer Seite, war die Welt um sie herum im Chaos versunken. Deutschland hatte erst Russland und heute, zwei Tage später, auch Frankreich den Krieg erklärt. In Windeseile wurden alle Streitkräfte mobil gemacht, aber auch das zivile Leben veränderte sich schlagartig: In Berlin wurden derzeit die Museen geschlossen, die Theateraufführungen abgesetzt, der Stromverbrauch und der öffentliche Verkehr eingeschränkt und für die Abreise der Soldaten die Bahnhöfe besetzt.

Und schon heute, wo sie doch eigentlich mit einem Festakt den Jahrestag der Universitätsgründung feiern wollten, wie jedes Jahr, war alles anders. Es war nicht einmal mehr sicher, dass die Universität das kommende Semester auch wirklich in Betrieb bleiben würde!

Lise hatte diesem Festakt nun schon einige Male beigewohnt, und es war jedes Mal eine stille, getragene Angelegenheit gewesen. Aber jetzt vibrierte die Luft vor Aufregung und, ja, man konnte es nicht anders sagen, vor Vorfreude. Die meisten Studenten schienen begeistert von der Möglichkeit, das Vaterland auf dem Schlachtfeld zu verteidigen.

Lise kannte sich nicht so aus mit Politik und auch nicht mit den Idealen und Traditionen der Universität und ihrer männlichen Studentenschaft, aber sie war lange genug mit Hedwig befreundet, um zu wissen, dass die meisten Studenten organisiert waren in Verbindungen, die dem Militär und dem Patriotismus überaus zugeneigt waren.

Obwohl die Spannung beinahe mit Händen zu greifen war und um sie herum nur über den Krieg getuschelt wurde, wäre Professor Planck, Rektor der Universität, nicht Professor Planck gewesen, wenn er nicht trotzdem in guter alter Tradition den Festakt mit einem wissenschaftlichen Vortrag eröffnet hätte. Allerdings hörte seinen Ausführungen zur Physik heute wirklich niemand zu. Als er dann allerdings zum Abschluss plötzlich doch noch einige Worte über die bevorstehenden Ereignisse verlor, wurde es totenstill im Raum.

Planck schaute in die Gesichter der jungen Männer, die bald nicht mehr hier sitzen, die bald nirgendwo mehr sitzen würden, und begann in einem Ton zu sprechen, den Lise gar nicht von ihm kannte. Sein Gesichtsausdruck blieb ernst und nüchtern, wie man es von ihm gewohnt war, aber in seiner Stimme schwang ein Pathos mit, der jedem im Raum, sogar ihr selbst, eine Gänsehaut über den Arm schickte.

»Wir möchten uns von unseren Kollegen und unseren Studenten verabschieden, all jenen, die ehrenvoll ausziehen, um unser Vaterland zu verteidigen, unsere Kultur – das, was uns ausmacht. Unsere Gedanken und unsere Hochachtung sind bei euch. Möget ihr siegreich sein! Hoch lebe der Kaiser und hoch das deutsche Volk!«

Daraufhin brach ein gänzlich unakademischer Jubel aus. Kurz darauf stimmte der gesamte Saal das Deutschlandlied an, und jeder, wirklich jeder, öffnete den Mund, um mitzusingen. Laut hallte der Chor so vieler Stimmen von den Wänden wider – und Lise war sich beinahe sicher, dass nichts in diesem Saal jemals so gedröhnt hatte wie dieser Moment.

Dann war die Veranstaltung beendet, und während alle anderen aus dem Saal strömten, noch erfüllt von der patriotischen Stimmung, in die sie sich gemeinsam gesungen hatten, zog Hedwig Lise zur Seite.

Hedwig war blass und sah genauso aus, wie Lise sich fühlte: völlig überwältigt von den Ereignissen und vor allem voller Sorge. Nicht, dass Lise nicht auch Patriotin gewesen wäre, aber die Ereignisse rissen einen dermaßen mit, dass man überhaupt nicht mehr wusste, wo oben und wo unten war. Und alles würde sich jetzt ändern.

Hahn würde in den Krieg ziehen, und wie Lise bereits wusste, würde auch Albert gehen müssen.

Hedwig presste die Lippen zusammen.

»Ich finde das alles schrecklich«, flüsterte sie. »Dieser Krieg ist doch Irrsinn, wie kann man das jetzt auch noch feiern? Und wie alle zusammen gesungen haben – als würden die sich auch noch freuen!« Hedwig schüttelte den Kopf. Aber anders als sonst wirkte sie weniger wütend als betrübt. »Ich sollte wohl aufpassen, was ich sage«, fügte Hedwig hinzu. »In Kriegszeiten kein unpatriotisches Gewäsch, sonst komm ich noch ins Gefängnis oder so. Das hätte mir jetzt gerade noch gefehlt.«

Lise zuckte die Schultern. Sie war nicht ganz so pazifistisch veranlagt wie Hedwig, ein wenig vertraute sie schon darauf, dass jetzt alles einfach schnell vorbeigehen und irgendwie gut ausgehen würde. Aber ihr ging es ebenfalls schlecht mit der Situation.

Auch wenn sie sich ein wenig schämte angesichts all der Soldaten, die jetzt in den Krieg zogen und dort ihr Leben riskierten, so fragte sie sich doch unentwegt, was jetzt eigentlich aus ihr werden würde. Was sollte sie tun?

Gerade eben noch hatte sie endlich alles gehabt, war genau dort gewesen, wo sie seit Jahren hatte sein wollen. Und jetzt – jetzt zerrann ihr das zwischen den Fingern. Schon wieder musste sie von vorne beginnen, schon wieder sich neu sortieren. Das Institut in Dahlem würde wie ausgestorben sein, die Universität möglicherweise ihren Betrieb einstellen. Und Hahn – das hatte sie nicht einmal von ihm selbst, sondern von seiner Frau Edith erfahren – würde schon in wenigen Tagen abreisen. Auch wenn es unfair war, sie fühlte sich allein gelassen. Denn Hahn war schließlich nicht der Einzige, der ging. Sie, Lise, würde mit ein oder zwei Doktoranden und dem Institutsleiter zurückbleiben, ein Haufen verstreuter Wissenschaftler, kaum in der Lage, ihre Arbeit vernünftig zu erledigen und das weiterzuführen, was sie mit so viel mehr Leuten in den letzten Monaten aufgebaut hatten.

Am liebsten würde auch sie in den Krieg ziehen, hatte Lise während Plancks Rede kurz gedacht. Dann wäre sie wenigstens nicht so zurückgeworfen, denn sie würde ebenfalls etwas Neues tun, etwas Sinnvolles, um diesen Krieg schnell zu beenden. Sie wollte helfen! Stattdessen aber blieb ihr nichts anderes übrig, als in ihrem alten Leben zu verharren, während alles um sie herum zusammenbrach.

»Fräulein Meitner! Lise!« Als hätte er gehört, dass sie gerade an ihn gedacht hatte, stand plötzlich Otto Hahn neben ihr, mit glänzenden Augen, die entweder von seiner angespannten Gemütslage oder von zu wenig Schlaf zeugten.

»Ich reise bald schon ab«, sagte Hahn und bestätigte damit das, was Lise ohnehin schon wusste. Erst jetzt, wo sie sein über die letzten Jahre schon so vertraut gewordenes Gesicht sah, merkte sie, wie erleichtert sie war, ihn noch einmal zu sehen. Nicht, dass sie glaubte, es könnte das letzte Mal sein – Hahn war als Leutnant zum Landwehrregiment einberufen worden. Lise wusste zwar nicht genau, was das hieß, aber er würde ja bestimmt nicht an vorderster Front kämpfen, er würde sich schon durchschlagen, da war sich Lise sicher. Zumindest redete sie sich das ein.

Hedwig strich Lise noch einmal über den Arm und nickte ihr und Hahn zum Abschied ernst zu, dann verschwand sie in der Menge.

»Edith hatte mir schon erzählt, dass Sie eingezogen werden«, sagte Lise zu Hahn, und gemeinsam spazierten sie durch die sich langsam leerenden Gänge der Universität. In der Ferne erklang noch immer leise das Deutschlandlied, das einige Studenten im Davongehen weitersangen.

Hahn nickte ernst. »Sie macht sich Sorgen, aber ich bin optimistisch, dass ich zu Weihnachten wieder da bin. Es gibt also wirklich keinen Grund zur Beunruhigung.«

Doch in Hahns Blick flackerte eine Angst auf, die seine Worte Lügen strafte.

Er war Wissenschaftler, kein Militärstratege. Und sie beide hatten überhaupt keine Ahnung, wie lange dieser Krieg dauern würde. Nur weil die gängige Meinung war, man würde recht schnell einen Sieg davontragen, musste das ja nicht so sein. Es konnte auch alles ganz anders kommen ...

»Trotzdem dachte ich, wir könnten die weitere Arbeit, die ansteht, noch einmal durchgehen, jetzt, wo Sie alles alleine machen müssen«, fuhr Hahn fort, und mit einem Mal fühlte es sich an, als wäre ein kleiner Stein von Lises Herzen gefallen. Sie war also zumindest nicht die Einzige, die sich um ihre gemeinsame Arbeit sorgte! Er war noch nicht völlig in Kriegseuphorie versunken wie manch anderer.

»Sehr gerne«, sagte sie, aber musste dabei wohl trauriger geklungen haben, als sie es wollte, denn Hahn sah sie mitleidig an.

»Kopf hoch, Fräulein Meitner. Wir haben doch schon weitaus schlimmere Arbeitsbedingungen durchgestanden«, sagte er scherzhaft.

Lise verbiss sich den Kommentar, dass sich erst noch zeigen würde, ob diese Kriegsepisode wirklich weniger schlimm war als die zugigen Jahre in der Holzwerkstatt. Was Hahn, was alle Soldaten, die loszogen, jetzt brauchten, war ja etwas anderes – nicht ihre Schwarzmalerei. Und sie wollte bestimmt nicht so egoistisch sein, ihre eigenen Interessen über sein Wohlbefinden zu stellen.

»Das stimmt«, sagte sie deswegen und rang sich ein Lächeln ab. »Und bis Weihnachten ist es ja auch nicht allzu lang. Man sagt ja, dass der Krieg bis dahin auf jeden Fall gewonnen ist.«

»Eben«, sagte Hahn. »Sie werden in der kurzen Zeit kaum nennenswerte Ergebnisse erzielen können und sich noch richtig ärgern, dass ich nicht länger wegbleibe.«

Wohl kaum, dachte Lise traurig.

Aber sie schwieg und lächelte.

Hedwig

Eigentlich hätte man meinen können, dass Hedwig anderes zu tun hatte. Ihre Sachen lagerten noch immer unausgepackt in der halb leeren Wohnung, Möbel standen im Weg wie ungebetene Gäste, und zwischen alldem hatten Albert und sie zwar wunderbare Tage des ersten Ehelebens verbracht, aber im steten Bewusstsein, dass das alles schnell wieder vorbei sein könnte. Und jetzt packte Albert bereits für die Front.

Doch anstatt mit ihrem frisch angetrauten Mann jede Minute bis zu seinem Abschied zu verbringen, stand Hedwig jetzt hier: in der Straße, die auf Annis Beschreibung passte, vor dem Haus, in dessen Hinterhof sich die Fahrradwerkstatt befinden musste. Sie hatte sich bis hierhin durchgefragt.

Zum Glück wohnte sie ja mittlerweile nicht weit von hier, Charlottenburg hatte sie schließlich den Rücken gekehrt, um mit Albert eine hübsche kleine Wohnung nahe der Universität zu beziehen, so konnte sie also bald wieder zurück zu ihrem Mann. Aber sie wäre nicht Hedwig, wenn sie nicht wenigstens einen Versuch unternehmen würde, das zu tun, was sie sich an Annis Krankenbrett geschworen hatte: diesem Henri mal ordentlich die Meinung zu sagen!

Anni ging es mittlerweile wieder gut, zumindest körperlich war sie vollständig genesen. Aber sie sah trotzdem aus wie ein Geist. Der Schock war ihr noch deutlich anzusehen, hatte sich in ihrer Körperhaltung und ihrem Gesichtsausdruck eingenistet. Sie arbeitete, als wäre nie etwas gewesen, und bereitete mit ihrer Herrin fleißig einen vermutlich kargen Winter vor. Aber Anni war nur halb bei der Sache, und Hedwig fürchtete, die Freundin würde nicht abschließen können mit dieser Geschichte, wenn sich Henri nicht endlich dazu äußerte, was genau er wollte oder nicht wollte und wie er zu ihr stand.

Anni selbst hätte das natürlich niemals zugegeben, im Gegenteil, sie hatte Hedwig gebeten, die Sache auf sich beruhen zu lassen. Deswegen hatte Hedwig jetzt auch ein schlechtes Gewissen, als sie das Haus betrat und durch den Torbogen zum Hinterhof schritt. Aber sie konnte eben nicht anders. Und Anni, das hatte Hedwig schon immer gefunden, gab sich seit jeher mit viel zu wenig zufrieden. Es mochte ja sein, dass von diesem Henri nicht viel zu erwarten war und Anni daher mit Recht lieber alles vergessen wollte, anstatt noch einmal die Aussprache zu suchen – aber der Kerl sollte zumindest wissen, was er angerichtet hatte. Vielleicht konnte man wenigstens auf eine Entschuldigung hoffen. Das, so glaubte Hedwig ganz fest, würde ihrer Freundin helfen, auch wenn die das Gegenteil behauptete.

Vor allem aber war Hedwig wütend. Nicht nur wegen Anni, sondern wegen allem: weil das Leben einfach ungerecht war, ständig und immer wieder. Und es kam ihr ganz gelegen, dass sie das jetzt mal an jemandem auslassen konnte.

Trotzig betrat Hedwig den gepflasterten Innenhof.

Ein Hämmern wies bereits den Weg zu dem kleinen Häuschen, einer Scheune, in der wohl die Fahrradwerkstatt untergebracht war. Tatsächlich, die Tür stand offen, und Hedwig sah einen massigen, älteren Mann, der an einem Fahrradrahmen herumwerkelte. Vermutlich war das Henris Onkel, dachte Hedwig und bemühte sich, nicht allzu wütend auszusehen. Der alte Mann konnte ja nichts für das Verhalten seines Neffen. Also bemühte sich Hedwig um ihren höflichsten Ton. »Entschuldigen Sie!«

»Ja?« Der alte Mann schaute brummig hoch, richtete sich aber sogleich auf, als er die elegante Hedwig sah. Vermutlich erkannte er in ihr sofort potenzielle Kundschaft.

Er setzte ein etwas verkrampftes Lächeln auf. »Was kann ich für Sie tun, junge Dame?«

»Ich suche Henri«, sagte Hedwig. »In einer privaten Angelegenheit«, fügte sie hinzu.

Der alte Mann musterte sie jetzt deutlich misstrauischer und runzelte die Stirn. »Wüsste nicht, was mein Neffe Privates mit Ihnen zu schaffen hätte. Er ist sowieso nicht hier, bereitet seine Abreise vor.« Der alte Handwerker spuckte auf den Boden und grummelte leise eine Verwünschung, die verdächtig nach »dieser vermaledeite Krieg« klang.

»Das ist wirklich schade«, sagte sie. »Aber ich würde ihn vor seiner Abreise trotzdem gerne sprechen.«

»Er hat aber keine Zeit«, sagte der Onkel und drehte sich wieder zu seinem Fahrrad um, als stünde Hedwig überhaupt nicht mehr vor ihm. Aber so leicht würde sie sich nicht abwimmeln lassen! Sie war schließlich nicht hergekommen, um dann einfach wieder zu gehen. Sie wusste ja, dass Henri und sein Onkel in diesem Haus wohnten, sie würde sich also einfach durch das Haus fragen – das musste der Onkel ja nicht mitbekommen.

Entschlossen machte Hedwig auf dem Absatz kehrt und stapfte wütend das Treppenhaus hinauf. Sie wusste, dass es nicht Henris Schuld war, dass er in den Krieg ziehen musste, aber irgendwie entfachte es ihre Wut noch mehr: dass er einfach gehen wollte und Anni hier allein zurückließ, ohne ihr die Gewissheit zu geben, ob er es am Ende doch noch ernst mit ihr meinte oder nicht.

Hedwig war so wütend, dass sie sich diesmal nicht bemühte, freundlich zu sein, als eine ältere Frau ihr bei der ersten Türe, an die sie klopfte, öffnete. »Ich suche nach Henri. Wissen Sie, wo der wohnt?«, schnauzte Hedwig, riss sich dann aber zusammen. »Ich habe eine wichtige Nachricht für ihn.«

Die Frau war wesentlich zuvorkommender als Henris Onkel, und kurz darauf stand Hedwig auch schon vor der richtigen Tür und atmete einmal tief durch.

Bemüht, ihre Wut nicht sofort über ihn hereinbrechen zu lassen, hob sie die Hand und klopfte. Kurz darauf öffnete ein verstrubbelter junger Mann die Tür, der sie ganz arglos anschaute. Er hatte ein weiches Gesicht mit großen braunen Augen, rotblonden Haaren und Sommersprossen, die das ganze Gesicht bevölkerten.

Das Aussehen passte von der Beschreibung her schon zu Henri, aber Hedwig war durch sein freundliches, irgendwie unschuldiges Aussehen trotzdem kurz aus dem Konzept gebracht.

»Ja?« Der junge Mann blinzelte ihr leicht verwirrt entgegen. Er sah aus, als hätte er gerade geschlafen.

Hedwig straffte ihre Schultern. »Sind Sie Henri?«

»Ja? Wer will das wissen? Kennen wir uns?« Henri sah ehrlich verwirrt aus. Aber Hedwig beschloss, sich von seinem harmlosen Aussehen nicht täuschen zu lassen. Vielleicht sah er nicht aus wie ein gerissener Verführer, sondern wie ein Landjunge, aber was er Anni angetan hatte, machte das auch nicht ungeschehen.

»Ich muss mit Ihnen sprechen«, sagte Hedwig und konnte den herablassenden Ton, den ihre Stimme angenommen hatte, nicht ganz verbergen. »Es geht um Anni.«

»Anni?« Henris Gesicht wurde sogleich aschfahl, und er schaute sich hastig im Treppenhaus um. »Kommen Sie lieber schnell rein.«

Ehe sich Hedwig versah, hatte er sie in die Wohnung gezogen und die Tür hinter ihnen zugeschlagen.

In der Wohnung roch es leicht muffig, und die Wände waren kahl und abgenutzt.

»Kommen Sie mit, in der Küche können wir in Ruhe reden«, sagte Henri und führte sie in einen kleinen Raum, in dem auf dem Herd ein Eintopf vor sich hin köchelte.

»Kochen Sie etwa selbst?«, fragte Hedwig überrascht.

Henri zuckte die Schultern. »Wenn ich weg bin, wird eine Nachbarin gegen ein wenig Geld für meinen Onkel sorgen. Jedenfalls solange wir uns das leisten können«, fügte er hinzu. »Also, was wollten Sie mir wegen Anni sagen?«, fuhr Henri fort und schaute sie misstrauisch an. Jetzt hatte er tatsächlich einen lauernden, wachsamen Ausdruck in den Augen.

»Es geht ihr miserabel, und das ist alles deine Schuld«, brauste Hedwig los, die ihn dabei automatisch duzte. »Weißt du eigentlich, was sie deinetwegen durchmacht? Und du willst einfach an die Front, ohne ihr Bescheid zu geben? Nach alldem?«

Henri verschränkte angesichts ihres Zorns trotzig die Arme. »Wer bist du überhaupt und was weißt du schon von dem, was zwischen Anni und mir passiert ist?«, fragte er.

»Ich weiß alles! Ich bin ihre beste Freundin!«

»Ach ja?« Henri ließ misstrauisch seinen Blick über ihre feine Kleidung wandern.

»Mein Name ist Hedwig Lennenberg«, sagte Hedwig, und da entspannte sich Henris Gesichtsausdruck etwas.

»Ach, du bist Hedwig. Sie hat mir von dir erzählt.« Mit einem Mal wirkte er deutlich freundlicher. »Hör mal, Hedwig, ich bin sicher, du bist wütend, weil ich mich nicht mehr bei Anni gemeldet habe, aber ich kann das erklären! Es ist alles nicht so leicht für mich«, fügte er hastig hinzu.

»Was könnte schon so schwer sein, dass es rechtfertigt, wie du dich benimmst!«, schoss Hedwig sofort los. »Sie war schwanger von dir, dann hat sie das Kind verloren, und während all der Zeit wartet sie jeden Tag darauf, dass du dich bei ihr meldest. Sie ist ganz alleine mit ihrem Schock und der Trauer!«

»Sie war schwanger? Von mir?« Henri war ganz blass geworden und ließ sich auf einen Schemel sinken.

»Ja, von wem denn sonst!« Hedwig war so sauer, sie hätte am liebsten etwas zertrümmert.

Aber unglücklicherweise schien es überhaupt nicht zu helfen, Henri anzuschreien. Im Gegenteil, jetzt, wo er so zusammengesackt auf seinem Stuhl saß, tat er ihr fast leid.

Henri ließ sein Gesicht in die Hände sinken und sagte eine Weile nichts mehr. Dann schaute er sie an und schien einen Entschluss gefasst zu haben.

»Ich werde das in Ordnung bringen«, sagte er entschlossen. »Jetzt erst recht! Weißt du, Hedwig, ich habe mich ja nur nicht bei ihr gemeldet, weil ich meinen Onkel zu überreden versucht habe, meine Verlobung zu lösen. Aber wir brauchen das Geld vom Vater meiner Verlobten für die Fahrradwerkstatt. Deswegen hat mein Onkel das ja schon vor einigen Monaten so eingefädelt, und er ist eben ein sturer Bock. Aber ich weiß, dass es falsch von mir war, so lange zu warten. Es war falsch, und ich werde es jetzt endlich richtig machen!«

Er war aufgesprungen und lief unruhig in der Küche auf und ab. Hedwig selbst war etwas verblüfft von der Wendung, die das Gespräch plötzlich genommen hatte.

»Mein Onkel wird es schon verstehen! Natürlich, er hat niemanden mehr außer mir, er setzt auf mich, aber er muss es trotzdem verstehen. Ich werde es ihm schon verständlich machen!«

Henri redete mehr mit sich selbst als mit ihr, erkannte Hedwig, aber das war ihr egal. Hauptsache, er hatte ihre Botschaft verstanden.

»Du wirst dich also bei Anni melden? Und dich bei ihr entschuldigen?«, fragte sie skeptisch.

»Natürlich!« Jetzt sah Henri sie doch wieder an. »Ich werde sie heiraten!«, stieß er im vollsten Brustton der Überzeugung hervor.

Ob das so eine gute Idee war, wagte Hedwig mit einem Blick auf die ärmliche Umgebung zu bezweifeln, aber sie nickte nur. Das war schließlich Annis Entscheidung. Ihr war nur wichtig, dass Gerechtigkeit herrschte.

»Wenn nicht«, sagte sie deswegen nur, und versuchte noch einmal, zu ihrem bedrohlichsten Ton zurückzufinden, »wenn nicht, werde ich wiederkommen. Und diesmal werde ich nicht so gnädig sein!«

Dann drehte sie sich hocherhobenen Hauptes um und ging ohne ein weiteres Wort aus der Küche.

Henri hatte offensichtlich seine eigenen Probleme. Damit musste er alleine klarkommen. Sie, Hedwig, hatte getan, was sie tun wollte.

Jetzt, dachte sie, als sie die Tür energisch hinter sich ins Schloss zog, war die Zeit für Wut aber vorbei. Sie musste sich von ihrem Ehemann verabschieden. Und hoffen, dass ihre Gebete erhört wurden und er wirklich bis Weihnachten wieder bei ihr war. Sie war nicht bereit, ihr Lebensglück so schnell wieder zu verlieren oder es sich von anderen, höheren Mächten verbauen zu lassen, wie Henri von seinem Onkel.

Nein, sie würde es festhalten.

Anni

Es war erst einen guten Monat her, dass die Berliner Männer in Scharen in den Krieg gezogen waren. Trotzdem hatte sich das Stadtbild bereits so verändert, dass es nicht wiederzuerkennen war. Nicht nur waren die Straßen leerer, die Stimmung angespannt, die Zeitungen voller Lobpreisungen auf die ersten Erfolge der deutschen Armee – während gleichzeitig bereits jetzt die Listen der Gefallenen so lang geworden waren, dass sie von den Zeitungen nicht mehr abgedruckt werden konnten. Es waren die Frauen, die das Stadtbild maßgeblich prägten. Viele der Stellen, die durch den Aufbruch der Männer vakant geworden waren, wurden nach und nach von Frauen ausgefüllt. Es waren Frauen, die nun in den Fabriken schufteten, die die Läden ihrer Männer weiter offen hielten, die bisweilen sogar die Post austrugen. Ja, man munkelte bereits, es würde auch nicht mehr lange dauern, bis Frauen in der Stadtverwaltung arbeiten, gar als Schaffnerinnen durch die Straßen fahren würden.

Aber ein Segen war dieser Zugewinn an Möglichkeiten nicht. Es hing jetzt nicht nur an den Frauen, die eigene Familie zu ernähren, sondern auch, dafür zu sorgen, dass das öffentliche Leben nicht zusammenbrach, dass Nahrungsmittel und Kriegsware nachproduziert und verteilt wurden. Dazu kam die allgegenwärtige Angst, der eigene Mann, Bruder, Sohn, Vater oder Freund könnte gefallen sein.

Anni hatte niemanden, auf dessen Rückkehr sie angestrengt wartete – ihr Vater war zu alt, um in den Krieg zu ziehen, ihre zwei kleinen Brüder zu jung –, und trotzdem überprüfte sie angstvoll die Gefallenenlisten, immer darauf gefasst, dass Henris Name darauf stehen würde.

Er hatte sich nicht bei ihr gemeldet, auch wenn er Hedwig etwas anderes versprochen hatte. Er war in den Krieg gezogen ohne ein Wort. Und so war das, was er Hedwig erzählt hatte, alles, was sie über seine Beweggründe wusste. Schlimmstenfalls würde das ihre einzige Aussprache gewesen sein – vermittelt durch Hedwig.

Obwohl Anni erst verärgert gewesen war, dass Hedwig sich über ihren Willen hinweggesetzt und Henri von der verlorenen Schwangerschaft erzählt hatte, war sie mittlerweile glücklich, dass sie jetzt wenigstens das hatte: die Gewissheit, dass er wusste, was geschehen war. Es fiel ihr dadurch ein wenig leichter, damit abzuschließen. Auch wenn sie der Liebeskummer manchmal überrollte wie eine plötzliche Welle, die sie gar nicht hatte kommen sehen – wenn sie abwusch, nähte oder kochte. Dann zog sich manchmal ihr Herz ganz plötzlich zusammen und schmerzte, als wollte es sich selbst zerdrücken. Aber sie verdrängte dieses Gefühl, so gut sie konnte. Sie hatte beschlossen, mit dem Leben weiterzumachen. Was blieb ihr auch anderes übrig?

Ihr half, dass sie gebraucht wurde: Mit Hedwig und Lise konnte sie spazieren gehen und über die plötzliche Wendung, die ihr Leben genommen hatte, sprechen. Und Maria aus dem Buchladen konnte nun auch mehr Hilfe gebrauchen: Gustav war ebenfalls eingezogen worden (er war mit seinen vierundvierzig Jahren gerade noch jung genug dafür), und Anni hatte sie überredet, dass sie ab und zu im Laden aushelfen durfte.

Auch heute war Anni wieder in den Buchladen gefahren, um die Auslagen zu sortieren und neu zu bestücken. Marie Althoff hatte sie diese Zeit mühsam abringen müssen. Die alte Herrin sah es nach wie vor ungern, wenn Anni in die Stadt fuhr, und versuchte sie für diese und jene Arbeit einzuspannen. Aber im Augenblick war die ältere Dame genauso überrumpelt von den politischen Ereignissen wie alle anderen – und ließ die Zügel etwas lockerer, sodass Anni nun schon den dritten Freitag in Folge hatte herkommen können.

Hier wurde sie wirklich gebraucht. Marie Althoff war durchaus alleine dazu in der Lage, alle Früchte, die noch übrig waren, einzukochen. Maria aus der Buchhandlung allerdings schaffte es kaum, den ganzen Laden alleine in Schuss zu halten, und darüber hinaus machte es Anni natürlich auch mehr Spaß, von Büchern umgeben zu sein, als ständig nur Obst einzukochen. Und doch: Seit Wochen war da – neben ihrem Kummer – dieses dumpfe Ziehen in ihrem Inneren, das ihren Spaß deutlich trübte. Es fühlte sich einfach seltsam an, die neuesten Veröffentlichungen zu sichten, während so weit weg die Männer ihr Vaterland verteidigten.

Maria schien ähnlich zu denken, denn sie seufzte im Minutentakt tief, ließ die Arbeit sinken und starrte niedergeschlagen Löcher in die Luft, als könne sie bis zu Gustav an die Westfront schauen.

»Es wird schon gut gehen, bald ist er wieder zurück«, versuchte Anni, Maria aufzuheitern. Dieselben Worte, die sie auch Hedwig schon seit Tagen predigte. Aber Hedwig hörte ihr gar nicht zu, nickte nur geistesabwesend und stürzte sich stattdessen in ihre Arbeit. Der Universitätsbetrieb war nun doch normal weitergegangen, und sie hatte – inoffiziell natürlich – Alberts Kurse übernommen, bis er wiederkam.

Maria hingegen war empfänglicher für Annis Zuspruch. Jetzt glitzerten in ihren Augen Tränen.

»Ich kann mir einfach nicht vorstellen, wie es ihm da gehen muss. Er versteht doch nichts vom Krieg«, sagte sie, »nur von Buchführung und Romanen!«

»Sie werden ihm schon eine leichte Aufgabe als Schriftführer gegeben haben«, tröstete Anni sie. »Er wird dort gebraucht, und er wird es sicher gut machen!«

Maria nickte tapfer und ordnete vehement ein paar Bücherstapel.

»Ich wünschte nur, auch wir könnten etwas Sinnvolles tun!«, sagte sie. »Es fühlt sich falsch an, dass wir hier nur Romane verkaufen!«

»Es ist doch nichts falsch daran, die Leute in diesen Zeiten von ihren Ängsten und der schweren Arbeit abzulenken«, widersprach Anni, auch wenn sie ähnlich empfand.

»Aber es gibt natürlich schon einiges, was man noch tun könnte«, fügte sie nach einem Moment doch hinzu.

»Aber was?« Maria schüttelte verzweifelt den Kopf. »Ich würde gerne etwas beitragen, aber ich verstehe doch auch nur etwas von Büchern. In der Schule nebenan werden gerade dringend Lehrkräfte für Mathematik gesucht – aber davon habe ich keine Ahnung!«

»Es muss ja nicht immer gleich etwas Großes sein«, überlegte Anni und ließ die Bücher sinken. »Meine Bekannte Elsbeth aus Groß-Lichterfelde zum Beispiel näht schon fleißig Pulswärmer, falls unsere Soldaten auch noch den Winter über an der Front bleiben müssen. Sie hat mittlerweile einen richtigen Nähkreis ins Leben gerufen.«

Maria hatte während Annis Geplapper nur abwesend genickt. »Vielleicht sollte ich auch etwas nähen ...«, sagte sie, ließ aber gleichzeitig unglücklich die Schultern hängen. »Darin bin ich aber leider auch nicht gut!«

»Es gibt ja noch so viel mehr, wobei Hilfe dringend gebraucht wird«, überlegte Anni weiter. »Das Problem ist doch nur, dass man gar nicht weiß, wo man anfangen soll. Man bräuchte eine Übersicht, was genau man wo tun kann. Ich habe gehört, dass andernorts bereits Informationszentren für die Heimgebliebenen aufgebaut werden«, fügte Anni hinzu. Das hatte Hedwig ihr erzählt – schließlich brauchten viele Spitäler, Schulen und so weiter dringend Hilfe, die auf diese Weise koordiniert wurde. Die Berliner Frauenbewegung bemühte sich gerade, hier Abhilfe zu schaffen.

»Solche Informationsstellen bräuchte man eigentlich noch viel mehr«, überlegte Anni laut. »Hier in der Nähe zum Beispiel habe ich so etwas noch nicht gesehen.«

Marias Augen hatten bei Annis Worten aufgeleuchtet. Die beiden schauten sich an. Ganz offensichtlich war ihnen gerade derselbe Gedanke gekommen.

»Das ist es doch!«, rief Maria aus. »Wir haben einen Laden! Eine bessere Anlaufstelle kann es doch überhaupt nicht geben!«

»Das ist eine tolle Idee!«, sagte Anni und fühlte, wie mit einem Schlag ihr Lebensmut zurückkehrte. Maria ging es genauso, das sah man deutlich. Ihre fahlen Wangen wurden plötzlich rot, und ihre Augen funkelten.

»Jeder Betrieb, jedes Krankenhaus, jede Schule kann uns melden, wo gerade etwas gebraucht wird. Wir sammeln das und machen Informationsabende für Frauen«, fing Maria sofort an zu planen.

»Wir können einen Teil der Bücher wegräumen und dort stattdessen Informationsmaterial anbieten«, nahm Anni den Faden auf. »Aber das wird ganz schön viel Arbeit, das alles zu sammeln und zu organisieren. Und vor allem bekannt zu machen«, gab Anni dann zu bedenken. Maria hatte nämlich schon angefangen, einige Bücherstapel beiseitezuräumen, als wollte sie an Ort und Stelle Platz für den Informationsstand des Ladens machen.

»Und ich muss noch bei meiner Herrin fragen, ob ich häufiger kommen darf«, sagte Anni. »Alleine kannst du das niemals schaffen.«

»Nein, alleine geht es nicht.« Maria hielt im Stapelrücken inne und runzelte die Stirn. »Ich brauche dich unbedingt dafür, Anni! Du hast so viel Energie und immer so gute Ideen, ohne dich schaffe ich das nicht.«

»Ich frage meine Herrin«, versprach Anni. Sie wollte das ja auch unbedingt! Nur galt ihre größte Loyalität immer noch ihrer Dienstherrin, sie bezahlte schließlich für sie.

»Das wird sie schon verstehen!«, sagte Maria jetzt wieder im Brustton der Überzeugung, und sie nickte, als wollte sie sich auch selbst davon überzeugen. »Ansonsten überrede ich sie höchstpersönlich.«

Das brachte Anni fast zum Lachen – die Vorstellung, wie die verträumte Maria mit ihren vom Büchertragen kräftigen Armen der strengen alten Dame gegenüberstand und sie von einer Kriegsinformationsstelle zu überzeugen versuchte, war eine wirklich drollige Vorstellung.

Aber Anni wollte Maria nicht weiter in ihrem Enthusiasmus bremsen. Alles, was sie aufheiterte, war schließlich gut. Und sie, Anni, würde bei Marie Althoff schon so viel Zeit herausschlagen, dass sie ihre Pläne umsetzen könnten. Am Ende wollte ja vielleicht sogar die alte Herrin helfen – auszuschließen war es nicht, sie hatte Anni schon so manches Mal überrascht. Vorerst war Anni aber einfach froh, Maria aus ihrem Trübsinn gerissen zu haben.

Und weil sie ohnehin zu aufgeregt waren, um jetzt noch Staub zu wischen, beugten die beiden sich gleich über ihre Pläne, erstellten Listen, welche Institutionen der Umgebung sie zuerst kontaktieren wollten und wie genau sie sich ihren Informationsladen vorstellten.

Es war, als hätte jemand einen Stöpsel gezogen: Die Ideen sprudelten nur so aus ihnen heraus, und sie schrieben alles auf, unabhängig davon, ob sie es jemals würden umsetzen können oder nicht.

Wenn man etwas tat, dachte Anni dabei, fühlte man sich immer besser. So klein es auch sein mochte, so sehr am Anfang man auch stand.

Lise

Nichts zu tun fühlte sich furchtbar an.

Dabei tat sie ja sogar etwas: Jeden Morgen stand Lise auf, ging zum Institut, stellte sich nahezu alleine in ihr schönes Labor und füllte Laborblätter aus. Sie war extra umgezogen und bewohnte jetzt eine kleine Wohnung in Dahlem, damit sie nicht mehr so weite Wege hatte, jetzt, da sie quasi alleine für Hahns und ihre Abteilung zuständig war.

So richtig enthusiastisch konnte sie sich aber angesichts ihrer Forschung einfach nicht fühlen. Nicht, wenn im Institut jedes Geräusch, jeder heruntergefallene Stift, jeder Schritt, jedes Knarzen des Stuhles laut hallte, weil es so verlassen war. Als wäre es nicht einst für eine ganze Forscherschar gebaut worden.

Willstätters Blumen vor dem Fenster unterdessen waren verblüht, und langsam, aber sicher verwandelte sich Dahlem in eine trostlose Heide. Nur gegenüber beim Institut von Haber regte sich etwas: Das Gebäude wurde derzeit für militärische Zwecke umfunktioniert, ständig marschierten dort grimmige Militärs ein und aus, zertrampelten auch noch die letzten Reste des Dahlemer Sommers mit ihren schweren Stiefeln. Albert Einstein, einer der wenigen, die nach wie vor noch hier in Dahlem weilten, hatte ihr gestern erzählt, Haber forsche dort jetzt im geheimen Auftrag des Militärs an der Entwicklung alternativer Kampfstoffe, sowohl nicht tödlicher chemischer Reizstoffe als auch an Giftgas, von denen man sich erhoffe, sie würden den Deutschen einen entscheidenden Kriegsvorteil verschaffen.

Aber das war Lise nicht wirklich ein Trost. Im Gegenteil, dass da drüber jetzt ab und zu etwas explodierte, holte den Krieg direkt in ihren Vorgarten – und unterstrich nur einmal mehr, wie alleine und verlassen sie hier war. Wie nutzlos auch. Es war ja nicht so, als würde sie den Krieg gutheißen: Was gäbe sie darum, dass er nie ausgebrochen wäre! Aber jetzt, wo er nun schon einmal da war, fühlte sie sich hier völlig fehl am Platze.

Dabei hatte sie wirklich schon einiges unternommen, um sich selbst nicht vorwerfen zu müssen, untätig geblieben zu sein. Beim Roten Kreuz hatte sie schon angefragt, ob Hilfsmöglichkeiten bestünden – aber alle Kurse für neue Helferinnen waren heillos überfüllt. Dabei hätte sie wirklich gerne an einem solchen teilgenommen, denn für Medizin hatte sie sich schon immer interessiert. Aber leider war daraus nichts geworden, und ohne Schulung durfte Lise den Verletzten auch nicht helfen. Und Planck, der die Hilfsaktion der Universität leitete, war so beschäftigt mit der Leitung der sichtlich ausgedünnten Universität, dass er ihr auch keinen Tipp hatte geben können.

Lise seufzte in den leeren Raum hinein. Eine Idee, die sie mit Annis Hilfe entwickelt hatte, stand ja noch aus. Allerdings hatte sich Professor Beckmann – immer noch Direktor ihres Instituts –, seit sie ihm ihre Idee vor zwei Wochen unterbreitet hatte, nicht mehr bei ihr gemeldet.

Es war wohl an der Zeit, dass sie bei ihm mal wieder nachhakte. Einen Versuch war es wert, ihre Idee war schließlich gut!

Nach einiger Überlegung war Lise der Einfall gekommen, dass, wenn Habers Institut für militärische Zwecke genutzt wurde, sie mit ihrem Institut ja auch etwas beitragen könnten. Lise hatte gehört, dass auch Schulen zu Krankenhäusern umfunktioniert wurden, schließlich trafen ständig neue Schwerverletzte ein, die versorgt werden mussten. Die Idee kam also nicht von ungefähr.

Wenn das Institut ein Lazarett würde, könnte man hier Menschen wirklich helfen – ihre neue Messung zu den Endprodukten der Uranzerfallsreihe rettete dagegen sicherlich niemandem das Leben.

Ja, sie würde noch einmal insistieren, dachte Lise jetzt mit einer plötzlichen Entschlossenheit und begann direkt, beherzt vom Erdgeschoss zu Direktor Beckmann ins Dachgeschoss emporzusteigen. Während viele Wissenschaftler wie Hahn in den Krieg gezogen waren oder sich anderweitig freiwillig gemeldet hatten (Willstätter etwa forschte ebenfalls zu militärischen Zwecken), hielt Beckmann hier als einer der Letzten die Stellung. Das sah man ihm allerdings auch an: Es schien, als wäre er in den letzten Wochen deutlich gealtert.

Lise fand Beckmann an seinem Schreibtisch, wo er über mehrere Briefe gebeugt saß und hektisch etwas schrieb. Hinter seinen Kopf hatte er die beiden Aufrufe angehängt, die derzeit unter den Intellektuellen Berlins kursierten: die von zahlreichen deutschen Hochschullehrern unterschriebene »Erklärung der Hochschullehrer des Deutschen Reiches« und das derzeit international für viel Aufmerksamkeit sorgende »Manifest der 93«. Die deutschen Wissenschaftler – unterschrieben hatten zahlreiche Koryphäen, etwa auch Planck und Willstätter – wehrten sich darin gegen den internationalen Vorwurf, Deutschland habe in diesem Krieg als Aggressor fungiert.

Nicht erkennen konnte Lise allerdings Einsteins Gegenaufruf, der privat von Hand zu Hand gereicht wurde. Kein Wunder, dass Beckmann den nicht auch an die Wand gehängt hatte. Einsteins Streitschrift »Aufruf an die Europäer« war pazifistischer Natur und daher natürlich verboten. Während neunzig Prozent der deutschen Universitätsmitarbeiter die kriegseuphorischen Manifeste der Hochschullehrer, die hinter Beckmann hingen, unterschrieben hatten, zählte Einsteins Unterstützerliste genau drei Personen. Eine davon war Einstein selbst.

Hoffentlich passiert Einstein deswegen nichts, dachte Lise jetzt.

»Herr Direktor Beckmann«, sagte sie, als sie das Büro betrat, und Beckmann fuhr hoch wie von der Tarantel gestochen.

»Was ist?«

»Wegen meines Vorschlags von vor zwei Wochen. Mit dem Lazarett …«

Beckmann fuhr sich hektisch über die Stirn, die gesprenkelt war von Schweißtropfen. »Ach so, entschuldigen Sie, Fräulein Meitner, dass ich darauf nicht noch einmal zurückgekommen bin! Ich finde Ihre Idee sehr gut, aber jetzt hat das Militär ebenfalls Hilfe angefordert, und so bin ich gerade damit beschäftigt, einen Forschungsplan auszuarbeiten, der gewisse Forschungsaufträge, die militärisch von Nutzen wären, einbezieht. Etwa Schutzvorrichtungen gegen das Einatmen von schädlichen Gasen. Sie haben ja mitbekommen, was bei den Kollegen nebenan derzeit geforscht wird. Willstätter arbeitet schon wie ein Besessener an der Entwicklung einer Gasmaske.«

Beckmann wirkte gestresst und aufgelöst, weshalb ihm Lise nicht wirklich böse sein konnte, auch wenn die Enttäuschung durch sie hindurchflutete.

»Oh«, sagte sie nur.

Beckmann deutete ihren enttäuschten Gesichtsausdruck ganz offensichtlich falsch. »Machen Sie sich keine Sorge, Ihre und Hahns Abteilung bleibt natürlich unangetastet! Sie können dort selbstverständlich wie gewohnt Ihrer Forschung nachgehen.«

Lise seufzte. Das war nicht wirklich eine Hilfe. Und von »wie gewohnt« konnte schon lange keine Rede mehr sein.

»Kann ich denn noch etwas tun?«, fragte sie.

»Fräulein Meitner, in die militärische Forschung kann ich Sie als Frau natürlich unmöglich miteinbeziehen, aber es gibt sicherlich einiges, was Sie tun können. Im Krankenhaus in Lichterfelde West zum Beispiel suchen sie dringend nach Aushilfskräften, wie ich gehört habe. Wenn es Ihnen in den Fingern juckt – dort ist man sicher offen für geschickte Hände und aufgeweckte Köpfe wie Sie. Im Ausbildungskurs für Röntgenschwestern sind überraschend noch Plätze frei geworden, wie mir eine Bekannte erst gestern erzählt hat.«

»Danke«, sagte Lise überrascht. So hilfsbereit kannte sie Beckmann gar nicht.

»Ich werde mich informieren gehen!«, sagte sie dann entschlossen und drehte sich um.

»Tun Sie das!«

Kaum dass sie Beckmanns Büro verlassen hatte, packte sie schon ihre Tasche und machte sich zu Fuß auf den Weg nach Lichterfelde West. Es gab nichts, was sie aktuell unversucht lassen würde, um sich endlich wieder nützlich zu fühlen. Die Einsamkeit und die Abgeschiedenheit hier im Institut waren ihr unerträglich.

Hinter ihr explodierte schon wieder etwas in Habers Institut, und kreischend flogen über ihr ein paar Krähen in die Luft.

Die ganze Welt, dachte Lise, ist in Aufruhr. Man musste mitmachen. Sonst würde man verrückt werden.

Kapitel 7: Getrennte Wege

Hedwig

»Frau Lennenberg, haben Sie meinen Aufsatz schon gelesen?« Die junge Studentin schaute Hedwig aus etwas ängstlichen Augen an, während sie gleichzeitig versuchte, aufrecht und stolz vor ihrem Pult zu stehen. Dass erinnerte Hedwig so sehr an sich selbst in ihren jungen Jahren, dass sie fast schmunzeln musste.

Ernst schüttelte sie den Kopf. »Aber ich mache mich gleich heute Abend daran«, versprach sie und hoffte, dass sie das Versprechen auch einlösen konnte.

Sie versank förmlich in Arbeit, jetzt, da sie inoffiziell Alberts Kurse leitete und noch einige weitere Lektürekurse anbieten wollte. Dazu kam ihr Briefwechsel mit Albert, der sie in den Nachtstunden nicht schlafen ließ, weil sie immer wieder über seine Worte nachdachte. Im Kopf formulierte sie dann Antworten an ihn, bis sie es nicht mehr aushielt und aufstand, Licht machte und sich über ihre Papiere beugte, um ihm zu schreiben oder um weiterzuarbeiten. Als Wissenschaftlerin, das hatte sie feststellen müssen, konnte man nie genug tun.

Das alles war zwar anstrengend und zermürbend, und Hedwig konnte weiß Gott mehr Schlaf gebrauchen, aber es erfüllte sie auch mit einer Energie, die sie so noch nie erlebt hatte. Sie genoss es, genau das zu tun, was sie wollte, und dafür auch Anerkennung zu bekommen – weil die Studentinnen und Studenten sie respektierten, ihr zuhörten, ihren Rat suchten und die anderen Hochschullehrer sie vielleicht nicht freundlich, aber doch respektvoll auf den Gängen grüßten. Das alles war wirklich noch viel bereichernder und erfüllender, als sie es sich vorgestellt hatte.

Jetzt packte Hedwig ihre Sachen zusammen. Die Studentin, die eben bei ihr vorgesprochen hatte, tuschelte am Ausgang des Hörsaals noch mit ihren beiden Freundinnen, und hinten auf der Bank kramte ein Student in seiner Tasche. Ansonsten war es still im Hörsaal, kein Rascheln von Papier, kein Kratzen von Füllern war mehr zu hören – Geräusche, die Hedwig mittlerweile so vertraut waren.

Der Tag war mit all der Arbeit nur so verflogen, jetzt dämmerte es draußen bereits. Für heute hatte sie keine Veranstaltungen mehr. Sie konnte nach Hause gehen, in ihre und Alberts kleine Wohnung, und seinen neuesten Brief lesen. Sie hatte ihn absichtlich noch nicht geöffnet, damit sie etwas hatte, auf das sie sich freuen konnte.

Wobei er natürlich über viele ganz und gar nicht erfreuliche Dinge schrieb. Die Post wurde zwar kontrolliert, weswegen er nicht wirklich vom Kriegsverlauf berichten konnte, aber soweit Hedwig das aus seinen Zeilen herauslas, war er über die Anzahl der Gefallenen besorgt. Vor allem die jungen Studenten, die sich als Reservekorps gemeldet hatten, dienten in den Schlachten – militärisch unzureichend ausgebildet, wie sie waren – als Kanonenfutter und fielen in Scharen.

Aber obwohl Albert, wenn er vom Krieg schrieb, nur Unerfreuliches zu berichten hatte, liebte es Hedwig, dass er dennoch nicht aufhörte, ihr vor allem einfach von sich zu erzählen. Seinen Plänen, seinen Wünschen – und seiner Vergangenheit. So gut kannten sie sich ja gar nicht, Hedwig wusste nicht viel darüber, wie er aufgewachsen war und was er in seiner Jungend gemacht hatte. Und obwohl er im Krieg war, holten sie das jetzt alles nach. Schöner wäre es gewesen, sie hätten sich all das bei winterlichen Spaziergängen durch das langsam kälter werdende Berlin erzählen können, aber ein Trost waren die Briefe doch.

Als sie jetzt in den fast leeren Gang trat, drückte sie ihre Tasche in Gedanken fest an sich. Darin war der letzte Brief von Albert, in dem er ihr auf so witzige Art erzählte, welche verrückten Spiele er sich mit seinem imaginären Freund Ferdinand in der Kindheit ausgedacht und welche Streiche er seiner Kinderfrau gespielt hatte, als gäbe es gar keinen Krieg. Zusammengebundene Schnürsenkel oder rohe Eier in den Schuhen waren noch das Harmloseste gewesen! Und das von Albert, der mit seiner zurückhaltenden, ernsten Art immer wirkte, als wäre er auch als Kind ein Musterknabe gewesen.

Hedwig lächelte noch immer, als sie langsam zum Ausgang der Universität schritt. Sie hatte sich an die Veränderungen an der Universität so sehr gewöhnt, dass sie es kaum noch registrierte, wie leer hier alles geworden war, seit etwa die Hälfte der männlichen Studenten fehlte – und wie viele neue Studentinnen, trotz der vielen Arbeit, die Ränge wieder etwas aufgefüllt hatten. Es war ein wenig so, als wäre die Universität nun da, wo Hedwig und ihre Mitstreiterinnen sie eigentlich hatten haben wollen, auch das Verhältnis zwischen Studenten und Studentinnen war endlich besser. Nur der Preis dafür war zu hoch. Unter diesen Umständen hatten sie die Emanzipation eigentlich nicht vorantreiben wollen.

Aber jetzt, wo es nun einmal so war, dachte Hedwig und nickte zwei Studentinnen zu, die zielstrebig auf dem Gang an ihr vorbeiliefen, konnte man ebenso gut das Beste daraus machen. Sie selbst hatte sich der Förderung der vielen neuen Studentinnen verschrieben und bot vor allem Einführungskurse an, die die jungen Frauen da abholen sollten, wo sie standen. Sie würde es anders machen als Professoren wie Lenz und den neuen Studentinnen zeigen, dass alle, die etwas lernen wollten, hier willkommen waren. Wenn Albert wiederkam, würde er sie darin unterstützen, und gemeinsam konnten sie diese Arbeit fortführen. Auch darüber hatten sie in ihren Briefen bereits gesprochen.

»Hedwig!« Gerade war sie fast am Ausgang angekommen, da wurde sie von Else, ihrer Freundin aus der Redaktion der »Studentin«, aufgehalten. Die Zeitschrift gaben sie zwar nun nicht mehr heraus, dafür waren alle zu beschäftigt, aber in Kontakt stand die alte Truppe von damals natürlich noch immer. Die gemeinsame Arbeit hatte sie zusammengeschweißt.

Else war ganz rot im Gesicht und trug die Hände schützend um ihren kleinen Bauch gewölbt. Mit Beunruhigung erinnerte sich Hedwig daran, dass Else und der Student, der ihr diesmal den Kopf verdreht hatte, vor seiner Abreise nicht mehr hatten heiraten können. Er war ihre große Liebe, wie Else Hedwig erzählt hatte, und deswegen wollte sie das Kind diesmal auch behalten.

Hoffentlich würde das gut gehen und er schnell zurückkommen, um eine Heirat nachzuholen, denn die Schwangerschaft konnte man schon deutlich sehen.

Else wirkte ziemlich aufgewühlt, wie Hedwig voller Sorge feststellte. Ihre Wangen glühten, ihre Augen glänzten fiebrig.

»Was ist denn los? Ist es wegen des Babys?« Sofort ließ Hedwig den Griff der Tür los. Wenn es um ihre Freundinnen ging, konnte Alberts Brief noch etwas warten.

»Nein, nein.« Else schüttelte ihren Kopf. »Aber Tilly und ihr Mann sind inhaftiert worden!«

»Was? Wieso?« Aber Else musste es gar nicht erklären, Hedwig konnte sich denken, was geschehen war. Als Engländerin war Tilly jetzt der Feind. Hedwig hatte bereits davon gehört, dass viele britische Bürgerinnen und Bürger, die sich in der Stadt aufhielten, aus Sicherheitsgründen interniert wurden.

»Sie wurden in ein Lager gebracht«, erklärte Else atemlos. »In Ruhleben, am Westrand, da ist eine alte Pferderennbahn, die zu einem Gefängnis umgewandelt worden ist. Ich würde sie gerne besuchen – willst du mir dabei helfen? Vielleicht können wir ihr wenigstens etwas zu essen vorbeibringen!«

Ohne lange nachzudenken, nickte Hedwig. »Natürlich! Das ist ja das Mindeste!«

Etwas mulmig war ihr dabei aber schon.

Im Krieg passierte ständig etwas Neues. Und selten war es etwas Gutes. Es wurde Zeit, dass das endlich vorbei war.

Aber so lange würde sie helfen, wo sie konnte.

Sehnsüchtig dachte sie noch einmal an Alberts Brief. Aber dafür war ja später auch noch Zeit – wenigstens der Brief lief ihr nicht davon, wenn sich die Ereignisse ansonsten auch manchmal überschlugen.

Gemeinsam mit Else schritt sie in den dämmrigen, bereits klammkalten Berliner Abend.

Anni

»Meine liebste Anni,

es tut mir unendlich leid, dass ich dir jetzt erst schreibe. Du musst mir glauben, wenn ich dir sage, dass mein Schweigen nicht daran lag, dass ich nicht an dich gedacht hätte. Wenn ich nachts hier liege, um mich herum das Husten der anderen Soldaten, weil es so kalt ist, dass unsere ganzen Körper schlottern, dann denke ich nur an dich. Und daran, wie sehr ich dich verletzt habe. Nichts tut mir mehr leid, das musst du mir glauben! Aber ich wollte warten, bis ich mir sicher bin, dass mein Onkel uns keine Steine mehr in den Weg legt. Und nun kann ich sicher sein, endlich, endlich hat er zugestimmt, Anni, und ich kann dir gar nicht sagen, wie unfassbar glücklich mich das macht!
Es war wohl die Nähe zum Tod, die mich dazu veranlasst hat, ihn eindringlicher zu bitten, ihm zu sagen, dass ich ohne dich nicht glücklich werden kann. Anders, als er zuvor immer angedroht hat, will er mich nun nicht mehr enterben, und jetzt, wo ich das weiß, kann ich dir auch die Zukunft bieten, die du verdienst. Deshalb frage ich dich, Anni: Willst du mich heiraten? Sobald ich wieder zurück bin, werde ich …«

Der Brief ging noch weiter, aber Anni hörte auf zu lesen. Sie hatte ihn jetzt schon etliche Male gelesen und ein weiteres Mal änderte an ihrer Verwirrung auch nichts, stellte sie fest. Sie hatte wochenlang, ja, beinahe monatelang nichts von Henri gehört, und immer noch schaffte er es, sie mit seiner stürmischen Art in ein emotionales Chaos zu stürzen – dabei hätte sie doch schon längst über ihn hinweg sein sollen!

Seine Worte, sein atemlos geschriebener Brief, hätten nichts in ihr auslösen dürfen, außer vielleicht einer leichten Genugtuung. Stattdessen zitterten ihre Hände, und seine Worte tanzten in ihrem Kopf einen wilden Reigen. Er wollte sie heiraten? Jetzt doch? Einfach so? Konnte sie ihm das diesmal wirklich glauben?

Und vor allem: Wollte sie das überhaupt noch?

Vermutlich nicht, so sehr, wie sie jetzt zitterte. Schließlich sollte man ja glücklich sein, wenn man einen Heiratsantrag bekam, oder etwa nicht? Und glücklich war sie ganz sicher nicht, auch wenn sie nicht so recht einordnen konnte, was sie stattdessen fühlte ...

Blicklos starrte Anni auf die Kiste vor ihr, auf den zerkratzten Boden des Lagerraums, in dem sie saß.

Nun, es war aber auch schwierig, einen vernünftigen Gedanken zu fassen und die Gefühle zu sortieren, gerade heute, wo sie wegen ihres Gesprächs mit Marie Althoff sowieso schon völlig aufgelöst war.

Dabei hatte ihre Dienstherrin gar nichts Überraschendes gesagt, sie war auch nicht unfreundlich gewesen. Nur bestimmt. Und sie hatte deutlich ihren Standpunkt klargemacht: Heute, hatte die Herrin gesagt, würde sie Anni noch erlauben, in die Stadt zu fahren. Aber die nächsten Wochen erwarte sie deutlich mehr Bereitschaft, ihrer eigentlichen Herrin zu dienen. Sie, Marie Althoff, war es schließlich, so hatte sie auf ihre kühle Art gesagt, die Annis Essen, die Kleidung, ja sogar die Fahrten nach Berlin bezahlte – und sie wollte nicht, dass Anni ständig verschwand, um in Berlin in diesem Buch- und Informationsladen zu arbeiten.

All das hatte Anni verstanden, ja, sogar befürchtet, nachdem sie in den letzten zwei Wochen ständig am Arbeiten gewesen war – selbst wenn sie nicht nach Berlin fuhr, schmiedete sie Pläne, sammelte Informationen und erstellte Merkblätter für den Laden und die vielen Frauen, die bereits jetzt sie und Maria um Hilfe ersuchten. Das alles hatte sie so erfüllt, so beschäftigt gehalten, dass das Gespräch mit Marie Althoff sie wie aus einem tiefen Traum gerissen hatte.

Und dann kam auch noch der Brief, der sie ebenfalls heute erreicht hatte. Als wollte das Schicksal sie prüfen, sie verwirren, schauen, ob sie sich vom Weg abbringen lassen würde. Aber was genau war eigentlich ihr Weg?

Maria hatte im Buchladen nur einen Blick auf Anni werfen müssen und sie sofort in ihre Arme geschlossen.

»Das macht doch nichts, wenn du jetzt wieder mehr bei deiner Herrin arbeiten musst«, hatte sie Anni versichert, nachdem diese aufgewühlt vom Gespräch mit Marie Althoff erzählt hatte. Aber an Marias sorgenvollem Gesichtsausdruck hatte man deutlich gesehen, dass sie von ihren eigenen Worten nicht wirklich überzeugt war. Von Henris Brief hatte Anni gar nicht erst erzählt, aber Maria hatte auch so darauf bestanden, dass Anni sich hinten ins Lager setzte und erst einmal tief durchatmete.

Und seitdem saß sie hier, umgeben von Bücherstapeln, von Marias und Gustavs chaotischer Buchhaltung und von Schachteln, in denen sie die Dinge sammelten, die sie an die Front schicken wollten – Pulswärmer, Mützen, warme Socken. Die Frauen aus Berlin hatten sich mächtig ins Zeug gelegt. Nur dass alles feldgrau war, gab dem Ganzen einen wirklich deprimierenden Anstrich.

Anni atmete tief durch. Der Kopf schwirrte ihr, als summten dort Tausende von Bienen gegen ihre Schädeldecke. Sie hatte das dringende Bedürfnis, jemandem von all ihren Sorgen und Befürchtungen zu erzählen, und von ihrer Verwirrung, vor allem in Bezug auf Henri. Aber das wollte sie nicht auch noch Maria aufhalsen, dafür kannte sie die ältere Frau noch nicht gut genug, und trotz ihrer warmen, herzlichen Art sehnte sich Anni mehr denn je nach ihren besten Freundinnen.

Lise allerdings hatte in den letzten Wochen kaum noch Zeit – bei ihrem Spaziergang letzte Woche hatte sie gehetzt gewirkt und gleichzeitig aufgekratzt. Sie hatte eine Röntgenschwesternausbildung begonnen und arbeitete trotzdem noch weiter an ihrer Forschung. Das war sogar für Lises Verhältnisse viel.

Nein, Anni wollte Lise nicht weiter stören. Hedwig hatte zwar genauso viel Arbeit, wirkte aber deutlich ausgeglichener: Sie blühte angesichts der vielen Arbeit richtig auf. Außerdem kannte Hedwig sich mit Männern von ihnen dreien am besten aus.

Die Sache war beschlossen, und ehe Annis Kopf das so richtig ausgemacht hatte, waren ihre Beine schon losgelaufen, raus aus dem Lager, hinein in den Laden, wo Maria gerade eine Frau tröstete, die bitterlich weinte. Vermutlich war ihr Mann gefallen, Anni kannte diesen Blick mittlerweile, als suchte man in seiner Umgebung irgendetwas, das einem bestätigte, dass alles eine Lüge war, dass alles noch gut war.

Anni verzichtete deswegen auf eine Verabschiedung, nickte Maria nur kurz zu und machte sich dann auf den Weg durch die windig-kalten Straßen Berlins. Es lag noch kein Schnee, aber dennoch waren die Bürgersteige vereist und glatt. Bald war Weihnachten. Und die Männer waren noch immer nicht zurück.

Berlin bot in diesen Tagen ein Bild der Gegensätze: Die einen Läden waren verbarrikadiert, hinter anderen herrschte buntes Treiben. Hier wurde gelacht, in Grüppchen laut schnatternd beieinandergestanden, eine Straßenecke weiter eilte jemand mit verhärmtem Gesicht durch die Kälte oder weinte lautlos. An all das hatte Anni sich so sehr gewöhnt, dass es ihr nur noch selten auffiel.

Heute allerdings war sie sowieso viel zu beschäftigt mit ihrer eigenen Verwirrung, um auf ihre Umgebung zu achten. Nicht einmal an der Pforte der Universität zögerte sie, obwohl sie sonst beim Anblick des großen Gebäudes immer unsicher wurde. In diesen Zeiten gab es einfach weniger Raum für die Angst, weniger Raum, in der sie sprießen konnte, weil man alle Gefühle zugunsten von Geschäftigkeit und Eile schon im Vorhinein beschnitt.

Alberts Büro war nun Hedwigs Büro, wie Anni in einem kurzen Anflug von Stolz feststellte, als sie an »Prof. Lennenbergs« Tür klopfte. Zwar war damit nicht Hedwig gemeint – wer wusste, ob es Frauen jemals erlaubt sein würde, Professorinnen zu werden –, aber es war Hedwig, die hinter Alberts mächtigem Schreibtisch saß und sich über wissenschaftliche Schriften beugte. Es war auch Hedwig, die mit grimmigem Gesichtsausdruck aufschaute, deren Miene aber sofort weich wurde, als sie Anni sah. Ihre Freundin sprang auf und nahm Anni in die Arme.

»Du siehst furchtbar aus!«, konstatierte Hedwig auf die ihr eigene Art. »Du arbeitest zu viel!«

»Das sagt ja die Richtige.« Anni konnte sich trotz ihrer Situation ein leichtes Lächeln nicht verkneifen. So tiefe Augenringe wie Hedwig hatte nicht einmal Lise – und das wollte schon etwas heißen.

»Nein, wirklich, du darfst dir nicht so viel zumuten!«, beharrte Hedwig. »Bei deiner Dienstherrin arbeiten und dann noch die Informationsstelle aufbauen – das ist zu viel! Du musst ab und zu mal durchatmen.«

»Du kannst beruhigt sein«, sagte Anni bitter und dachte an Marie Althoff. Und mit einem Schlag war auch die Enttäuschung wieder da, obwohl sie mit Hedwig ja eigentlich dringender über etwas anderes sprechen wollte. »Marie Althoff hat mir verboten, weiterhin so oft nach Berlin zu fahren.« Anni seufzte unglücklich. »Sie meint, sie schafft es nicht mehr, das Haus alleine zu versorgen. Und sie bezahlt mich schließlich.«

»Ach, so ein Mist!«, sagte Hedwig mitleidig. »Das tut mir leid, Anni. Aber lass uns mal nachdenken, es muss doch einen Weg geben …« Hedwig runzelte die Stirn.

Doch bevor sie mit irgendwelchen verrückten Ideen um die Ecke kommen konnte, lenkte Anni das Thema auf das, was ihr noch mehr auf der Seele brannte. »Und als wäre das alles nicht schon genug, kam dann auch noch dieser Brief!«

Anni reichte Hedwig das mittlerweile ziemlich zerknitterte Papier. »Jetzt bin ich vollends verwirrt und weiß einfach nicht, was ich machen soll!«

Hedwig begann sofort, den Brief zu lesen, und bekam dabei immer größere Augen.

»Du wirst ihn doch wohl nicht heiraten!«, rief sie schließlich, als sie in ihrer Lektüre innehielt und den Brief sinken ließ. Als sie Annis Gesichtsausdruck sah, kam sie aber sofort zu ihr um den Tisch herum und nahm sie noch einmal beherzt in den Arm.

»Du darfst ihn nicht heiraten, das verbiete ich dir!«, sagte Hedwig entschieden und streichelte Anni über den Rücken. »Sieh doch nur, wie unglücklich dich dieser Kerl schon wieder macht. Der hat echt Nerven! Nach all der Zeit ...«

»Aber er hat es ja erklärt«, schniefte Anni. Aus irgendeinem Grund hatte sie das Bedürfnis, Henri zu verteidigen. Vermutlich, weil sie immer noch etwas für ihn empfand, auch wenn sie ja längst über ihn hatte hinweg sein wollen. »Er versucht eben jetzt, alles richtig zu machen«, fuhr sie fort.

»Ja, ja, du hast recht«, gab Hedwig sich mit Blick auf Anni etwas versöhnlicher. »Aber ich finde einfach nicht, dass das schon reicht! Nun, es ist aber natürlich unerheblich, was ich finde«, fügte Hedwig nach kurzem Überlegen hinzu und setzte sich zurück auf ihren Professorenstuhl. »Die Frage ist doch: Reicht dir das?«

»Nein, ja, ich weiß es nicht«, seufzte Anni. »Ich weiß gerade überhaupt nichts! Aber wenn ich ihn heiraten wollen würde, würde ich es spüren, oder nicht? Dann müsste ich doch jetzt überglücklich sein?«

»So einfach ist das leider nicht!« Hedwig seufzte mindestens ebenso schwer wie Anni. »Du weißt doch, wie verwirrt ich damals war«, fügte sie hinzu.

Und natürlich, daran erinnerte sich Anni noch lebhaft. Trotzdem hatte sie sich von der Freundin doch eine eindeutigere Reaktion gewünscht. Aber Hedwig tippte mit der Kappe ihres Füllers nur gedankenverloren auf ihrem Blätterberg herum.

»Was rätst du mir?«, fragte Anni unsicher. »Was soll ich ihm antworten? Und was passiert eigentlich mit meiner Dienststelle, wenn ich Ja sage?«, fiel ihr auch noch ein.

»Ich glaube, Anni, was du tun musst«, sagte Hedwig nach einer Weile, »ist, dir einmal wirklich darüber Gedanken zu machen, was du willst. Nicht, was Henri will, nicht, was Marie Althoff will, nicht Maria, nicht ich. Du musst Henri nicht heiraten, nur weil er es plötzlich will. Du musst nicht bei Marie Althoff arbeiten, nur weil sie das will, und auch nicht freiwillig und ohne Lohn bei Maria. Was willst *du*? Und zwar in Bezug auf alles, nicht nur in Bezug auf Henri. Wie möchtest du leben, wenn du ganz allein entscheiden könntest? Und ich weiß, was du jetzt sagst«, redete Hedwig weiter, obwohl Anni den Mund schon aufgeklappt hatte. »Ich bin lange genug mit dir befreundet, um dich so gut zu kennen. Du willst immer das Beste für die anderen. Du kommst aus Verhältnissen, in denen man sich nicht fragt, was man selbst will. Aber du bist nicht für immer an deine Herkunft gebunden. Du hast etwas geschafft, was wenige schaffen, du hast dich hochgearbeitet, hast Abitur, hast mehr Möglichkeiten als andere. Mehr Möglichkeiten, als du selbst denkst. Vielleicht ist es an der Zeit, dass du dich doch einmal traust, die Frage zu stellen, was du willst. Und sie dann auch zu beantworten.«

Hedwig schwieg nach ihrer Rede und schaute sie ernst an. Und Anni fühlte sich auf eine Art ertappt, die ihr sofort die Tränen in die Augen schießen ließ. So direkt hatte noch nie jemand mit ihr geredet. Und dabei so sehr den Nagel auf den Kopf getroffen. Hedwig hatte recht! Sie, Anni, kam tatsächlich aus Verhältnissen, in denen man diese Frage nicht stellte, nicht stellen durfte. Und doch hatte sie sie immer wieder gestellt, im Kleinen zwar, aber trotzdem. Wie sonst war sie wohl dazu gekommen, Abitur zu machen? Durch ihren Antrieb, der so viel stärker war, als er eigentlich hätte sein dürfen, für sie, als Dienstmädchen.

Jetzt aber versteckte sie sich selbst vor dieser Frage, versteckte sich hinter dem Argument, sie könne sowieso nichts entscheiden. Aber natürlich konnte sie das! Sie hatte es sogar schon getan, oft, aber nie bewusst, nie im vollen Bewusstsein dessen, was möglich war. Sie hatte mittlerweile sogar eine zweite Arbeit – sie wurde zwar nicht dafür bezahlt, aber dennoch, sie hatte eine Arbeit gefunden, sie konnte auch eine andere finden. Sie musste nur wissen, was sie wollte. Und mit Henri verhielt es sich genauso. Egal, ob er sie liebte oder nicht. Was fühlte sie? Sie allein?

»Danke, Hedwig, du hast mir unglaublich geholfen«, stieß Anni hervor und eilte nun ihrerseits zu der Freundin, um sie lange und heftig zu umarmen.

»Na ja«, sagte Hedwig etwas verlegen, »ich übe ja jetzt auch an meinen Studentinnen, eine gute Mentorin zu sein.«

»Das gelingt dir«, sagte Anni und konnte zu ihrer eigenen Freude wieder lächeln.

»Und jetzt muss ich nachdenken gehen. Über alles.«

»Über alles«, bestätigte Hedwig zufrieden. »Und denk immer daran: Egal, was ist, wir helfen dir dabei! Lise und ich, wir sind immer für dich da.«

»Ja, das weiß ich«, sagte Anni und lächelte noch einmal.

Das wusste sie wirklich.

Jetzt aber war es an der Zeit, sich endlich einmal über einiges klar zu werden.

Lise

»Der Bruch verläuft hier.« Lise fuhr mit dem Finger über die Röntgenaufnahme und schaute dann zum Doktor. Das Bild war körnig und völlig unscharf, aber Lise hatte durch jahrelange Forschung einen guten Blick für die kleinen Unterschiede entwickelt. So langsam lernte sie, nicht nur bei der Erstellung von Röntgenaufnahmen zu assistieren, sondern auch die Röntgenfilme zu deuten. Nicht, dass das für die Tätigkeiten einer normalen Röntgenschwester vonnöten gewesen wäre, aber wenn sie schon einmal hier war und den Ärzten assistieren lernte, konnte sie dabei ebenso gut noch etwas Interessantes und Nützliches lernen. Viel Zeit blieb dafür freilich nicht. Im Krankenhaus in Lichterfelde West herrschte stets reger Betrieb.

Dr. Täger, der Arzt, den Lise hier am liebsten mochte, nickte zufrieden. »Sehr richtig, Fräulein Meitner! Und was sollten wir Ihrer Meinung nach jetzt tun?«

Lautes Geschrei vor der Tür unterbrach die kleine Unterrichtseinheit jäh. »Schon wieder«, stöhnte der Doktor. Sie wussten beide, was das bedeutete: Neue Verletzte aus den Feldlazaretten waren eingetroffen. Dabei platzte das Krankenhaus schon aus allen Nähten.

Dr. Täger ließ die Röntgenaufnahme sinken. »Ich gebe das an den Operateur weiter, Sie bereiten den Röntgenapparat vor – wir arbeiten heute wohl durch.«

Sie nickten einander knapp zu, und Lise eilte wieder in den Raum, in dem ihr Röntgenapparat stand, um alles für die neue Patientenflut vorzubereiten.

Obwohl sie noch nicht lange hier im Krankenhaus in Lichterfelde arbeitete, war sie im Team schon akzeptiert und willkommen. Was sicherlich auch daran lag, dass so viele Patienten kamen, dass man für jede helfende Hand dankbar war. Und dass Lise sich sehr gut mit Apparaturen jeder Art auskannte und gerne auch einmal selbst etwas reparierte, hatte sich herumgesprochen.

Zu Lises größter Überraschung machte ihr die schlichte Arbeit an der Apparatur Spaß. Ja, sogar das Reinigen von Operationsbesteck (auch das übernahm sie bisweilen) erfüllte sie mit der Gewissheit, wenigstens irgendetwas zu tun, das helfen könnte.

Draußen erklangen wieder Schreie, und Lise streckte vorsichtig den Kopf aus der Tür. Bisher war sie noch nie dabei gewesen, wenn neue Soldaten von der Front eingeliefert wurden.

Sicher, sie hatte in letzter Zeit schon manch schlimme Verletzung geröntgt und einmal sogar bei einer Operation zuschauen dürfen, aber der Gestank und der jämmerliche Anblick, der sich ihr jetzt bot, waren noch einmal etwas ganz anderes.

Im Flur waren mehrere behelfsmäßige Liegen aufgestellt worden, auf denen vor Dreck starrende Soldaten lagen und leise vor sich hin wimmerten. Lise sah hier einen nur notdürftig verbundenen Bruch, aus dem etwas Blut sickerte, dort einen provisorisch angebrachten Kopfverband. Mehrere Krankenschwestern, die Lise alle bereits vom Sehen kannte, huschten zwischen den Verletzten hin und her und bemühten sich redlich, diese zu beruhigen.

»So, es kann losgehen!« Dr. Täger war wieder neben ihr aufgetaucht. Sie war froh, dass sie ausgerechnet ihm heute assistieren durfte.

Obwohl sie mittlerweile mit Kathodenröhre und Fluoreszenzschirm umzugehen wusste, war es doch gut, den erfahrenen Doktor bei sich zu haben. Ihre Hände nämlich zitterten. So nah war sie noch nie an dem gewesen, was an der Front geschah. Selbst die Briefe von Hahn, der ihr regelmäßig schrieb, hatten sie den Schrecken nur erahnen lassen. Dabei waren auch die stöhnenden Verwundeten hier im Flur sicherlich nur ein kleiner Vorgeschmack.

»Es wird immer schlimmer«, murmelte eine der Krankenschwestern, während sie dem Patienten von der Liege in den Röntgenraum zu Lise und Dr. Täger half.

»Sehen Sie doch nur, wie schlecht das verbunden ist«, schimpfte sie dann weiter und deutete auf die zahlreichen fleckigen Verbände am Körper des Verwundeten.

»Es fehlt an Fachpersonal an der Front«, antwortete Dr. Täger nickend.

Wie sehr es an Fachpersonal mangelte, sahen sie allerdings erst auf den Röntgenaufnahmen des jungen Mannes, der zwischenzeitlich in Ohnmacht gefallen war.

»Hier und hier und hier ein Bruch«, deutete Dr. Täger die Bilder. »Das alles ist falsch zusammengewachsen. Wenn man das gleich an der Front hätte röntgen lassen, hätte man früher etwas machen können. Jetzt wird der arme Mann krumm und schief sein!«

Lise war froh, dass der junge Mann, der bestimmt nicht älter als Anni sein konnte, das nicht gehört hatte. Er war noch immer bewusstlos, und sein Gesicht hatte einen Ausdruck von Frieden angenommen, den seine schmutzigen Hände und die Verbände Lügen straften.

Das gab Lise zu denken. Immerhin war es eigentlich nicht schwer, einen behelfsmäßigen Röntgenapparat zu bauen. Man brauchte nur eine Kathodenröhre und einen Fluoreszenzschirm – und jemanden, der damit umzugehen wusste. Dann konnte man bereits sehen, was im Inneren eines Menschen vor sich ging.

Sie musste sich auf die Unterlippe beißen, als Dr. Täger, die Krankenschwester und sie den nächsten stöhnenden Patienten in den Röntgenraum hievten. Das würde ein langer Tag werden, dachte sie und warf einen kurzen Blick nach draußen, wo Schneeflocken in Pirouetten vom Himmel fielen. Weihnachten stand vor der Tür. Und entgegen aller Versprechungen war das Ende des Krieges nicht in Sicht.

Tatsächlich war es bereits tiefste Nacht, als sie mit vereinten Kräften alle Soldaten aus dem Flur versorgt und behelfsmäßig zu den anderen in die Zimmer verlegt hatten. Dort reihten sich jetzt wesentlich mehr Liegen, als eigentlich angedacht gewesen waren. Aber irgendwo mussten die ganzen Verletzten ja hin ... Und was im Frieden geplant worden war, galt im Krieg sowieso nicht mehr. Eine Erfahrung, die Lise jetzt schon zur Genüge hatte machen müssen.

Wenigstens musste sie mittlerweile nicht mehr alleine im Geisterinstitut ausharren, sondern konnte wirklich etwas bewirken, hier im Krankenhaus. Auch wenn man dabei das Gefühl bekam, dass das, was man tat, hinten und vorne nicht reichte ...

Jetzt war der Flur leer. Nur die Krankenschwester, die Dr. Täger und Lise vorhin so tatkräftig unterstützt hatte, stand am Fenster am Ende des Ganges und rauchte in den Nachthimmel hinein.

Lise fühlte sich völlig zerschlagen. Jeder Knochen in ihrem Körper schmerzte. Trotzdem gesellte sie sich noch kurz zu der Schwester, ehe sie sich wieder auf den Weg nach Dahlem machen würde. Zwar kannte sie keinen hier wirklich gut, aber es war immer hilfreich, wenn man nicht gleich nach der Arbeit ganz allein war mit den Bildern der Verletzten, die einem noch die ganze Nacht über im Kopf herumspuken würden.

»Na?« Die Schwester schaute von ihrer Zigarette hoch und musterte Lise. »Auch so erledigt?«

»Ja, aber es tut gut, etwas zu tun!«

Lise atmete tief ein. Die Nachtluft war bitterkalt, aber trotzdem fühlte sie sich gleich etwas erfrischter. Die Schwester bot ihr eine Zigarette an, die Lise dankend annahm. Rauchen war noch immer ihr größtes Laster. Und Kaffee natürlich, sehr starker Kaffee.

»Ich gehe nächste Woche an die Front«, sagte die Schwester unvermittelt und blies Rauch in den schwarzen Himmel. »Ich halte das einfach nicht mehr aus hier. Deswegen habe ich mich freiwillig gemeldet. Ich muss was machen.«

Lise nickte. »Das ist sehr tapfer von Ihnen.«

»Und Sie? Wollen Sie nicht auch? An die Front, meine ich? So gut, wie Sie das machen, könnte man Sie da sicher gebrauchen!«

Es war nicht das erste Mal, dass Lise darüber nachdachte, solch einen Schritt zu erwägen, aber es war das erste Mal, dass jemand anderes es ihr gegenüber aussprach. Und sie damit zu einer Antwort zwang, die sie sich selbst bisher noch nicht zu geben bereit gewesen war.

Es stimmte ja, es lag auf der Hand, dass das ein nächster Schritt wäre. Dass das etwas wäre, was *wirklich* sinnvoll, was nahezu notwendig war. An der Front fehlte es an Personal. Schon mit ihren bescheidenen Fähigkeiten könnte sie dort als Röntgenschwester sicherlich viel bewirken. Zumal sie sich auch mit der Wartung von elektrischen Geräten nicht schlecht auskannte.

»Ich weiß nicht«, sagte Lise trotzdem ausweichend. Einerseits schrie alles in ihr danach, noch mehr zu tun, ihre Fähigkeiten da einzusetzen, wo sie gebraucht wurden. Aber andererseits hatte sie ja auch hier Verpflichtungen. Die konnten warten, natürlich konnten sie das. Und doch. Sie war doch Wissenschaftlerin ... Leute wie sie forschten in Laboren, im Verborgenen, aber gingen doch nicht an die Front!

»Wenn Sie meinen Rat hören wollen«, sagte die Schwester und schnippte ihren Zigarettenstummel aus dem Fenster. »Lernen Sie hier noch ein paar Monate, soviel Sie können. Und wenn der Krieg dann immer noch wütet, gehen Sie an die Front. Das Vaterland braucht Sie. Ich jedenfalls habe lang genug hier im Krankenhaus mit angesehen, dass es anderswo an viel mehr mangelt. Ich sehe es als meine Pflicht, meine Fähigkeiten einzusetzen!«

»Ich werde Ihren Rat beherzigen«, sagte Lise. Die Krankenschwester nickte ihr freundlich zu, bevor sie sich im Gang entfernte.

Lise stand noch kurz am Fenster und schaute in den Himmel, der zu verhangen war, um Sterne zu erkennen. Ob Hahn die Sterne sehen konnte?

Für einen Moment war es vollkommen still, und Lise dachte über das nach, was die Krankenschwester gesagt hatte. Vielleicht, überlegte sie, sollte ich es genauso machen. Hahn würde bald nach Berlin zurückkommen, um sich einer geheimen Sondertruppe von Haber anzuschließen. Er durfte natürlich nicht verraten, was das Ziel des Sonderkommandos war, zu dem auch viele ihrer ehemaligen Physikerkollegen, wie Hertz und James Franck, abkommandiert worden waren. Aber Lise konnte sich natürlich denken, dass es etwas mit dem Einsatz von Giftgas zu tun haben musste.

Jedenfalls würde sie dann Hahn kurz sehen und von ihm direkt erfahren, wie es an der Front zuging und auf was man sich einstellen musste. Erst danach würde sie wirklich über so einen Schritt nachdenken. Und falls sie hier in Berlin bleiben würde, wäre das auch keine Schande. Sie tat ja auch so schon etwas Gutes.

Lise stieß sich vom Fenster ab und lief langsam durch den leeren Gang, in dem nur noch leises Stöhnen aus den Zimmern zu hören war. Ihre Augen fielen ihr beinahe von alleine zu, so erschöpft war sie.

Und doch, die Worte der Krankenschwester hatten sie aufgewühlt.

Hedwig

Weihnachten war quälend langsam verstrichen, die Nächte waren voller Schnee und Einsamkeit gewesen.

Und es gab immer wieder neue Herausforderungen: warme Decken und Essen zu Tilly und ihrem Mann ins Lager zu bringen. Oder eine Vielzahl von Studentinnen, die an einer Einschreibung interessiert waren, über ihre Möglichkeiten zu informieren.

Hedwig war so beschäftigt gewesen, dass sie kaum darauf geachtet hatte, wie schnell die Zeit verstrichen war. Und während alldem hatte sie keinen Brief mehr von Albert erhalten, nicht einen einzigen, und auch nichts von ihm gehört. Bis jetzt.

Zitternd atmete sie aus und versuchte, ihren dröhnenden Herzschlag zu beruhigen. Sie war in ihrem und Alberts Büro, und das nicht alleine – sie musste sich zusammenreißen!

Der Dekan der Philosophischen Fakultät saß vor ihr auf dem Besucherstuhl, während sie noch immer wie versteinert auf Alberts Platz saß, als wären sie in einer völlig verdrehten Welt. Dabei hatte der Dekan nicht einmal die Stirn gerunzelt, als er ohne zu klopfen hereingekommen war und sie hier so selbstverständlich hatte sitzen sehen. Er war gleich zum Punkt gekommen und hatte ihr erzählt, was er gerade erfahren hatte – was er von Albert wusste. Was mit ihm passiert war, ohne dass Hedwig irgendetwas davon gespürt hatte, ohne dass sie geahnt hatte, dass das Ausbleiben eines Briefes vielleicht etwas bedeuten könnte. Sie hatte einfach weitergearbeitet!

Und während sie innerlich vor Schock erstarrt war, musste sie doch versuchen, vor dem Dekan nicht in Tränen auszubrechen. Sie musste sich um Haltung bemühen, das war sie sich selbst und Albert schuldig. Doch sie brachte kein Wort heraus.

Zum Glück redete der Dekan von alleine weiter und bestätigte noch einmal mit erstaunlich ruhiger Stimme: »Er ist schwer verletzt, aber er wird es überleben. Machen Sie sich keine Sorge, Frau Lennenberg.«

Der hatte leicht reden! Hedwig zwang sich, langsam auszuatmen.

»Albert lebt, Albert lebt, Albert lebt«, sagte sie sich in Gedanken immer wieder leise vor, denn für sie fühlte es sich nicht so an. Für sie fühlte es sich so an, als wäre ihre Welt zusammengebrochen, seit der Dekan hier hereingekommen war und ihr berichtet hatte, dass Albert von einer Kugel getroffen worden war. Sie hätte erleichtert sein sollen, dass Albert überleben würde – stattdessen flüsterte eine leise Stimme in ihr, dass der Dekan vielleicht auch log. Die ganze Situation war doch falsch! Sie hatte ja nicht einmal gespürt, dass Albert angeschossen worden war!

Hedwigs Herz begann zu rasen.

Der Professor schaute sie so freundlich an, wie er sie noch nie angeschaut hatte. »Sie können mir das ruhig glauben, Frau Lennenberg. Ich habe gute Kontakte an der Front, und deswegen hat man mir gleich ein Telegramm geschickt, ein Glück! Die Verlegung ist bereits im Gange, und er dürfte bald in Berlin sein. Ich kann Ihnen natürlich nicht sagen, wie groß der Schaden sein wird, es betrifft wohl vor allem sein Bein. Es steht auf der Kippe, ob er es wird behalten können.« Der Dekan machte eine Pause, und Hedwig entschlüpfte ein entsetzter Aufschrei. Albert könnte sein Bein verlieren?

»Wo genau wurde er getroffen?«

Das war das Erste, was Hedwig in dieser ganzen Unterhaltung sagte, und ihre Stimme klang schrecklich rau. Aber zum Glück hatte sie die Tränen, die eben noch hinter ihren Augen gebrannt hatten, erfolgreich zurückgedrängt. Nur der Kloß in ihrem Hals blieb.

»Mehr kann ich Ihnen leider auch nicht sagen.« Der Dekan schüttelte den Kopf. »Aber er lebt und er ist bald hier. Und darauf kommt es an, Frau Lennenberg!«

Die letzten Worte hatte er beinahe streng ausgesprochen, und Hedwig erinnerte sich schlagartig wieder daran, dass sie ja vor ihrem und Alberts Chef hatte Fassung bewahren wollen.

»Sie haben recht!« Sie musste sich zwingen, sich wieder gerade hinzusetzen und das Kinn zu heben. »Danke, dass Sie mir gleich Bescheid gegeben haben.«

Der Dekan nickte und ging dann ohne ein weiteres Wort hinaus.

Hedwig war froh darum. Kaum dass die Tür ins Schloss gefallen war, sackte sie in ihrem Stuhl zusammen wie eine fallen gelassene Marionette.

Dabei wusste sie ja, dass er recht hatte. Natürlich hatte er recht. Albert lebte! Und er kam zurück zu ihr. Zumindest, wenn die Informationen des Dekans stimmten.

Nur würde sie erst erleichtert sein, wenn sie Albert wahrhaftig vor sich sah und sicher sein konnte, dass der Dekan, dass dessen Kontakt an der Front nicht gelogen hatte, dass Albert überleben, dass er bei ihr bleiben würde.

Sie kramte in ihrer Tasche und förderte den letzten Brief, den Albert ihr geschrieben hatte, zutage, breitete die mittlerweile zerknitterten Seiten auf dem Schreibtisch aus und begann fieberhaft, in dem Brief zu lesen – als könnte sie darin einen Hinweis finden, wie es Albert ging, wie sehr er litt, wann er wieder bei ihr war.

Aber in dem Brief stand natürlich noch immer das, was auch schon vor drei Wochen, als sie ihn erhalten hatte, darin gestanden hatte: dass er fror, dass er sie vermisste, dass er Preiselbeeren liebte. Lauter kleine Dinge, ein paar Witze, viel Sorgenvolles und ein wenig Romantik. Alles in allem klang er wie immer. Aber so war das natürlich im Krieg, Hedwig war ja nicht naiv, was sollte in diesem Brief auch stehen? Albert selbst hatte nicht gewusst, dass er verletzt werden würde.

Und überhaupt, dachte Hedwig plötzlich und packte den Brief entschlossen wieder zusammen. Sie tat ja beinahe so, als wäre er fast tot, als wäre der Brief das Letzte, was sie von ihm hatte. Dabei klang das, was der Dekan gesagt hatte, doch gar nicht so schlecht, wenn sie recht überlegte. Immerhin war er bereits auf dem Weg hierher, und dann konnte noch immer alles gut werden!

Sie sollte sich lieber auf diesen positiven Gedanken konzentrieren!

Hedwig stand auf und nahm ihre Jacke.

Sie würde sich auf das besinnen, was vor ihr lag. Und das war ja aller Voraussicht nach Alberts Rückkehr. Und genau deswegen würde sie jetzt nach Hause fahren und in ihrem chaotischen zu Hause für Ordnung sorgen. Zumal noch überall Alberts verschnürte Sachen herumstanden. Als seine Ehefrau hätte es sich wohl geziemt, alles schon vor langer Zeit für ihn auszupacken – aber darauf hatte Hedwig keinen Wert gelegt. Und Albert auch nicht, das wusste sie.

Jetzt aber würde sie es schön machen für ihn.

Und auf einmal überkam sie eine seltsame Euphorie. Sie würde ihn bald schon wiedersehen! Und vielleicht war es fast egal, wie verletzt er war, Hauptsache, er war hier. Dieser Krieg entwickelte sich zu einer zähen Angelegenheit, da konnte sie froh sein, wenn er für eine Weile aus dem Schussfeld genommen wurde.

Es war bereits dunkel draußen, als sie das letzte Hemd von Albert fein säuberlich in den Schrank hängte und zufrieden darüberstrich. Jetzt sah es hier schon mehr wie ein zu Hause aus. Und zumindest das sollte er bekommen, wenn er wiederkam. Alles andere würde sich schon von alleine richten.

Anni

Anni zitterte wie Espenlaub. Dabei war sie innerlich ganz ruhig. Erstmals in ihrem Leben hatte sie das Gefühl, ganz genau zu wissen, was sie wollte und was das Richtige war. Noch dazu hatte sie ausnahmsweise einmal etwas Glück gehabt.

Wobei es natürlich nicht stimmte, dass sie bisher nie Glück gehabt hatte. Nach Berlin zu kommen, noch im Zug auf Lise und später auf Hedwig zu treffen, das war überaus großes Glück gewesen. Sie wusste gar nicht, wo sie ohne die beiden wäre – mit Sicherheit nicht so glücklich wie jetzt.

Es war auch ein Glück, dass sie über die Buchhandlung gestolpert war. Und jetzt, in einer Zeit, in der es sonst nur Pech gab, hatte sie noch einmal Glück gehabt: Gerade als Anni dabei war, sich endlich einmal selbst zu befragen, was sie vom Leben wollte – und dabei bemerkte, dass die Antworten darauf eigentlich auf der Hand lagen –, fragte Maria sie, ob sie nicht zu ihr in die Wohnung über der Buchhandlung ziehen und im Laden mitarbeiten wolle. Sie schaffte es nicht mehr alleine und war auf Hilfe angewiesen. Und da das Buchgeschäft trotz des Krieges noch recht gut lief, konnte sie Anni sogar ein kleines Gehalt bezahlen.

Natürlich würde dieses Angebot sicher nicht mehr gelten, wenn Gustav erst einmal aus dem Krieg zurückgekehrt war, da machte sich

Anni keine Illusionen. Und trotzdem. Sie hatte nicht lange nachdenken müssen. Das Ganze war ihr wie ein Zeichen vorgekommen – gerade jetzt, wo sie bereit war, ihr Leben selbst in die Hand zu nehmen. Endlich einmal sollte sie genau das bekommen, was sie sich selbst wünschte!

Sie hatte sofort zugesagt. Das war schließlich genau das, was sie machen wollte, und selbst wenn Maria und Gustav sie später nicht mehr würden bezahlen können – dann würde sie eben einen anderen Weg finden.

Und deswegen erfüllte sie jetzt eine innere Ruhe, eine tiefe Zufriedenheit mit ihrer Entscheidung. Aber äußerlich zitterte sie, denn es war an der Zeit, auch Marie Althoff diese Entscheidung mitzuteilen. Und das würde ganz und gar nicht leicht werden.

Zumindest hatte Anni bis jetzt den Mund nicht aufgekriegt, und ihre Herrin schaute immer wieder misstrauisch zu ihr herüber. Sie saßen wieder einmal im Salon und flickten Kleidung. Annis Zittern war der Herrin natürlich nicht entgangen. Zumal ihr ständig deswegen der Faden abrutschte. Gerade fiel ihr die Nadel schon wieder fast aus der Hand, und Marie Althoff presste missbilligend die Lippen aufeinander.

Sie musste es endlich hinter sich bringen, dachte Anni und atmete tief durch. Sie bemühte sich wirklich, gerade zu sitzen, wie Hedwig ihr das beigebracht hatte, und der Herrin beim Sprechen direkt in die Augen zu sehen.

»Ich werde kündigen«, sagte sie.

Die Herrin ließ überrascht ihre eigene Handarbeit sinken.

»Mir wurde eine Beschäftigung in der Buchhandlung angeboten, und ich möchte dort wirklich gerne arbeiten, ich ...«

»Das geht nicht«, unterbrach Marie Althoff sie. »Ich brauche dich.«

Das nahm Anni den Wind aus den Segeln. Für einen kurzen Moment war sie sprachlos.

Die Herrin schaute sie nur ernst an und begann dann seelenruhig weiterzuarbeiten. Anni kannte Marie Althoff mittlerweile gut genug, um zu wissen, dass diese gerne eine Fassade zeigte, eine kühle Gleichmut nach außen, um dahinter ihre Schwächen zu verbergen.

Sie hatte natürlich mit Widerspruch gerechnet, aber dass die Herrin zumindest innerlich so getroffen schien, ließ sie fast einknicken. Aber nur fast, denn sie hatte sich schließlich fest vorgenommen, das hier auch wirklich durchzuziehen – und sich nicht von Wut davon abbringen zu lassen, nicht von Vorwürfen. Und auch nicht von Schweigen.

»Das tut mir leid, Madame«, sagte sie deswegen nur. »Ich helfe Ihnen natürlich auch, jemand Neues zu finden. Und ich bin Ihnen auch unendlich dankbar für alles, was Sie für mich getan haben. Ohne Sie hätte ich nicht noch einmal die Schule besuchen können. Und ich hatte eine schöne Zeit hier. Schöner, als ich es je für möglich gehalten hätte. Aber ich werde gehen.«

Das klang zum Glück genauso entschieden, wie Anni es geübt hatte, nicht einmal ihre Stimme war gebrochen. Nur ihre Hände zitterten, als hätte sie seit Stunden in der Kälte gestanden.

Die Herrin atmete geräuschvoll aus und hielt mit gesenktem Kopf im Nähen inne. Dann schaute sie nach oben, und nun versuchte sie gar nicht mehr zu verbergen, dass sie getroffen war. Sogar ihre Augen wirkten etwas feucht.

»Ich habe es befürchtet«, sagte Marie Althoff leise. »Gibt es keinen Weg, dich umzustimmen?«

»Nein, ich … möchte das wirklich machen«, gab Anni ebenso leise zurück.

Marie Althoff schaute sie traurig und ein wenig vorwurfsvoll an, doch zu Annis großer Überraschung nickte sie schließlich.

»Ob du es glaubst oder nicht, ich will nur dein Bestes. Schon als du hier damals als verunsichertes kleines Ding ankamst, habe ich mir gedacht, dass du bestimmt nicht für immer bleiben wirst. Erst recht nicht, als du dann zur Schule gehen wolltest. Das hätte ich unterbinden können, und ich war oft kurz davor. Ich habe dich lieb gewonnen und hätte dich gerne hier gehabt, für immer. Aber ich bin eine alte Frau und verstehe schon, dass du noch ein langes Leben vor dir hast. Wenn du gehen willst, dann musst du wohl. Ich werde dich natürlich unterstützen.«

»Das ... ist nett«, sagte Anni überrascht, und Marie Althoff nickte wieder.

»Du hast sicher noch einiges zu tun. Und packen musst du auch.« Die Herrin wirkte mit einem Mal wieder genauso streng wie eh und je. »Besser, du spurtest dich.«

Das stimmte, trotzdem ließ Anni ihre Herrin nur ungerne so zurück. Aber sie wusste natürlich ohnehin nicht, wie sie sie jetzt trösten sollte. Marie Althoff hatte schon immer alles mit sich selbst ausgemacht – und das war ja auch in Ordnung so.

Vorsichtig stand Anni auf. Die Herrin sah klein aus, dort alleine auf dem Sofa. Sie schaute noch einmal hoch. Jetzt spielte ein kleines Lächeln um die Lippen der älteren Frau. »Na los!«

»Sind Sie sich wirklich sicher?«

»Natürlich, jetzt geh schon!«, sagte die Herrin. »Und mach dir um mich keine Sorgen. Ich habe schon Schlimmeres erlebt. Aber, Anni?«

»Ja?«

»Vergiss mich nicht.«

»Bestimmt nicht, Madame«, sagte Anni und lächelte. Und das war nicht gelogen.

Sie würde die Herrin ganz sicher nicht vergessen, nicht sie und nicht das, was sie für Anni getan hatte. Und ebenso wenig die Entwicklung, die sie im Hause Althoff durchlebt hatte: Am Anfang war sie rasend vor Angst gewesen, ein unsicheres, aber viel zu neugieriges kleines Bauernmädchen.

Doch sie hatte sich entwickelt und war mutig geworden, hatte gelernt und eigene Entscheidungen getroffen. Und jetzt, das war ihr endlich klar geworden, war es an der Zeit, dass sie ein neues Kapitel aufschlug.

Eines, das nur ihr gehörte.

Lise, Anni und Hedwig

Das neue Jahr hatte kalt und stürmisch begonnen. Der eisige Wind des Januars 1915 hatte für Lise, Anni und Hedwig Veränderungen herbeigeführt, die alle drei noch ein Jahr vorher nicht einmal erahnt hätten. Aber es hatte sich, trotz des Schreckens, der noch über vielem lag, dabei auch einiges zum Guten verändert. Sehr zum Guten.

Albert war in Berlin angekommen, lädiert und mit starken Schmerzen, aber bei Bewusstsein und heilfroh, Hedwig wieder in die Arme schließen zu können. Lise hatte sogar beim Wiedersehen der beiden dabei sein können. Zufällig nämlich war Albert ins Krankenhaus in Lichterfelde eingeliefert worden, als Lise dort gerade Dienst hatte.

Hedwig hatte sich auf ihren Mann gestürzt und ausnahmsweise einmal keinen Versuch unternommen, eine stolze Haltung zu bewahren. Die beiden hatten sich in den Armen gelegen, und Hedwig hatte dabei so laut gelacht und geweint, dass Lise sich etwas verlegen zurückgezogen hatte. Natürlich nicht, ohne höchstpersönlich die Gerätschaften für Alberts Untersuchung bereitzulegen.

Wie sich leider herausstellte, hatte sein Unterschenkel amputiert werden müssen, etwas, über das alle sehr betrübt waren, was aber als vertretbarer Preis erschien, angesichts dessen, was ihm sonst hätte geschehen können. Noch immer hatte er starke Schmerzen, war aber auf dem Weg der Besserung. In wenigen Tagen durfte er sogar nach Hause, wo Hedwig sich geschworen hatte, zumindest hin und wieder selbst etwas für ihn zu kochen. Es war ja, wie sie Lise und Anni mit einem verschmitzten Lächeln erklärte, nie zu spät, um noch einmal etwas Neues zu lernen. Das wusste schließlich niemand besser als sie drei.

Ein Gutes hatte es auch: Albert würde nicht zurück an die Front geschickt werden, sondern konnte wieder seine Arbeit als Professor aufnehmen. Er und Hedwig, so hatten sie beide beschlossen, würden sich die Arbeit teilen. Zumindest so lange, wie keiner widersprach – und auch dann würden sie einen Weg finden.

Das alles berichtete Hedwig ihnen, als Lise, Anni und sie endlich wieder einmal gemeinsam im Kaffeehaus saßen und über dampfendem Kaffee alles besprachen, was sich in den letzten Wochen bei ihnen zugetragen hatte. Viel Zeit, sich zu treffen, hatten sie bei all den Turbulenzen schließlich nicht gehabt.

»Und, Anni, wie geht es bei dir jetzt weiter?«, wandte sich Hedwig an Anni.

Draußen rüttelte eine Sturmbö am Fenster des kleinen Cafés in der Nähe der Universität, und das Licht flackerte kurz, das aber hielt Hedwig nicht davon ab, sich neugierig vorzulehnen, sodass sie mit dem Gesicht fast in den Törtchen hing, die sie zur Feier des Tages für sie drei bestellt hatte.

»Ich habe wirklich gekündigt«, sagte Anni nun freudestrahlend, und Hedwig stieß einen Triumphschrei aus, der die Gäste am Nebentisch misstrauisch zu ihnen herüberschauen ließ.

»War es schlimm?«, fragte Hedwig und nippte aufgeregt an ihrem schwarzen Kaffee.

»Nein, ich bin hauptsächlich erleichtert, dass ich es geschafft habe«, sagte Anni. »Und freue mich riesig auf die Arbeit bei Maria!«

»Und Henri?« Jetzt hatte sich Hedwig erneut vorgebeugt und runzelte die Stirn. »Hast du ihm schon geantwortet?«

Anni geriet diesmal nicht ins Stottern, sie wurde nicht einmal rot, wie Lise überrascht zur Kenntnis nahm.

»Ich habe ihm noch nicht geantwortet«, sagte sie stattdessen ruhig. »Und ich werde ihn auch nicht heiraten.«

»Gott sei Dank!«, entfuhr es Hedwig, und Lise sah sie streng an.

Aber Anni bedachte Hedwig nur mit einem kleinen Lächeln.

»Ja, ich höre auf deinen Rat, Hedwig«, sagte sie und grinste jetzt. »Ich habe vor, ihm zu schreiben, dass ich ihn nicht heiraten möchte. Vorerst«, fügte sie hinzu. »Das geht mir jetzt einfach zu schnell, nach all dem, was gewesen ist. Das werde ich ihm auch so schreiben. Und irgendwie habe ich das Vertrauen in ihn verloren. Trotzdem, er bedeutet mir noch immer etwas, auch wenn ich nicht weiß, ob er das verdient hat. Aber ich denke, es reicht doch, erst mal zu schauen, was passiert, wenn er wieder da ist. Wenn er mich dann immer noch heiraten möchte und ich noch immer etwas für ihn empfinde, können wir ja weitersehen. Erst mal bin ich eigentlich so ganz glücklich. Und ich sehe überhaupt keinen Grund, daran etwas zu ändern.«

»Hört, hört«, sagte Hedwig und wirkte dabei sehr zufrieden. »Du bist ja richtig erwachsen geworden, Anni.« Sie schubste die Jüngste liebevoll an.

»Na ja, du hast mir ja auch geholfen, alles das zu erkennen, Hedwig«, sagte Anni und wurde nun doch etwas rot. »Und du auch, Lise«, wandte sich Anni auch an Lise.

»Ach ja?«, fragte die überrascht.

Sie wüsste nicht, wann sie jemals in Sachen Männern einen sinnvollen Ratschlag hatte geben können. Für sie selbst schien das Leben schließlich keine romantischen Verwicklungen bereitzuhalten. Und darüber war sie auch froh, für sie zählten andere Dinge – und wenn sich das niemals ändern würde, dann war das eben so.

»Ja«, sagte Anni. »Ihr beide habt mir gezeigt, dass man seinen eigenen Weg finden muss. Und sich dann nicht davon abbringen lassen darf. Gerade, wenn man eine Frau ist und andere einem ständig vorschreiben, was man zu tun und zu lassen hat. Dann übersieht man schnell, dass nichts davon Gewicht haben darf, wenn man es nicht auch selbst will. Nur übertönen die anderen Stimmen die eigene Stimme. Und da ist es wichtig, eben genau zuzuhören. Wie ihr beide.«

»Ach, jetzt werde ich ganz emotional«, sagte Hedwig und stopfte sich das letzte Stück des Törtchens in den Mund. Tatsächlich sah sie aus, als würde sie gleich weinen.

»Wenn du nicht aufpasst, Anni, dann heule ich los wie ein Schlosshund! Wollen wir ein paar Schritte gehen? Uns ein bisschen durchpusten lassen? Es hat sogar aufgeklart!«

Sie zeigte nach draußen, wo tatsächlich die sturmgrauen Wolken aufgerissen waren, einen klaren, beinahe blauen Himmel zeigten.

»Ich muss euch auch noch was sagen«, sagte Lise schnell, ehe sie es sich anders überlegte. Hedwig, die bereits nach ihren Sachen greifen wollte, hielt in der Bewegung inne. Lises Herz pochte heftig, und ihr Mund fühlte sich mit einem Mal ganz trocken an. »Ich habe eine Entscheidung getroffen«, sagte sie.

Eine Sekunde zögerte sie noch. War sie wirklich bereit, ihre Entscheidung nicht nur innerlich zu fällen, sondern sie auch auszusprechen?

Aber ja, sie war sich sicher. In den letzten Nächten hatte sie an beinahe nichts anderes mehr gedacht, und auch ihr Gespräch mit Hahn – den sie allerdings in ihre Pläne nicht eingeweiht hatte – hatte sie darin bestärkt. Er war nun wieder abgereist, und sie wollte auch nicht länger dort bleiben, im Geisterinstitut. Obwohl sie nie gedacht hätte, dass sie einmal freiwillig das Institut, für das sie jahrelang so hart gekämpft hatte, verlassen würde.

Lise atmete einmal tief durch. »Ihr wisst ja, dass ich eine Ausbildung zur Röntgenschwester mache«, begann sie. »Und ich habe jetzt beschlossen, diese Kenntnisse auch einzusetzen. Im Krieg«, fügte sie hinzu und beobachtete genau die Reaktionen ihrer Freundinnen. »Ich werde mich freiwillig melden. Und für die österreichische Armee an der Front die Verletzten versorgen.«

»Oh, Lise!« Hedwig fasste über den Tisch nach Lises Hand und drückte sie. »Bist du dir da sicher? Das ist eine ganz schön weitreichende Entscheidung!«

»Ja, ich bin mir sicher«, nickte Lise. »Es fühlt sich richtig an. Und ich werde ja nicht jahrelang weg sein. Meine Forschung kann ich fortsetzen, wenn ich wiederkomme. So allein bringt das alles sowieso nichts. Ich muss einfach das tun, was ich gut kann, aber dort, wo es gebraucht wird. Es gibt zu wenig Röntgenpersonal an der Front, zu wenig technikversierte Menschen. Ich kann dort wirklich einen Unterschied machen!«

»Ich finde das sehr, sehr mutig von dir«, sagte Anni, die Tränen in den Augen hatte, aber Lise ermutigend zulächelte.

Auch Hedwig nickte. Zu Lises großer Erleichterung schien keine ihrer Freundinnen entsetzt oder gar wütend darüber, dass sie gehen wollte, während ihre Freundinnen in Berlin blieben. Und auch für Lise fühlte sich die Entscheidung jetzt, wo sie ausgesprochen war und sie den Rückhalt der Freundinnen besaß, nur noch richtiger an.

»Puh, das ist ja ein ganz schöner Hammer, den du uns hier vorsetzt!«, sagte Hedwig und schaute in ihre leere Tasse. »Und wir haben nicht einmal mehr Kaffee auf den Schreck hin.«

Also bestellte sie rasch noch ein kleines Kännchen, und als ihre Tassen wieder mit der dampfenden, schwarzen Flüssigkeit gefüllt waren, erhoben sie feierlich die Tassen.

»Dann lasst uns auf das neue Jahr anstoßen. Auf dass es uns Gutes bringt und nicht wieder nur Schrecken. Und auf Lise, weil sie so mutig ist.«

Die aneinanderklirrenden Tassen sicherten ihnen wieder die Aufmerksamkeit der anderen Gäste, aber das war ihnen egal.

Lise war plötzlich, trotz all der folgenschweren Entscheidungen, sehr leicht ums Herz. Und sie hatte das Gefühl, ihren Freundinnen ging es ähnlich.

Danach spazierten sie gemeinsam zur Universität und schlenderten einträchtig die breite Straße »Unter den Linden« entlang, während der Himmel über ihnen immer tiefer blau wurde.

Lise würde an der Universität Planck treffen, um auch ihn von ihrem Entschluss in Kenntnis zu setzen. Hedwig würde noch ein wenig arbeiten gehen – sie wollte vor Alberts endgültiger Heimkehr so viel wie möglich geschafft haben. Und Anni würde sich ihre kleine Kammer bei Maria einrichten und damit den nächsten Abschnitt ihres Lebens beginnen.

Vor den Toren der Universität hielten sie inne. Sie waren das letzte Stück schweigend gegangen.

»Du musst uns auf jeden Fall schreiben«, wandte sich Hedwig nun an Lise. »Sonst kündigen wir dir die Freundschaft!«, setzte sie hinzu, umarmte sie dabei aber stürmisch.

»Na, ich fahre ja nicht sofort«, beschwichtigte Lise sie sofort. Vor ihrer Abreise gab es schließlich noch reichlich zu tun.

Auch Anni umarmte sie zum Abschied. Nun, das war allen klar, würden sich ihre Wege erst einmal trennen. Doch was für immer bleiben würde, war das, was sie hier, »Unter den Linden«, bereits gemeinsam erlebt, was sie füreinander, allein und miteinander erreicht hatten.

Niemand konnte ihnen das nehmen.

Das Leben hatte sie schon einmal zusammengeführt. Und würde es wieder tun.

Da waren sich alle drei sicher.

Drei starke Frauen zwischen Historie und Fiktion

Liebe Leserin, lieber Leser,

am Anfang dieses Romans stand die Idee, eine Geschichte über die ersten Studentinnen der Berliner Friedrich-Wilhelms-Universität, der heutigen Humboldt-Universität, zu schreiben. Und obwohl dabei, wie in Romanen so üblich, einiges erfunden ist, beruht das meiste auf wahren Geschichten, oder auf Geschichten, die wahr sein könnten. Die Figuren von Anni und Hedwig etwa sind frei erfunden, aber doch wird es Frauen wie sie gegeben haben: Dienstmädchen, für die Bildung in kaum greifbarer Nähe lag und die unter harten Bedingungen für die höheren Schichten arbeiten mussten. Und Töchter jener höheren Schichten, wie Hedwig, deren Lebensweg ebenfalls vorgezeichnet war.

Eine wahre Geschichte, auf die ich bei der Recherche über die ersten Frauen an der Berliner Universität stieß, ist die von Lise Meitner, einer der bekanntesten und talentiertesten Physikerinnen des 20. Jahrhunderts. Es ist eine Geschichte, die so voller Mut und Durchsetzungsvermögen steckt, aber auch voller enttäuschter Erwartungen und fehlender Anerkennung, dass ich sie unbedingt erzählen wollte. Der Weg, den sie – geboren 1878 in Wien – an der Berliner Universität nahm, die Enttäuschungen, mit denen sie als Frau ständig konfrontiert wurde, weil ihre Arbeit nicht genug anerkannt, vor allem nicht finanziell gewürdigt wurde, all das hat tatsächlich so oder so ähnlich, wie im Roman geschildert, stattgefunden.

Nach ihrer Promotion – dem regulären Studienabschluss dieser

Jahre – kam Lise Meitner 1907 nach Berlin, um bei Max Planck zu lernen und zu arbeiten. Neben Max Planck, der sie nach anfänglicher Skepsis unter seine Fittiche nahm, hatte sie bald darauf noch eine weitere schicksalhafte Begegnung: Sie lernte den jungen Chemiker Otto Hahn kennen, mit dem ihr Leben und Arbeiten von nun an eng verbunden sein würde. Gut dreißig Jahre lang würden die beiden in Freundschaft – aber auch in großer Ungleichheit, was ihren Status in der Wissenschaftswelt anbelangte – gemeinsam arbeiten, erst in der Holzwerkstatt, dann viele Jahre am Kaiser-Wilhelm-Institut für Chemie in Dahlem. (Am Rande sei bemerkt, dass der Roman auch bei den fehlenden Strahlenschutzbestimmungen nichts erfindet: Es gab sie tatsächlich nicht. Das Gebiet der Radioaktivität war neu und spannend, hier konnten noch echte Erfolge verzeichnet werden – an Schutzvorrichtungen dachte dabei zunächst einmal keiner.)

Während die vorgezeichnete akademische Karriereleiter von Hahn und seinen männlichen Zeitgenossen nur erklommen zu werden brauchte, erhielt Lise Meitner, obwohl sie schon damals als talentierteste Physikerin ihrer Generation galt, erst mit Mitte dreißig – also fast zum Ende des Romans – ihre erste gut bezahlte Anstellung. Kurz nach diesem Meilenstein, im Sommer 1915, verließ sie diese allerdings tatsächlich, zumindest vorübergehend, freiwillig, um sich zum Dienst bei der österreichisch-ungarischen Armee zu melden. Bis 1917 arbeitete sie in verschiedenen Spitälern an der Ostfront als Röntgenschwester.

Als sie wiederkehrte, hatte Berlin sich verändert. Doch obwohl sie und ihre Kollegen allesamt schreckliche Dinge miterlebt hatten – Otto Hahn und seine Mitstreiter spielten mit ihrer Sondertruppe unter der Leitung von Fritz Haber eine entscheidende Rolle im Giftgaskrieg –, führten sie ihre Arbeit dennoch fort. Und Lise Meitner konnte, auch wenn es viel länger gedauert hat als bei ihren Freunden und Kollegen, bald nach dem Krieg einen entscheidenden Erfolg verzeichnen. Sie schaffte das, wovon sie in diesem Roman nur träumt: Professorin zu werden.

Bereits 1919 wurde Lise Meitner zur Professorin am Kaiser-Wilhelm-

Institut ernannt und trug damit diesen Titel als erste Frau Preußens. Eine richtige Lehrbefugnis erhielt sie allerdings erst 1922. 1926 dann wurde sie die erste deutsche Professorin für Physik an einer Universität und ebnete damit auch weiteren Frauen den Weg für eine höhere akademische Laufbahn. Dieser Status allerdings war von kurzer Dauer: Aufgrund ihrer jüdischen Herkunft wurde ihr die Lehrbefugnis 1933 wieder entzogen. Als österreichische Staatsbürgerin durfte sie trotzdem weiter am Kaiser-Wilhelm-Institut arbeiten. Das änderte sich mit der Annexion Österreichs: 1938 musste Lise Meitner nach Schweden emigrieren, wo sie (unter anderem) am Stockholmer Nobel-Institut für Physik weiterarbeitete. Erst als sie sich zur Ruhe setzte, verließ sie Schweden und zog zu ihrem Neffen Otto Robert Frisch nach Cambridge, wo sie 1968 starb.

Ihre wissenschaftlichen Leistungen sind heute unumstritten: Sie hat entscheidend zu der Erforschung der Alpha-, Beta- und Gammastrahlen und der damit verbundenen Kernprozesse beigetragen. Frühe bedeutende Meilensteine ihrer Arbeit mit Hahn waren etwa 1909 die Entdeckung des radioaktiven Rückstoßes bei der Aussendung von Alphastrahlen und 1918 die Entdeckung des Elements Nr. 91 (Protactinium).

Als Otto Hahn und Fritz Straßmann – Lise Meitner hatte kurz davor aus Deutschland fliehen müssen – im Dezember 1938 in Experimenten eine Uraniumkernspaltung entdeckten, konnten sie sich ihre Befunde zunächst nicht erklären. Es waren Lise Meitner und ihr Neffe Otto Robert Frisch, die die Ergebnisse physikalisch deuteten. Meitner wurde wegen ihres entscheidenden Beitrags zur Entdeckung der Kernspaltung später auch als »Mutter der Atombombe« bezeichnet – ein Titel von zweifelhaftem Ruhm, zumal sich Lise Meitner entschieden gegen den Missbrauch der Wissenschaft einsetzte. Für die Entdeckung der Kernspaltung erhielt Otto Hahn 1944 den Nobelpreis – allein.

Lise Meitner lebte eigentlich in einer goldenen Zeit für die jungen deutschen Physiker: Viele von Lise Meitners Kollegen hatten international anerkannte Erfolge, eine ganze Reihe von ihnen gewann einen Nobelpreis für ihre Arbeit. Neben Otto Hahn seien hier nur die Physiker genannt, die auch im Roman auftauchen, etwa Max Laue, der den Nobelpreis bereits im Jahr 1914 erhielt, Albert Einstein 1922 und James Franck und Gustav Hertz gemeinsam 1925. Lise Meitners wissenschaftliche Leistungen sind zwar unangefochten und mit zahlreichen anderen Preisen prämiert worden (unter anderem 1955 mit dem Otto-Hahn-Preis) – die gleiche Anerkennung wie ihren männlichen Kollegen wurde ihr trotzdem nicht zuteil.

Selbst das ehemalige Dahlemer Institut von Otto Hahn und Lise Meitner, heute im Besitz der Freien Universität Berlin, trug bis zum Jahr 2010 allein den Namen Otto Hahns, bis es endlich in Hahn-Meitner-Bau umbenannt wurde.

Lise Meitner war nicht die einzige Frau, deren Leistungen erst spät – oder gar nicht – anerkannt wurden, und auch nicht die einzige Frau, die hart dafür hat kämpfen müssen. Der Kampf für mehr Bildung, wie er in diesem Roman geschildert wird, beruht ebenfalls auf wahren Begebenheiten: Einige Figuren der Berliner Frauenbewegung wie Hedwig Dohm, Helene Lange und Ottilie von Hansemann sind historische Figuren – ihr Wirken würde jeweils eigene Romane verdienen. Ottilie von Hansemann großzügiges Angebot, 200.000 Reichsmark für die Sache der Frauen einzusetzen, ist ebenfalls belegt. Allerdings bot sie diese Summe nicht, wie im Roman geschildert, Friedrich Althoff für die Gründung seiner außeruniversitären Forschungsgesellschaft an, sondern wollte sie 1907 der Universität als Stiftungsvermögen zur Verfügung stellen, sollte das Frauenstudium eingeführt werden. Ihr Ansinnen wurde aber abgelehnt. Und das, obwohl das Frauenstudium nur ein Jahr später, am 18. August 1908, durch den Kultusminister überraschend doch eingeführt wurde, zum Wintersemester 1908/1909. Tatsächlich erhielt Ottilie von Hansemann nach diesem Beschluss eine Anfrage des Rektors der Universität, der das versprochene Geld doch noch einzufordern versuchte. Von Hansemann wollte der Universität das Geld allerdings nur zur Verfügung stellen, wenn § 3 des Erlasses, der es Professoren weiterhin erlaubte, Frauen aus Unterrichtseinheiten auszuschließen, gestrichen würde. Doch sie erhielt eine Absage. Mit dem

Geld gründete von Hansemann in Charlottenburg 1915 schließlich das erste Wohnheim für Studentinnen. Das Gebäude steht auch heute noch.

Die ersten Studentinnen an der Universität hatten es, trotz Fürsprecherinnen wie Ottilie von Hansemann, nicht leicht. In diesem Roman wird geschildert, welche Widerstände ihnen entgegengestellt wurden – aber auch das, was die Studentinnen taten, um zu ihrem Recht zu kommen. Gleich nach der offiziellen Einführung des Frauenstudiums gründeten sie zum Beispiel einen Studentinnenverein, auch die Zeitschrift »Die Studentin«, die im Roman von Hedwig und ihren Mitstreiterinnen herausgegeben wird, erschien tatsächlich und versuchte, den jungen Studentinnen Hilfe an die Hand zu geben. Eine Idee, die ich ebenfalls in diesen Roman eingearbeitet habe und die aus den Reihen der ersten Studentinnenvereinen kam, war die Gründung von weiblichen Verbindungen. Auch ein solcher Protestaufmarsch, mit dem die Studentinnen im Roman ihre männlichen Kollegen vorführen, hat in Berlin tatsächlich stattgefunden – allerdings bereits zur Hundertjahrfeier der Universität 1910 und nicht wie im Roman erst 1912.

Der erste Weltkrieg war es, der dafür sorgte, dass mehr Frauen als je zuvor die Ränge der Universität füllten – gegen Ende des Krieges machten sie ein Drittel der Studierenden aus. Mit diesem positiven Bild endet der Roman, nicht aber die Wirklichkeit. Trotz dieser Entwicklungen sollte ein nachhaltiger Schub für die Gleichberechtigung vorerst ausbleiben: Die Männer kehrten schließlich aus dem Krieg zurück, und viele Frauen wurden auf ihre alten Plätze zurückverbannt.

Dennoch konnten bedeutsame Fortschritte erzielt werden: 1919 wurde das Frauenwahlrecht durchgesetzt – das und die besseren Bildungschancen für Frauen waren jahrzehntelang die zentralen Themen der Frauenbewegung gewesen –, und ab 1920 durften Frauen in Preußen habilitieren.

Allerdings liegt der Frauenanteil unter deutschen Professoren und Professorinnen auch heute – hundert Jahre später – noch bei nicht einmal einem Drittel.

Der Weg zur Gleichberechtigung war lang und steinig. Und ist es immer noch. Und er konnte bis dahin nur so erfolgreich bestritten werden, weil Frauen für das kämpften, was ihnen zustand und zusteht. Und zwar gemeinsam. Auch davon sollte diese Geschichte erzählen.

Ann-Sophie Kaiser, Frühjahr 2020

P.S.: Historisch überhaupt nicht korrekt ist übrigens der Titel dieses Romans. Die Straße »Unter den Linden« wurde im Laufe des 20. Jahrhunderts nicht nur verlängert, sondern auch umnummeriert. Die genaue Adresse des Hauptgebäudes der Universität lautete damals anders – aber mit dem Titel *Unter den Linden 6* soll trotzdem auf die heutige Humboldt-Universität verwiesen werden, deren frühe Geschichte der Roman schließlich erzählt.

Das Zitat von Hedwig Dohm stammt aus: Frederiksen, Elke (Hg.): Die Frauenfrage in Deutschland 1865–1915. Texte und Dokumente. Reclam, Stuttgart, 1981.

Das Gedicht von Heinrich Seidel, »An Lichterfelde«, zitiert aus: Bezirksamt Steglitz von Berlin (Hg.): Spurensuche in Steglitz. Persönlichkeiten prägen einen Bezirk, 1987.

Zwei Frauen im Schatten der Macht

Deutschland, im November 1972: Niemand kennt das Bonner Polittheater besser als Hilde Kessel, legendäre Wirtin des Rheinblicks. Bei ihr treffen sich Hinterbänkler und Minister, Sekretärinnen und Taxifahrer. Als der Koalitionspoker nach der Bundestagswahl härter wird, wird Hilde in das politische Ränkespiel verwickelt. Verrat ist die gültige Währung. Gleichzeitig kämpft in der Abgeschiedenheit einer Klinik auf dem Venusberg die junge Logopädin Sonja Engel mit Willy Brandt um seine Stimme, die ihm noch in der Wahlnacht versagte. Doch auch sie gerät unter Druck. Beide Frauen sind erpressbar. Für Hilde steht ihre Existenz auf dem Spiel, Sonja will ihre kleine Schwester beschützen. Wie werden sie sich entscheiden?

Brigitte Glaser

Rheinblick

Roman

Hardcover mit Schutzumschlag

Auch als E-Book erhältlich

www.ullstein-buchverlage.de

List

»Selten wurde so spannend und sprachlich präzise über die Gründungszeit der Bundesrepublik geschrieben.«
BARBARA

Rosa Silbermann reist mit einem geheimen Auftrag in das Nobelhotel Bühlerhöhe. Sie soll Bundeskanzler Konrad Adenauer schützen. Rosa ist in den dreißiger Jahren aus Köln nach Palästina emigriert und arbeitet für den israelischen Geheimdienst. Ihre Gegenspielerin ist die misstrauische Hausdame Sophie Reisacher, die ihre Heimatstadt Straßburg verlassen musste und für den gesellschaftlichen Aufstieg alles geben würde. Rosa und Sophie wissen, was es heißt, wenn ein ganzes Land neu beginnen will. Beide verfolgen ihre eigenen Pläne.

Brigitte Glaser
Bühlerhöhe
Roman

Taschenbuch
Auch als E-Book erhältlich
www.ullstein-buchverlage.de

ullstein

Glück auf Bestellung

Fulda zu Zeiten des Wirtschaftswunders: Annie ist die heimliche Leiterin von einem der ersten Versandhäuser in Deutschland. Während ihr Ehemann Kurt sich lieber mit Dressurreiten beschäftigt, erweitert die junge Frau das klassische Warenangebot um Möbel, Küchengeräte und schließlich sogar Motorroller. Ohne Annie könnte der Laden schließen, von den Angestellten wird sie bewundernd »die Königin« genannt. Doch ein Geheimnis aus Kurts Vergangenheit bedroht die Zukunft des Unternehmens und ihres Glücks.

Ulrike Wolff
Die Dame vom Versandhandel
Roman

Klappenbroschur
Auch als E-Book erhältlich
www.ullstein-buchverlage.de

ullstein

Eine junge Architektin und ihr Traum von der größten Prachtstraße der DDR

Berlin in den Nachkriegsjahren: Die Stadt liegt in Trümmern, doch die Lebenslust der Menschen erwacht. Die junge Architektin Ilse hat eine Vision. Sie will die Stadt wieder aufbauen und Wohnungen auch für die einfachen Arbeiter schaffen. Der Wettbewerb für den Bau der Arbeiterpaläste in der Karl-Marx-Allee in Ostberlin ist ihre große Chance. Ihre Pläne werden tatsächlich ausgewählt. Aber ihr Ehemann erpresst Ilse mit einem Geheimnis aus ihrer Vergangenheit und gibt die Entwürfe als seine eigenen aus. Enttäuscht fasst sie einen Entschluss: Sie wird diese Ungerechtigkeit nicht hinnehmen, sondern um ein freies Leben und den richtigen Mann an ihrer Seite kämpfen.

Ulrike Gerold, Wolfram Hänel
Allee unserer Träume
Roman

Klappenbroschur
Auch als E-Book erhältlich
www.ullstein-buchverlage.de

ullstein